KB253059

닥터 지바고

보리스 파스테르나크

일신서적출판사

닥터 지바고

차례

제1부

제1장   다섯 시 급행 열차

1

그들은 걸으며 〈영원히 잠들어라〉를 불렀다. 노래 소리가 멈출 때마다 사람들의 발소리와 말발굽 소리가 그것을 받아서 노래를 이어받는 것 같았다.

지나가던 사람들은 장례 행렬이 지나갈 수 있게 길을 비켜 주고 화환의 숫자를 세며 성호를 그었다. 어떤 사람들은 「누구의 장례지요?」하고 물었다. 그러면 그들은 「지바고입니다.」라는 말을 들었다. 「아, 그랬군요.」「아닙니다. 그분이 아니라 부인이십니다.」「그거야 마찬가지죠. 명복을 빌겠읍니다. 아주 성대한 장례식입니다.」

장례식의 마지막 절차가 차례대로 진행되었다. 신부는 「대지와 그 안의 모든 것이 주의 깃이니리.」라고 말한 후 성호를 긋고 나서 마리아 니콜라예브나의 주검 위에 엄숙히 한 줌의 흙을 뿌렸다. 사람들은 하관할 때 부르는 〈올바른 자들의 넋〉이라는 찬송을 불렀다. 그리고 부산해지며 관이 닫히고, 못이 박히고, 곧이어 하관하기 시작했다. 네 명이 삽질로 무덤을 분주히 메꾸었다. 잠시 후 작은 무덤이 만들어졌다. 열 살 가량 남자 아이가 그 무덤 위로 올라갔다. 무감각하고 몽롱한 분위기의 장례식이었다면 아마도 사람들은 소년이 어머니의 무덤 위에서 인사말을 하고 싶어한다고 생각했을지도 모른다.

그 소년은 황량한 가을 풍경과 수도원의 둥근 지붕을 멍하니 바라보았다. 그러다가 소년은 두 손으로 얼굴을 가리고 울기 시작했다. 바람이 불고 차가운 빗발이 소년의 몸을 때렸다. 그때 소매가 꼭 끼는 검은 옷을 입은 남자가 소년 곁으로 다가갔다. 그는 죽은 부인의 오빠이자 우는 소년의 외삼촌으로 한때는 성직자였으나 스스로 옷을 벗은 니콜라예비치 베데냐핀이었다. 그는 소년을 묘지에서 데리고 나갔다.

2

그들은 니콜라이 삼촌과의 옛정을 생각해서 방을 내준 수도원에서 하룻밤 유숙했다. 그 날은 성모제의 전야였다. 그들은 다음날 니콜라이 외삼촌이 근무하는 진보파 지방 신문사가 있는 볼가 강 유역의 어느 소도시로 떠날 예정이었다. 이미 차표는 사 두었고 짐도 모두 꾸려 놓았다.

그 날 밤은 몹시 추웠다. 골방의 창문으로 큰길의 일부와 낮에 마리아 니콜라예브나를 매장한 묘지의 일부가 보였다.

한밤중에 유라는 창문 흔들리는 소리에 잠이 깼다. 어두운 방에 신비하게 희미한 빛이 비쳐지곤 했다. 유라는 속옷만 입은 채 창가에 달려가 찬 유리창에 얼굴을 댔다.

창 밖에는 눈보라가 휘몰아쳐서 길이나 무덤도 보이지 않았다. 마치 유라에게 공포감을 주려는 듯이 폭풍이 사납게 불었다. 이 대지에는 눈보라 혼자뿐, 그 누구도 대항해 싸울 상대가 없었다.

창문틀에서 내려온 유라는 옷을 입고 밖으로 나가야겠다는 충동을 강하게 느꼈다. 소년은 들판 한가운데서 어머니가 눈에 묻혀 버리는 것이 아닌가 하여 두려웠던 것이다.

유라는 눈물을 흘렸다. 외삼촌이 잠에서 깨어나 유라에게 그리스도에 대해 이야기해 주며 달래다가 하품을 하며 창가로 다가갔다. 날이 밝자 한동안 깊은 생각에 잠겨 있던 외삼촌과 소년은 옷을 입고 떠날 준비를 했다.

3

어머니가 살아 있었을 때 유라는, 아버지가 오래 전 그들을 버리고 시베리아와 외국의 각지를 두루 전전하면서 방탕하게 생활했기 때문에 집안의 많은 재산을 모두 써 버렸다는 사실을 모르고 있었다. 유라는 아버지가 일 때문에 페테르스부르크나 아르바트 등에 자주 갔다는 말을 듣곤 했다.

늘 몸이 아픈 어머니는 폐렴에 걸렸다는 것을 알고 치료를 받으러 남부 프랑스와 북부 이탈리아로 가기도 했다. 그래서 유라는 어려서부터 낯선 사람과 함께 지내야만 했다. 그는 그런 환경에 익숙해져 아버지가 없어도 그다지 놀라지 않았다.

아직 그가 어린 소년이었을 때에는 온갖 것에 그의 성이 붙어 있었다. 지바고 공장, 지바고 은행, 지바고 건물, 지바고 넥타이 핀, 그리고 지바고 케일도 있었다. 한때는 모스크바에서 마부에게 〈지바고 저택〉 하고 말하면, 마부는 그곳으로 데려다 주었다. 도착하여 보면 마치 넓은 공원 같은 정원이 눈에 들어왔다. 까마귀는 나뭇가지에 앉아 까옥까옥하고 울었다. 숲속의 빈터에 최근 새로 지은 저택에서 순종 개가 달려나왔다. 그곳에서는 불이 켜지기 시작했고, 주위에는 어둠이 깔렸다.

그러나 갑자기 이 모든 것이 사라지고 말았다. 이제 그들의 영화는 사라져 버린 것이다.

<h1 style="text-align:center">4</h1>

1903년 여름 어느 날, 유라는 덮개 없는 마차를 타고 외삼촌과 함께 들판을 달렸다. 그들은 예술을 지원하며 견방 공장주의자인 콜로그리보프의 저택인 두플란카에 살고 있는 교육가이고 보급판 교과서의 저자인 이반 이바노비치 보스코보이니코프를 만나러 가는 중이었다.

카잔의 성모제 날로 추수가 한창일 때였으나, 축제여서인지 아니면 점심 시간이어서인지 들판에는 사람의 그림자도 보이지 않았다.

「이 밭은 누구 것이지?」

자기는 마부가 아니라는 것을 보여 주기 위해 다리를 꼬고 허리를 숙인 채 마부석에 거만히 앉아 있던, 어느 출판사의 잡부 노릇을 하는 파벨에게 니콜라예비치가 물었다.

「이건 지주의 땅인가, 아니면 농민의 땅인가?」

담배를 피우던 파벨은 한동안 잠자코 있다가 채찍 끝으로 다른 쪽을 가리켰다.

「저게 농민들의 땅이죠.」

그는 쉬지 않고 말에게 고함을 치며 말의 엉덩이와 꼬리에서 시선을 떼지 않았다.

니콜라이 니콜라예비치는 검열이 강화되자 출판사가 다시 검토하길 원하는 토지 문제에 관한 보스코보이니코프의 저서의 교정지를 검토해 달라고 가는 중이었다.

「이곳의 농민들은 손아귀에서 벗어나고 있어.」

니콜라이는 파벨에게 말했다.

「파니 코프에서는 한 상인이 칼에 맞아 죽었고, 군의 종마장이 불에 탔지. 그 사건에 대해서 자네는 어떻게 생각하나? 자네 마을에서는 또 뭐라고 말하던가?」

그러나 파벨은, 농업 문제에 대해서 격렬한 견해를 절제하라고 보스코보이니코프에게 말한 검열인보다 훨씬 암담하게 보고 있었다.

「무슨 이야기가 도냐고요? 지금은 농민들은 방자해졌어요. 아주 버릇이 없답니다. 이대로 농민을 놔 둔다면 우리는 서로 목을 졸라 죽이게 될 겁니다. 그건 분명합니다. 이럇! 어서 가자.」

유라가 외삼촌 니콜라이와 두플랸카로 가는 것은 이번이 두 번째였다. 유라는 자기가 길을 기억하고 있다고 믿었다. 들판을 지나 숲이 앞뒤에 펼쳐지면 그는 길이 오른쪽으로 꺾이고 그곳에서 콜로그리보프가, 멀리서 강이 빛나고, 그 너머에는 철도가 보일 것이라고 생각했으나 그의 짐작은 번번이 틀리고 말았다.

넓은 들판이 펼쳐졌다가는 새로운 숲이 시야에 들어 왔고, 이어 또 다른 들판이 나타났다. 광활한 대지를 보며 그는 미래를 생각했다.

후일 니콜라이 니콜라예비치의 명성을 떨치게 한 책은 아직은 한 권도 집필되지 않은 때였다. 그러나 그의 사상은 확고히 정립되어 있었다. 멀지않아 현대 작가와 대학 교수와 혁명의 철학자들과 어깨를 겨루겠지만, 그는 그들과 이념적인 관심을 함께 갖고 있으나 사용하는 어휘를 제외하고는 그들과 공통점을 찾아볼 수 없었다. 그들은 하나같이 저마다 신조에 구속되고 어휘와 피상적인 것에 흡족했으나 니콜라이는 톨스토이 사상과 혁명적 이상주의를 거쳐 계속 정진해 나아갔다. 니콜라이는 변혁을 통해 확실한 방향을 제시하는 운동을 전개했으며, 그는 어린아이와 문맹인까지도 설득할 수 있는 번갯불이나 천둥 소리처럼 그런 사상을 깨달을 고무적이고 실질적인 사상을 추구했다.

유라는 어머니와 판에 박은 것 같은 외삼촌과 있는 것이 좋았다. 외삼촌은 어머니처럼 모든 것에 대해 편견이 없는 사람이었다.

유라는 외삼촌이 자기를 두플랸카로 데리고 가 주어서 기뻤다. 그곳은 아름다운 마을로, 그 마을은 유라를 데리고 자주 산책을 했던 어머니를 생각나게 하는 곳이었다. 그리고 유라는 그곳에 살고 있는 니카 두도로프와 재회하는 것이 기뻤다. 그는 유라보다 두 살 위라 자기를 얕잡아 보기는 했지만 그래도 니카를 빨리 만나고 싶었다. 니카는 악수를 할 때 팔을 힘껏 잡아당겨 머리카락이 이마에 절반이나 흩어지도록 머리를 숙였다.

5

「빈곤 문제의 결정적인 점은.」

니콜라이는 수정한 원고를 읽었다.

「나는 그보다는 『본질』이란 단어가 좋을 거 같은데요.」

이반 이바노비치는 교정지를 고치며 말했다. 그들은 유리 창문이 있는 컴컴한 베란다에서 일했다.

「그리고 출생과 사망의 통계가 의미하는 바로는.」

니콜라이 니콜라에비치가 말했다.

「〈보고 연간의〉를 넣어야겠군.」 하고 이반 이바노비치는 메모를 하였다.

니콜라이는 일을 끝마치자 급히 서둘러 돌아가려고 했다.

「어서 가야겠군요. 폭풍이 다가오는 걸요.」

「그게 무슨 소립니까. 그냥 보내지 않을 겁니다. 자, 차나 한 잔 마시도록 하죠.」

「무슨 일이 있어도 저녁때까지는 돌아가야 합니다.」

「그러지 말아요. 오늘은 별일 없어도 보내지 않을 테니까요.」

그때 하녀가 덩어리진 크림 · 딸기 · 치즈 케익을 가지고 들어왔다. 그들은 파벨이 강으로 목욕을 하러 가면서 말들도 데리고 갔다는 말을 들었다. 니콜라이는 어쩔 수 없이 하룻밤 묵을 수밖에 없었다.

「차를 끓이는 동안 강에나 다녀옵시다.」

이반 이바노비치가 말했다.

이바노비치는 부자인 콜로그리보프의 배려로 관리인의 별채 방 두 개를 쓰고 있었다. 진보주의자이며 혁명에 동조하는 부호 콜로그리보프는 현재 부인과 외국에 살고 있으며, 그의 장원에는 딸 나쟈와 리파만이 가정 교사와 몇 명의 하인들을 거느리고 살았다.

관리인의 뜰은 산사나무가 울타리처럼 둘러쳐져 있어서 호수와 잔디밭이 있는 주인의 안채와는 구분이 되었다. 이반과 니콜라이는 숲 밖으로 나갔다. 그들이 걸을 때마다 숲속에 있던 참새들이 놀라서 푸드덕 날아가 버렸다.

두 사람은 온실과 정원사의 오두막과 다 쓰러져가는 석조 건물을 지나쳤다. 그들은 과학과 문학 분야에 새로 대두된 젊은이들에 대하여서 이야기를 나누었다.

「그들 중에는 재능이 있는 사람도 있읍니다.」

니콜라이 니콜라예비치가 말했다.

「그러나 요새는 여러 서클과 협회가 유행이랍니다. 군거는 평범한 사람들의 피난처죠. 그것이 솔로비요프에 대한 충성심에서건 칸트나 마르크스에 대한 충성심이건 마찬가지라고 볼 수 있어요. 진리를 탐구하는 사람들은 진리를 적당히 사랑하는 모든 사람과 절교를 하지요. 이 세상에 우리가 정성을 쏟을 만한 일이 있을까요. 아닙니다. 그건 지극히 적습니다. 나는 불멸에는 충실해야 하고 그리스도에 대해서도 충실해야 한다고 생각합니다. 아, 당신은 나를 비웃는군요. 역시 당신은 전혀 이해하지 못하겠죠.」

「흠!」

이반 이바노비치가 묘한 소리를 냈다. 그는 키가 크고 마른 금발의 날렵한 사나이로, 마치 링컨 대통령 시절의 미국인처럼 수염을 기르고 있었다.

「나는 아무 말도 하지 않을 겁니다. 당신도 알겠지만 나는 다른 각도에서 그걸 보고 있읍니다. 참 그렇게 말이 나왔으니 왜 당신이 성직을 그만두었는지 말해 주겠읍니까? 나는 벌써부터 그게 궁금했읍니다. 그래 그때 기분이 어땠읍니까? 혹시 파문당한 건 아니겠죠?」

「아니, 왜 화제를 바꾸는 겁니까? 뭐 파문을 당했느냐고요? 그렇지 않습니다. 약간 불쾌했고 지금도 어느 정도의 영향은 있읍니다. 파문을 당하면 공직자가 될 수 없고 모스크바나 페테르스부르크 여행도 금지되어 있지요. 그러나 그건 대수롭지 않습니다. 앞에서 언급했듯이 우리는 그리스도에게 진실해야 합니다. 내가 그것의 의미를 말하죠. 당신은 무신론자이기 때문에 신의 존재와 그 존재 이유를 모르고, 우리 인간은 자연이 아닌 역사 속에 살고 있다는 것을. 오늘날의 역사는 그리스도와 더불어 시작되었으며, 복음서가 기초가 된다는 것을 모를 겁니다. 그럼 역사란 무엇일까요? 역사는 죽음을 초월하여 죽음의 의혹에 대해 일관성 있게 파헤친 오랜 세월의 노력의 결산입니다. 그래서 인간은 수학적 개념인 무한대와 전자파를 발견하고 그것을 위해 심포니를 쓰고 있죠. 그런데 확고한 신념 없이는 이 방면으로 진출할 수 없읍니다. 정신적인 장비가 없으면 결코 그런 것을 발견할 수 없읍니다. 그 자료는 모두 복음서에 있읍니다. 그것은 첫째가 이웃을 사랑하는 것, 즉 인간의 마음을 모두 채우면 사랑이 넘쳐흘러서 스스로 베풀 여유가 생깁니다. 또한 오늘날 인간은 기본적 이상이 두 가지 있는데, 그것은 자유로운 인격의 개념과 희생으로서의 생명의 개념입니다. 이것은 모두 경이로울 만큼 새롭다고 하겠읍니다. 이런 의미로 본다면 고대인에게는 역사가 없었다고 할 수 있겠죠. 그들에게는 피와 야만성과 강폭함과 노예 제도가 얼마나 나쁜 제도인지 알지 못했던 로마 황제 칼리굴과 같은 자들이 있읍니다. 그들은 청동 기념탑과 대리석 기둥의 자랑스럽고 생명이 없은 영원성이 있읍니다. 그리스도의 출현 후에야 비로소 세기와 세대는 숨을 쉬게 되었읍니다. 그리스도가 세상에 오시기 전에는 인간은 미래를 내다볼 수 없었읍니다. 인간은 개처럼 아무 데서나 죽는 게 아니라 자신의 역사 안에서 죽는 것입니다. 아, 내가 너무 혼자 흥분했군요. 공연히 헛수고만 한 것 같군요.」

「그건 정말 내가 소화시키기 힘든 형이상학적인 말입니다.」

「당신은 참 이려운 사람이에요. 그만두겠읍니다. 겸치가 정말 아름답군요. 당신은 이 멋진 경치를 매일 보기 때문에 그다지 눈에 들어 오지 않겠죠.」

「다섯 시가 약간 지났읍니다.」

이반 이바노비치가 말했다.

「시즈란에서 오는 급행열차가 다섯 시 오 분에 여길 지나갑니다.」

그때 평원 건너편에서 아주 작게 기차가 건너는 것이 보였다. 두사람은 갑자기 기차가 급정거하는 것을 보았다. 기차는 흰 연기를 뿜어내면서 기적을 울렸다.

「거참, 이상하군!」

보스코보이니코프가 의아한 듯 말했다.

「뭔가 일이 생긴 것 같군요. 이 늪 한가운데 기차가 정거할 이유가 전혀 없는데, 무슨 일이 일어난 게 분명합니다.」

6

니카는 정원에도 없고 어느 곳에도 찾아볼 수 없었다. 유라는 자기가 어려서 니카가 어딘가에 숨었다고 생각했다. 외삼촌 니콜라이와 이바노비치가 베란다에서 일을 하자 유라는 혼자 뜰을 거닐었다.

얼마나 아름다운 곳인가! 꾀꼬리는 낭랑하게 세 음절로 지저귀고, 그 지저귐이 그칠 때마다 뜰은 신비한 음향을 송두리째 빨아들였다. 대기 중에서 길을 잃고 멈춰 선 꽃향기가 꽃밭 위에 열기로 고정되었다. 앙띠베의 추억이 떠올랐다. 유라는 여기저기를 거닐며 어머니의 목소리가 들리는 것 같은 착각에 빠졌다. 유라는 새 소리와 벌의 날갯짓 속에서 어머니의 목소리를 듣고는 깜짝 놀랐다.

유라는 울적한 심정이 되어 무릎을 꿇고 울었다. 그러고 나서 그는 기도를 드렸다.

「거룩하신 주 여호와여, 변함없는 사랑으로 진리의 길을 걷도록 도와 주소서. 저는 잘 있으니까 어머니께 아무 염려도 하지 마시라고 말씀해 주소서. 주여, 만일 저승이 있다면 어머님을 성자와 의인의 얼굴이 별처럼 영롱히 빛나는 천국으로 받아 주시옵소서. 어머님은 선한 분으로 죄인이실 리가 없습니다. 주여, 어머님을 가엾게 여기사 괴로와하시지 않도록 보살펴 주옵소서. 어머니!」

유라는 가슴이 메일 듯 어머니를 애타게 그리며, 어머니가 마치 새로운 성자인 듯 어머니를 불렀다. 그는 더 이상 참지 못하고 그만 바닥에 쓰러져 의식을 잃고 말았다.

유라는 오랫동안 의식을 잃지는 않았으나 정신을 차렸을 때는 외삼촌이 자기를 부르는 소리를 들었다. 그는 곧 대답을 하고 위로 올라갔다. 그제서야 행방불명된 아버지를 위해서 기도를 드리지 않았음이 생각났다. 그는 마리아 니콜라예브나에게 기도를 드려야 한다고 배웠으나 의식을 잃었던 동안에 기분이 좋아져서 그 느낌을 잃기가 싫었다. 유라는 아버지를 위해서는 나중에 기도드려도 괜찮을 것이라고 생각했다.

「나중에 기도드리지 뭐. 기다리고 계실 거야.」라고 혼자 말했다. 유라는 아버지에 대해서는 아무것도 기억하지 못했다.

7

　기차의 이등칸에는 오렌부르크 출신의 변호사인 아버지와, 사색에 잠긴 표정의 검은 눈을 가진 열한 살의 9년제 중학교 2학년생인 고르돈이 여행하고 있었다. 아버지 고르돈이 모스크바로 전근을 가기 때문에, 그의 아들 미샤 고르돈도 모스크바 중학교로 전학을 가는 길이었다. 어머니와 누이들은 한발 앞서 아파트를 구하기 위해서 모스크바로 떠났다.

　아버지와 아들은 벌써 사흘 동안이나 기차 여행중이었다.

　기차는 들판과 초원, 도시와 촌락 옆을 먼지 구름에 휩싸인 채 지나쳤다. 길에는 수레들이 줄지어 기우뚱거리며 달려갔다.

　기차가 큰 역에 도착하면 승객들은 앞을 다투어 간이 식당으로 달려갔다. 막 지는 해가 정거장 뜰에 서 있는 나무 뒤에서 그들의 발을 비추고 기차의 바퀴 밑에서 빛났다.

　이 세상의 모든 행동을 하나씩 분리하면 제각기 목적이 있고 동기가 있지만 그것을 모두 종합해 보면 삶의 흐름에 지극히 자연스럽게 어울렸다. 인간은 각기 동분 서주하며 일했고 자신이 관심을 가지고 있는 메카니즘에 의해 행동했다. 그렇지만 최상위 기본적인 태평스러움의 감정이 여러 분야의 조정자가 될 수 없다면 그 각 분야는 제대로 작동되지 않을 것이다. 이 해방은 인간의 삶은 저마다 관련되어 있으며 인간의 존재는 서로가 이행한다는 확신이며, 지금 일어나는 일은 모든 죽은 자가 묻히는 이 대지 위에서만 아니라 그외의 다른 차원, 목자는 하나님의 나라라고 부르고, 다른 사람은 역사라고 일컬으며, 또 다른 사람은 또한 무엇인가 달리 일컫는 데서도 벌어진다는 행복한 감정으로부터 연유한다.

　이 보편적인 원칙에서 본다면 소년은 불행하고 가슴 아픈 예라고 하겠다. 그에게는 걱정 근심이 안정되어 편안해지거나 발산되지 못하고 그대로 가슴에 남았다. 그는 자신의 이러한 유전적인 특질을 알고 있었으므로 혹시 그 증상이 나타나는가 하여 신경을 곤두세웠다. 그래서 소년은 괴로왔고 자신의 내부에서 짙은 수치심을 느꼈다.

　소년은 철이 든 후부터, 다른 사람과 동일한 손발과 공통된 언어와 또한 동일한 생활 양식을 가진 사람이 다른 모든 사람과 전혀 다르며, 소수의 사람에게만 호감을 받고, 아무에게서도 사랑을 받지 못하고 있는가에 대해 오래전부터 의혹을 품었었다. 그는 어떤 사람이 다른 사람에 비해 뒤떨어질 때 자신을 향상시키도록 스스로 노력할 수 없는 상황을 전혀 이해할 수 없었다. 유태인으로 이 세상에 태어났다는 것은 무슨 의미인가? 무엇 때문에 그것이 존재하는 것일까? 오로지 슬픔만 동반하는 이 막을 길 없는 도전은 그 무엇으로 보상받거나 정당화하는 걸까?

그가 아버지에게 이 문제를 말하면 아버지는 문제를 그런 식으로 직시해서는 안 된다고 말씀하셨다. 유라는 어른이 되면 반드시 그것을 바로잡겠다고 다짐했다.

바로 지금 일어난 일도 그렇다. 그 얼빠진 녀석이 승강구를 뛰어나갔을 때, 아버지가 그 미치광이를 뒤쫓았는데 그것은 아버지의 실수였다. 그리고 그 사람이 그레고리 오시포비치를 옆으로 밀어 버리고 문을 연 뒤, 마치 수영장에서 잠수할 때 스프링 보드에서 물 속으로 뛰어들 듯이 그가 급행 열차에서 몸을 거꾸로 뛰어내렸을 때, 열차를 세울 필요가 없었다고 말할 수 있는 용기를 가진 사람이 한 명도 없었다. 아버지가 비상정지 장치를 잡아다녔으므로, 기차가 지루할 정도로 오래 멈춘 것은 그들의 탓이라고 여겨진다.

기차가 정지한 이유를 정확히 아는 사람은 한 명도 없었다. 어느 사람은 급정거를 해서 공기 제동 장치가 고장났다고도 했고, 또 다른 사람은 경사가 급해서 기차가 힘을 쓰지 못한다고도 했다. 또 어떤 사람은 기차에서 떨어진 사람이 저명인사여서 동승한 변호사가 경찰관을 가까운 정거장인 콜로그리보브카에서 불러야 한다고 우기기 때문이라고도 했다. 그래서 기관사의 조수가 전봇대로 올라갔고 선로를 수선하는 수동차가 오고 있을 것이라고도 했다.

기차 안에서는 화장수로도 악취를 없앨 수 없는 화장실에서 냄새가 풍겨 나왔고, 더러운 유지에 싼 상한 기름에 튀긴 닭고기 냄새가 났다. 아무 일도 없는 듯 머리가 허옇고 목소리가 굵은 페테르스부르크 여인들은 석탄가루와 화장품이 뒤섞여 집시 여인 모습처럼 얼굴에 분을 바르고 손수건에다 손을 닦았다. 그들은 숄을 두르고 고르돈의 객실을 지나가면서도 외모에 대해 걱정했고 미샤에게 『우린 너무 예민해요. 우리는 특별한 사람이야. 우리는 인텔리라 이런 건 참기 어려워요.』라고 불평하는 것 같은 느낌이 들었다.

자살자의 시체는 철둑 옆 풀밭에 놓아 두었다. 이마에서는 피가 흘러내려 X 표처럼 응고되어 있었다. 그 모습은 마치 그 사람이 흘린 피가 아니라 그와는 전혀 관계 없는 부속물이나 진흙이 튄 것이나 고약 조각이나 또는 나뭇잎처럼 보였다.

구경꾼들은 잔뜩 호기심을 가지고 그 주위를 감쌌다. 그 옆에서 그의 친구인 몸집이 크고 표정이 없는 변호사가 땀에 젖은 셔츠를 걸친 채 있었다. 그는 모자로 부채질을 해댔다. 질문이 쏟아지자 그는 얼굴도 들지 않고 화난 목소리로 말했다.

「이 친구는 알콜중독자였읍니다. 이해가 가지 않습니까? 전형적인 섬망의 결과라고 볼 수 있죠.」

모직 옷을 껴입고 레이스 머릿수건을 두른 늙고 야윈 여자가 시체 곁으로 다가왔다. 그녀는 아들 두 명이 모두 기관사로 있는 과부 티베르지나로, 두 며느리와 무임승차권으로 삼등칸을 타고 여행하고 있었다. 마치 수녀원장을 따르는 수녀처럼 두 여인은 숄을 이마까지 내리고 조용히 그녀 뒤를 따랐다.

티베르지나의 남편도 철도 사고로 죽었다. 그녀는 시체를 볼 수 있는 사람들 틈에서 발을 멈추었다. 그녀의 남편의 죽음과 비교하듯 길게 한숨을 내쉬었다.

「이 모두가 운명대로야. 신의 뜻이긴 하겠지만 이런 망측스런 일이 어디 있나 원! 잘 사는 사람이 정신적인 병 때문에 죽다니……」

승객들은 호기심에 끌려 모두 기차에서 내려 시체를 쳐다보고는 혹시나 짐을 도둑맞을까 걱정하며 기차로 돌아갔다.

그들은 기차에서 내려 다리를 비비거나 산책을 했고 꽃을 따기도 했다. 그들은 하나같이 이 불행한 일이 일어나지 않았다면 늪이나 초원, 넓은 강, 건너편의 멋진 저택과 교회는 존재하지 않았을 것이리는 기분이 들었다.

태양까지 순수한 이 지방의 면모를 지닌 것 같았다. 석양에 빛나는 많은 사람의 얼굴은 약간은 수줍은 듯했다. 미샤는 크게 충격을 받아 처음에는 슬픔과 두려움에 몸을 떨었다. 자살자는 이 여행을 하는 동안 객실로 아버지를 찾아와 몇 시간씩 담소를 나누었다. 그는 아버지에게서 도덕적 순결과 평화로움과 이해심을 느꼈다. 그는 환어음과 양도 권리증과 파산과 협잡에 대한 법의 세부적인 것에 대해 물었다. 「아, 그렇군요!」 그는 고르돈 변호사의 말을 듣고 감탄했다.

「법이 그렇게 관대하다는 걸 몰랐읍니다. 내 변호사는 더 절망적으로 얘기했거든요.」

이 사람이 어느 정도 안정할 때쯤이면 그와 함께 여행중인 변호사가 이웃의 일등칸에서 데리러 와서 식당에 가서 샴페인이라도 마시자고 하며 끌고 갔다. 바로 그 사람이 지금 아주 태연한 얼굴로 시체 옆에 서 있는 몸집이 거대한 변호사다. 의뢰인의 조바심이 왠지 그에게 도움이 되었으리란 느낌을 주었다.

미샤의 아버지는 그 죽은 사람은 유명한 백만장자이며, 마음은 착하지만 무책임하고 방탕한 생활을 한 지바고라고 말했다. 그가 아버지를 찾아와서는 미샤가 앉아 있는데도 거리낌없이 미샤와 나이가 같은 자기 아들과 죽은 아내에 대해 이야기하고 또 자기가 버린 두 번째 가족에 대해서도 말했다. 그는 갑자기 무엇인가를 생각했는지 공포에 사로잡혀 떨더니 창백한 얼굴로 횡설수설 떠들다가 인사 불성이 되어 버렸다.

그는 이유를 알 수 없지만 미샤에게 강한 애정을 나타냈는데, 어쩌면 그것은 다른 사람에 대한 애정의 감정이었는지도 모른다. 그는 큰 정거장에 도착할 때마다 역사로 달려나가 장난감과 기념품을 잔뜩 사서 미샤에게 안겨 주었다.

그는 쉬지 않고 계속 술을 마시며 석 달이나 잠을 자지 않았는데도 짧은 시간이라도 술이 깨면 정상적인 인간은 상상도 하지 못할 고통에 빠진다고 호소했다.

죽기 직전에 그는 객실로 뛰어들어와 고르돈의 손을 꽉 잡고 무슨 말인가를 하려 했으나 입을 열지 못한 채 승강구로 뛰어가 열차에서 뛰어내린 것이었다.

미샤는 그가 마지막 선물로 안겨 준 우랄 산맥의 광석이 담긴 작은 나무 상자를 쳐다보았다. 그때 갑자기 술렁거리는 동요가 일어났다. 다른 선로로 수동차가 다가왔다. 그 안에서 모자를 쓴 치안 판사와 의사와 경찰관이 뛰어내렸다. 잠시 후 사무적인 냉정한 목소리가 들렸다. 그들은 여러 가지 질문을 하고 그 내용을 기록했다. 차장과 순경은 비틀거리면서 시체를 철둑 위까지 끌어올렸다. 한 시골 여인이 큰 소리로 통곡했다. 승객들에게 제자리로 돌아가라는 말을 한 후 경비원이 호루루기를 불자 기차는 기적 소리를 울리며 움직이기 시작했다.

8

「아, 성자께서 나타나셨군.」
니카는 방 안에서 심술궂게 왔다갔다 하면서 말했다. 손님들의 목소리가 문 밖에서 들렸고, 이제 길이 막혀 버린 것이었다. 침실에는 니카와 보스코보이니코프의 침대가 둘 있었다. 니카는 재빨리 자기 침대 밑으로 기어들어갔다.

니카는 다른 방에서 자기 이름을 부르며 찾는 소리를 들었다. 그들은 니카가 숨은 침실로 들어왔다.

「하는 수 없구나. 유라야, 나가서 놀거라. 나중에 니카가 나타나면 함께 놀도록 하렴.」

니콜라이 니콜라예비치는 조카 유라에게 말했다. 그들이 그 방에서 거의 20분 가량 페테르스부르크와 모스크바의 학생 폭동에 대해 이야기를 나누었기 때문에 니카는 꼼짝도 못하고 지루함을 견뎌야 했다. 마침내 두 사람이 베란다로 나가자 니카는 살며시 창문으로 빠져나가서 정원으로 향했다.

그는 어제 잠을 충분히 자지 못한 탓에 기운이 없었다. 그는 14세가 되었는데, 어린애로 취급받는 게 지겨워졌다. 니카는 밤새도록 잠을 이루지 못하고 있다가 새벽녘이 되어 밖으로 나갔다. 막 떠오르는 태양은 넓은 정원에 들어선 촉촉히 이슬을 머금은 나무의 그림자를 땅에 길게 드리웠다.

그에게서 몇 발자국 떨어진 곳에서 풀 속의 이슬 방울과도 같은 실개울이 흐르고 있었다. 그것은 흐르고 흘렀지만 땅으로 스미지 않았다. 갑자기 그것이 날렵하게 옆으로 미끄러져 버렸다. 그것은 바로 뱀이었다. 니카는 놀라서 몸을 떨었다.

그는 참으로 묘한 소년이었다. 그는 흥분하면 어머니를 닮아 큰소리로 혼잣말을 하곤 했다. 그리고 고상한 화제나 연설에 열중하기도 했다.

「이 세상에 생존해 있다는 게 얼마나 멋진 일인가! 그러나 나는 왜 늘 괴로울까? 신은 분명히 존재한다. 내가 바로 신이다.」

그는 혼자 중얼거리며 생각했다. 그는 사시나무를 쳐다보며 『나무에게 움직이지 말라고 명령해야지.』 그는 온 정신을 집중하여 나무에게 『조용히 있어라.』 하고 명령하자, 나무는 당장 그의 명령대로 꼼짝도 하지 않았다. 니카는 큰소리로 웃으며 강으로 목욕 하러 가기 위해 달려갔다. 그의 아버지인 데멘티이 두도로프는 폭력주의자로 교수형 판결을 받았으나 황제의 집행 유예 명령으로 지금 강제 노동을 하고 있었다. 어머니는 그루지아 지방의 에리스토프 가문의 공작 부인으로 아름답지만 성질이 괴팍한 여자였는데, 아직 나이가 젊은 탓인지 반란과 반란자, 극단주의적 이론, 저명한 배우 등에 열을 올리는 인물이었다.

그녀는 니카를 사랑하여, 이노켄티이라는 그의 이름에서 이노체크나 노체니카 등과 같은 자못 우스운 이름을 지어내어, 자기 고향 더플리스로 자랑하러 데리고 갔다. 그는 그곳에서 가지가 높이 쭉쭉 뻗은 나무를 보고 깊은 인상을 받았다. 그 나무는 열대 식물로 코끼리의 귀처럼 생긴 큰 나뭇잎을 마당에 늘어뜨리고 있었다. 니카는 그것이 동물이 아니고 식물이라는 사실이 아무리 생각해도 이상했다.

소년이 무서운 아버지의 성을 따른다는 것이 아무래도 위험한 일이라 이반 이바노비치는 그가 어머니 성을 따르는 것에 대해 찬성했다. 그래서 그는 소년의 어머니의 동의를 얻어 황제에게 성을 바꾸는 것을 허락해 달라고 청원을 올릴 작정이었다. 그는 침대 밑에서 쭈그린 채 보스코보이니코프가 도대체 무엇인데 그의 인생에 대해 지나친 간섭을 하는지도 생각했다. 그가 깨닫게 버릇을 고쳐 주어야겠다고 다짐했다.

또 나디아는 어떤가. 그녀는 기껏해야 열다섯 살밖에 먹지 않았으면서도 어른인 척하며 자기를 어린애 취급할 권리가 어디 있단 말인가! 그는 여러 번『나는 그녀를 미워한다. 보트를 타자고 한 후에 바다에 빠뜨려 버리자. 그래 죽여 버리자.』라고 혼자 중얼거렸다.

어머니도 마음에 들지 않는다. 도망을 치며 어머니는 보스코보이니코프를 속였는데, 그녀는 코카서스 근처에는 가지 않고 페테르스부르크에서 경찰에게 총을 쏘아 대는 학생들을 바라보며 즐거워할 것이다. 나는 이 쓰레기 더미 속에 버려 두고, 아니 나는 까맣게 잊었겠지. 어디 보자. 나도 그들에게 단단히 맛을 보여 줄 것이다. 그는 나디아를 죽인 후, 학교는 그만두고 도망쳐서 아버지가 있는 시베리아로 찾아가서 반란을 일으키겠다고 다짐했다.

연못의 가장자리에는 수련이 피어 있었다. 보트가 부스럭거리면서 수련을 가르며 나가자 수박을 세모꼴로 도려 낸 것처럼 연못의 물이 나타났다.

니카와 나디아는 수련을 땄다. 두 사람은 고무처럼 질긴 가지를 하나 잡고 서로 힘껏 잡아당기는 바람에 머리를 부딪쳤고 배는 갈고리로 당긴 듯 물가로 끌려가 버렸다. 줄기는 뒤엉켜 짧아졌으며 핏물이 있는 계란 노란자위처럼 가운데가 산뜻한 심의 하얀 꽃이 물을 흘리며 가라앉았다가 다시 떠오르곤 했다.

나디아와 니카는 나란히 앉아 배가 점점 기울었는데도 계속 수련을 땄다.

「난 학교가 정말 지겨워. 나도 내 식으로 살 때가 되었단 말이야. 어서 나도 남들처럼 돈을 벌고 싶어.」

니카가 투덜거리며 말했다.

「난 대수 성적이 형편 없어서 재시험을 볼 뻔했어. 너에게 제곱근 방정식을 물어 볼려고 했었어.」

니카는 지금 나디아가 하는 말에는 분명히 가시가 들어 있다고 생각했다.

그녀는 니카를 지금도 어린애 취급하여 기를 죽이려는 것이었다. 제곱근 방정식이라고! 그는, 대수는 아직 시작도 하지 않은 처지였다.

그는 자신의 감정을 전혀 나타내지 않고 냉정히 질문했다.

「너는 누구와 결혼할 거니?」

그는 질문을 하고는 바로 자기의 질문이 얼마나 바보 같은 것이었나를 깨달았다.

「그건 아직 먼 훗날의 일인데 뭐. 난 누구와도 결혼하지 않을 거야. 그런 생각은 하지 않았단 말이야.」

「오해는 하지 마. 난 네 결혼에 대해 관심이 있는 게 아니니까.」

「그럼 왜 그런 질문을 하지?」

「넌 참 바보구나.」

그들은 아웅다웅 말다툼을 시작했다. 니카는 자기가 아침에 여자에 대해 혐오심을 가졌던 것이 떠올랐다. 그는 나디아에게 더 이상 떠들면 빠뜨려 죽여 버리겠다고 협박했다.

「그래, 마음대로 해봐.」

나디아는 살살 그를 약올렸다. 그는 두 손으로 니카를 안았다. 두 사람은 실랑이를 벌이다가 균형을 잃고 그만 쓰러져 버렸다.

두 사람은 수영을 할 수 있었지만 갑자기 물 속에 빠져 버려서 물을 흠뻑 뒤집어쓰고 기슭으로 나왔다. 구두와 주머니에서 물이 줄줄 흘러내렸다. 그들은 숨을 몰아쉬며 등을 돌리고 앉아 있었다. 니카는 마치 몽둥이로 흠씬 매를 맞은 것처럼 온몸이 쑤셔 왔다.

얼마 후에 나디아가 침착한 목소리로「니카, 너 미쳤니?」하고 묻자, 그도 점잖게「미안해.」하고 말했다.

그들은 물이 든 물통처럼 물을 뚝뚝 흘리면서 집으로 향했다. 그들은 아침에 니카가 뱀을 본 숲을 지나야 했는데, 그 숲은 뱀이 우글거렸다.

니카는 한밤중에 마치 요술에 걸린 듯 흥분했던 일과, 자연이 그의 명령에 따르던 새벽의 신비로운 힘이 떠올랐다. 이제는 어떤 명령을 내려야 할까를 생각했다. 그가 가장 원하는 것은 무엇인가? 그가 지금도 가장 원하는 것은 다시 한번 나디아와 물에 빠지는 것이었다. 또 그런 일이 벌어질 수만 있다면 어떤 댓가를 치루어도 좋다고 생각했다.

제 2 장 다른 세계에서 온 소녀

1

일본과의 전쟁이 끝나기도 전이었는데 뜻하지 않던 의외의 사건이 발생했다. 그것은 다름 아닌 혁명의 물결이 거세게 러시아를 휩쓴 것이었다.

이때 벨기에 사람인 기사의 미망인으로 러시아로 귀화한 프랑스 사람인 아말리아 카를로브나 구이샤르가 아들 로디온과 딸 라리사를 데리고 우랄 산맥으로부터 모스크바에 왔다. 그 미망인은 아들은 육군 사관학교에, 딸은 9년제 여학교에 보냈는데 라리사는 나디아 콜로그리보프와 같은 학급이었다.

구이샤르 부인에게 남편은 은행 예금과 가격이 오르다가 지금은 하락세인 주식을 남기고 세상을 떠났다. 가지고 있는 돈이 떨어지는 것을 방지하기 위한 일이 그녀에게는 절실히 필요했다. 그래서 그녀는 개선문 근처의 레비츠카이아 양장점을 그 신용과 고객과 아울러 공장에서 일하는 재봉사와 견습공까지 모두 인수했다.

그녀는 남편의 친구이자 지금은 자문과 도움을 얻고 있는 변호사 코마로프스키의 충고대로 그런 일을 하게 되었다. 그는 러시아의 경제계에 대해 광범위한 정보를 가진 냉혹한 사업가였다. 구이샤르 부인은 서신으로 그와 연락을 취하여 이사 준비를 진행했으며, 그는 그 일가족을 맞으려고 역에 나와 모스크바 시가지를 가로질러 오루제이니 페레울로크의 몬테네그로를 호텔까지 마차로 안내했다. 그는 로디온을 사관학교에 보내라고 미망인을 설득했으며 라라도 자기가 학교를 결정했다. 그는 아들과 농담을 스스럼없이 나누었으며, 라라가 얼굴을 붉힐 정도까지 빤히 쳐다보곤 했다.

2

그들 가족은 그 호텔에서 한 달 가량 머물다가 작업장 근처의 방이 세 개인 자그마한 집으로 이사했다.

그곳은 모스크바에서 가장 평판이 나쁜 빈민가로 마부들이 출입하는 싸구려 술집과 타락한 인간이 우글거리는 악의 소굴이었다.

아이들은 지저분한 방과 보잘 것 없는 가구, 그리고 빈대를 보고도 전혀 놀라지 않았다. 아버지가 세상을 떠난 후 어머니는 가난의 공포 속에서 살았기 때문에, 두 아이는 그들이 파멸 지경에 빠졌다는 것을 들었다. 그들은 자기네가 거리의 버려진 아이가 아니라는 것은 알았지만, 고아원에서 성장한 아이들처럼 부자에 대해서 막연한 두려움을 가지고 살았다.

어머니는 그런 공포의 증거를 아이들에게 보여 주었다. 그녀는 서른다섯 살 가량의 뚱뚱한 여인인데, 심장병 환자이고 가끔 어이없는 발작적인 행동을 했다. 구이샤르 부인은 소심한 성격으로 겁이 많고 남자를 두려워했다. 그런 이유 때문에 그녀는 쉬지 않고 남자를 갈아치웠다.

그들은 몬테네그로에서 23호에 살았는데, 그 옆 방인 24호에는 호텔이 문을 연 날부터 그 방에 살아온 대머리인 티슈케비치란 남자가 살고 있었다. 그는 가빌을 썼는데 땀을 많이 흘리고 다른 사람에게 말할 때에는 두 손을 가슴에 모으곤 했다. 티슈케비치는 멋진 파티나 연주장에서 연주할 때에는 머리를 뒤로 젖히고는 눈알을 굴려 대는 첼리스트였다. 그는 거의 대부분을 볼쇼이 극장이나 음악학교에서 보냈다. 그들은 이웃으로 서로 알게 되어 친숙해졌다.

코마로프스키가 방문하면 아이들이 곁에 있는 게 불편하므로, 티슈케비치는 자기 방 열쇠를 그녀에게 주어 자기 방을 이용하도록 했다. 얼마 후에 그녀는 몇 번이나 그의 방문을 두드리고 냉혹한 변호사로부터 자기를 지켜 달라며 눈물로 호소했다.

3

올리아 데미나 집은 트베르스카아 거리의 모퉁이에서 가까운 곳에 있는 단층집이었다. 그 근처에는 기관차 정거장과 창고, 철도원의 관사가 자리잡고 있었다.

삼촌은 모스크바 화물역의 직원이고 자기는 구이샤르 부인의 양장점에서 일하는 영리한 소녀였다.

그녀는 남보다 일을 빨리 배우는 재주 있는 견습공으로, 옛날 주인에게도 사랑을 받았고 새 주인에게도 호감을 산 것 같았다. 그녀는 양장점 주인의 딸인 라라 구이샤르를 좋아했다.

양장점은 주인이 바뀌었어도 변화가 없었다. 지친 재봉사들의 날렵한 손안에서 재봉틀이 요란하게 돌았다. 여자들은 묵묵히 앉아서 바느질을 하느라고 실을 길게 뺀 바늘을 잡아당기곤 했다. 마룻바닥에 헝겊 조각이 지저분하게 널려 있었다. 요란한 재봉틀 소리와 새장에 갇힌 카나리아 키릴 모데스토비치의 시끄러운 지저귐 때문에 이야기를 하려면 소리를 질러야 했다. 카나리아에게 붙여진 전혀 어울리지 않는 이름의 비밀은 주인이 바뀌어서 무덤 속에 묻히고 말았다.

응접실에서는 패션 잡지가 쌓여 있는 탁자 주위에 손님이 모여 앉아 이야기를 나누었다. 그녀들은 저마다 잡지에서 본 멋있는 포즈를 취하느라고 서거나 앉거나 탁자에 몸을 숙이고 옷의 디자인에 대해 의견을 말했다. 지배인 자리인 다른 테이블 앞에는 구이샤르 부인의 조수이자 고참 재봉사인, 비쩍 마른 화이나 실란티에브나 페티소바가 앉아 있었다. 그녀는 누런 이 사이에 궐련을 물고 노란 눈을 곁눈질하며, 코와 입으로는 계속 연기를 내뿜으며 고객들의 칫수와 주문 사항을 노트에 기록했다.

주인인 구이샤르 부인은 양장점을 경영한 적이 없어서 주인이라는 기분이 전혀 들지 않았으나 직원들은 충직하게 일했고 페티소바도 성실했다. 그렇지만 세상이 시끄럽고 편안치 않아서 그녀는 항상 걱정이 머리에서 떠나지 않았다. 그녀는 미래를 생각하면 눈앞이 깜깜해지며 절망감에 사로잡혔다.

코마로프스키는 빈번히 가게에 찾아왔다. 두 사람이 아파트로 가려고 양장점안을 지나가노라면 가봉을 하던 멋장이 부인들은 그의 농담을 거리낌없이 받아 주었다. 그러면 미싱공들은 비양거리는 투로 『나리가 오셨네.』『아말리아의 영감쟁이가 왔군.』『난봉장이』하고 수군거렸다.

코마로프스키보다 더 증오의 대상이 되는 것은 불독 재크였다. 그는 가끔 그 개를 앞세우고 다녔는데, 얼마나 세게 앞으로 나가는지 그는 쓰러질 듯이 달려가야 했다. 그는 마치 장님처럼 두 팔을 뻗고 비틀거리며 개를 따라갔다.

언젠가 봄날에는 재크가 라라에게 갑자기 달려들어 그녀의 스타킹을 물어 뜯은 적도 있었다.

「내 언젠가 저 괴물단지를 죽여 버릴 테야.」

올리아는 라라의 귀에 대고 씩씩거리며 말했다.

「정말 무서운 개야. 그러나 어떻게 저 개를 죽이지. 이 바보야.」

「조용히 해, 내가 말해 줄께. 부활절 때 쓰는 돌로 만든 달걀이 있어. 너희 엄마 옷장 위에 있잖아. 그것으로……」

「응, 있어. 대리석으로 된 것도 있고 유지로 만든 것도 있어.」

「맞아, 바로 그것만 있으면 돼. 자 몸을 숙여 봐. 내가 은밀히 알려 줄께. 그 달걀을 돼지 기름에 담가, 그럼 저 괴물이 그걸 꿀꺽 삼킬 거야. 그러면 그것으로 일은 성공이지 뭐.」

라라는 큰 소리로 웃으면서 그런 올리아를 부러워했다. 가난에 찌든 어린 소녀였지만 너무나 어린애답고 순수해서 가슴이 뭉클했다. 달걀과 재크, 어 떻게 그럴 기발한 생각을 할 수 있었을까?『그런데 왜 나는 눈앞에 보이는 모든 것이 가슴 아플까?』라고 라라는 생각했다.

4

『어머니는 그 남자의, 그것을 뭐라고 하더라……그 남자는 어머니의…… 난 그런 말을 너무도 추해서 입에 담고 싶지도 않다. 그런데 왜 그 사람은 나 를 그런 눈으로 쳐다보는 걸까. 난 바로 어머니의 딸인데.』

라라의 나이는 이제 열여섯 살이 막 넘었지만 조숙한 편이라 성숙한 처녀 같았다. 사람들은 라라를 열여덟 살이나 그보다 더 먹어 보인다고 했다. 라라 는 지혜롭고 총명했으며 쾌활한 성격이었다. 그리고 미모가 수려했다.

라라와 로디아는 살아가는 데 있어서 모든 것은 고생을 해야 얻을 수 있다 고 믿었다. 여유 있는 부자와는 달리 그들은 자기들과 관계 없는 일을 따질

겨를이 없었다. 겉멋은 추한 것이었다. 라라는 이 세상에서 가장 순수하고 아름다왔다.

오누이는 올바로 가치를 판단해서 성취된 것을 소중하게 여길 줄도 알았다. 어렵게 살지만 평판이 좋아야 했다. 장래가 촉망받는 젊은이는 호감을 사는 법이다. 라라는 막연히 추상적인 지식욕 때문이 아니라 장학금을 받아야 했기 때문에 공부를 잘했다. 공부뿐만 아니라 설겆이, 양장점의 여러 일, 그리고 어머니의 심부름까지도 훌륭히 해냈다. 그녀는 늘 우아한 자태를 보였고 목소리와 손 하나의 놀림까지 갈색 눈과 금발이 갈 조화를 이루었다.

7월 중순의 어느 일요일, 휴일 아침이라 느긋이 늦잠을 즐겨도 되기 때문에 라라는 두 손을 깍지 긴 채 베고 누워 있었다.

휴일이라 양장점은 조용했고 길 쪽으로 난 창문은 활짝 열린 채였다. 라라는 멀리서 사륜 마차가 자갈길을 지나 철도 마차 레일 홈 속으로 미끄러지는 바퀴 소리를 들었다. 그녀는 조금 더 자려고 눈을 감았다. 시내의 뒤섞인 소음이 마치 자장가처럼 귓전에 울렸다.

라라는 지금 침대에 누워 왼쪽 어깨 부분과 오른쪽 발의 엄지 발가락을 의식하고 있었다. 다른 신체의 모든 것도 그녀 자신이었고, 영혼과 그 외의 어떠한 내적 존재도 조화를 이루며 미래 속으로 민감하게 돌진했다.

라라는 잠을 청하면서 깨끗이 청소된, 팔기 위한 마차가 늘어선 마차 전시장, 유리를 잘라 만든 잔, 장난감 공, 유복한 생활을 상상 속에 그렸다. 그리고 약간 길을 따라 내려가면 즈나멘스키 병영의 연병장에서는 용기병들이 훈련을 받고 있어서——말들은 뽐내며 으시대고, 병사들은 안장에 올라타 천천히, 조금 빠르게, 그리고 아주 빨리 지나가고, 밖에서는 부모와 어린애를 데리고 있는 하녀와 함께 아이들이 늘어서서 바보처럼 입을 크게 벌리고 난간을 통해 들여다본다. 그리고 더 아래로 내려가면 페트로브카 거리가 있을 거라고 라라는 생각했다.

「뭐라고, 라라? 부질없는 생각도 다하는구나. 나는 단지 내가 사는 아파트를 보여 주고 싶었을 뿐이야. 그리고 아주 지척이고.」

그 날은 이 마차 만드는 사람들의 거리에 사는 코마로프스키의 친구의 어린 딸인 올가 이름을 가진 성인의 축일이었다. 어른들은 춤과 샴페인으로 축일을 축하했다. 그는 어머니를 파티에 초대했으나 어머니는 몸이 아파서 참석할 수 없었다. 그래서 그녀는 말했다.

「나 대신 라라를 데려 가요. 당신은 항상 나에게 라라를 잘 돌보라고 했잖아요. 그러니 오늘은 당신이 좀 보살펴 줘요.」

어머니의 말처럼 코마로프스키는 라라를 잘 보살펴 주었다. 참으로 그건 우스꽝스러운 일이긴 하지만.

왈츠는 인간에게서 이성을 빼앗는 힘이 있다. 아무 생각도 할 수 없이 그저 빙글빙글 돌기만 한다. 음악이 연주되는 동안에는 소설에 나오는 인생처럼 영원할 것만 같았다. 그러나 음악이 끝나면 온몸에 찬물을 흠뻑 뒤집어쓴 것 같거나 옷을 벗고 알몸으로 있다가 다른 사람의 눈에 띈 것처럼 충격을 받는다. 말할 것도 없이 이제 어른이 되었다는 것을 보여 주려는 자만심으로 그런 행동을 남에게 허용하는 것이다.

라라는 자신이 춤을 그렇게 잘 춘다는 것을 모르고 있었다. 그는 익숙하고 자연스런 태도로 그녀의 허리를 안았다. 그러나 그녀는 두번 다시 이런 식으로 자신에게 키스하게 하지 않으리라고 다짐했다. 라라는 누군가의 입술이 자기 입술 위에서 그렇게 길게 누르고 있는 동안 생전 느끼지 못했던 심한 모욕감을 느끼리라고는 예기치 못한 일이었다.

라라는 이런 어리석은 행동은 하지 말아야 한다고 결심했다. 당장 세상에서 가장 순진한 여자처럼 행동하지 말아야 하고, 아양을 부리거나 다소곳이 눈을 아래로 내리까는 일 따위는 하지 말아야 한다고 생각했다. 그러지 않았다가는 결국 파멸하고 말 것이다. 눈에 얼른 들어오지는 않지만 무서운 선이 바로 옆에 있다. 자칫 한 발만 앞으로 내밀어도 심연으로 떨어지게 된다. 춤에 대해선 잊어버려야 한다. 그것은 모든 악의 근원이다. 이제는 춤을 전혀 못 춘다거나 다리가 부러졌다고 핑계를 대야 하는 것이다.

5

그 해 가을 모스크바 지역의 철도에서 일하는 노동자들 사이에 큰 소동이 일어났다. 모스크바 브레스트 철도에서 일하는 사람들도 함께 파업을 하기로 되어 있었다. 그들은 파업하기로 결정을 내렸지만, 위원회에서 각 철도의 파업 시기 의견이 달라서 합의를 하지 못한 상태였다. 철도에 종사하는 사람들은 파업이 가까와 오는 것을 알면서, 이제 파업을 개시할 외적인 구실을 찾고 있었다.

10월 초 약간 쌀쌀하고 잔뜩 흐린 날 아침, 바로 봉급 날이기도 했다. 경리

과에서는 한동안 아무 소식도 없다가 나중에 사무실에서 소년이 봉급 명세서와 벌금을 공제하기 위한 서류 더미를 가지고 왔다. 봉급이 지급되었다. 정거장·작업장·기관고·창고·선로와 기관차고와 선로와 관리 사무소의 목조 건물조부터 차장, 전철수, 단야공과 견습 청소부가 급료를 타려고 길게 줄을 서서 기다렸다.

사람에게 짓밟힌 나뭇잎, 녹은 눈, 기관차의 매연, 역의 식당 지하실에서 갓구워 페치카에서 꺼낸 따끈따끈한 쌀보리 빵의 구수한 냄새가 코 끝을 스쳤다.

열차가 도착하고 또 출발했다. 신호기의 지시대로 감기고 풀리면서 기차가 결합되고 또 분리되었다. 기관차는 기적을 울리고, 경비원은 경적을 요란히 삑삑거리고, 전철수는 호루루기를 불었다. 기관차가 뿜어 대는 연기가 기둥처럼 높게 하늘로 올라갔다. 기관차가 뜨거운 수증기를 내뿜어 차가운 구름과 한데 섞였다.

철도 관구장인 철도 기사 푸플르이긴과 선로 감독관인 파벨 페라폰토비치 안티포프는 철도가를 따라 왔다갔다 하고 있었다. 안티포프는 선로를 보수하기 위한 부속품의 질 때문에 수리 공장을 괴롭혀왔다. 강철은 장력이 충분치 못했고 철도는 지구력 검사에 불합격했는데, 그는 혹한 때문에 금이 갈 것 같다고 생각했다. 관리부 쪽에서는 파벨 페라폰토비치의 불평에 냉담했다. 계약에서 누군가가 부당한 이익을 취하기 때문이었다.

푸플르이긴은 철도원 제복의 가장자리에 장식으로 수놓은 값비싼 털 외투를 어깨를 걸치고 있었으며 그 속에는 새 사지 양복이 보였다. 그는 신중하게 축대 위로 올라서서 양복 바지의 칼같이 선 주름과 고상한 구두를 만족한 듯 내려다보고 있었다. 그는 안티포프가 하는 말을 건성으로 들어 넘겼다. 푸플르이긴은 자신의 일에 대해 깊은 생각했다. 그는 급한 일이 있는지 자꾸 시계를 들여다보았다.

그는 더 이상 참을 수 없는 듯 안티포프의 말을 막으며 말했다.

「그런데 여보게, 그건 그렇지 않다네. 위험한 곳은 기차가 많이 다니는 본선뿐이라네. 그러나 지금 맡고 있는 곳의 상태 좀 보게나. 그곳에는 대피선과 끊긴 철도에 쐐기풀과 민들레가 많이 있지. 특별한 경우가 있다면 빈 기차가 다닌다거나 조차용 기관차를 바꾸는 일뿐이지. 자네는 뭐가 부족하다고 생각하나. 참 정신 없는 사람이군. 지금 레일이 문제가 아니란 말야. 여기에는 목제 레일을 깔아도 관계 없어.」

푸플르이긴은 회중 시계를 다시 한번 들여다보고는 뚜껑을 닫고 저 멀리 떨어진 철도 쪽으로 난 길을 멍하니 바라보았다. 길이 구부러진 곳에서 마차 한 대가 달려오는 것이 눈에 들어왔다. 그 마차는 푸플르이긴이 탈 마차였다. 그의 아내가 지금 마차를 타고 데리러 오는 중이었다. 마부는 계속 말을 끌어모아, 유모가 어린애에게 잘못을 꾸짖는 듯 날카롭고 여자 같은 목소리로 말을 부려 댔다. 말이 기차를 보고 크게 놀란 듯 싶었다. 마차의 한쪽 구석에는 예쁘게 생긴 부인이 쿠션에 몸을 기대고 앉아 있었다.

철도 관구장은 한 손을 들고 그에게 말했다.

「여보게, 그럼 나중에 또 만나세. 나는 철도보다 더 중요한 일이 있네.」

말을 마치고 푸플르이긴 부부는 곧 마차를 타고 떠났다.

6

서너 시간이 지나고 어둑어둑해질 무렵, 철로변에서 약간 떨어진 들에 두 사람의 그림자가 불쑥 튀어나와 황급히 멀어져 갔다. 두 사람은 바로 안티포프와 티베르진이었다.

티베르진이 독촉했다.

「더 빨리 가야겠네. 우리 뒤를 미행하는 밀정이 무서워서 그러는 게 아니야. 그 꿈벵이들은 느러터진 일이 끝나면 땅굴에서 나와 뒤따라 올 테니까 걱정이야. 도대체 그 놈들은 낯짝도 보기 싫단 말이야. 그렇게 결단을 내지 못한다면 무슨 위원회가 필요하단 말인가. 불을 질러 놓고 도망치는 것과 다를 바가 없어. 자네도 틀렸네. 어째서 그런 치들의 편을 드는 거지?」

「다리아가 발진티푸스에 걸렸어. 어서 병원으로 데려가야 한다네. 나는 그래서 다른 것에 신경을 쓸 여유가 없다네.」

「오늘 봉급이 지급된대. 내가 사무실에 다녀올게. 맹세하지만 오늘 봉급날이 아니라면 정말 모두 혼내 주었을 거야. 이제 정말로 한시도 기다릴 필요가 없어. 모두 끝내고 말 테야.」

「아니, 어떻게 그럴 수 있다고 생각하나?」

「그거야 간단한 일이지. 보일러실로 가서 경적을 울리기만 하면 되지.」

그들은 작별 인사를 나눈 뒤 각기 헤어졌다.

티베르진은 시내 쪽으로 걸어가다가 사무실에서 월급을 타 가지고 오는 사람과 만났다. 사람들이 아주 많았다. 티베르진은 얼핏 보기만 해도 역에 있는 모든 사람이 월급을 탔다고 짐작했다.

주위에 어둠이 깔리자 사무실에도 불이 밝혀졌다. 그 옆의 광장에는 일이 없는 노동자들이 떼지어 모여 있었다. 광장 한쪽에 푸플르이긴의 마차가 서 있었는데, 그의 부인은 아침부터 꼼짝도 하지 않은 것처럼 여전히 같은 자세로 앉아 있었다. 그녀는 남편이 월급을 타 가지고 나오기를 기다렸다.

뜻밖에 진눈깨비가 내렸다. 마부가 내려와서 가죽 덮개를 씌웠다. 마부가 마차 뒤쪽에 한 발을 디디고 딱딱한 버팀 나무를 당겨 죄는 동안 푸플르이긴 부인은 사무실의 불빛을 받아 마치 유리구슬처럼 아름답게 빛나는 진눈깨비를 당혹한 듯 넋을 잃고 바라보았다.

티베르진은 그녀의 표정을 우연히 보고는 인사도 하지 않고 슬쩍 지나쳐 버렸다. 그리고 사무실에 가면 푸플르이긴이 있을 것을 알고 나중에 월급을 타러 가기로 했다. 그는 창고 쪽으로 들어가는 여러 선로와 함께 전차대가 거무튀튀하게 부채처럼 보이는, 희미한 불빛이 보이는 작업장으로 향했다. 그때 어둠 속에서 몇 명이「티베르진! 쿠프리크!」하고 부르는 소리가 들렸다. 작업장 앞에는 사람들이 여럿이 모여 서 있었다. 안에서는 누군가의 고함 소리와 어린 아이의 울음 소리가 요란하게 들려 나왔다.

「어서 좀 안에 들어가서 저 아이를 살려 줘요. 이러다간 아이가 죽겠어요. 키프리얀 사벨리예비치.」

여러 사람 속에서 한 여자가 날카롭게 소리쳤다.

평상시와 다름없이 늙은 십장 후돌레예프가 어린 견습공인 유수프카를 잔인하게 때리고 있었다.

후돌레예프라는 사나이는 원래 직공을 괴롭히거나 술을 마시면 아무나 붙잡고 싸움을 하는 사람은 아니었다. 한창 시절에 그는 젊고 멋진 직공으로 모스크바 근교 공장지대에서 상인의 딸이나 성직자의 딸로부터 선망의 대상이 되기도 했다. 그러나 그때 그리스 정교 수도원 학교를 졸업한 티베르진의 어머니는 그의 청혼을 거절하고, 그의 동료 기관사 사벨리 니키티치 티베르진과 결혼을 해 버렸다.

사벨리 니키티치가 1888년 열차 충돌 사고로 죽은 후, 그녀가 미망인이 된 지 5년이 되는 해 피오트르 후돌레예프는 또다시 그에게 청혼을 했다. 그러나 이번에도 역시 그녀는 거절했다.

그때부터 후돌레예프의 주사는 시작되어 술만 마시면 아무하고나 시비를 하고 싸움을 하려고 들었다.

유수프카는 티베르진이 살던 공동 주택에서 경비를 하고 있는 기마제트진의 아들이었다. 티베르진은 작업장에서 소년을 감싸안고 있었다. 그러나 그의 이러한 태도는 후돌레예프에게 그에 대한 적개심을 한껏 불러일으킬 뿐이었다.

「야, 이 아시아 놈아, 넌 줄도 제대로 못 쥐냐. 어떤 바보 천치가 주물을 벗긴단 말이야. 너는 지금 내 일을 망칠 작정이냐, 사팔뜨기 회교도 놈아!」

후돌레예프는 어린 소년 유수프카의 머리털을 움켜 쥐고 질질 끌어당기며 소리쳤다.

「아저씨, 용서해 줘요. 다시는 안 그럴게. 한번만 용서해 주세요. 아야!」

「내가 몇 번이나 말해 주었냐. 먼저 심쇠를 맞춘 뒤에 물림쇠를 조여야 한다고 그랬잖아. 그런데 네 놈은 왜 멋대로 하느냐 말이다. 이 바보 같은 자식아, 너 때문에 굴대를 부러뜨릴 뻔했어.」

「아니예요, 저는 절대로 굴대는 손대지 않았어요. 아저씨, 믿어 주세요.」

그때 사람들을 밀치고 들어가면서 티베르진이 큰 소리로 말했다.

「아니 어린애가 뭘 잘못했다고 야단이요?」

그러자 후돌레예프도 지지 않고 퉁명스럽게 대꾸했다.

「당신과는 관계 없는 일이니 가까이 올 것 없어.」

「나는 지금 당신이 왜 그 어린애를 못살게 굴고 있는지 그 이유를 묻고 있어!」

「이 썩어빠진 사회주의자야, 어서 내 눈앞에서 꺼져 버려. 계속 참견하면 뼈를 부숴 비리고 말 테다. 저런 너석은 하나같이 없애 버려야 해. 난 단지 저 놈의 귀를 잡아 당기고 머리카락을 휘어잡았을 뿐이야.」

「그럼 당신은 그런 사소한 일로 애의 목이라도 베어야 직성이 풀린단 말이야? 당신은 나이를 생각하고 부끄러워할 줄 알아야 해. 머리가 허옇게 되었어도 도무지 분별력이라고는 찾아볼 수 없군.」

「어서 내 앞에서 없어져. 뼈를 모조리 부셔 버릴 테다. 네 놈이 지금 나를 훈계할 셈이야. 형편 없는 더러운 자식! 넌 네 아비가 보는 코 앞에서, 선로에서 만들어진 놈이야. 난 네 에미가 아무 놈하고나 눈이 맞아 눈이 뒤집히는 암코양이라는 걸 알고 있어.」

그리고는 눈 깜짝할 사이에 두 사람은 선반대에서 무거운 쇠공구와 쇠조각을 잡아들고 휘둘러 주위에 섰던 사람이 말리지 않았다면 아마도 서로 해치고 말았을 것이다. 두 사람은 흥분하여 눈이 충혈된 채 서로 이마가 닿을 정도로 가까이 서 있었다. 그들은 아무 말도 없이 한동안 서 있었다. 사람들이 뒤에서 두 사람의 팔을 거칠게 잡고 늘어져 몸을 마음대로 움직일 수가 없었다. 얼마 동안 후돌레예프와 티베르진은 온몸을 비틀어 대며 사람들의 손아귀에서 빠져나오려고 안간힘을 썼다. 그들은 옷의 단추와 호크가 어디론가 떨어져 나갔고 저고리와 셔츠는 벗겨져서 어깨까지 흘러내렸다. 주위에 둘러선 사람들이 큰소리로 외쳤다.

「끌을 빼앗아. 위험해. 그 끌을 뺏어 버리지 않으면 머리통이 깨진단 말이야. 진정해요, 진정해. 표트르 아저씨, 진정하란 말이에요. 가만 있지 않으면 팔을 부러뜨리겠어요. 두 사람은 따로 떼어 가둬 두어야 끝이 나겠군.」

그때 갑자기 티베르진이 무서운 기세로 자기에게 매달렸던 사람들을 밀어 버리고 황급히 빠져나가 문으로 뛰어갔다. 당황한 사람들이 그를 붙잡으려고 뒤쫓았으나 그가 마음을 고쳐먹었다는 것을 깨닫고는 더 이상 따라가지 않고 놔 두었다. 티베르진은 문을 요란하게 닫아 버린 뒤 성큼성큼 걸어갔다. 가을 밤의 축축한 습기가 온몸을 감쌌다.

「나는 그들을 도와주려고 했는데 그들은 내게 칼을 들고 덤비는군.」

그는 혼자 중얼거리면서 자신이 지금 어디로 가고 있는지도 깨닫지 못하고 앞으로 걸어갔다.

그저 먹는 것만 소일거리로 생각하는 여자가 건방진 시선으로 노동자들을 비웃으며 쳐다보고, 이런 부류의 희생자는 만취하여 동료들을 괴롭혀서 쾌감을 느끼는 비열함과 그 치졸한 세계, 그는 이 세계를 오늘은 더욱더 증오했다. 아직 행동으로 옮기지는 않았지만 포기하지는 않은 파업의 결정, 회합에서의 연설, 며칠 동안 그들이 행한 모든 투쟁이 앞으로 그들에게 펼쳐질 원대하고 기대할 만한 길의 여러 과정임을 그는 알았다.

그러나 티베르진은 착잡하여 기다릴 여유도 없이 모든 과정을 단숨에 뛰어넘고 싶었다. 그는 자기가 발을 어디로 옮겨 놓는지 알지 못했으나, 그의 발은 그를 어디로 데려 가야 할지 명백히 알았다.

그는 자기와 안티포프가 지하의 비밀 장소로 떠난 다음에 파업 위원회에서 바로 그 날 밤부터 파업을 하기로 결정했다는 사실을 한참 지나서야 알 수 있었다. 위원회의 위원들은 각기 분담하여 누가 어디로 가서 누구를 소집하여 어느 곳에서 파업을 행할 지를 결정했다. 맨 처음에는 거칠었으나 차츰차츰 맑게 퍼진, 기관차 수리장에서 티베르진의 영혼의 바닥으로부터 울려나오는 듯이 퍼지는 기관차 공장에서 기적이 울리자 수많은 사람이 벌써 차고와 화물 적치장으로부터 이동하고 있었다.

티베르진은 그 날 밤 철도의 작업과 거리의 교통을 멈추게 한 사람은 오직 자기 뿐이었다고 여러 해 동안 생각했다. 그가 재판을 받았을 때 파업에 관련된 혐의로 재판을 받았을 뿐, 파업을 선동한 조목은 첨가되지 않은 나중의 과정이 바로 그런 착각에 빠지도록 한 것이다.

사람들은 급히 달려나오며 물었다.

「어디로 모이라는 거지? 무슨 신호일까?」「자넨 귀머거리가 아니군 그래. 경보가 울리잖아. 어딘가에 불이 났어.」「어디가 타는 거야? 우리에게 지금 불을 끄라는 건가?」

사람들이 계속 문을 열어젖히며 쏟아져 나왔다. 또 다른 목소리가 울려 퍼졌다.

「이런 촌놈들! 아니 무슨 불이야, 불은. 바보 같은 소리 집어치워. 이건 불이 난 게 아니라 파업이라는 거야. 알았어? 다른 멍청이를 구해와 일을 시키라고 해. 자, 이제 집으로 돌아가세.」

수를 헤아릴 수 없이 많은 군중이 들어찼다. 이제 철도 노무자들은 파업에 돌입한 것이다.

7

이틀 후, 디베르진은 면도를 하지 못해 더부룩하고, 수면 부족 탓에 핼쓱해져서 동태같이 꽁꽁 언 몸으로 집에 돌아왔다. 철 이른 서리가 지난 밤에 내려 겨울 옷을 입지 않은 그는 몸이 얼어 버린 것이다. 현관에서 경비인 기마제트진이 맞아 주었다.

「티베르진 선생님, 정말 고맙습니다.」

그는 익숙지 않은 러시아어로 말했다.

「선생님 덕택에 유수프카가 화를 면했답니다. 저는 당신께 감사하는 마음으로 기도를 드렸어요.」

「기마제트진, 당신 제정신이오? 지금 누구에게 선생이라는 거요? 그런 소리 그만두고 어서 할 얘기나 하시오. 나는 너무 추워서 못 견디겠오.」

「춥습니까? 이제 따뜻이 지내실 겁니다. 어제 모스크바 화물역에서 나와 당신 어머니가 창고에 가득 찰 정도로 장작을 실어 왔습니다. 자작나무로 아주 훌륭한 땔감입니다. 잘 말라서 타기도 잘할 겁니다.」

「고맙군, 기마제트진. 어서 할 말이나 해보게. 나는 꽁꽁 얼어서 춥다네.」

「네, 다름이 아니라 집에 계시지 말고 피하시라는 말씀을 드릴려고요, 사벨리치. 피하셔야 합니다. 경찰이 와서 집에 누가 찾아오느냐고 묻더군요. 아무도 찾아오지 않는다고 말했어요. 나와 교대를 하려고 철도원들이 오지만 낯선 사람은 맹세코 찾아오지 않는다고 말했읍니다.」

티베르진은 독신이므로 어머니와 결혼한 남동생과 함께 살고 있었다. 이 공동 주택은 바로 옆에 있는 성삼위일체 교회 소유였다. 이 주택에 세든 사람은 몇 명의 성직자와, 거리 행상인 단체 소속의 회원 두 명과 그 외에는 모스크바 브레스트 노선에서 일하는 철도 노무자가 대부분이었다.

그 공동 주택은 석조 건물로서, 지저분한 마당의 아직 포장하지 않은 뜰을 사방에서 에워쌌다. 그리고 회랑 위로는 지저분하고 더러운 나무 계단이 있었다. 거기서는 고양이와 배속 냄새가 시큼하게 풍겼다. 옥외의 화장실과 자물쇠가 채워진 창고는 바로 층계참에 있었다.

티베르진의 동생은 전쟁터에 나가 싸우다가 바팡고우에서 부상을 당했다. 그는 크라스노야르스크 병원으로 이송되어 치료받았는데, 그의 아내는 남편을 집으로 데려오려고 두 딸과 함께 남편이 입원한 병원으로 떠났다. 대대로 철도청에서 근무했으므로 관공서에서 무료 승차권을 발급받아 전국 어디나 여행할 수 있었다. 지금은 어머니와 티베르진만 집에 있기 때문에 집안은 텅 비었고 사람이 살지 않는 것처럼 조용했다.

티베르진은 이층에서 살았다. 현관문 옆에는 물장수가 배달해 주는 큰 물통이 놓여 있었다. 사벨리예비치는 층계에 올라와 물통 뚜껑이 열려져 있는 것을 보고, 철로 된 컵이 언 물의 얼음 조각 위를 떠다니다 붙어 있는 것을 보았다. 그는 프로프가 틀림없이 다녀갔다고 확신했다.

「속이 어지간히 달았나 보군. 물을 잔뜩 마신 것을 보아 하니.」

교회에서 성가대원인 프로프 아파나시예비치 소콜로프는 그리 나이가 많지 않은 의젓한 남자로 마르파 가브릴로브나의 먼 일가였다.

티베르진은 물컵을 얼음에서 떼어 내고, 물통의 뚜껑을 잘 덮은 다음 초인종 줄을 잡아당겼다. 부엌에서 맛있는 냄새와 따스한 공기가 흘러나왔다.

「어머니, 참 따뜻하군요. 불을 많이 땠군요.」

어머니는 와락 달려들어 그를 끌어안고 울음을 터뜨렸다. 티베르진은 어머니의 머리를 살며시 쓰다듬으며 잠시 기다렸다가 부드럽게 말했다.

「어머니, 호랑이 새끼를 잡으려면 호랑이 굴에 들어가야 한답니다. 모스크바에서 바르샤바까지의 노선이 모두 파업에 돌입했어요.」

「나도 알고 있단다. 그래서 우는 거야. 경찰이 너를 잡으러 올 거야. 애야, 어서 피해야 해.」

「어머니의 사랑스런 친구인 표트르가 제 목을 부러뜨릴 뻔했어요.」

티베르진은 농담으로 어머니에게 한 말이었으나 그녀는 심각한 얼굴로 말을 받았다.

「그 사람을 조롱하지 마라. 그 사람은 가엾고 불쌍한 사람이야.」

「안티포프는 체포당했어요. 그리고 파벨 페라폰토비치도 잡혀갔어요. 한밤중에 집 안을 수색하여 엉망진창을 만들어 놓았답니다. 그는 아침에 잡혀 갔어요. 그의 아내 다리야는 지금 티푸스에 걸려 병원에 입원해 있는 데 더 악화되었답니다. 그리고 실업 학교에 다니는 파블루시카가 귀머거리인 큰어머니와 둘이 집에 살고 있는데 불행히도 그들은 집에서 쫓겨날 위기에 빠졌답니다. 그래서 말씀인데요. 어린애는 우리 집으로 데려 왔으면 좋겠읍니다. 그런데 프로프가 여긴 왜 왔죠?」

「넌 그걸 어떻게 알았지?」

「물통이 열려 있고 컵이 있는 걸 보았어요. 그래서 프로프가 속이 타서 물을 퍼 마셨을 거라고 생각했어요.」

「그래, 네 말이 꼭 맞단다. 프로프 아파나시예비치가 왔었단다. 장작을 구하러 왔다고 해서 좀 주어 봤단다. 장작을 주었단 말야! 참 그 애가 또 얘기하던데 황제께서 선언서에 서명하고 모든 것을 새로운 것에 좋도록 분부를 내리셨단다. 그 누구도 인간을 모욕하지 않고 농부에게는 땅을 주고 모든 인간을 제대로 사람 취급한다는 기야. 사실상 서녕은 끝났고 이제 발표하는 것만 남았다는구나. 종무원에서 기도에 넣으려고 새로운 청원이 보내졌는데 그게 감사 기도인지 무슨 축하인지 잘 모르겠구나. 프로부시카가 뭐라고 이야기했는데 잊어버렸구나.」

8

체포된 파벨 페라폰토비치와 병원에 입원한 다리야 필리모노브나의 아들인 파튤리야 안티포프는 티베르진 식구와 함께 살게 되었다. 그는 금발머리를 깨끗이 빗은 용모가 단정한 소년으로, 언제나 브러시로 머리를 빗었으며 실업학교의 정식 버클을 단 혁대와 저고리를 바로잡곤 했다. 그는 유머 감각이 뛰어나고 관찰력이 있는 소년으로, 자기가 보거나 들은 것을 신통하게 잘 흉내낼 수 있는 재주를 가지고 있었다.

10월 17일의 성명 발표 후, 몇 개의 혁명 단체에서는 대대적인 시위를 벌이자고 계획하였다. 그들은 트베르 문(門)에서 칼두가 문(門)까지 대규모 시위를 벌이기로 결정했다. 그러나 이 계획은 사공이 너무 많아서 배가 산으로 올라갈 형편이었다. 그 계획을 세웠던 몇몇 혁명 단체가 의견의 일치를 보지 못해 하나 둘씩 나가 버렸다. 그러다가 계획한 날 아침에 군중이 수없이 거리로 쏟아져 나오자 비로소 시위 가담자들에게 자기들의 대표자를 보냈다.

티베르진의 반대에도 불구하고 어머니는 시위에 가담했으며 사교적이고 성격이 쾌활한 파샤는 그녀와 함께 행동했다.

11월 초의 건조하고 쌀쌀한 어느 날, 잔뜩 찌푸린 하늘에서 눈발이 흩날렸다. 눈발은 땅에 금새 떨어지지 않고 망설이는 듯 머물다가 길의 마차 바퀴 속으로 내려앉았다.

거리의 아래 쪽에서 민중들 —— 얼굴들, 누빈 겨울 외투, 양가죽 모자, 노인, 여자 고등 전문 학교 학생, 어린아이, 제복의 철도원, 무릎 차는 장화에 가죽 저고리를 입은 전차 차고와 전화국의 노동자들, 중학생, 대학생 —— 이 무질서하게 한꺼번에 몰려갔다.

그들은 〈마르세이유〉〈바르샤비안카〉〈그대들은 희생물이 되었노라〉 라는 노래를 불렀다. 행렬의 맨 앞에 서서 선두를 지휘하던, 손에 셔츠를 쥐고 노래를 지휘하던 사람이 모자를 쓰고 지휘를 중단했다. 그는 뒤돌아서서 행렬 쪽을 등지고 옆에 선 다른 지휘자들이 하는 얘기를 들었다. 노래 소리는 흩어지더니 곧 멎었다. 꽁꽁 언 포장 도로를 걷는 수많은 군중의 발소리가 요란히 들려 왔다.

그들에게 호의적인 몇 명이, 길을 더 행진해가면 코사크 기병이 시위 행진자를 기다린다고 알려 주었다. 그들은 전화로 근처의 약국에 그 사실을 알려 준 것이다.

주동자들이 고개를 갸웃거렸다.

「그럼 어떻게 하지? 우리는 이럴 때일수록 침착하게 행동하고 정신을 차려야 해. 제일 먼저 보이는 공공건물을 점령하고 위협을 가하는 게 있으면 사람들에게 알린 뒤 제각기 해산시켜야만 해.」

그들은 어느 건물을 점령할 것인가 목소리를 높여 토론했다. 어느 그룹은 상점원 협회 건물을, 또 다른 그룹은 기술 고등 학교, 또 다른 그룹은 외국인 통신 학교를 점령하자고 주장했다.

결정을 짓지 못하고 말싸움만 하고 있는데 앞에 석조 건물의 모퉁이가 눈에 들어왔다. 그곳에는 그들이 지금까지 토론을 벌인 그 어느 곳에 뒤지지 않는 피난처로 적당한 건물이 눈에 들어왔다.

행렬이 그 석조 건물로 가까이 가자 선두에 섰던 사람이 현관의 계단 위에 올라가 신호를 함으로써 행렬의 전진을 막았다. 문이 열리자 외투와 모자가 가득 모인 듯 행렬은 순식간에 입구의 복도로 들어가 층계를 올라갔다.

「자, 어서 강당으로 들어가요. 강당으로 들어가요. 강당으로!」

뒤에서 몇 명이 큰 소리로 외쳤으나 수많은 군중은 앞으로 나아가 복도에서 여러 교실로 뿔뿔이 흩어졌다. 얼마 후 군중을 강당으로 모아들인 지휘자들은 기습에 대한 경고를 하려고 몇 번씩이나 시도했지만 그 누구도 이야기를 들으려고 하지 않았다. 행진을 멈추고 실내로 들어오자 군중들은 즉흥적인 회합이 열리는 것으로 생각했다.

사람들은 꽤 많이 걷고 노래를 하느라고 지쳐 있어서 조용히 앉아, 다른 사람이 고래고래 소리를 지르도록 가만히 두었다. 휴식으로 다소 안정을 찾은 군중은 근본적인 사항을 모두 찬성한 연사들 사이의 사소한 의견을 그냥 무시해 버렸다.

그래서 가장 말을 못하고 주변머리 없는 연사가 가장 갈채를 받았다. 사람들은 그의 얘기를 이해하거나 잘 들으려고도 하지 않으면서도 말이 약간 떨어지면 옳다고 큰 소리로 환성을 올리고 이야기기 중단되어도 진히 신경 쓰는 사람이 없었다. 어느 사람은 『그건 치욕스런 일이요.』라고도 말했고, 항의 전문의 초안을 작성하더니 갑자기 연사의 목소리에 싫증이 난 군중의 무리가 일제히 일어서서 연사 따위는 아랑곳하지 않고 모자가 줄지어 층계를 내려가 길거리로 밀려 나갔다. 그동안에 눈이 내렸는지 길은 온통 하얗게 덮여 있었다. 눈은 점점 더 세차게 내렸다.

기마병이 공격해 왔을 때에도 뒤에 섰던 시위자들은 전혀 그 사실을 깨닫지 못하고 있었다. 갑자기 군중들의 『만세!』 소리와 『사람 살려!』 하는 아우성 소리가 한데 섞여 무슨 말인지 전혀 알아들을 수 없었다. 이때 큰 외침의 파도를 타고 군중 속에 만들어진 좁은 통로를 따라 말의 코빼기와 말의 머리와 갈기, 그리고 칼을 휘두르는 기수들이 순식간에 소리 없이 밀려왔다.

보병의 일개 소대의 절반 가량 되는 병력이 방향을 바꾸어 대오를 재편성하더니 다시 집합하여 행렬 뒤쪽으로 달려와 잔인한 살육을 시작했다.

몇 분이 지나자 거리는 텅 비고 사람들은 제각기 흩어져 골목으로 도망쳤다. 이제 눈도 조금씩 내렸다. 마치 목탄으로 스케치를 한 듯 건조한 오후였다. 건물 뒤에서 조용히 지려는 태양이 갑자기 거리 위의 모든 사물을 붉게 물들였다. 기마병의 모자도 붉게 보였고 한길에 나뒹구는 깃발도 붉은 빛이었고, 눈 위에 얼룩진 피의 반점과 길게 뻗쳐 있는 핏자국도 붉게 보였다.

도로 가장자리에서 머리가 깨진 사내 하나가 신음하며 기어갔다. 아래쪽에서 기마병이 몇 명 줄지어 오고 있었다. 그들은 시위 군중의 뒤를 쫓아 거기 끝까지 갔다가 돌아오는 중이었다. 기마병의 말발굽에 밟힐 정도로 가까운 거리에서 스카프를 뒤통수 위에 젖혀 쓴 마르파 가브릴로브나가 미친 듯이 이리 뛰고 저리 뛰며 『파샤! 파샤, 파툴리야!』하고 외쳤다.

파샤 파툴리야는 내내 그녀와 함께 다녔었는데 회합에서 제일 끝 연사의 흉내를 내며 흥을 돋우다가 기마병이 공격하자 갑자기 자취를 감춰 버린 것이다.

그녀도 채찍으로 잔등을 세차게 얻어 맞았다. 그러나 마르파 가브릴로브나는 솜을 넣고 누빈 두꺼운 외투를 입고 있었으므로 별로 통증을 느끼지 않았지만, 그녀는 자기같이 죄없는 선량한 노파를 많은 사람이 보는 앞에서 채찍질했다고 대노하여 기마병에게 욕설을 퍼부었다.

그녀는 불안해서 사방을 둘러보다가 길 건너편에 서 있는 소년을 찾아냈다. 소년은 어느 기마병에게 쫓기다가 몰려 선 사람들 틈에 섞여 야채 가게와 석조 건물 사이의 움푹 들어간 곳에 서 있었다. 기마병은 그들이 두려움에 떠는 모습이 재미있는 듯 말이 뒷다리만 딛고 급히 돌게 한 후 말을 뒷걸음질치게 하여 서커스단에서 하듯 말을 천천히 일어서도록 했다. 그 기마병은 동료 기마병이 물러가자 자기도 급히 말을 몰아 대열을 맞추는 것이었다.

군중이 흩어지자 두려움에 떨던 파샤는 마르파 가브릴로브나 할머니에게 뛰어갔다.

두 사람은 집으로 향했다. 마르파는 화가 나서 투덜거렸다.

「저주받을 살인자놈들! 그 녀석들은 벼락을 맞을 거야. 그놈들은 황제가 만인에게 자유를 주어서 화가 난 거야. 그 녀석들은 모든 걸 망치고 모든 얘기도 거꾸로 듣는 거야.」

그녀는 기마병 때문에 분노하여 온세상을 상대로 화를 내더니 마침내 아들에게까지 화를 냈다. 그녀는 이 같은 모든 일이 『쿠프리니카와 멍청이 패거리』 탓이라고 여겼다.

「멍청이들! 헛된 수작이나 부릴 줄 알고 아무것도 모르는 독사 같은 인간들! 입만 살아서 수다를 떠는 놈들. 파샤, 어디 다시 한번 말해 봐라. 어서 흥내 좀 내봐. 옳지, 그래, 그렇지. 아이고 정말 우습구나.」

집에 도착하자 그녀는 아들에게 말 탄 곱슬머리 기마병이 자신의 허리를 때렸다고 화를 냈다.

「어머니, 전 그 말 탄 기마병 놈이 아니예요. 마치 내가 그 기마병의 중대장이나 헌병 대장인 것처럼 말씀하시는군요.」

9

니콜라이 니콜라예비치는 창가에 서서 시위를 하다 제각기 도망치는 사람들을 물끄러미 쳐다보았다. 그는 그 시위대 속에 혹시 유라나 아는 얼굴이 있나 열심히 살펴보았다. 그러나 아는 얼굴은 보이지 않았다. 얼마 전에 왼쪽 어깨를 총에 맞아 총알을 뽑아냈는데, 또 다시 볼일도 없으면서 어슬렁거리는 두도로프의 아들이 (이름은 잊어버렸으나) 급히 뛰어가는 것을 보았을 뿐 유라의 친구는 전혀 눈에 띄지 않았다.

니콜라이 니콜라예비치는 가을에 페테르스부르크에서 이곳으로 왔다. 그는 모스크바에 아파트도 없고 그렇다고 해서 호텔에 묵기도 내키지 않았기 때문에 먼 친척인 스벤티스키 집에서 묵기로 했다. ㄱ 집의 일 층과 이 층 사이에 있는 모퉁이의 서재를 빌렸다.

스벤디스키 부부는 아이가 없으므로 너무 넓은 이층은, 이미 돌아가신 그의 양친 때부터 돌고루키 공작에게서 세를 얻은 것이었다. 집 주위에는 각양각색의 건물이 지저분히 들어서 있고, 돌고루키 집안 토지에 포함된 마당과 정원은 세 개의 샛길로 경계선을 이루었는데, 예로부터 무치느이 동네로 불려 왔다.

서재에는 창문이 네 개 있었지만 컴컴했다. 방에는 책, 서류, 양탄자 따위가 어수선하게 널려 있었다. 서재의 밖은 반원형의 발코니가 붙어 있었고, 발코니의 이중창은 겨울이라 봉해 놓았다.

서재의 창문에서는 길게 뻗은 골목길 위에 새겨진 썰매 자국이 길게 이어진 길과 구불구불 불규칙하게 선을 이룬 집과 울타리가 멀리 뻗어나간 골목이 보였다.

보랏빛 그림자가 정원에서부터 서재 쪽으로 드리워졌다. 서리가 나뭇잎에 내려 거무스름한 나무들이 서재 바닥 위에 짐을 내려놓기를 원하는 듯했다.

니콜라이 니콜라예비치는 멍하니 먼 곳을 바라보면서 가폰(1905년 소위 '피의 일요일'의 데모를 주도한 성직자), 고리키, 비테 수상을 방문한 일, 그리고 지금 활동하고 있는 작가와 만났던 것을 생각했다. 그는 구상중인 작품을 쓰려고 번잡하고 소란스러움으로부터 옛 수도의 고요와 평화스러움을 찾아 온 것이다. 그러나 그것은 불을 지고 용광로에 뛰어든 격이었다. 날마다 강연을 계속해야 했는데, 여자 대학에서, 또는 종교 철학회와 적십자에서 파업 동맹의 자금을 마련하기 위해서 열심히 뛰었다. 그가 기대한 호젓하고 한가한 혼자만의 시간은 엄두도 낼 수 없었다. 그는 스위스 숲속의 한적한 마을, 호수와 산과 하늘, 그리고 항상 메아리가 답하는 대기의 평화로움을 희구했다.

니콜라이 니콜라예비치는 창에서 돌아서 버렸다. 그는 불쑥 누구에게나 방문하고도 싶고 혼자 거리를 산책하고 싶기도 했다. 그때 이유가 무엇인지는 알 수 없지만 톨스토이주의자인 브이볼로치노프가 온다고 한 것이 생각났다. 그는 방안을 왔다갔다 하면서 조카에 대해 생각을 돌렸다.

볼가 강변의 시골에서 페테르스부르크로 옮기면서 니콜라이 니콜라예비치는 조카 유라를 베데냐핀, 오스트로므이슬렌스키, 셀랴빈, 미하엘리스, 스벤더스키, 그로메코 등의 친척이 살고 있는 모스크바로 데려 왔다. 맨 처음 유라는 친척들이 페디카로 부르는 게으르고 수다쟁이인 오스트로므이슬렌스키 집에 맡겼었다. 페디카는 자기가 보살펴 주고 있는 나이 어린 모티아와 불륜한 생활을 했는데, 그것을 기성 질서의 파괴라고 생각하여 자기는 새 시대의 대변자라고 착각하고 있었다. 페디카는 자기의 책임을 완수하지 못했으며, 유라의 양육비로 맡긴 돈까지 모두 써 버렸다. 그래서 유라는 다시 그로메코 교수 집으로 옮겨 지금까지 그곳에서 살고 있었다. 니콜라이 니콜라예비치는 그로메코 교수의 집 분위기가 마음에 들어서 안심했다. 그 집에는 유라와 나이가 비슷한 딸 토냐 그로메코와 유라와 친구이자 동급생인 미샤 고르돈이 살고 있었다. 이 세 명은 《사랑의 의미》, 《크로이첼 소나타》에 흠뻑 빠져 있었으며 순결에 대해 광신적인 토론을 벌이기도 했다.

사춘기 시절에는 대부분 광적인 세계에 빠지게 마련이지만, 그들은 그 정도가 지나친 상태여서 조화가 깨진 상황이었다.

그들은 이해할 수 없을 정도로 괴팍했다. 그들은 이유도 없이, 그들을 곤궁에 빠트리는 관능의 세계를 저속하다고 표현하고 함부로 그 단어를 사용했다. 저속이란 단어는 본능, 외설 작품, 여인의 향락, 육체적인 세계의 모든 것에 적용되었다. 그들은 그 단어를 말할 때마다 얼굴을 붉히거나 창백해졌다.

『내가 모스크바에 있었다면 그렇게까지 방치해 두지는 않았을 텐데.』

니콜라이 니콜라예비치는 혼자 생각에 잠겼다.

『그래, 살아가노라면 절제도 필요하지만 한계가 있는 법인데……』

그는 일어서며 「아, 닐 페오크티스토비치, 어서 오십시오.」하고 말하며 손님을 맞으러 일어섰다.

10

회색 셔츠에 넓은 가죽 벨트를 하고 장화를 신고 있었으며, 무릎이 쑥 나온 바지를 입은 남자가 방으로 들어왔다. 그는 매우 선량한 인상을 주는 사람이었다. 검은 리본에 매달린 코안경이 코 위에서 심술궂게 흔들기렸다. 그는 현관에서 몸에 걸친 것을 벗었지만 목도리는 그냥 목에 두른 채 바닥에 끌렸고 손에는 둥근 모자를 들고 있었다. 이 물건이 행동을 부자연스럽게 만들었기 때문에 그는 니콜라이 니콜라예비치와 악수나 인사말도 제대로 할 수가 없었다.

그는 방안을 한바퀴 휘둘러 보았다.

「아무 데나 놓으십시오.」

니콜라이 니콜라예비치가 말을 한 후에 비로소 브이볼로치노프는 침착하게 말을 시삭했다.

이 사람은, 결코 안정을 알지 못했던 천재의 사상을 받아들여 오랫 동안 조용히 정착시켰고, 이제는 돌이킬 수 없을 정도로 사상이 변색되어 버린 니콜라예비치 톨스토이의 추종자 중 한 사람이었다.

브이볼로치노프는 니콜라이 니콜라예비치에게 어느 학교에서 개최될 정치적 해외 추방자들을 위한 모임에 강연을 청하러 온 것이었다.

「그 학교에서는 벌써 강연을 했읍니다.」

「정치범을 위해서였읍니까?」

「네, 그렇습니다.」

「그래도 다시 한번 해 주십시오.」

니콜라이 니콜라예비치는 얼마 동안 거절하다가 마침내 승낙하고 말았다. 그는 용무가 끝났으나 일어나지 않았다. 마치 곧 돌아간다는 것이 점잖지 못

42

한 일이라도 되는 듯 여기는 것 같았다. 니콜라이 니콜라예비치는 손님을 붙잡지 않았다. 작별을 하려면 활기 있고 평범한 말을 해야 할 것 같았으나, 이상하게 유쾌하지 않은 어두운 쪽의 대화가 이어졌다.

「그래서 당신은 데카당 파십니까? 신비주의에 관심을 쏟고 계십니까?」

「네, 무슨 말씀이시죠?」

「이건 지나친 낭비입니다. 지방 자치회를 기억하십니까?」

「기억하다마다요. 우리는 함께 선거 운동도 했는 걸요.」

「시골 학교와 사범 대학을 위해서도 일했죠. 기억나십니까?」

「그럼요. 기억나죠. 열렬한 투쟁이었죠. 그 후 당신은 사회 복지와 국민 건강에 대해 관심을 두셨죠. 그렇지 않습니까?」

「네, 얼마 동안은 그랬읍니다.」

「그런데 지금은 그저 고상한 말뿐이군요. 목신, 수련꽃, 고대 그리스 시민인 네누파르와 에페부스, 또 〈태양을 닮자〉나 읊으며 고상한 척 떠들죠. 정말 이해할 수 없어요. 당신처럼 지적이고 유머 감각이 뛰어나고 사람들에 대해서도 식견이 넓은 분이……이해할 수 없군요……내가 공연히 참견하는 게 아닌가 모르겠군요. 무슨 은밀한 무엇이 있는 게 아닙니까?」

「왜 그런 얘기를 다 하죠? 우린 무얼 놓고 따지는 건가요?」

「러시아는 지금 목신이나 수련꽃이 필요한 게 아니라 학교와 병원이 절실히 필요합니다.」

「그건 지당한 말입니다.」

「농민은 헐벗고 굶주려요.」

두 사람은 이런 이야기를 장황하게 이어 나갔다. 니콜라이 니콜라예비치는 자신의 의도가 별 도움이 못 된다는 것을 알면서도 자기가 상징주의파 작가에게 심취한 이유를 자세히 설명했다. 이야기는 자연스럽게 톨스토이 쪽으로 진행되었다.

「당신 의견에 공감은 가지만 톨스토이는 인간이 아름다움을 추구하면 그만큼 선으로부터 멀리 떨어진다고 설파했답니다.」

「그렇다면 당신은 그 의견에 반대하십니까? 세상을 구원하는 게 아름다움이란 말입니까? 신비론이나 로자노프나 도스토예프스키와 같은 것이 구원한단 말입니까?」

「잠깐, 먼저 내 생각을 이야기하죠. 나는 인간의 내부에 숨겨진 수성을 감금하거나 죽음이라는 징벌로 위협해서 억제할 수 있다면, 인간성의 가장 훌륭한 상징은 자신을 희생한 선지자가 아니라 곡마단에서 채찍을 휘두르며 사자를 조련하는 사람이 되리라고 생각합니다. 바로 그것이 중요한 문제임을 깨달아야 합니다. 여러 세기 동안 인간을 동물보다 높은 위치로 올려 놓은 것은 몸이 아니라 내적인 음악입니다. 즉 전혀 무장하지 않은 진실을 거부할 수 없는 그 본보기로서의 매력입니다. 일반적으로 복음서에서 제일 중요한 것은 십계명에 내포된 도덕적 격언과 원리라고 생각해 왔습니다. 그러나 중요한것은 그리스도가 생활에서 얻은 비유를 들어 이야기했으며 하나님은 평범한 현실 속에서 진리를 밝힌다는 점입니다. 그 밑바탕에 내포된 이념은, 인간의 영적 교류는 불멸하며, 인생은 의미를 내포하기 때문에 상징적이라는 사상이 깔려 있다는 것입니다.」

「난 전혀 알아들을 수가 없군요. 그 이야기는 책으로 쓰는 게 좋겠군요.」

그가 떠나 버리고 나자 니콜라이 니콜라예비치는 형언키 힘든 기분에 휩싸였다. 그는 어리석은 브이볼로치노프에게 전혀 감명도 주지 못하고 자신의 가슴 속 깊이 든 사상을 토했다는 사실이 불쾌해서 견디기 어려웠다. 그러다가 그는 그 불쾌함을 다른 방향으로 바꾸었다. 그는 또 다른 생각을 떠올렸다. 그는 일기를 쓰지 않았지만 일년에 두어 번 감동받은 것을 공책에 기록해 두곤 했다. 그는 공책에다 크고 읽기 쉬운 또렷한 글씨체로 글을 써 내려 갔다. 그 내용은 다음과 같았다.

하루 종일 멍청한 슐레징그르 여인 때문에 불쾌했다. 그녀는 아침부터 점심 때까지 있으면서 한시도 쉬지 않고 두 시간 동안 쓸데 없는 것을 읽어 댄다. 혹성들의 영혼, 네 원소의 목소리, 상징주의자 A의 운문 가사집 등을 계속 읽어, 나를 싫승나고 지루하게 만들었다. 나는 인내심을 가지고 이야기를 듣고 있었으나 더 이상 견디기 어려워서 그만 중지하라고 그녀에게 말했다.

그때서야 나는 어째서 파우스트에게도 이것이 그렇게 못 견디게 부자연스러운 일이었나를 깨닫게 되었다. 모든 것이 인위적이고, 그 누구도 그것에 대해 흥미를 갖지 않는다. 우주의 신비에 대해 경악하게 되면 현대인은 헤시오도스의 6보격(六步格) 시가 아니라 물리학에 심혈을 기울인다. 그러나 중요한 것은 형식의 구태의연함이며, 그 시대의 착오에만 있는 것이 아니다. 근본적인 문제는 과학에 의해 명확하게 해명된 것을 이러한 불과 물의 요정이 다시금 분명치 않게 혼란시킨다는 데 있지 않다. 실제적으로 이런 예술은 현대예술의 정신, 본질, 그리고 동기가 되는 힘과 전혀 부합되지 않는다.

이러한 천지 창조는 고대 세계, 사람이 극히 적어 인간이 자연을 아직 덮지 않았을 때에는 자연스러웠다. 아직도 맘모스는 지상에서 돌아다녔고 용과 공룡에 대한 기억이 너무도 뚜렷했다. 자연은 우리 시야에 단순히 펼쳐졌고, 아주 열렬히 그리고 실감나게 목을 내리누르고, 어쩌면 천지 만물에 신이 깃들었을지도 모른다. 이것은 이제 시작에 지나지 않았으니, 바로 인류 연대기에서 막 첫 페이지를 시작한 것이다.

고대 세계는 인구 과밀로 로마에 의해 끝나 버렸다.

로마는 다른 사람을 모방한 신과, 피정복민과, 천상과 지상의 두 단의 잡답(雜沓)이었고, 장내 폐색처럼 삼중으로 응어리지며 둘둘 말린 때의 축척물로 이루어진 난장판이었다. 다키아인, 헤룰리아인, 스키타이인, 사르마티아인, 극북인, 멈춤대가 없는 바퀴, 음탕한 이중턱, 지방으로 부어오른 눈, 세상에는 그 후의 어느 시대보다 더 많은 사람이 있었고, 그들은 모두 콜로세움 대경기장의 통로로 몰려들어 갔고 거기서 압사당한 것이다.

그런데 황금과 대리석을 마구 쌓아올린 더미 속으로, 유난히 인간적이고 시골 사람 같은 갈릴리의 사람으로서 주님이 오셨으며, 그 순간 신과 민족은 모두 사라졌고 인간이 존재하게 되었으니, 목수로서의 인간, 농부로서의 인간, 석양에 양떼를 이끌고 가는 목자로서의 인간, 전혀 교만하지 않은 인간, 어머니들이 부르는 모든 자장가와 세상의 모든 미술관에서 감사하는 마음으로 그려진 그림의 인간이 존재하기 시작했다.

11

페트로프카는 마치 모스크바의 페테르스부르크 길모퉁이와 흡사해서 거리 양쪽에는 잘 어울리는 집이 줄지어 서 있고 우아하게 장식한 집의 입구, 책방, 도서관, 지도 제작소, 고상한 담배 가게, 최고급 레스토랑과 레스토랑 벽에는 둥글고 뿌연 갓을 씌운 가스등 두 개를 문에 씌운 훌륭한 곳이었다.

겨울의 거리는 험상궂고 음울하여 얼굴을 찌푸리게 한다. 이 거리에 사는 사람들은 자존심이 세고 점잖으며 수입이 높은 자유 직업에 종사하는 사람들이 많았다.

빅토르 이폴리토비치 코마로프스키는 이곳의 넓은 참나무 계단의 층계가 딸린 호화로운 독신자 아파트의 이 층을 세내었다. 그의 사생활에는 전혀 개입하지 않고 모든 일을 도맡아 하는 가정부, 아니 여주인 노릇을 하는 엠마

에르네스토브나는 조용하고 신중하게 집안 일을 처리했다. 그래서 그는 그녀에게 항상 신사다운 태도로 부드럽게 대했고 조용한 노처녀의 세계를 흔드는 손님은 절대로 집안에 들이지 않았다. 그러므로 그의 집은 수도원처럼 고요했고 밑으로 늘어선 커튼과 먼지 하나 없이 청결한 실내는 수술실 같았다.

빅토르 이폴리토비치는 매주 일요일 아침 불독을 데리고 페트로프카 거리와 쿠즈네스키 다리를 따라 산책하는 습관이 있었는데, 그때마다 길모퉁이에서 배우이자 도박사인 콘스탄친 일라리오노비치 사타니지와 마주쳤다.

그들은 아주 저속한 이야기를 나누며 세상의 모든 것에 대해 경멸하고 개가 짖는 것 이상의 아무 의미도 갖지 못하고 걸어갔다. 그들은 큰 목소리로 부끄러워하지 않으며 거리 가득 웃음 소리를 남기며 걸었다.

12

날씨는 차차 따뜻해졌다. 처마와 생철 홈통을 따라 물이 똑똑 떨어져 내렸다. 물이 녹아 지붕을 두드리는 소리는 마치 봄이 왔다는 신호를 하는 듯했다. 얼음이 녹고 있었다.

라라는 정신이 나가 있어서 집에 도착한 후에야 자신에게 무슨 일이 일어났는지를 깨달았다.

식구들은 모두 잠자고 있었다. 그녀는 다시 넋이 나간 듯, 아직도 연보라색의 레이스로 장식한 드레스와 오늘밤 걸치려고 양장점에서 빌려 온 긴 베일을 두르고 어머니의 화장대 앞에 앉았다. 그녀는 거울 앞에 앉았지만 자신의 모습이 보이지 않았다. 라라는 두 손을 화장대 위에 얹고 거기다 얼굴을 파묻었다.

만약 어머니가 이 사실을 안다면, 어머니는 자기를 죽일 것이다. 그러고나서 어머니는 자신도 목숨을 끊을 것이다.

도대체 어떻게 하다 그런 일이 일어났을까? 아니 어떻게 그런 일이 일어날 수 있단 말인가? 그러나 이제는 끝났다. 좀더 일찍 깨달아야 했다.

이제 그녀는 흔히들 말하는 타락한 여인이다. 프랑스 소설에 등장하는 여인과 같다. 그러나 내일은 학교에 가서 그녀에 비하면 어린 아이인 다른 소녀와 나란히 앉아서 수업을 받아야 한다. 오, 하나님! 어떻게 해서 이런 일이 일어날 수 있었을까?

언젠가 여러 해가 지나면 라라는 오늘 일어난 일을 올리아 데미나에게 털어 놓을 테고, 올리아는 그녀를 껴안고 눈물을 흘리겠지.

창 밖에서는 낙수물이 계속 떨어졌다. 거리에서 누군가가 이웃집 문을 시끄럽게 두드렸다. 라라는 머리를 들지 않았다. 그녀의 양쪽 어깨가 들썩거렸다. 라라는 흐느껴 울었다.

13

「아, 엠마 에르네스토브나, 그건 중요한 게 아녜요. 난 이제 아주 지겨워요.」

그는 초조한 듯 서랍을 닫았다열었다 했고 무의식중에 커프스와 셔츠의 칼라 따위를 양탄자와 소파 위에 마구 어지럽게 놓았다.

그는 절실히 그녀를 만나고 싶어했지만 이번 일요일에는 만날 수가 없었다. 그는 우리에 갇힌 짐승처럼 포악하게 방안을 왔다갔다 헤맸다.

그녀는 무엇과도 비교할 수 없는 영감을 주는 것 같은 매력의 소유자였다. 그녀의 두 손은 어떤 숭고한 사상도 놀라게 할 수 있을 것 같았다. 호텔 방 벽에 비친 그녀의 그림자는 순결한 실루엣 같았다. 자수틀에 매여진 린네르처럼 그녀의 속옷이 젖가슴을 단단히 보호했다.

코마로프스키는 아스팔트를 달리는 말발굽 소리에 맞추어 손가락으로 유리창을 두드렸다. 그가 눈을 감고 『라라!』를 속삭이자 자신의 두 손으로 감싼 그녀의 머리가 떠올랐다. 그녀는 잠이 들었기 때문에 잠을 못 자고 몇 시간 자기를 지켜보는 그를 의식하지 못했다. 그녀의 검은 머리카락이 베개 위에 흩어졌고 그녀의 아름다움은 마치 연기처럼 그의 눈과 가슴에 스며들었다.

일요일의 산책은 그다지 즐겁지 못했다. 코마로프스키는 불독을 데리고 몇 발짝 떼어 놓다가 멈춰 섰다. 쿠즈네스키 다리의 거리, 사타니디의 농담, 마주치는 안면 있는 얼굴이 머리에 스쳐 갔다. 그는 불쾌한 시선을 참을 수가 없었다. 코마로프스키는 돌아섰다. 개는 기분 나쁜 듯 눈을 크게 뜨고 그를 쳐다보다가 할 수 없이 어슬렁거리며 따라왔다.

『이게 모두 무슨 일인가!』 그는 머리 속이 혼란했다. 『내가 도대체 어떻게 된 걸까?』 이것은 양심의 가책 때문인가, 아니면 후회와 동정심 때문인가?

그것도 아니면 불안해서인가? 그녀는 지금 분명히 집에서 안전하게 있음을 알고 있었지만, 그의 머리에서 그녀가 한시도 떠나지 않았다.

코마로프스키는 집에 돌아와 층계를 올라 층계참에 이르러 모퉁이를 돌았다. 거기에는 유리의 귀퉁이마다 문장이 그려진 베니스 풍의 스탠드 글라스 창문이 있었다. 층계를 오르던 코마로프스키는 걸음을 멈추었다.

그는 이 우울하고 초조한 분위기에서 한시바삐 벗어나야 한다고 생각했다. 이제 자신은 소년이 아니었다. 죽은 친구의 딸이며 아직 어린 소녀에 지나지 않는 라라 때문에 넋이 빠져 버리면, 앞으로 어떤 일이 일어난다는 것을 그는 깨달아야 했다. 그는 자신에게 채찍질했다. 이제 정신을 차리고 자기의 생활에 충실해야 한다고 다짐했다. 그렇지 않으면 만사가 하루 아침에 물거품이 되어 버리는 것이다.

코마로프스키는 손이 아플 정도로 넓은 난간을 힘껏 잡았다. 잠시 눈을 감고 심호흡을 한 뒤 다시 아래층으로 내려갔다. 층계참에 서 있는 불독이 그를 기다리고 있었다. 개는 턱을 죽 늘어뜨리고 군침을 흘리는 늙은 난장이처럼 존경하는 시선으로 주인을 올려다 보았다.

개는 소녀를 병적으로 싫어하여 스타킹을 물어 찢거나 이빨을 무섭게 드러내 놓고 으르렁거렸다. 개는 그녀가 자기 주인을 사로잡을까 걱정되는 듯 라라를 질투했다.

『옳지, 바로 그랬군, 네 놈은 만사가 예전처럼 되리라고 생각하지. 사타니니노, 음담도, 소담(笑談)까지? 그럼 어디 두고 보자. 네, 이놈 맞아 봐라.』

코마로프스키는 단장으로 개를 차디기 직성이 풀리지 않는시 발실로 걸어 찼다. 개는 요란히 깽깽거리다가 엉덩이를 흔들어 대며 뒤뚱거리면서 층계로 올라갔다. 개는 방문을 긁으며 엠마 에르네스토브나에게 하소연했다.

그리고 몇 일이 지나고 또 몇 주일이 흘렀다.

14

이 무슨 벗어나기 힘든 매력이란 말인가? 만일 라라의 인생에 대한 코마로프스키의 출현이 단지 그녀에게 역겨움만 불러일으킨다면 아마도 그녀는 거세게 반항하며 도망치고 말았을 것이다. 그러나 일은 생각보다 단순하지 않았다.

머리가 반백인 아버지 뻘 되는 지체 있고 잘생긴 남자가 자기를 위해 돈을 쓰고 시간을 내준다거나 연극 구경이나 음악회를 데리고 다니고, 자기를 숭배한다고 말하는 것에 그녀는 일말의 자랑스러움을 느꼈다.

그녀는 갈색 교복을 입고 학교에 있을 때는 순진하고 장난기 있는 어린 소녀였다. 그러나 마차 안에서나 사람이 많은 극장의 간막이 안에서나 장소를 가리지 않는 코마로프스키의 구애는 그녀를 점점 더 대담하게 유혹했다. 그런 행동이 그녀 몸속에 깊숙이 내재되어 있는 어린 악마를 끌어내서 그 흉내를 내도록 부추겼다.

그러나 이 장난기 있는 소녀의 열정은 그리 오래 지속되지 않았다. 자기 스스로의 자책과 공포가 그녀를 계속 속박했고, 밤에는 충분한 수면을 취할 수가 없어서 항상 잠이 부족했다. 그리고 그녀는 많이 울어서 늘 머리가 아팠으며 학과에 지나치게 열중이어서 늘 육체적인 피로에 젖어 있었다.

15

그는 라라의 저주를 받았으며 그녀는 무섭도록 코마로프스키를 증오했다. 날마다 그 생각은 더 강해졌다.

그녀는 한평생 그의 노예가 될 수밖에 없었다. 그는 어떻게 그녀를 노예로 사로잡았을까? 그는 어떻게 그녀를 억지로 굴복시켰고, 어떻게 그녀는 항복하고 말았을까? 어째서 라라는 그의 욕망을 채워 주고, 꾸밈없는 수치의 전율로써 그를 기쁘게 한 것일까? 그의 나이가 많아서일까? 아니면 어머니를 재정적으로 도와 주기 때문일까? 그것도 아니면 그가 라라를 협박하기 때문일까? 아니다, 그 모두가 틀린 이야기다. 당치 않는 말일 뿐이다.

이것에 대한 대답은 굴종한 것은 그녀가 아니라 모두 그다. 그가 얼마나 열렬히 그녀를 원하는지 라라는 정말로 모르는 걸까. 그녀는 두려운 것이 없었다. 그녀는 양심이 깨끗했다. 수치심에 몸을 떨고 공포에 몸을 조이며 버림받을까 봐 걱정하는 것은 남자이다. 만일 그녀가 그의 죄를 들춘다면 그는 분명히 부끄러워할 것이며 공포에 떨 것이다. 그렇지만 라라는 다시 태어나도 그런 일은 할 수 없을 것이다. 라라에게는 그런 무자비함이, 부하나 가난한 사람을 다루는 코마로프스키의 자질이 전혀 없었다.

이것이 두 사람 사이의 차이점이다. 또한 모든 삶을 두렵게 하는 요소이다. 인생의 귀를 막는 것은 무엇일까? 천둥과 번개 탓일까? 그렇지 않다. 은밀한 시선과 중상 모방이 바로 그런 것이다. 인생의 모든 것은 배반과 표리부동함이다. 한 가닥 한 가닥의 실은 너무 약하고 거미줄처럼 힘없이 뻗어가는 듯하지만, 그 그물에서 빠져나가려고 몸부림치면 더욱 얽히게 마련이다.

그러므로 강한 자는 약하고 아무 힘없는 보잘 것 없는 인간에게 지배받는다.

16

그녀는 자기 자신에게 말했다. 만일 자기가 결혼을 했다면? 그렇다면 어떻게 달라질까? 하고. 그녀는 궤변의 길로 들어섰다. 그러나 때로 절망적인 고통이 그녀를 사로잡았다.

그는 부끄러운 줄도 모르고 그녀의 발 아래 엎드려 몸부림쳤다.

「이렇게 계속 지낼 수는 없단 말이야. 내가 너와 어떤 일을 했나 한번 생각해봐. 넌 구렁텅이로 굴러떨어질 거야. 속시원히 어머니에게 털어놓자. 난 너와 결혼하고 싶어.」

그녀가 거절하자 그는 어린애처럼 울면서 고집피웠다. 그러니 이것은 밀뿐이었다. 라라는 공허한 빈말에 전혀 귀 기울이지 않았다.

그러면서도 그는 계속 발만 들여놓으면 웨이터의 날카로운 시선이 따가운, 마치 옷을 벗기는 듯한 시시한 레스토랑의 은밀한 방으로 그녀를 데리고 다녔다. 그래서 그녀는 『사랑하는 사람을 이런 식으로 창피하게 해야만 하나?』하고 자문하곤 했다.

어느 날 라라는 꿈을 꾸었다. 그녀는 땅 속에 파묻혔는데 왼쪽 어깨와 오른쪽 발만이 밖으로 나와 있었다. 왼편 젖가슴에서 풀 한 포기가 솟았고, 땅 위에서 사람들이 〈검은 눈동자와 하얀 가슴〉, 〈마샤, 강으로 가지 마오〉라는 노래를 불렀다.

17

라라는 신앙심도 깊지 않았고 종교적 의식 또한 믿지 않았다. 그러나 이따금 삶을 견디기 위해서 어떤 내적인 음악의 반려가 필요하다고 생각했다. 그렇다고 자기가 스스로 음악을 작곡할 수도 없었다. 음악은 삶에 대한 하나님의 말씀이었고, 그 음악을 들으려고 그녀는 교회에 갔다.

12월 초의 어느 날, 금방 그녀는 발 밑의 땅이 갈라지고 교회의 둥근 천장이 무너질 듯해서 기도를 하기 위해 교회로 갔다. 그런 일이 일어난다면 그녀는 당연한 벌을 받는 셈이며 모든 것은 끝나는 셈이다. 그녀는 수다스런 올리아 데미나를 데리고 온 것이 후회스러웠다.

「프로프 아파나시예비치야.」

올리아가 그녀의 귀에 대고 은밀히 말했다.

「좀 조용히 해. 어떤 프로프 아파나시예비치를 말하는 거야?」

「프로프 아파나시예비치 소콜로프야. 저 찬송을 부르는 사람이야. 우리 재당숙이지.」

「아, 저 성가대원 말이구나. 티베르진 씨의 일가지. 좀 조용히 해. 귀찮게 굴지 말고.」

그들은 예배가 시작되고 들어왔다. 사람들은 〈내 영혼아, 야훼를 찬미하여라. 속으로부터 그 거룩한 이름을 찬미하여라〉라는 찬송을 불렀다.

교회 안은 반 가량 비었으며, 소리가 공허하게 울렸다. 앞에만 사람들이 모여 앉아 기도하는 중이었다. 교회는 새로 지은 건물로, 창문 유리는 잿빛이어서 눈 덮인 회색의 골목길과 길을 오가는 사람들을 볼 수 있게 하지는 않았다. 창문 가에서는 교회 집사가 예배에는 신경 쓰지 않고 귀가 먹은 바보 같은 여자 거지를 혼내 주었다. 그의 목소리는 감정이 내포되어 있지 않아 메마른 듯했다.

라라는 손에 동전을 들고 다른 신도들에게 방해되지 않게 조심스럽게 문으로 다가가서 올리아와 자신이 쓸 양초 2개를 사 가지고 돌아오는 동안, 프로프 아파나시예비치는 모두 잘 알고 있는 것을 하듯 구복을 줄줄 외고 있었다.

『마음이 가난한 사람은 행복하다…… 슬퍼하는 사람은 행복하다…… 옳은 일에 주리고 목마른 사람은 행복하다……』

라라는 걷다가 놀라서 걸음을 멈춰 섰다. 이것은 자신에 대한 이야기였다.

그리스도는 말하고 있다. 짓밟힌 사람들의 숙명은 부러운 것이니라 하고. 그들에겐 자신에 관해 얘기해야 할 것이 있다. 그들의 미래에 모든 것이 있다. 그리스도는 그렇게 생각했다. 이것이 바로 그리스도의 심판이다.

18

프레스냐 봉기가 일어날 즈음이었다. 구이샤르의 집은 반란 지역 내에 있었다. 그들의 집에서 가까운 거리에 바리케이드가 설치되었다. 거실의 창문에서도 그 모습이 보였다. 사람들은 바리케이드가 쳐진 곳으로 돌과 쇠조각을 얼려 덩어리로 만들려고 마당에서 물통으로 물을 날라 바리케이드에 계속 부었다.

집 옆의 마당은 노동자 자위단의 집회 장소로, 적십자 본부나 이동 급식소 같은 것이었다.

라라는 한눈에 그쪽으로 걸어가는 두 명의 소년을 알아볼 수 있었다. 그 중 한 명은 나샤의 집에서 만난 그의 친구 니카 두도로프였다. 그는 직선적이며 말이 없는 소년으로 라라의 성격과 흡사했기 때문에 그다지 관심을 끌지 못했디.

또 다른 한 명은 올리아 데미나의 할머니인 티베르지나 할머니와 함께 사는 김나지움 학생 파샤 안티포프였다. 라라는 마르파 가브릴로브나의 집에서 그를 만났을 때 그 소년이 자기를 보고 강한 영향을 받았음을 눈치챘었다. 그는 라라를 보고 자작나무, 초원, 구름의 여름 풍경화이기도 한 듯 기뻐하면서도 다른 사람들의 조롱거리가 될까 하며 걱정하지도 않고 자연스럽게 자기의 열성을 표현할 줄 알았다.

자기가 그에게 영향을 준다는 것을 깨닫자 라라는 은연중에 이것을 이용했다. 그녀는 여러 해 후, 두 사람의 관계가 밀접해지고 난 다음에야 라라는 온순하고 안이한 그의 성격을 생각했던 대로 할 수 있었다. 그 시기에 그는 라라를 열렬히 사랑했는데, 그 사랑은 평생 변하지 않았다.

두 소년은 놀이 중에서 가장 잔인하고 어른스런 놀이인 전쟁놀이를 했는데, 그 놀이를 하다가는 교수형이나 추방당하는 일이 일어났다. 그러나 뒤로 묶어 털모자를 쓴 모습을 보면 그들은 모두 어린 아이였고 어머니와 아버지의 보호를 받아야 한다는 인상을 받았다. 라라는 어른의 입장에서 어린 아이들인 그들을 바라보았다. 흰색이 아닌 검정색에 가까운 서리로 얼어붙은 저녁, 마당의 짙은 그림자, 소년이 은신하고 있는 길 건너 집과 마당의 짙은 그림자, 그리고 그곳에서 들려 오는 쉬지 않고 쏘아대는 총소리, 그리고 중요한 것은 계속 그 방향에서 총소리가 나는데도 아이들이 총을 쏘고 있는 것이라고 생각했다. 또한 그녀는 니카와 파툴리야에 대해서가 아니라 현재 진행중인 도시 전체에 대해서도 그렇게 생각했다. 그녀는 아이들이 착하고 정직하다고 생각했다.

『그렇고 말고, 그래서 저렇게 총을 쏘고 있는 거지.』

19

사람들은 뒤늦게 바리케이드가 폭격을 받으면 자기의 집이 위험하다는 사실을 깨달았다. 이제 모스크바에 사는 친구에게라도 찾아가 신세질 상황도 못 되었다. 그러기에는 너무 늦은 시각이었다. 그래서 포위된 곳에서 가까운 장소로 대피해야 했다. 그들은 호텔 〈체르노고리야〉가 떠올랐다.

그런 착상이 떠오른 것은 그들뿐만이 아니어서 호텔은 대만원이었다. 곤경에 처한 같은 처지의 사람들이 많았다. 호텔 주인은 옛 정을 생각하여 세탁실에다 그들의 일자리도 구해 주었다.

큰 가방을 들고 다니다가 행여 누군가의 눈에 띄게 되면 곤란하므로 그들은 필요한 물건만 세 뭉치로 꾸려 놓고 이사는 하루 이틀 뒤로 미루었다.

양잠점에서 일하는 사람들은 평상시에 가족처럼 대해 주었으므로 파업중이었지만 계속 일했다. 그러다가 어느 음산한 오후에 초인종 소리가 들려 왔다. 누군가가 일을 계속한다고 불평을 하려고 찾아와서 주인을 만나자고 했다. 입장이 난처해지자 페티소바가 나섰다. 그녀는 곧 재봉사들을 불러 찾아온 사람과 인사를 하게 했다. 그는 약간 어수룩하게는 보였지만 다정하게 일일이 악수를 한 후 페티소바와 무슨 이야기를 주고받고 나서 돌아갔다.

재봉사들은 작업장에 돌아와 숄을 두르고 낡아빠진 겨울 외투를 입었다.

「아니 도대체 어찌 된 거지?」

구이샤르 부인이 급히 들어오며 물었다.

「네, 다른 게 아니라 우리도 파업에 동조해야 한다고 해서요.」

「아니, 내가 무얼 잘못해 주었다고 그러는 거지?」

구이샤르 부인은 울음을 터뜨리며 말했다.

「흥분하지 마세요. 당신에게 불만이나 유감이 있어서가 아니라 온세상 사람이 행동을 통일해야 하기 때문이에요. 당신과 우리 개인끼리의 문제가 아니거든요. 우리만 그들과 행동을 달리 할 수는 없어요.」

양장점에서 일하는 사람들이 모두 가 버렸는데 페티소바는 나가면서 구이샤르 부인에게 나지막이 가게와 주인을 위해서 파업에 동조하는 것이라고 말했다. 그러나 구이샤르 부인은 흥분을 가라앉히지 못했다.

「은혜를 모르는 것들! 내가 정말 사람을 잘못 보았어. 그토록 친절히 대해 주었는데도 나를 배반하다니 어린애들은 철이나 없다고 하지만 그 나이 먹은 년까지 이렇게 나오다니?」

「어머니, 진정하세요. 그들이 어머니 때문에 파업에서 빠질 수는 없는 일이에요.」

라라는 어머니의 흥분을 진정시키려고 입을 열었다.

「그렇다고 그 사람들이 어머니에게 악의를 품은 건 아니에요. 지금 일어나는 모든 일은 연약한 자를 보호하려는, 부녀자와 어린이를 위해서 전 인류애의 이름으로 행하고 있는 거예요. 정말입니다, 어머니. 의혹을 갖지 마세요, 어머니. 언젠가는 그래서 어머니나 제가 더 잘살게 될 거예요.」

그러나 라라의 어머니는 고개를 흔들며 그녀의 말뜻을 이해하시 못했다.

「언제나 이렇구나.」

라라의 어머니, 구이샤르 부인은 슬피 울었다.

「너는 언제나 내가 혼란스러울 때마다 이해하기 힘든 말만 하는구나. 내가 그들에게 졸지에 배신을 당했는데 그게 나중에 이익이 될 거라니 대체 무슨 말인지 모르겠구나. 정말 알 수 없는 일이야. 난 정신이 얼떨떨해서 말야.」

로쟈는 학교에 가고 없어서 라라는 어머니와 함께 텅 빈 집안을 돌아다녔다. 잠시 후 라라는 어머니에게 말했다.

「어머니, 어서 더 어둡기 전에 우리 호텔로 가도록 해요. 어서요, 어머니. 더 지체할 수가 없어요 이제는 가야 한단 말이에요.」

라라는 초조한 듯 어머니를 졸랐다.

「필라트, 필라트.」

두 사람은 관리인을 불러 말했다.

「우리를 체르노고리야 호텔로 데려가 줘요.」

54

「네, 잘 알겠읍니다. 마님.」

「저 짐도 좀 옮겨 주고, 사태가 가라앉을 때까지 집을 지켜 주도록 해. 키릴 모데스토비치에게 모이와 물 주는 걸 잊지 말고 열쇠로 잠글 수 있는 곳은 모두 잠가 줘요. 그리고 무슨 일이 있으면 우리에게 꼭 연락해 줘요.」

「네, 마님.」

「필라트, 정말 고마와. 그럼 주님의 은총이 있길 빌겠어. 우리 떠나기 전에 잠시 앉았다 가자.」

거리로 나가자 신선하고 상쾌한 공기가 오랫 동안 앓다가 일어난 환자처럼 생소하게 느껴졌다. 선반 위에 굴려 놓고 돌리듯이 사방에서 들리는 소음도 맑고, 정결한 공간 안에서 가볍게 되울리며 굴렀다. 요란한 총성과 사격 소리가 천지를 진동시켰다.

필라트가 여러 가지로 설명을 하고 납득시키려 했지만 라라와 그녀의 어머니는 그 총성도 공포일 뿐이라고 고집을 피웠다.

「필라트, 그런 어리석은 말은 하지 마. 총 쏘는 군인이 전혀 보이지 않잖아. 저건 그러니까 공포란 말야. 필라트, 성령께서 그럼 총을 쏘았다는 건가?」

얼마쯤 걷다 보니 한 건널목에서 코사크 순찰대가 히죽거리며 그들을 세워 머리서부터 발 끝까지 건방지게 수색했다. 그들은 챙이 없는 모자를 끈으로 묶어 한쪽 귀께로 비스듬히 쓰고 있어서 마치 외눈박이 같았다.

라라는 잰걸음으로 걸으면서 아주 잘됐다고 생각했다. 그 지역이 다른 곳과 차단되어 있으면 그녀는 코마로프스키를 만나지 않을 수 있기 때문이었다. 그녀는 어머니 때문에 그와의 관계를 끊을 수가 없었다. 라라는 어머니에게 그를 만나지 말라고 할 용기가 좀처럼 나지 않았다. 만일 그렇게 말한다면 코마로프스키와의 관계가 알려질 것이기에 그는 두려웠다. 그러면 어떻게 해야 할까? 왜 라라는 그것을 두려워하는 걸까? 오, 하나님! 이 모든 것을 끝나게 해주소서. 그녀는 혐오감으로 인해 길에서 쓰러질 것 같았다. 그녀가 이제 방금 기억한 것이 무엇이었더라. 그 레스토랑에 걸렸던 뚱뚱한 로마인이 생각났다. 그 무섭고 두려움을 주는 그림은 제목이 무엇이었지? 그런 일이 처음 벌어진 첫째 밀실에 그 그림이 걸려 있었다. 그 그림은 〈여인이냐 꽃병이냐〉였는데, 맨 처음 그 그림을 보았을 때 그녀는 여인이라고 부를 수는 없는 단계였고, 그녀는 값진 예술품과 비교할 만한 존재는 못 되었다. 그렇게 된 것은 좀더 시간이 지난 후였다. 식탁은 잘 차려져 있었다.

「라라, 넌 왜 그렇게 급히 뛰는 거니? 너무 빨라서 쫓아갈 수가 없구나.」

구이샤르 부인은 거친 숨을 몰아쉬며 딸 라라에게 말했다. 라라는 마치 공중을 나르듯 가볍게, 어떤 힘에 사로잡힌 것처럼 서둘러 걸었다.

라라는 요란한 포성을 들으며 마음속으로 생각했다.

『신나는 일이구나. 짓밟힌 자는 복이 있나니. 기만당한 자는 복이 있나니. 하나님의 힘으로 날아가리라. 너희와 나는 한마음이다.』

20

그로메코 형제의 집은 시프세프 브라저크와 또다른 작은 길과 만나는 모퉁이에 있었다. 알렉산드르 알렉산드로비치와 니콜라이 알렉산드로비치 그로메코는 두 사람 다 화학 교수로, 형은 페트로프스카야 아카데미에서, 동생은 모스크바 대학에서 각기 가르쳤다. 니콜라이는 독신이었으나 알렉산드르 알렉산드로비치는 처녀 시절의 성이 크류게르인 안나 이바노브나와 결혼했다. 그녀의 아버지는 제철업자로, 우랄 산맥의 유리아틴 부근의 광활한 숲에 둘러싸인 별장과 그곳의 폐광의 주인이기도 했다.

그로메코의 집은 이층집으로, 아래층은 손님 접대를 위한 장소였는데, 초록색 커튼과 반짝이는 피아노·수족관·올리브 나무 가구·해초와 비슷한 관상 식물 종류 때문에 마치 꿈꾸듯이 흐느적거리는 바다 밑 같은 인상이었다. 그리고 이층은 여러 개의 침실과 공부방, 알렉산드르 알렉산드로비치의 서재, 도서실, 안나 이바노브나의 내실, 토냐와 유라의 방이 있었다.

그로메코 집안은 교양 있고 인정 많은 사람들로 음악에 대해서도 전문가를 능가하는 실력의 소유자들이었다. 그들은 이따금 손님을 초대하고 실내악의 밤을 마련하기도 했다. 그들은 피아노 삼중주, 바이얼린 소나타, 현악 사중주를 연주했다.

1906년 1월에도 실내악의 밤을 개최할 예정이었다. 니콜라이 니콜라예비치는 해외 여행을 떠나기로 되어 있었다. 그가 떠나면 바로 시프세프에서는 정기 실내악 연주회가 개최될 것이다. 타네이에프의 제자인 젊은 작곡가의 바이얼린 소나타가 초연되고, 차이코프스키 삼중주도 연주할 예정이다.

하루 전부터 준비를 했는데, 가구를 옮기고 방안을 청결하게 청소했다. 구석에서는 조율사가 똑같은 화음을 수십 번씩 치고, 구슬 같은 아르페지오를 뿌렸다. 부엌에서는 닭을 잡고, 야채를 씻고, 겨자와 올리브 기름을 섞어 소스와 샐러드 드레싱을 만들었다.

안나 이바노브나의 절친한 친구인 슈라 슐레징그르가 이른 아침부터 찾아와 야단법석을 떨었다.

그녀는 큰 키에 야위고 용모가 단정하며, 남성적인 얼굴에 회색 아스트라칸 털 모자를 비스듬히 쓰면 마치 황제 분위기가 살아났는데, 그녀는 집에서도 늘 핀으로 매단 베일만 약간 올릴 뿐 모자를 벗지 않고 있었다.

슬픈 일이나 고민이 있을 때마다 두 사람은 서로 위로해 주었다. 위로해 준다고 해서 달리 편안하게 마음을 풀어 주는 것이 아니라, 그들은 서로 지독한 독설을 마구 퍼부어 흥분하다가 감정이 폭발해 버리면 서로 눈물을 흘리며 화해를 했다. 두 사람은 정해진 행사처럼 주기적으로 말다툼을 해서 고혈압을 거머리로 치료하듯 마음을 안정시켰다.

슈라 슐레징그르는 결혼을 몇 번 했으나 이혼하면 이내 남편에 대해 잊어버렸다. 그녀는 여러 번 결혼했지만 독신녀와 같은 싸늘함을 풍겼다.

그녀는 접신론자이긴 했지만 정교 예배 의식에 대해서도 전문가였다. 그녀는 완전한 무아지경에 몰입할 때 성직자가 해야 하는 말이나 노래를 가르쳐 주는 것을 잊지 않았다. 『오! 주여, 들으소서.』 『지금으로부터 영원히 그럴지니.』 『영광의 아기 천사.』라고 나직이 속삭이는 그녀의 목소리가 들려 왔다.

슈라 슐레징그르는 팔방미인이어서 수학, 신비스런 인도 교리, 모스크바 음악학교의 가장 훌륭한 선생의 주소, 그리고 신상명세서에 이르기까지 모르는 것이 하나도 없었다. 그러므로 그녀는 인생의 중대 문제가 발생할 때마다 중재자나 해결사로 부탁을 받았다.

약속 시간이 되자 손님들이 한 둘씩 도착했다. 아델라이다 필리포브나, 긴츠, 푸프코프 부부, 바수르만 부부, 베르지스키 부부, 카프카즈세프 대령이 속속 당도했다. 밖에 눈이 내려서 현관문을 열 때마다 눈송이가 펄렁이며 엉키듯이 소용돌이치며 휩쓸려 가는 것이 보였다. 남자들이 목이 긴 장화를 신고 터벅터벅 집안에 들어왔는데, 그들은 모두 촌뜨기 같았다. 그러나 그들의 아내들은 추위에 얼굴이 상기된 채 외투의 첫째 단추를 풀고 서리로 반짝이는 머리 위에 숄을 뒤로 젖힌 당당한 표정이었다. 그들은 닳고닳은 요부처럼 보였다. 「쿠이의 조카래요.」 이 집에 처음 초대된 신인 피아니스트가 들어오자 은밀한 말이 여기저기서 오고갔다.

홀의 열려진 문으로, 겨울 길처럼 길고 흰 식탁보가 씌워진 식탁이 보였다. 빨간 마가목 열매로 담근 보드카를 담은 크리스탈 병이 불빛을 받아 찬란한 빛을 발하였다. 은제 받침 그릇 위에 놓인 양념병에 담긴 식초와 버터 그릇,

사냥해서 잡은 많은 고기가 사람의 마음을 자극했다. 냅킨은 빳빳하게 접어 놓았고, 바구니에 담긴 편도 향내 나는 자주색 시네라리아 국화는 코를 자극했다.

맛있는 음식을 보는 순간적인 기쁨을 지체시키지 않기 위해서 손님들은 먼저 정신적인 식사부터 섭취하려고 자리에 앉았다. 음악가가 자리를 잡자 사람들은 또 한 번 「쿠이의 조카야.」 하고 속삭였다. 곧이어 음악회가 시작되었다.

소나타는 지루하고 너무 템포가 느려서 골치 아프다는 평이었는데, 이 날의 연주도 그 말을 확인해 주었고, 게다가 너무 길어서 더욱 지루하고 싫증 나게 했다.

휴식 시간이 되자 비평가인 케림베코프와 알렉산드르 그로메코는 그것으로 인해 언쟁까지 벌였다. 비평가 케림베코프는 이 소나타를 혹평했지만 그로메코는 그것을 옹호했다. 사람들은 모여 앉아 담배를 피우며 담소를 나누었다. 사람들은 이야기를 하면서도 옆 방에 차려 놓은 식탁을 다시 한번 처다보았다. 그들은 시제하지 말고 다시 음악회를 개최하는 게 좋겠다고 이야기했다.

피아니스트는 곁눈질로 청중을 한번 힐끗 본 후, 연주할 사람들에게 사인을 보냈다. 바이얼린 연주자와 티슈케비치는 활을 휙 휘둘렀다. 실내 안에는 그들의 연주가 잔잔히 흘렀다.

유라, 토냐, 그로메코 댁에서 거의 살다시피하는 고르돈은 세째 줄에 앉아 있었나.

「예고로브나가 선생님께 손짓을 하는데요.」

유라가 바로 자기 앞에 앉아 있는 알렉산드르 알렉산드로비치에게 나지막이 말했다.

그로메코 댁의 늙은 하녀 예고로브나가 문 앞에 서서 유라와 알렉산드르 알렉산드로비치를 처다보며 급히 주인을 만나야 한다는 절박한 표정을 유라에게 전할려고 애썼다.

알렉산드르 알렉산드로비치는 머리를 돌려 그녀를 책하는 표정을 지으며 어깨를 한번 추스렸지만 그녀는 포기하지 않았다. 홀의 이쪽 끝과 저쪽 끝에 선 두 사람이 벙어리처럼 손짓으로 의사소통을 했다. 사람들의 시선이 집중되자 안나 이바노브나는 남편에게 날카로운 시선을 보냈다. 알렉산드르 알렉산드로비치는 가만히 있지 못하고 일어섰다. 그는 얼굴이 상기된 채 홀의 가장자리로 걸어가 예고로브나에게 가까이 갔다.

「예고로브나, 이게 대체 무슨 짓이야. 왜 이 법석을 떨고 야단인 거야? 어서 말해 봐. 무슨 말이지?」

예고로브나는 그에게 은밀히 속삭였다.

「몬테네그로라고?」

「호텔 말이에요.」

「호텔이 어째서?」

「급히 사람을 부르러 왔는데요, 한 친척이 사경을 헤맨다나 봐요.」

「사경을 헤맨다고? 알았어. 그러나 할 수 없단 말야. 예고로브나, 곡이 끝난 후에 전해야 해.」

「지금 호텔에서 사람이 와서 기다려요. 여자가 죽어 간대요.」

「그래도 안 돼. 몇 분만 기다리면 되는데 왜 성화야.」

알렉산드르 알렉산드로비치는 언짢은 얼굴로 콧등을 문지르며 자기 자리에 돌아가 앉았다.

1악장이 끝나고 박수 소리가 끝나기도 전에 그는 연주석으로 가 티슈케비치에게 일이 생겼으니 어서 집으로 돌아가라고 말하고는 연주는 중단해야겠다고 말했다. 그러고나서 그는 돌아서서 손님에게 잠시 집중했다고 손을 들어 보였다.

「여러분, 삼중주는 중지해야겠읍니다. 첼로 연주자 티슈케비치에게 불상사가 생겼읍니다. 그는 이곳에서 떠나야 됩니다. 그를 혼자 보내선 안 될 것 같아서 제가 같이 가도록 했읍니다. 도움이 필요할지도 모르니까요. 유로치카, 빨리 세묜에게 현관에 마차를 대라고 전해. 마차는 준비되었을 거야. 여러분, 작별 인사는 하지 않겠읍니다. 곧 돌아올 테니 그냥 계십시오.」

두 소년은 쌀쌀한 겨울 밤에 마차를 타고 한 바퀴 돌고 싶어서 함께 가겠다고 졸랐다.

21

12월 이후에는 정상적인 생활을 했지만 아직도 간간이 총성이 들렸고 화재로 타 버린 집은 폭동 동안에 그나마 파괴되어 폐허처럼 보였다.

두 소년은 지금까지 이렇게 마차를 타고 멀리 가 본 적이 없었다. 몬테네

그로 호텔은 멀지않은 스몰렌스키와 노빈스키를 지나 사타바야 거리의 중간쯤 되는 거리에 위치해 있었다. 그러나 혹한과 안개가 마치 이 세상의 어느 곳에서도 공간은 동질성이 아니라는 듯 그 공간을 각기 조각으로 갈라 놓았다. 무럭무럭 볼품없이 피어오르는 모닥불 연기와 뽀드득거리는 발자국 소리, 썰매의 씽씽거리는 날의 소리가 그들이 아주 오래 달려와서 미지를 향해 달리는 듯한 느낌을 강하게 해주었다.

호텔 앞에는 우아한 썰매를 끄는 말이 마의(馬衣)를 걸치고 발목을 붕대로 감은 채 서 있었다. 마부는 장갑을 낀 손으로 목도리로 감싼 머리를 파묻고 손님 자리에 앉아 좌석을 따뜻하게 해두려고 웅크리고 있었다.

호텔 로비는 따뜻했다. 문지기는 호텔 입구와 외투 보관소를 나누어 놓고 있는 난간 뒤에서 졸며, 코를 크게 골다가 깜짝 놀라서 깨곤 했다. 그러다가 환기통 돌아가는 소리, 활활 타오르는 난로의 소리, 페치카에서 불이 타오르는 소리, 사모바르의 물 끓는 소리가 그를 잠들게 했다.

로비 왼쪽 거울 앞에는 살이 통통하게 찐 여인이 짙은 화장을 하고 서 있었다. 그녀가 입고 있는 모피 재킷은 날씨에 비해 너무 두터웠다. 그녀는 누군가가 내려오기를 기다리는 중이었는데, 뒷 모습을 보려고 거울에 등을 돌려 대고 오른쪽 왼쪽을 번갈아 가며 비춰 보았다.

추위에 꽁꽁 언 마부가 들어왔다. 그는 너무 두터운 외투를 입고 있어서 빵집의 간판에 그려진 비스킷처럼 보였다. 그의 몸에서는 모락모락 김이 뿜어져서 더욱 그렇게 보였다.

「아씨, 얼마나 더 기다려야 하죠?」

마부는 거울 앞에 선 여인에게 물었다.

「이렇게 오래 기다리다간 말이 얼어 죽고 맙니다.」

23호실의 사건은 매일 호텔에서 일어나는 작은 소동에 지나지 않았다. 호텔 직원들은 그 일로 인해 약간 괴롭긴 했지만 그래도 그것은 사소한 일이라고 볼 수 있었다. 쉬지 않고 벨이 울리고 벽의 유리 상자 속에서 번호가 깜박이면, 그것은 어느방 손님이 어떠한 일을 해 주어야 하는지 자신도 모르면서 하인을 괴롭히고 있다는 뜻의 신호였다.

그 순간 23호실에서는 의사가 늙은 멍청한 기샤로바 부인에게 구토제를 주고 위를 세척하고 있었다. 하녀 글라샤는 마룻바닥을 닦고 더러운 것을 치우고 깨끗한 물통을 가지고 오느라고 바삐 움직였다. 그러나 지금 벌어진 이 야단법석은 이 소동이 일어나기 전부터 시작되었다. 의사와 그 불행한 첼리스트를 데려오라고 티라슈카를 마차에 태워 보내기 전에, 코마로프스키가 급히 도착하고 수많은 사람이 방문 앞 복도에 몰려들어 통행에 지장을 주고 하기 전에 비롯된 것이다.

이 날의 말썽은 오후에, 보이가 오른손에 요리가 가득 담긴 쟁반을 받쳐 들고 복도로 통하는 문으로 몸을 굽혀 달려나간 순간, 식기 창고에서 층계로 향한 좁은 통로를 누가 멍청히 꺾어 들어서서 그와 부딪친 것으로부터 시작되었다. 쟁반이 통째로 요란한 소리를 내고 떨어지더니 수프가 바닥에 엎질러지고 큰 접시 세 개, 작은 접시 한 개가 깨져 버렸다.

보이인 스이소이는 자기와 부딪친 사람이 다름 아닌 접시 씻는 여자라는 것을 알고 나서 그녀에게 변상하라고 했다. 밤 11시가 다 되어 종업원의 반이 교대 근무를 해야 될 때까지 두 사람은 그 충돌 사건을 가지고 씨름하는 중이었다.

「이 남자는 풍기가 있어서 언제나 몸을 떤단 말이에요. 낮이고 밤이고 보드카 병이나 옆에 끼고 있는 주제에 자기에게 부딪쳐 접시를 깨고 수프를 엎질렀다니, 아니 누가 당신에게 부딪쳤단 말야. 이 악마 같은 인간아! 뻔뻔스럽게. 누가 부딪쳐, 누가!」

「말 조심하라고 항상 말했잖아. 마트리오나 스테파노브나.」

「접시를 깼다고 소란을 피우고 할 일이 뭐 있겠어. 또 무엇인가 그럴 만한 일이라도 되면 좋게. 이 소동의 장본인이 누구이게! 그 잘난 체하는 갈보, 시치미 떼고 앉은 돼먹지 못한 포주 때문이야. 그 추잡하고 못된 여편네가 뭐 비산을 먹었다고. 참 꼴 좋군 그래. 그 싸구려 마담 말야. 몬테네그로에 살고 있으니 매춘부인지 뭔지 구별도 할 수 없겠네.」

미샤와 유라는 구이샤르 부인의 방 앞 복도에서 서성거렸다. 알렉산드르 알렉산드로비치가 생각했던 것과는 아주 다른 상황이었다. 그는 음악가에게 잘 어울리는 순수하고 고상한 비극을 상상했으나 실제로는 너무 천박하고 추해서 어린 아이들에게 보여 줄 수가 없었다.

그래서 두 소년은 방 밖 복도에서 기다렸다.

종업원이 그들에게 다가와 부드러운 목소리로 말했다.

「어서 들어가서 아주머니를 뵙도록 해요. 걱정하지 말고 들어가 봐요. 부인은 괜찮아요. 별일 없을 거예요. 자, 두려워하지 말고 어서 들어가요. 많이 좋아졌어요. 여기 서 있으면 안 돼요. 오늘 오후에 사고가 발생해서 여기서 비싼 사기 그릇이 깨졌답니다. 우리는 음식을 날라야 하는데 여기 서 있으면 비좁아서 불편해요. 어서 들어가요.」

두 소년은 그 말대로 방 안으로 들어갔다.

방 안에는 불 켜진 석유 램프가 걸려 있던 탁자 위의 기름통에서 떼어져, 빈대 냄새가 나는 판자 간막이 너머로 옮겨져 있었다. 이곳은 잠을 자려고 방의 다른 부분으로부터 분리하고 다른 사람들의 눈길을 먼지 투성이 휘장으로 가로막은 외진 곳이었는데 난리통에 커튼을 내려야 한다는 것을 누구도 생각하지 못했다. 램프는 구석진 소파 위에 놓여 있었는데, 마치 극장 무대의 조명등처럼 구석을 환히 비춰 주었다.

접시 닦는 여자의 생각처럼 구이샤르 부인은 비산을 삼킨 것이 아니라 옥소를 먹고 자살하려고 했다. 방 안에는 보드라운 껍질이 손이 닿으면 색깔이 까맣게 변해 버리는 시퍼런 호두 열매의 시큼털털한 냄새가 났다.

하녀는 간막이 뒤에서 마룻바닥을 훔쳐 냈고, 침대 위에는 반은 벗은 여자가 물과 눈물과 땀으로 범벅이 된 머리카락을 풀어헤치고, 머리를 물통 위에 댄 채 큰소리로 울었다.

소년은 그 부인을 쳐다보는 것이 무례한 행동 같아서 재빨리 고개를 돌렸다. 그러나 유라는, 여자가 긴장하고 경직된 자세가 되면 조각품 같은 모습이 아니라 팬티만 걸치고 시합을 하는 근육이 불룩불룩한 레슬링 선수와 흡사하다는 인상을 받았다.

그때서야 간막이 뒤에 있던 사람들이 커튼을 내려야 한다는 것을 깨달았다.

「파데이 카지미로비치, 손을 쥐요. 당신 어디 있어요. 손을 쥐요.」

그녀는 눈물과 구토로 목이 메어 억지로 말했다.

「난 끔찍한 일을 겪었어요. 난 무서운 의심을 했어요. 내 상상이 지나쳤어요. 이제 안심이에요. 너무나 가슴이 시원해요. 그래서 나는 이렇게…… 난 죽지 않고 살았어요.」

「진정해요, 아말리아 카를로브나. 안정해야 해요. 이런 일은 정말 볼썽사나운 일이에요. 솔직이 말하자면 정말 꼴불견입니다.」

「우리는 이제 집으로 돌아가자.」

알렉산드르 알렉산드로비치가 중얼거리면서 소년을 향해 돌아섰다. 그들은 너무 거북하고 난처해서 어디를 쳐다봐야 할지 당황해 하며 시선을 램프를 치워 버린 큰 방의 구석에 던졌다. 그 벽면은 사진으로 도배한 듯했으며 서가는 악보로 가득 차 있고, 한 책상에는 종이와 사진첩이 잔뜩 쌓여 있었으며, 뜨개질한 테이블보가 덮여 있는 식탁의 저편에는 안락 의자에서 등받이를 꽉 끌어안고 잠을 자는 소녀가 있었다. 이런 소음과 혼란 속에서도 잠을 자는 것을 보니 소녀는 무척 피로한 것 같았다.

「자, 이제 우리는 돌아가자.」

알렉산드르 알렉산드로비치가 거듭 말했다. 그들이 이곳에 온 것이 별 의미가 없었고, 더 지체하는 것은 점잖지 못하다고 생각했다.

「파데이 카지미로비치가 나오면 곧 가자. 그에게 작별을 해야 하니까.」

그때 간막이 뒤에서 티슈케비치가 아니라 몸집이 장대하고 당당해 보이는 남자가 나타났다. 그는 램프를 높이 들고 탁자로 가서 원래의 자리에다 램프를 다시 걸어 놓았다. 그 램프 빛에 소녀는 잠이 그만 깨고 말았다. 그녀는 실눈을 뜬 채 기지개를 켜며 그에게 살짝 웃어 보였다.

미샤는 나타난 사나이를 보고는 화들짝 놀라 찬찬히 그를 살펴보았다. 그는 유라의 팔을 잡아 끌며 귓속말을 하려고 했으나, 유라는 응하지 않았다.

「아니 다른 사람들 앞에서 귓속말을 하면 어떡해. 남들이 우리 보고 뭐라고 하겠어?」

유라는 그의 말을 막으며 말을 들으려 하지 않았다.

그 사이에 소녀와 그 남자는 무언중에 한 마디의 말도 하지 않았지만 자연스럽게 시선을 교환했다. 그러나 그들의 말없는 시선만으로도 무서운 마술과 같은 힘을 지닌 것 같았다. 옆에서 보기에 그는 인형극의 대가이고 그녀는 그의 모든 동작에 따르는 꼭둑각시처럼 보였다.

그녀의 피로에 지친 듯한 미소는 입을 반쯤 벌어지게 했고 눈도 반쯤 감도록 만들었다. 남자의 비웃는 듯한 눈길에 그녀는 공범자의 은밀한 윙크를 보냈다. 두 사람은 다행히도 비밀이 폭로되지 않았고 구이샤르 부인의 자살극도 실패하고 말았다.

유라는 두 사람을 꿰뚫듯이 쳐다보았다. 그는 컴컴해서 보이지 않는 어둠 속에서 눈도 깜짝이지 않고 램프에서 발하는 둥근 불빛을 응시했다. 주인과 그의 노예가 된 소녀가 벌리는 연극은 묘한 수수께끼와도 같았고 뻔뻔스러울 정도로 노골적이었다. 말로 표현키 힘든 감정이 그의 가슴에 느껴졌다.

이것은 그와 토냐와 미샤가 함께 끝없이 토론을 벌였던 속물성이라는 것으로서, 때로는 두려우면서도 호기심을 발했지만 안전한 거리에서 이렇게 쉽게 말로 통제할 수 있었던 힘이었다. 그런데 바로 그 힘이, 유라의 목전에서 현실로, 고통스러우면서도 집요하게, 무자비하게 파괴하며 애원하고 구원을 요청하며 벌어졌는데 그들의 어린애 같은 철학은 어찌 된 것이며, 유라는 이제 무슨 일을 해야 하나?

「유라, 아까 그 남자가 누군지 아니?」

거리로 나온 후 미샤가 물었으나 유라는 깊은 생각에 빠져서 대답하지 않았다.

「기차 안에서 너희 아버지에게 술을 권해서 돌아가시게 한 그 사람이야 바로. 너도 내가 한 이야기 잊지 않았지?」

유라는 지금 아버지와의 과거가 아니라 아까 본 소녀와의 미래를 생각하고 있었다. 그는 미샤가 한 말을 처음에는 알아듣지도 못했다. 얼마나 추운지 입을 열고 말을 할 수도 없었다.

「얼겠구나, 세묜.」

알렉산드르 알렉산드로비치는 마부에게 말하고 그들은 집으로 향했다.

제3장   스벤티스키 댁의 크리스마스 파티

1

어느 해 겨울에 알렉산드르 알렉산드로비치는 고풍의 옷장을 하나 안나 이바노브나에게 주었다. 그것은 흑단으로 만든 장으로, 얼마나 큰지 집 안의 어느 문으로도 들어가지가 않았다. 그래서 어쩔 수 없이 여러 조각으로 분리한 후 들여 놓기는 했으나 너무나 크기가 커서 어느 곳에 두어야 할지 걱정거리였다. 아래층 홀은 넓었으나 용도 때문에 그곳에 놓아 둘 수는 없고, 크기가 맞지 않아 침실에도 둘 수가 없었다. 그래서 할 수 없이 큰 침실 바깥의 층계를 비워 놓고 그곳에 두기로 했다.

문지기 마르켈이 옷장을 조립하려고 여섯 살 난 딸 마린카를 데리고 왔다. 마린카의 손에는 설탕으로 만든 스틱캔디 하나가 들려져 있었다. 마린카는 코를 훌쩍이고 엿과 손가락을 연방 빨면서 아버지를 열심히 쳐다보았다.

일은 순조롭게 진행되었으나 안나 이바노브나의 앞에서 옷장은 점점 커지고 이제 윗뚜껑만 올려 놓으면 되었을 때, 그녀는 일을 돕고 싶은 생각이 들었다. 안나 이바노브나는 옷장의 높은 곳으로 올라가서 섰으나 바로 미끄러져서 마루로 넘어지는 통에 그녀는 뒤로 자빠지고 말았다. 그래서 그녀는 몹시 다치고 말았다.

마르켈이 놀라서 그녀에게 다가가 말했다.

「아니, 이런 일이. 마님 어쩌다 그러셨지요. 뼈는 이상 없으신가요? 뼈를 한 번 만져 보세요. 뼈가 제일 중요합니다. 살은 괜찮아요. 살은 숙녀의 맵시를 위해서나 있는 거니까요. 야, 이 녀석아, 제발 징징 짜지 마. 큰 놈이 울긴 왜 울어.」

그는 훌쩍이는 마린카를 야단쳤다.

「너는 콧물이나 닦고 어서 엄마한테 가렴. 마님, 제가 혼자 할 수 없을 것 같았읍니까? 당신 눈에는 내가 짐꾼으로 보일 뿐 달리 생각할 수는 없겠읍니까? 실은 제가 옷장 만드는 사람이죠. 네, 맞습니다. 마님, 장 만드는 게 제 직업이었읍니다. 옷나무, 호도나무, 여러 종류의 찬장을 얼마나 많이 짰는지 모릅니다. 마님은 아마 상상도 하지 못하실 겁니다. 얘기가 나왔으니까 말이지만 얼마나 많은 부자집 아가씨들이 내 눈앞에서 지나쳐 갔는지 모른답니다. 이렇게 말씀드려서 죄송하지만요, 내 눈앞에서 순식간에 사라져 버렸지요. 이 모두가 술 때문이죠. 네, 맞습니다. 술 때문이랍니다.」

안나 이바노브나는 마르켈의 부축을 받아 신음 소리를 내며 의자에 앉아 상처를 살펴보았다. 마르켈은 다시 옷장을 마추기 시작했다. 옷장의 뚜껑을 얹고 나서 그는 입을 열었다.

「이제 문만 달면 됩니다. 전시회에 출품해도 되겠읍니다.」

그러나 안나 이바노브나는 그 옷장이 조금도 마음에 들지 않았다. 모양이나 크기가 아무리 보아도 영구차나 왕의 묘같이 생각되었기 때문이다. 그러므로 그녀는 미신에 사로잡혀 두려움을 느꼈다. 그래서 그녀는 그 옷장에다 『아스콜드의 무덤』이라는 별명을 붙였다. 이것으로 짐작하건대 그녀는 주인에게 죽음을 초래한 『올레그의 말』이니 하는 것을 알고 있음이 분명했다. 독서를 많이 하는 사람들이 다 그렇듯이 그녀도 너무 많은 책을 무턱대고 읽어서 연관된 사실이 서로 뒤얽혀 혼동을 일으킨 것이었다.

이 사건 발생 후 안나 이바노브나는 폐질환의 증세가 나타났다.

2

1911년 11월은 한 달 내내, 안나 이바노브나는 병석에 있었다.

유라와 미샤와 토냐는 그 다음해 봄에 대학을 졸업할 예정이었다. 그런데 유라는 의학을, 토냐는 법학을, 그리고 미샤는 문학부에서 언어학을 전공하였다.

유라는 아직도 마음을 잡지 못하고 방황했으나, 그의 견해와 습관과 경향은 돋보이게 독창적이었다. 그는 비할 곳 없이 감성적이고 독창성이 뛰어났다. 그가 예술과 역사에 지대한 관심을 가지고 있긴 했지만 그는 자기 장래를 결정하는 데는 고심하지 않았다. 그는 예술은 결코 직업으로 삼을 수 없는 것이라고 생각했다. 그는 물리학과 자연학에 흥미를 가지고 있었으며, 남자는 현실에 맞는, 그리고 사회적으로 유용한 일을 해야 한다고 믿었다. 그래서 그는 의학을 선택한 것이다.

대학 4년 과정 중 첫해의 대부분을 그는 대학교 지하실에 있는 해부실에서 보냈다. 나선형의 층계를 따라 지하실로 내려가면 그곳에는 머리가 더부룩한 학생들이 잔뜩 모여서 낡아빠진 책을 읽거나, 각기 구석에 앉아 조용히 해부를 하거나, 시시덕거리며 해부실 바닥을 뛰어다니며 수많은 쥐를 쫓아다니는 학생도 있었다. 해부실에는 신원이 밝혀지지 않은 자살한 청년과 익사한 여인의 시체가 부패되지 않은 채 인광처럼 빛났다. 시체에 명반 용액을 투입하면 믿겨지지 않을 정도로 시체는 혈기를 찾은 듯 탄력을 갖게 되었다. 시체는 절개하고 손발은 절단되어 표본으로 만들었지만 인간의 육체의 아름다움은 아주 작은 부분에서도 남아 있었다. 유라는 마치 아연판 위에 거세게 내동댕이쳐진 물의 요정을 보는 듯 사뭇 경탄을 금치 못했다. 지하실에서는 언제나 석탄산과 포름알데히드 냄새가 났으며, 사지를 쭉 뻗고 누워 있는 미지의 운명으로부터 삶과 죽음의 수수께끼 그 자체에 이르기까지, 모든 것에서 신비스러움을 느꼈다. 지하실의 해부실에서는 그들의 집이나 고향이라도 찾은 듯 죽음이 이 사실을 다스렸다.

다른 것을 모두 침묵으로 다스리는 이 신비의 목소리에 사로잡혀서 해부학 실험을 하는 동안에 유라는 마음이 극도로 산란했다. 그러나 나중에는 그러한 것에도 익숙해져서 잡음도 그를 더 이상 괴롭히지 못했다.

유라는 명석했으며 문장력도 뛰어나 훌륭한 글을 썼다. 학교에 입학한 이후부터 그는 보고 느낀 것 중에서 가장 인상 깊었던 것을 한 권의 책으로 쓰기를 꿈꾸어 왔다. 그러나 책을 쓰기에는 아직 나이가 어리기 때문에 그 대신 시를 썼다. 위대한 화가가 되려고 일생 동안 스케치를 하듯.

유라는 힘과 독창성으로 자기가 쓴 시를 보충했다. 그는 힘과 독창성이야말로 예술에 현실성을 부여하는 것이며 그 외의 것은 모두 목적이나 가치가 없으며 또한 보잘 것 없다고 생각했다.

유라는 자신의 인격 형성에 외삼촌이 지대한 영향을 미쳤다는 것을 알고 있었다.

니콜라이 니콜라예비치는 그때 로잔느에 살았다. 그는 그곳에서 러시아어로 출판된 자신의 저서에서, 역사란 시간과 기억의 뒷받침아래 죽음이라는 현상에 대한 해답으로 인간이 만든 또 하나의 우주라는, 자신의 오랜 사상을 전개했다. 그의 저서는 기독교의 새로운 관점에서 이해된 것이고 바로 예술의 새로운 개념으로 이끌었다.

외삼촌의 이 사상은 유라보다 미샤 고르돈에게 더 지대한 영향을 주었다. 그래서 미샤 고르돈은 전공을 철학으로 택한 것이다. 그는 신학 강의를 들었고 나중에는 신학 아카데미로 전학하려는 생각까지 할 정도였다.

유라는 외삼촌의 영향을 받아 더욱더 발전하고 자유로와졌지만 미샤 고르돈은 오히려 속박을 당하고 말았다. 유라는 친구인 그의 출신에 원인이 있으므로 고르돈이 그렇게 탐닉한다는 것을 깨달았다. 유라는 매사에 주의력이 깊고 조심성이 있었으므로 고르돈에게 황당한 사상의 늪에서 벗어나라는 충고를 하지 않았다. 그는 미샤 고르돈이 현실에 적응하는 현실주의자가 되기를 바랐다.

3

11월 말의 어느 날 저녁에 유라는 대학에서 늦게 집으로 돌아왔는데 온종일 굶어서 지칠 대로 지쳐 있었다. 그는 그 날 오후에 한바탕 큰 소동이 벌어졌었다는 말을 들었다. 안나 이바노브나가 경련을 일으켜 의사를 불러 오고, 알렉산드르 알렉산드로비치에게 신부님을 모셔 오라고까지 했는데, 나중에야 의사들은 무사하리라고 말했다는 것이었다. 지금 안나 이바노브나는 좋아져서 의식을 되찾았는데 유라가 오면 즉시 자기에게 데려 오라고 말했다는 것이었다.

유라는 황급히 침실로 달려갔다.

방 안에는 조금 전에 벌어진 소동의 흔적이 역력했다. 간호원은 조심스럽게 몸을 놀리며 옆 탁자 위를 정리하는 중이었다. 주변에는 구겨진 냅킨과 습포로 사용한 젖은 수건이 여기저기 널려 있었다. 개수대 속의 물은 가래로 뱉은 피로 붉게 물들었으며, 개수통 속에는 목을 딴 깨진 주사액 병 몇 개와 물에 젖어 커진 탈지면이 들어 있었다.

안나 이바노브나는 땀에 흠뻑 젖어 마른 입술을 핥았다. 그녀는 아침보다 훨씬 야위어 보였다.

『혹시 진단이 잘못된 걸까?』

유라는 강한 의혹이 생겼다.

『글쎄, 내가 보기에는 폐렴 증세가 분명한데…… 큰일이구만…… 지금이 고비인데.』

유라는 짤막하게 안나 이바노브나에게 인사를 한 후 재빨리 간호원을 방에서 내보냈다. 맥박을 재려고 한 손으로는 그녀의 손목을 잡고 다른 손으로는 재킷에서 청진기를 꺼내려고 할 때 그녀가 머리를 흔들며 그렇게 하지 말라고 표시했다. 유라는 즉시 그녀가 다른 이유로 자기를 불렀음을 깨달았다. 그녀는 사력을 다하여 입을 열었다.

「꼭 말하려고 했어…… 죽음이 다가오는구나…… 점점 가까이 오고 있어 …… 이를 빼러 갈 땐 무서워서 미리 마음의 준비를 하고…… 그런데 이건 하나가 아니라 전부를 뽑아야 하니, 나의 전부를, 생명 전부를…… 그게 도대체 뭘까? 누구도 모를 거야. 아, 무섭고 슬퍼.」

안나 이바노브나는 말을 중단했다. 두 뺨에 눈물이 줄줄 흘러내렸다. 유라는 아무 말도 하지 않았다. 얼마 후 안나 이바노브나는 다시 입을 열었다.

「넌 명석하고 재주가 있지. 넌 특출해. 누구나 그런 건 아니란다. 넌 분명히 알고 있는 게 있을 거야. 나에게 아는 걸 말해 주렴.」

「글쎄요, 제가 무슨 말씀을 드려야 할지요?」

유라는 그렇게 말한 뒤 의자에서 일어나 방 안을 왔다갔다 하더니 다시 의자에 앉았다.

「아주머니, 내일이면 아주 좋아질 겁니다. 위기를 넘겼어요. 그건 제가 확신할 수 있읍니다. 그리고 죽음이나 의식, 또는 부활이나 신앙 등은…… 과학자로서 제 의견을 듣고 싶으신가요? 그건 뒤에 말씀드릴까요? 싫습니까? 그럼 당장 하라고요? 네, 하겠읍니다. 그렇지만 이렇게 갑자기 이야기하려니 좀 어렵군요.」

그는 즉시 그 자리에서 말을 해주었는데 자기 스스로도 그런 말을 어떻게 할 수 있었을까 하고 놀랐다.

「부활에 대해서 말하자면, 저는 설교에서 등장하는 그런 원시적인 것에는 전혀 관심이 없읍니다. 죽은 사람이나 산 사람에 대한 예수의 이야기도 언제나 다른 개념으로 받아들였읍니다. 수천 년 동안에 걸친 엄청난 인간의 무리가 어떻게 한 장소에 모일 수 있었겠읍니까? 이 우주는 그 정도로 넓지 않아서, 그러기 위해서는 하나님과 선량한 인간이 모두 밀려나고 말 것입니다. 그것은 탐욕적인 동물 같은 군중에 눌려서 짓밟혀 버릴 테니까요. 그러나 언제나 헤아릴 수 없는 동일한 하나의 생명이 이 우주를 모두 채우며 끝없는 변화와 결합 속에서도 새롭게 변한다는 것입니다. 아주머니는 돌아가신 후 이 세상에 다시 소생할 수 있을지 궁금하시겠지요. 인간은 태어나면서부터 벌써 죽음에서 다시 살아난 것인데 그것을 모르고 계셨던 겁니다. 그럼 고통을 느끼게 될까요? 육체의 조직이 분해되는 걸 느낄까요? 달리 말하면 의식은 또 어떻게 될까요? 의식이란 무엇일까요? 어디 한번 살펴봅시다. 우리가 의식적으로 잠을 자려고 한다면 불면증에 걸리고, 또 의식적으로 소화를 하려고 애쓴다면 체하고 말 겁니다. 의식은 우리 자신에게 작용하려고 한다면 독이 될 것이고, 중독이 되고 말 겁니다. 의식은 길을 밝게 비춰 주는 빛으로, 우리가 비틀거리지 않고 바르게 걷도록 밝혀 주지요. 그것은 달리는 기관차의 헤드라이트나 마찬가지죠. 그 빛을 안으로 향하게 하면 큰 충돌 사고가 나게 되지요. 그럼 아주머니의 의식은 어떻게 될까요? 아주머니 자신의 의식 말입니다. 네, 그렇습니다. 아주머니는 무엇입니까? 이것이 문제의 요점입니다. 생각해 보십시오. 자신에 대해 의식하고 있는 게 있읍니까? 콩팥입니까? 아니면 간입니까? 아닙니다, 아무리 기억하려고 애쓰고 노력해도 아주머니가 스스로 주체를 의식하게 된 것은 늘 외향적이고 적극적인 자아의 표현이어서, 자기가 직접 한 일이나 가족과 다른 사람 속에서였읍니다. 이 말을 주의깊게 들으십시오. 다른 사람 속에 있는 아주머니, 그것이 즉 인간의 본질이자 영혼이죠. 그것이 바로 당신 자신이며 당신의 의식은 일평생 그것을 호흡하고 양식으로 삼고 기쁨으로 삼을 것입니다. 그렇다면 앞으로는 어떻게 될까요? 아주머니는 늘 타인 속에 존재해 왔으므로 앞으로두 영원히 존재하게 될 섭니다. 나중에 그것을 추억이라 불러도 무슨 상관이 있겠습니까? 그것이 미래의 육체 속으로 들어가서는 그 한 부분을 이툴 존재라고 생각합니다. 이제 끝으로 한 가지 문제가 남았군요. 두려워하지 마세요. 죽음은 없읍니다. 죽음과 우리는 상관이 없읍니다. 아까 아주머니께서 인간의 재주에 대해 말씀하셨는데, 그건 별개의 문제입니다. 재주는 우리와 밀접한 관련이 있지요. 그리고 가장 높고 넓은 의미에서의 재주는 우리가 이 세상을 살아가는 재주를 가리키는 것입니다. 세례 요한은 〈요한 계시록〉에서 죽음은 없다고 말씀했읍니다. 그분의 논리는 아주 단순합니다. 과거는 이미 모두 사라졌으므로 죽음이 존재하지 않으리라는 것인데, 그 말은 즉 죽음은 존재하지 않을 것이라는 말과 마찬가지입니다. 이제 우리에게 필요한 것은 새로운 것이며, 그 새로운 것이야말로 영생입니다.」

유라는 긴 연설을 하는 동안 방안을 이리저리 서성거렸다. 그는 안나 이바노브나에게 「주무세요.」 하고 말하며 그녀 곁에 가까이 가서 손을 이마에 얹었다. 몇 분이 지나자 안나 이바노브나는 잠이 들었다.

유라는 조심스럽게 그 방에서 나와 예고로브나에게 간호원을 방으로 들여보내라고 말했다.

「세상에 내가 왜 이러는 거지? 내가 돌팔이 의사가 되는 모양이구나. 주문을 읊고 이마에 손이나 얹고…….」

이튿날이 되자 안나 이바노브나의 병세는 훨씬 좋아졌다.

4

안나 이바노브나는 차츰차츰 회복되어 12월 중순쯤 일어나려 했으나 아직 몹시 쇠약한 상태였다. 의사는 그녀에게 충분한 휴식을 취하라고 말했다.

그녀는 자주 유라와 토냐를 불러 몇 시간씩 우랄 산맥 지방의 린바 강변에 있는 할아버지의 저택에서 보낸 어린 시절을 이야기했다. 두 사람은 그곳에 가 보지 않았으나 유라는 그녀의 이야기를 듣고, 밤처럼 캄캄하고 수천 년 동안 그 누구도 들어가지 않는 십만 에이커의 산림과 또 칼처럼 거센 물살과 바위투성이인 강바닥을 크류게르 강변의 절벽을 본 듯이 상상할 수 있었다.

유라와 토냐는 난생 처음으로 야회복을 갖게 되었는데, 유라는 검정색 프록 코트를, 토냐는 목만 조금 판 연한 색깔의 파티 드레스를 맞추었다. 두 사람은 27일에 스벤티스키 씨 댁에서 일 년에 한 번씩 열리는 크리스마스 파티에 그 옷을 입을 계획이었다.

같은 날, 주문한 옷이 양복점과 양장점에서 각기 도착했다. 그들은 옷을 입고는 마음에 들어 만족해 했다. 예고로브나가 와서 안나 이바노브나가 그들을 부른다고 전해 주었다.

유라와 토냐의 모습을 본 안나 이바노브나는 팔꿈치를 짚고 일어나 그들을 요모조모 살펴보고는 돌아서라고 한 후 입을 열었다.

「아주 잘 어울리는구나. 멋있다, 나는 옷이 완성된 줄 몰랐구나. 어디 토냐, 아, 됐다 됐어. 어깨가 접힌 것 같아서. 괜찮구나. 너희들은 내가 왜 이 자리에 오라고 했는지 아니? 먼저 유라에게 몇 마디 묻겠다.」

「알겠읍니다, 안나 이바노브나. 저도 그 편지를 보셨다는 걸 압니다. 제가 그 편지를 보여 드리라고 했읍니다. 당신도 니콜라이 니콜라예비치와 생각이 같겠죠? 두 분도 제가 유산을 거절하지 않았어야 한다고 생각하실 겁니다. 제가 설명을 드리겠어요. 오래 말씀하시면 해롭습니다. 그건 당신도 아시겠지만요. 먼저 변호사 비용이 아버지의 부동산으로 충분했기 때문에 지바고 씨네가 상속에 대해 소송을 벌인다고 해도 변호사에게는 아무 문제가 없읍니다. 그러나 그 외에는 유산이 없어서 빚과 복잡한 골칫거리만 처리해야 합니다. 돈이 될 만한 것이 있다면 그걸 자신이 써 보지 않고 모두 재판소에 바칠 거라고 생각하십니까? 그러나 바로 그것이 문젭니다. 모든 것을 파헤치는 것보다는, 없는 재산에 대한 청구권을 포기해 버리고 몇 명의 그것을 노리는 경쟁자와 위선자들에게 모두 주는 게 낫겠읍니다. 아주머니도 알겠지만 지바고라는 성으로 아이들과 지금 파리에서 사는 마담 알리스의 유산 청구에 대해서도 이미 오래 전에 들었읍니다. 전 오래 전부터 그 여자에 대해서는 이야기를 들어서 알고 있읍니다. 어머니 생전에 아버지가 스톨부노바 엔리치 공작 부인과 가까이 지냈는데, 그 부인은 아주 괴팍한 여자로 에브그라프라는 아들을 낳았는데, 지금 열 살입니다. 공작 부인은 혼자 은둔 생활을 하고 있딥니다. 그 부인은 옴스크 교외에서 아들과 함께 살고 있지요. 저도 그 집을 찍은 사진을 본 적이 있읍니다. 그 집은 훌륭한 저택으로 프랑스 식의 아름다운 창문과 처마에는 큰 메달이 장식되어 있었읍니다. 그리고 근래에는 그 집의 다섯 개 창문이, 모스크바에서 몇 천 마일이나 멀리 떨어진 시베리아에서 저를 노려보며 멀지않아 내게 재난을 가져다 줄 듯한 느낌을 받았어요. 어쨌든 있지도 않은 재산과, 얼토당토 않게 위장된 경쟁자나, 그들을 부러워하는 것이 모두 저에게는 아무 쓸모도 없는 일입니다. 그리고 변호사들도요」

「그렇지만 넌 포기하면 안 돼, 유라.」

안나 이바노브나는 그의 말에 반대했다.

「너희를 부른 이유가 뭔지 아니?」

「그 사람 이름이 생각났단다. 어제 내가 말한 산지기 말야. 그의 이름은 바커스였어. 맞아, 정말 이상한 일이지? 그 사람은 수염이 무척 많이 난 악마와 같은 몰골이란다. 자기가 바커스라고 했어. 곰과 싸워서 물리쳤단다. 그때 얼굴에 상처를 입었다고 하더라. 거기에선 모두가 그랬단다. 이름도 모두 단음절이었어. 그래서 정확하고 부르기도 좋고 잘 알아듣겠더구나. 바커스·루프·파브스트 등의 이름이 있었어. 더 듣겠니? 할아버지의 사냥총으로 쏜 총소리가 들리고 아브크트나 프롤 같은 사람들이 오면, 우리는 무리 지어 어린이 방에서 부엌으로 달려가곤 했단다. 그곳에서 산 새끼 곰을 끌고 온 숯장수나 광석 표본을 가지고 먼 지방에서 온 탐광자를 볼 수 있었어. 그러면 할아버지는 그들에게 쪽지를 적어 사무실로 보냈단다. 어떤 사람에게는 돈을 주고 또 다른 사람에게는 모밀이나 탄약을 주었단다. 창문에서 바라보면 바로 숲이 펼쳐진단다. 그리고 눈이 오면 지붕보다도 더 높이 쌓였지.」

안나 이바노브나는 말을 중단하고 기침을 했다.

「이제 그만하세요. 엄마는 안정하셔야 해요.」

토냐가 어머니를 만류했으며 유라는 그녀를 부축해 주었다.

「아냐, 나는 괜찮아. 그런데 예고로브나가 그러는데 너희가 모레 크리스마스 파티에 참석할까 어쩔까 망설이고 있다면서? 그런 바보 같은 소리가 어디 있니? 그렇게 말하다니 부끄럽지도 않단 말이냐? 유라, 너는 그러면서도 의사냐? 이미 결정된 거야. 너희는 파티에 참석해야만 해. 아무 말도 하지 말고 참석하거라. 그럼 다시 바커스 이야길 하자. 그 사람은 젊었을 때는 대장장이였단다. 싸움을 벌여 한번은 내장이 찢어졌다지 뭐냐. 그래서 쇠로 다시 내장을 만들었대. 유라, 내가 그 말을 믿을 거 같니? 나는 그 말을 믿지 않았어. 그러나 사람들은 모두 그렇다고 말하더구나.」

안나 이바노브나는 또다시 기침이 터졌는데 이번에는 아주 오랫 동안 멎지 않아 애를 먹었다. 그녀는 숨도 못쉴 정도로 기침을 했다.

유라와 토냐는 침대에 가까이 가서 나란히 옆에 섰다. 안나 이바노브나는 기침을 계속하면서 두 사람의 손을 붙잡고 두 손을 포개서 잡았다. 그녀는 거친 숨을 가다듬으며 어렵게 말했다.

「내가 죽어도 너희는 헤어지면 안 된다. 두 사람은 결혼해야 한다. 난 너희 결혼을 승낙한다.」

그녀는 말하고 나서 울음을 터뜨렸다.

5

라라가 김나지움에서 마지막 학년에 올라가기 전인 1906년 봄, 코마로프스키와의 6개월 동안 계속된 관계는 그녀의 인내를 뛰어넘어서 참을 수 없는 상황까지 되어 버렸다. 그는 그녀의 비참한 기분을 아주 교묘히 이용하여, 필요할 때마다 그녀의 수치스러운 생활에 대해 상기시켰다. 이런 암시는 호색가가 흔히 여자에게 요구하는 혼란의 상태로 그녀를 몰아갔다. 그러한 혼란으로 인해 라라는 더욱더 관능적인 악몽의 포로가 되었으며, 그 악몽에서 깨어날 때마다 그녀는 온 신경이 곤두서는 듯했다.

그녀는 밤이 되면 광기가 일으키는 악마의 요술에서 빠져나올 수가 없었다. 거기에는 매사가 뒤죽박죽이었고 조리에 맞지 않았으며 날카로운 고통은 은방울을 굴리는 듯한 웃음 소리가 되었다. 저항과 거절은 동의를 의미하며, 고마움의 키스는 고통을 주는 자의 손을 뒤덮었다.

이런 생활이 끝이 보이지 않던 어느 봄 학기 말 수업 시간이었다. 학교의 수업이 없는 여름 방학이 되면 코마로프스키의 잦은 만남을 거절할 핑계도 없게 되기 때문에 얼마나 자주 괴로움에 처할까 걱정하던 라라는, 후일 인생을 완전히 바꾸어 놓을 결정적인 일을 하고 말았다.

후덥지근한 아침으로 폭풍이 몰려오고 있었다. 열어 놓은 창문으로 운동장에서 노는 아이들의 환성과 시내의 단조로운 소음이 멀리서 들려 왔다. 잔디밭에서 새로 돋은 잎과 어린 초목의 냄새가 마치 축제 때의 보드카나 팬케익을 굽는 것과 같았다.

역사 선생님이 나폴레옹의 이집트 원정에 대해 설명하고 있었다. 나폴레옹의 프레주스 상륙까지 이야기했을 때, 갑자기 하늘이 캄캄해지더니 번개와 천둥이 치며 회오리 바람이 일며 먼지가 일고 신선한 바람이 창문으로 일시에 들어왔다. 선생에게 귀염을 받는 두 학생이 창문을 닫게 하려고 사환을 부르러 밖으로 나갔는데, 그들이 문을 여니 바람이 불어와 책상 위에 있던 책이 날아갔다.

창문이 닫혀졌다. 지저분한 도시의 빗발이 먼지 속에 섞여 퍼부었다. 라라는 공책을 찢어 옆에 앉은 나쟈 콜로그리보프에게 메모를 적어 보냈다.

나쟈, 나는 어머니와 헤어져서 살아야겠어. 보수를 가능하면 많이 받을 수 있는 가정 교사 자리를 좀 구해 주지 않겠니? 너는 부자를 많이 알고 있지?

나쟈가 곧 답장을 보내 왔다.

우리 집에서 리파의 가정 교사를 구하는 중이란다. 우리 집에 와서 리파를 가르치면 어떻겠니? 잘 됐다. 우리 아빠와 엄마가 너를 얼마나 좋아하시는지 너도 잘 알지?

6

라라는 삼 년 동안이나 콜로그리보프 씨 댁의 성에서 숨어 지내는 것처럼 보냈다. 그 누구도 그녀를 방해하지 않았다. 어머니와 오빠도 그녀 주변에 나타나지 않았다.

라브렌티 미하일로비치 콜로그리보프는 큰 사업가로 현대적인 방법으로 사업을 하는 명석하고 재주 있는 남자였다. 그는 경매에서 국고를 이길 정도로 경제력이 있었으며, 하류층의 사람으로 엄청난 출세를 한 사람이어서 구체제를 아주 증오했다. 그는 경찰을 피해 다니는 혁명가를 자기 집에 숨겨 주었고, 정치범의 재판 변호사 비용까지 대 주었다. 그는 혁명을 추진하는 데 자금을 대 주고, 자본가로서의 자신을 타도하며, 자기 공장에서 파업을 일으켜 자기 재산을 몰수한다는 농담이 늘 나돌았다. 그는 사격술이 뛰어난 사냥꾼으로 1905년 겨울에는 일요일마다 세레브리아니 숲과 로신 섬으로 가서 시민 자위대에게 사격술을 가르치기도 했다.

그는 훌륭한 사람이었다. 그의 아내 세라피마 필리포브나도 그와 잘 어울리는 배필이었다. 라라는 그 두 사람을 존경하고 흠모했다. 그의 가족은 하나같이 라라를 한집안 식구처럼 대해 주고 사랑했다.

이렇게 즐거운 생활을 하고 있던 4년째 되던 해에 오빠 로쟈가 뜻하지 않게 그녀를 찾아왔다. 그는 다리를 자연스럽지 못하게 흔들며 거들먹거리는 느린 말투로 입을 열었다. 졸업하는 사관 학교 동기생들이 교장에게 졸업 선물을 하려고 모은 돈을 그에게 주며 선물을 사도록 일임했었다. 그러나 로쟈는 이틀 후 도박을 하여 한 푼도 남기지 않고 모두 날려 보냈다. 로쟈는 말을 하고 나서 의자에 주저앉아 울기 시작했다.

그 말을 듣고 있던 라라는 냉정하고 침착했다. 로쟈는 울면서 다시 말을 이었다.

「난 어젯밤에 빅토르 이폴리토비치를 만나러 갔는데, 그는 나하고는 이야기도 하고 싶지 않다고 했어. 그러나 네가 원한다면…… 네가 우리를 지금은 사랑하지 않는다고 해도 이폴리토비치에 대한 너의 영향력은 지대하다고 본다…… 한 마디만 해줘. 이 일이 얼마나 수치스런 일인지 알지? 사관 학교 생도의 명예에 금이 가는 일이 될 거야. 네가 그 사람에게 부탁해봐. 너도 내게 목숨으로 이 댓가를 치르라고 하지는 않을 테지?」

「목숨으로 댓가를 치른다고? 사관 학교 생도로서의 명예?」

라라는 크게 흥분하여 몸둘 바를 몰랐다. 그녀는 방 안을 서성거렸다.

「그럼 나는 사관 학교 생도도 아니고 명예도 없기 때문에 어떤 행동을 하게 돼도 상관없단 말이죠. 지금 내게 어떤 청을 하고 있는지 알아요? 몇 년 동안 죽을 고생을 해서 제대로 밤잠도 편히 자지 못하고 내가 쌓아올린 것은 안중에도 없이, 나에게 이럴 수가 있어요. 어서 지옥으로 떨어지기나 해요. 자살을 하던지 말던지 난 몰라요. 마음대로 하란 말예요. 아니 얼마나 날려 버린 거예요?」

「육백 구십 몇 루블이야. 약 칠백 루블쯤이지.」

「아니, 지금 제정신으로 하는 말이에요. 칠백 루블을 노름으로 날렸다고요? 로쟈, 나 같은 사람이 그런 돈을 손에 쥐려면 얼마 동안 일해야 하는지 알고 있나요?」

라라는 잠시 흥분을 가라앉히고 나서 마치 낯선 사람에게 대하듯 냉혹하게 말했다.

「알았어요, 마련해 보겠어요. 내일 와 봐요. 그때 자살하려고 했던 연발 권총도 가지고 와요. 그 권총은 내가 맡겠어요. 총알도 많이 갖다 줘요.」

라라는 로쟈에게 필요한 돈을 콜로그리보프 씨에게서 빌렸다.

7

라라는 김나지움을 졸업하고 대학을 졸업하기까지 아무 방해도 받지 않고 콜로그리보프 씨 댁에서 지냈다. 그녀는 성적이 우수했고, 다음해인 1912년에는 졸업할 예정이었다.

1911년 봄, 라라가 공부를 가르치던 리파치카가 김나지움을 졸업했다. 그녀는 벌써 부유하고 가문이 훌륭한 젊은 엔지니어인 프리젠다크와 약혼한 사이였다. 리파치카의 부모는 그녀의 선택에 대해 찬성은 했지만 나이가 어리니 좀 있다가 결혼하라고 결혼식은 반대했다. 그럴 때마다 응석을 부리며 살아온 리파치카는 소리를 지르고 발을 구르며 야단법석을 떨며 울곤 했다.

라라가 한가족같이 생각하는 이 부유한 집에서는 그녀가 오빠 로쟈 때문에 빌린 돈에 대해서 말하거나, 아니 그 사실조차 기억하는 사람이 없었다. 그녀는 고정적으로 매달 지출해야 하는 돈만 없다면 벌써 그 돈을 갚았을 것이다.

그녀는 파샤 몰래 그의 아버지 안티포프에게 시베리아로 매달 돈을 붙여 주었고, 또 말 많고 병든 어머니를 도왔으며, 파샤의 하숙비 일부를 직접 집 주인에게 주어 그의 하숙비를 적게 들도록 배려했다. 그의 방을 예술극장 주변에다 얻어 준 사람도 다름 아닌 라라였다.

라라보다 나이가 어린 파샤는 그녀를 열렬히 사랑했고 그녀의 뜻이라면 거역하는 것이 없었다. 파샤는 레알 김나지움을 졸업하고 라라의 권고대로 문과대학에 입학하려고 라틴어와 그리스어를 공부했다.

그녀는 일 년 후 국가 고시에 합격하면 파샤와 결혼하고 우랄의 어떤 도시의 여학교와 남학교에 각각 교사로 갈 계획을 세우고 있었다.

1911년 여름, 라라는 콜로그리보프 집안 식구와 함께 마지막으로 두플랸카에 갔다. 그녀는 누구보다도 그곳을 좋아했다. 매해 여름이면 콜로그리보프 일가는 이곳으로 여행을 했다. 그것을 모두가 잘 알고 있었으므로 언제나 라라도 동행했다. 그들을 태워 온 무덥고 먼지투성이인 기차가 떠나가고, 빨간 웃옷 위에 팔 없는 마부용 재킷을 입은 두플랸카의 마부는 짐을 모두 짐마차에 옮겨 싣고, 반만 씌운 마차에 오른 손님들에게 근래의 마을 소식을 이야기해 주었다. 홍분한 라라는 광활하게 펼쳐진 향기로운 대지 앞에서 넋을 잃고, 일행과 떨어져 오솔길을 따라 들판으로 나갔다. 그녀는 걸음을 멈추고 눈을 살며시 감고 향기로운 대기를 깊게 들이마셨다. 그 향기는 아주 부드럽고 다정하게 그녀를 감쌌다. 잠시 동안이지만 라라는 존재의 의미를 깨달았다. 그녀는 인생의 뜨거운 황홀감의 의미를 깨닫고 자신이 그 일을 행하기 어렵다면 대신 그 일을 이룰 후계자를 낳아야 한다고 생각했다.

그 해 여름 라라가 두플랸카에 도착했을 때는 그녀는 자신이 씌운 굴레로 인해 심신이 완전히 지쳐 있었다. 그녀는 극히 사소한 일만으로도 기분이 나빠졌다. 그녀의 내부에서는 아직 경험하지 못한 강한 의구심이 싹텄다. 그녀의 심적인 변화는 무슨 일에나 너그럽고 사소한 일에 연연해 하지 않던 성격까지 변모시켰다.

콜로그리보프 집안에서는 언제나처럼 그녀를 사랑했고 함께 지내자고 했지만 이제 리파도 성장했으므로 자기의 존재가 필요없다고 그녀는 느꼈다. 그녀는 봉급을 거절했으나 그들은 억지로 봉급을 손에 쥐어 주었다. 돈이 필요했으나 그들 집에 머물면서 다른 곳에서 돈벌이를 하는 것도 도리에 어긋난 일이기 때문에 그녀는 심한 갈등을 느꼈다.

라라는 자신의 처지가 비참하고 참기 어려웠다. 그녀는 콜로그리보프의 집

안 식구들도 모두 자기를 부담스럽게 생각하면서 겉으로만 태연히 대한다고 생각했다. 자기 자신도 짐스럽게 느껴졌다. 라라는 자기 자신으로부터 그리고 이 집으로부터 멀리 도망치고 싶었다. 그러나 오빠 로쟈 때문에 콜로그리보프 씨에게 빌린 돈을 갚지 않았으므로 돈을 돌려 주기 전에는 이곳을 떠날 수가 없었다. 지금 상황으로서는 돈이 생길 길이 없으므로 그 돈을 언제 갚을 수 있을지 막연하기만 했다. 어리석고 무기력한 로쟈 때문에 인질로 잡혀 있는 것 같은 기분이 들어 더욱더 견디기 어려웠다.

라라는 아주 사소한 일에도 신경을 곤두세웠다. 콜로그리보프 씨 집에 출입하는 친척이나 친구가 정중히 대하면, 그들이 자기를 순종하는 피보호자를 대하듯 대하거나 호락호락한 존재로 생각한다고 단정했다. 그리고 그녀를 못 본 척 내버려 두면 자기의 존재를 무시한다고 여겼다.

그러나 라라의 이러한 과민성도 많은 집안 손님과 함께 어울리며 즐겁게 보내는 것을 방해하지는 않았다. 그녀는 다른 사람들과 함께 수영을 하고, 뱃놀이를 하고, 강 건너로 밤에 소풍도 나가 많은 사람과 불꽃놀이도 하고 춤도 신나게 추었다. 그녀는 엉터리 연주에도 출연했고, 모제르 총으로 목표물을 쏘는 사격 게임에 열중했다. 그러나 그녀는 모제르 총보다는 로쟈의 가벼운 권총을 더 좋아해서 잘 다루게 되었다.

그녀는 웃으면서 남자로 태어났으면 결투를 했을 텐데, 여자이기 때문에 결투를 할 수 없다고 농담조로 말했다. 그러나 그녀는 명랑해지려고 하면 할수록 더 깊은 우울증에 빠졌다.

여행을 끝내고 도시로 돌아왔을 때는 극한 상황에 이르렀다. 파샤와의 사소한 말다툼이 큰 고민거리로 등장하고 말았다. 그녀는 파샤가 자기의 마지막 도피처라고 생각하고 있기 때문에 그와 심각하게 다투지는 않았었다. 그즈음 파샤는 자신감이 몸에서 우러났다. 그의 말투는 교훈조였는데 그럴 때마다 라라는 우습기도 하고 한편으로는 서글픈 생각도 들었다.

그녀는 항상 파샤, 리파, 콜로그리보프 씨 가족, 돈 등이 머리에서 떠나지 않았다. 라라는 자기의 삶이 지겨웠다. 차츰차츰 그녀는 이성을 잃기 시작했다. 그녀는 자기가 익숙한 지금의 생활로부터 새로운 일을 해보고 싶은 충동이 강하게 일었다. 그러다가 1911년 성탄절 무렵에 라라는 단호한 결심을 하게 되었다. 지금까지의 생활에서 떠나 콜로그리보프 씨 댁에서 나가 혼자 독립 생활을 하는데, 거기에 소요되는 비용은 코마로프스키에게 청하자고 작정했다. 자기와 그 사이에 있었던 일과 그녀가 자유로와 진지도 벌써 여러 해가 되었으니 코마로프스키는 설명이나 이해 관계에 얽매이지 않고 기사도 정신으로 도와 주어야 한다고 그녀는 확신했다.

확고한 목적을 가슴에 안고 라라는 27일 밤에 페트로브카 거리로 향했다. 만일 그가 거절하거나 어떤 모욕을 준다면 라라는 그를 쏘아 버리겠다고 결심했다. 그래서 안전 장치를 품고 장전한 로쟈의 연발 권총을 토시 속에 감추고 나갔다.

그녀는 흥분한 나머지 거리가 온통 성탄절 축제로 들떠 있었지만 아무것도 시야에 들어오지 않았다. 장전한 총탄은 벌써 라라의 마음속에서 발사되었는데, 누구를 겨냥하고 쏘았느냐는 것은 전혀 별개의 문제였다. 그녀의 뇌리 속에는 오직 총성만이 맴돌았다. 그녀는 길을 걸으면서 내내 귓전에서 총성을 들었는데, 그것은 코마로프스키, 자기 자신, 그리고 그녀의 운명을 향한, 두플랸카의 참나무에 매달린 나무 과녁이 사격 표적이었다.

8

「내 토시를 만지지 말아요.」

라라는 외투를 벗겨 주려는 엠마 에르네스토브나에게 말했다. 그녀는 연신 감탄사를 발하며 빅토르 이폴리토비치는 외출중이지만 어서 들어와 외투를 벗으라고 말했다.

「아니, 바빠서 안 되겠어요. 어디 갔지요?」

그녀는 그가 크리스마스 파티에 초대되어 갔다고 말했다. 엠마 에르네스토브나에게서 주소를 받아들고는 라라는 모든 것을 기억시켜 주는, 빛깔이 있는 문장이 창문에 그려진 어둡고 낯익은 층계를 급히 뛰어내려서 무치노이고로도크에 위치한 스벤티스키 씨 집으로 향했다.

밖으로 나온 라라는 주위를 한바퀴 둘러보았다. 겨울이었다. 그리고 도시의 밤이었다.

혹한의 날씨라 거리는 깨진 맥주병 바닥처럼 더러운 얼음으로 덮여 있었다. 진눈깨비가 제법 많이 내렸으며, 그녀는 서리가 덮여 빳빳하게 언 회색 털코트처럼 얼굴이 간지럽고 따가웠다. 그녀는 흥분 상태여서 가슴이 두근거렸다. 그녀는 텅 빈 거리를 지나 초라한 찻집과 식당이 늘어선 거리를 걸었다. 추위에 빨갛게 얼어버린 얼굴과 수염에 고드름이 달린 말과 개가 지나쳤다.

유리창은 얼음과 눈으로 덮였고, 창문에 비치는 반짝거리는 성탄절 나무와 한껏 즐거워하는 사람의 그림자가 아름답게 반사되었다. 그 모습은 마치 밖에서 길을 지나가는 행인을 위해 공연을 하는 듯했다.

카메르게르 거리에서 라라는 멈추었다.

『난 더 이상 이대로 계속할 수 없어. 더 참지 못하겠어.』

그녀는 말이 입 밖으로 나올 것 같아 깜짝 놀랐다.

『그에게 모든 이야기를 해야만 한다.』

그녀는 자기 자신에게 다짐이라도 하듯 육중한 현관 문을 밀고 들어갔다.

9

파샤는 잔뜩 긴장한 탓에 얼굴이 상기된 채 거울 앞에서 와이셔츠 앞자락에 달린 색 단추를 장식 단추의 구멍에 끼우려고 씨름하는 중이었다. 그는 파티에 참석하려고 하던 참이었다. 너무나 순진한 그는 라라가 노크를 하지 않고 불쑥 들어와 제대로 옷을 갖추어 입지 않은 자기의 모습을 보자 크게 당황했다. 파샤는 바로 그녀가 초조해 하고 있음을 눈치챘다. 그녀는 침착하게 서 있지 못하고 개울을 건너려는 듯 치맛자락을 옆으로 싸안고 들어섰던 것이다.

「리라, 무슨 일이지? 웬일이야?」

파샤는 얼른 그녀에게 다가가 불안스러운 듯 물었다.

「내 옆에 앉아요. 옷을 입지 않아도 괜찮으니 신경쓰지 말아요. 난 바빠서 서둘러야 해요. 바로 가야 해요. 이 토시는 만지지 마요. 기다려 줘요. 잠깐만 돌아서 있어요.」

파샤는 말없이 그녀가 시키는 대로 했다. 라라는 옷을 갈아 입고 있었다. 그녀는 외투를 벗어서 걸고, 로쟈의 권총을 토시에서 꺼내 외투 주머니에 잘 넣었다. 그런 뒤에 소파로 돌아왔다.

「이제 됐어요. 촛불을 켜고 전등을 꺼요.」

라라는 촛불을 켜고 희미한 불빛 아래서 이야기하기를 좋아했다. 그래서 파샤는 그녀를 위해 언제나 새 양초를 몇 자루 준비해 놓고 있었다. 그는 창문턱에다 촛대를 갖다 놓고 새 양초를 꽂고 나서 불을 켰다. 촛불은 처음에는 작게 숨을 죽이고 있다가 튀면서 빛을 사방으로 뿌리다가는 화살촉처럼 날카롭게 되었다. 방안 전체에 희미한 불빛이 가득 채워졌다. 얼었던 창문이 촛불 높이에서 거무스름한 동그라미를 그리며 녹았다.

「파샤, 내 말을 들어 봐요.」

라라는 잠시 말을 끊었다가 입을 열었다.

「나에게 곤란한 문제가 생겼어요. 나를 좀 도와 줘요. 두려워하지 않아도 돼요. 그리고 묻지도 말아 줘요. 그러나 우리가 다른 사람과 똑같다고는 생각하지 말아요. 나는 언제나 위험에 처해 있어요. 만일 나를 사랑한다면 나를 파멸의 구렁텅이에 빠지지 않게 하려면, 더 이상 지체하지 말고 결혼해요.」

「그건 내가 늘 원하고 있던 거야.」

파샤는 라라의 말을 얼른 가로막았다.

「그럼 바로 날을 잡도록 해요. 당신도 그렇게 생각하다니 정말 기쁘군. 도대체 무슨 일인지 간단히 그리고 분명히 말해 봐요. 빙빙 돌리지 말고. 나는 영문을 모르겠으니까.」

그러나 라라는 재빨리 화제를 돌려 질문을 빠져 나갔다. 두 사람은 라라의 슬픔과는 전혀 관계 없는 말만 주고받았다.

10

그 해 겨울 유라는 대학의 금메달 획득 경쟁 시험에 참가하려고 망막의 신경계에 대한 학술 논문을 준비하고 있었다. 유라는 비록 일반 내과학만 끝냈으나, 장래 안과 의사가 되려고 눈에 대해 철저히 공부하여 그는 전문가다운 지식을 가지고 있었다.

이러한 시각의 생리학에 대한 관심 속에서 그는 예술적인 비유의 표현이나 창조적인 재능과 같이 그의 성격의 다른 면모를 그대로 내포했다.

토냐와 유라는 썰매를 세내서 스벤티스키 댁의 성탄절 파티에 참석하려고 가는 중이었다. 그들은 어린 시절과 사춘기 초기를 한집에서 동거동락하며 육 년간 살았기 때문에 서로에 대해서 속속들이 알고 있었다. 그들은 서로 농담을 잘 주고받았으며, 지나가는 농담에 대해서도 코웃음치며 받아넘기는 것까지 비슷했다. 지금 그들은 썰매 위에서 너무 추운 나머지 입을 꼭 다문 채 이따금 한 마디씩 하는 것 이외에는 각자 자기 생각에 몰두해 있었다.

유라는 경쟁 시험 날짜가 가까와 오니 논문을 더 급히 서둘러야겠다고 생각했지만, 세모 기분에 들떠 그 생각은 다른 것으로 바뀌었다. 그는 고르돈이 편집장인 학생 잡지에, 오래 전부터 블로크에 대한 논문을 써 주겠다고 약속한 적이 있었다. 그 무렵 모스크바와 페테르스부르크의 젊은이들은 블로크에 대해 격분했으며 유라와 미샤도 그들의 뜻에 동조했다. 그러나 이런 생각은 오래 계속되지는 않았다. 유라와 토냐는 옷깃 속에 깊이 얼굴을 묻고, 추위에 꽁꽁 언 귀를 문지르고, 각기 다른 생각에 잠겨 썰매를 타고 갔다. 그러나 그들의 각기 다른 생각도 한 곳으로 집중되었다.

그것은 다름이 아니라 안나 이바노브나의 병상에서 얼마 전에 있었던 일이다. 그들은 갑자기 눈을 떠서 상대방을 처음 보는 것처럼 서로에 대해서 신경을 쓰기 시작했다.

아무 설명도 필요 없고 필요를 느끼지도 않았던 오랜 친구인 토냐는 그가 상상할 수 있는 범위 안에서, 가장 가까이 가기 힘들고 어려운 사람처럼 보였다. 이제 그녀는 한 여인인 것이다. 유라는 끝없는 상상의 날개를 펼쳐서 황제·영웅·예언자·승리자, 그 외의 무엇이든지 원하는 대로 그릴 수 있었으나 여자는 가능하지 않았다.

이 어렵고 숭고한 여자라는 과제를 토냐는 자신의 가냘프고 허약한 두 어깨에 걸머진 것이다. 유라는 정열의 첫단계로 그녀에 대한 연민과 수줍음, 경이감으로 가득 찼다.

토냐가 유라를 대하는 태도에서도 그와 똑같은 변화가 일어났디.

유라는 그 날 이후 두 사람이 함께 외출을 해서는 안 되겠다는 생각을 했다. 그는 그들이 집을 비운 동안 안나 이바노브나의 병세가 더 악화되지 않을까 걱정이었다. 집을 나서려고 하다가 두 사람은 그녀가 몸이 불편하다는 말을 듣고 방으로 찾아갔으나 그녀는 날카로운 목소리로 어서 파티에 참석하라고 말하는 것이었다. 그들은 날씨가 어떤지 보려고 창가로 갔다. 밖으로 나오려고 하자 토냐의 새 옷에 커튼의 망사가 달라붙어서 마치 신부가 웨딩드레스의 면사포를 쓴 것같이 토냐의 뒤를 몇 발자국 뒤따라갔다. 침실에 있던 사람들이 그 모습을 보고 동시에 크게 웃었다.

유라는 거리를 살펴보았는데, 조금 전에 라라의 눈에 비쳤던 것과 똑같은 광경이 비쳤다. 그들이 탄 썰매는 얼음으로 뒤덮인 가로수 길 사이로 메아리를 남기며, 그리고 유난히 요란한 소리를 내며 달려갔다. 집집마다 환하게 불이 켜져, 성에 낀 창문은 황옥으로 만든 비싼 상자 같았다. 그 안에서는 모스크바의 크리스마스 축제가 벌어졌고, 크리스마스 트리에 각양각색의 촛불이 켜져 있었으며, 손님들은 분위기에 도취되어 숨바꼭질이나 반지 찾기를 하기 때문에 이리저리 몰려 다녔다.

이 북녘 도시와 최근의 러시아 문학에서, 이 현대적인 길거리의 별이 총총한 하늘 밑과, 20세기 거실이 불밝힌 성탄절 장식 나무 둘레에서—러시아 삶의 모든 영역에서의 성탄절 얼을 블로크가 반영했다는 생각이 문득 유라의 머리에 떠올랐다. 블로크에 대한 글을 별도로 쓸 필요 없이, 세 명의 동방박사의 경배 그림에다 눈, 늑대, 울창한 전나무 숲을 배경으로 러시아 판 그림을 그리면 좋을 것이라고 생각했다.

유라는 카메르게르 거리를 지나치면서 촛불이 한 창문의 얼음을 녹여 놓은 것을 보았다. 불빛은 마치 거리를 내려다보면서 지나가는 마차를 바라보며 누군가를 기다리는 것 같았다.

「촛불이 탁자에서 타오른다. 촛불이 타오른다. 촛불이 타오른다……」

유라는 그 다음이 자연스럽게 떠올랐으면 하는 바람에서, 아직 완전한 한 문장이 갖추어지지 않은 글의 서두를 홀로 읊어 보았다. 그러나 아무리 애써도 더 이상은 아무것도 떠오르지 않았다.

11

아주 오래 전부터 스벤티스키 댁의 크리스마스 파티는 똑같은 방법으로 진행되었다. 아이들이 모두 집으로 돌아간 후 10시가 되면 다른 사람을 위해 나무에 두 번씩 불을 붙이고는 아침까지 파티가 계속된다. 연장자들은 청동 고리에 달린 묵직한 휘장으로 〈폼페이의 거실〉이라고 부르는 방에서, 밤 새워 포카를 했다. 새벽에는 모두 밤참을 들었다.

「왜 이렇게 늦었지요?」

그들이 도착하자 스벤티스키 부처의 조카인 게오르게스가 숙부와 숙모의 방으로 향하다가 물었다. 유라와 토냐는 겉옷을 벗고 집주인에게 인사하러 가기 전에 무도회장을 살짝 들여다보았다.

춤추지 않고 걸어다니거나 담소하는 사람들은 옷자락을 펄렁이며 서로 발을 밟을 정도로 밀착하고 검은 벽처럼 움직였다.

홀 한가운데에서는 사람들이 빙글빙글 돌면서 춤을 추었다. 검사보의 아들인 젊은 법과대학 학생인 코카 코르나코프의 구령에 맞춰 꼬로띠용 춤을 추느라고 짝을 지어 갈라졌다가는 다시 줄을 이었다. 그는 홀의 끝에서까지 들을 수 있게 있는 대로 소리를 질렀다. 「그랑 롱! 셰느 쉬느와즈!」 하고 그가 구령을 부르면 모두가 그의 지시에 따랐다. 먼저 피아니스트에게 구령을 하더니 자기 파트너의 손을 끌어 첫 줄 맨 뒤에 나가 그녀와 함께 빙글빙글 돌며 차츰차츰 속도를 늦춰 작은 원을 그리다가 마침내는 희미한 왈츠곡 연주가 끝날 때까지 쉬지 않고 춤을 추었다. 사람들은 흥에 겨워 박수를 쳤고, 이야기를 주고받는 사람 사이로 차고 시원한 음료가 나왔다. 얼굴이 상기된 채 젊은 여인과 청년은 계속 떠들고 웃으면서 게걸스럽게 과일 쥬스와 레모네이드를 삼켰다. 그들은 잔을 쟁반에 내려놓자마자 무슨 활력제라도 마신 듯이 열 배, 스무 배 더 떠들어 댔다.

유라와 토냐는 무도회장에 들어가지 않고 주인의 방으로 향했다.

12

스벤티스키 씨 댁의 거실에는 무도장과 응접실에서 옮겨 놓은 가구가 가득 쌓여 있었다. 그곳은 스벤티스키 부부의 마법의 주방이자 성틴켤의 작업상이기도 했다. 여기에서는 페인트와 아교 냄새가 났으며 무도회의 종이 꾸러미가 놓여 있고 여분의 크리스마스 트리를 장식하기 위한 양초가 든 상자가 높이 쌓여 있었다.

스벤티스키 부부는 선물 상자와 만찬의 자리를 지정하고 경품에 쓸 티켓에 번호를 썼다. 게오르게스가 옆에서 거들었지만 자주 숫자를 잊곤 해서 부부는 그에게 화를 내며 야단이었다. 스벤티스키 내외는 유라와 토냐를 반갑게 맞이했다. 부부는 그들을 어렸을 때부터 알고 있었으므로 망설이지 않고 자리에 앉힌 뒤에 일을 시켰다.

「펠리사타 세묘노브나는 손님들이 몰려 온 후가 아니라 훨씬 이전에 이 일을 해 두어야 한다는 사실을 알지 못했나 봐. 아니 무슨 일을 이렇게 해 놓았지. 게오르게스, 빈 상자는 소파에 놓고 사탕이 든 봉봉은 식탁에 올려 놓아야 돼. 모든 게 뒤죽박죽이군.」

「안네트가 건강해졌다니 정말 다행이구나. 나와 피에르는 걱정했단다.」

「여보, 그건 건강해진 게 아니라 더 나빠진 거란 말이야. 알겠어? 당신은 늘 거꾸로야.」

유라와 토냐는 크리스마스 파티의 무대 뒤에서 게오르게스와 두 노인 부부와 함께 대부분의 저녁 시간을 보냈다.

13

유라와 토냐가 스벤티스키 내외와 같이 있는 동안 라라는 줄곧 무도장에 있었다. 그녀는 야회복을 입지도 않았고 아는 사람도 전혀 없었지만, 꿈을 꾸는 듯 몽롱한 상태로 코카 코르나코프와 춤을 추거나 맥없이 방 안을 이리저리 서성거렸다.

라라는 두어 번 가량 걸음을 멈추고 문간을 향해 앉아 있는 코마로프스키가 자기를 알아보기를 간절히 바라면서 휴게실 밖에서 서성거렸다. 그러나 그는 카드를 왼쪽 손에 방패처럼 들고 카드에서 시선을 떼지 않았다. 아니 어쩌면 그는 라라는 보지 못했을 수도 있지만 보고도 못 본 척하는 것일지도 모르는 일이었다. 라라는 굴욕감이 치밀어 올라서 숨 쉬기도 어려웠다. 그때 라라가 모르는 한 처녀가 홀에서 거실로 들어왔다. 코마로프스키는 라라도 잘 기억하고 있는 그런 시선으로 그 처녀를 바라다보았다. 여자는 유쾌한 듯 그에게 미소를 보냈다. 라라는 순간 수치심으로 온몸이 붉게 물드는 것 같았다. 그녀는 아까 그 처녀가 코마로프스키의 새로운 희생물이라고 생각했다. 라라는 자신과 자신의 과거를 거울에서 비춰 보는 듯 그 처녀를 그려 보았다. 그녀는 아직도 코마로프스키와 이야기하는 것을 단념하지 않았지만 적당한 기회가 올 때까지 기다리기로 작정하고 마음을 스스로 진정시켰다.

코마로프스키는 세 명과 앉아서 도박을 하고 있었다. 그 옆에 앉은 사람은 라라에게 왈츠를 추자고 신청했던 멋장이인 코르나코프의 아버지였다. 그와 몇 마디 이야기를 나누면서 그것을 알게 되었다. 그리고 그의 어머니는 노름하는 남편과 무도회장에 있는 아들을 번갈아 가면서 지켜 보는 검정색 옷에 눈동자가 기분나쁠 정도로 이글거리는 검은 머리의 키가 큰 여인이었다. 라라는 아까 코마로프스키와 미소를 주고받던 처녀가 바로 코카 코르나코프의 누이동생이라는 것을 알고 자신의 의심이 터무니 없었음을 깨달았다.

「저는 코르나코프입니다.」

그가 맨 처음 라라에게 자기의 이름을 소개했을 때 그녀는 별로 신경을 쓰지 않았다. 그는 라라와 함께 왈츠를 추고는 미끄러지듯 그녀를 의자에 데려다 주면서 절을 하곤 다시 자기 이름을 말하고 가 버린 후에야 비로소 그 이름을 알아들었다. 그녀는 입 속으로 『코르나코프, 코르나코프.』하고 중얼거리다가 언뜻 떠오르는 것이 있었다. 무엇인가 불쾌한 기억이 떠올랐다. 코르나코프는 다름 아닌 모스크바 법원의 검사보였다. 그는 티베르진과 함께 재판을 받던 철도 노무자를 심문한 적이 있었다. 라라의 요청으로 콜로그리보프는 그의 변호를 도우러 갔지만 효과가 없었다.

「그래, 바로 그렇게 된 거야. 참 재미있는 세상이군…… 코르나코프, 코르나코프.」

14

새벽 한 두 시쯤 되었을 무렵, 유라는 귀가 얼얼했다. 차와 과자를 먹느라고 조금 휴식을 취하다가 다시 춤을 계속 추었다. 크리스마스 트리 위에 있던 양초가 모두 녹았지만 그 누구도 초를 갈아끼워야겠다고 생각하지 않았다.

유라는 무도장 가운데 서서 토냐가 모르는 낯선 남자와 춤추는 모습을 초조하게 지켜보았다. 토냐는 그에게 가까이 왔다가는 물고기가 헤엄치듯 드레스 자락을 펄럭이면서 사람들 속으로 사라져 버렸다.

토냐는 흥분해 있었다. 그들이 식당에 있을 때도 그녀는 차를 마시지 않고 갈증을 해소하기 위해 쉴새 없이 귤을 벗겨 먹었다. 그녀는 과일나무 꽃처럼 작은 손수건을 꺼내어 입가와 손가락을 닦아 가며 계속 웃고 얘기하다가 손수건을 벨트와 팔소매 속에 집어넣었다.

토냐는 파트너가 누구인지도 모르는 남자와 함께 춤을 추면서 한 바퀴 돌 때마다 얼굴을 찡그리며 옆에 선 유라에게 손을 꼭 잡아 주고는 밝게 웃었다. 그녀의 손수건이 유라의 손에 쥐어졌다. 유라는 그녀의 손수건을 입에 대고 눈을 지그시 감았다. 손수건에서 밀감 냄새와 토냐의 체취가 강하게 느껴졌다. 유라는 난생 처음으로 머리부터 발 끝까지 날카롭게 스쳐 지나가는 새로운 감각을 느낄 수 있었다. 이 순수하고 소박한 향기는 어둠 속에서 속삭이는 은밀한 말처럼 다정스럽게 느껴졌다. 유라는 그녀의 손수건으로 눈과 입술을 덮은 뒤 그 냄새를 맡았다. 그때 갑자기 집안에 요란한 총성이 울렸다.

갑작스런 총소리에 놀란 사람들이 모두 무도장과 휴게실 사이에 쳐진 휘장을 쳐다보았다. 순간적인 정적이 방 안에 감돌았다. 그리고 바로 큰 소동이 벌어졌다. 사람들은 큰 소리로 외치고 이리저리 뛰어다녔다. 어떤 사람은 코카를 뒤따라 총성이 들린 휴게실로 달려갔고, 어떤 사람은 흥분하여 주먹을 휘두르기도 하고 울고 서로 말을 가로막으며 소리치기도 했다.

「아니, 이 여자가 대체 무슨 짓을 저지른 거야. 이게 무슨 짓이야!」

코마로프스키는 절망적인 목소리로 말했다.

「봐요, 봐요, 당신 무사한 거죠?」

코르나코프 부인이 신경질적으로 외쳤다.

「드로코프 의사 선생님 어디 계시죠? 오늘 파티에 참석하셨다고 하던데. 당신은 스치기만 했다지만 어쩌면 그런 소릴 할 수가 있어요. 내겐 일생 일대의 큰 사건이에요. 불쌍한 희생자. 당신이 그 범죄자들을 고발했기 때문이에요. 저기 있군요. 쓰레기 같이 더러운 년. 내 가만 놔 두지 않겠어. 눈이라도 후벼 파 줄 테야. 나쁜 갈보 같은 년, 지금 당장 내 가만두지 않을 테다. 저 년이 당신을 쏜 거예요. 난 참을 수 없어요. 이건 비극이란 말이에요. 코마로프스키, 어서 정신차려요. 난 지금 농담하는 게 아니예요. 코카, 코카! 저 년이 아버지를 쏘아 죽이려고 했어. 오, 하느님! 코카! 코카!」

사람들이 우르르 홀로 몰려 들어왔다. 코르나코프는 자신의 건재함을 모두에게 보이려고 커다랗게 웃으며 부상을 입은 왼손의 상처를 냅킨으로 누르고 걸어다녔다. 그로부터 약간 떨어진 곳에서 사람들이 모여 라라의 팔을 끌고 나왔다.

유라는 크게 놀랐다. 아니 바로 그 여자구나! 이런 묘한 상황에서! 유라는 총을 맞은 남자가 누구인지 알고 있었다. 그는 다름아닌 아버지 상속 사건과 관계가 있는 유명한 변호사인 코르나코프였다. 유라는 인사를 한다는 것이 난처했으므로 모른 척했다. 저 여자가 총을 쏘았지? 그런데 저 여자는⋯⋯ 검사에게? 분명히 정치적인 이유 때문이리라. 그녀의 처지가 가여웠다. 그렇다고 그녀에게 인사를 할 수 없었다. 얼마나 오만하고 아름다운 여인인가 ? 저런 체포된 도둑을 다루듯이 그녀의 손을 잡고 있는 악마 같은 인간들.

그러나 유라는 자기의 판단이 잘못되었음을 깨달았다. 라라는 혼자서는 서 있지도 못하여 그들이 부축하여 억지로 안락 의자에 앉혀 놓자 기절하고 말았다. 유라는 그녀를 보살펴 주려고 달려가다가 먼저 총을 맞은 사람에게 관심을 표해야 된다는 생각이 들어서 코르나코프에게로 갔다.

「나는 의사입니다. 손을 좀 보여 주시죠. 아, 천만 다행입니다. 붕대를 감을 필요도 없읍니다. 옥도정기를 좀 바르는 게 좋겠읍니다. 펠리사타 세묘노브나가 있으니 약을 얻어 보지요.」

그때 스벤티스카야 부인과 토냐가 창백한 얼굴로 유라에게 달려왔다. 그들은 유라에게 어서 빨리 외투를 입으라고 재촉했다. 집에서 당장 돌아오라는 연락이 왔다는 것이었다.

유라는 최악의 사태까지 상상하며 오늘 있었던 일을 모두 잊고 외투를 입으려고 뛰어갔다.

<h1 style="text-align:center">15</h1>

유라와 토냐가 허둥지둥 집에 돌아갔을 때는 이미 안나 이바노브나는 이 세상 사람이 아니었다. 그녀는 그들이 도착하기 십분 전에 죽었다. 그녀의 사망 원인은 급성 폐부종으로 인한 천식의 발작 때문이었다. 토냐는 처음 얼마 동안은 울부짖으며 경련을 일으키고 아무것도 눈에 보이는 것이 없는 듯했다. 다음 날 그녀는 비로소 안정되었다. 유라와 아버지가 하는 이야기에 가만히 고개만 끄덕일 뿐, 입을 열기만 하면 슬픔이 목받쳐서 말을 하지 않았다.

진혼 미사를 드리는 동안에도 그녀는 쉬는 사이사이에 안나의 옆에 무릎을 꿇은 채 몇 시간 동안 앉아서 희고 아름다운 두 손으로, 화환으로 덮여 있는 관의 모서리와 모퉁이를 잡고 있었다. 그녀는 옆에 있는 사람을 전혀 알아보지 못했다. 그녀는 옆에 사람과 시선이 마주치면 재빨리 일어나 울음을 삼키면서 홀을 빠져 나가 위층의 자기 방으로 통하는 층계를 뛰어올라가 침대에 쓰러져 얼굴을 파묻은 채 오열했다.

오랫 동안 서 있었고 슬픔과 수면 부족, 서글픈 노래, 밤낮 없이 타오르는 촛불, 그리고 감기로 시달리던 유라는 감미로운 기쁨과 슬픔이 뒤얽힌 환락 속에 사로잡힌 듯한 황홀감을 어렴풋이 감지했다.

십 년 전 어머니가 죽었을 때 유라는 아직 어린아이였었다. 그는 어머니가 돌아가셔서 슬픔에 복받치고 공포감 때문에 울던 일이 아직도 기억에 생생했다. 그때 유라는 중요한 것은 자신의 내부에 있지 않았었다. 그때는 자기 자신의 존재가 개체로서 존재한다거나 다른 흥미와 가치를 가지고 있는 유라라는 존재가 있다는 것조차 깨닫지 못했었다. 그는 주변의 모든 것과 외부의 일이 중요하다고 생각했다. 유라의 주변에는 높고 먼 세계가 빽빽하고 치밀하게 빙 에워쌌다. 유라가 어머니의 죽음에 놀란 이유는, 그런 미지의 세계에 어머니를 떠나 보내고 혼자 남았다는 것을 깨달았기 때문이었다. 이 숲이라는 세상의 모든 것은, 구름, 거리의 많은 간판, 소방서, 망루의 빛나는 꼭대기, 성모 마리아를 실은 마차 앞에서 길을 안내하며 뛰어가는, 모자도 쓰지 않은 맨머리에 귀걸이를 한 마부들로 이루어졌다. 거기에는 연쇄 상점의 진열장과 닿을 수 없게 높이, 별이 총총한 하나님과 성인들로 이루어져 있었다.

유모가 그에게 성스러운 이야기를 해 줄 때면 닿지 못하는 높은 하늘이 유모의 무릎과 유라의 머리 가까이 내려왔는데, 그럴 때면 나뭇가지를 아래로 잡아당겨 열매를 따던 산골짜기의 개암나무 꼭대기처럼 아주 가깝게 느껴졌다. 이 땅에 내려온 하늘은 어린이 방에 있는 황금빛 대야에서 불과 황금으로 목욕을 하고, 유모와 함께 갔던 작은 성당에서의 아침 기도나 미사처럼 다시 나타나는 것 같았다. 교회에서는 하늘의 별은 작은 등불, 하나님은 아버지가 되고 모든 것은 능력껏 크고 작은 자리에 놓여진다. 그러나 무엇보다 중요한 것은 숲처럼 높고 빽빽하게 그의 주변을 에워싸던 어른들과 도시의 현실이었다. 그 무렵에 유라는 거의 동물적인 믿음으로 이 숲의 신을 믿었다.

그러나 이제는 그때의 유라가 아니었다. 유라는 그동안 김나지움과 대학교에서 십이 년이나 고전과 성서, 전설과 시, 역사와 자연 과학을 한 집안의 연대기나 족보처럼 공부했다. 이제 유라는 삶이나 죽음, 또는 이 세상의 그 무엇도 두려워하지 않았다. 세상의 모든 일이 그의 어휘로 이루어진 것이었다. 그는 자신이 우주와 동등한 위치에 서 있다고 생각했으며, 그는 지난 날 어머니가 돌아가셨을 때와는 달리 안나 이바노브나의 진혼 미사에서 크게 영향을 받았다. 그때는 괴로움과 혼란 속에서 어쩔 줄 몰라하며 기도를 올렸다. 이제는 유라도 기도가 자신에게 직접 관계가 있으며 그에게 전해지는 말처럼 귀를 기울였다. 그는 그 기도 속에서 정확하게 이해할 수 있는 의미를 찾으려고 노력했다. 자기 자신이 기원하여 그가 숭배하는 하늘과 땅의 숭고한 힘을 계승하는 사람으로 그의 외경에는 종교적인 신앙심과 공통되는 것은 전혀 없었다.

16

「성스럽고 전능하신 신이여, 성스럽고 불멸이신 신이여, 자비를 베푸소서.」
그것이 무엇인가? 그는 지금 어디에 있단 말인가? 지금은 발인 시간이다. 이제 일어나야만 한다. 유라는 새벽 여섯 시에 옷을 입은 채 소파 위에서 잠이 들고 말았다. 약간 열이 있는 것 같았다. 사람들이 지금쯤 여기저기를 돌아다니며 그를 찾겠지만 서재 안의 천장까지 닿는 서가 뒤의 구석을 찾아내지는 못할 것이다.

「유라, 유라!」 어디에선지 마르켈이 부르는 소리가 들려 왔다. 그들은 관을 내가려고 했다. 마르켈은 밖으로 화환을 내가야 하는데 자기를 도와 줄 유라가 보이지 않아 유라를 찾고 있었다. 더우기 마르켈은 화환이 가득 쌓인 침실에 있는데 층계의 벽장 문이 열리고 침실 문을 막았으므로 그는 침실에 갖혀 버렸다.

「마르켈! 마르켈! 유라!」 사람들이 아래층에서 그들의 이름을 큰소리로 불렀다. 마르켈은 세게 발로 문을 찬 뒤에 몇 개의 화환을 들고 아래층으로 내려갔다.

「성스럽고 전능하신 신이여, 성스럽고 불멸이신 신이여.」

바람을 타고 조용히 들려 오는 기도 소리가 거리에 내려가 골목 안에서 미물렸다. 부드러운 깃털 총채로 조심스럽게 스치듯, 화환과 지나가는 사람들과, 말 머리에 꽂은 깃털과, 사제의 손에 내달려 흔늘리는 향로, 발 아래 하얀 땅이 흔들거렸다.

「유라, 이런 세상에! 유라, 그만 잠을 깨라.」

그를 겨우 찾아 낸 슈라 슐레징그르가 그의 어깨를 흔들어 깨웠다.

「유라, 왜 그러니? 어찌 된 일이야? 발인을 하는데 너는 같이 가야 해.」

「네, 물론 저도 갑니다.」

17

　장례식은 끝났다. 추위에 몸을 떨던 거지들이 다리를 끌며 두 줄로 모여들었다. 상여, 화환을 얹은 이륜 마차, 크류게르는 약간 흔들리며 기우뚱거렸다. 마차는 성당 근처로 모여들었다. 성당에서 슈라 슐레징그르가 눈물을 흘리면서 밖으로 나와 눈물 때문에 축축하게 젖은 베일을 들고 그녀는 매서운 시선으로 모인 사람을 한번 돌아보고는 관을 맬 사람을 손짓으로 부른 후 성당 안으로 들어갔다. 성당에서는 많은 사람이 물밀 듯이 밀려 나왔다.

　「이제 안나 이바노브나의 차례로군. 인사를 하고 영원히 먼 곳으로 여행을 떠난 거야. 불쌍한 사람.」

　「그래, 그녀의 춤은 끝났어.」

　「마차를 타고 가시겠읍니까, 걸어가시겠읍니까?」

　「너무 오래 서 있어서 다리를 쉬어야겠군요. 조금 걷다가 마차를 타도록 하죠.」

　「푸프고프가 어떻게나 상심하는지 보셨나요? 죽은 이를 쳐다보며 눈물을 펑펑 흘리더군요. 글쎄, 옆에 그녀의 남편이 있는데도 개의치 않더군요.」

　「그 사람은 한평생 그녀에게 눈독을 들였거든요.」

　그들은 도시의 반대쪽에 있는 공동 묘지를 향해 터벅터벅 걸었다. 그 날은 혹한이 지나간 뒤로 서리가 녹고 하나의 생명이 이 세상을 떠난 걸 알고 있는 듯 고요하고 한결 추위가 가신 날이었다. 더러워진 눈은 마치 구겨진 형겊 속에서 빛나는 듯했고, 성당의 담 너머로는 검정빛이 도는 은처럼 칙칙한 전나무가 슬픔에 잠긴 것 같았다.

　유라의 어머니가 묻힌 곳도 바로 이 성당의 묘지였다. 유라는 최근 몇 해 동안 어머니의 무덤을 찾지 못했다. 그는 어머니의 무덤 쪽을 쳐다보며 「어머니!」 하고 나지막이 불러 보았다.

　사람들은 슬픔과 사색에 잠겨 걷는 이들과 조화를 이루지 못하며 구불거리는 길을 따라 그림처럼 엄숙하게 흩어졌다. 알렉산드르 알렉산드로비치는 토냐를 부축하고 걸었다. 그 뒤에는 크뤼게르 씨 가족이 뒤따랐다. 토냐는 검은 상복이 잘 어울렸다.

　십자가가 매달린 둥근 천장의 쇠사슬과 장미빛 수도원 벽은 곰팡이처럼 끝이 들쭉날쭉한 서리로 덮여 있었다. 수도원 마당 끝에는 한쪽 벽에서 다른 벽까지 빨랫줄이 매여 있었다. 소매가 두터운 셔츠, 복숭아 빛깔의 식탁보, 뒤틀린 침구류 등이 널려 있었다. 유라는 그곳을 바라보다가 새 건물 때문에 변했어도, 이곳이 그 날 밤 눈보라가 휘몰아치던 그 수도원이라는 것을 깨달았다.

유라는 앞장 서서 걷다가 다른 사람이 너무 뒤쳐지면 걸음을 멈추고 그들을 기다리곤 하면서 혼자 걸었다. 그의 뒤에서 느릿느릿 쫓아오는 사람들에게 죽음이 안겨 준 허탈 상태에 대한 대답으로서, 그는 격렬하게 소용돌이치면서 심연 속으로 빨려들어가는 항거할 수 없는 힘에 이끌려, 꿈을 꾸고, 생각하고, 새로운 형태 속에서 아름다움을 창조하려는 강한 욕망을 느꼈다. 그는 이번에는 아주 생생하게 두 가지의 끊임없고, 두 가지의 한없는 집념이 예술임을 깨달았다. 예술은 언제나 죽음을 깊이 생각하고, 그렇게 함으로써 삶을 창조한다. 위대하고 참된 모든 예술은 세례 요한의 계시를 닮고 그것을 지속시키게 마련이다.

유라는 하루 이틀 가량 가족과 대학에서 벗어나 안나 이바노브나에 대한 시를 쓰고 싶었디. 그는 그 시에서 안나 이바노브나의 훌륭한 성격과 상복 입은 토냐의 모습, 장례식을 끝내고 돌아오는 도중에 보았던 몇 가지 거리 풍경, 자신의 어린 시절 눈보라가 휘몰아치던 날 그가 울었던 장소에 걸렸던 빨래 등을 쓰고 싶은 욕망이 움텄다.

제 4 장   운명의 시간

1

라라는 반쯤 의식을 잃고 펠리사타 세묘노브나의 방 침대에 누워 있었다. 그녀 옆에서 스벤티스키 부부와 의사 드로코프, 그리고 하인들이 속삭였다.

스벤티스키 집 안의 다른 곳은 텅 빈 채 어둠에 잠겨 있고, 여러 방의 한가운데 위치한 조그만 거실 벽에 걸린 램프가 희미하게 빛을 비추었다. 이곳에서 코마로프스키는 마치 주인처럼 분노하며 뚜벅뚜벅 걸어다녔다. 그는 상황을 살피려고 침실을 기웃거리다가, 사기 그릇 사이로 생쥐가 순식간에 달아나 버리거나 창 밖에서 마차 지나는 소리가 들릴 때마다 초록빛 술잔이 쨍그랑거리고 손도 대지 않은 음식 접시가 산처럼 쌓인 식탁이 있는 식당을 거쳐 집의 반대편으로 재빨리 걸어갔다.

코마로프스키는 격분하여 저벅거리며 돌아다녔다. 그의 가슴 속에는 상반되는 감정이 들끓었다. 그는 이번의 일도 제정신이 아니었다. 이미 그의 지위는 흔들렸고 그의 평판도 이 스캔들로 인해 타격을 받을 것이다. 무슨 댓가를 치르고서라도 이 소문이 확산되는 것을 막아야 한다. 아니 만일 소문이 퍼졌다면 더 이상 확산되는 것을 방지하고 그 싹을 없애야만 한다.

그가 크게 흥분한 또 다른 이유는 이 절망적이고 제정신이 아닌 소녀의 불가항력적인 매력을 보았기 때문이었다. 그는 라라가 다른 사람과는 다르다는 것을 처음부터 깨닫고 있었다. 그녀는 언제나 남다른, 독특한 점을 가지고 있었다. 그렇지만 코마로프스키는 그녀에게 얼마나 큰 상처를 주고 돌이킬 수 없는 절망에 빠지게 했으며, 그녀는 스스로 운명을 개척하고 새 출발을 하려고 얼마나 격렬한 몸부림을 쳤던가!

수단과 방법을 총동원해서 그 자신이 라라를 도와야 한다는 것은 명백하다.

그녀를 위해서 방을 얻어 주거나 도움을 줄 필요가 있는 것이다. 그러나 무슨 일이 있어도 그녀에게 접근해서는 안 된다. 이제는 멀찌감치 떨어져서 지켜보아야만 한다. 그녀는 또다시 무슨 일을 저지를지 알 수 없었다.

앞으로도 많은 문제가 그 앞에 생길 것이다. 이 일은 사람들이 호의를 보내는 그런 일이 아니었다. 법률도 결코 눈감아 주지는 않을 것이다. 아직 날이 밝지 않았으며 사건이 벌어진 지 두 시간도 지나지 않았는데도 경찰관이 두 번씩이나 왔다갔다. 코마로프스키는 해명하려고 경찰관을 식당으로 데리고 가서 무마해야 했다.

이대로 방치했다가는 모든 일이 더 복잡하게 전개되고 말 것이다. 라라는 나중에는 코르나코프가 아니라 자기를 겨냥했다고 증언을 할 것이다. 문제는 거기서 끝나는 것이 아니라, 한 가지 혐의에서 그녀는 벗어나겠지만 처벌을 받게 될 것이다. 코마로프스키는 온갖 방법을 동원해 그녀를 도울 테지만, 만일 사건이 법정으로까지 번진다면, 그는 총을 쏠 때의 그녀의 정신 상태에 이상이 있다고 의사의 감정으로 기소를 중지시킬 것이다.

이런 생각을 한 후에야 비로소 코마로프스키는 차츰 마음이 안정되었다. 날이 밝았다. 방마다 빛줄기가 스며들기 시작해서, 도둑 고양이처럼 의자와 탁자 밑으로 기어들었다. 코마로프스키는 침실을 들여다보고 라라가 전혀 차도가 없음을 확인하고는 스벤티스키의 집을 나왔다. 그는 친하게 지내는 정치 망명가의 부인인, 여류 변호사이며 친구인 루피나 오니시모브나 보이트코프스카를 만나러 갔다. 그녀의 아파트는 방이 여덟 개로 그녀는 너무 방이 많아서 그 중 두 개를 세 놓고 있었다. 그 방의 하나가 비어 있었으므로 코마로프스키는 그 방을 라라에게 주려고 빌렸다. 몇 시간이 지나서 고열로 의식이 몽롱한 라라를 그곳으로 옮겼다. 라라는 열병을 앓고 있었다.

2

루피나 오니시모브나는 진보적인 여자여서 편견을 싫어했고, 그녀 자신이 표현하듯 적극적이고 활발하게 사는 주위의 모든 일에 대해 호의를 가진 사람이었다.

그녀의 장롱 위에는 저자가 서명을 한 에르푸르트 강령 1부가 놓여 있었다. 벽에 걸린 사진 중에는 그녀의 남편『착한 보이트』가 스위스의 공원에서 플레하노프와 함께 찍은 것도 있었다. 두 사람은 모두 번쩍거리는 재킷과 파나마 모자를 쓰고 있었다.

루피나 오니시모브나는 병든 하숙인 라라를 처음 볼 때부터 싫어했다. 그녀는 라라가 꾀병을 앓는다고 생각했다. 라라가 헛소리를 해도 연극을 한다고 생각할 정도였다. 그녀는 라라가 지하 감옥에서 미쳐 버린 그레첸을 흉내 내고 있다고 욕을 해줄 작정이었다. 그녀는 평상시보다 더 수선을 떨면서 라라에 대한 혐오감을 표현했다. 그는 문을 요란하게 닫거나, 큰 소리로 노래를 부르기도 하고, 하루 종일 창문을 열어 환기를 시키기도 했다.

그녀의 아파트는 아르바트 거리에 있는 건물의 맨 위층에 있었다. 동지가 지났으므로 창문을 열어 놓자 강처럼 넓고 푸른 하늘이 시야에 들어왔다. 겨울이 절반 가량 지나면 집안에는 봄이 오는 소리가 가득했다.

여닫는 창을 통해 따스한 남쪽 바람이 들어왔다. 멀리 정거장에서는 기관차가 철갑 상어와 같은 소리로 울어 댔다. 병상에 누운 라라는 한가롭게 추억 속에 잠겨 있었다.

그녀는 칠, 팔 년 전 우랄 지방에서 모스크바에 도착하던 어느 날 밤을 떠올렸다. 라라의 가족은 정거장에서 마차를 타고 어두컴컴한 골목을 지나 시내 반대쪽에 있는 호텔로 향했다. 가까와졌다가는 멀어지는 가로등이 구부린 마부의 그림자를 벽에 길게 비추었다. 그림자는 점점 길어져서 나중에는 지붕 밖으로까지 잘려 나가곤 했다. 그리고는 다시 작은 그림자부터 비추기 시작하는 것이었다.

머리 위에서 모스크바의 무수히 많은 성당의 종이 울리고, 땅 위에서는 전차들이 요란한 소리를 내며 질주했지만 라라는 오색찬란한 진열장의 불빛도 마치 큰 소리를 지르는 듯 느껴져서 귀가 멍했다.

숙소인 호텔에서 그녀는 모스크바에 이사한 것을 축하하는 코마로프스키가 보낸 엄청나게 큰 수박을 보고 크게 놀랐다. 라라는 그 수박을 보고 코마로프스키의 권력과 부유함을 피부로 느낄 수 있었다. 이 큼직한 수박을 그가 칼로 자르자 그것은 둘로 쪼개지며 차갑고 먹음직한 속이 드러났다. 그녀는 약간 두려움을 느끼면서도 수박을 거절할 수가 없었다. 향기롭고 달콤한 수박이 한 입 가득 목에 넘어가지 않고 걸렸으나 억지로 삼켰다.

라라는 값비싼 음식과 수도의 휘황찬란한 풍경에 주눅이 들렸듯이 그녀는 뒤에는 코마로프스키에 대해서도 두려움을 느꼈는데 이것이 모든 일의 참된 설명으로 볼 수 있었다.

　그러나 이제 코마로프스키는 완전히 다른 사람으로 변모했다. 그는 아무 요구도 하지 않았고, 과거를 연상시키는 그 어떤 요구나 행동도 보이지 않았다. 심지어는 그녀를 찾아오는 일도 없었다. 그리고 그는 예전과는 달리 멀리서 점잖게 그녀를 도와 주겠다고 했다.

　그렇지만 콜로그리보프의 방문은 전혀 성질이 달랐다. 그의 방문을 받고 그녀는 크게 기뻐했다. 그것은 그가 미남이고 키가 크고 위풍당당해서가 아니라 그의 넘치는 활력과 반짝이는 눈, 이지적인 그의 미소가 방 안을 환히 비쳐 주는 듯했기 때문이다.

　콜로그리보프는 멋적은 듯 손을 비비면서 그녀의 침대 옆에 앉았다. 각료 회의에 참석하려고 페테르스부르크에서 오면 그는 나이든 고위층 인사들에게 학생들에게 하듯 이야기했지만, 그는 얼마 전까지 그의 집에서 함께 생활했으며, 자기 딸같이 생각되는 라라에게 다른 식구를 대할 때처럼 친근한 미소와 다정한 눈길을 보내며 이야기를 주고받았다. 그는 엄숙함과 냉담함으로 라라를 성인처럼 대할 수 없었다. 그는 라라의 기분을 싱하게 하지 않고 의사를 전달할 방법이 떠오르지 않았다.

　「라라, 왜 그런 짓을 했어?」

　그는 마치 어린 아이를 다루듯 웃으며 말했다.

　「글쎄 왜 신파조로 행동했지?」

　콜로그리보프는 말을 중단하고 벽과 천장의 얼룩진 무늬를 힐끗 바라보았다. 잠시 후 그는 나무라는 듯한 태도로 말을 이었다.

　「그림・조각・원예에 대한 국제적인 전시회가 뒤셀도르프에서 개최돼. 나는 그곳에 갈 작정이야. 여긴 좀 습기가 있군. 언제까지 이렇게 한 곳에 머물지 않고 떠돌아다닐 거지? 내가 알기로는 이 집 주인인 보이트라는 여자는 별로 좋지 않은 인물이야. 거처를 옮기는 게 어떻겠어? 오래 병상에 있었으니까 이제 어느 정도 회복되었겠지. 거처를 옮기고 마음을 안정하고 학업을 마저 끝내도록 해. 내 친구 중 화가가 한 명 있는데, 이 년 간 투르케스탄에 간다고 해. 그 사람 화실은 간막이가 되어 있어서 작은 아파트 같아. 돌볼 작자만 나타난다면 그 친구는 수리를 해서 맡기려고 해. 그래서 내가 라라를 그곳에 있도록 할까 생각했지. 그리고 또 한 가지는 나는 벌써 오래 전에 그런 생각을 했는데……액수는 많지 않지만 라라의 졸업에 대한 선물을 주려고 해. 제발 고집부리지 말고……내 부탁이니……이건 정말 받아야만 해.」

　그는 그녀가 거절하고 울면서 싫다고 버티는데도 일만 루블짜리 수표를 그녀의 손에 쥐어 주고는 방에서 나갔다.

라라는 몸어 회복된 후 콜로그리보프가 소개한, 스몰렌스키 시장 근처로 이사했다. 그 집의 다른 쪽에는 짐마차의 마부가 기거했고 아래층에는 창고가 있었다. 마당에는 자갈이 깔려 있고 귀리와 건초가 쌓여 있었다. 비둘기가 떼지어 돌아다니다가 하수도에서 쥐가 떼지어 몰려다니는 소리에 놀라서 라라의 창문까지 퍼덕거리며 날아갔다.

3

라라는 파샤 때문에 괴로왔다. 그녀는 자기가 앓고 있는 동안에는 그가 찾아오지 못하게 했으니, 그는 얼마나 이런저런 생각을 많이 했을까? 파샤가 아는 바로는 그녀는 얼굴이나 아는 정도뿐인 남자를 죽이려고 했으며, 그녀가 총을 쏜 바로 그 남자는 훗날 그 사건을 가지고 그녀를 변호해 주었다. 그 일은 그들이 성탄절날 촛불가에서 의미 심장한 대화를 나눈 직후의 일이었다. 그 남자가 나서 주지 않았다면 라라는 아마도 체포되어 재판을 받았을 것이다. 라라는 그 사람 때문에 피해를 받지 않았으며 학업을 계속하게 되었다. 파샤는 도대체 무슨 영문인지를 몰라 괴로와했다.

라라는 건강이 회복된 후 그를 불러서 먼저 입을 열었다.

「나는 정말 나쁜 여자예요. 당신은 나에 대해서 너무 몰라요. 언젠가 기회 있을 때 이야기하겠어요. 당신도 알겠지만 말을 꺼내려면 울음이 터져서 지금은 그 말을 할 수가 없으니 이해해 줘요. 나는 당신에게 어울리지 않는 여자니 저를 제발 잊어 줘요.」

시간이 지나면 지날수록 더 참기 힘든, 가슴 아픈 일이 자꾸 일어났다. 이 일은 모두 아르바트의 아파트에 살고 있을 때 벌어졌는데, 얼굴이 눈물로 범벅이 된 파샤를 복도에서 만나면 보이트고프스카는 자기 방으로 쫓아가서 소파에서 뒹굴며 정신 없이 웃었다.

「아이고, 세상에. 정말 참을 수 없어. 너무해!」

라라는 수치스러운 집착에서 파샤를 구하고, 그녀를 사랑하는 그의 사랑을 뿌리째 뽑고, 파샤의 괴로움을 끝내기 위해서 그녀는 그를 사랑하지 않으므로 그를 포기했다는 결심을 얘기했지만, 이 결정을 전하는 동안 얼마나 슬프게 우는지 그녀의 말을 믿을 수가 없었다. 파샤는 그녀가 저질렀을 만한 모든 크나큰 죄를 의심했으나, 그녀가 한 말은 모두 믿지 않았고, 그녀를 저주하고 싶었지만 자기는 넋나간 사람처럼 그녀를 사랑하고 있었다. 파샤는 그녀의 사고와 그녀가 마시는 잔, 그녀가 베고 자는 베개까지 질투했다. 그들은 미치지 않으려면 단호한 행동을 취해야 했다. 두 사람은 졸업 전에 결혼하기로 작정했다. 그들은 부활절 다음 주일을 지내고 월요일에 결혼식을 올리기로 했으나 라라는 다시 결혼을 연기시켰다.

그들은 성령 강림제를 지내고 월요일에 결혼식을 올렸는데, 그때는 그들이 시험에 합격하리라는 것이 확실해졌다. 결혼식의 준비는 모두 라라의 학교 친구인 투시아의 어머니 류드밀라 카피토브나 체푸르코가 맡아서 해주었다. 그녀는 가슴이 불룩하고, 목소리가 부드럽고 아름다왔으나, 그녀의 머리 속에는 남에게 들었거나 자기가 만들어 낸 수없이 많은 미신이 가득했다.

라라가 드레스를 입는 것을 류드밀라가 거들면서 낮게 흥얼거렸듯이 결혼식 날은 무더웠다. 성당의 황금빛 둥근 천장과 모래를 새로 뿌린 길은 눈부실 정도로 노란 색깔이었다. 성령 강림제 전야에 잘라서 가지고 온 푸른 자작나무의 파릇하게 물 오른 나뭇가지가 먼지를 쓰고 난간에 걸렸고, 나뭇잎은 구운 것처럼 돌돌 말려 있었다. 바람은 한 점도 불지 않았고 햇빛은 시야에 반점을 어른거리게했다. 모든 처녀가 신부처럼 흰 드레스를 입고 머리를 곱게 꾸몄으며, 모든 청년은 머리에다 기름을 바르고 몸에 꼭 맞는 검은 양복을 입었기 때문에 마치 수천 쌍이 합동 결혼식을 올리는 것 같았다. 모두 흥분에 들떠 있었고 덥게 느꼈다.

라라가 제단을 향해 깔아 놓은 카페트를 밟자, 또 다른 친구의 어머니인 라고디나는 이 부부의 앞날에 번영과 희망을 기원하면서 작은 은화를 한 줌 라라의 발 아래 뿌렸고, 류드밀라도 그런 뜻에서 그녀에게 신부의 화관을 머리 위로 들어올릴 때 맨손가락으로 십자가를 긋지 말고, 면사포나 레이스로 손가락을 감아서 그으라고 가르쳐 주었다. 그녀는 또 집안의 주도권을 잡으려면 촛대를 파샤보다 더 높이 들어야 한다고 일렀다. 그러나 라라는 파샤를 생각해서 자기를 희생하려고 촛대를 낮게 들었지만, 파샤가 더욱 낮게 들었기 때문에 소용 없었다.

그들은 성당에서 결혼식이 끝난 후 거처인 화실로 마차를 타고 가서 아침 식사를 들었다. 손님들이「음식 맛이 쓰구나!」라고 소리쳤고, 다른 사람은 한결같이「맛을 달게 하라!」고 맞장구쳤다. 신랑과 신부는 수줍어하면서 서로 쳐다본 후 미소짓고는 키스했다. 류드밀라는 새로 결혼한 부부를 축하하려고『하느님께서 그들에게 사랑과 지혜를 두도다』라고 두 번이나 후렴이 계속되는 〈포도원〉이라는 노래와 『땋은 머리를 풀어 아름다운 머리카락을 섞어라』로 시작되는 노래를 불렀다.

손님이 모두 돌아가고 두 사람만 남게 되자 파샤는 갑작스러운 정적에 대해 거북해 했다. 길 건너편에서 가로등이 반짝거렸고, 라라가 커튼을 잘 여매도 가늘게 빛줄기가 방으로 스며들었다. 파샤는 이 불빛에 신경이 쓰여 불안했고 자꾸 밖에서 누군가가 엿보는 것 같은 생각이 들었다. 파샤는 자기 자신이나 라라에 대한 사랑보다 가로등에 신경을 더 쓰고 있는 자기 자신에 대해 크게 놀랐다.

영원처럼 계속되던 이 날 밤 동안, 학생이었던 안티포프는——그의 친구들은 그를 〈스테파니다〉 또는 〈어여쁜 처녀〉라고 불렀다——기쁨의 절정과 절망의 나락을 경험했다. 파샤의 의심스런 추측은 라라의 고백과 교차되었다. 파샤는 그녀에게 질문을 하고 그 대답을 들을 때마다 그의 영혼은 깊은 심연으로 굴러떨어지듯 침몰해 버렸다. 상처 입은 그의 상상은 라라의 고백을 뒤따르지 못했다.

두 사람은 밤새도록 대화를 나누었다. 파샤의 일생 중 그 날 밤보다 갑작스럽고 결정적인 변화는 없었다. 아침이 되자 그는 전혀 다른 사람이 되어 일어났고, 자기 이름이 어제와 똑같은 파샤 안티포프라는 사실이 믿을 수 없었다.

4

십 일 후 바로 그 방에서 친구들이 그들에게 송별회를 열어 주었다. 파샤와 라라는 우수한 성적으로 각기 졸업했고, 우랄 지방의 작은 도시에서 둘 다 직장을 갖게 되었다. 그래서 그들은 이튿날 그곳으로 떠나기로 했다.

이번에는 젊은이들만 모여서 마시고, 노래하고 떠들며 즐겼다.

그들이 거처하는 곳과 화실을 갈라 놓은 간막이 뒤에는 큰 궤짝과, 옷가방, 식기를 담은 상자가 놓여 있었다. 짐이 꽤 많았는데, 구석에는 자루도 몇 개 놓여 있었다. 짐의 일부는 이튿날 화물로 부칠 예정이었다. 짐을 거의 다 꾸렸는데도 상자와 궤짝이 좀 남았다. 라라는 생각이 떠오를 때마다 가지고 가야 할 물건을 궤짝에 넣고 다시 물건을 정리했다.

　라라가 대학교 교무처에서 출생 증명서와 다른 서류를 가지고 돌아와서 손님을 접대하고 있었다. 그녀는 화물로 보낼 물건을 묶을 굵은 줄과 자루를 관리인과 함께 들고 올라왔다. 관리인이 돌아간 후 라라는 일일이 다니며 손님에게 인사를 하거나 악수를 했으며 때로는 키스를 하고는 옷을 갈아입으려고 간막이 뒤로 모습을 감추었다. 라라가 옷을 갈아 입고 다시 나타나자 손님들은 박수로 맞아 주었고, 자리를 잡고 나서 며칠 전처럼 요란한 파티를 열었다. 대담한 사람들은 옆에 있는 사람들에게 보드카를 따라 주었고, 포크를 쥔 손은 빵과 음식 접시가 놓인 식탁 가운데로 향했다. 연설을 하고 수다를 떨고 축배와 함께 농담을 쉬지 않고 했다. 손님 중 몇 명은 취하기도 했다.
　「아, 피곤해요.」
　남편 파샤 옆에 앉아 있던 라라가 말했다.
　「일은 모두 끝났나요?」
　「그래.」
　「어쨌든 기쁘군, 정말 나는 행복해요. 물론 당신도 행복하시죠?」
　「그럼, 난 행복해. 기분도 좋고. 그러나 이야기할 건 많아.」
　이 젊은이만의 파티에 단 한 명 예외로 참석한 사람이 있었는데 그는 다름아닌 코마로프스키였다. 밤이 깊어지자 코마로프스키는 파샤 부부가 이 모스크바를 떠나면 이 도시가 마치 사하라 사막같이 삭막할 거라고 한탄하며 작별의 말을 나누었다. 그는 너무 감정에 치우쳐 다시 이야기를 처음부터 시작해야만 했다.
　코마로프스키는 그들이 그리워지면 유리아틴으로 편지를 보내거나 찾아가게 해 달라고 안티포프 부부에게 부탁했다.
　「아뇨, 절대로 그러실 필요가 없어요.」
　라라는 아주 태연한 표정으로 말했다.
　「그거야 인사치레에 지나지 않죠. 우리는 대단한 존재도 아니고 하니 하나님의 가호로 우리가 이곳에 없어도 아주 잘 지내실 겁니다. 파샤, 그렇게 생각하시죠? 그럼요, 분명히 다른 젊은 친구를 사귈 수 있을 거예요」
　그녀는 말을 하다 말고 갑자기 부엌으로 갔다. 그녀는 곧장 고기 분쇄기를 분해해서 부속품을 짚으로 싼 후 사기 그릇 상자의 귀퉁이에다 집어 넣었다. 그러다가 라라는 상자 귀퉁이에 긁혀 손에 가시가 박힐 뻔했다.
　그녀는 간막이 저쪽에서 귀를 때릴 정도의 큰 웃음 소리가 들려서 손님들이 있다는 것을 깨달았다. 사람들은 술이 취하면 주정뱅이 흉내를 내는데, 취하면 취할수록 더욱더 그 흉내를 요란스럽게 낸다는 사실이 새롭게 떠올랐다.

그 순간 라라는 열어 놓은 창문으로 마당 쪽에서 들려 오는 묘한 소리에 귀를 기울였다. 그녀는 커튼을 젖히고 몸을 내밀고 밖을 살폈다.

거기에는 다리를 다친 말이 절룩거리며 마당을 걷고 있었다. 라라는 그 말이 누구의 것이며, 어떻게 이 마당에 왔는지도 전혀 알지 못했다. 아직 해가 뜨려면 몇 시간 남았지만 날은 완전히 밝아 있었다. 사방이 고요한 채 긴 잠에 빠진 죽은 도시 같았다. 아침 일찍 청회색의 상쾌함으로 도시는 목욕을 했다. 라라는 눈을 지그시 감았다. 어느 것과도 흡사하지 않은, 다리에 상처를 입은 말 발자국 소리는 라라를 경치가 아름다운 어느 외딴 마을로 옮겨 놓았다.

그때 초인종 소리가 들려 왔다. 라라는 문을 향해 귀를 기울였다. 식탁에서 누군가가 문을 열기 위해 일어났다. 나쟈였다. 라라는 나쟈를 맞기 위해 급히 나갔다. 나쟈는 두플랸카 계곡에서 백합 향기를 몸에 묻히고 온 것처럼 신선하고 매력적인 모습으로 기차에서 내려 단숨에 달려온 것이다. 두 사람은 감정이 북받쳐서 말을 잃고 서서 껴안은 채 그저 눈물만 흘렸다.

나쟈는 온 가족이 보내는 축하와 축복의 메시지와 선물을 들고 왔다. 그녀는 여행 가방에서 보석 상자를 꺼내 연 뒤에 아름다운 목걸이를 꺼내 그녀에게 주었다.

사람들은 놀라움으로 입을 다물지 못했다. 술은 취했지만 정신을 차린 취객이 말문을 열었다.

「아 저건 분홍색 풍신자석이야. 맞아, 틀림없어. 분홍색이거든. 바로 그거야. 그건 다이어먼드만큼 값비싼 거지.」

그러자 나쟈는 그 보석은 황색 사파이어라고 말했다.

라라는 나쟈를 식탁의 자기 앞에 앉힌 뒤 음식을 내놓았다. 목걸이는 그릇 옆에 놓여 있었는데, 라라의 시선은 자꾸 그쪽으로 집중되었다. 보석은 상자의 붉은색 바탕 무늬의 홈에 넣어 있었는데, 그것은 이슬 같기도 하고 또 어린 포도송이 같기도 했다.

그러는 동안에 술이 깨어 버린 다른 손님들은 나쟈의 술 벗이 되어 주려고 다시 마셨고, 그녀는 곧 술이 취했다.

집에 있던 사람들은 모두 잠이 들었다. 라라와 파샤는 역으로 나가기로 하고 손님은 대개 하룻밤 묵어 가기로 했다. 벌써 나쟈가 도착하기 전부터 여러 사람이 코를 골았다. 나중에는 라라까지 옷을 입고 소파의 이라 라고디나 옆에서 잠들어 버렸다.

라라는 시끄러운 소리에 그만 눈을 떴다. 그것은 바로 말을 찾으려고 들어온 낯선 사람의 목소리였다. 그녀는 눈을 뜨면서 왜 파샤가 방 한가운데에

서서 서성거릴까 하고 생각했다. 그러나 정신을 차리고 보니 그녀가 파샤라고 생각한 사람은 이마에서 뺨까지 상처가 심한 남자로 얼굴이 곰보였다. 그녀는 그가 도둑이라고 생각하여 소리를 지르려고 했으나 좀체 입이 떨어지지 않았다. 그때서야 그녀는 목걸이가 생각나서 가만히 팔꿈치를 괴고 몸을 세워 식탁을 쳐다보았다.

목걸이는 빵 부스러기와 먹다 둔 음식 사이에 있었는데, 도둑은 식탁이 지저분해서 목걸이를 못 본 것 같았다. 그는 라라가 정성들여 싸 놓은 옷가방을 뒤져서 엉망진창으로 만들어 놓았다. 잠이 아직 덜 깬 상태였고 아직도 술이 완전히 깨지 않았기 때문에 아무 생각도 떠오르지 않았다. 그녀는 화가 나서 소리를 지르려 했으나 역시 말이 나오지 않았다. 그래서 라라는 이라의 앞가슴을 무릎으로 세게 찼다. 이라가 아프다고 소리지르자 그제서야 그녀도 큰 소리로 외쳤다. 비로소 도둑은 놀라서 물건을 모두 놓아 두고 달아났다. 그 소란통에 손님 중 남자 몇 명이 정신을 차리고 도둑을 쫓으려고 했지만, 문 밖에 나갔을 때는 도둑이 자취를 감춘 뒤였다.

그 소동에 모두 잠이 깨었고 갑자기 술이 깬 라라는 다시 짐을 싸서 발라고 그들에게 커피를 끓여 주고, 집으로 돌아갔다가 역에 나오라고 그들을 모두 돌려 보냈다.

라라는 파샤와 관리인 아내에게 자기를 돕는다고 방해나 하지 말라고 하고는 바삐 홑이불을 궤짝에 넣은 다음 밧줄로 묶었다.

그래서 차질없이 정해진 적절한 시간에 모든 일이 끝났다. 안티포프 부처는 계획대로 기차를 탔다. 친구들이 흔들어 주는 모자의 힘으로 빌려가기라도 하듯 기차는 출발했다. 친구들이 모자를 흔들지 않고 무슨 소리인지를 세 번 외치자 기차의 속도는 빨라지기 시작했다.

5

사흘째 궂은 날씨가 계속되었다. 전쟁이 발발하고 두 번째 맞는 가을이었다. 첫해의 승전에 이어 패전이 뒤따랐다. 헝가리로 진격하려는 카르파티아 산맥에 집결했던 브로실로프의 제 8 군은 총퇴각의 물결에 휩쓸려 후퇴에 후퇴를 거듭하는 중이었다. 러시아 군은 전쟁 발발 초기에 빼앗았던 갈리치아로부터 철수해야만 했다.

근래에는 유라라는 이름으로 불렸지만 이제 더 자주 유리 안드레예비치라는 이름으로 불리는 의사 지바고는 아내 토냐 안토니나 알렉산드로브나를 옮겨 놓은 산부인과 병실 밖 복도에 서 있었다. 그는 아내에게 작별 인사를 하고 무슨 일이 있으면 연락을 하라고 말한 후 토냐의 건강에 대해 어떻게 문의해야 하는가를 알기 위해 조산원을 기다리고 있었다.

그는 바쁘기 때문에 시간적인 여유가 거의 없었다. 그는 병원으로 가기 전에 두 명의 환자를 왕진하고 가야 했다. 그러나 그는 폭풍이 이삭을 넘어뜨리듯이, 거센 가을 바람에 빗발이 후려치는 창 밖을 멍하니 내다보며 소중한 시간을 낭비하고 있었다.

아직 밖은 어두워지지 않았다. 그의 시야에 병원 뒷마당과, 데비치에 지역의 개인 집의 유리로 막은 베란다를 통해, 병원으로 뻗은 전차의 지선이 들어왔다.

빗물의 태연함에 화가 난 듯 휘몰아치는 바람은 안중에도 없이 빗발은 서두르거나 느리지 않게, 줄기차게 퍼부었다. 세찬 바람이 식물을 뿌리째 뽑아버릴 듯 가지를 하늘 높이 들어 올려 흔들다가는 더러운 걸레를 버리듯 던져버렸다.

트레일러를 두 대 매단 짐차 한 대가 베란다 쪽을 지나서 병원 입구로 갔다. 잠시 후 부상병이 병원 안으로 옮겨졌다.

모스크바의 병원에는 수많은 부상병이 실려 와서, 특히 루스크 전투 후에는 병원에서도 수용할 수가 없게 되어 층계참과 복도까지 환자가 놓일 지경이었다. 다른 시중의 병원에도 환자가 포화상태여서 이제는 부인 병동에까지 영향을 줄 정도였다.

유리 안드레예비치는 지루해서 창 쪽으로 등을 돌리고 하품을 했다. 아무 생각도 떠오르지 않았다. 갑자기 그는 자기가 근무하는 성십자 병원에서 생겼던 일이 떠올랐다. 외과 병동에서 며칠 전에 한 여자가 사망했다. 유리 안드레예비치는 그녀가 간장포충이라고 진단을 내렸지만 모두 그의 말을 믿으려 하지 않았다. 오늘 시체 해부가 있는데 검시 의사는 만성 주정뱅이여서 어느 정도 일을 처리할 수 있을는지 의문이었다.

갑자기 캄캄해졌다. 이제 창 밖으로는 아무 것도 볼 수 없었다. 요술 지팡이를 흔들기라도 한 듯 창문마다 일제히 불이 켜졌다.

그때 토냐의 방에서, 병실과 복도가 나뉘어지는 좁은 로비를 지나 과장이 나왔는데, 그는 몸집이 거대한 산부인과 의사로서 다른 사람과 이야기할 때는 언제나 천장을 쳐다보고 어깨를 움츠렸다. 이 의사의 태도는 과학이 아무리 발달했어도, 『호레이손여, 세상에는 과학적으로도 풀리지 않는 수수께끼가 많다네』라고 말할 수 있었다.

그는 웃어 보이며 유리 안드레예비치 옆을 지나쳤다. 그리고 마치 수영을 하듯 살이 쪄서 투실투실한 손을 몇 번씩이나 흔들었다. 그것은 참고 얌전히 기다리라는 의미 같았다. 유리는 담배를 피우면서 복도를 따라 휴게실이 있는 곳으로 걸었다.

그때, 말이 없는 산부인과 의사와는 달리 수다스러운 간호원이 그를 향해 다가왔다.

「선생님, 저 같으면 집에 돌아가겠어요. 제가 내일 성십자 병원으로 전화드리겠읍니다. 그 전에는 별일 없을 겁니다. 수술하지 않고 자연 분만을 할 수 있을 것 같아요. 그렇지만 어떻게 보면 또 골반이 좁고, 태아가 자리잡은 위치가 너무 뒤쪽이고 지금은 진통이 아직 없고, 있다고는 해도 극히 짧은 진통이니까 좀 걱정은 하고 있읍니다. 그러나 벌써 예측할 수는 없어요. 모든 건 분만이 시작될 때 산모가 어느 정도 애를 쓰느냐에 달려 있읍니다. 그건 나중에 알게 되겠죠.」

다음 날 유라가 병원으로 전화를 걸자, 전화를 받은 수위는 기다리라고 말한 뒤, 십 분 정도 있다가 말도 되지 않은 소리를 했다.

「부인을 너무 일찍 병원에 데려온 것 같으니 도로 모셔 가랍니다.」

유리는 몹시 화가 나서 이야기를 할 만한 사람을 바꿔 달라고 했다. 이번에는 간호원이 말했다.

「아무래도 징후가 의심스러워요. 선생님, 너무 불안해 하지 마시고 하루나 이틀 정도 기다리도록 하세요.」

사흘 째 되는 날, 유리 안드레예비치는 밤에 진통을 시작하여 새벽에 양수기 쏟아졌고 아침무터 해산의 진통이 시작됐다는 것을 알았다.

그는 허겁지겁 병원으로 달려가 막 복도를 지날 때 반쯤 열려진 문으로 애끓는 듯한 토냐의 비명 소리를 들었다. 그것은 마치 자동차 바퀴에 사람이 깔려 끌려갈 때 지르는 소리처럼 들렸다.

유리 안드레예비치는 토냐에게 가까이 갈 수가 없었다. 그는 통증이 느껴질 정도로 손가락을 깨물고 창가로 가까이 갔다. 창 밖으로부터는 늘 그랬듯이 비스듬한 빗줄기가 들어왔다.

그때 병실에서 간호원이 나왔다. 방 안에서 신생아의 울음 소리가 들렸다.

「아, 무사하구나, 무사했어.」

유리 안드레예비치는 흥분되어 거듭 말했다.

「아들이에요, 순산이었답니다.」

간호원은 마치 노래하듯 말했다.

「지금은 아이를 보여 드릴 수 없으니 보여 드리는 시간에 오도록 하세요. 그때는 산모에게 선물을 하시는 게 좋을 거예요. 첫애라서 힘들었답니다. 누구나 초산 때는 힘들지요.」

「아, 정말 안전한 거야. 그럼 안전하고 말고.」

유리 안드레예비치는 너무 기쁜 나머지 지금 간호원이 무슨 말을 하고 있는지, 또 간호원이 왜 자기를 이 일의 당사자로 생각하는지도 이해할 수 없었다. 나는 무슨 일을 했단 말인가? 아버지와 아들…… 아무 노력도 없이 얻은 부자 관계라는 이 엄청난 선물을 자랑할 수가 없었다. 그는 불쑥 하늘에서 떨어진 것 같은 아들에 대해 아무 감정도 느끼지 못했다. 모든 것이 그의 의미 밖에 놓여 있었다. 그는 무엇보다 토냐가 중요하게 생각되었다. 죽음의 고비를 극적으로 넘긴 토냐가 아닌가.

병원에서 가까운 거리에 환자가 있었으므로 그는 환자에게 왕진을 다니러 갔다가 삼십 분 후에 돌아왔다. 복도에서 로비로 통하는 문과 입원실로 들어가는 안쪽의 문이 아까처럼 모두 약간 열려져 있다. 유리 안드레예비치는 무의식중에 로비 안으로 들어갔다.

그때 가운을 입은 거대한 산부인과 과장이 불쑥 그의 앞을 가로막으며 말했다.

「어딜 가는 겁니까?」

그는 산모가 듣지 않게 속삭이면서 유리를 잡았다.

「당신 지금 제정신이오? 심리적 충격은 물론 고통에 출혈, 그리고 패혈증까지 겹쳤소. 당신도 의사니 알지 않소!」

「아, 네…… 나는 한번 얼굴이라도 보려고요. 이 틈으로 잠깐 보겠어요.」

「아, 그건 다른 문젭니다. 그러나 나 같으면……! 알았소. 산모가 눈치채면 그때는 당신을 가만두지 않을 거요.」

병실에는 흰 가운을 입은 2명의 여자가 등을 돌린 채 서 있었다. 유모의 손 위에서 울고 있는 귀여운 신생아가 파생물처럼 손과 발가락을 이리저리 움직이고 있었다. 토냐는 병실 중앙에 있는 마음대로 올리고 내릴 수 있는 외과 수술용 침대에 누워 있었다. 그녀는 꽤 높게 누워 있었다. 흥분으로 사물이 제대로 눈에 들어오지 않는 그의 눈에는, 토냐가 서서 글을 쓸 수 있을 정도의 책상 높이에 누워 있는 듯이 보였다.

다른 사람보다 훨씬 높게 천장 쪽으로 눕혀진 토냐는 지칠 대로 지쳐 있어서 땀으로 흠뻑 젖어 있었다. 토냐는 병실 중앙에 솟아 있었는데, 미지의 세계에서부터 여기로 이주하는 새로운 생명을 싣고, 죽음의 바다를 건너 생명의 대지로 와서 이제 막 항구에 정박하여 짐을 내리는 범선이 우뚝 솟은 듯했다. 그녀는 한 명의 생명을 이제 막 상륙시키고 나서, 지금은 닻을 내리고 홀가분하게 항구에서 휴식을 취하는 것이다. 그녀가 예전에 어느 곳에 있었으며, 어디를 경유하여, 어떻게 정박했는가의 기억을 사라지게 하는 망각과 괴로움, 피곤에 지치고 노쇠해진 선체와 뱃전이 그녀와 함께 휴식을 취하는 것이다.

그녀가 정박했던 나라가 어느 나라인지는 아무도 모르며, 그녀에게 어떤 언어로 말을 걸어야 하는지도 알 수 없었다.

유리 안드레예비치의 병원에서는 앞을 다투어 그에게 축하를 해 주었다. 유리 안드레예비치는 소문이 그렇게 급속히 퍼진 것에 대해 놀랐다.

그는 주막 또는 쓰레기통이라는 별명이 붙은 의사실로 들어갔다. 그곳은 부상병으로 병원이 포화 상태이기 때문에 신을 신은 채 방에 들어와 외투를 벗거나, 다른 데서 들고 온 물건을 잊고 그 방에 놓아 두거나 담배 꽁초와 종이 등으로 해서 어지럽혀져 있었다.

의사실의 창가에서는 나이 많고 늙은 해부 담당 의사가 서서 불투명한 액체가 든 유리병을 손에 들고 빛에 비쳐 안경 너머로 살펴보고 있었다.

「축하하오.」

그는 유리 안드레예비치에게는 시선도 주지 않은 채 여전히 하던 일을 하며 그에게 말했다.

「고맙습니다, 제가 방해를 했군요.」

「아니, 별 말을. 나와는 관계 없는 일이요. 검시는 피추즈킨이 했소. 모두 크게 놀랐소. 검시 결과 그건 포충이었소. 모두 훌륭한, 그리고 정확한 진단이라고 칭찬했소.」

그때 원상이 들어와서 그들에게 인사를 하고 나서 입을 열었다.

「이게 대체 무슨 꼴이람. 마치 시장 바닥 같군. 지바고, 알고 보니 포충이더군요. 우리가 틀렸죠. 축하합니다. 그리고 골치아픈 얘기가 있어요. 당신의 병역 면제 자격을 또 조사했어요. 아무래도 이번에는 피할 방법이 없는 것 같아요. 의료진이 절대적으로 부족하답니다. 지바고, 당신은 멀지않아 화약 냄새를 맡게 될 거요.」

6

안티포프 부부는 생각보다 훨씬 더 유리아틴에서 기반을 잘 잡고 생활했다. 그곳에서는 구이샤르 집안을 좋게 생각했다. 그것은 생소한 지방에서 그들이 생활하는데 큰 도움을 주었다.

라라는 눈코 뜰 새 없이 바빴고 생각해야 할 일도 많았다. 또한 그녀는 집안 일과 세 살 난 딸 카텐카를 돌보았다. 하녀 마르푸트카는 붉은 머리로 열심히 일을 했으나 혼자서 집안 일을 다 할 수는 없었다. 라리사 표도로브나는 파벨 파블로비치가 하는 모든 일에 관여했다. 그녀는 여학교에서 교사로 근무했다. 그녀는 쉬지 않고 일했으며 또한 거기서 행복감을 느꼈다. 이것이 그녀가 늘 꿈꾸던 생활이었다.

그녀는 유리아틴이 썩 마음에 들었다. 그곳은 그녀의 고향이기도 했다. 상류만 빼놓고 배가 다니는 큰 강인 린바 강변에 위치한 유리아틴에는 우랄 철도가 통과했다.

유라아틴에서는 겨울이 다가오면 배를 가지고 있는 사람들은 강에서 배를 끌어낸 뒤 수레에 싣고 마을로 와서 자기 집의 뒷마당에 보관해 두었다. 그렇게 배들은 겨울 동안 마당에서 봄을 기다렸다. 흰 밑창을 드러내고 마당에 배가 뒤집어 놓이면 유리아틴에는 다른 곳에서 첫눈이 내리는 것처럼 황새가 무리지어 날아왔다. 배 하나가 안티포프 부부가 세든 집 마당에 놓여 있었다. 라라의 딸 카텐카는 그 배에서 놀기도 했다.

라리사 표도로브나는 유리아틴의 순박한 풍습과 북부 억양의 장모음과 페트 장화에 소매 없는 회색 플란넬 저고리를 입은 지식인의 순박함과 상냥함을 좋아했다. 그녀는 유리아틴의 대지와 평범한 사람들을 더욱 좋아했다.

그러나 이상한 일은 나중에 알게 된 일이지만 진정한 도시 사람은 모스크바 철도원의 아들인 파벨 파블로비치였다. 그는 유리아틴 사람들을 라라보다 더 냉혹하게 비판했다. 그리고 이곳 사람들의 무식함과 거센 행동에 즉각적으로 짜증을 나타냈다.

그는 무엇보다도 책을 빨리 읽고 거기서 얻은 지식을 기억하고 활용하는데 특출한 사람이었다. 라라가 신경을 써 준 탓도 있지만 그는 예전에 독서를 아주 많이 했다. 시골에서 묻혀 살면서부터는 얼마나 많은 책을 읽었는지 라라까지 별로 아는 것이 없다고 느낄 정도였다. 그는 다른 교사들보다 실력이 월등해서 그들과 함께 있으면 늘 답답하게 느껴질 정도였다. 지금은 전쟁중이므로 상투적인 그들의 기준과 약간은 타성적인 애국심이, 국가에 대한 감정이 훨씬 복잡했던 안티포프의 사상과는 전혀 맞지가 않았다.

파벨 파블로비치는 고전을 공부했고 학교에서는 라틴어와 고대 역사를 가르쳤다. 그러나 그는 실업 학교 학생이었을 때부터 잠재해 있던 수학, 물리학 등의 정밀 과학에 대해서 정열이 다시 되살아났다. 그는 독학으로 이런 분야에서 대학 수준까지 되었는데, 수학의 한 분야를 전공해서 학위를 딴 후 페테르스부르크로 옮겨 갈 생각을 항상 하고 있었다. 그는 무리해서 밤 늦게까지 공부를 하느라고 건강이 많이 나빠졌다. 그래서 안티포프는 심한 불면증으로 고생하였다.

아내와는 사이가 좋았지만 그리 단순한 편은 아니었다. 그는 아내 라라의 친절함이나 수선스러움에 답답해 했지만 그가 별 의미 없이 그냥 하는 말이 그녀의 피가 자기보다 고상하다거나, 그녀가 한때 다른 남자와 관계가 있었다는 등의 꾸중으로 생각할까 봐 비난하지 않았다. 그는 지나치게 라라에 대해 자기가 나쁜 생각을 가지고 있지 않다는 것을 보여 주려고 초조해 했기 때문에 그들의 생활에는 늘 부자연스러움이 감돌았다. 그들은 서로가 더욱 고상해지려고 애썼기 때문에 모든 일이 점점 더 복잡해지고 말았다.

어느 날 밤에 그들은 손님을 맞았다. 라라가 근무하는 학교의 여교장과 남편과 함께 근무하는 교사 몇 명, 파벨 파블로비치가 최근 일을 봐 주고 있던 중재 재판소의 임원과, 그 외의 몇 명이 찾아왔다. 파벨 파블로비치의 관점에서 본다면 그곳에 온 사람은 모두 멍청이였다. 그는 그들을 대하는 라라의 태도가 너무 다정해서 놀라면서도, 그녀가 그들 중 누구 하나도 진실로 좋아한다고는 믿지 않았다.

손님들이 돌아간 후에도 라라는 방안을 치우고 환기를 시키고 부엌에서 마르푸트카와 설겆이를 오랫 동안 해야만 했다. 그녀는 그러고나서 카텐카의 잠자리를 꾸며 주고 파샤가 잠들었나를 확인하고 나서 얼른 옷을 벗고는 불을 끈 뒤 어머니 곁으로 기어드는 어린 아이처럼 재빨리 파샤 옆에 나란히 누웠다.

그러나 안티포프는 그저 잠든 척 하고 있을 뿐이었다. 그는 최근에는 불면증에 시달리고 있었기 때문에 그는 서너 시간 동안을 잠을 이룰 수 없었다. 그는 잠을 청하려해도 잠이 오지 않았다. 그는 산책을 하거나 연기가 가득 찬 방 안 공기를 벗어나려고 소리 없이 일어나 외투를 잠옷 위에 걸치고 모자를 쓴 뒤 밖으로 나갔다.

맑지만 싸늘한 가을 밤이었다. 발 아래서 잘디잔 얼음이 부셔졌다. 하늘에서 반짝이는 별들이 진흙 덩어리가 꽁꽁 언 검은 대지 위에 알콜 램프의 파란 불꽃처럼 대지를 비춰 주었다.

안티포프 부부는 강 나루의 반대편에 살았다. 그들이 세든 집은 길 끝에 위치했고, 그 너머는 건널목과 간수의 막사가 있는, 철도가 가로지른 들판이었다.

안티포프는 엎어 놓은 배에 걸터 앉아 밤하늘의 별을 바라보았다. 지난 몇 해 동안 그를 사로잡았던 생각이 일시에 쏟아져서 괴롭히는 것이었다. 그는 늘 언젠가는 결론을 내야 한다고 생각해 왔는데, 어쩌면 지금이 바로 적당한 시기일지 모른다.

그는 이렇게 계속 살아갈 수는 없다고 생각했다. 그는 벌써 결혼하기 전에 이런 일이 있을 것임을 예측했어야만 했던 것이다. 그의 깨달음은 너무 늦은 감이 있었다. 결혼 전, 지금보다 훨씬 어렸을 때부터 그는 그녀의 매력에 사로잡혔었고, 그래서 그녀는 그를 자기가 원하는 대로 다루었다. 그녀가 먼저 그들의 관계를 청산하자고 했을 때, 왜 자기가 그녀를 떠나지 못했을까? 그녀는 자기를 사랑한 것이 아니라, 그를 위해서 희생해야 한다는 의무감에서였음이 분명하다. 그녀는 어쩌면 자기를 통해서 자신의 성취욕을 실현하려고 했을 것이다. 그러나 아무리 위대하고 고귀한 것일지라도 그녀의 임무가 참된 가정 생활과 어떤 연관이 있을까? 가장 어려운 일은 아직도 변함없이 그 자신이 그녀를 사랑하는 것이었다. 그녀는 매혹적일 만큼 아름다왔다. 그러나 이것이 사랑이라고 확신할 수 있을까? 그렇지 않으면 그녀의 미모와 희생적인 너그러움에 넋이 빠진 것일까? 누가 그것을 판단할 수 있겠는가? 그 누구도, 아마 귀신일지라도 갈피를 잡지 못할 것이다.

그러면 그는 어떻게 해야 하나? 이 거짓된 인생으로부터 아내와 딸을 해방시켜야 한다. 그것은 나 자신의 해방보다 급선무이며 더 중요하다. 그러나 어떻게 이 일을 해결해야 하는가? 이혼? 아니면 물에 빠져 죽어 버릴까? 그것은 정신빠진 헛소리다. 그는 자신의 생각에 반항했다.

「내가 그 생각한 것을 정말 실천할 수 있단 말이냐. 왜 너는 이런 신파극을 연출하려고 하느냐?」

그는 밤하늘을 쳐다보았다. 짙푸르기도 하고 무지개 빛을 띠기도 하며, 수많은 별이 흐리게 또는 밝게 반짝거렸다. 마치 누군가가 들판에서부터 창문을 향해 횃불을 들고 달려오는 듯 맹렬히 내닫는 불빛에 휩쓸려서 별과 집과 마당과 배 위에 앉은 안티포프가 환히 보이도록 비춰 주었다. 군용 열차가 불꽃이 튀는 누런 연기를 하늘로 뿜어 내며, 지난 날 수없이 많은 열차가 달려갔듯이 서쪽으로 힘차게 달려갔다.

파벨 파블로비치는 밝은 얼굴로 일어나 잠을 자기 위해 집으로 향했다. 그는 자기가 가야 할 길을 찾아낸 것이다.

7

파샤의 결심을 듣고, 라리사 표도로브나는 갑작스런 남편의 변화에 어안이 벙벙해졌다. 그는 처음에는 자기가 잘못 들은 것이라고 생각하며 남편의 일시적인 변덕이라고 대수롭지 않게 넘기려 했다. 『그 문제에 전혀 신경을 쓰지 않으면 모두 잊고 말 거야.』

그러나 남편은 벌써 이 주일 전부터 준비를 하고 있었다. 징병 사무소에 서류를 제출했으며, 학교에서도 벌써 후임 교사가 결정되었음을 뒤늦게 알았다. 옴스크의 육군 사관 학교에서 입대 통지서가 도착했다. 그가 떠날 날짜가 가까와졌다.

라라는 천박하게 울면서 그의 손을 잡고 그의 발 아래서 슬프게 몸부림쳤다. 그녀는 흥분해서 소리쳤다.

「파샤, 파셰니카. 당신은 왜 나와 카텐카를 버리려는 거죠? 안 돼요. 그건 절대로 안 돼요. 지금도 늦지는 않았어요. 내가 모든 일을 원상태로 회복시키겠어요. 당신은 신체검사도 하지 않았잖아요. 당신의 심장으론 안 돼요. 당신은 나와 카텐카를 희생물로 버리려 하다니, 안 돼요. 지원병이라고요, 부끄럽지도 않단 말이에요. 당신은 언제나 로쟈를 속물이리고 조롱하더니 이젠 그가 부러운가요? 당신도 군복에 칼을 차고 으시대고 싶은 건가요? 파샤, 누가 당신을 이렇게 바꿔 놓은 거죠. 난 도무지 당신을 이해할 수 없어요. 말 좀 해 봐요. 속일 생각은 말고 정직한 말을 좀 해 줘요. 부탁이에요. 이것이 진실로 러시아가 필요로 하는 건가요?」

그제서야 그녀는 문제가 다른 것에 있음을 깨달았다. 속속들이 모든 것을 알 수는 없었지만 핵심되는 것은 이해할 수 있었다. 파샤는 지금까지 그녀의 태도를 오해했던 것이다. 그녀가 그에게 쏟아 왔던 모성애적인 애정에 그는 반발했으며, 그것이 여성의 한 남자에 대한 사랑보다 더 훌륭하다는 것을 그는 깨닫지 못한 것이다.

그녀는 말없이 입술을 굳게 깨물고 흠씬 매를 맞은 사람처럼 몸을 움츠리고 눈물을 삼킨 채, 남편의 떠날 준비를 서둘렀다.

남편이 떠난 뒤에는 온 도시가 적막해졌고 하늘을 나는 까마귀도 적어진 것 같았다. 마르푸트카가 몇 번인가 「마님, 마님.」 하고 불렀으나 대답을 하지 않았다. 카텐카도 소매를 잡아당기며 「엄마, 엄마.」 하고 투정을 부렸다. 그것은 그녀의 인생에 있어서 가장 큰 패배였다. 가장 훌륭하고, 가장 빛났던 그녀의 희망은 하루 아침에 모두 무너져 버렸다.

남편이 시베리아에서 보내는 편지를 통해 그녀는 남편에 대해 알게 되었다. 그는 자기의 실수를 깨닫고는 아내와 딸을 몹시 그리워했다. 몇 달 후 그는 기한이 되기도 전에 소위로 임관이 되었으며, 갑자기 전선으로 배속되었다. 그는 유리아틴 근처로는 갈 수도 없었고 모스크바에 가도 오래 머물 수 없었으므로 누구와도 만나지 못했다.

그는 전선에 배속된 후로는 옴스크 사관 학교 시절처럼 슬픈 편지를 보내지는 않았다. 그때부터는 좀더 활기차고 생기가 있었다. 안티포프는 전투에서 세운 공로로 보상을 받든지, 가벼운 부상 결과로 가족과 만날 수 있는 휴가를 받고 싶어했다. 그는 승진을 할 수 있는 기회를 엿보았다. 뒤에 브루실로프 돌파 작전으로 유명해진 최근의 전투 이후 군은 공격을 감행했다. 그러다가 파샤의 편지가 중단되었다. 라라는 처음에는 그다지 불안을 느끼지 않았다. 파샤는 군대 업무와 행군 도중에는 편지를 쓸 수 없기 때문일 것이라고 생각했다.

가을이 되자 군대는 이동을 중지했다. 군대는 참호를 구축했으나 안티포프에 대한 소식은 감감 무소식이었다. 라리사는 차츰 불안해져서, 유리아틴에서 알아보았고, 그 다음에는 모스크바에서 파샤가 근무하던 전의 부대의 야전 주소를 보고 전선 우체국에 알아보았으나 그 어느 곳에서도 파샤의 소식을 들을 수가 없었다.

다른 시골 여인과 마찬가지로 라리사 표도로브나도 전쟁이 일어난 후 유리아틴의 지방 병원에 개설된 군사 병동에서 환자를 돌보았다.

그녀는 열심히 의학의 기초를 공부하여 이 병원에서의 간호원 시험에도 합격했다.

간호원 시험에 합격한 그녀는 근무하던 학교에다 6개월 간의 휴직원을 내고 마르푸트카에게 유리아틴 집을 맡겨 둔 후 카텐카만 데리고 모스크바로 향했다. 그곳에서 그녀는 딸을 리파치카에게 맡겼는데, 그녀의 남편인 프리젠단크는 독일계로 다른 민간 포로와 함께 우파에 사로잡혀 있었다.

먼 곳에서 남편을 찾지 못하자 그녀는 최근의 격전지였던 곳으로 가려고 작정했다. 그래서 리스키 시를 거쳐서 헝가리 국경의 메조라보르치 지방으로 향하는 병원 열차의 간호원이 되었다. 파샤가 그에게 마지막 편지를 보내 왔던 곳이 바로 메조라보르치였기 때문이었다.

8

전선의 사단 사령부에 타티야나 부상병 원호 위원회가 자발적으로 모금을 해서 마련한 병원 열차가 도착했다. 허술한 짧은 객차로 이루어진 열차의 단 한 칸뿐인 일등칸에는 병사와 장교에게 나누어 줄 선물을 싣고 모스크바로부터 오는 저명 인사가 손님으로 타고 있었다. 그 속에는 고르돈도 포함되어 있었다. 그는 어린 시절부터 친구인 지바고가 멀지 않은 마을의 사단 야전 병원에서 일하고 있음을 연락을 통해 알게 되었다.

고르돈은 전선 지역으로 여행하는 데 필요한 허가증을 받고, 친구 지바고를 만나기 위해 마차를 타고 길을 떠났다.

백 러시아인이거나 리투아니아인 같은 마부는 그래서인지 러시아어를 잘 하지 못했다. 최근 간첩에 대한 공포증 때문에 흔해 빠진 것 이외엔 입을 다 물곤 했다. 고르돈도 그런 마부에게 호의를 가지고 말을 할 기분이 들지 않았다.

전군이 이동하는 일에 이골이 난 사령부에서는 백 마일 단위로 거리를 측 정했으므로 본부에서 제일 가까운 마을이라 기껏 십오 마일 정도라고 들었지만 실제로는 오십 마일 정도는 되는 듯했다.

그들이 달리고 있는 방향의 왼쪽 지평선에는 쉬지 않고 덜컹거리는 둔탁한 소리가 들려 왔다. 고르돈은 여태껏 지진을 한번도 본 적이 없지만 먼 곳에서 들려 오는, 겨우 알이맞힐 수 있는 석군의 음울하기조차 한 대포 소리는 지축의 요동과 화산의 갑작스런 내습에서 울리는 쿵! 소리와 흡사하다는 생각이 들었다. 해가 지자 그 방향의 하늘 아래에서는 불꽃이 환하게 비추는 것이 이튿날 아침까지 사라지지 않고 비추었다.

마부는 마차를 몰고 폐허가 된 마을 옆을 지나갔다. 주민들은 이미 마을을 버린 지 오래되었다. 어떤 곳에서는 주민들이 땅 속 깊숙이 판 지하실에서 살았다. 그러한 마을은 온통 쓰레기와 자갈 더미로 변했고 집이 있었던 때처럼 줄지어 널려 있었다. 그 폐허가 된 땅에서는 화재로 집을 잃은 노파가 완전히 불타서 없어진 자기 집터 자리에서 무엇인가를 파헤치며 찾아 낸 물건을 감추곤 했다. 그들은 사방이 벽으로 둘러쌓여 있기 때문에 누구의 눈에도 띄지 않을 것이라고 생각하는 것 같았다. 그들도 고르돈을 보고는 전송하면서 세상이 바로잡혀 평화와 질서를 다시 찾을 수 있겠느냐고 묻는 것 같았다.

한밤중에 마차를 타고 가는데 말을 탄 척후병이 나타났다. 그들은 포장하지 않은 길로 나가서 다시 샛길로 빠져서 이곳을 지나가라고 지시했다. 그러나 마부는 샛길을 몰랐기 때문에 그들은 근 두 시간 가량 길을 잃고 헤매야만 했다. 동 트기 전쯤에야 그들은 찾고 있던 마을에 도착할 수 있었다. 그 마을에서 고르돈은 야전 병원에 대해 한 마디도 들을 수 없었다. 그때서야 고로돈은 이 마을과 이름이 같은 마을이 또 있다는 사실을 알았다. 아침이 되어서야 그들은 찾고자 하는 마을을 찾을 수 있었다. 고르돈이 마을을 지나가는데 카밀레와 요드포름 냄새가 났다. 고르돈은 지바고의 숙소에서 묵지 않고 그와 한나절만 보내고 저녁에는 다시 그의 동료가 있는 역으로 돌아가려고 마음먹었지만 피치 못할 사정 때문에 그는 일 주일 이상 그곳에 머물러야 했다.

9

그 무렵 전선의 이동이 시작되었다. 전선에 급작스런 변동이 발생한 것이다. 고르돈이 찾아간 마을의 남쪽으로, 아군의 한 부대가 분산된 병력을 합쳐, 적진을 돌파하는데 성공했다. 그들은 계속 공격을 거듭하여 돌파 부대는 끝내 적진 깊숙이 돌진했다. 그 뒤를 따라 지원 부대가 돌진했으나 점점 뒤쳐진 나머지 선두 부대와 떨어져 버렸다. 그래서 그 부대는 포로가 될 수밖에 없었다. 상황이 그렇게 되었으므로 안티포프 소위도 자기 중대의 반이 투항했기 때문에 할 수 없이 투항하고 말았다.

그에 대한 올바르지 않은 소문이 나돌았다. 그것은 바로 안티포프 소위가 전사했는데, 폭발 때 생긴 구덩이 속에 파묻혔다는 것이었다. 안티포프와 같은 연대 소위인 갈리울린이 전한 바에 따르면, 안티포프가 자기 부대원을 인솔하고 공격하다가 죽은 것을 마침 초소에서 자기가 망원경으로 보았다고 하였다.

갈리울린은 평상시와 똑같은 보병 부대의 돌격 광경을 바라보았다. 달리는 것 같은 빠른 걸음으로 양쪽 군대를 갈라 놓은, 다 죽어 빠진 쑥이 바람에 나부끼고, 뒤로 솟아올라 몸을 움직이지 않는 가시투성이의 가시금작화가 핀 가을 들판을 부대는 통과해야 했다. 돌격 부대는 최고의 용감성을 동원하여 참호 속에 몸을 숨기고 있는 오스트리아 군을 백병전으로 끌어내거나 수류탄을 폭발시켜 적군을 무찌를 막중한 임무를 맡고 있었다. 달리는 사람들의 시야에는 들판이 끝없이 망망하게 느껴졌다. 땅은 그들의 발 아래서 수렁처럼 미끄러지는 듯했다. 맨 처음에는 선두에 서서, 나중에는 병사들 틈에 끼여서 뛰어갔다. 그들은 권총을 머리 위까지 올리고 입이 찢어질 정도로 벌리고서 『우라!』를 외쳤는데, 그것은 안티포프나 병사들에게는 들리지 않았다. 잠시 후 달리던 병사들도 땅바닥에 엎드렸다가 다시 일어나 함성과 아울러 더 멀리 뛰어내렸다. 그들과 함께 매번, 각기 다르게 숲에서 벌목할 때 아름드리 나무가 쓰러지듯 군인들은 총탄을 맞고 쓰러졌는데, 그들은 두 번 다시 일어나지 못했다.

「너무 멀리 쏘는데 포병대에 연락해!」

다소 초조해진 갈리울린이 옆에 서 있는 포병 장교에게 명령했다.

「아, 됐어. 이제 된 것 같군. 포탄이 더 깊숙이 떨어지도록 잘하는군.」

이때 돌격 부대는 적군과 가까운 곳까지 당도했다. 그러나 포격이 중지되었다. 갑작스런 적막감 때문에 초소에 있던 사람들의 심장이 곁에 서 있는 사람에게까지 들릴 정도로 크게 뛰었다. 그들이 직접 안티포프가 되어 참호 근처까지 병사를 이끌고 가서 당장 용감함과 지략을 나타내려고 하는 듯했다. 그 순간 독일군의 십육 인치 대포의 폭탄이 연달아 두 발 폭발했다. 먼지와 연기에 시야가 가려져 모든 것이 보이지 않았다.

「오, 알라 신이여! 이제 모든 게 끝장이군, 다 끝났어.」

얼굴이 창백해지고 입술까지 파랗게 질린 갈리울린은 안티포프 소위를 비롯한 병사가 모두 전사했다고 생각하며 중얼거렸다. 세 번째 포탄이 감시 초소 가까이까지 날아왔으므로 그들은 모두 땅에 낮게 엎드렸다가 급히 그곳에서 피했다

갈리울린은 안티포프와 같은 참호에서 잠을 잤다. 연대 본부에서는 그가 전사해서 다시는 돌아올 수 없을 것이라고 단정하고, 안티포프와 평소 친밀히 지냈던 갈리울린에게 그의 아내에게 전할 유품을 맡겼는데, 그의 유품 중에서는 많은 사진이 발견되었다.

갈리울린은 사병이었다가 얼마 전에 소위로 진급되었는데, 그는 티베르진의 집 관리인이던 기마제트진의 아들이었으며, 옛날 견습공 시절에 푸돌레예프에게 매를 맞았던 그 유수프카가 그였다. 지금 그가 소위로 진급한 것은 과거에 그를 괴롭혔던 바로 그 사람 덕택이었다.

소위로 임관이 됨과 동시에 그는 원하지도 않았고 이유도 알 수 없었지만 후방의 자그마한 도시의 경비대에 배치되었다. 그곳에서 폐인이나 다름없는 병사를 지휘했는데 그들은 역시 자기들처럼 늙어 빠진 조교들한테 잊어버린 훈련을 아침마다 받았다. 갈리울린의 임무는 매점 앞에 세운 경비원을 교대

시키는 것이었다. 그 외에 그가 할 일이라곤 아무 것도 없었다. 교체 병력으로 모스크바에서 온, 그의 지휘하에 있게 될 나이 많은 예비역 중에 포트르 푸돌레예프라는 낯익은 인물이 눈에 들어왔을 때, 그는 흥분으로 다른 것은 아무것도 보이지 않았다.

「오, 나의 옛 친구가 나타나셨네!」

갈리울린은 싸늘한 미소를 지으며 과장되게 말했다.

「네, 장교님.」

푸돌레예프는 차례 자세로 경례를 붙였다.

그러나 두 사람의 상면은 간단히 끝날 성질의 것이 아니었다. 훈련 도중 이등병이 실수를 하자 소위는 고함을 쳐 그를 앞으로 끌어낸 뒤, 그가 자기를 정면으로 바라보지 않고 곁눈질하자 턱을 세게 후려치고 이틀 동안 영창에 넣고 빵과 물만 주었다.

그때부터 갈리울린의 행동에는 늘 보복이 깔려 있었다. 그러나 절대 복종이라는 강요된 규칙 때문에 그에게는 비겁하고, 정정당당한 게임이 될 수 없다고 생각했다. 이제 어떻게 해야 할 것인가? 두 사람은 똑같은 위치에 설 수 없었다. 그들이 함께 있다는 것은 불가능한 일이었다. 장교가 자기 부대의 부하 중 한 명을, 처벌이 아닌 다른 이유로, 전출시킬 구실을 어떻게 찾을 수 있겠는가. 그렇지 않으면 어떻게 해야 갈리울린 자신이 전출을 갈 수 있겠는가? 생각다 못해 그는 수비대 근무의 권태로움을 이유로 전방으로 배속시켜 달라는 신청을 했다. 이때 그는 점수를 크게 땄으며, 첫번째 전투에서 그가 자기의 다른 특질을 보이자, 그는 곧바로 훌륭한 장교가 될 소양이 있는 인물임을 인정받아 중위로 바로 진급되었다.

갈리울린이 안티포프를 만난 것은 그가 티베르진 가족과 육 개월 동안 함께 생활했던 1905년에 만났는데, 일요일마다 유수프카는 그를 찾아가 놀았다. 그때 그는 라라를 한두 번 가량 만난 적이 있었다. 그 후로 그들을 만나거나 소식을 듣지 못하다가, 안티포프가 유리아틴에서 그의 연대에 배속되었을 때, 갈리울린은 그의 변모에 어리둥절했다. 안티포프는 수줍고 장난꾸러기였고 소녀 같았는데 지금은 교만하고 자기가 제일 잘났다고 착각하는 염세주의자가 되었다. 그는 이지적이고 용감하고 과묵하고 냉소적인 편이었다. 이따금 그를 바라보고 있자면 갈리울린은 그의 우울하고 고독한 두 눈에서 그를 강렬히 사로잡는 생각을, 딸과 아내를 그리워하는 것을 찾아냈다. 그때는 마치 동화의 세계에 나오는 마술에 걸린 사람같았다. 안티포프가 가 버린 지금 갈리울린은 편지, 사진, 그리고 영원히 풀지 못하게 된 그의 변신의 비밀을 손에 쥐고 있었다.

언젠가는 안티포프의 아내 라라가 남편에 대해 물어 올 것이다. 그는 라라에게 편지를 쓸 생각이었고, 편지 쓸 시간이 없을 정도로 여유가 없었어도 그녀에게 남편의 전사 소식을 알려 줄 각오를 했다. 그녀에게 자세한 편지를 쓰려고 마음을 먹고 있는데, 갈리울린은 라라가 간호원이 되어 전방 어딘가에 있다는 소문을 듣게 되었다. 그래서 이제는 편지를 보내야 할 주소를 알 수 없었다.

10

「오늘은 말[馬]이 있을까?」

지바고가 점심 식사를 하러 집에 오면 고르돈은 매일 똑같은 질문을 했다. 그들은 길리치아 농가에서 살고 있었다.

「어림 없는 일이야. 자네, 지금 어디를 간다는 거야? 아무 데도 갈 수 없다네. 사태가 복잡해서 도대체 뭐가 뭔지 감을 잡을 수가 없어. 남부에서는 아군이 독일군이 점령한 지역을 돌파했지만 너무 깊이 들어가서 아군이 포위를 당했다네. 그리고 북부에서는 절대로 건너지 못할 것이라던 지점에서 독일군이 스웬타 강을 건넜다네. 그들은 일개 군단 병력의 기병대라네. 그 기병대는 지금 칠도를 폭파하고 보급창을 폭파한다네. 글쎄 내 생각으로는 아무래도 우리를 포위하려는 것 같아. 사태가 지금 이 시경인데, 자넨 말 타령인가? 이봐 카르펜코, 어서 식사 준비나 해 주게. 저녁 요리는 뭔가? 송아지 다리! 그것 참 좋군 그래.」

병원과 부속 기관을 갖추고 있는 의무대는 기적적으로 아무 피해도 입지 않은 마을 곳곳에 흩어져 있었다. 의무대로 쓰는 집은 모두 벽에서 벽까지 온통 여러 개의 창문으로 된 서양식 건물이었는데 유리창 한 장 깨지지 않고 건재했다.

후덥지근한 초가을이 가 버리고 화창한 늦가을이 되었다. 낮이 되면 군의관과 장교들은 창문을 열어 놓고 낮고 하얀 천장과 창턱에서 소란을 떠는 파리 떼를 잡고 군복과 가운의 단추를 풀어 놓고 땀을 뻘뻘 흘리며 뜨거운 수프와 차를 마셨다. 밤이 되면 페치카 앞에 둘러앉아 꺼질 듯한 장작을 불다가 연기 때문에 눈물을 흘리면 당번에게 제대로 불도 하나 지피지 못한다고 크게 꾸짖었다.

밤이었다. 지바고와 고르돈은 양편에 마주 놓인 막침대에 자리를 잡고 누웠다. 방은 후덥지근했으며 담배 연기가 가득 했다. 그들이 양쪽 끝에 있는 창문을 열어 신선한 공기로 환기를 시켰다. 그들은 언제나처럼 대화를 나누었고, 평상시와 마찬가지로 전선 쪽의 지평선에서 불빛이 깜박였다. 단조로운 포성이 끊임없이 터지고 이따금, 페인트를 긁으며 마룻바닥을 육중한 가방으로 끌고 가는 듯 땅을 뒤흔드는 요란한 소리가 중단될 때마다 지바고는 마치 경의를 보내는 것처럼 말을 그치고 있다가 잠시 후 다시 말했다.

「저건 십육 인치 독일군의 베르던 포야. 무게가 이천 사백 파운드 정도되는 거지.」

그는 말을 계속하려다가 자기가 하려는 말을 그만 깜박 잊고 말았다.

「마을에서 냄새가 나는데 그게 뭐지?」

고르돈이 지바고를 바라보며 물었다.

「난 여기에 도착해서 바로 그 냄새를 알았어. 구역질이 나게 들쩍지근하고 역겨운 냄새야.」

「아, 그건 대마초 냄새야. 이 마을에서는 대마초를 많이 재배하지. 대마초는 머리가 아플 정도로 썩은 고기 냄새가 나. 그리고 또 전쟁터에서 죽은 사람이 대마밭에서 쓰러지면 발견되지 않고 썩기도 하지. 송장 냄새는 아주 멀리까지 냄새가 퍼지지. 그건 당연한 거지. 또 대포 소리군. 저 소리 들리나.」

지난 며칠 동안 두 사람은 많은 얘기를 나누었다. 고르돈은 전쟁이 발발하여 사람들의 사고방식에 어떤 영향을 끼치는지에 대한 지바고의 생각을 비로소 알게 되었다. 상호간의 살육이라는 무자비한 논리를 맹목적으로 수용하고, 현대 전투의 기술 때문에 부상을 당해 흉칙하게 된 생존자들의 절단된 팔 다리 같은 새로운 형태의 상처에 익숙해지기가 얼마나 어려운 일인가를 그는 고르돈에게 말해 주었다.

고르돈은 밤낮을 가리지 않고 돌아다니며 무시무시한 광경을 목격했다. 말할 것도 없이 고르돈은 다른 사람들의 용기와, 초인간적인 힘으로 죽음의 두려움에서 이겨 낸 모습과, 그들이 겪은 위험이나 희생을 한가롭게 구경한 방관자로서의 부도덕성을 그는 깨닫게 되었다. 그러나 그들을 보고 동정의 눈물을 흘린다고 해서 그 부도덕성이 다소 가벼워진다고는 생각하지 않았다. 그러나 그는 사람은 자신이 처한 상황에 따라 솔직하고 자연스럽게 행동해야 한다고 믿었다. 그는 부상자를 보고도 기절할 수 있다는 사실을 최전선의 바로 뒤에 있는 이동 적십자 부대 응급 치료소를 방문한 뒤 체험으로 알게 되었다.

그들은 포사격을 받아 폐허가 된 숲속으로 마차를 타고 갔다. 나무가 부러지고 뒤집혀진 숲속에는 포를 운반하던 마차들이 볼상사납게 뒤집혀 있었다. 기마용 말 한 필이 쇠사슬로 묶여져 있었다. 더 들어가 보니 산지기의 집이 지붕은 날아가 버린 채 골격만 남아 있었다. 응급 치료소는 집 안채와 길 건너 큼직한 회색 천막 두 채 안에 있었다.

「여기까지 괜히 자넬 데리고 온 것 같은데.」

지바고가 친구 고르돈에게 말했다.

「참호는 반 마일 안에 위치해 있고, 아군의 포대가 바로 숲 너머에 있지. 소리만 들어도 무슨 일이 벌어지는지 알겠지? 아예 영웅 노릇은 하지 말게. 난 자네가 영웅이 되도 믿지 않을 거야. 자넨 겁이 많으니까. 상황이 언제 어떻게 변해서 이곳에 포탄이 쏟아질지 모른단 말이야.」

숲의 바닥에는 가슴과 어깨가 땀으로 더럽혀져 있었고 먼지투성이 군복을 입고 발에 맞지 않는 큼직한 군화를 신은 나이 어린 병사들이 지친 모습으로 길가에 눕거나 엎드려 있었다. 그들은 전선에서 사흘 동안 격전을 치른 뒤 많은 사람이 죽은 부대의 유일한 생존자로서 잠시 동안 휴식을 취하려고 후방으로 보내진 것이었다. 그들은 피곤에 지쳐 웃거나 욕할 힘도 없이 넋 잃은 사람처럼 누워서 수레 몇 대가 빠른 속도로 덜그럭거리며 내려왔으나 얼굴도 돌리지 않았다. 탄약차에는 용수철이 없어서 응급 치료소로 오고 있는 많은 부상병들은 뼈가 으스러지고 오장육부가 뒤틀리는 것 같았다. 그곳에 도착한 부상병은 급히 붕대를 감고, 위급한 환자는 즉시 수술을 했다. 그들은 삼십 분쯤 전에 포화가 잠시 잠잠해지자 참호 앞 벌판에서 놀랄 만큼 많이 실려 왔다. 그들은 절반 가량이 의식불명이었다.

문 앞에서 마치기 멈추자 위생병들이 늘것을 들고 층계에서 내려와 환자를 내려 놓았다. 천막 안에서 간호원 한 명이 한 손으로 천막 자락을 들고 내다 보는데, 그녀는 비번이었다. 내용을 알 수 없지만 키가 큰 어린 나무 뒤에서 사방이 울릴 정도로 큰 소리로 언쟁하던 두 남자가 길을 따라 집이 있는 방향으로 걸어갔다. 그 중 한 사람인 젊은 소대장이 흥분해서 이동 부대의 군의관에게 숲속에 있던 포병대는 어디로 이동했느냐고 큰 소리로 물었다. 군의관은 자기는 상관도 없고 부상병이 밀어닥쳐서 바쁘니까 귀찮게 굴지 말라고 신경질적으로 소리치며 소대장에게 말했다. 소대장도 지지 않고 적십자사와, 포병 사령부, 그리고 모든 사람에게 쉬지 않고 욕설을 퍼부었다. 지바고는 그 군의관에게 다가가 인사를 하고 천막 안으로 들어갔다. 소대장은 타타르 억양을 섞은 떠들썩한 말로 욕을 하다가 지쳤는지 소대장은 말을 풀고 안장에 올라 숲속으로 달려나갔다. 그때까지도 간호원은 구경만 했다.

갑작스럽게 간호원의 얼굴이 공포로 일그러졌다.

「아니, 뭐 하고 있는 거예요. 정신이 나갔군요.」

그 간호원은 들것 사이에서 부축을 받지 않고 걷는 가볍게 부상한 두 명의 환자에게 말했다. 그녀는 큰 소리를 치며 그들 쪽으로 달려갔다.

한쪽 들것 위에는 무서울 정도로 끔찍히 불구가 된 병사가 누워 있었다. 포탄의 파편을 맞은 그의 얼굴은 으깨어졌고 혀와 이는 피로 범벅이 되었다. 그러나 그는 죽지 않았고 뺨은 찢어져 나간 턱뼈에 그대로 박혔다. 그는 가늘지만 동물의 신음 소리를 냈는데, 그 소리를 듣는 사람은 모두 더 이상 고통을 주지 말고 차라리 자기의 목숨을 끊어 달라는 것처럼 들렸다.

간호원은 들것 옆에서 걷던 가볍게 부상을 입은 병사가 들것 위에 누운 환자의 모습이 너무 안쓰러워 파편을 자기들이 뽑아 주려고 한다고 생각했다.

「그러면 절대로 안 돼요. 왜 그러는 거예요? 그렇게 해야 하겠어요. 그 일을 해야 한다면 그건 메스를 가진 외과 의사가 해야 해요. 오, 하나님!」

『하나님, 이 사람을 구해 주소서. 그래서 당신이 존재함을 의심치 않도록 하소서.』

다음 순간, 계단을 오르는 도중에 그 남자는 비명을 지르고 심한 경련을 일으키더니 끝내 목숨을 거두고 말았다.

심한 부상으로 죽은 병사는 기마제트진 이등병이었고, 숲속에서 군의관과 목소리를 높여 언쟁하던 장교는 바로 그의 아들인 갈리울린 중위였다. 그리고 곁에 섰던 간호원은 라라였고, 고르돈과 지바고는 그 일을 목격한 사람들이었다. 그러나 그들은 모두 함께 한 곳에 있었지만 서로 상대방을 알아보지 못했고, 영원히 알지 못하고 만 사람도 있었다. 몇 가지 일은 다음 기회에, 다시 만날 때까지 밝혀지기를 기다리는 것이다.

11

그 지역은 기적적이라고 할 만큼 화를 면했다. 그 마을은 폐허의 바다 한가운데 온전히 남은 작은 섬처럼 전혀 피해를 입지 않았다. 어느 날 해질 무렵에 고르돈과 지바고는 마차를 타고 집으로 향했다. 한 마을에서 그들은 젊은 코사크 인이 큰 소리로 껄껄거리며 많은 사람에게 둘러싸여, 공중에다 동전을 집어던지고 수염이 하얗게 센 늙은 유태인에게 그것을 받으라고 하는 장면을 보게 되었다. 그러나 노인은 번번이 동전을 받지 못했다. 동전은 노인이 벌린 손에서 벗어나 진흙 속에 떨어졌다. 노인이 그 동전을 주으려고 몸을 굽히자 코사크인은 노인의 엉덩이를 세게 때렸고, 주위에 둘러선 구경꾼들은 재미있는 듯 배꼽을 잡고 웃었다. 이것은 별로 심한 장난이 아니지만 어떤 심한 장난을 할지 모르는 일이었다. 이따금 길 건너 집으로부터 노인의 할머니가 나와서 비명을 지르며 달려왔으나 무서워서 다시 집으로 도망치곤 했다. 두 소녀가 창문으로 이 광경을 바라보며 울었다.

　마부는 이 광경이 재미있다고 생각했는지 손님들에게 구경하라고 마차를 느릿느릿하게 몰았다. 지바고는 노인을 골탕먹이던 코사크인을 불러 큰소리로 야단을 치고 그 노인을 그만 귀찮게 굴라고 말했다.

　코사크인은 두 말 하지 않고 선뜻 알겠다고 말했다. 그는 해치려고 한 것이 아니라 그저 심심풀이로 장난삼아서 했을 뿐이라고 했다.

　고르돈과 지바고는 얼마 동안 입을 다물고 있었다.

　그들이 묵고 있는 마을이 눈에 들어오자 안드레예비치가 말했다.

　「자네는 이 전쟁통에 유태인들이 어떤 일을 겪고 있나 아마 상상도 하지 못할 거네. 지금은 유태인 강제 거주 지구에서 싸움이 벌어지고 있다네. 그들에게는 과중한 세금과 온갖 고통만으로 부족한지, 이번에는 애국심이 없다는 비난과 지독한 모욕과 계획적인 학살의 희생물이 된다네. 그런데 왜 유태인들이 애국심을 갖겠나. 적의 통치 아래에서는 유태인도 동등한 권리로 살 수 있는데 우리는 박해하고 있어. 그들에 대한 이러한 태도와 증오는 모순되는 거야. 그건 유태인들의 빈곤과 과잉 요구, 나약함, 반항하지 못하는 무능함과 같은, 동정해아 할 당연한 것을 반대로 안절부절 못하게 만들었어. 마치 피하기 어려운 숙명적인 거야.」

　그러나 고르돈은 아무 말도 하지 않았다.

12

　그들은 또 길고 좁은 창문의 양쪽에 놓인 침대 위에 누웠다. 밤이었다. 그들은 오랜 시간 동안 대화를 나누었다.

　지바고는 언젠가 전선에서 황제를 본 것에 대해 고르돈에게 말해 주었다.

그가 전선에서 첫번째로 봄을 맞았을 때였다. 그의 연대 본부는 카르파티아 산맥의 깊은 계곡에 자리 잡고 헝가리 평원으로부터의 적의 접근을 막고 있었다.

그 분지의 밑바닥에는 역이 하나 있었다. 지바고는 이곳의 경치와 싱싱한 전나무와, 소나무가 울창한 산, 그 산 꼭대기에 떠 있는 구름, 두터운 모피의 다 헤진 구멍처럼 듬성듬성 보이는 회색 점판암과 흑연의 깍아지른 것 같은 절벽의 모습을 말해 주었다. 사방이 산으로 둘러싸여 있기 때문에 무덥고 습기가 많은 4월의 어느 날이었다. 역사의 기관차 연기와, 잿빛 산과, 거무칙칙한 숲과, 희끄무레한 구름과, 밭에서 피어오르는 수증기가 서서히 솟아올라 갔다.

그때 황제는 갈라치아를 순방하는 중이었다. 그가 명예 연대장인 지바고의 부대를 방문할 것이라는 사실이 전해졌다. 의장대가 황제를 맞기 위해 플랫폼에 정렬했다. 지루하게 두 시간 정도 기다리자 황제가 탄 기차가 빠르게 지나갔다.

황제는 니콜라이 니콜라예비치 대공을 대동하고 척탄병을 사열했다. 나지막이 인사의 말을 할 때마다 천지를 진동할 듯한 만세 소리가 우렁차게 터져 나왔다.

거북하게 웃음 짓는 황제는 루블 지폐나 메달에 그려진 것보다는 더 늙고 쇠약해진 듯했다. 그는 풀이 죽은 모습에 부석부석한 얼굴을 하고 있었다. 그는 어쩔 줄 몰라 하며 자꾸 곁에 선 대공을 힐끔힐끔 쳐다보았다. 그럴 때마다 대공은 말이 아닌 눈썹이나 어깨짓으로 황제를 어려움에서 구해 주곤 하였다.

무더운 잿빛의 산 속에서, 지바고는 황제가 왠지 불쌍하다고 생각했다. 이런 소심함과 조심성은 압정을 하는 자의 본성이며, 그런 연약함이 처형을 하고 용서도 하고, 구속도 하고 대소사를 결정한다는 것이 자못 불가사의하게 생각되었다.

「황제는 연설을 했어야 하는 거야. 카이젤처럼 『나와, 나의 칼과, 나의 백성은……』이라거나 하는 식의 연설을 했어야 했어. 그러나 황제는 진부함을 비극적으로 초월한, 러시아인다운 자연스러움을 지녔어. 그런 종류의 신화는 러시아에서는 상상조차 할 수 없는 거지. 그런 태도는 너무 연극적이야. 그렇게 생각하지 않나? 로마 제국의 황제 통치 아래서는 『백성』이 있었겠지. 갈리아인, 스키티아인, 일리리아인 그런 사람 말일세. 그러나 그때부터 그것은 허구적인 개념뿐이어서 『나의 국민이여, 나의 백성이여』라고 말하는 왕이나 정치가의 연설 소재로만 인용될 뿐이었지. 전선에는 언론인과 특파원이 우글거린다네. 그들은 관찰한 것과 민중의 지혜의 주옥이니 하는 것을 쓰며, 부상병을 만나고 돌아다니며 새로운 이론을 만들려고 하지. 그것은 새로운 말이 아니고 언어학에 몰두한 사람들의 말로만 쏟아내려는 엉터리일 뿐이야. 그런 유형이 있나 하면 또다른 회의주의와 염세주의에 가득한『단편적인 서술과 묘사』를 나타낸 기사도 있지. 얼마 전 그런 기사를 읽었었네.『어제처럼 잔뜩 흐린 하늘, 아침부터 비가 내려 질퍽하다. 나는 창 밖의 길을 바라본다. 길에는 끝없는 포로들이 행렬을 이룬다. 그리고 부상자들. 대포를 쏜다. 어제도 포를 쏘았듯이 오늘도, 그리고 오늘처럼 내일도, 그리고 날마다 시간마다 포격을 한다.』재치 있고 섬세한 글이지. 그러나 그는 포격에 대해서 어떤 생각을 했을까? 대포로부터 변화를 기대하다니 얼마나 이상한 일인가! 왜 그는 대포 대신 매일 반복되는 똑같은 문장, 쉼표, 사건의 나열, 날마다 반복하며 날쎄게 움직이는 저널리즘의,박애주의의 포격을 중단하지 않는 걸까. 똑같은 짓을 반복하고 있는 것이 대포가 아니고 바로 자기 자신이며, 공책에나 쓰잘 것 없는 말이나 잔뜩 기록해 놓아도 결코 의미 있는 이야기는 할 수도 없고, 인간이 그 속에 자기의 어떤 것을, 자유로운 인간적 천재성의 일부를, 신화를 첨가하기 전에는 진실이 존재하지 않음을 깨닫지 못하는 것일까?」

「자넨 핵심을 제대로 보았군.」

고르돈은 그의 말을 가로막았다.

「그럼 내가 우리가 오늘 본 그 광경에 대해서 말해 볼께. 가엾은 유태인 노인을 괴롭히던 코사크 인, 그런 사건은 비일비재하게 일어나지. 그 행동은 치욕스럽긴 하지만, 자네가 앞서 이야기를 다 해서 더 이상 장황하게 긴 말을 늘어놓지 않아도 되겠지. 그러나 유태인 전체에 대한 문제가 대두되면 우리는 전혀 예기치 않던 것을 발견할 수 있고, 거기에는 철학이 개입될 수밖에 없네. 우리 두 사람은 다 자네 삼촌의 사상을 이어받았기 때문에 내가 하는 말은 새로운 얘기가 아니겠지. 자네는 국민이 무엇이냐고 했지? 국민이란 그저 입으로 크게 떠들기만 하는 사람이냐, 그렇지 않으면 다른 생각은 하지 않고 자기 행동의 위대성과 아름다움으로써 한 민족에 통일성을 부여하고 명성과 불멸성을 가져오는 사람, 국민을 위해 보다 더 훌륭한 일을 할 수 있겠는가? 그 대답은 명확해. 그리스도의 탄생 이후의 민족은 무엇일까? 그것은 단순한 민족이 아니라 개종하고 또는 변신을 한 민족이며, 중요한 것은 변신이지, 다 닳고 닳은 원칙에 충실하는 것이 아냐. 이 문제에 대해 성경에서는 뭐라고 했지? 이 문제에 대해 성경에서는 이건 이렇고 저건 저렇다는 말은 절대로 하지 않아. 성경은 소박하고 용감하지 않은 제안을 해,『그대는 새로운 삶을 바라지 않는가? 그대는 영혼의 행복을 바라지 않는가?』하고 말하지. 그래서 모든 사람은 그 제안을 받아들여 수천 년 동안 그것에 열중해 왔지. 하나님 왕국에는 유태인이나 이방인이 없다는 성경의 말은 하나님 앞에서 모든 사람은 평등하다는 것을 말하려고만 한 걸까? 그렇다면 성경은 필요치 않아. 그리스의 철학자들, 로마의 도덕주의자들, 헤브라이의 선지자들은 훨씬 오래 전부터 그 사실을 깨달았어. 즉 성경이 내포하고 있는 의미는 이런 거야. 마음속에서 비롯되고 천국이라고 불리는 새로운 형태의 사회와 새로운 생활 패턴에서는 민족이 존재하지 않고 그저 인간 개개인만 존재해. 언젠가 자네가 진실의 의미를 부여하기 전에는 그 어떤 의미도 없다고 말했지. 인간의 신비인 기독교는 진실에 의미를 가지게 하는 그 요소이지. 우리는 온 세상과 인생에 대해서 아무 말도 할 얘기가 없는 하찮은 기자와, 그들은 힘없고 나약한 민족에 대해 항상 토론하게 되면 좋아하는 보잘 것 없는 인물에 대한 말도 했는데, 그런 행동으로 그들은 유능함과 재치 있음을 과시하고 박해당하는 자들에 대해 한껏 자부심을 부리지. 바로 이런 풍조의 희생이 되고 있는 것으로서 유태인을 드는 것보다 더 완벽한 예가 어디 있겠나? 유태인은 민족적 사상에 의해 수백 년에 걸쳐 민족으로서만 남아 있어야 한다는 숙명이 지워진 거지. 나머지 사람들은 그들 가운데 형성된 새로운 힘에 의해 이 하찮은 과제에서 벗어난 거지. 이건 정말 놀라운 일이지. 자넨 이 사실을 뭐라고 설명할 수 있겠나? 이 영광스러운 축제, 평범한 저주로부터의 해방, 단조로운 생활의 권태를 초월한 이 비상은 그들의 땅에서 맨 처음 이루어졌고, 그들의 언어가 선포되었고, 그들의 종족이 소유했어. 유태인들은 그것을 보고 들었으면서도 그냥 놓쳐 버린 거지. 어떻게 그들은 그 찬란한 힘과 아름다운 영혼이 자기들로부터 도망쳐 버리도록 가만히 있었을까? 그것이 승리하여 왕국을 이룩한 후에 그들이 거부했던 기적의 빈 껍데기로만 남아 있으려는 생각을 할 수 있을까? 자발적인 이 고난이 무슨 소용이 있단 말인가? 혜택을 받는 사람은 그 누구인가? 이같이 순진한 노인과 어린 아이들, 섬세하고, 선량하고, 지극히 인간적인 사람들이 몇 세기에 걸쳐 모욕을 당하고 매질당하는 그 목적이 무엇일까? 그리고 모든 민족의 민족애를 글로 쓰는 문인들은 왜 그렇게 게으르고 무능했나? 왜 유태 민족의 지성인 지도자들은 단 한번도 세기고(世紀苦)와 냉소적인 지혜에 쉽사리 몸을 맡기고 더 이상 발전하지 못하는 이유가 무엇인가? 그 사명의 압력을 견디지 못하고 보일러처럼 터질 위험을 감수하고라도 왜 그들은 누구도 전혀 이해하지 못하는 이유로

전쟁을 계속하며 살육당하는 이 군대를 해산시키지 않았을까? 왜 그들에게
『정신차려라. 이제 충분하다. 개성을 그만 내세우고 한 덩어리로 뭉치지 말고
흩어져라. 그리고 모든 사람들 하고 어울려라. 그대들은 세계 최초의 가장 훌
륭한 기독교인이네. 그대들 중에서 제일 나약하고 하찮은 자들이 바로 오늘
날의 당신들을 만들어 놓은 것이네.』라고 말해 주지 않고 있을까?」

13

　다음 날 저녁 식사를 하러 온 지바고가 말했다.
　「자네, 그렇게 떠나고 싶어했지? 이제 자네 소원이 이루어지게 됐네. 이번
에는 아군이 다시 패배하고 공격을 받아 생긴 행운이니까 사네가 재수가 좋
다고는 할 수 없지. 동쪽 길은 열려 있고 서쪽 길은 아군이 밀리고 있다네.
위생 부대도 모두 이동하라는 명령이 내려졌어. 아마 내일이나 모레쯤 떠날
거야. 목적지가 어딘지는 모르지. 그런데 카르펜코, 미하일 그리고리예비치의
속옷은 아직 세탁해 놓지 않았겠지. 그 이야기가 바로 그 이야기였군. 카르펜
코는 자기의 여자에게 세탁을 시킨다고 해서 대체 어떤 여자냐고 캐물으면,
자기도 모른다는 거야. 멍청이지.」
　그는 위생병의 변명을 귀담아듣지 않고, 또 지바고의 속옷을 입고 그의 서
츠를 입고 떠나게 되어 미안해 하는 고르돈에게도 전혀 신경을 쓰지 않았다.
지바고는 말을 계속했다.
　「군대 생활은 모두 이래. 정들만 하면 이동을 해야 하는 집시의 생활이지.
처음 이곳에 도착했을 때는 마음에 드는 것이 하나도 없었어. 페치카도 없고,
천장은 낮고, 더럽고 답답하기만 했지. 그런데 막상 떠나려 하니까 전에 우리
가 어디에 있었는지도 기억나지 않는군. 타일 바닥이 햇살을 받아 반짝이고,
그 위에 가로수의 그림자가 어른거리는 페치카의 구석을 쳐다보면서 이제 평
생 동안이라도 이곳에서 살 수 있을 것 같아.」
　그들은 여유를 가지고 짐을 챙겼다.
　한밤중에 그들은 고함과 총성과, 뛰어다니는 발소리에 그만 눈을 떴다. 마
을은 심상치 않게 불이 켜져 있었다. 창가로 어른어른 그림자가 비쳤다. 벽
뒤켠에서 주인 부부가 움직이는 기척이 들렸다.

「카르펜코, 왜 이렇게 소란스러운지 어서 알아보고 오도록 해.」

유리 안드레예비치가 흥분된 어조로 말했다.

즉시 상황이 알려졌다. 급히 옷을 입은 지바고는 사실을 확인하기 위해 야전 병원으로 향했다. 지바고는 정말로 독일군이 이 지역을 정복했다는 말을 들었다. 방어선이 마을 가까이로 이동되었고 더욱 가까워졌다. 마을은 포격을 받아 불타고 있었다. 야전 병원과 부대 시설은 철수 명령을 기다릴 것 없이 즉시 이동하기 시작했다.

「자네는 선발대와 먼저 떠나도록 하게. 지금 마차가 떠나려고 하는 것을 자네를 기다리라고 잡아 두었네. 고르돈, 잘 가게. 내가 자네를 마차까지 안내하겠네.」

고르돈과 지바고는 군대가 주둔했던 마을의 다른 쪽으로 급히 달려갔다. 그들은 몸을 숙이고 벽에 달라붙어서 뛰어갔다. 총탄이 쏜살같이 스치고 지나갔다. 거리에서도 순식간에 총탄이 날아왔다. 길의 사거리에서 유산탄이 마치 활짝 펴진 우산처럼 폭발하는 것이 보였다.

「자넨 어떻게 할 거지?」

고르돈이 뛰어가면서 물었다.

「난 이진과 함께 갈 거야. 돌아가서 급히 짐을 챙겨야지.」

두 사람은 마을 언저리에서 작별을 했다. 마차와 수레 몇 대로 이루어진 선발대가 서로 부딪치면서 간격을 벌리고 출발했다. 유리 안드레예비치는 불타는 헛간의 빛으로 얼마간 모습이 보이는 친구 고르돈에게 손을 흔들었다.

그는 다시 아까처럼 몸을 굽히고 서둘러 되돌아갔다. 그러나 집 근처에서 유리 안드레예비치는 폭발로 쓰러졌고 다시 파편에 맞고 말았다. 그는 피를 쏟고 의식을 잃은 채 길에 쓰러졌다.

14

장교 병동에서 유리 안드레예비치가 입원해 있던 병원은 총사령부에 인접한 철로 가 곁에 있는 작은 읍내로 철수했다. 이월 말경의 따뜻한 어느 날, 그의 요청으로 침대 옆의 창문은 활짝 열려 있었다.

환자들은 저녁 식사 전의 무료한 시간을 보내고 있었다. 그들은 오늘 간호원 한 명이 새로 왔는데, 처음 회진에 나올 것이라는 얘기를 들었다. 지바고의 건너편 침대에는 갈리울린이 막 도착한 신문을 읽다가 검열로 도려 낸 부분을 보고는 흥분해서 소리쳤다. 유리 안드레예비치는 한꺼번에 모아져 야전 우체국에 의해 전달된 토냐의 편지를 읽었다. 바람이 불어 편지와 신문지가 펄럭거렸다. 그는 가벼운 발소리에 얼굴을 들었다. 라라가 병동으로 들어온 것이다.

유리 안드레예비치와 갈리울린은 그녀가 눈치채지 못하게 라라를 한눈에 알아보았다. 그러나 그녀는 그 두 사람을 다 모르고 있었다. 그녀가 입을 열었다.

「안녕하세요. 창문이 왜 열렸죠? 춥지 않으세요?」

그녀는 갈리울린에게 다가가서 기분이 어떠냐고 묻고는 맥박을 짚기 위해서 손목을 잡았으나 얼른 놓아 버리고는 그의 옆에 앉았다.

「정말 놀랐읍니다. 라리사 표도로브나.」

갈리울린이 먼저 그녀에게 말했다.

「난 당신 남편과 같은 연대에서 근무했었지요. 당신 남편의 물건을 제가 당신에게 주려고 보관해 왔읍니다.」

「아뇨, 절대로 그럴 리가 없어요. 당신이 그이를 알다니 정말 뜻밖이군요. 어서 무슨 일인지 얘기해 줘요. 그이는 포탄을 맞아 죽었나요? 폭발로 파묻혔나요? 어때요. 내 말이 틀렸나요. 나도 알고 있으니까 어서 속시원히 얘기해 줘요.」

갈리울린은 좀체 입이 떨어지지 않아 그녀를 안심시키려고 거짓말을 했다.

「안티포프는 포로가 되었읍니다. 그는 부대를 이끌고 너무 적진 깊숙이 들어갔어요. 그래서 그 부대는 고립되어 포로가 된 거죠. 안티포프는 투항할 수밖에 없었을 겁니다.」

그러나 라라는 그 말을 믿지 않았다. 갑작스런 말에 그녀는 크게 당황했으나 낯선 사람 앞에서 울음을 터뜨릴 수가 없어서 재빨리 밖으로 뛰어나갔다.

얼마 후 그녀는 태연한 얼굴로 돌아왔는데, 갈리울린과 이야기를 더 나누면 울음을 터뜨릴 것 같아서 그를 피해 유리 안드레예비치에게 갔다.

「안녕하세요?」

그녀는 넋나간 사람의 얼굴로 기계적으로 말했다.

「어디가 편찮으시죠?」

유리 안드레예비치는 그녀의 당황해 하는 얼굴과 눈에 괸 눈물을 보았다. 그는 왜 그렇게 당황해 하는지와, 자기가 그녀를 두 번 보았는데, 한 번은 어릴 때에 또 한 번은 대학생 때 보았다고 이야기하고 싶었으나, 그녀가 좋게 생각할 것 같지 않아서 말하지 않았다. 그때 갑자기 안나 이바노브나의 시체가 담긴 관과 토냐의 진통으로 지르는 비명이 떠올라 얼른 말했다.

「고맙소. 나는 의사라서 내 몸은 스스로 돌보고 있으니 염려 말아요. 필요한 건 아무것도 없어요.」

라라는 왜 이 남자가 기분이 나쁠까 궁금했다. 그녀는 들창코에다 용모가 별로 잘 생기지 못한 낯선 남자를 쳐다보았다.

며칠 동안 날씨가 변화 무쌍하고, 밖에서는 흙 냄새를 동반한 바람이 계속 소리 내며 불었다.

그 무렵 총사령부에서는 계속 이상한 보고가 들어 왔고, 안에서는 헛소문이 만연했다. 사람들이 모이는 곳에서는 항상 정치 이야기가 화제에 올랐다.

안티포프 간호원은 매일 아침 저녁 회진을 돌며, 갈리울린과 지바고를 비롯한 다른 환자들과 일일이 이야기를 나누었다.

그녀는 지바고를 볼 때마다 이렇게 생각했다.

『정말 이상한 사람이야. 젊고 무뚝뚝하고 들창코를 보면 미남은 아니지. 그러나 이지적인 분위기가 풍기며 지성과 생명감이 있어. 내겐 빨리 이곳에서 일을 마치고 카텐카가 가까이 있는 모스크바로 전근을 가서, 간호원을 면직받고 유리아틴으로 돌아가 중학교의 내 직장으로 복귀하는 게 중요한 일이야. 이제 불쌍한 파샤에게 어떤 일이 일어났는지 분명해진 셈이야. 희망도 없으니 소설 속의 여주인공 노릇은 그만 두어야지. 파샤를 찾는 일이 아니라면 이곳에 오지도 않았을 거야.』

그녀는 하루 아침에 고아 아닌 고아가 된 카텐카가 어떻게 지내는지 궁금했고, 딸 생각만 나면 눈물을 흘렸다.

그녀는 최근 주변에서 급격한 변화가 일고 있음을 깨달았다. 전에는 나라와 군대와 사회에 대해 성스러운 의무와 굳건한 책임감을 가지고 있었다. 그러나 전쟁에 패배하고 있는 지금은 조금도 성스러운 것이 없었다.

언어와 도덕적 관념이 달라졌고, 무슨 생각을 하고 누구의 말을 경청해야 할지 감이 잡히지 않았다. 일생을 어린애처럼 누군가의 손에 잡혀서 다니다가 갑자기 홀로 남아 혼자 걷는 법을 익혀야 할 처지가 되었다. 그의 주위에 판단을 의존하거나 의지하고 살아갈 가족이 한 명도 없었다. 그런 처지에 놓이면 인간은 삶이나 진리나 미와 같은 절대적인 것에 자신을 내맡긴다. 인위적이고 배반당한 법칙 대신 그것에 의해 지배받아야 할 필요성을 느낀다. 그런 궁극적인 목적에 아주 철저하게, 이제는 파괴되어 영원히 소멸된 옛날의 삶을 길들이고, 평화로운 예전의 어느 때보다도 자신을 몰입시켜야 한다. 그러나 라라는 자기에게는 목적의 필요성과 절대적인 것의 필요성을 충족시켜줄 카텐카가 있는 것이다. 이제 파샤가 이 세상에 존재하지 않으므로 라라는 홀어머니로서, 아버지를 잃은 가엾은 딸에게 전력을 쏟아야 한다.

유리 안드레예비치는 자기 허락도 받지 않고 고르돈과 두도로프가 그의 책을 출간했고, 그 자신이 문화적 장래성이 엿보인다는 찬사를 받았다는 보고와 그 무렵 모스크바는 흥분과 혼란으로 시끄러웠고 어떤 중대 사태가 벌어지기 직전이며, 민중의 불만이 가중되어 심각한 정치적 사건이 터질 것이라는 소식이 모스크바로부터 전해졌다.

한밤중이었다. 유리 안드레예비치는 잠이 쏟아졌다. 그는 자꾸 졸았는데, 지난 며칠간 너무 흥분해서 쉽게 잠이 오지 않았기 때문이라고 생각했다. 나른하고 힘없는 바람이 불어 왔다. 바람까지 흐느끼며 말하는 듯했다.

「토냐, 사샤. 아, 보고 싶다. 집으로 어서 빨리 돌아가고 싶다. 그리고 다시 일을 했으면 좋겠다.」

유리 안드레예비치는 바람 소리에 그만 잠이 들었다가 깨고, 다시 잠이 들고, 평온하지 않은 날씨처럼 불안하게 급속히 변하는 기쁨과 고뇌를 차례대로 느꼈다.

그때서야 라라는 갈리울린이 파샤의 유품을 간직하느라고 애를 썼고, 무척 고생을 했는데, 그에 대해 너무 무관심하게 그가 누구며 어디에서 왔는지조차 묻지 않았음을 뒤늦게 깨달았다.

그래서 그녀는 이튿날 아침 회진을 돌 때 그에게 자세히 질문했다. 그러다가 라라는 갑자기 놀라서 소리쳤다.

「세상에 하나님 맙소사! 브레스트 거리 28번지, 티베르진 집, 1905년의 혁명, 그 해 겨울, 유수프카라고? 아냐, 그를 만난 기억이 없으니 용서하세요. 그 해 겨울, 그리고 그 집. 그런 해가 있었어. 총성과 그리스도의 고뇌상이 있었지요. 어렸을 때 처음으로 경험한 강렬한 감정은 얼마나 예리했던가? 나를 용서해 줘요. 정말 용서해 줘요. 당신 이름이 무엇이라고 했죠? 아, 저한테 말한 적이 있었지요. 고마워요, 오시프 기마제트디노비치, 모든 기억이 떠오르게 일깨워 주어서 어떤 말로 감사를 드려야 할지 모르겠군요.」

라라는 온종일 그 집에 대해 생각하고 혼자 중얼거렸다.

『브레스트 거리, 28번지, 지금은 포격이 쏟아지지만, 이건 얼마나 무서운 일인가! 어린 아이들이 총을 쏜다는 말을 지금은 할 수 없다. 그 어린 아이들은 모두 성장하여 어른이 되었고 그들은 병사가 되어 여기에 와 있고, 보통 사람들이 그 아파트와 그것과 똑같은 마을에서 이곳에 온 것이다. 정말 경이로운 일이다. 경이로운 일이야.』

병상에서 움직이지 못하는 병사를 제외한 모든 환자가 다른 병실에서 나와서 목발로 시끄럽게 절뚝거리며 뛰거나, 급히 달려와서는 크게 소리쳤다.

「빅 뉴스야! 페테르스부르크에서 시가전이 벌어졌어! 페테르스부르크 수비대가 반란자에게 가담했어. 혁명이 일어난 거야.」

제 5 장   과거와의 작별

1

멜류제예보라고 불리는 이 소도시는 흙이 검고 비옥한 대지 위에 위치했다. 시내를 통과하는 군대와 호송대가 일으킨 먼지기 마치 메뚜기처럼 지붕에 앉아 있었다. 어떤 군대는 전선으로 갔고 또 다른 군대는 반대 방향으로 이동을 했기 때문에 전쟁이 계속되고 있는지 아니면 끝이 났는지 알 수 없었다.

매일 눈을 뜨면 새로운 직책이 생겨났다. 지바고, 갈리울린 중위, 안티포바 간호원은 그 외에 의무대에 있는 몇 명과 같이, 대도시 출신으로 학식과 경험이 있는 사람들은 수많은 직책을 맡아야만 했다.

그들은 임시로 시에서 자치저으로 하는 일이나 군대와 보건국의 말단 위원 노릇도 했는데, 실상 그들은 이런 업무를 마치 야외 오락이나 여흥 거리로 생각했다. 그들은 날이 갈수록 이런 장난은 그만두고 어서 빨리 집으로 돌아가고 싶어 했다.

지바고와 안티포바는 일 때문에 함께 있는 일이 많았다.

2

비가 내리자 검은 먼지가 마치 커피색 같은 진창이 되었고, 그것은 포장되지 않은 길거리에 넘쳐 흘렀다.

도시는 크지 않았다. 거리가 끝나면 어디에서나 캄캄한 하늘 아래 대초원이, 전쟁과 혁명의 광막함이 드넓게 펼쳐졌다.

유리 안드레예비치는 아내 토냐에게 편지를 썼다.

군대 내에서는 붕괴와 무정부 상태가 계속되고 있소. 군인의 사기와 규율을 바로잡기 위한 조처가 착수됐소. 나는 이 근처에 주둔한 부대를 방문해 보았소. 벌써 진작에 알려 주어야 했는데, 이제라도 말하겠소. 나는 우랄 산맥 지역 출신의 모스크바에서 온 안티포바라는 간호원과 일을 함께 할 때가 많소. 토냐, 어머니가 돌아가신 날 밤, 그 끔찍했던 날 검사에게 총을 쏘았던 여학생 생각나오? 그 여자는 아마도 그 후 재판을 받았을 거요. 내가 당신에게, 언젠가 아버지가 우리를 데리고 어느 누추한 호텔에 갔는데, 안티포바가 있었소. 그녀는 그때 학생이었지. 거기서 그녀를 보았다고 말하지 않았소. 그날은 혹독히 추운 날씨였는데 나는 마샤와 당신 아버지와 거기 갔었소. 지금은 그곳에 왜 갔는지 기억이 나지 않는구료. 글쎄 아마 그때가 프레스냐 반란이 일어났을 때였던 것 같소. 그때가 언제였던지 그녀가 분명히 안티포바란 말이오. 난 하루 빨리 집으로 가려고 노력했지만 그리 쉬운 일이 아니구료. 일을 인계할 수 없어서가 아니라 모스크바까지 가기가 어렵기 때문이오. 기차가 없고 또 어쩌다가 있더라도 사람이 초만원이라서 자리를 구한다는 게 불가능한 일이오. 그러나 영원히 이런 상태가 계속되지는 않을 것이오. 나나 안티포바, 갈리울린은 다음 주일에 어떤 일이 있어도 반드시 떠나기로 했오. 우린 제각기 가기로 했는데 그렇게 해야만 기회가 많이 생긴다오. 가능하면 전보를 치도록 하겠지만 어느 날 갑자기 당신 앞에 나타날지도 모르겠소.

그러나 유리 안드레예비치는 출발하기 전에 아내로부터 편지를 받았다. 편지에는 눈물이 떨어져 얼룩져 있었는데, 아마도 울면서 편지를 쓴 듯, 모스크바로 돌아오지 말고, 그 여자는 너무나 기적같이 극적인 삶을 살아왔으므로 자기 같은 평범한 여자와는 상대가 되지 않으니, 그 간호원과 곧바로 우랄 산맥으로 가라는 내용이었다. 토냐는 사샤의 장래는 염려하지 말라고도 썼다.

당신이 그 애를 부끄럽게 생각하지 않게 키우겠어요. 당신이 어릴 때 우리 집에서 보신 것처럼 아이들을 키우겠어요.

유리 안드레예비치는 당장 답장을 보냈다.

당신 제정신이 아닌 모양이군. 토냐, 당신 어쩜 그런 엉뚱한 상상을 할 수 있단 말이오. 만일 당신이 존재하지 않았다면, 그리고 당신과 집에 대한 내 변함없는 사랑이 없었다면, 나는 이 년 동안 계속되는 이 참혹한 전쟁을 견디지 못했을 거요. 당신이 그걸 모른단 말이오? 우리는 곧 만날 거요. 이제 새로운 우리의 삶이 시작되고, 모두 밝혀질 테니 새삼스럽게 이 편지는 무엇하러 쓰겠소?

당신 편지를 받고 걱정한 것은 바로 이런 이유 때문이오. 당신이 나한테 그런 편지를 쓴 이유가 전적으로 나한테 있다면, 내 태도가 명확하지 않았던가 보오. 그럼 난 당신만 아니라 다른 여자도 내 행동으로 인해 오해를 했을지 모르오. 안티포바가 오면 사과해야겠소. 그녀는 가까운 마을에 나가 있는데 돌아오면 즉시 사과해야겠소. 전에는 도청이나 군청 소재지에만 있던 지방의 평의회가 이젠 마을마다 소단위로 조직되어서, 안티포바는 그 변경에 따른 법적 절차와 관련된 일을 하는 친구를 도우러 갔소. 우리는 지금까지 한집에 살긴 했지만 지금까지 난 그녀의 방이 어딘지도 모르고 있소. 아니 알려고 생각도 하지 않았소.

3

멜류제예보에서 큰길 하나는 동쪽으로 또다른 하나는 서쪽으로 뻗어 나 있었다. 그 중에서 한쪽 길은 포장되지 않은 흙탕길로 멜류제예보의 관할 내에 있는 작은 곡창지인 지부쉬노에 이르게 되는데 모든 면에서 멜류제예보보다 앞서 가고 있었다. 다른 길은 자갈이 놓여 있는 길로 겨울에는 수렁이 되지만 여름에는 바짝 마르는 목초지로 그곳을 지나면, 멜류제예보에서 그리 멀지 않은 곳이 철도 분기점인 비류치 쪽이었다.

지부쉬노는 6월에 공화국으로 독립했다. 그 주동자는 지방 제분업자인 블라제이코로, 그는 반란이 일어날 당시 전선을 버리고, 무기를 소유하고 비류치를 통과하여 지부쉬노에 온 212 보병 연대에서 탈영한 탈영병들의 지원을 받았다.

공화국은 임시 정부를 인정하지 않고 러시아의 다른 지역과는 완전히 분리되었다.

블라제이코는 젊었을 때에 톨스토이와 서신을 주고받기도 했는데, 그는 새로운 천년 왕국인 지부쉬노 왕국과, 모든 노동과 재산의 공동 소유를 선언했고, 지방 자치를 로마 교황청이라고 고쳤다.

지부쉬노는 늘 전설과 과장의 원천이 되어 왔다. 이 도시는 울창한 원시림 속에 위치해 있으며, 동란기의 기록도 언급되어 있고, 주변에는 요즘에도 도둑이 우굴거릴 정도였다. 그곳 상인들의 번영과 비옥한 토지는 멀리까지 알려졌다. 전선 근처의 서부 지역을 특징짓는 수많은 민중의 전설과 관습과 이상한 말투는 모두 지부쉬노에서 나온 것이다.

이 같은 놀라운 이야기는 모두 블라제이코의 수석 보좌관에 관한 것이었다. 그는 태어날 때부터 귀머거리에 벙어리였는데, 영감을 받으면 말을 했다가 또다시 말을 하지 못한다고 사람들은 믿고 있었다.

지부쉬노 공화국은 7월에 붕괴했다. 임시 정부의 군대가 이곳으로 진주했다. 탈영병은 지부쉬노에서 비류치로 퇴각했다. 그곳에는 철로를 따라 몇 마일에 달하는 숲이 양쪽으로 벌목되어 있었고 산딸기가 고목의 그루터기를 뒤덮었고 도둑을 맞아 조금 남은 목재 더미가 쌓여 있었다. 철 따라 나무를 자르며 일하던 사람이 살던 오두막은 모두 폐허가 되어 있었다. 탈영병은 바로 이 오두막에 주둔하기로 했다.

4

유리가 치료를 받고 완쾌된 후 의사로 근무하고 있으면서 모스크바로 떠날 채비를 하던 병원은, 전쟁이 시작되자 자브린스카야 백작 부인이 환자를 위해 적십자에 제공한 별장에 위치하고 있었다.

이층으로 된 별장은 멜류제예보의 가장 요지에 위치해 있고, 연병장이라 불리는 이 도시의 중앙 광장과 함께 중요한 사거리에 있었다. 전에는 이 연병장에서 군대 훈련을 했는데 지금은 집회가 열리곤 했다.

사거리에 있는 별장에서 보면 부근이 훤히 보였다. 이 고장의 중심 거리와 광장도 보이고, 인접하고 있는 집의 뜰도 보였는데, 이 이웃들은 시골 생활과 거의 비슷하게 빈곤한 생활을 하는 것 같았다. 그리고 뒷담 쪽으로 백작 부인의 옛날 정원까지 보였다.

자브린스카야 백작 부인은 이 지방의 〈라즈돌노에〉라는 넓은 영지를 소유하고 있어서, 일을 보려고 이곳에 왔을 때 잠을 자거나, 여름 한 철 동안 이곳 영지로 오는 손님을 영접하는 장소로만 썼다.

그러나 이제는 그 별장이 병원이 되었고, 주인은 그녀가 살았던 페테르스부르크에 투옥되었다.

하녀 중에서 두 명이 그곳에 남았는데, 한 명은 백작 부인의 딸을 결혼할 때까지 가르친 늙은 가정 교사 마드모와젤 플레리, 또다른 한 명은 백작 부인의 수석 요리사인 우스티냐였다.

머리는 반백이고 얼굴이 붉은 노파인 마드모와젤 플레리는, 자브린스카야 집에서 있을 때처럼 재킷은 풀어헤치고 꾀죄죄한 찢어진 슬리퍼를 질질 끌면서 병원을 돌아다녔다. 그녀는 프랑스어를 하듯이 러시아어도 그 말끝을 모두 삼키면서 이야기했다. 그녀는 손을 내두르며 제스처를 하다가도 이야기가 끝날 때면 한바탕 거칠게 웃으며 곧 숨이 끊길 듯한 기침을 해 댔다.

그녀는 자기가 간호원 안티포바에 대해서는 모든 것을 알고 있다고 생각하고 있었으며, 의사와 간호원은 반드시 서로 좋아한다고 믿는 사람이었다. 그녀는 로마인처럼 마음에 뿌리를 박은 중매장이 역할에 정열을 태우면서 병원에 지바고와 안티포바가 함께 있는 것만 보아도 즐거워했고, 의미 심장한 태도로 손을 흔들며 윙크를 했다. 그녀의 노골적인 태도에 안티포바는 당황해했고, 유리는 크게 화가 났다. 그러나 그 여자는 점점 자기의 환상에 사로잡혀서 그 환상을 떨쳐 버리지 않았다.

우스티냐는 그보다 더 이상한 성격의 소유자였다. 못생긴 배처럼 생긴 이 여사는 알을 품고 있는 암탉을 연상하게 했다. 그녀는 표독스럽고 냉정했지만, 이런 분별력과 함께 공상과 다루기 어려운 미신적인 요소를 모두 가지고 있었다.

우스티냐는 소문에 의하면 지부쉬노 출신으로 무당의 딸이라고 했다. 그래서 그런지 그녀는 외출할 때에는 난로와 열쇠 구멍에다 악마의 힘으로부터 벗어나게 해 달라는 주문을 외기 전에는 단 한 걸음도 옮기지 않았다.

그녀는 몇 해씩이라도 침묵은 지키고 있을 수 있는 사람이기도 했지만, 한번 흥분하면 그 누구도 말릴 수 없었다. 그녀는 진리의 옹호에 온 정열을 쏟았다.

지부쉬노 공화국이 붕괴된 후 멜류제예보 집행 위원회는 이 소도시에 퍼진 무정부주의의 영향에 대항하는 운동을 전개했다. 매일 저녁 광장에서 열리는 자발적인 평화로운 집회에는, 전에는 소방서 바깥에서 모여 잡담을 나누려던

134

몇몇 사람만이 참석했다. 멜류제예보 문화 평의회는 이 집회를 장려하고 토론을 이끌게 할 사람을 파견해 주었다. 이 연사는 말할 줄 안다는 귀먹은 벙어리에 관한 황당 무계한 이야기를 말도 안 되는 넌센스로 생각해, 아주 빈번히 그것을 인용하여 넌센스를 폭로했다. 그러나 멜류제예보의 뜨내기 수공업자, 군인, 하인을 하던 사람들은 다른 생각을 했다. 그 사람들은 그 이야기를 엉터리로 생각하지 않았고, 모두 귀먹은 벙어리 편을 들었다.

그를 열렬히 옹호하는 군중 속에서 이따금 우스티냐의 목소리도 들렸다. 처음에는 여성다운 조심스러움 때문에 정면에 나서지 않았지만 차츰차츰 용감해져서 멜류제예보에서 용납될 수 없는 견해를 나타내는 연사에게는 대담하게 항변하기 시작했다. 그러다가 그녀는 점점 더 능숙한 웅변가가 되었다.

별장의 창문을 열어 놓으면 광장에서 웅성거리는 소리가 들렸는데, 특히 사방이 조용한 밤에는 연설 내용도 잘 들렸다. 우스티냐가 연단에 서서 연설을 하면 플레리는 사람들이 있는 방이면 아무 곳에나 들어가 지금 연설하는 것을 잘 들어 달라고 부탁하고는 단어를 빠뜨린 채 서투른 억양으로 흉내내곤 했다.

「무질서!…… 무질서…… 제정주의자…… 지부쉬노…… 귀머거리에 벙어리……반역자! 반역자!」

플레리는 날카로운 언변을 구사하는 우스티냐를 좋아했다. 이 두 여자는 끊임없이 말다툼을 하면서도 서로 좋아했다.

5

유리 안드레예비치는 천천히 떠날 준비를 했다. 친구들의 집과 사무실을 찾아다녔으며 필요한 허가 수속을 밟기도 했다.

바로 그 무렵 전선 지역의 새 집행위원이 군대로 가는 도중에 멜류제예보에 머물렀다. 모든 사람이 그 신임 집행 위원은 전혀 경험이 없는 어린 아이라고 말했다.

새로운 큰 공격을 준비하고 있었다. 그래서 군대의 사기를 진작시키려고 심혈을 기울였다. 군대는 군기를 강화했고, 전시 혁명 재판소가 설치되었으며, 최근에는 폐지된 사형 제도가 다시 부활되었다.

　의사는 출발 직전에 사령관에게 서류를 받아야 했다. 멜류제예보에서는 사람들이 간편하게 줄여서 지방관이라고 부르는 이가 전쟁 우두머리격인 사령관의 임무를 맡았다.

　그의 집에는 수많은 군중이 언제나 와글거렸다. 광, 뜰뿐만 아니라 사무실을 채우고 거리까지 떠들썩하게 차지하기가 일쑤였다. 사람들을 밀어젖히고 책상까지 갈 수도 없을 정도였고, 수많은 목소리가 한데 어울려 아우성쳤으므로 아무 소리도 알아들을 수가 없었다.

　그러나 오늘은 면회일이 아니었다. 텅 빈 사무실에서 업무가 점점 복잡해져 불만을 가득 품은 서리들은 서로 비웃는 시선을 보내며 묵묵히 무엇인가를 쓰고 있었다. 사령관의 방에서는 밝고 쾌활한 목소리가 흘러나왔는데, 그 방에서는 마치 군복의 단추를 풀어 헤치고 무엇인가 유쾌한 일이 있는 것 같았다.

　갈리울린이 그곳에서 나오다가 지바고를 보고는 달리기 경주에서 출발하는 선수처럼 온몸을 웅크린 채 그 방 안에 있던 활기를 나누어 주려는 듯 유리에게 눈짓을 보냈다.

　어쨌든 유리는 서명을 받기 위해 사령관실로 가야 했다. 그곳에서 유리는 예술적인 무질서 속에 있음을 깨달았다.

　이 마을을 뒤흔들어 놓은 이 시대의 영웅인 신임 집행 위원은 자신의 근무지에 있지 않고, 참모의 중요성과 작전 사항과는 전혀 관계가 없는 서류가 싸여 있는 이 방의 지휘관 앞에서 연설을 하는 도중이었다.

　「여기 또 한 명의 인기 스타가 있읍니다.」

　지빙관이 유리를 소개했으나 집행 위원은 자기 자신에게 몰두된 채 유리를 쳐다보지도 않았다. 지방관도 유리가 건넨 서류를 들고 서명하려고 잠시 포즈를 취했다가 다시 그 서류를 지바고에게 주고는 친절한 태도로 지바고에게 방 중앙에 있던 낮고 편안해 보이는 의자를 가리켰다.

　그곳에 참석한 사람 중 오로지 유리만이 정상적인 인간처럼 보였다. 다른 사람들은 저마다 편안한 자세를 취하고 앉아 있었다. 지방관은 머리를 손으로 괴고 마치 바이런처럼 책상 곁에 몸을 기대고 앉아 있었다. 또한 그의 부관은 거대한 몸집의 사람이면서도 회전 의자에 팔을 걸고 발을 대롱대롱 들고서 걸터 앉아 있었다. 갈리울린은 의자 등을 붙잡고 그곳에 머리를 대고 흔들 의자에 앉아서 몸을 앞뒤로 흔들었다. 그리고 젊은 집행 위원은 창틀 사이에 손을 넣었다 뺐다 하거나 껑충껑충 뛰기도 하고 어린애처럼 방 안을 왔다갔다 하면서 잠시도 가만히 있지 않았다. 그리고 그는 쉬지 않고 말했다. 그는 비류치의 탈영병에 관한 이야기에 열중이었다.

　신임 집행 위원은 소문에서 듣던 대로였다. 그는 약간 야위긴 했지만 균형 잡힌 몸매의, 겨우 십대를 넘긴, 숭고한 이상에 불타는 젊은이였다. 명문가 출신으로 상원 의원의 아들이라는 말도 있지만, 이월에 듀마로 중대를 인솔하고 진군한 인물 중 한 사람이라고도 했다. 그는 이름을 긴체인지 긴츠인지라고 했는데, 유리는 소개받을 때 자세히 듣지 못해서 정확한 이름을 알 수 없었다. 그는 정확한 페테르스부르크 발음에 약간 발트 억양이 섞여 있었다.

　그는 몸에 착 달라붙는 재킷을 입고 있었다. 그는 좀 노숙해 보이려고 함인지 얼굴을 잔뜩 찡그리고 어깨에 잔뜩 힘을 주고, 나이 들게 보이려고 그는 손을 주머니에 푹 집어 넣고 새 견장이 달린 어깨를 각지게 치켜 올리고 있어서 마치 기마병 같았다. 그의 모습은 어깨에서 발끝까지 이룬 각도가 두 개의 직선으로 내려가서 선으로 그의 모양을 그릴 수 있었다.

　「이곳에서 철로를 따라 좀 내려가면 코사크 연대가 하나 주둔하고 있을 것입니다.」

　사령관이 유리에게 말해주었다.

　「그 군대는 적군인데 믿을 만합니다. 그 부대가 동원되어 폭도를 포위한다면 일은 쉽게 끝날 수 있어요. 군단 사령관은 그들을 즉각 무장 해제시켜야 한다고 주장하고 있어요.」

　「코사크라고요? 그건 어림없는 말입니다.」

　집행 위원이 벌컥 화를 내며 외쳤다.

　「그건 1905년의 혁명 전의 이야기에 지나지 않습니다. 우린 당신들의 생각과 아주 다릅니다. 당신의 장군들은 잔꾀를 쓰나 보군요.」

　「아직 아무 행동도 취하지 않았습니다. 지금은 그저 계획이나 제안 정도뿐이랍니다.」

　「작전 명령에는 참견하지 않기로 최고 사령부와 합의했는데, 코사크가 거부하지는 않겠지요. 그러나 나는 신중히 생각할 겁니다. 그들은 아마 거기서 야영하고 있지요?」

　「네, 그럴 겁니다. 어쨌든 무장된 캠프지요.」

　「알았읍니다. 그럼 내가 그들에게 가 보겠읍니다. 내가 직접 그 숲의 도둑인, 위협적인 존재를 만나겠읍니다. 그들은 폭도이면서 탈영병이니까요. 그러나 여러분, 그들도 사람이라는 사실을 잊지 마십시오. 사람들은 어린 아이와 같습니다. 우리는 그들을 이해해야 하고, 그들의 마음을 헤아려야 하는데, 그들을 효과적으로 처리하려면 그들에게 올바르게 접근한 뒤에, 그들의 심금을 울리도록 감동적으로 그들을 사로잡아야 합니다. 내가 가서 그들을 만나서 마음을 털어놓고 이야기해 보겠어요. 두고 보십시오. 그들이 버리고 온, 도망쳐 온 위치로 돌아가도록 하겠읍니다. 나를 믿어 보세요. 그럼 저와 내기를 하겠읍니까?」

「글쎄요, 당신 말대로 된다면야 얼마나 좋겠읍니까.」

「난 그들에게 이렇게 말할 겁니다.『내 경우를 좀 보시오. 나는 우리 가문의 희망인 외아들로, 당신들에게 세계의 어느 민족이 누리는 것과도 다른 자유를 싸워서 얻어 주려고, 후회도 없이, 이름도 없이, 그리고 지위나 부모님, 또는 사랑까지 버렸읍니다. 나뿐 아니라 민중의 권리를 옹호하기 위해 시베리아로 끌려가서 중노동에 시달리거나 쉴리셀부르크 감옥에 갇힌 선구자며, 우리의 영광스러운 선조들의 오래 된 근위대는 물론이고, 나처럼 수많은 젊은이들이 그런 행동을 취했소. 우리는 과연 우리 스스로를 위해서 그런 행동을 했을까요? 우리에게 그럴 필요가 있었을까요? 이제 당신들은 예전과 같은 일개 졸병이 아닙니다. 당신들은 세계 최초의 혁명군입니다. 자신에게 한 번 질문을 던져 보십시오. 당신은 이러한 소명을 떳떳이 이행했읍니까? 지금 이 순간에도 조국은 뜨거운 피를 흘리며 사력을 다해, 조국의 주위에 밀려 들어오는 적을 떨쳐 버리려고 노력하고 있읍니다. 그런데 당신들은 어떻읍니까? 당신들은 알지도 못하는 악당에게 정신을 잃고 무책임한 폭도로, 자유를 포식한 비열한 무리가 되고 말았읍니다. 그들에게는 아무 것도 주면 안 됩니다. 그들은 언제나 부속할 겁니다. 돼지를 책상 밑에 놓아 두면 바로 책상 위로 올라옵니다』이렇게 나는 그들의 마음을 감동시키고 그들을 부끄럽게 만들겠읍니다.」

「안 됩니다, 그건 안 돼요. 정말 위험한 일입니다.」

지방관이 그의 부관과 의미 있는 시선을 교환하며 반대 의사를 표명했다.

갈리울린도 집행 위원의 무모한 계획을 듣고 반대하고 나섰다. 그는 전선에서 그가 함께 싸운 적이 있는 212 사단이 얼마나 무모한지를 잘 알았다. 그러나 집행 위원은 그의 말을 듣지 않았다.

유리 안드레예비치는 벌떡 일어나 가 버리고 싶은 충동이 생겼다. 집행 위원의 순진함은 그를 당황하게 했다. 지방관과 그의 부관이 교활하게 본심을 속이고 있었다. 우매함과 교활함이 썩 잘 어울렸다. 이 모두가 과장되고 불필요하고, 분명치 않았으며 삶과는 너무 생소한 말이 쏟아졌다.

오! 인간이란 가끔 인간의 웅변이 지닌 어리석음에서 도망쳐서 웅대한 자연의 침묵 속으로, 그리고 고통의 노동 속으로, 깊디깊은 잠의 나래 속으로,

참 음악으로, 조용히 마음이 통하는 웅대한 자연의 침묵 속으로 빠져들 수 있다면…….

지바고는 간호원 안티포바에게 해야 할 말이 떠올랐다. 지바고는 그녀를 만날 기회가 생겼으므로 기뻤다. 아마도 그녀는 아직 이곳에 도착하지 않았을 것이다. 유리는 사람들이 눈치채지 못하게 얼른 그 방을 빠져 나갔다.

6

그녀는 이미 돌아와 있었다. 플레리는 그 소식을 알려 주고 안티포바가 간단히 식사를 하고서 방해하지 말라고 한 뒤 자기 방으로 올라갔다고 말해 주었다. 그리고 그녀는 유리에게 한 마디 덧붙였다.

「나라면 올라가서 그녀의 문을 두드릴 거예요. 그 여자는 아직 잠이 들지 않았을 거예요.」

「그녀의 방이 어딥니까?」

유리 안드레예비치가 물었다. 플레리는 갑작스런 그의 질문에 깜짝 놀랐다. 안티포바의 방은, 자브린스카야 백작 부인의 가구를 넣고 문을 잠근 몇 개의 방을 지나, 이층의 복도 끝에 있다고 알려 주었다. 유리는 단 한번도 그곳에 가 본 적이 없었다.

날이 저물어 어둑어둑해지고 있었다. 집과 울타리가 어둑어둑해지자 한데 엉겨 더 좁아 보였다. 나무는 창문에서 비치는 불빛으로 정원의 어둠 속에서 모습을 드러냈다. 무덥고 끈끈한 밤이었다. 몸을 움직이기만 해도 온몸에서 땀이 흘렀다. 집안에서부터 새어 나오는 석유 등잔의 불빛이 혼탁한 수증기처럼 나무 아래로 스며들었다.

유리 안드레예비치는 층계 꼭대기에서 멈춰 섰다. 그녀가 이제 막 여행에 지친 몸으로 돌아왔는데 그녀의 방문을 두드린다는 것은 너무 실례라고 생각되었다. 그런 행동은 무례한 처사라는 것이 문득 떠오른 것이다. 내일 이야기하는 게 좋을 듯했다. 마음이 바뀌어 난처해진 사람처럼 유리 안드레예비치는 심란한 기분으로 옆집 마당이 내려다보이는 창문 쪽의 반대편으로 걸어가서, 빨리 머리를 밖으로 쑥 내밀었다.

밤은 조용하고 은밀한 소음으로 가득 차 있었다. 옆으로 난 복도에서는 세

면대에서 물방울이 천천히 그리고 쉬지 않고 똑똑 떨어졌다. 창 밖 어디에선가 사람들이 소곤거리는 소리가 들렸다. 그들은 채소밭 어디에선가 오이 덩굴에 물을 주는지 우물의 두레박 쇠사슬을 끌어올리는 소리가 났다.

꽃 향기가 한꺼번에 냄새를 풍겨 왔다. 그것은 하루 온종일 의식이 없던 대지가 이제 서서히 정신이 들어 향기를 뿜어내는 듯했다. 백작 부인의 수백 년 된 정원으로부터 만발한 늙은 보리수 향기가 마치 숨막힐 듯 밀려 왔다. 그리고 그 아래로 나뭇가지가 얼마나 많이 수북히 쌓였는지 지나다닐 수도 없을 것 같았다.

잠깐씩 술 취한 병사의 말다툼 소리와 요란한 소리를 내고 닫히는 문소리가 오른쪽 울타리 너머 길거리에서 들려 왔다.

검붉은 달이 백작 부인의 정원의 까마귀 둥지 뒤에서 솟아올랐다. 그 달은 처음에는 지부쉬노에 새로 지은 벽돌 제분소의 빛깔이었다가 뒤에는 비류치의 송수란처럼 노란색으로 바뀌었다.

창문 바로 아래에는 쟈스민 차처럼 향그러운, 갓 베어 놓은 것 같은 마른 풀 냄새가 풍겨 왔다. 그 아래에는 암소가 한 마리 매어져 있었는데, 그 소는 먼 마을에서 끌려와 하루 종일 걸어서 지쳐 있고 소 떼가 그리워 아직 생소한 새 여주인이 주는 먹이를 먹지 않으려고 했다.

「자, 이럇, 뿔로 받을 줄도 모르는구나.」

새로운 여주인이 나직이 타일렀지만 소는 화가 난 듯 머리를 흔들고 목을 길게 뽑으며 애처롭게 울었다. 멜류제에보의 어두운 헛간 너머로 별이 빛났고, 소를 가엾게 여기는 다른 세계에 외양간이라도 있는 듯 별과 소 사이에 공감의 끈이 드리워져 있는 듯이 보였다.

삼라 만상은 삶의 효소에 의해 발화되고, 성장하고, 부풀어 올랐다. 인생의 환희는 부드러운 바람처럼 밭과 도시를 지나, 벽과 담장을 지나, 숲과 살을 스치며 넓은 파도처럼 밀려들었다. 유리 안드레예비치는 이 거센 파도에 휩쓸리지 않으려고 광장으로 나가 연설을 들었다.

7

달이 높이 떠서 마치 석회를 칠한 듯 사물을 완전히 뒤덮었다.

140

광장을 둘러싼, 기둥에 높은 정부 청사의 거대한 그림자가 검은 융단처럼 땅에 펼쳐졌다.

회합은 늘 광장 맞은편에서 열렸다. 들으려고 신경만 쓰면 그곳에서 연설하는 것을 모두 들을 수 있었다. 유리는 주변의 장엄함에 그만 사로잡히고 말았다. 그는 소방서 문 옆에 있는 벤치에 앉아 길을 가로질러 들려오는 연설에는 귀 기울이지 않고 주위만 천천히 쳐다보았다.

시골의 오솔길같이 진탕에 푹푹 빠지며, 낡고 다 쓰러질 듯한 집의 가장자리에 늘어선 좁은 막다른 길이 광장에서 뻗어 나갔다. 버드나무의 길고 가는 가지로 엮은 울타리는, 마치 연못에 던져진 낚시 그물 같거나 가재를 잡기 위해 가라앉혀 놓은 물통 같았다.

작은 집의 열어 놓은 조그만 창문 속의 유리가 희미하게 반짝였다. 좁은 앞마당에서는 기름진 술이 풍성히 늘어진 옥수수의 탐스러운 붉은 이삭이 방 쪽으로 뻗쳐 있으며, 더위를 식히려고 숨막힐 듯한 오두막집에서 셔츠만 입은 채 튀어나온 농부의 아낙네를 닮은, 바싹 마른 접시꽃이 늘어진 울타리 뒤에부터 먼 곳을 바라보았다.

달이 유난히 밝은 밤은, 자비심과 투시력의 재주를 가진 것처럼 놀라울 지경이었다. 갑자기 이 조용하고 찬란한 전설 같은 고요 속에서 귀에 익은 규칙적이고 힘 있는 목소리가 들려왔다. 그 목소리는 자신감에 찬 확신과 정열에 불타고 있었다.

유리 안드레예비치는 그 목소리의 주인공이 누구인지를 곧 알아챘다. 긴츠 집행 위원이 광장에 모인 사람들에게 연설을 하고 있었다.

당국은 그의 지위를 이용해서 도와 달라고 그에게 청했을 것이다. 마구 흥분해서 연설하는 그의 말에 의하면 멜류제예보 사람들이 조직적이지 못해서 볼셰비키의 파괴적인 영향력에 굴복하고 무질서를 조장한 것에 대해 시민들을 비난했다. 그는 사령관실에서처럼 감정적으로 연설하면서 강력하고 무자비한 적과 싸워야 하는, 바로 지금 이 시점이 조국이 뚫고 나아가야 할 역경의 시기임을 상기시켰다. 그러자 군중의 힐문이 시작되어 말이 중단되었다.

연사의 말을 중단하지 말라는 요청과 항의하는 외침이 엇갈렸다. 연설을 가로막는 말이 점점 커지게 되었다.

긴츠를 수행하고 온, 의장 역할을 하고 있는 남자가 청중은 발언할 수 없으니 질서를 지켜 달라고 소리쳤다. 어떤 사람은 발언을 원하는 여인에게 발언할 기회를 주어야 한다고 말했다.

한 여자가 연단으로 사용하는 나무 상자 옆으로 다가갔다. 그 여자는 상자

위에 서지 않고 그 옆에 자리잡았다. 잠시 동안 침묵이 흘렀다. 그녀는 다름 아닌 우스티냐였다.

「위원장 동무, 당신은 방금 지부쉬노에 대해 말했지요. 현명하게 정신을 차리라고요. 당신은 정신을 차리고 속지 말라고 말씀하셨는데, 내가 들은 바에 의하면 당신도 마찬가지더군요. 당신은 자신이 볼셰비키니 멘셰비키니 따위의 말장난이나 하고 볼셰비기 멘셰비키 외에는 아무 말도 하지 않는군요. 이제 전쟁은 끝났으니 형제처럼 지내야 한다고 했는데 그건 멘셰비키만이 아니며, 공장이 가난한 사람에게 돌아간다는 것도 볼셰비키만이 아니라, 인간의 체면 문제입니다. 그리고 귀먹은 벙어리 얘기는 당신이 아니어도 너무나 많이 들어 귀에 못이 박힐 지경입니다. 모두들 그 말을 자꾸 되풀이 하죠. 그런데 그 사람이 어디가 못마땅해서 그러는 거죠? 그 사람이 줄곧 입 다물고 벙어리로 있다가 당신에게 허락도 받지 않고 말을 시작해서인가요? 그게 뭐가 그리 대단하단 말이죠? 그보다 훨씬 더 이상한 일이 있다는 얘기를 많이 들었읍니다. 한 유명한 암당나귀 얘기가 있어요.『발람, 발림, 명예를 걸고 부탁하니 그쪽으로 가지 마세요. 나중에 후회할 거예요.』그러나 그는 말을 듣지 않고 떠났어요. 당신 말처럼 암당나귀는『귀먹은 벙어리거든요.』그는『말도 하지 못하고 듣지도 못하는 암당나귀이고 바보 같은 짐승이니까』하고 생각했죠. 당신네들도 나중에 그가 얼마나 후회를 했는지, 그리고 어떻게 끝났는지도 모두 알고 있겠죠?」

「어떻게 되었죠?」

어떤 사람이 불쑥 질문했다.

「그만하쇼.」

「의심이 많으면 늙어 버린답니다.」

우스티냐가 단호하게 잘라 말했다.

「그래도 소용 없어요. 빨리 어떻게 되었는지 말해 줘요.」

질문하던 사람은 계속 졸라 댔다.

「알았어요, 얘기할께요. 참 귀찮게도 구는군. 그 사람은 바로 소금 기둥이 되어 버렸소.」

「아니예요, 틀렸어요. 그건 롯이에요.」

「바로 롯의 아내 얘긴 걸요.」

사람들이 소리를 쳤다. 모두 한바탕 웃음을 터뜨렸다. 의장이 장내에서 질서를 지키라고 소리쳤다. 유리 안드레예비치는 잠을 자기 위해서 그곳을 떠났다.

8

　유리는 다음 날 저녁에 안티포바를 만났다. 라리사 표도로브나는 세탁기에서 막 꺼낸 빨래 더미를 다림질하고 있는 중이었다.

　식기실은 이층 뒤쪽의 방 중 하나로 정원 쪽으로 나 있었다. 이 방에는 차 주전자가 준비되어 있고, 음식을 접시에 담아 내보내고, 더러운 접시를 회전식 식품 운반대에 내려 보내기도 하는 곳이었다. 식기실에서는 사기·은·유리 그릇 명세서가 있어서 일일이 대조를 했고, 사람들은 그곳에서 한가할 때는 쉬기도 하고, 모이는 장소로도 사용했다.

　정원으로 향한 창문이 모두 열려 있었다. 식기실에서는 보리수꽃의 향기가 오래된 공원에서처럼, 안티포바가 쓰고 있는 두 개의 다리미에서 나는 마른 나뭇가지와 숯불의 독한 회향 풀 냄새와 뒤섞였다.

　「그런데 어제는 왜 문을 두드리지 않으셨어요. 플레리가 제게 이야기 하더군요. 그러나 당신이 그러지 않으셔서 다행이었어요. 그때 난 잠자리에 들었거든요. 당신이 왔어도 들어오게 할 수 없었을 거예요. 그건 그렇고 어떠세요. 옷에 불똥이 튀면 안 되니 조심하세요. 더럽혀지지 않도록요.」

　「당신은 병원의 빨래를 혼자 다 하는 것 같군.」

　「그렇지 않아요. 내 빨래가 많아요. 당신은 나보고 멜류제예보에 눌러앉는다고 놀리셨지만 이번에는 나도 떠난답니다. 지금 물건을 정리하고 짐을 싸는 중이에요. 짐을 다 꾸리면 떠날 거예요. 난 우랄로, 당신은 모스크바로 가는 거죠. 언젠가 당신한테 누군가가 질문할지도 모르죠.『멜류제예보라는 작은 도시를 알고 있읍니까?』그러면 당신은 아아『글쎄, 잘 생각나지 않는데요.』『그러면 안티포바를 아십니까?』『아뇨, 전혀 모르겠는데요.』라고 말하겠죠.」

　「그럴 리가 있소. 그래 여행은 어땠소? 시골은 괜찮았소?」

　「아주 할 말이 많아요. 이 다리미는 너무 빨리 식어 버려요. 저 미안하지만 저쪽 것을 좀 주세요. 저기 있는 거요. 환기통 속에 있죠. 이것은 다시 환기통에 좀 넣어 주세요. 이제 됐어요. 고마와요. 모든 마을은 저마다 그 마을에 사는 사람에 따라 다르게 마련이죠. 어떤 곳에서는 사람들이 모두 부지런히 일하기 때문에 괜찮은데 또 어떤 마을은 온통 술주정뱅이들만 사는 것 같은 마을도 있어요. 그런 마을은 말할 수 없이 황폐하답니다.」

「아니 그건 또 무슨 소리요? 술주정뱅이라니? 당신은 정말 박식하군 그래. 남자는 모두 군대에 징집되어 아무도 없기 때문이요. 그런데 새 의회는 어떤 것 같소?」

「주정뱅이에 관해서는 당신 의견이 틀렸어요. 전 당신 의견과 다릅니다. 의회요? 그 의회는 말썽이 많을 것 같더군요. 지시 사항은 지켜지지 않고 같이 일할 사람도 없어요. 지금도 농부는 오로지 토지 문제에만 관심이 있답니다. 나는 라즈돌노에에 잠시 들렀었읍니다. 너무나 아름다운 곳이더군요. 당신도 한번 가 보시면 좋을 텐데요. 지난 봄에 불이 났고 약탈을 당했어요. 헛간과 과수원이 탔고, 연기에 그을린 집도 있었어요. 지부쉬노에는 들리지 못했어요. 그런데 곳곳에서 귀먹은 벙어리에 관한 얘기는 꾸민게 아니라 정말로 있다고 그러더군요. 그의 생김새에 대해서도 이야기했는데 젊고 학식이 있다더군요.」

「어제, 광장에서 우스티냐가 그를 옹호했소.」

「그곳에 돌아가 보니 라즈돌노에의 고가구를 한 무더기 갖다 놓았더군요. 그래서 그 물건을 건드리면 안 된다고 했어요. 우리 것만 가지고도 넉넉하니까요. 그런데 오늘 아침에는 사령부에서 보초병이 지방관의 쪽지를 가져왔는데, 자기 목숨이 걸린 일이라면서 백작 부인의 은찻잔과 크리스탈 포도주 잔이 필요하니 보내 달라더군요. 아마 절반 가량은 다시는 볼 수 없겠죠. 늘 빌려간다고 하는데 알 수 없는 일이에요. 손님이 오기 때문에 파티를 연다나요.」

「그 손님이 누군지 짐작이 가오. 신임 집행 위원이 와 있소. 난 우연히 그를 보았소. 그들은 탈영병을 포위하고 체포하여 무상 해제 시킬 계획이오. 그 집행 위원은 아직 나이도 어리고 풋나기요. 지방 행정 당국측에서는 코사크를 끌어들이려고 하는데, 그 신임의 집행 위원 생각은 달라서 코사크인의 마음을 돌려놓으려고 하더군. 그는 사람은 모두 어린애여서 어쩌고저쩌고 했는데, 그는 그것을 마치 장난이라고 생각하는 거 같더군. 갈리울린이 그를 타일렀지. 그는 난폭한 짐승 같으니 우리에게 맡겨 보라고 했지만 그는 고집을 꺾지 않았지. 그런 사람은 한번 마음먹은 일은 절대로 굽히지 않으므로 손 쓸 길이 없지. 다리미질은 중단하고 내 얘기를 들어 주었으면 좋겠는데. 이곳에서는 우리가 상상하지 못할 혼란이 일어날 거요. 우린 어떻게 해서라도 그걸 막을 길이 없소. 그러니 한시바삐 당신은 이곳에서 떠나야 하오.」

「그렇지 않아요. 아무 일도 일어나지 않을 거예요. 당신은 지금 과장하고 있는 겁니다. 그러나 나는 떠날 거예요. 그렇다고 작별 인사만으로 해결되지는 않겠죠. 난 물품 명세서에 따라 누구에겐가 이것을 인계해야 해요. 난 공연히 의심받고 도망친다는 의혹을 사고 싶지는 않아요. 그리고 누가 이 일을 인수하죠? 그 물건 때문에 얼마나 고생을 했는데 욕이나 먹게 되다니요. 나는 자브린스카야 백작 부인의 물건을 병원 소유로 등록했어요. 법령에 어긋나지 않도록 한 일인데 사람들은 내가 백작 부인을 위해 간직하려고 그랬다고 수군대더군요. 정말 한심한 인간들이에요.」

「그릇이나 양탄자 타령은 이제 잊어버려요. 그런 것 때문에 마음 쓸 필요는 없소. 이런 판국에 그런 따위로 법석을 떨 건 없단 말이오. 어저께 당신을 만나야 하는 건데. 어제는 기분이 좋아서 무슨 얘기라도 다 털어 놓았을 것이오. 어제 마음은 그랬었오. 내 아내와 아들에 대해서 그리고 내 생활에 대해서 얘기하고 싶었소. 무슨 속셈이 없이는 젊은 남자가 젊은 여자와 이야기도 함께 나눌 수 없다니! 꿍꿍이속이건 뭐건 속셈을 알 게 뭐람. 당신은 계속 다림질해요. 내 얘기는 신경쓰지 않아도 되오. 난 계속 얘기할 테니. 지금이 어떤 때인가 한 번 생각해 봐요. 러시아 전체는 뿌리가 통째로 뽑혔고, 당신과 나와 그외의 모든 사람이 풀려나온 걸 생각해 보오. 우리를 감시할 사람은 아무도 없소. 우리는 자유로운 거요. 말뿐만의 자유가 아니라 요구할 수 있는 진정한 자유, 하늘이 주신 자유, 이 자유는 오해 때문에 생긴 기대 이상의 자유요. 우리는 이 거대한 자유 앞에서 어리둥절해 할 수밖에 없소. 당신은 우리 개개인의 자신에 의해, 자신의 겉으로 드러난 영웅적인 자질 때문에 스스로 압박받는 걸 깨달았소? 당신은 계속 다림질이나 하도록 해요. 아무 말도 하지 않아도 좋소. 지겹지는 않겠지. 이제 다리미를 바꿔 드리겠소. 나는 어젯밤 광장에서 열린 집회를 보고 크게 놀랐소. 우리의 러시아는 변천하고 있소. 한곳에 머무르지도 못하고, 편안히 안정을 취하지도 못하고 있소. 이야기가 시작되면 중단하지를 못하는 거지. 이야기는 사람들만 하는 게 아니라 별과 나무도 내려와 이야기를 하고 들꽃이나 심지어는 건물까지 집회에 참석하여 이야기하고 있소. 사도들이 살던 시대처럼 말이오. 사도 바울이 『혀로 말하고 예언하라. 그리고 이해하는 재능을 주십시오.』라고 한 말을 기억하오?」

「전 집회하는 나무나 별에 관해서는 이해할 수 있어요. 당신이 무엇을 이야기하려는지 알고 있어요. 저도 그걸 경험한 적이 있어요.」

「부분적으로는 전쟁이 이루어 놓았고 나머지는 혁명이 이루어 놓은 거죠. 전쟁은 삶의 인위적인 휴지 상태여서 마치 삶이 오랫 동안 연기해 놓을 수 있었던 한숨처럼 제멋대로 터져 나왔지. 모든 사람이 다시 소생하고 재생했으며 모두 전환점을 맞아 변하게 된 것이죠. 총체적인 것뿐만 아니라 개인적인 혁명, 즉 모두가 두 번의 혁명을 겪었다고 말할 수 있지. 나는 사회주의를 바다, 즉 이 바다 속으로 모든 개인의 혁명이 강 줄기가 되어 흘러들어가야 하는 생명의 바다처럼 생각되오. 내가 생명이라고 말했지만 그 생명은 창조적으로 풍부해지고 천재가 변형한 위대한 그림에서 보는 생명이오. 오늘날에 와서야 사람들은 그것을 책이나 그림이 아니라, 자기 자신을 통해 직접, 추상이 아니라 실제로 경험하기로 결심했소.」

그는 갑자기 흥분하여 목소리가 높아졌다. 안티포바는 다리미질을 멈추고 놀란 눈으로 진지하게 유리 안드레예비치를 쳐다보았다. 잠시 무거운 침묵이 흐르고 나서 그는 떠오르는 대로 아무말이나 서둘러 꺼냈다.

「나는 요즘 아주 정직하고 보람된 삶을 영위하기를 바라오. 그리고 창조적이 되려는 욕망을 느끼오. 나는 그러다가 사로잡고 있는 기쁨 중에서 나는 이 세상이 아닌 미지의 세계를 찾아 방황하는 당신의 신비스럽도록 서글픈 시선을 보게 되었소. 당신은 자신의 운명에 대해서 행복하고, 누구에게라도 아무 것도 바라는 것이 없기에 난 그런 딩신의 얼굴을 보고 싶어했소. 당신과 가까운 친구나 남편 되는 사람이 만일 내 손을 붙잡고 당신의 운명에 관해서 염려하지 말고 또 신경쓰지 말라고 얘기해 주었다면, 아마 그랬어도 마찬가지였을 거요. 그때 내가 손을 뿌리치고……. 아니 내가 정신이 없구만. 나를 용서하시오.」

유리 안드레예비치는 흥분되어 말을 잇지 못했다. 그는 두려움에 사로잡혀서 손을 내저으며 자리에서 일어나 창문 앞으로 다가갔다. 그는 턱을 괴고 창턱에 몸을 기댄 채 서서, 정신을 차리려고 노력하면서 멍한 눈으로 어둠에 쌓인 정원을 쳐다보았다.

라리사 표도로브나는 책상과 창문 끝 사이에 멈춰서서 몇 걸음 떨어져 유리 안드레예비치의 뒤에 섰다.

「아, 난 이렇게 될까 봐 얼마나 걱정했는데요.」

안티포바는 침착한 목소리로 말했다.

「유리 안드레예비치, 이러지 마세요. 이게 무슨 운명의 장난이람. 이러지 마세요. 이러면 안 돼요. 이를 어쩌나, 내가 당신 때문에 무슨 짓을 저질렀나 좀 보세요.」

그녀는 소리치며 다리미판으로 갔다. 다리미를 올려놓은 채 잊고 있었으므로 다리미 밑에서 연기가 피어올랐다.

그녀는 화가 난 듯 다리미판에다 다리미를 요란하게 내려놓았다.

「유리 안드레예비치, 잠시 마드모와젤 플레리에게 가서 물을 좀 마시고 냉정을 찾아요. 그리고 내가 지금껏 보아온 그런 분이 된 후에 돌아오세요. 아셨죠. 유리 안드레예비치? 전 당신이 그렇게 해주시라고 믿어요.」

두 사람 사이에 이런 얘기는 더 이상 없었다. 일주일 후 라리사 표도로브나는 그곳을 떠났다.

9

얼마 후 지바고도 여행 준비가 완료되었다. 출발하기 전날 밤에는 멜류제예보에 폭풍이 심하게 불었다. 폭풍이 몰아치는 소리는 폭우와 뒤섞였는데, 때때로 폭우는 지붕 위로 곧장 내리 쏟아졌고, 빗발은 이따금 한 걸음씩 내디디는 바람과 함께 채찍질하며 길거리를 따라 내려갔다.

요란한 천둥이 연달아 쉬지 않고 울렸다. 번갯불이 번쩍일 때면 거리가 멀리 사라지는 듯했고, 휘어 버린 나무는 모두 뒤쫓아가는 것 같았다.

한밤중에 마드모와젤 플레리는 황급히 현관을 두드리는 소리에 잠이 깨었다. 그녀는 깜짝 놀라 자리에 앉아 가만히 귀를 기울였다. 그때까지 문 두드리는 소리는 계속되고 있었다.

『아니, 이 병원에는 문 열어 줄 사람이 한 명도 없을까?』그녀는 생각했다. 천성이 믿음직스럽고 정직하고 의무감을 타고났다는 이유 하나 때문에, 자기같이 늙고 불쌍한 노인이 모든 일을 다 해야 하나?

『자브린스카야 백작은 귀족이고 부자였으니 그랬다고 하지만, 병원은 소위 자기들 말대로 인민의 소유이지 않는가? 누가 이 병원을 돌봐야 하는가? 남자 간호원은 모두 어디 가고, 또 잡역병이나 여자 간호원도, 의사도 한 명 없이 모두 도망쳤단 말인가? 집에는 지금도 부상병이 있기 때문에, 예전에 응접실이었던 이층 외과 병실에는 이질 환자가 가득한데 암체 같은 우스티나는 어딘가로 놀러갔다. 바보 같은 년, 어디 두고 보자. 천둥이 칠 테니. 그 년은 천둥을 두려워할 위인이 아니지. 지금쯤 외박을 할 좋은 핑계가 생겼다고 희희낙낙하겠지.

다행히 문 두드리는 소리가 멈췄군. 문을 열어 주지 않아서 포기하고 돌아갔나 보군. 이런 날씨에 누가 나가서 문을 열어 준담. 우스티냐가 아닌가? 아냐, 그년은 열쇠를 가지고 다니니까. 아휴 하나님 맙소사, 또 두드리는군. 무서워 죽겠네.

모두 뭣들을 한담. 지바고 선생은 내일이면 떠나니 모스크바 여행 생각에 머리가 꽉 차 있을 테니 듣지 못하겠지만, 갈리울린은 문을 열어 주지 않고 뭐 하는 거지? 저렇게 요란히 두들기는데 어떻게 잠을 잔단 말이야. 아냐 저 소리를 듣고도, 내가, 이 불쌍한 늙은이가 무서운 이 나라에서 이 천둥치고 폭풍우가 몰아치는 밤에 누구인지도 모르는 사람에게 문을 열어 주라는 배짱 으로 누워 있을 거야. 』

갈리울린! 그때야 그녀는 생각이 났다. 『갈리울린이라니? 바보 같은 생 각을 하다니, 내가 아직 잠이 덜 깼나? 갈리울린은 지금쯤 먼 곳에 가 있을 텐데. 역에서 무서운 처형이 벌어져 사람들이 신임 집행 위원 긴츠를 살해하 고 갈리울린에게 총을 쏘아 대고 그를 추적하더니 시내를 이잡듯 뒤져 비류 치에서부터 멜류제예보에까지 그를 찾아 헤맬 때, 지바고 선생과 함께 그를 숨기고 민간인 옷을 입혀서 도망갈 곳을, 이 지방의 길과 마을을 자세히 설 명해 준 게 바로 자기 자신이 아니었던가. 그런데 갈리울린이라니 말도 안 되는 소리지. 』

만일 그때 장갑차의 출현이 없었다면 멜류제예보에는 돌멩이 하나도 남아 있지 않았을 것이다. 우연히 이곳을 통과하던 기갑 사단이 주민의 편에 서서 무뢰한들을 막았다.

잠시 후에 폭풍우가 잠잠해지더니 멎었다. 천둥 소리도 가끔씩 희미하게 들릴 뿐이었다. 시간이 지나사 비는 그치고 이따금 나뭇잎과 하수도에서 물 튀는 소리가 들려왔다. 소리없이 번갯불이 번쩍이더니 바느보와젤의 방을 비 추고 무엇을 찾고 있는지 잠시 머뭇거렸다.

한동안 멈추었던 문 두드리는 소리가 또다시 들렸다. 그 소리는 도움이 필 요해서 필사적으로 두드리는 듯이 들려왔다.

「알았어요, 곧 나갈께요.」

마드모와젤은 무의식중에 튀어나온 자신의 말에 스스로도 깜짝 놀랐다.

그녀의 머리에 갑자기 예감이 스쳐 갔다. 그녀는 침대에서 내려와 슬리퍼 를 신고 가운을 벗고는 지바고를 깨우기 위해 급히 갔다. 자기 혼자서는 무 서웠기 때문에 지바고에게 도움을 청하려던 것이었다. 그때 마침 지바고도 문 두드리는 소리에 놀라 촛불을 들고 내려오고 있었다. 지바고도 그녀와 같 은 생각을 했기 때문이었다.

「지바고! 누가 문을 오랫 동안 두드리는데 나 혼자 나가기가 무서워요.」

그녀는 불어로 말하다가 이번에는 러시아어로 말했다.

「내 생각으론 라라나 갈리울린일 거 같아요」

유리 안드레예비치도 문 두드리는 소리에 잠이 깨서, 분명히 자기가 아는 사람일 거라고 생각하였다. 그는 갈리울린이 도망치다 길이 막혀서 숨을 곳을 찾아 돌아온 것 아니면 안티포바가 여행 도중 어려움이 있어서 돌아왔을 거라고 생각했다.

현관에 도착하자 유리 안드레예비치는 그녀에게 촛불을 주고 빗장을 벗겼다. 거센 바람이 몰아쳐서 문이 열리자 촛불이 꺼지고 거리에서 그들에게 차가운 빗발이 들이쳤다.

「누구요? 거기 누구요? 누구 있어요?」

마드모와젤과 유리 안드레예비치가 교대로 어둠을 향해 소리를 질렀으나 아무 응답이 없었다. 그때 다른 곳에서 아까와 같은 문 두드리는 소리가 또다시 들렸다. 그 소리는 컴컴한 길 쪽이나 정원이 보이는 창 쪽 같았다.

「바람 소리였나 보군요.」

유리가 그녀에게 말하자 그녀가 덧붙였다.

「그래도 안심이 안 되니 뒷문에 가서 확인해 보세요. 저는 누가 올지 모르니 여기서 있겠어요.」

마드모와젤은 집 안으로 들어가고 유리 안드레예비치는 밖으로 나와 현관 처마 밑에 섰다. 눈이 어둠에 익숙해지자 먼동이 터오는 것을 볼 수 있었다.

도시의 상공에서는 구름의 무리가 마치 도주하듯 급히 달음질쳤다. 그 구름 조각이 너무 낮게 보여서 나무 꼭대기에 걸려 버릴 것 같았다. 빗발이 집의 담벼락을 때려서 회색의 목조를 검정색으로 만들어 놓았다.

그때 마드모와젤이 돌아오자 지바고가 물었다.

「어때요?」

「당신 말이 맞았어요.」

그녀는 집을 한 바퀴 돌아보았지만 이상이 없었다고 했다. 보리수나무 한 그루가 넘어지며 식기실 유리창을 하나 깨뜨렸다. 마루바닥에는 큼직한 웅덩이가 만들어졌고, 라라가 살던 방도 바다 아닌 바다가 되어 있었다고 했다.

「이 덧문이 망가져서 자물쇠판을 친 거예요. 자 여길 보세요. 이게 증명해 주고 있어요.」

이야기를 조금 나누다가 두 사람은 문을 잠그고 자기들의 생각이 잘못되었다고 단정짓고 제각기 잠자리에 들었다.

그들은 현관문을 열면 잘 아는 여자가 비에 흠뻑 젖어 덜덜 떨면서 집 안으로 들어오리라고 생각했었다. 그러면 그녀가 귀찮아 할 때까지 질문할 것이고, 옷을 갈아 입고 나서 어제 피워 놓아 아직도 온기가 있는 난롯가에서 몸을 말리며, 자기가 겪은 체험을 그들에게 이야기하며 머리를 만지고 미소 지으리라고 생각했었다.

그들은 이렇게 생각하고 굳게 믿고 있었으므로 침대 속에서도, 비에 흠뻑 젖어 거리를 헤매고 있는 그녀의 모습이 눈앞에서 떠나지 않았다.

10

사람들의 이야기에 의하면 역에서 있었던 사건의 간접적 원인은 비류치의 통신병 콜랴 프를렌코에 있다는 것이었다.

콜랴는 이름난 멜류제예보의 시계 수리공의 아들로, 그곳의 주민들은 그의 어린 시절부터 너무나 잘 알고 있었다. 그는 어렸을 때 라즈돌노에 하인 중 누군가의 집에 머물면서 백작 부인의 딸들과 자주 어울려 놀았다. 그래서 마드모와젤은 콜랴에 대해 잘 알고 있었다. 콜랴는 그때 프랑스어를 조금 배울 수 있었다.

멜류제예보 사람들은, 날씨에 상관 없이 언제나 얇은 옷에 모자를 쓰지 않고 텐트 천으로 만든 여름 신발을 신고 자전거를 타고 날리는 콜랴의 모습에 익숙해져 있었다. 그는 자전거의 손잡이는 잡지 않고 거방지게 팔짱을 끼고 길을 따라 달리면서 배선 상태와 전신주와 전선을 쳐다보곤 했다.

멜류제예보의 몇 집은 철도 전화의 지선으로 역과 연결되어 있었다. 콜랴는 지선으로 역의 장치를 조정하는 일을 맡고 있었다.

그는 철도의 전신 전화는 물론 가끔 역장 포바리힌이 자리를 비울 때마다 장치에 함께 설치되어 있는 철도 신호까지 살펴보아야 하기 때문에 정신없이 바빴다.

한꺼번에 여러 기계를 만져야 하는 콜랴는 대답하고 싶지 않거나 말하기 싫을 때는 애매한, 그리고 특수한 말투로 빠져 나가는 법을 알고 있었다. 그 군대의 소란이 일어난 날에도 그가 이런 태도를 너무 많이 취했기 때문이라고 사람들은 말했다.

그는 정보를 말해 주지 않음으로써 갈리울린의 선량한 의도를 짓밟았으며, 본의는 아니었겠지만, 그 사건에 치명적인 결과를 야기시킨 것이었다.

갈리울린은 전화를 걸어 역이나 그 부근 어디에 있을 긴츠를 불러 달라고 했다. 갈리울린은 자기가 곧 그곳으로 갈 테니 도착할 때까지 아무 일도 벌이지 말라는 말을 할 작정이었다. 그러나 콜랴는 들어올 기차에 신호를 해야 하기 때문에 바빠서 긴츠 집행 위원을 불러 줄 수 없다고 거절했다. 그리고 콜랴는 동시에 비류치로 호출받은 코사크 병사를 싣고 오는 기차를 지연시키려고 온갖 수단을 다 썼다.

군용 열차가 계속 도착하자 그는 불만을 감추기 어려웠다.

기관차는 천천히 플랫폼의 시커먼 지붕 아래로 들어와 조정실의 유리창 맞은편에 멈추었다. 콜랴는 철도국의 첫자를 새긴 초록빛 커튼을 젖히고 창문 옆에 둔 쟁반에 담긴 큼직한 물컵을 집어들고, 수수하고 가장자리에 테를 두껍게 두른 유리컵에 물을 따라 몇 모금 마신 후 창밖을 쳐다보았다.

기관사가 그를 보고는 친절히 고개를 끄덕였다.

『쓰레기같이 더러운 놈! 더러운 놈!』

콜랴는 증오심을 가지고 이렇게 생각하며 기관사에게 혀를 내밀고 주먹을 흔들어 보였다. 기관사는 그의 몸짓을 알아챘는지 어깨를 한 번 추스리고 나서 기차의 머리 쪽으로 고개를 돌렸다. 「그럼 낸들 어쩌란 말인가? 자네가 나라면 어떻게 하겠나? 우두머리는 따로 있는데.」

『그래도 너는 비열한 놈이야.』라고 콜랴는 몸짓으로 나타냈다.

화물 차간에서 말들이 끌려나오지 않으려고 발버둥치다가 억지로 끌려 내려왔다. 나무 널빤지를 밟는 말발굽 소리에 이어서 플랫폼에 징이 울리는 소리가 났다. 말들이 뒷발로 일어서서 버티며 철로변에 줄지어 섰다.

철로의 끝에는 쓸모없어 버려진 마차가 두 줄로 방치되어 있었다. 페인트는 빗물에 의해 씻겨 내렸고, 벌레와 습기가 극성을 떨어 황폐해진 나무, 그리고 마차는 차량 바로 뒤에서 그 위로는 구름이 솟고 이끼와 자작나무로 형성되기 시작한 축축한 숲을 가진 예전의 상태로 돌아간 것이었다.

명령이 내려지자 코사크 병사들은 말을 타고 캠프를 향해 달려갔다.

212사단의 폭도들은 모두 포위되었다. 기마병들은 들판에서보다 숲속에 있을 때 더욱 커 보이고 훨씬 더 위압적으로 보인다. 폭도들은 총을 가지고 있었지만 코사크 병사에 압도되어 꼼짝도 못하였다. 코사크 병사는 칼을 뽑았다.

그때 긴츠 집행 위원은 말이 삥 에워싼 가운데 쌓아 놓은 장작 더미 위에 올라가 포위된 폭도를 향해 연설을 시작했다.

그는 평소처럼 군인의 의무와, 조국의 의미와 그외의 여러 고상한 주제에 대해 연설했다. 그러나 그의 연설은 듣는 사람들에게 아무 공감도 부여하지 못했다. 군중의 수가 너무 많았다. 그들은 전쟁으로 너무 지치고 과격해져 있었다. 그들은 긴츠가 하는 이야기 따위에는 이미 오래 전부터 싫증이 나 있었다.

네 달 동안이나 계속되는 우익과 좌익의 유혹에 이들은 그저 연사의 발트 억양과 외국의 성처럼 들리는『긴츠』라는 이름에 거리감을 느꼈다.

긴츠는 연설을 하면서도 스스로 너무 장황하다고 느꼈으나, 냉정하고 지루해 하는 표정을 보이는 군중에게 자기가 하고 싶은 애기를 정확히 전달해야겠다고 생각했다. 조금씩 화가 난 그는 직접적으로 애기를 털어 놓고 지금까지 쓰지 않은 위협적인 방법을 동원하기로 했다. 군중 속에서 수군거리는 소리가 크게 들려도 그는 못 들은 척하고 군인들에겐 전시 혁명 재판소가 생겼다는 말을 해 주고, 목숨을 잃지 않으려면 무장을 해제하고 선동은 중지하라고 강압적으로 말했다. 만일 그것을 거절하면 비천한 반역자, 무지한 악당, 주제넘은 놈이 된다고 말하였다. 그들은 오래 전부터 그런 어조를 듣지 못했었다.

수백 명의 목소리가 일시에 외쳤다.

「좋아요, 좋아. 잘 말해 주었어요.」

그 목소리 중에는 나직한 목소리도 있었지만 증오심에 불타는 신경질적인 목소리가 더 컸다.

「아니, 예전하고 조금도 변하지 않았군. 징교들은 지금도 우리를 인간 취급을 하지 않아요. 우리가 반역자라 이 말이죠. 그럼 당신은 뭐요? 가하? 지 친구와 시비해서 무얼하지? 보나마나 몰래 숨어든 독일군일 거야. 어디 서류나 좀 봅시다. 당신은 왜 입을 그렇게 벌리고 있소? 어서 우리를 묶어 마음대로 해보시오.」

코사크인들은 긴츠의 연설에 더욱 싫증이 났다.

「저 사람에게는 그들이 모두 돼지같이 생각되는 모양이군.」

폭도들은 입을 모아 수군거렸다. 처음에는 한두 명씩이었으나 점점 수가 증가하여 많은 코사크 병사들이 칼집에 칼을 집어 넣었다. 그리고 말에서 내렸다. 그들이 말에서 거의 다 내려오자 그들은 212사단의 폭도들을 향해 빈 터 중앙으로 뒤섞여 움직이더니 그들과 곧 합류했다.

「당신은 눈치 못채게 조용히 사라져야 하오.」

코사크 장교들은 걱정이 되어 긴츠에게 말했다.

「사람을 보내 당신 차를 역에서 재빨리 가져오라고 시키겠소. 한시라도 급하니 빨리 떠나시오.」

긴츠는 그렇게 하기로 하고도 몰래 은밀히 가는 것이 자기의 위엄을 추락시킨다고 생각하여, 주위에 신경쓰지 않고 아주 당당하게 역으로 갔다. 그는 극도로 흥분했으나 자존심 때문에 서두르지 않고 태연히 걸었다.

그는 역 근처에 이르렀다. 철도가 보이는 지점에서 그는 비로소 뒤를 돌아다보았다. 총을 든 군인이 자기를 뒤따라오자 긴츠는 고개를 갸웃거리며 더 빠르게 걸었다.

그러자 그를 쫓던 군인의 발걸음도 점점 더 빨라졌다. 긴츠와 그를 뒤쫓는 군인 사이의 거리는 여전했다. 부서진 마차가 보이자 긴츠는 마차 뒤에 몸을 숨기고 달렸다. 코사크 병사를 싣고 온 기차는 옆의 철도로 들어가 철로는 비어 있었다. 긴츠는 그 빈 철로를 가로 질러서 질주했다.

그는 갑자기 껑충 뛰어 올라 플랫폼으로 올라섰다. 바로 그때 파괴된 마차 뒤쪽에서 그를 쫓던 군인들이 달려오고 있었다. 콜랴와 포바리힌은 그에게어서 역사 속으로 들어오라고 외치며 손짓을 했다.

그러나 다시 한번 그의 몸에 밴 명예심, 이곳에서는 어울리지 않지만 그로 하여금 스스로 희생에 몸바치도록 자극을 한 도시 출신의 명예 의식이 그의 안전을 가로 막았다. 그는 심장이 요란하게 박동치자 자제하려고 노력했다. 그리고 그는 스스로를 안정시키며 타일렀다.

『나는 저들에게 나는 첩자가 아니니 서투른 짓을 해서는 안 된다고 말해야 한다.』 지난 몇 개월 동안 연단에 겁없이 올라가 군중에게 열변을 토하고 선동적인 열렬한 무엇을 던지곤 했던 공명심이 일어났다.

역사의 바로 문 옆 종 밑에는 화재에 대비한 큼직한 물통이 놓여 있었다. 그것의 뚜껑을 완전히 덮고 나서, 긴츠는 그 위에 올라가 점점 가까와지는 병사들에게 박력찬 연설을 했다. 간신히 피할 수 있는 문에서 두 걸음 떨어진 곳에서 보인 그의 정신나간 듯하고 무모한 태도와 자연스럽지 못한 목소리에 놀라 병사들은 철로에서 발을 멈추었다. 그리고 소총을 떨구어 버렸다.

그때 뚜껑 가장자리를 밟고 서 있던 긴츠가 발이 미끄러져서, 한쪽 다리는 물 속에 빠졌고 다른 한쪽은 물통의 가장자리 밖으로 걸쳐졌다.

물통 가장자리에 힘없이 걸터앉은 긴츠를 보자 군인들은 웃음을 터뜨렸다. 그중 앞에 섰던 군인 하나가 갑자기 총을 쏘았다. 다른 병사가 올라가서 총검으로 그의 죽음을 확인했다.

11

마드모와젤은 콜랴에게 전화를 걸어 모스크바로 가는 의사 지바고에게 좋은 자리를 하나 마련해 주라고 하면서, 그렇게 하지 않으면 비밀을 세상에 폭로하겠다고 큰소리쳤다.

그때 콜랴는 평상시처럼 다른 사람과 통화중이었다. 말하는 중간중간마다 숫자를 부르는 것으로 보건대 아마도 제 삼의 인물에게 암호를 보내는 듯하였다.

「프스코프, 프스코프, 내 말 들립니까? 반란군이라고요? 도와 달라고요? 마드모와젤, 당신은 또 웬일입니까? 방해하지 말고 전화 끊어요. 프스코프, 프스코프. 삼십 육 점 영 영 일 오. 아휴 끊겼군. 들리지 않아요. 마드모와젤 또 당신이군요. 안 돼요. 그건 내 힘으로 되는 일이 아니예요. 꼬바리힌에세 말해 보세요. 모두 거짓이에요. 꾸며 낸 말이란 말이에요. 삼십 육…… 이런 …… 제발 방해 말고 전화 좀 끊어요, 마드모와젤.」

그러나 마드모와젤은 계속해서 말했다.

「이 거짓말쟁이, 프스코프. 프스코프라고? 날 속이려들지마. 난 네 속을 환히 꿰뚫어 보고 있단 말야. 내일 의사 선생님은 무슨 일이 있어도 기차를 타야 해. 자리만 하나 잡아 준다면 비밀을 털어놓지 않을께.」

12

유리 안드레예비치가 모스크바로 출발하는 날은 찌는 듯이 무더웠다. 이틀 전처럼 폭풍이 불어닥칠 듯한 기세가 보였다.

해바라기 씨 껍질이 지저분하게 널린 역 근처의 토담집과 거위가 컴컴한 하늘의 적막함에 놀라 창백하게 보였다.

역의 앞과 양쪽으로 뻗은 넓은 들판은 몇 주일 동안 기차를 기다리던 많은 사람들이 마구 짓밟아 뭉개져 있었다.

그중에서 회색 털외투를 입은 노인들이 소문이나 무슨 정보를 얻어 들으려고 땡볕을 받으며 이곳저곳을 기웃거렸다.

열네 살의 소년이 심통이 나서 마치 가축을 돌보듯 손에 껍질을 벗긴 나뭇가지를 들고 팔굽을 괸 채 누워 있었다. 그러는 동안 어린 동생들은 옷을 펄럭이며 뛰어다녔다. 어머니들은 다리를 앞으로 뻗고 촌티나는 코트를 입고 가슴에 젖먹이를 끌어안은 채 땅바닥에 앉아 있었다.

「총소리가 요란히 나자 순식간에 사람들은 양 떼처럼 흩어졌읍니다. 기분이 좋지 않더군요.」

역장은 역 안의 마루바닥과 역 입구에 줄줄이 눕혀진 시체 사이를 걸으며 의사에게 냉정하게 말했다.

「순식간에 모두 풀밭에서 없어졌읍니다. 네 달 동안 여기저기에서 뜨내기까지 모여든 통에 땅이 어떻게 생겼나 잊어버리고 있었는데 그제서야 땅을 보게 되었읍니다. 그 사람은 이곳에 쓰러져 있었어요. 나는 전쟁통에 참혹하게 죽은 많은 시체를 보아 익숙해 있는데, 이상하게도 그 시체를 보자 가슴이 아팠어요. 그들이 무슨 짓을 저질렀는지 아십니까? 그들은 인간이라고 할 수 없어요. 죽은 사람은 귀엽게 자란 사람이란 소문을 들었어요. 자, 이제 제 사무실로 들어갈까요. 이 기차를 타실 생각은 하지 마세요. 떠밀려 죽고 말 겁니다. 내가 완행 열차에 자리를 하나 마련해 드리겠읍니다. 우리가 지금 그 열차를 준비하고 있으니 곧 탈 수 있을 겁니다. 기차를 탈 때까지 그 누구에게도 말을 하면 안 됩니다. 소문이 나면 또 많은 사람이 덤빌 겁니다. 그 기차를 타고 가시다가 오늘 밤에 수히니치에서 바꿔 타시면 됩니다.」

13

열차가 정거장 뒤로부터 뒷걸음질쳐서 역으로 들어오자 수많은 군중이 모두 철도로 몰려왔다. 사람들은 그 기차를 타려고 언덕을 구르거나 둑을 기어오르고, 서로 빨리 가려고 밀쳐 내며 완충기와 발판에 기어오르거나 창문으로 기어 들어가거나 지붕으로 올라가는 등 야단법석이었다. 기차는 아직 움직이고 있는데 눈깜짝할 사이에 완전히 포화 상태가 되었고, 플랫폼에 도착했을 때는 이미 사람으로 가득 차서 지붕 꼭대기서부터 아래까지 콩나물 시루 같았다.

유리 안드레예비치는 가까스로 플랫폼에서 탈출하여 기차의 통로로 밀려 들어갈 수 있었다.

유리는 기차 통로에 가방을 깔고 앉아서 수히니치까지 갔다.

폭우를 몰고 올 듯했던 하늘이 맑게 개었다. 해가 무덥게 내리 쬐는 들판에서 귀뚜라미가 요란스럽게 울어 대서 기차의 기적 소리도 들리지 않았다.

창가에 선 사람들이 햇빛이 비치는 것을 막았다. 그들의 그림자가 바닥, 의자, 간막이벽으로 길게 얼룩을 만들었다. 이 그림자들은 길고 길어서 기차 밖까지 뻗어 나가 버렸다. 그 그림자는 반대쪽 창문을 지나 바깥까지 나가서 달리는 기차의 움직이는 그림자와 함께 어울렸다.

사람들은 시끄럽게 떠들어 대고, 노래부르고, 싸움을 하고, 카드 놀이도 했다. 기차가 정거할 때마다 밖에서 기차를 기다리는 사람들의 아우성과 함께 뒤섞여 버렸다. 얼마나 시끄럽고 소란스러운지 귀청이 멍할 정도였다가, 이내 적막한 바다처럼 고요해지기도 했다. 기차를 따라 허둥거리며 승강단을 내려가는 발자국 소리와, 화물차칸 밖의 소란, 언행과, 마디마디 끊어지는 말소리, 멀리서 나누는 작별 인사와, 정거장 마당에서 구구거리는 암탉의 소리와 나뭇잎이 바스락거리는 소리가 들려왔다.

여행 도중에 보내 온 전보나 멜류제예보에서의 소식처럼, 익숙한 향기가 그에게 인사를 하듯 창가에 감돌았다. 그 향기는 마당이나 야생 화초보다는 높은 곳에서부터 흘러들어왔는데, 다른 향기보다 더욱 강하게 냄새를 뿜었다.

유리 안드레예비치는 사람이 많아 창가까지 다가갈 수 없어서 나무를 볼 수는 없었으나, ㄱ 나무는 묵직한 가지를 시원스레 뻗고서, 철로에서 붙어오는 먼지를 가득 뒤집어쓰고 밤처럼 울창한, 작고 반짝이는 아름다운 꽃이 흩어진 모습을 그려 보았다.

여행 도중에 이런 일이 계속되었다. 역마다 사람들이 야단법석을 떨었다. 어느 곳이나 보리수가 만발했다.

가는 곳마다 이 향기가 깔려 있었다. 아주 작은 시골 역이라도 승객이 미리 기다리고 있다가 나중에 여행객이 도착하면 모든 이에게 알려지듯 마치 헛소문처럼, 북쪽으로 여행하는 기차의 앞장을 서서 달리는 듯했다.

14

그날 밤 수히니치에 도착하자, 전쟁 전처럼 태도가 공손한 승무원 한 명이 유리 안드레예비치를 데리고 어두운 철로를 지나 방금 도착한 임시 열차의 뒤로 가서 이등칸에 태워 주었다.

짐꾼이 차장의 열쇠로 뒷문을 열고 유리의 짐을 안에 들여 놓자마자 차장이 나타나 그의 짐을 끌어내리려고 했다. 그러나 유리 안드레예비치가 그를 설득하고 달래자 말없이 가버렸다.

이 비밀 열차는 특급이었고 아주 빨리 달렸으며 역에서는 잠깐씩만 섰고 무장한 경비원이 타고 있었으나 좌석은 거의 비어 있었다.

지바고가 들어간 객실에는 반쯤 열어 놓은 창문으로 바람이 들어와 불꽃이 펄럭이고 촛농이 녹아 내리는 초가 탁자 위에 놓여 있었다.

그 촛불은 그 방의 다른 승객인, 무척 키가 커 보이는, 머리카락이 아름다운 젊은이가 켠 촛불이었다. 그는 팔다리가 너무 길어서 몸과 조화를 못 이루는 듯했다. 그는 창가 구석 자리에 편안한 자세로 누워 있다가 지바고가 들어가자 얼른 일어나 얌전한 자세를 취했다.

그가 앉은 의자 밑에 걸레 같은 게 보이더니, 귀가 아래로 늘어진 사냥개 한 마리가 기어나왔다. 그 개는 유리 안드레예비치에게 다가와 냄새를 킁킁거리며 맡고 다리를 흐느적거리며 방 안을 왔다갔다 했다. 주인이 지시를 하자 그 개는 재빨리 의자 밑으로 기어들어가 아까처럼 축 늘어져 엎드려 있었다. 유리 안드레예비치는 그때서야 총집에 넣어진 쌍발 엽총, 가죽 탄띠, 사냥한 짐승과 같이 묶은 가방이 방 옷걸이에 걸려 있는 것을 볼 수 있었다.

그는 사냥터에서 오는 길이었다.

그 젊은이는 무척 말이 많은 듯 부드러운 미소를 지어 보이며 유리 안드레예비치와 대화를 나누려고 했다. 말을 하면서 그는 유리의 입만 쳐다보았다.

그의 목소리는 기분 나쁠 정도로 고음인데다가 쇳소리가 나는 카랑카랑한 목소리였다. 그는 러시아 사람임이 분명한데도 우(y)라는 모음을 이상하게 발음했다. 그는 우(y)를 프랑스어의 위(u)나 독일어의 위(ü)처럼 발음했다. 그는 이 음을 발음할 때마다 약간 더듬거리며 다른 소리보다 이것을 더 크게 발음했다. 그는 다른 사람도 느낄 정도로 신경을 쓰며, 이 결점을 바로잡으려 노력했으나 별 효과가 없었다.

『이런 것을 뭐라고 하더라?』

지바고는 자기가 무슨 책에선가 읽은 적이 있으며, 의사라면 반드시 알고 있어야 하는 데도 불구하고 그게 도무지 생각나지 않아 떠올리려고 애썼다. 그것은 언어 장애를 일으키는 일종의 두뇌의 병이라고 생각했다. 그가 말하는 소리가 얼마나 우습게 들리는지 진정한 표정을 지을 수가 없었다.

유리 안드레예비치가 이층 침대용 선반에 눕자 그 젊은이는 잠 잘 수 있게 촛불을 꺼 주겠다고 말했다. 유리는 고맙다고 말하며 그렇게 하라고 했다. 곧 이어 방은 어둠 속에 잠기고 말았다.

「창문을 닫아도 될까요?」하고 유리 안드레예비치가 젊은이에게 물었다.

「도둑이 들면 어떻게 합니까?」 하고 거듭 물었으나 그는 대답하지 않았다. 유리는 다시 큰 소리로 질문했으나 역시 대답이 없었다.

유리는 젊은이가 혹시 밖에 나간 것이 아닌가 하여 성냥불을 켰다. 그동안 잠이 들었다고는 생각할 수 없었기 때문이었다.

그러나 불을 켜고 쳐다보니 그는 멍히니 앉아서 유리에게 웃어 보였다.

이내 성냥불이 꺼졌다. 유리는 다시 성냥 불을 붙였다. 불이 켜지자 그는 젊은이에게 세 번째 질문을 했다.

「좋은 대로 하세요.」

젊은이는 얼른 대답했다.

「나는 도둑이 훔쳐 갈 만한 귀중품은 없읍니다. 열어 놓아도 좋아요. 문을 닫으면 답답하니까요.」

『참 묘한 사람이군.』

지바고는 머리를 갸우뚱거렸다.

『정말 이상한 사람이야. 지금은 분명히 정확하게 말했어. 혀도 굴리지 않고, 내 상식으로는 도무지 이해할 수가 없군.』

15

유리는 그 동안에 일어난 사건과 여행 준비를 하느라고, 또 한밤중에 출발 했기 때문에 너무 피곤해서 자리에 눕기만 하면 당장 잠을 잘 수 있으리라고 생각했었는데 막상 잠을 자려고 자리에 누워도 잠이 오지 않았다. 그는 거의 새벽이 되어서야 잠이 들었다.

그의 생각은 오랫 동안 어둠 속에서 빙빙 돌며 무질서하게 소용돌이쳤다.

그의 머리 속은 많은 생각이 뒤엉켰다가 풀리고 또다시 뒤엉켰다가 풀리곤 하는 두 갈래의 실처럼 뚜렷이 구분되었다. 그중 하나는 토냐와 집과 애정과 따사로움이 스며들고, 아주 사소한 것까지 시적인 분위기를 지닌 예전의 안정된 생활을 중심으로 집중되었다. 유리는 이런 생활을 갈망했고, 그런 생활이 변함없이 지속되기를 바랬으며, 두 해 동안이나 떨어져 지내던 가족과 집, 그리고 그 생활로 한시바삐 돌아가고 싶어서 급행열차 안에서도 몹시 조바심을 할 지경이었다.

그런 생각 중에서는 혁명에 대한 신념과 이를 숭상하는 찬양도 함께 포함되어 있었다. 혁명은 중산 계급층이 이를 받아들인 가운데, 1905년의 혁명에 참가한 젊은이와 블로크의 추종자들이 받아들이던 그런 의미에서의 혁명이었다.

이 친숙하고 오래 간직해 온 이념에는 또한 1912년과 1914년 사이에 전쟁이 시작되기 전 지평선 위로 나타났으며, 러시아 사상에 러시아 예술과, 러시아 운명에, 러시아 전체뿐만 아니라 자신의 미래에 있어서도 의미가 내포된 새로운 질서에 대한 약속과 기대감도 함께 포함되었다.

전쟁이 끝난 후에도, 그 풍토로 다시 돌아가서, 그것이 새로와지고 지속된다는 것은 고향으로 돌아가는 것 만큼이나 좋은 일일 것이다.

이런 것 중에 전쟁이 있었는데, 이 전쟁은 피를 흘리게 하고 공포를 자아냈으며 건물을 마구 파괴하고 잔인하고 참혹한 짓을 했다. 전쟁은 살육과 파괴와 야만적이고 시련과 현실적인 지혜를 가르쳤다. 이 새로운 것 중에는 혁명이 포함되어 있었는데, 이것은 1905년에 있었던 학생들이 주동이 된 이상적인 혁명이 아니라, 전문적인 혁명가가 이끄는 볼셰비키 군인들의 혁명인, 기초적이고, 무자비하고, 피를 흘리게 하고 전쟁에서 태어난 오늘날의 이 새로운 격변이 있었다.

이 새로운 생각 중에는 전쟁으로 인해 알지 못하는 곳으로 휩쓸려 가버렸고, 그녀의 과거에 대해서 전혀 모르고, 누구도 탓하는 일이 없었지만 그녀의 무겁게 느껴지는 침묵은 탄식처럼 생각되었고, 비밀을 가슴에 안고 역경 속에서도 굽히지 않은 안티포바 간호원도 있었다. 유리 안드레예비치는 가족이나 친구뿐만 아니라 모든 사람을 사랑으로 대하려고 했던 그 노력만큼 온 힘을 쏟아 그녀를 사랑하지 않으려고 노력해 왔다.

기차는 전속력으로 질주했다. 열어 놓은 창문으로 불어오는 맞바람이 유리 안드레예비치의 머리카락을 마구 헝클어뜨렸다. 낮이나 다름없이 밤에도 역에는 사람들로 난장판이었고 구름처럼 몰려드는 아우성과 보리수가 바스락거렸다.

이따금 컴컴한 속에서 수레와 이륜 마차가 요란하게 흔들며 역으로 나왔고, 사람들의 함성과 바퀴 소리와 나무의 움직이는 소리가 뒤섞였다. 유리 안드레예비치는 이럴 때마다 왜 밤의 그림자는 소란을 떨며 한데 뒤섞이고, 깊은 잠에 취해 머뭇거리며 머리를 맞대고 나뭇잎을 나부끼며 귓속말을 은밀히 나누는지 이유를 알 것도 같았다. 그것은 침대에 누워 몸을 자꾸 뒤척이며 자기가 생각했던 바로 그것이었는데, 점점 커지고 흥분의 도가니 속에 러시아 전역에 퍼졌다는 소문, 혁명의 소식, 그 숙명적인 시련의 시간과 궁극적으로는 위대성에 관한 혁명의 물결이었다.

16

유리 안드레예비치는 이튿날 열한 시가 지나서야 잠이 깼다.

「왕자님, 왕자님!」 하고 같은 객실의 손님이 으르렁거리는 개를 낮은 목소리로 불러 댔다. 유리 안드레예비치는 여전히 객실에는 다른 손님은 없고 두 사람뿐임을 알고 놀랐다.

역 이름은 어린 시절부터 그에게 낯익은 것이었다. 그들은 이미 칼루가 지역을 떠나 모스크바 주로 들어와 있었다.

유리 안드레예비치는 전쟁 전처럼 편안한 마음으로 세수를 하고 면도를 끝낸 뒤, 그 이상한 청년에게서 대접받기로 한 아침 식사 시간에 맞춰 객실로 돌아왔다. 이제 유리는 그 젊은이를 더 찬찬히 살펴보았다.

그 젊은이의 특징은 무엇보다도 말이 많고 초조해 하는 것이었다. 그는 말하기를 좋아하는 것 같았는데, 그는 자기 의사의 전달이나 교환이 아니라 소리를 내고 어휘를 발음하는 그 자체를 즐기는 듯했다. 말을 하면서도 그는 몸에 용수철이 부착된 것처럼 벌떡벌떡 일어섰으며, 이유도 없이 큰소리로 웃고는 만족해 하며 두 손을 비벼 대곤 했다. 그대로 자기의 기쁨이 표현되지 않았다고 생각하면 무릎을 큰소리가 나게 두드리며 눈물이 나올 정도로 웃었다.

지난 밤과 마찬가지로 그의 말은 묘했다. 그는 두서가 없이 묻지도 않는 은밀한 이야기를 스스로 털어놓다가는 이내 간단한 질문에도 대답을 하지 않고 입을 굳게 다물었다. 어쩌면 그는 거짓말을 하는지도 모르는데, 스스로 극단적인 견해로, 또한 일반적인 통념을 부정함으로써 인상을 남기려고 작정을 한 사람 같았다.

지바고는 이 사람의 얘기를 듣자 오래 전부터 알고 있던 어떤 사실이 연상되었다. 지난 세기의 허무주의자와, 그보다 조금 후에는 도스토예프스키의 주인공과, 그리고 그 대도시 사람들에게는 구식이고 폐물이라고 생각된 방법이지만 폐허 속에 간직했기 때문에 종종 도시보다 먼저 찾는 그들의 직계 후손, 즉 지식층의 러시아 시골 계급층이 그런 급진주의적 정신 속에서 언급되는 그런 것들이었다.

젊은이는 자기는 유명한 혁명가의 조카이지만, 자기 부모는 이와 반대로 진짜 멍청한 반동주의자이며 전근대적인 사람이라고 했다. 부모는 전선 근처 지역에 꽤 넓은 토지를 소유하고 있었다. 그의 부모는 평생을 삼촌과 원수처럼 지냈지만, 삼촌은 그렇지 않기 때문에 지금의 삼촌의 영향력으로 그들을 도와 준다고 했다.

수다쟁이 젊은이가 유리 안드레예비치에게 말한 바로는, 그는 삼촌과 사상이 비슷하고, 인생이나 정치나 예술에 있어서도 극단적인 사회주의자라고 했다. 젊은이의 이야기는 좌익 사상에서가 아니라 타락과 까다로움에 있어서 페텐가 베르토벤스키를 연상시켰다. 『이제 곧 자기가 미래파라고 하겠구나.』라고 유리 안드레예비치는 생각했는데 예상대로 그는 현대 미술에 대해서도 말했다. 『이제는 경마나 스케이트나 프랑스식 레슬링 같은 운동 이야기를 하겠구나.』라고 유리가 생각하자 화제는 또다시 사격으로 바뀌어 갔다.

수다쟁이 젊은이는 고향에서 사냥을 하고 오던 참이었다. 그는 명사수라고 자랑삼아 말했는데, 신체적인 결격 사유 때문에 군대에는 가지 못했지만, 그렇지 않았다면 백발백중의 사격 솜씨로 이름을 널리 알렸을 것이라고도 했다. 그는 지바고의 의아해 하는 표정을 바라보며 말했다.

「왜 그러십니까? 그럼 전혀 눈치채지 못하셨나요? 저는 선생께서 내가 어디가 이상한지 벌써 눈치채셨는지 알았는 데요.」

그는 주머니에서 두 장의 카드를 꺼내 유리 안드레예비치에게 주었다. 그 중 하나는 명함이었다. 그는 두 가지 이름으로 불리는데, 막심 아리스타르하비치 클린초프 포고렙시크라고 불리거나, 삼촌의 이름을 본따서 간단히 포고렙시크라고 부른다고 했다. 그는 지바고에게 삼촌을 기리기 위해 자기를 포고렙시크로 불러 달라고 했다.

다른 카드에는 줄쳐진 표에 여러 가지 모양으로 합쳐진 두 손과 다르게 겹쳐진 손가락을 하나씩 그려 넣은 사각형의 도표가 있었다. 그것은 농아자를 위한 글자였던 것이다. 모든 것이 분명해졌다.

포고렙시크는 가르트만이나 오스트로그라드스키 학교의, 놀랄 만큼 재능이 뛰어난 학생으로, 선생들의 목 근육을 관찰하여, 하고 있는 말을 이해하고 또한 말도 했다.

젊은이가 사냥을 한 곳과 출신지에 대해서 말한 것을 모두 연결시켜 생각하며 유리 안드레예비치가 말했다.

「무례함을 용서하시고, 대답을 하지 않아도 좋습니다. 당신은 지부쉬노 공화국의 건립과 관계가 있지 않습니까?」

「그걸 어떻게 아셨죠? 블라제이코를 아십니까? 그럼요, 관계가 있죠. 있고말고요.」

포고렙시크는 기분이 좋은지 웃고는 몸을 양 옆으로 흔들면서 발작하듯이 무릎을 마구 두드렸다. 그는 이내 다시 환상적인 이야기를 장황하게 늘어 놓았다.

그는 블라제이코가 자기 이론을 응용할 장소와 기회를 지부쉬노에 부여했다고 말했다. 유리 안드레예비치는 그의 말을 이해하기가 어려웠다. 포고렙시크의 철학의 절반은 무정부주의 원칙으로, 그리고 반은 사냥꾼의 허풍이 섞여서 혼란을 야기시켰다.

포고렙시크는 에인자저럼 침착하게 머지 않아 비참한 번혁이 일어닐 것이라고 말했다. 유리 안드레예비치도 그런 생각에 동의하긴 했지만, 이 묘하게 기분나쁜 청년의 건방진 태도에 불쾌해졌다.

「잠깐만요.」

유리 안드레예비치는 재빨리 그의 말을 가로막았다.

「그런 일이 벌어질지 모릅니다. 그러나 나는 이렇게 생각합니다. 우리는 혼돈과 파괴 속에 있으나 적의 압력 앞이라는 상황을 염두에 둘 때 지금 그런 위험한 실험을 시작할 때가 아닌 것 같습니다. 이 나라는 다른 소란을 감행하기 전에 지금까지의 격변으로부터 회복할 여유가 용납되어야 합니다. 비록 상대적인 평화와 질서이기는 하지만 무엇인가를 기다려야 합니다.」

「그건 지극히 순진한 말입니다.」

포고렙시크가 말했다.

「당신이 파괴라고 하는 것은 당신이 그같이 찬양하고 소중히 하는 질서처럼 정상적인 사태라고 볼 수 있읍니다. 모든 파괴는 더욱 광대한 창조 계획의 필연적이고 기초적인 첫단계입니다. 이 사회는 완전히 분쇄되어야 합니다. 사회가 완전히 붕괴되어야만 순수한 혁명 정부가 새로운 기초를 세울 굳건한 기초가 생기는 겁니다.」

유리 안드레예비치는 마음이 언짢았다. 그는 객실 밖 복도로 나갔다.

기차는 빠른 속도로 모스크바를 향해 달려가고 있었다. 기차는 여름 별장이 흩어져 있는 자작나무 숲을 지났다. 여름 휴가를 즐기는 사람들이 우글거리는 좁은 플랫폼이 나타나더니 이내 기차가 일으키는 먼지 구름 속으로 사라지며 마치 회전 목마처럼 빙빙 돌아가는 듯했다. 기관차는 계속 기적을 요란하게 울렸는데 그 소리는 주위의 숲을 가득 채우고, 멀리서 길고도 공허한 메아리가 되어 돌아왔다.

며칠 만에 처음으로 유리 안드레예비치는 지금 자기가 있는 위치며, 어떤 일이 벌어지고 있으며, 한 시간 후에는 무엇이 자기 앞에 기다릴지 확실히 의식할 수 있었다.

삼 년 동안의 변화, 미지의 일들, 이동, 전쟁, 혁명, 파괴의 양상, 죽음의 광경, 다리 폭파, 화재——이 모든 것이 갑자기 거대하고 텅빈 허망한 것으로 변했다. 오랜 단절이 지난 이후 일어난 최초의 참된 사건은 질주하는 기차를 타고 가는 이 여행이었으며, 파괴되지 않은 마당에 돌 하나 하나가 아직도 건재하고, 그에게는 소중한 집에 가까워지는 것이다. 이것이 즉 참다운 삶이었고, 체험이었으며, 파괴되지 않고 아직도 존재하고 있는 것으로 돌아가는 것이다. 이것이 예술이 뜻하는 것이었다.

기차는 숲을 지나쳤다. 기차가 비탈진 벌판에 오르자 드넓은 언덕이 눈앞에 펼쳐졌다. 검푸른 감자밭이 평평하게 가로질렀고, 그 건너편 꼭대기는 한 냉지였다. 기차의 꼬리 뒤에는 짙은 구름이 하늘을 온통 덮고 있었다. 구름 사이로 해가 비쳐서 눈부시게 빛나더니 창문에 반사되어 빛이 사방으로 퍼져나갔다.

그 때 갑자기 차갑고 센 빗발이 햇빛에 빛나며 쏟아졌다. 세찬 소나기가 쏟아졌고, 비는 뒤에 처지기가 싫어서 따라오려고 애를 쓰듯 허둥지둥 쫓아왔고, 바퀴의 덜컹거리는 소리와 빗소리가 한데 섞였다.

유리 안드레예비치가 이것을 의식하는 찰라에 구세군 그리스도 교회가 언덕 언저리 너머에 보였으며, 곧이어 도시의 원형 지붕과 굴뚝과 집들이 보이기 시작했다.

「이제 모스크바에 도착합니다.」

객실로 들어온 포고렙시크가 말했다.

「서서히 내릴 준비를 해야겠군요.」

포고렙시크는 일어나서 자기 가방을 열고 무엇인가를 찾더니 살이 찐 오리 한 마리를 꺼냈다. 그리고 그에게 건네 주며 말했다.

「이것 받으세요. 기념 삼아 드리겠어요. 당신같이 기분 좋은 말벗과 함께 지낸 적이 없었어요.」

유리 안드레예비치는 거절했으나 그는 자기 뜻을 굽히지 않았다.

「알았읍니다. 그럼 이건 당신이 내 아내에게 주는 선물이라고 생각하고 받도록 하겠읍니다.」

「당신 부인이라고요? 네, 정말 멋있는 말입니다.」

그는 생전 그런 말은 처음 듣는 것처럼 즐거워하며 자꾸 입밖으로 그 말을 되풀이 하며 큰소리로 웃고 떠들며 소란을 한바탕 벌이자 『왕자님』도 슬그머니 나와서 뛰어다니며 좋아했다.

기차가 드디어 플랫폼에 도착했다. 찻간은 한밤중처럼 지척이 구별되지 않게 어두웠다. 그 귀머거리인 청년은 어떤 인쇄 포스터를 찍어 낸 종이로 포장한 오리를 내밀었다.

제 6 장   모스크바의 야영

1

지바고는 이제 얼마 남지 않은 두 시간이 가지 않고 멈춘 것 같았고, 아직 정오가 되지 않은 것 같았다.

그러나 그가 탄 급행 열차가 해가 이미 진 후에 드디어 스몰렌스키 거리의 수많은 군중을 어렵게 뚫고 서서히 움직일 때는 벌써 어두워지고 있었다.

여러 해가 지나고 나서 유리 안드레예비치가 이 날을 돌이켜 보았을 때는, 그가 역에서 처음 받은 인상 때문인지 아니면 일어난 사건 때문에 달라졌는지 모르지만, 텅 빈 가게는 모두 문이 닫혀 있고, 지금껏 청소도 하지 않은 더러운 광장에는 살 것이나 팔 것도 없었으므로 그곳에 모일 필요가 전혀 없었으나 군중은 그저 습관처럼 장터에 모인다고 생각했다.

그는 그때에는 마른 편인 늙은 남자가 옷을 깨끗이 차려 입고, 또한 여자와 함께 몸을 움츠리고 벽에 붙어서서 지나다니는 사람들, 아무도 사려고 하지 않고, 아무 소용도 없는 조화와 유리 뚜껑과, 주둥이가 있는 커피 포트, 검은 이브닝 드레스, 폐지된 관청의 제복을 내놓고 있는 장면을 본 것 같았다.

더 허름한 차림의 사람들은 곰팡이 핀 검정 빵과 눅눅하고 더러운 설탕 덩이와 반으로 토막 낸 값싼 담배 따위를 웃돈을 얹어 주고 사야 했다. 이런 보잘것 없는 물건이 장터에서 팔렸고 손에서 손으로 넘어갈 때마다 물건 값이 점점 비싸졌다.

마차는 광장으로 통하는 골목길로 들어섰다. 넘어가는 해가 등에 따사롭게 비쳤다. 그들 앞에서 빈 채로 덜커거리는 짐마차가 지나쳤다. 마차는 햇살 아래서 눈부시게 빛나는 먼지 구름을 일으켰다. 그들은 앞을 가로막던 마차를 젖히고 앞장서게 되었다. 그들은 더 빠른 속도로 마차를 몰았다. 유리 안드레예비치는 벽과 울타리에 붙여졌던 포스터와 신문이 길거리에 지저분하게 흩어져 있는 것을 보고 깜짝 놀랐다. 바람이 불어 그 종이를 한 방향으로 몰아가면 말굽과 바퀴와 또 사람들의 발길이 또 다른 쪽으로 몰아붙였다.

그들이 탄 마차는 건널목을 몇 개 지나 드디어 유리 안드레예비치의 집이 있는 길 모퉁이에 닿았다. 이내 마차가 섰다.

유리 안드레예비치는 크게 한 번 숨을 몰아 쉰 뒤에 마차에서 내려 앞문으로 가서 초인종을 눌렀다. 안에서 아무 대답이 없자 유리는 다시 초인종을 눌렀다. 그래도 대답이 없자 그는 짧게 초인종을 계속 눌렀다. 아직도 초인종을 계속 누르고 있는데 문이 열리더니 안토니나 알렉산드로브나가 보였다. 그들은 너무나 뜻밖의 상면이라서 어리둥절해서 정신을 차리지 못했다. 활짝 열린 문 앞에 선 토냐는 잠시 후에야 정신을 차리고 남편 유리의 가슴에 안겼다. 그들은 각자의 말을 가로막으며 동시에 말했다.

「우선, 모두 별일 없겠지?」

「그럼요, 안심하세요. 모두 무사하고 말고요. 당신에게 그런 편지 쓴 거 용서해 줘요. 아, 그 얘기는 나중에 하도록 해요. 왜 전보를 치지 않았어요? 마르켈이 곧 당신 짐을 옮길 거예요. 예고로브나가 문을 열지 않아서 걱정하셨죠? 그녀는 시골에 내려갔어요.」

「토냐, 당신 왜 이렇게 말랐지? 그러나 젊어 보이는군. 당신은 여전히 아름다와. 마부에게 요금을 주고 오겠소.」

「예고로브나는 밀가루를 구하러 갔어요. 그리고 다른 하인은 모두 내보냈어요. 당신은 모르시겠지만 새로 온 뉴샤라는 계집아이가 사샤를 봐 주고 있지요. 모두 당신을 애타게 기다렸답니다. 고르돈, 두도로프, 모두가 기다렸죠.」

「사샤는 어떻소?」

「네, 하나님 덕분에 잘 있어요. 지금 잠이 깨었어요. 여행으로 지저분하지만 않으면 지금이라도 만날 수 있어요.」

「아버지는 집에 계신가?」

「연락 못 받으셨나요? 아버지는 회장이 되셨어요. 아침부터 밤 늦게까지 지방 의회에 나가서 일하세요. 참, 마부에게 요금은 지불했어요? 마르켈! 마르켈!」

그들의 궤짝과 옷가방이 길거리 중앙을 막고 서 있었기 때문에 그 옆을 지나가던 사람들은 그들을 머리부터 발끝까지 훑어보았다. 그들은 떠나는 마차와 열려 있는 현관을 힐끔힐끔 쳐다보며 다음에 벌어질 일을 궁금해 했다.

마르켈은 벌써 외투를 입고 모자를 손에 든 채 젊은 주인을 맞으려고 성급히 달려오며 큰 소리로 말했다.

「아휴, 하나님 맙소사! 유로츠카 서방님이시군요. 이제야 오셨군요. 우리의 소중한 유리 안드레예비치님! 우리 모두가 올린 기도 덕분에 무사히 돌아오시게 되었군요. 아니, 당신들은 뭐요?」

그는 구경꾼들에게 호통을 쳤다.

「무슨 구경거리라고 그래요. 어서 가요. 어서 가.」

「마르켈, 잘 있었어? 어디 한번 안아 보세. 모자는 쓰고. 무슨 소식 없나? 자네 부인은 잘 있나? 딸들도 잘 자라고?」

「그 애들이야 물론 잘 있습죠. 서방님이 전선에서 환자를 돌보시는 일을 하는 동안 우리도 그리 한가하지만은 않았어요. 얼마나 엉망진창이고 미쳐서 날뛰는지 귀신도 가려 낼 수가 없었을 거예요. 길은 청소를 하지 않아 더럽고, 지붕은 새고 집은 페인트가 벗겨져 있고 뱃속은 텅 비어 있죠. 토지도 몰수하지 않고 보상도 없기 때문에 참다운 평화가 왔다고 떠든답니다.」

「마르켈, 그런 소릴 하면 고발하겠어요. 마르켈은 늘 저런 말을 해요. 유로츠카, 난 저 바보 같은 말을 듣고 있지 못하겠어요. 당신이 듣기 좋아할 줄 알고 저런 말을 하는 거예요. 마르켈, 이제 정신차릴 때도 됐어요. 당신은 사려 깊은 사람이에요. 당신이 누구보다 우리에 대해서 잘 알고 있을 거예요.」

그들은 집 안으로 들어갔다. 마르켈은 유리 안드레예비치의 짐을 모두 들여놓은 뒤 문을 닫고서 은밀히 말을 계속했다.

「안토니나 알렉산드로브나는 무척 화가 났답니다. 아시겠지만 요새는 늘 저러죠. 『마르켈, 마음이 너무 시커멓단 말야.』하고 말한답니다. 요즘은 어린 아이나 심지어는 애완용 개까지도 뭐가 뭔지 모두 안다고 그러시죠. 네, 그 얘기가 옳아요. 유로츠카, 믿으실지 못 믿으실지 모르지만, 제가 생각하기에는 140년 동안 돌 아래 묻혔던 메이슨의 예언을 읽어 보니 이제 우리는 팔려가는 신세가 되었다는군요. 제가 외람되게 한 말씀드리자면 직접 알아보도록 하세요. 안토니나 알렉산드로브나가 내게 그만두라고 자꾸 손짓을 하는군요. 당신도 보이죠?」

「마르켈, 이제 됐으니까 짐을 내려놓고 가보게. 고맙네. 내가 궁금한 게 있으면 부르겠네.」

2

「이제야 겨우 마르켈을 보냈군요. 당신이 좋다면 그 사람 얘기를 들어도 돼요. 그의 얘기는 모두 거짓이에요. 어떤 때 보면 영락 없는 바보 천치예요. 그렇지만 그는 비밀리에 칼을 갈고 있어요. 다만 그는 칼로 누구를 찌를지 결정하지 않았을 뿐이에요.」

「그건 좀 지나친 얘기 같군. 술이 취한 것 같다는 말밖에 난 못하겠는 걸.」

「당신, 그가 술 취하지 않은 걸 본 적이 있어요? 난 그가 아주 지겨워요. 당신 어서 사샤가 잠들기 전에 보도록 해요. 기차에 발진티푸스만 돌지 않으면 괜찮은데…… 혹시 몸에 이 같은 거 있어요?」

「아니, 없어. 나는 전쟁 전과 똑같이 아주 편안한 여행을 했어. 그러나 세수를 해야겠어. 나중에 목욕을 하도록 하고. 어디로 가야 하는 거지? 왜 응접실을 거쳐 가지 않지? 지금은 다른 곳으로 올라다니는 거요?」

「참, 당신은 알지 못하죠. 아버지와 제가 궁리한 끝에 아래층을 농업전문학교에 제공하기로 했어요. 겨울에는 이 넓은 곳을 난방하기란 곤란한 일이거든요. 위층도 너무 넓은 걸요. 그래서 아래층은 그렇게 한 거예요. 아직 짐이 다 도착하지는 않았지만 도서실 책과 식물 표본실 씨앗 표본을 갖다 놓았어요. 곡식이 있어서 쥐가 생길까봐 걱정이에요. 지금까지는 괜찮아요. 방을 청결하게 했어요. 이제는 방이라고 하지 않고 『주거 공간』이라고 한답니다. 이리 오세요. 거기가 아니라 뒷쪽 계단을 이용해야 해요. 내가 안내할께요.」

「방을 내준 건 잘한 일인 것 같군. 내가 있던 병원도 귀족의 별장이었소. 방이 줄지어 늘어서 있고 바닥에는 무늬목이 새겨져 있었지. 밤이면 종려나무가 병상으로 유령처럼 손을 내밀고 있는 듯해서 전선에서 실려 온 부상병들이 가끔 악몽을 꾸다 소리치며 일어났지. 물론 포격으로 충격을 받아 정상은 아니었지만 우리는 그 종려나무를 없애 버려야 했어. 내가 지금 하고 싶은 말은 부유한 사람들은 과거에 너무 건전치 못한 생활을 했다는 것이야. 가구와 방이 지나치게 많고 감정은 지나치게 섬세하고 표현도 너무 완곡했다고 볼 수 있어. 방을 내준 건 잘한 일이오. 우린 더 많은 방을 내주어야 해.」

「짐 중에서 불쑥 나온 저건 뭐예요? 꼭 새의 주둥이 같은데요. 오리네요! 아휴, 귀여워라! 멋진데요. 그거 어디서 구했어요. 믿어지지 않는데요. 요즘엔 아주 귀한 물건이에요.」

「기차에서 선물받은 거야. 그건 나중에 얘기하도록 하지. 이건 부엌에 갖다 둘까?」

「네, 그렇게 해요. 당장 뉴샤에게 털을 뽑고 씻으라고 해야겠어요. 이번 겨울에는 굶어 죽고 얼어 죽는 사람이 많을 거라고 하더군요.」

「그건 나도 들었소. 어디서나 그런 소문이 들리더군. 조금 아까 나는 기차에서 창밖을 바라보며 세상에서 평화로운 가정과 일보다 더 소중한 게 있을까를 생각했지. 다른 것은 모두 타인의 손에 들어 있지. 수없이 많은 민중이 앞으로 고생을 할 거야. 어떤 사람들은 이곳을 떠나 코카서스나 더 먼 남쪽으로 떠나겠다고 하더군. 그러나 내 생각은 달라. 어른이라면, 이 나라 국민이라면 마땅히 국가의 운명을 함께 지고 나가야 하는 거야. 그러나 당신은 달라. 난 당신은 그런 어려움을 겪지 않게 되기를 원해. 난 핀란드같이 안전한 곳으로 당신을 보냈으면 좋겠어. 계단 하나를 오르면서 이렇게 말을 많이 하다가는 위층까지 영 올라가지 못하겠는데.」

「잠깐만요, 내가 깜빡 잊은 게 있어요. 당신에게 굉장한 소식을 알려 줄께요. 니콜라이 니콜라예비치가 돌아왔어요.」

「뭐라고? 어느 니콜라이 니콜라예비치를 말하는 거야?」

「콜랴 아저씨죠, 콜랴 아저씨.」

「토냐, 그게 사실이야?」

「네, 사실이에요. 스위스에서 계셨대요. 런던과 핀란드를 거쳐 돌아오셨어요.」

「토냐, 설마 당신은 아니겠지? 아저씨를 만나 봤소? 아저씬 지금 어디 계시지? 지금 당장 뵐 수 없소?」

「너무 서두르지 마세요. 지금은 시골의 어느 분 별장에 계세요. 모레 돌아오신다고 했어요. 아저씨가 많이 변하셔서 당신 아마 실망이 클 거예요. 돌아오시는 길에 페테르스부르크에 들리셨다는데 아저씨는 볼셰비키 편이더군요. 그래서 아버지와도 격렬한 논쟁을 벌였어요. 아니 왜 우리는 계속 올라가지 않고 자꾸 계단마다 멈추죠? 당신도 벌써 들었겠지만 앞으로는 고생과 위험스런 일과 이상한 일 외에는 좋은 일은 아마 없을 거예요.」

「내 생각도 마찬가지라오. 그래도 괜찮아. 모두 견뎌 나가야만 하는 일이니까. 분명히 말할 수 있는 것은 모두가 끝나는 건 아니라는 거야. 참고 견딜 수 있겠지. 다른 사람이나 마찬가지로 우리도 견딜 수밖에 없는 거야.」

「소문을 들으니 전기와 물, 그리고 장작까지 바닥날 거래요. 화폐도 없어지고 물자도 끊긴대요. 또 걸음을 멈췄군요. 아르바트에서 쓸만한 난로를 팔고 있대요. 그 난로는 신문지를 태워서도 밥은 지을 수 있대요. 주소를 알아 놓았어요. 어서 가서 다 팔리기 전에 하나 사야겠어요.」

「그럼 사도록 합시다. 잘 생각했어. 콜랴 아저씨 생각만 하면 가슴이 막 뛰는군. 당신은 어때?」

「나는 이런 계획을 세워 보았어요. 이층 구석 한쪽을 치우고 아버지와 사샤, 그리고 뉴샤와 당신이 함께 지낼 두세 개의 방만 연결되도록 해놓고 나머지 방은 모두 내주는 게 어떨까 하고요. 아파트처럼 간막이를 하고 난로 하나를 중심에 설치하고 연통을 창문으로 뽑는 거예요. 그리고 빨래나 식사 준비도 하고 또 식사도 하고 손님 접대도 하는 등 모든 것을 한 곳에서 한다면 연료도 절약할 수 있고 하나님이 보살펴 주시면 겨울을 무사히 보낼 수 있을 거예요.」

「너무 걱정하지 마오. 우린 겨울을 무사히 보낼 테니. 참 좋은 생각이야. 이거 어때? 오리 요리를 만들어, 콜랴 아저씨를 초대하면.」

「네, 멋진 생각이군요. 고르돈에게 술을 좀 가져오라고 해야겠군요. 그는 실험실 같은 데서 구할 수 있을 거예요. 자, 이 방이 내가 말한 바로 그 방이에요. 내가 선택했어요. 어때요? 가방은 그만 내려놓고 아래층에 내려가 궤짝을 가져오세요. 초대할 때는 두도로프와 슈라 슐레징그르도 불러요. 괜찮겠죠? 화장실은 잊어버리지 않으셨죠? 거기에 가서 소독약을 좀 뿌리세요. 그동안 나는 방에 가서 뉴샤를 아래층으로 내려 보내고 준비가 끝나면 당신을 무를께요.」

3

모스크바에서 유리 안드레예비치에게 가장 중요한 것은 그의 어린 아들이었다. 그는 아들이 태어나자 바로 군에 동원되었기 때문에 아들에 대해 아무것도 알지 못했다.

동원 명령을 받고서 출발하기 전 어느 날, 유리 안드레예비치는 토냐를 만나러 병원에 갔는데, 그는 벌써 군복을 입고 모스크바를 떠나려고 하던 중이었다. 그가 병원에 도착한 시간은 마침 산모가 아이에게 젖을 먹이는 시간이어서 병실에 들어갈 수 없었다.

그는 대기실에서 기다렸다. 잠시 후 산모가 있는 병실을 따라 나 있는 복도 끝의 유아실에서 열두어 명의 신생아들이 울어 대는 목소리가 요란히 들려왔다. 몇 명의 간호원이 마치 물건 꾸러미처럼 뭉친 신생아들을 감기에 걸리지 않게 하려고 잰걸음으로 양쪽 겨드랑이에 끼고 어머니에게 젖을 먹이라고 데려다 주었다.

아기들은 마치 자기의 하루의 일과인양 똑같은 목소리로 일제히 울었다. 그중 유독 한 목소리만 두드러지게 들렸고 다른 목소리는 모두 비슷하게 들렸다. 그 유난히 목소리가 튀어나오는 아기는 훨씬 우렁차고 무엇인지 심술이 나서 고함을 지르는 것처럼 느껴졌다.

유리 안드레예비치는 장인을 존경하는 뜻에서 아기 이름을 알렉산드르라고 이름짓기로 했다. 유리는 아기들의 울음 소리 중에서 귀에 유독 두드러지게 들리던 것이 자기의 아들일 것이라고 생각했는데, 그 이유는 이 특별한 울음소리가 개성이 있으며, 어느 특수한 인간의 인품과 운명을 나타내는 듯이 생각되었기 때문이었다.

그가 생각한 대로였다. 나중에 알고 보니 그 목소리는 유리 안드레예비치의 아들 사셴카의 목소리였다. 이것이 그가 알게 된 아들에 대한 최초의 인식이었다.

그 다음은 그가 전선에 있을 때 토냐가 보내 준 아들의 사진이었다. 그 사진에는 머리는 크고 입은 큐핏의 활과 같고, 안짱다리로 담요 위에 서서 춤을 추는지 주먹을 쳐들고 있는 잘생기고 명랑하고 통통한 어린아이의 모습을 보여주었다. 그때의 사셴카는 첫돌이 지나고 막 걸음마를 하는 중이었는데, 지금 그의 아들은 두 살로, 걷기를 시작했다.

유리 안드레예비치는 옷가방을 창가의 탁자 위에 놓고 짐을 풀었다. 이 방이 전에는 어떤 방이었는지 궁금했다. 그 방은 낯선 방이었다. 토냐가 가구나 벽지를 바꾸었거나 새로 단장을 한 것 같았다.

유리 안드레예비치는 트렁크를 열고 면도 도구를 꺼냈다. 창의 건너편에 선 교회탑의 기둥 사이로 환한 보름달이 솟았다. 가방 맨 위에 있던 옷가지와 책에 달빛이 비치자 방 안의 광선이 달라졌고, 유리 안드레예비치는 자기가 집에 와 있음을 새삼 깨닫게 되었다.

그 방은 고인이 된 안나 이바노브나가 못 쓰는 의자와 탁자, 그리고 폐지를 두는 창고로 쓰던 방이었다. 이 방에다 그녀는 여름이 되면 집안의 서류와 겨울옷을 보관한 가방을 두었다. 그녀가 살았을 때는 천장까지 물건이 가득 차 있어서 아이들은 들어가지 못하게 했다. 성탄절이나 부활절에는 파티에 아이들도 많이 왔는데 그때가 되면 이 집의 맨 위층이 모두 개방되어 그곳의 문이 열렸다. 그들은 그 방에 들어가 책상 아래 숨고 검댕으로 얼굴에 검은 칠을 하고 산적놀이도 했다.

유리 안드레예비치는 이런 일을 생각하고 있다가 다시 홀에 있는 궤짝을 가지러 뒤쪽 계단으로 내려갔다.

아래층 부엌 난로 앞에서는 유난히 수줍어하는 뉴샤가 앉아서 신문지를 깔아 놓고 오리의 털을 뽑고 있었다.

뉴샤는 손에 무거운 짐을 들고 있는 유리 안드레예비치를 보자 얼굴을 붉히며 털을 털더니 유리에게 공손히 인사를 하고 자기가 들겠다고 했다. 유리는 고맙지만 자기가 하겠다고 말하면서 위층으로 올라갔다.

유리가 예전에 안나 이바노브나가 창고로 쓰던 방으로 들어서자 곧바로 두 번째나 세 번째 방에서 아내가 부르는 소리가 들렸다.

「유리, 이제 들어와도 돼요.」

그는 예전에 자기와 토냐가 공부방으로 쓰던 방으로 들어갔다. 침대에 있는 아들은 사진에서 보았을 때보다 잘생기지는 않았지만 그대신 유리의 어머니인, 지금은 고인이 된 마리아 니콜라예브나 지바고와 놀랍게도 판에 박은 듯이 닮아서, 가지고 있는 어머니의 사진보다 더 닮은 듯했다.

「아가, 아빠야. 아빠께 손을 드려라.」

안토니나 알렉산드로브나는 아빠가 아이를 안고 손을 잡도록 하려고 침대를 낮추며 말했다.

아들 사샤는 면도도 하지 않아 수염이 덥수룩한 남자가 가까이 다가오자 가만히 있다가, 유리가 아이를 안으려고 하자 아이는 놀라서 유리를 밀치고 엄마의 옷을 잡고 유리의 뺨을 때렸다. 아이는 자기가 하고도 겁이 났는지 엄마 품에 안겨 얼굴을 묻고 서럽게 울어 댔다.

안토니나 알렉산드로브나는 아이에게 야단을 쳤다.

「그러면 못 쓴단다. 아빠가 사샤는 나쁜 애라고 생각하시잖아. 아빠께 뽀뽀를 해 드리렴. 울지 마. 왜 우는 거지? 바보같이 울긴 왜 우니.」

유리는 얼른 아내에게 말했다.

「괜찮으니 놔둬요. 애가 뭘 안다고 그러오. 그냥 내버려둬요. 당신 생각이 어리석은 거야. 잘못되긴 뭐가 잘못돼. 애가 당연한 일이지 뭐. 아이는 나를 처음 보는 거잖아. 내일이면 그러지 않을 거야. 우리는 친해질 테니 두고 봐.」

유리 안드레예비치는 그렇게 말은 했지만 불길한 예감이 떠나지 않았다.

4

그 후 며칠이 지나지 않아서 유리 안드레예비치는 자기가 얼마나 홀로 고립되었는지를 깨달았다. 그러나 그 누구도 비난하지 않았다. 그는 자신이 받아야 하는 댓가를 치르는 것이라고 생각했다.

친구들은 이상하게도 멍청해졌고 모두 활기를 잃고 있었다. 자기의 견해나 나름대로의 세계를 가진 사람은 찾아볼 수 없었다. 그의 기억력 속에서의 그들이 훨씬더 생생했다. 그것은 예전에 자신이 그들을 과대평가한 탓인지도 모른다. 대개의 사람들이 가난하게 초라한 삶을 이끌어 가는 반면에, 부유한 자들은 다른 사람을 희생시킴으로써 제멋대로 바보 같은 행동을 하거나 괴팍한 짓을 하게 만들어 주던 과거의 질서 속에는 소수 특권층의 우매함과 태만을 순수한 개성과 독창성으로 오인하기가 너무 쉬웠다.

그러나 하류 계급층이 봉기하고 부유층이 특권을 잃자 그들은 몹시 빨리 사라졌고, 아무 후회 없이 독립적인 사상과 결별하였으니, 그들에게는 처음부터 자극적인 생각이란 존재하지도 않았음이 분명해진 것이다.

이제 유리 안드레예비치가 가까이 지낼 수 있는 친근한 사람은 아내와 장인, 두세 명의 의사 그리고 평범한 노동자 몇 명뿐이었다.

유리 안드레예비치가 도착한 지 이삼 일 후 계획대로 오리와 보드카 파티가 열렸다. 파티에 초대된 사람은 모두 미리 만났기 때문에 처음 만나는 자리는 아니었다.

배고픈 시절이라 이 정도의 커다란 오리는 사치스러울 정도였으나, 곁들일 빵이 없기 때문에 그 훌륭한 요리도 오히려 마음을 우울하게 만들었다.

고르돈이 마개를 굳게 닫은 약병에 든 술을 가져 왔다. 술은 암시장에서 제일 환영받는 교환 수단이었다. 안토니나 알렉산드로브나는 병에서 손을 떼지 않고 시종일관, 필요할 때마다 물을 조금씩 탔으므로 술은 어떤 때는 너무 약하고 또 어떤 때는 너무 독했다. 일정치 않은 술 때문인지 더 독하고 빨리 취하는 것 같았다. 이것 역시 신경 쓰이는 일이었다.

그러나 가장 슬픈 일은, 그들의 파티가 현실과 동떨어진 것이라는 점이었다. 바로 이 시각에 바라다보이는 맞은편에 사는 사람들이 그들과 똑같이 먹고 마신다고는 볼 수 없는 일이었다. 창밖에는 적막하고 굶주리고 있는 모스크바가 묵묵히 서 있었다. 모스크바는 텅 비어 있어서 유흥이나 보드카 따위는 생각도 못할 일이었다.

살아가는 데 있어서 주위 사람과 같은 생활을 하고 그런 생활 속에 전적으로 몰입하는 생활이 진실된 삶이지, 혼자서 고립되어 행복한 생활을 하는 것은 결코 행복하다고 볼 수 없다.

식탁 위에 놓인 오리 고기와 보드카는 시내에서 유일한 것이었지만, 그것은 이미 오리도 술도 아니었다. 그들은 이것이 더욱 슬펐다.

손님들도 역시 불쾌한 생각으로 침울했다. 고르돈이 음울한 생각에 빠져서 서투르고 퉁명스럽게 사상을 언급할 때는 괜찮았다. 그는 유리 안드레예비치의 좋은 친구였으며, 학교에서도 모두 그를 좋아했다.

그러나 고르돈은 이제 새로운 인간이 되려고 결심을 했으며 그 결과는 별로 좋지 않았다. 그는 쾌활하고 명랑한 척하면서, 농담을 하고 『재미있어』 『정말 우스워』라는 말을 자꾸 했는데, 인생을 오락으로 여기지 않는 사람이기 때문에 고르돈에게는 그런 표현과 행동이 어울리지 않았다.

두도로프가 도착하기 전에, 그는 재미있는 화제거리로 친구 사이에 오고가는 얘기와 두도로프의 결혼에 관한 말을 했는데, 유리는 처음 듣는 말이었다.

두도로프는 결혼한 지 일 년쯤 되어 이혼했다는 것이었다. 그 경위가 터무니없다는 것이었다.

두도로프는 실수로 징집당했다. 그는 군복무중 그의 징집이 실수였음이 판명되었다. 그는 군복무 기간 동안 상관에게 경례를 하지 않고 멍청히 바라보고만 있어서 벌받은 적이 있었는데, 그래서인지 사회에 나와서도 그는 장교만 보면 경례를 올리려고 손이 저절로 올라가고 조심히 주위를 살폈으며, 이디를 가나 눈에는 견장만 들어왔다.

그당시 그는 하는 일마다 실수투성이였고 잘하는 일이 없었다. 그 무렵 그는 볼가 강가에서 증기선을 기다리다가 역시 같은 배를 기다리던 두 젊은 자매를 만나서 사귀게 되었다. 주위에는 수많은 군인이 있었고, 그는 군대생활로 인해 멍해진 정신 상태에서 생각도 없이 급히 동생되는 처녀에게 청혼을 하고 말았다는 것이다.

「어때, 재미있지?」

고르돈이 물었을 때 주인공인 두도로프가 방으로 들어왔기 때문에 이야기는 중단되고 말았다.

두도로프는 완전히 다른 인간으로 변모해 있었다. 예전에는 경솔하고 가볍던 사람이 이젠 신중한 학자로 변해 있었다.

그는 학창 시절, 정치범 탈옥 사건과 관계가 있다는 이유로 퇴학당해 한동안 예술 학교를 몇 군데 다녀 보았으나 종래는 고전을 공부했다. 그래서 그는 친구보다는 늦게 전시중에 대학을 졸업하고, 지금 그는 러시아 역사와 역사개론 두 강좌를 맡고 있었다. 그는 이반 대제의 토지 정책과 생쥐스트에 대한 연구를 저술하기도 했다.

두도로프는 약간 떨리는 듯한 낮은 음성으로 꿈을 꾸듯 한쪽만 바라보며 한 곳에 시선을 고정시킨 채 강의하듯 이야기했다.

밤이 깊어 파티가 끝날 무렵, 슈라 슐레징그르가 불쑥 나타나고, 모두 취하여 서로 목소리를 높여 외칠 때, 유리와는 어린 시절부터 친구이면서도 언제나 『자네』라고 부르는 이노켄티가 여러 번 같은 질문을 했다.

「혹시 자네 《전쟁과 평화》와 마야코프스키의 《플룻의 가시》를 읽어 본 적 있나?」

「내가 벌써 대답했는데 왜 듣지 못했지? 자네 실수야. 다시 한 번 말해 주지. 나는 마야코프스키를 좋아하네. 그는 어떤 면으로는 도스토예프스키의 계승자라고 할 수 있지. 아니면 이폴리트, 라스콜리니코프 또는 《미성년》의 주인공처럼 도스토예프스키의 아직 어린 반항적인 인물 중 누군가가 쓴 서정시라고 말할 수 있을까. 굉장한 실력이야. 단호하고 솔직하지. 더 중요한 것은 대담하게 비약해서 사회와 우주 공간을 정면으로 공격하는 솜씨도 훌륭하지!」

파티의 주요 인물은 말할 것도 없이 콜랴 아저씨였다. 안토니나 알렉산드로브나가 니콜라이 니콜라예비치가 어느 별장에 가 있다고 한 것은 모르는 말이었다. 그는 유리가 모스크바에 온 날 시내에 도착해 있었다. 유리는 벌써 콜랴 아저씨를 두세 번 만나 실컷 웃고 이야기를 나누었다.

두 사람은 어느 잔뜩 흐린 음울한 저녁 무렵에 첫번째로 만났다. 그날은 가랑비가 촉촉히 대지를 적셔 주었다. 유리 니콜라예비치는 니콜라이 니콜라예비치가 묵고 있는 호텔로 찾아갔다. 그 무렵에는 시 당국의 허가가 있어야 호텔에 투숙할 수 있었는데, 그는 유명한 인물이고, 옛 친구가 도처에 있기 때문에 투숙할 수 있었다.

호텔은 마치 직원들이 모두 도망친 정신병원같이 어수선했다. 층계와 복도는 텅빈 상태였고, 인적조차 없는 황량한 광장이 그의 방 커다란 창문을 통해서 보였다. 눈에 보이는 광경은 실제로 눈에 나타난 것인지 꿈 속에서 보는 것인지 도무지 믿어지지 않는 광경이었다.

유리 안드레예비치와 니콜라이 니콜라예비치의 만남은 실로 놀라운 것이었다. 어린 시절의 우상이요, 그의 마음을 온통 차지했던 그 주인공이 다시 모습을 나타낸 것이었다.

니콜라이 니콜라예비치는 반백의 머리에 헐렁한 외국 옷이 썩 잘 어울렸으며, 나이보다 훨씬 더 젊어 보이는 미남이었다.

니콜라이 니콜라예비치도 시대의 격변으로 인해 다소 빛을 상실했다. 그러나 유리 안드레예비치는 그를 자로 재듯 관찰하고 평하려는 생각은 전혀 없었다.

유리는 그가 정치에 대해 이야기할 때의 초연함과 냉철함을 보고는 놀랐다. 그는 현재 러시아 상황을 알지 못한 채 오만할 정도로 자신만만했다. 그런 점은 그가 외국에서 온 지 얼마 되지 않았음을 새삼 느끼게 했다.

그러나 두 사람은 만나자마자 너무 반가와 몇 시간 동안 서로 목을 껴안고 울고 웃고 흥분하느라 대화가 자꾸 단절되었다. 이 친척지간인 두 인물이 만났는데, 그들은 지난 일을 다시 기억하고 헤어져 있는 동안 일어났던 일을 이야기하곤 했지만, 창조적인 지성과 연관이 있는 것에 대한 오기를 시작하는 순간에는 숙부나 조카라는 것과 연령의 차이는 모두 사라졌다. 단지 정력과 원칙, 기본적인 힘의 대립만 대두되었다.

지난 십년 동안 니콜라이 니콜라예비치는 작가의 매력과 창작의 운명의 본질에 관해 이렇게 적절한 대화를 나눈 적이 없었고, 또한 자기의 생각과 이렇게 일치한 사람도 일찌기 존재하지 않았다. 유리 안드레예비치 역시 그와의 대화처럼 정확하고 통찰력이 깊으며 영감을 불러일으킨 말을 들은 적이 없었다.

두 사람은 저마다 감탄사를 연발했고, 흥분하여 방안을 왔다갔다 하며, 서로가 얼마나 완벽하게 이해하는지를 깨닫고는 환희에 차 말없이 유리창을 손가락으로 두드렸다.

그들의 첫번째 만남은 그랬지만, 그후 몇 번 더 함께 시간을 보내고나니 유리 안드레예비치는 삼촌 니콜라이 니콜라예비치가 완전히 다른 사람으로 변모했음을 알게 되었다.

그는 마치 모스크바에 손님으로 온 것같이 행동했으며, 그런 인식을 좀처럼 바꾸려 하지 않았다. 또한 그가 고향을 페테르스부르크로 생각하는지 아니면 다른 곳으로 생각하는지도 확실하지 않았다. 그는 사회적 유명인사이며 정치적인 예언자로서의 역할에 만족해 했다. 그는 파리협정 전에 마담 롤랑의 집에서와 같은 정치 살롱이 모스크바에도 있어야 한다고 생각하는 것 같았다.

니콜라이 니콜라예비치는 모스크바의 작은 뒷골목에 있는 아파트로 여자 친구를 찾아가서, 그녀와 그녀의 남편이 결단성이 없고 편협하다며 나름대로 판단해 주고 장난삼아 골렸다.

그는 예전에는 금서나 오르페우스 신화를 많이 읽은 것에 대해 한껏 자랑하고 다니더니 이제는 신문에 정통한 것을 자랑해 댔다.

소문에 의하면 니콜라이 니콜라예비치는 스위스에 젊은 새 애인과, 종결짓지 못한 일과 완성시키지 못한 저서를 놓아 두고 격전중인 조국의 소용돌이 속에서 잠시 머무르다가 다행히 별 상처없이 목숨을 연명한다면 언제라도 알프스로 떠난다는 것이었다.

그는 볼셰비키 편이었고, 이따금 자기와 사상이 같은 두 명과 함께 좌익 사회주의 혁명을 입에 올렸는데, 한 사람은 미로슈카 포모르라는 필명으로 글을 쓰는 기자였고, 다른 한 명은 출판인인 실비야 코테리였다.

알렉산드르 알렉산드로비치는 그에게 비난을 퍼부어댔다.

「어떻게 떠나 왔는지 도대체 놀랍기만 하네, 니콜라이 니콜라예비치! 미로슈카 양반을 버리고 말야! 이게 무슨 엉터리 같은 말이람. 그리고 리디야 포코리는 어떻게 하지?」

「포코리가 아니라 코테리예요.」

니콜라이 니콜라예비치가 얼른 수정해서 말했다.

「그리고 실비야고요.」

「포코리나 코테리나 그게 그거야. 그 이름이 무슨 상관이라고. 그건 아무 문제도 안 된다니까요.」

「아니예요. 그래도 틀린 건 틀린 거죠.」

니콜라이 니콜라예비치도 고집을 죽이지 않고 계속 버텼다. 그와 알렉산드르 알렉산드로비치는 이런 주장을 했다.

「아니, 우리가 무슨 쓸데없는 말씨름을 하고 있죠. 이런 처사가 그저 수치스러워요. 이건 기본적인 겁니다. 지난 수세기에 걸쳐서 인민들은 상상조차 하기 어려운, 견디기 힘든 빈곤 속에서 살아왔습니다. 어느 역사책이라도 한 번 펼쳐 보십시오. 그 이름이야 뭐라고 부르든지, 봉건 제도니 농노 제도니, 또는 자본주의와 공업, 이 모든 것이 오래 전부터 자연스럽지 못하고 부적절하다고 여겨져 모든 국민에게 희망을 주고 모든 것을 제 위치에 복귀시키려고 폭동이 일어나는 겁니다. 당신도 알겠지만 구체제를 일부 손질한다는 것은 적절한 게 아녜요. 근본적인 뿌리에서부터의 와해가 절실히 필요합니다. 그 체재의 와해가 어쩌면 건물을 붕괴시킬지도 모릅니다. 그러나 그래도 괜찮아요. 그게 무슨 상관입니까? 세상만사가 시간문제입니다. 이 사실을 반발할 수 있겠읍니까?」

「내가 하려는 말은 그런게 아니라 이런 겁니다.」

알렉산드르 알렉산드로비치가 벌컥 화를 냈기 때문에 갑자기 분위기가 험상궂게 되었다.

「자네와 포코리와 미로슈카는 양식이 없어. 언행이 일치하지 않는단 말야. 그 논리는 또 뭐 그런가? 합당한 점이 전혀 없단 말야. 잠시만 기다리게. 내 자네에게 보여 줄 게 있으니까.」

그는 책상 서랍을 열었다닫았다 하고 큰 목소리로 떠들면서 어떤 기사가 실린 신문을 찾고 있었다. 그는 분명 그렇게 시선을 집중시켜 자신의 멋진 웅변거리를 찾아내려는 의도일 것이 분명했다.

알렉산드르 알렉산드로비치는 그가 이야기하는 중간에 방해받기를 즐겼는데, 그 이유는, 얘기가 어긋날 때 그가 우물쭈물하거나 큰기침이나 헛기침을 할 수 있었기 때문이었다. 무슨 물건을 잃어 버리고 찾을 때엔 또 으레히 말이 많아졌는데, 어두운 방에서 신을 한 짝 찾는다거나 어깨에 수선을 걸치고 목욕탕 문에 섰을 때, 식탁에서 무거운 접시를 나르거나 손님에게 포도주를 따라 줄 때 더욱 그랬다.

유리 안드레예비치는 장인의 이야기를 즐겨 들었으며 또한 좋아했다. 그는 그로메코 특유의 부드러운 목청을 울리는 발음과, 귀에 익은 노래부르는 듯한 옛 모스크바의 발음을 특히 좋아했다.

알렉산드르 알렉산드로비치의 짧게 자른 콧수염이 있는 윗입술은 아랫입술 위로 유난히 삐져 나와 있었다. 그 모습은 어린아이처럼 순수히고 다른 사람을 감동시킬 수 있는 신뢰할 만한 분위기를 느끼게 했다.

파티가 열리던 날 슈라 슐레징그르는 밤늦게 모습을 나타냈다. 그녀는 어느 모임에서 곧장 이곳으로 왔는지 잠바에 노동 모자를 쓰고 있었다. 그녀는 방으로 뚜벅뚜벅 걸어 들어와 여러 사람과 차례로 악수를 나눈 뒤 당장 불평을 쏟아 놓았다.

「토냐, 잘 있었어? 안녕하세요, 알렉산드르. 당신이 잘못한 걸 알죠? 유리가 모스크바에 돌아온 사실로 온통 떠들썩한데 나는 이제야 겨우 알았으니 말이에요. 너무하셨어요. 내가 신통치 않은 탓도 있긴 하지만. 그래 내가 그렇게 기다리던 사람은 지금 어디에 있죠? 내가 그를 보러 가야지. 안녕하세요? 책을 읽긴 했지만 뭐가 뭔지 이해하기 힘들더군요. 그래도 훌륭하다는 건 알 수 있었어요. 안녕하세요. 니콜라이 니콜라예비치? 당신한테 할 말이 있으니 잠시 후 다시 올께요, 유로츠카, 안녕, 젊은이 당신도 왔군요. 안녕하세요, 젊은이들. 아, 당신도 여기 있었군. 고고치카? 얼간이, 얼간이라고. 하하하하. 먹고 싶어, 응?」

그녀가 제일 끝에 한 말은 그로메코 집안과 친척뻘 되는 고고치카에게 한 말인데 그는 천재라면 무조건 열렬히 숭배하는 자로, 그는 어리석고 바보 같은 행동을 하기 때문에 얼간이라고 했고, 몸이 말랐기 때문에 촌충이라고도 했다.

「먹고 마시던 중이었나요? 나도 함께 어울리죠. 자, 친구여. 여러분은 기막힌 구경거리를 놓쳤읍니다. 보지를 못했으니 알 리가 있나. 만약 무슨 일이 벌어졌나를 알면 정말 놀랐을 거예요. 책에서 읽는 게 아니라 실제로 군인과 노동자가 모이는 대규모 집회에 한번 참석해 보세요. 그들은 아마 당신들에게 승리를 안겨다 줄 겁니다. 나는 방금 한 수병이 얘기한 것을 듣고 왔어요. 그 말을 들으니 그저 말문이 막히더군요. 정말 정열적이더군요. 기막힌 단합이었어요.」

슈라의 말은 자꾸 끊어졌다. 사람들이 자꾸 그의 말을 가로막았기 때문이었다. 그는 유리 안드레예비치 옆에 바짝 앉아 손을 잡고 자기 얼굴을 그의 얼굴에 가까이 댄 후 큰소리로 말했다.

「유로츠카. 내가 기회를 봐서 한번 데리고 갈게. 인간이란 안테우스처럼 땅의 냄새를 맡아야 한단 말이야. 왜 그렇게 무서운 눈초리로 날 쳐다보는 거지? 왜 내가 늙은 특사라는 사실을 몰랐단 말인가? 옛 베스투제프 학생이지. 유로츠카, 나는 감옥에 다녀왔고 바리케이트를 치고 싸움도 했지. 물론이고 말고, 그래, 자네 생각은 어떤가? 우리는 그들을 전혀 모르고 있어. 난 지금 거기서 오는 길이야. 난 그들과 어울렸었지. 나는 도서를 수집해서 그들에게 도서관을 만들어 주려고 해.」

그녀는 술을 마셔서 취했다. 유리 안드레예비치도 너무 취해서 머리가 빙글빙글 돌았다. 유리는 왜 슈라는 방의 한쪽 끝에 있고, 자기는 바라보이는 건너편 쪽에 있는지 도무지 알 수가 없었다. 그는 자기도 의식하지 못하는 사이에 사람들 앞에 나서서 연설을 하고 있었다. 사람들은 그의 연설을 귀담아 듣지 않았다.

「여러분, 제가 여러분에게 드리고 싶은 말씀은……미샤, 고고치카, 토냐, 사람들이 내 말을 듣지 않으려 하니 어떡하지? 여러분 제가 한 말씀하겠읍니다. 그 사태가 우리 목전에서 터지기 전에, 우리가 서로를 잃지 않고, 우리 영혼을 잃지 않도록 하나님이 보살펴 주실 것입니다. 고고치카, 아직 얘기가 끝나지 않았어. 박수는 나중에 치란 말야. 구석에 있는 사람은 잡담하지 말고 특히 더 잘 듣도록 해요. 삼 년 동안이나 전쟁이 계속되고 있는 지금 사람들은 전선이나 후방이나 전혀 다르지 않을 것이라고 생각하게 되었읍니다. 이제 우리 모두에게 피의 바다가 가까와지고 있는 겁니다. 여태껏 전쟁에 휩쓸리지 않던 모든 사람들마저 집어 삼킬 때까지 계속 될 겁니다. 이것이 바로 혁명인 것입니다. 혁명 동안에는, 우리 모두의 생각대로 여러분의 삶은 정체되었고, 모든 개인적인 생활은 끝나고, 이 세상에는 이제 죽고 죽이는 일 외에는 아무 일도 벌어지지 않는다는 기분이 들 것입니다. 우리가 장수해서, 이 시대에 관한 기록이나 회상록이 나오게 된다면, 이 오 년이나 십 년 동안에 우리가 겪은 일은 남들이 한 세기에 경험한 것보다 더 많은 일을 겪었다는 사실을 깨닫게 될 겁니다. 나는 전혀 짐작도 하지 못합니다. 사람들이 저마다 봉기하여 눈 깜짝할 사이에 밀물같이 밀려 갈 것인지, 모든 것이 인민의 이름만으로 끝날지는 알 수 없읍니다. 그런 엄청난 사건은 그 존재에 관한 극적인 증거를 필요로 하는 것이 아닙니다. 증거가 없어도 확신할 수 있읍니다. 엄청난 사건의 원인을 규명한다는 것은 보잘것 없는 일입니다. 어떻게 시작되었는지를 따지는 것은 집안 싸움에서나 가능한 일입니다. 싸울 때는 머리카락을 휘잡고 접시를 깨뜨린 후에야 그들은 누가 싸움을 시작했는지 가려내려고 야단을 떱니다. 가장 위대한 것은, 우주처럼 시작이 없는 겁니다. 그것은 언제나 정면에 있다가 하늘에서 떨어지듯 갑자기 나타나서 우리에게 대항합니다. 나는 러시아를 역사상 최초로 사회주의 국가가 될 운명에 처했다고 생각합니다. 이런 일이 발생한다면 우리는 오랫 동안 정신이 없을 테고 다시 정신을 차린다고 해도 우린 기억의 절반 가량은 영원히 잊고 말 것입니다. 우리는 또한 먼저 발생한 일이 무엇이고, 그후에 무슨 일이 뒤따랐는지를 잊고 사건의 원인을 찾지 않게 될 것입니다. 새로운 사물의 질서가 지평선 위의 숲, 하늘, 구름처럼 낯익은 모습으로 우리 주변에 존재할 것입니다. 다른 것은 아무것도 남지 않을 것입니다.」

유리 안드레예비치는 몇 가지 더 연설했고, 이야기가 끝날 무렵에는 술이 깼는지 정신이 멀쩡해졌다. 좀전처럼 그는 사람들이 하는 얘기가 잘 들리지 않았으며, 대답도 두서 없었다. 그는 사람들이 연설에 동감하는 줄은 알고 있었지만 울적한 마음을 쫓아 버릴 수가 없었다.

「고맙습니다, 고마와요. 여러분의 마음을 잘 알지만 저는 그럴 자격이 없답니다. 마치 후에 더 큰 사랑을 받지 못할까 걱정이라도 하는 것처럼 여러분이 그렇게 서둘러 사랑을 쏟는다는 건 옳은 일이 아닙니다.」

손님들은 유리 안드레예비치가 일부러 그런 말을 했다고 생각해서 모두들 웃으며 손뼉을 쳤지만 그는 미래에 대한 불길한 예감과, 그가 선을 추구하고 행복할 만한 충분한 능력이 있음에도 불구하고 미래를 극복할 만한 힘이 전혀 없다는 생각이 떠나지 않았다.

손님은 하나 둘 떠났다. 그들의 얼굴에는 피로가 역력했다. 그들은 하품을 연방 해댔기 때문에 얼굴이 마치 말상처럼 보였다.

그들은 자리를 뜨기 전에 커튼을 치고 창문을 열어 젖혔다. 지저분한 구름으로 가득한 하늘에서 동이 터오고 있었다.

「우리가 열띠게 토론하는 동안 폭우가 그친 것 같아.」

누군가가 말했다.

「이곳에 오다가 나는 비를 만나서 하마터면 오지 못할 뻔했어.」

슈라 슐레징그르도 한마디 거들었다.

한적한 길거리는 아직 컴컴했고, 나무에서 떨어지는 물방울 소리가 비에 젖은 참새가 쉬지 않고 지저귀는 새소리와 어우러졌다.

쟁기를 끌고 하늘을 가로지르듯 천둥이 울렸다. 그러다가는 적막함이. 또다시 네 번이나 천둥이 요란하게 쳤는데, 이 소리는 마치 가을에 부드러운 땅에서 알 굵은 감자를 삽으로 떠서 던지는 것 같았다.

천둥이 방 안에 자욱한 담배 연기를 깨끗이 치워 주었다. 갑자기 생명의 요소를 전류, 공기, 물, 행복을 추구하는 욕망이나 대지나 하늘처럼 정확히 가려 낼 수 있게 되었다.

손님들의 목소리가 길거리에 가득찼다. 그들은 집에서 열띤 논쟁을 시작했는데, 길바닥에서도 흥분해서 떠들었다. 그들의 목소리가 차츰차츰 작아지더니 나중에는 점점 작아져서 들리지 않게 되었다.

유리 안드레예비치는 아내에게 말했다.

「정말 늦었군. 어서 잠이나 자러 가요. 내가 이 세상에서 사랑하는 사람은 오직 하나뿐인 당신과 아버님뿐이야.」

5

8월이 가고 9월도 거의 다 지나고 있었다. 피할 수 없는 운명의 순간이 가까이 오고 있었다. 겨울이 다가왔고 인간의 세계에서는 동작이 정체된 상황이 감돌았고, 모두들 그 이야기를 하곤 했다.

겨울을 지낼 준비를 하고, 식량과 땔감도 마련해야 할 시기였다. 그러나 유물론이 한창인 때였지만 정작 물질은 형태를 잃은 개념이 되어 버렸고, 영양과 연료 공급이라는 문제는 먹을 것과 장작을 압도해 버렸다.

도시에 사는 사람들은 겨울이 다가와도 미지의 대상 앞에 선 어린 아이처럼 속수무책이었는데——그 미지는 그 자체가 그 도시의 소산이요 도시인의 창조물이기는 했지만 기존의 모든 질서를 밀어 내고는 그 자리에다 폐허만을 남겨 놓았다.

주위에서는 사람들은 계속 스스로를 기만하고 쉬지 않고 수다를 떨었다. 하루 하루의 생활은 다리를 끌고 절면서 예전의 버릇처럼 방향도 알지 못한 채 끌려가는 것이었다. 그러나 유리 안드레예비치는 현실을 직시했다. 그는 생활의 파면을 결코 외면할 수 없었다. 그는 자신과 주위의 환경을 운명이라고 생각했다. 시련이, 아마 죽음이 그들 앞에서 기다리고 있는지도 모르는 일이었다. 죽음이 차츰차츰 다가오고, 하루 하루가 그의 눈앞에서 주마등처럼 스쳐 지나갔다.

유리 안드레예비치에게 매일같이 해야 하는 사소한 일이 없어서 한가했다면 아마 그는 실성했을지도 모른다. 아내와 아이, 그리고 돈을 벌어야 하는 필요성이 그에게는 큰 구원자였다.

그는 자기가 장차 앞으로 나타나야 할 괴이한 미래 앞에 서 있는 난장이임을 깨달았고, 이 미래에 대해 그는 불안해 하면서도 사랑했고, 또한 자랑스럽게 생각했다. 그리고 작별을 고하는 것처럼 탐욕스런 눈빛으로 나무와 구름과 길거리를 걸어다니는 사람들과, 불행을 극복하려고 애쓰는 거대한 러시아의 도시를 쳐다보았다. 좀더 좋아지는 것이라면 언제라도 희생할 각오가 되어 있었지만 그는 아무것도 할 수 없었다.

유리 안드레예비치는 러시아 의학협회 약국 근처의 스타로코뉴손느 거리 길모퉁이에 있는 아르바트에서 길을 건너면서 하늘과 사람들을 유심히 쳐다보았다.

그는 전에 근무하던 병원에서 다시 일하게 되었다. 그 병원은 지금도 성십자 병원으로 불렸으나, 그 단체는 해체되었다. 병원 이름이 바뀌지 않은 것은 병원의 이름을 새로 지어 줄 사람이 없기 때문이었다.

병원에서 근무하는 의사들도 벌써 패가 나뉘어 있었다. 유리 안드레예비치가 그들의 우둔함을 탐탁스럽게 생각하지 않았던 온건파에게는, 유리가 위험한 인물로 보였고, 진보된 정치적 견해를 가진 사람들에게는 그는 또 과격하지 않은 사람으로 생각되었다. 그래서 유리 안드레예비치는 어느 쪽에도 포함되지 않고 양쪽에서 약간 떨어져 방관자같이 행동했다.

병원 원장은 그에게 업무 외에 일반 통계 업무를 맡겼다. 끝없이 많은 앙케이트와 서류 양식이 그의 손끝을 거쳐 나갔다. 사망율, 질병율, 직원의 수입 상태, 또 직원들의 시민 의식 정도, 선거 참가율, 연료·식량·의약품의 만성적인 부족 상태, 중앙 통계국이 관심을 가지고 있는 모든 것에 대해 확인하고 보고해야만 했다.

유리 안드레예비치는 외과 병동 창문가에 있는 옛날에 쓰던 책상에서 일을 했다. 여러 가지 도표와 용지가 책상 위에 차곡차곡 쌓였다. 유리 안드레예비치는 그 서류를 한쪽으로 밀어 놓고 병원일 외에도 이따금 생각날 때마다 사람들이 때때로 자아를 잊고 낯선 역할을 맡아 연기를 한다는 사실을 인식함으로써 영감을 받아 시, 산문, 다양하게 엮은 우울한 일기를 적어 놓곤 했다.

벽마다 흰 페인트 칠을 해서 더욱 밝은 방은, 승천절 축일 다음의 황금빛 가을 햇살을 받아 크림빛으로 빛났다. 매일 아침 서리가 내렸고 겨울새와 까치 무리가 헐벗기 시작하는 숲으로 날아 들었다. 이런 날이면 하늘이 더없이 높았고, 하늘과 땅 사이의 허공의 투명한 층을 통해 북쪽에서부터 오는 차갑고 검푸른 광채가 흘렀다. 세상 만물이 더욱 선명하게 보이고, 더욱 가깝게 들렸다. 아주 먼 곳의 소리도 분명하고 명료하게 들려왔다. 앞으로 몇 해 동안 펼쳐질 삶의 전부를 보여 주기 위해서인 양 그것이 눈앞에 드러났다. 만일 가을 해가 그렇게 짧지 않았다면, 이 순수해진 광선은 견디기 어려웠을 것이다.

외과 병동의 광선은 감미롭고, 유리처럼 맑고, 잘 익은 사과처럼 즙이 많고 매끈매끈하며, 물이 흐르는 듯한 초가을의 석양빛이었다.

유리 안드레예비치는 책상에 앉아 글을 쓰면서 잠시 동안 생각에 잠기곤 했다. 새들이 다른 때와는 달리 조용히, 소리없이 높은 창문 앞을 날아가며 움직이는 그의 손과 종이가 차곡차곡 쌓인 책상과 마루바닥과 벽에다 길게 그림자를 비추고는, 소리없이 시야에서 사라지면 유리 안드레예비치는 그 동안 펜촉에 잉크를 찍어 글을 쓰거나 하다가 잠시 손을 멈추고 생각에 잠겼다.

그때 시체 검시의가 들어왔는데, 그는 한때는 몸집이 좋았었는데 지금은 비쩍 말라서 축 늘어진 가죽만 남아 있었다.

「이제 단풍이 거의 다 졌군.」

그가 혼잣말처럼 중얼거렸다.

「모진 비바람을 꿋꿋하게 견뎠으면서도 하루 아침 서리에 잎이 다 떨어지

다니.」

유리 안드레예비치는 고개를 들었다. 창문 앞을 날아가던 새는, 자세히 보니 빨간 단풍 나뭇잎이었다. 나뭇잎은 공중에서 민첩하게 날며 나무에서부터 멀리 떨어져 날다가, 병원 잔디 위를 구부러진 오렌지색 별처럼 가득 덮었다.

「창문은 틈새를 봉했읍니까?」

시체 검시의가 물었다.

「아뇨.」

유리 안드레예비치는 짧게 대답하고 계속 글을 쓰고 있었다.

「손질을 할 때가 되었죠?」

유리는 글을 쓰느라고 물음에 대답하지 않았다.

「타라슈카가 가서 섭섭하군요. 그는 금만큼 귀중한 존재였는데…… 구두도 고치고, 시계도 고치고 못하는 게 없었죠. 재주가 많은 사람인데. 창문은 우리가 손질해야 되겠군요.」

「밀봉할 풀도 없답니다.」

「그럼 풀을 좀 만드세요. 그 방법을 가르쳐 드릴 테니.」

그는 유리에게 풀을 만드는 방법을 자세히 설명해 주었다.

「일에 방해가 되는 것 같으니 이제 가보겠읍니다.」

그는 그렇게 말하면서도 병과 표본을 가지고 한창 떠들어 댔다.

「너무 어두운 곳에서 눈을 쓰면 눈을 버린답니다. 불이 안 들어오니 집에 갑시다.」

「아직 해야 할 일이 있읍니다. 이십 분쯤 더 해야 될 것 같습니다.」

「참, 그 사람 부인이 이 병원 간호원으로 일합니다.」

「누구 부인요?」

「타라스카요.」

「알고 있읍니다.」

「그가 어디에 있는지는 아는 사람이 없읍니다. 그는 전국을 방황하니까요. 지난 해 여름에 그는 부인을 만나려고 두 번 찾아왔었죠. 지금은 시골 어디에 있다더군요. 그 사람은 새로운 생활을 찾아 거리를 걷고, 기차를 타고 여행하고, 어디서나 볼 수 있는 볼셰비키 군인이죠. 그는 무슨 일이나 할 수 있답니다. 못하는 게 없는 사람이죠. 군대에서도 역시 그렇군요. 그는 전투도 훨씬 뛰어나게 한답니다. 명사수가 되었어요. 그는 남몰래 참호 속에서 연습을 했다더군요. 그의 눈과 손은 일품이죠. 그가 탄 훈장은 용감해서 탄 것이 아니라 목표물을 정확히 맞추었기 때문에 받은 겁니다. 그는 무슨 일을 하든지 정열적이라 전투에서도 남보다 뛰어난 솜씨를 보인 거죠. 그는 총이 인간에게 어떤 의미를 부여하는지를 깨달았는데, 그것은 힘과 명성을 준다는 거죠. 그래서 그는 자신이 힘이 되기를 원했어요. 사람이 무장을 하게 되면 다른 사람과 다르답니다. 옛날에는 이런 사람들은 산적으로 변했죠. 지금 타라스카에게서 총을 빼앗을 수 있나 해보세요. 그때 갑자기 『총검을 그대의 주인에게 돌려라.』는 외침이 나왔고, 타라스카는 그 말대로 했답니다. 이게 얘기의 전부지요. 그것이 마르크스주의라는 겁니다.」

「그것이 바로 인생으로부터 나오는 진정한 것입니다. 당신은 그걸 아셨읍니까?」

시체 검시의는 자기 시험관으로 다가가 다시 시험관을 들여다보았다. 잠시 후 그가 물었다.

「스토브 기술자는 어땠지요?」

「그를 보내 줘서 고마왔읍니다. 아주 재미있는 사람이더군요. 근 한 시간 동안 헤겔과 크로체에 대해 대화를 했읍니다.」

「그럴 겁니다. 그는 하이델베르크에서 철학박사 학위를 땄으니까요. 그런데 난로는요?」

「별로예요.」

「그럼 연기가 샙니까?」

「네, 연기가 그칠 줄 모르고 샌답니다.」

「연통을 제대로 고치지 못한 것 같군요. 배기통으로 빼야 하는데 창으로 뽑았나 보군요?」

「아뇨, 배기통으로 연통을 뽑았는데도 연기가 그치지 않아요.」

「그럼 통풍구를 제대로 찾지 못한 거예요. 타라스카만 있었으면 좋았을 텐데. 그러나 잘 될 거예요. 모스크바도 하루에 이뤄진 게 아니니까요. 피아노 연주와는 달리 난로가 제대로 말을 듣지 않는다는 것은 기술이 필요하기 때문입니다. 장작은 구했읍니까?」

「그거 어디서 구하면 되죠?」

「성당 관리인을 보내드리겠읍니다. 그 사람은 땔나무를 잘 훔친답니다. 울타리를 뜯어서 장작으로도 만들죠. 그러나 그 사람과는 흥정을 해야 할 겁니다. 잘해야 합니다. 그러니 벌레잡이를 찾는 게 더 좋을 겁니다.」

두 사람은 코트를 입고 밖으로 나왔다.

「벌레잡이는 왜 찾으시죠? 빈대도 없는데.」

「빈대와는 관계가 없는 일입니다. 나는 지금 장작 이야기를 하고 있는 거

니까요. 벌레잡이는 장사로 재미를 짭짤하게 보는 늙은 여자랍니다. 그 여자
는 사업의 기반을 닦아 놓아서 집을 아예 한 채씩 사서 땔감으로 팔죠. 어두
우니까 조심하세요. 난 이 근처에서 태어나서 옛날 같으면 눈을 감고도 이곳
은 훤히 알았답니다. 이 근처 구석구석을 모르는 곳이 없었지요. 사람들이 울
타리를 올리기 시작하고부터는 요새는 낮에도 길을 찾기가 힘들답니다. 낯선
곳에 온 것 같아요. 그래도 아직 몇몇 구석은 훤하지요. 저기 관목 숲속에 궁
전 같은 집과 둥근 정원용 탁자, 반쯤 썩은 벤치가 있죠. 언젠가 이런 빈터를
지나가는데, 세 갈래의 길이 만나는 교차로에 위치한 곳에서 백 살 가량 된
듯한 노파가 지팡이로 땅을 헤집고 있었어요. 그래서 내가『할머니, 안녕하세
요. 그런데 낚시밥이라도 찾고 계신가요?』하고 내가 농담을 했죠. 할머니는
진지한 태도였어요.『아니, 지렁이를 찾는 게 아니라 버섯을 찾고 있소.』네,
맞아요. 이곳은 도시가 아니라 마치 숲처럼 되어 버렸지요. 곳곳에서 잎사귀
와 버섯이 썩는 냄새가 나죠.」

　「어디를 두고 하는 말인지 알만합니다. 세레브랴느이와 몰차노프스키 사이
에 있는 곳 말이죠? 나도 그곳을 지날 때마다 뜻하지 않은 일이 일어납니다.
20년 간이나 못만났던 사람을 만난다거나 무엇을 찾게 되죠. 사람들은 그곳
이 위험하다고 말하는데 그것도 무리가 아니죠. 사방이 뚫려 있고 스몰렌스
키 부근의 도둑놈 소굴로 뻗어 나가고 있으니까요. 도둑놈들은 정신이 없어
멍청해 할 때 온통 빼앗아 홀랑 벗기고는 도망치죠.」

　「저 가로등 좀 봐요. 전혀 빛이 나지 않는군요. 멍든 가로등이라고 부르는
것두 일리가 있어요. 넘어지지 않도록 조심하세요.」

6

　유리에게도 역시 그곳에서는 이상한 일이 많이 일어났다.

　10월 전투가 시작되기 직전인 어느 춥고 어두운 밤에, 유리는 모서리 돌에
머리를 대고 의식 없이 누워 있는 사람을 발견했다. 그 사람은 이따금 가늘
게 신음 소리를 냈다. 유리 안드레예비치가 일으키려고 하자 그는 연결되지
않는 토막 말을 중얼거렸다. 그는 지갑에 대해 무엇인가를 말하는 듯했다.

　그 남자는 기습을 받고 강도를 당한 것이었다. 머리가 깨져 피를 흘리고

있었는데, 살펴보니 두개골은 이상이 없는 것 같았다.

유리는 아르바트 약국으로 달려가서 전화로 응급 환자용 마차를 불러 성십자 병원 응급실로 환자를 옮겼다.

그 부상한 남자는 뒤에 알고 보니 저명한 정치가였다. 유리는 의사로서 그가 완쾌될 때까지 치료해 주었으며, 의혹과 불신으로 가득 찬 시절에 그 남자는 유리 안드레예비치가 어려움에 처했을 때 그를 도와 주며, 보호자 역할을 해 주었다.

7

안토니나 알렉산드로브나의 계획대로, 그의 가족은 윗층의 방 셋을 쓰면서 겨울을 나기로 했다.

눈이 내릴 것 같은 무거운 구름이 덮여 어둡고 바람이 부는, 추운 일요일이었다. 유리 안드레예비치는 비번이었다.

아침부터 난로에 불을 피웠지만 연기만 계속 났다. 뉴샤는 축축한 장작과 씨름만 했다. 난로에 대해서는 전혀 지식이 없는 안토니나 알렉산드로브나는 맞지도 않는 잔소리만 자꾸 옆에서 했다.

난로 피우는 요령을 알고 있는 유리 안드레예비치가 참견을 하려고 하자 아내는 유리의 어깨를 밀며 방 밖으로 내보냈다.

「당신은 이런 일에 참견하지 마세요. 당신이 나서면 더 복잡해지고 마치 불에다 기름을 붓는 거 같을 거예요.」

「기름이라면 좋지. 토네치카, 그거 참 멋지군. 기름이라면 난로에 불이 금새 붙을 테니까. 불도 없고 물도 없으니까 문제지.」

「당신도 참, 지금은 농담할 때가 아니예요. 농담도 어울리지 않을 때는 하면 안 돼요.」

난로가 고장났기 때문에 모든 계획이 빗나가고 말았다. 그들은 어두워지기 전에 사소한 일을 모두 끝내고 느긋하게 저녁 시간을 보내려 했으나, 난로 때문에 저녁 식사는 늦어졌고, 더운 물도 없고, 다른 계획도 모두 틀어져 버렸다.

난로에서는 점점 연기가 심하게 나서 거센 바람이 불자 연기가 다시 방 안으로 들어왔다. 검은 그을음이 마치 옛날 이야기에 나오는 깊은 숲속의 도깨비처럼 치솟았다.

결국 유리 안드레예비치는 가족을 모두 다른 방으로 보낸 뒤에 위 유리창을 열었다. 그는 난로 속에 있던 장작의 절반을 꺼내 던지고 그 나머지 장작 중간중간에 작은 막대기와 자작나무를 불쏘시개로 집어 넣었다.

상쾌한 공기가 창문으로 들어왔다. 바람에 커튼이 흔들렸다. 책상 위에 널려 있던 종이가 날아갔다. 바람 때문에 어디에선가 문이 요란한 소리를 내며 닫혔고, 바람은 온 구석을 다니면서 쥐 쫓는 고양이처럼 남은 연기를 쫓았다.

장작에 불이 붙어 탁탁 튀겨 올랐고 불길이 치솟았다. 난로가 불꽃을 내며 활활 타올랐다. 쇠로 된 난로의 몸은 결핵 환자의 발열 같은 시뻘건 점으로 온통 뒤덮여 있었다. 방에 퍼져 있던 연기가 바로 없어져 버렸다.

방이 약간 환해졌다. 시체 검시의가 알려 준 대로 며칠 전에 유리 안드레예비치가 손질한 창문에서 기름 냄새가 훈훈히 났다. 난로 곁에서 말리는 장작에서 녹한 전나무와 향긋한 사시나무 냄새가 풍겨 왔다.

그때 니콜라이 니콜라예비치가 창문으로 들어오는 바람처럼 갑자기 방안으로 들어왔다.

「길거리에서 전투가 벌어졌어. 임시 정부를 지지하는 사관학교 생도들과 볼셰비키를 지지하는 방위사령부 병사들의 본격적인 전투가 벌어진 거야. 도시 전체에 전투가 진행중이야. 난 여기 오는 도중에도 드미트로프카에서, 니키츠키 문에서도 되게 혼났어. 이젠 큰길로 다닐 수 없기 때문에 뒷길로 다녀야 해. 유리, 어서 서둘러라. 이건 꼭 봐야 해. 코트를 입고 나가자. 이것은 역사야. 반드시 구경해야 하는 거야. 평생토록 이런 일은 단 한 번 밖에 일어나지 않는 일이니까.」

그러나 니콜라이 니콜라예비치는 말과는 달리 두 시간 동안 자리에서 일어서지도 않았다. 그후 그들은 함께 저녁 식사를 하고 그가 막 집으로 돌아갈 무렵이 되어 의사를 밖으로 끌고 나가려고 할 때, 니콜라이 니콜라예비치가 했던 것처럼 시가전 소식을 알려 주려고 이번에는 고르돈이 불쑥 눈앞에 나타났다.

아까보다 사태는 더 진전이 되어 있었다. 고르돈은 새로운 이야기를 늘어 놓았다. 고르돈은 마구 총을 쏘아 대기 때문에 총알을 맞아 죽은 행인도 있다고 말했다. 고르돈의 말에 의하면 이미 모든 교통은 차단되었으며 길은 완전히 막혔다고 했다. 그는 기적적으로 유리의 집까지 올 수는 있었으나 이제는 꼼짝도 할 수 없게 발이 묶일 것이라고 했다.

니콜라이 니콜라예비치는 그의 말을 믿지 못하겠다는 듯 밖으로 나갔다가 바로 되돌아왔다. 니콜라이 니콜라예비치는 길거리 아래쪽으로 총알이 휙휙 스쳐지나가서 집의 모서리 벽돌과 횟조각이 날아가 버렸다고 말했다. 밖에는 사람의 그림자도 구경할 수 없었다. 그리고 모든 통신이 끊겨 버렸다.

그 주일에 사셴카가 감기에 걸렸다.

「난로 근처에서 놀게 해서는 안 된다고 했잖아.」

유리 안드레예비치가 야단을 쳤다.

「추운 것보다 더운 것이 더 나쁘다는 것을 모른단 말이야.」

사셴카는 목이 붓고 고열로 떨었다. 이 병의 증세로 가장 무서운 것은 구토와 토사인데, 시간이 경과하자 이와 비슷한 조짐이 나타났다. 유리 안드레예비치가 목을 보려고 하자 아이는 이를 꽉 물고 금새 숨이 넘어 가는 듯이 소리소리 질렀다. 설득을 해도, 타이르거나 위협을 해도 막무가내였다. 그러나 유리는 순간적으로 찬스를 포착하여 아이가 하품을 할 때, 아들의 입에 숟가락을 집어 넣어 혀를 누르고 하얀 반점이 덮인 부은 편도선과 붉은 후두를 보았다. 잠시 후 비슷한 방법으로 유리는 표본을 채집하여 현미경으로 검사해 보니 다행히 디프테리아는 아니었다.

그러나 사흘째 되는 날 밤, 사셴카는 신경성 위막 후두염을 일으켜 열이 심해서 숨도 제대로 쉬지 못했다. 유리 안드레예비치는 아이의 고통을 조금도 덜어 줄 능력이 없으며 그냥 쳐다보고 있자니 또한 참기 어려웠다. 안토니나 알렉산드로브나는 이러다가는 자기 아이가 죽을 것이라고 생각했다. 그들은 번갈아 가며 아이를 안고 방에서 왔다갔다 했다. 그러니 조금 나아지는 것 같아 위로가 되었다.

그들은 아이에게 줄 우유와 탄산수, 소다수 등이 필요했으나 시가전이 심하기 때문에 꼼짝할 수가 없었다. 총성과 포성은 그칠 기미가 보이지 않았다. 포성을 뚫고 길을 건넌다 해도 유리 안드레예비치는 길 너머에서 그 누구도 볼 수 없을 것이다. 승패가 최종적으로 결정되기 전까지는 모스크바에서는 인적이 사라지고 말 것이다.

그러나 결과는 확실해졌다. 노동자들이 도처에서 권력을 장악했다는 소문이 파다했다. 자기들끼리 서로 반목하고, 그들의 지휘관들과의 관계도 잃은 융커 단원의 잔재만 남아서 싸웠다.

시브체프 지역은 중앙으로 진격해 오던 군대가 점령했다. 독일군과 싸웠던 군인과 어린 노동자 소년은 길거리에 판 참호로 들어가 자리잡았다. 그들은 벌써 근처의 문 밖에 나와 있던 주민들과 농담을 주고받았다. 이 지역은 다시 움직이기 시작했다.

지바고의 집에서 본의 아니게 사흘 동안 감금 생활을 하던 니콜라이 니콜라예비치와 고르돈은 사흘만에 풀려났다. 지바고는 사셴카가 앓고 있는 동안 그들이 옆에 있어서 의지가 되었으며, 생활이 복잡하고 어수선하기는 했지만 아내 토냐도 이해했다. 그들은 주인들의 친절함에 감사를 표하려고 의도적으로 한없이 떠들어댔으며, 유리 안드레예비치는 사흘간의 쓸데없는 잡담으로 지쳐 있었으나, 그들이 가는 것을 보고는 기분이 좋았다.

8

니콜라예비치와 고르돈이 무사히 집으로 돌아갔다는 소식을 들었다. 그러나 아직까지도 전투가 계속되고 있었고, 몇 개의 구역은 차단된 상태이기 때문에 유리 안드레예비치는 병원으로 갈 수가 없었다. 그는 하루 속히 외과 병동 책상 서랍 속에 넣어 둔 원고와 병원 일을 하고 싶어서 조바심을 쳤다.

곳곳에서 아침이면 사람들이 빵을 사기 위해 거리를 오갔다. 우유병을 들고 지나가는 사람이 있으면 그 사람에게 다가가 우유를 어디서 구했느냐고 물었다. 이따금 도시 전체에서 총성이 터지고, 길은 텅 비곤 했다. 소문에 의하면 양쪽이 협상을 벌이고 있었으나 그 협상의 진전이 유리한가 불리한가에 따라 총격전의 양상이 달라졌다.

늦은 10월 어느 날 밤 10시경, 유리 안드레예비치는 친구를 만나러 갔다. 텅 비어 있는 길을 그는 잰걸음으로 걸었다. 싸락눈 같은 첫눈이 치솟는 바람에 유리의 눈앞에서 흩날리며 내렸다.

유리 안드레예비치는 골목에서 또다른 골목으로 방향을 바꾸었는데, 눈이 갑자기 펑펑 쏟아지더니 눈보라로 변해서 앞이 보이지 않았고, 눈을 피하다 보니 방향을 분간할 수가 없었다. 이 눈보라가 만일 들판에서 분다면 요란하게 대지에 떨어졌겠지만 도시이기 때문에 길을 잃은 듯이 소용돌이를 치는 진눈깨비가 되었다.

지상이나 공중에서의, 물질적이거나 도덕적인 세계 사이에 존재하는 모든 혼란은 무엇인가 공통되는 점이 있다. 어디에선가 고립된 채 저항하는 마지막 포화가 울렸다. 거의 꺼져가는 불길이 솟아오르거나 지평선에서 거품처럼 일다가 폭발했다. 그리고 눈이 쌓인 길거리와 보도 위에서 소용돌이치고, 연기처럼 솟아올랐다.

사거리에서 두툼한 신문꾸러미를 옆구리에 낀 신문팔이 소년이『신문!』하고 소리를 지르며 그를 앞질러 뛰어갔다.

「잔돈은 필요없다.」

유리 안드레예비치가 그 소년에게 말했다. 소년은 꾸러미에서 신문 한 장을 벗겨서 그에게 건네 주고는 눈보라 속으로 멀어져갔다.

유리는 몇 걸음 걷다가 가로등 아래서 신문의 큰 제목을 쭉 훑어보았다. 신문은 한 면만 인쇄가 된 최근의 호외였는데, 인민위원회의 소비에트가 구성되었으며, 소비에트 권력과 프롤레타리아 독재 정권이 러시아에 성립되었음을 알리는 공식 발표가 게재되었다. 그리고 새 정부의 첫 포고령과 전보나 전화로 전달된 여러 가지 소식도 같이 게재되어 있었다.

눈보라가 유리 안드레예비치의 눈을 때렸으며 눈송이가 떨어져 신문 위를 덮었다. 그는 신문을 더 이상 읽어 내려가지 못했다. 그 이유는 눈보라 때문이 아니라, 그 순간의 역사적인 위대함과 영원성이 그를 감동시켰기 때문이었다. 그는 잠시 후에야 침착성과 진정을 되찾을 수 있었다.

나머지 기사를 읽기 위해 그는 더 밝은 곳이 없나 사방을 두리번거리며 둘러보았다. 그는 자기가 세레브랴느이와 몰차노프스키의 교차로에 있는, 유리문과 조명이 잘되어 있는 넓은 대합실이 있는 5층 빌딩 앞에 서 있음을 깨달았다.

유리 안드레예비치는 층계 옆의 전등 아래에서 열심히 그 호외를 읽어 내려갔다.

머리 위에서 발자국 소리가 들려 왔다. 누군가 층계를 내려오다가 가끔 멈춰서면서 내려오는 중이었다. 그 사람은 그러다가 마음이 변한 듯 층계로 다시 뛰어올라갔다. 어디에선가 문 닫히는 소리가 요란히 들려 왔고, 남자인지 여자인지 분간이 안가는 두 사람의 목소리가 울려 나왔다. 그러더니 또 문이 요란하게 닫혔고 조금 전에 층계를 내려오던 사람이 이번에는 망설이지 않고 단호히 뛰어내려왔다.

유리 안드레예비치는 신문에 몰두했으므로 위를 쳐다볼 생각은 아니었으나, 모르는 사람이 층계 밑에서 갑자기 걸음을 멈추자 머리를 들었다.

앞에 선 사람은 18세 가량의, 시베리아에서 입는 순록 가죽 코트에 순록 모자를 쓴 청년이었다. 그 청년은 얼굴이 검었으며 키르기즈처럼 눈이 가늘게 찢어진 귀족적인 모습이었다. 청년의 얼굴은 이질적이고 혼혈아에게서 때로 발견되는 과묵한 섬세함이 깃들어 있었다.

청년은 유리 안드레예비치를 다른 사람으로 잘못 본 것 같았다. 그는 수줍은 듯 당황한 시선으로 그를 쳐다보았다. 청년은 유리를 아는 사이라고 생각하지만 선뜻 말을 꺼내지 못하는 듯이 바라보았다. 유리 안드레예비치는 청년의 오해를 깨닫게 해주려고 차갑고 냉혹한 시선으로 그를 훑어보았다.

청년은 당황하여 시선을 떨구고 몸을 돌려 입구로 나아갔다. 입구에서 청년은 다시 한 번 그를 돌아다보고 유리문을 쾅 닫고 나가 버렸다.

유리 안드레예비치는 그 청년보다 몇 분 뒤에 그곳을 떠났다. 그의 머리 속에는 신문에서 본 기사가 가득 차서 곧장 집으로 가기로 했다. 그러나 그는 도중에 그 당시에는 중요한 의미를 갖는 일상 생활의 한 가지 사소한 일인 다른 사건으로 걸음을 멈추어야 했다.

집에서 가까운 곳에 닿자 그는 어둠 속에서 다리 끝의 모퉁이에 쌓아 놓은 목재더미에 걸려 넘어지고 말았다. 그 거리에는 단체가 하나 있었는데, 그곳에다 정부가 아마 허물어 버린 변두리의 통나무집의 널빤지를 땔감으로 잘라 온 것 같았다. 그 장작을 모두 마당에 들여놓을 수가 없어서 남은 나무를 밖에 둔 것이었다. 보초가 총을 들고 마당에서 왔다갔다 하며 나무를 지키고 있었다.

유리 안드레예비치는 미처 생각할 겨를도 없이 보초가 등을 돌리는 바람에 눈이 구름같이 치솟을 때, 가로등 불빛이 비치지 않는 어두운 쪽으로 기어가 맨 밑에 깔린 대들보를 조심스럽게 빼내었다. 유리는 그 대들보를 등에 지고도 조금도 무겁게 느끼지 않으며 담벽을 따라 무사히 집으로 운반힐 수가 있었다.

생각대로 집에는 장작이 떨어져 있었다. 대들보를 도끼로 토막내어 쌓아 놓고 유리 안드레예비치는 난로에 불을 피우고 그 앞에 말없이 쪼그리고 앉았다. 알렉산드르 알렉산드로비치는 난롯가로 의자를 끌고 와 몸을 덥혔다.

유리 안드레예비치는 외투 주머니에서 신문을 꺼내 그에게 건네 주었다.

「이 신문 보셨어요? 어서 읽어 보세요!」

유리 안드레예비치는 여전히 쭈그리고 앉은 채 난롯가에서 불을 지피며 혼자 중얼거렸다.

「아주 기막힌 대수술이야! 메스를 손에 들고는 한 번 멋진 솜씨로 악취가 풍기는 모든 오래 된 곪은 상처를 도려 냈어. 아주 간단하게 말야. 아무 소란도 피우지 않고, 몇 백 년 간이나 아부와 아양에만 익숙해 있던 늙은 괴물을 끌어내어 사형에 처해 버리고 이 단호한, 사물의 핵심을 직시하는 솜씨는 우리 민족의 진면목이랄 수 있지. 그건 푸시킨의 솔직함과 톨스토이의 사실에 대한 확고한 신념에서 내려오는 충실성과 같은 것이지.」

「자네 지금 푸시킨이라고 했나? 잠깐 내가 신문을 다 읽을 때까지 기다리게. 난 읽으면서 들을 수 없으니까.」

알렉산드르 알렉산드로비치는 사위가 자기에게 말하는 것으로 생각했다.

「이것은 실로 천재적인 솜씨야. 만일 누군가에게 새로운 세계를 창조하고 새 시대를 만드는 중책을 부여한다면 그는 반드시 제일 먼저 터를 닦아 달라고 부탁하겠지. 그는 새 시대를 세우기 전에 낡은 시대가 먼저 끝나기를 기다릴 것이고 그는 새로운 장을, 새로운 귀절을 시작하고 싶겠지. 하지만 아무것도 상관할 게 없어. 이 새로운 일, 역사의 경이, 이 계시는 그 과정은 전혀 염두에 두지 않고 계속되는 평범한 일 중에서 나타났지. 그것은 처음에 시작된 게 아니라, 아무 계획도 없이 되는 대로 어느 평일에 시내에 차가 가장 많이 다닐 때에 도중에서 갑자기 시작되었어. 정말 천재적이야. 오직 위대함만이 시기와 기회에 그렇게 신경을 쓰지 않는 법이야.」

9

겨울은, 생각했던 그대로의 겨울이었다. 그 겨울은 다음 해에 뒤따를 겨울만큼 비참하지는 않았지만, 벌써부터 암담하고, 춥고 배고프고, 낯익은 것을 파괴하고 모든 생활 토대가 뒤바뀌고, 손아귀에서 빠져 나가려는 생명을 악착같이 붙잡으려고 초인간적인 노력을 해야 하는 겨울이었다.

이처럼 무섭고 참혹한 겨울이 차례로 세 해나 계속되었으며, 1917년에서 1918년에 걸쳐 일어난 모든 일은, 지금 생각해 보니 그때 일어난 것이 아니라 어떤 일은 나중에 벌어진 것인지도 모른다고 여겨졌다. 이 계속된 삼 년 동안의 겨울은 하나로 엉켜 따로 떼어서 구별하기가 지극히 어려웠다.

옛날의 생활과 새 질서가 아직 일치하지 못했다. 그것은 서로 격렬한 적대감은 없었으나 일 년 후 내란이 터졌을 때처럼 아직은 서로 나타내고 반발하지는 않았다. 그것은 떨어져서 각기 서로 대립했다.

건물의 소유권, 각종 기관, 정부의 부서, 공공 기관 등 곳곳에서 정부 개편이 되고 임원진이 바뀌었다. 검은 가죽잠바를 입고 면도를 이따금 하는, 의지력의 남자들이며, 공포와 협박으로 무장을 하고, 잠도 드물게 자는 독재적인 권한을 가진 인민위원이 각처에 배치되었다.

그들은 값싼 정부의 채권을 소유한 소지주 계급을 잘 알고 있어서, 잔인한 웃음을 지으면서 전혀 동정심을 갖지 않고 현장에서 마치 좀도둑을 잡은 듯한 것처럼 대했다.

그들은 계획한 대로 모든 것을 지배하며, 회사와 기업체를 하나 둘씩 볼세비키의 것으로 전환시켰다.

성십자 병원은 제 2 차 개혁을 거쳤다. 직원 중에서 일부는 파면되었고, 또 어떤 직원은 보수에 불만을 품고 그만두었다. 그들은 새로운 방법으로 환자를 치료하는 의사로, 진료비를 많이 받는, 특히 말을 잘하는 사람들이었다. 그들은 사적인 이해 관계 때문에 병원을 떠나면서도 마치 공명심 때문인 듯이 행동을 취했고, 남아 있는 사람들을 배척하다시피 하며 경멸하는 태도를 보였다. 유리 안드레예비치는 그 병원에 남은 사람들 중의 하나였다.

유리 부부는 저녁에 이런 대화를 나누었다.

「잊지 말고 수요일에 의사협회 지하실로 와요. 우리들 몫인 언 감자 두 자루가 있을 거야. 도와 주어야 할 테니 내가 언제쯤 그곳에서 나올 수 있을 지 알려 줄께. 둘이서 썰매를 타고 오면 될 거야.」

「잘 알았어요, 유로츠카. 시간은 충분하니까요. 이제 너무 늦었어요. 그만 주무시도록 해요. 당신이 어떻게 모든 일을 다 한단 말이에요. 그만 편히 쉬세요.」

「전염병이 돌고 있어. 피곤하면 지행력이 감소되는 법이야. 당신과 아버님 안색이 형편없어. 대책을 강구해야겠는데 어떻게 해야 좋을지 모르겠어. 우린 너무 몸을 돌보지 않고 혹사하고 있단 말이야. 내 얘기 듣는 거야? 당신 잠자는 거야?」

「안 자요.」

「내 걱정은 안하지만, 내가 만일 병이 나면 집에 두지 말고 당장 병원으로 옮기도록 해.」

「그건 또 무슨 불길한 소리예요. 모두 무사하기를 주님께 기도 올려요. 왜 불길한 말을 하는 거죠?」

「이제는 친구도 정직한 사람도 옆에 없다는 걸 잊지 마. 전문가는 이제 더욱 드물지. 무슨 일이 생겨도 믿을 사람은 피추즈킨 밖에 없어. 그것도 그가 떠나지 않는다면 말이지만. 당신 자나?」

「아뇨.」

「그들은 보수가 많은 곳으로 모두 옮겼어. 그들은 알고 보니 원칙과 사회적인 의식을 가진 사람들이었어. 거리에서 만나도 그들은 악수도 나누지 않으려 하지. 그리고 그들은 나보고『당신은 지금도 그자들을 위해 일하고 있소?』라는 의미로 놀란 얼굴을 하지. 그럼 나는『그래요. 당신은 어떻게 생각할지 모르지만 난 우리가 병원에 남아 있는 것을 자랑스럽게 생각하고, 그런 어려움을 우리에게 부여하는 영광을 베푼 자들을 존경하오.』라고 대답한다오.」

10

오랫 동안 대부분의 사람들은 수수죽과 청어머리를 끓인 수프를 주식으로 했다. 청어의 몸통은 구워서 나중에 따로 먹었다. 빻지 않은 밀이나 호밀로 만든 죽도 있었다.

안토니나 알렉산드로브나의 친구인 여교수가 그녀에게 임시로 만든 남비에다 빵 굽는 방법을 가르쳐 주었다. 그녀는 빵의 일부를 팔아 옛날처럼 큰 난로를 사서 방을 덥힐 비용을 대기 위한 생각에서 한 일이었다.

안토니나 알렉산드로브나의 빵은 훌륭했지만 장사는 잘 되지 않았다. 빵 장사로 아무 소득이 없었으므로 그들은 또 그 작은 난로를 사용해야만 했다. 지바고의 가족은 심한 고생을 했다.

어느날 아침, 유리 안드레예비치가 출근을 한 뒤에 안토니나는 낡은 겨울 외투를 입고 땔감을 구하려고 집을 나섰다. 그녀는 몸이 쇠약해질 대로 쇠약해져서 외투를 입었는데도 몹시 떨었다. 이제 장작은 겨우 두 개만 남았을 뿐이었다. 30분 동안을 그녀는 모스크바 교외에서 채소나 감자를 팔려고 온 농부들을 볼 수 있는 뒷골목을 열심히 돌아다녔다. 큰길에서는 이따금 물건을 가지고 있는 농부가 체포되곤 했다. 그녀는 얼마 안 가 자기가 찾고 있는 사람을 만났다. 두꺼운 코트를 입은 건장한 젊은 남자가 장난감처럼 생긴 썰매를 끌고 그녀의 뒤를 쫓아와서 조심조심 마당으로 들어왔다.

썰매 속에서는 19세기의 사진에서나 나옴직한 가늘디가는 자작나무 토막이 자루에 덮여 있었다. 안토니나 알렉산드로브나는 말이 자작나무이지, 질이 형편없고, 베어낸 지 며칠 안 되어 장작감으로 적당하지 못한 것을 알고 있었지만 지금은 그런 것을 따져야 소용없는 노릇이었다.

젊은이는 대여섯 아름의 자작나무를 거실로 가져다 주고는 그 댓가로 토냐의 거울이 달린 작은 장농을 받았다. 젊은이는 장농을 들고 내려가 썰매에 싣고 자기 신부에게 주려고 달려갔다. 그는 다음에는 감자를 갖다 주겠다고 하며 현관에 있는 피아노의 값을 묻기도 했다.

유리 안드레예비치는 집에 와서 아내가 구입한 것에 대해 한 마디도 하지 않았다. 오히려 장농을 쪼개 쓰는 편이 나았을 테지만 그들은 그렇게 할 수가 없었다.

「당신에게 온 편지가 책상에 있을 거예요. 보셨어요?」

「병원에서 온 것 말이야? 응, 그건 나도 연락받았어. 왕진을 가라는 거지. 물론 가야지. 상당히 먼 곳이니까, 좀 쉬었다 가야지. 아마 개선문 근처일 거야. 내게 정확한 주소가 있어.」

「당신에게 주겠다는 진료비가 뭔지 아세요? 글쎄, 독일 꼬냑 한 병과 스타킹 한 켤레래요. 그들은 아마도 우리가 요즘 어떻게 사는지조차 모르는 전박한 사람들인가봐요. 보나마나 신흥 부자일 거예요.」

「그래, 배급업자일 수도 있어요.」

배급업자, 급식업자, 지정 대행인들이란 개인 기업을 폐지해 버린 정부가 경제가 악화된 때에 그들에게 특권을 주어 여러 가지 물자를 조달하는 책임을 맡기던 소규모 사업가에게 붙여 준 이름이었다.

예전에 회사의 몰락한 사장이나 전에 지체가 높았던 권력이 있는 자산가는 이미 거기에 포함되지 못했다. 전쟁과 혁명 덕택에 사회의 밑바다에서부터 일어난 일시적인 사업가, 뿌리가 없는 새로 부상한 사업가가 여기에 속한다.

지바고는 끓인 물에 우유와 사카린을 탄 것을 마시고 왕진을 가기 위하여 집을 나섰다.

일층 창문 높이까지 벽에서 벽까지 그리고 길도 온통 눈으로 묻혀 있었다. 맥빠진 조용한 그림자들이 식량을 조금 들거나 썰매에 싣고 끌면서 말없이 돌아다녔다. 그 외에는 다른 차량이 한 대도 보이지 않았다.

여기저기에 낡은 상점 간판이 아직 남아 있었다. 그 상점은 모두 텅 비어 있었고 잠겼으며 창문에는 빗장이 질려 있었다.

그곳이 잠기고 텅 빈 것은 물건이 없어서일 뿐만 아니라, 상업을 포함한 삶의 모든 양상이 아직까지 거의 서류상으로만 존재하고, 이 빗장 걸린 작은 가게까지는 손이 미치지 않기 때문이리라.

11

유리 안드레예비치가 왕진을 간 집은 브레스트 거리 끝에 있는 트베르 문 부근이었다.

그 집은 안뜰이 있고, 나무 계단 세 개가 건물의 벽을 따라 올라간 낡은 목조 건물이었다.

그날 입주자들은 지역 위원회에서 여성 대표가 참석한 가운데 미리 예정된 전체 회의를 열던 중이었는데, 갑자기 무기 소지증을 조사하고 불법 무기를 적발하는 군사 위원이 나타나서 가택 수색을 하러 들어가 무기를 압수했다. 입주자들은 각기 자기들의 아파트로 돌아가려 했지만, 가택 수색을 지휘하는 위원장은 즉시 수색이 끝난다며 잠시 후 회의를 계속한다고 안심시키며 대표 위원에게 자리를 뜨지 말라고 부탁했다.

유리 안드레예비치가 도착했을 때 수색은 거의 끝날 무렵이었으나 그가 가야 할 아파트는 아직 수색을 하지 않고 있었다. 지바고는 소총을 든 군인에게 층계참에서 못들어가게 저지를 받았다. 그들이 옥신각신하자 위원장이 나서서 의사가 환자의 진찰을 끝낼 때까지 수색을 중단하라고 명령했다.

창백하고 눈이 검고 우울한 얼굴의, 겸손해 뵈는 젊은 집 주인이 문을 열고 나왔다. 그는 아내의 병과, 곧 닥칠 수색과, 의학과 의사에게 품는 심오한 경외감 따위의 복합적인 일로 정신이 얼떨떨했다.

그는 시간을 절약하려고 될 수 있는 대로 간단히 말하려고 했으나 그 때문에 오히려 이야기가 장황해지고 도무지 두서가 없었다.

아파트 안에는 치솟는 물가에 대비해서 성급히 사들인 비싸고 값싼 가구가 마구 뒤범벅되어 혼란스러움을 느끼게 했다. 서로 잘 어울리지 않고 짝이 맞지 않는 가구가 집안에 가득 차 있었다.

젊은 주인은 아내의 병이 정신적인 충격 때문이라고 생각했다. 그는 최근에 노래를 듣기 위해 구식 자명종 시계를 하나 샀는데, 그 시계는 이미 오래전에 고장난 것이라고 했다. 그 시계는 차임이 달린 부서진 괘종시계로, 노래소리가 기막히다는 것이었다. 젊은이는 유리 안드레예비치에게 그것을 보여주려고 옆방으로 안내했다. 그들은 그 시계를 고치려고 애썼다고 했다. 그러던 어느 날, 몇 년 동안이나 태엽을 감아 주지 않은 시계가 갑자기 가다가 복잡한 미뉴엣을 연주하고는 멈추었다는 것이었다. 그것에 놀란 아내는 겁에

질렀고, 자기의 최후의 시간이 지났다고 믿었으며, 그때부터 누워서 헛소리를 지르며 음식도 먹지 않고 남편도 알아보지 못한다는 것이었다.

「그래서 당신은 아내가 정신적인 충격을 받았다고 생각하시는 거군요.」

유리 안드레예비치가 의심스런 목소리로 말했다.

「지금 환자를 보고 싶은데요.」

그들은 도자기로 만든 샹들리에다 넓은 이인용 침대와, 마호가니 테이블이 두 개 있는 다른 방으로 갔다. 그 방 침대 가장자리에는 눈이 검고 큰, 자그마한 여자가 담요를 잔뜩 끌어올려 덮고 누워 있었다. 그들이 들어가자 작은 여자는 담요 아래로 손을 내밀며 그들에게 가라고 손짓했다. 그녀는 남편도 못 알아본 채 방안에 혼자만 있다고 생각하는지, 낮은 목소리로 서글픈 노래를 부르다가 또 상심했는지 어린애처럼 칭얼거리고 울며 『어서 집으로 돌아가자』고 했다. 의사가 침대 곁으로 다가가자 그녀는 등을 돌리고는 옆에 오지도 못하게 했다.

유리 안드레예비치가 젊은이에게 말했다.

「진찰을 해야 알겠지만, 아니 진찰을 해도 마찬가지입니다. 부인은 발진티푸스에 걸렸읍니다. 상태가 아주 심하군요. 가엾게도, 고통이 심할 겁니다. 입원을 시키는 게 좋겠읍니다. 집에서 직접 돌봐주고 싶으시겠지만, 처음 몇 주는 의사가 곁에서 계속 지켜 보면서 돌봐주어야 합니다. 마차나 환자를 옮길 어떤 교통 수단을 준비할 수 있겠읍니까? 환자는 몸을 잘 싸서 감싼 후 옮겨야 합니다. 내가 입원 지시서는 만들어 드리겠읍니다.」

「네, 해보겠읍니다. 저, 선생님. 정말 발진디푸스입니까? 끔찍한 일이군요.」

「유감스럽지만 그런 것 같습니다.」

「아내를 병원에 입원시킨다면 난 분명히 아내를 잃을 겁니다. 집에서 치료받는 방법은 없겠읍니까? 선생님이 자주 찾아오시면 될 테고, 댓가는 무엇이든지 치르겠읍니다.」

「그건 안 됩니다. 부인에게는 의사의 끊임없는 보살핌이 필요합니다. 그러니 제 말대로 하십시오. 어서 마차를 구하시고, 난 필요한 서류를 준비하겠읍니다. 당신네 위원회 사무실에서 작성하는 게 좋겠읍니다. 이 가옥의 도장도 찍어야 하고 몇 가지 수속이 더 필요하답니다.」

12

　목도리를 두르고 외투를 입은 아파트의 입주자들이 조사와 수색을 마치고 하나 둘씩 한때 달걀 창고로 쓰다가 지금은 가옥 위원회로 쓰는 불기 없는 지하실로 돌아왔다.

　사무용 책상과 의자 몇 개가 한쪽 끝에 서 있었다. 의자가 부족했으므로 낡고 빈 달걀 상자를 엎어서 한 줄로 늘어놓았다. 그 방의 구석에는 달걀 상자가 지붕에 닿을 만큼 가득 쌓여 있었고, 다른 구석에는 달걀 노른자가 깨진 채 얼어붙은 대패밥과 덩어리져서 무더기를 이루고 있었다. 이 더미 속에서 쥐들이 한가운데로 뛰어나왔다가는 다시 달아나곤 했다.

　그때마다 뚱뚱한 한 여자가 비명을 지르며 계란 상자에 뛰어올라가서 치마를 쳐들고 굽 높은 구두로 발을 구르며, 거칠고 술에 취한 듯한 목소리로 소리쳤다.

　「올리카, 올리카. 여긴 사방이 쥐떼로 극성이군. 저리가, 이 더러운 것. 아니, 이런 이런! 상자 쪽으로 달아나네. 기어올라 오려는 거야. 내 치마 속으로 기어들면 어쩌지. 무서워! 무서워! 여러분, 얼굴 좀 돌리세요. 이제 여러분이 아니라 시민동지라고 불러야 하지, 참.」

　그녀의 늘어진 두 겹의 턱과 비단으로 감싼 배가 출렁거렸고, 그 위에 아스토라깡 망토를 걸쳤다. 그녀는 한때 하류장사치들과 점원들 세계에서는 인기를 독차지한 인물이었다. 그러나 이제 늙어서 눈두덩에는 살이 잔뜩 올라 돼지 같았고, 작은 눈을 뜨기도 힘들었다. 언젠가 한 남자를 놓고 경쟁을 하던 어떤 여자가 그녀에게 황산염을 뿌리려다가 실패해서 뺨과 입가에 한두 방울 흔적이 남았는데, 이제는 그 상처도 희미해져서 보기가 괜찮았다.

　「제발 좀 조용해요, 흐라푸기나. 너무 시끄러워서 일을 할 수가 없어요.」

　의장으로 선출된 지역 의회 대표가 책상에 앉아서 그녀에게 말했다.

　그 집에 오래 산 사람은 모두 의장을 알고 있었고, 그녀 또한 주민들을 잘 알고 있었다. 그녀는 회의를 시작하기 전에 파티마 아주머니와 목소리를 낮추어 이야기를 나누었다. 파티마 아주머니는 전에는 남편과 아이들과 함께 누추한 지하실에서 살았는데, 지금은 양지바른 이층방을 얻어 딸과 함께 살고 있는 미망인으로, 이 집의 늙은 문지기였다.

　「파티마, 일이 어떻게 되어 가지?」

파티마는 의장에게 집이 크고 입주자가 많아서 자기 혼자서는 감당해 내기 힘들다고 불평했다. 각 세대마다 뜰과 거리를 청소하도록 분담했으나 아무도 실천하는 사람이 없다고 그녀는 투덜거렸다.

「파티마, 너무 걱정마요. 그들의 버릇을 고쳐 줄 테니 조금도 염려하지 마요. 파티마, 위원회는 무슨 일을 한다는 거죠? 한심해요. 범죄를 저지른 사람에게 있을 곳을 마련해 주고, 또 사상이 불순한 사람이 등록도 하지 않고 살고 있어요. 이 사람들을 모두 내보내고 다른 사람들을 들어오도록 해야겠어요. 내가 당신을 이 집 책임자로 임명해 줄 테니 가만 있어요.」

문지기 여자는 그런 일은 하지 말라고 부탁했으나, 의장은 귀담아 듣지도 않았다. 의장은 방을 한 바퀴 둘러본 후 사람들이 많이 모인 것을 보고는 모두에게 조용히 하라고 한 후 짧은 개회사와 더불어 회의를 시작했다. 여의장은 가옥 위원회의 활동이 나태하다고 비난하고, 새로 임원을 선출하겠으니 후보자를 지명하라고 말하고는 다른 문제로 넘어갔다.

그녀는 결론을 말했다.

「일은 바로 이렇게 된 것입니다. 동지들, 솔직이 말하면 이 집은 크고 넓어서 합숙하기에 적절합니다. 회의에 참석하려고 시내에 도착했지만 어디에 수용해야 할지 모르는 모든 대표단을 좀 보세요. 시골에서 오는 손님을 숙박시킬 지역 평의회 여관으로 쓰려고 이 건물을 접수하기로 했으며, 모두가 아는 것처럼 여기서 추방되기 전까지 살았던 티베르진 동지의 이름을 따서 티베르진 여관이라고 할 겁니다. 이의 있는 분 있읍니까? 기일은 앞으로 자그마치 일 년이나 남아 있으니까 그렇게 서두르지 않아도 됩니다. 노동자 주민에게는 거주할 집을 마련해 주기로 했고, 노동자가 아닌 주민은 스스로 마련해야 합니다. 기일은 일 년입니다.」

「우리 중에 노동자가 아닌 사람이 어디 있소? 누가 노동자가 아니란 말이오. 맞아요, 우리는 다 노동자란 말이에요.」

여기저기서 저마다 큰소리로 말했다. 그 목소리 중에는 반은 우는 목소리도 포함되어 있었다.

「이건 위대한 러시아의 독선적인 배타주의예요. 모든 민족이 평등하다고 해놓고는 지금 와서는 이게 뭐죠? 당신들의 속셈이 무엇인지 나는 알고 있어요.」

「한꺼번에 말하지 말고 차근차근히 이야기하세요. 누구의 질문에 먼저 대답을 할까요. 민족이 지금 우리가 하는 이야기와 무슨 관계가 있다는 겁니까, 발드르킨 동무? 흐라푸기나를 보면, 이 여인의 문제에는 민족이라는 문제가 전혀 얽혀 있다고 생각할 수 없지만, 그는 분명히 쫓겨나고 말 것입니다.」

「맞아요! 당신이 나를 쫓아 버리려고 한다면 우리 모두가 가만히 있지 않을 거요. 찌그러진 의자 같은 년! 구겨진 홑이불 같은 년.」

흐라푸기나는 흥분하자 입에서 나오는 대로 뜻도 없는 욕을 마구 쏟아 부었다.

「나쁜 년! 못된 년.」

여자 관리인도 화를 내며 말했다.

「수치심도 없어요?」

「내가 잘 알아서 하겠으니 참견하지 마요, 파티마, 그만둬, 흐라푸기나. 내가 모두 알고 있단 말야. 네가 계속 입을 놀리면 밀주를 만들고 불법으로 술집을 하고 있다는 사실을 내가 당국에 고발하고 말거야.」

유리 안드레예비치가 그 방에 들어갔을 때는 너무 소란스러워서 아무 말도 알아들을 수가 없었다. 그는 문 옆에서 처음 만난 사람에게 가옥 위원회의 임원을 가르쳐 달라고 부탁했다. 남자는 입에다 손을 대고 큰소리로 외쳤다.

「갈리울리나! 누가 찾아왔어요. 이리 와 봐요.」

유리 안드레예비치는 자신의 귀를 의심했다. 비쩍 마른 나이가 많고 허리가 굽은 여자, 바로 문지기가 다가왔다. 유리는 모자간에 너무 닮은 것을 보고 놀랐다. 그러나 유리는 자기가 누구라는 사실을 알리지 않고 말했다.

「이곳에 사는 한 사람이 발진티푸스에 걸렸읍니다. 더 이상 병이 전염되는 것을 막으려면 환자를 입원시켜야 합니다. 제가 입원 지시서를 작성할 테니 가옥 위원회에서 확인을 해 주십시오. 어디서 어떻게 이 절차를 밟아야 하지요?」

문지기 여자는 서류 작성 때문이 아니라 환자를 병원에 데리고 가는 방법이 문제라는 식으로 알아듣고는 얼른 대답했다.

「지역 위원회에서 대표로 참석한 데미나 동무를 모시려고 마차를 보낼 겁니다. 그녀는 친절한 사람이니까 내가 사정을 말하면 마차를 쓰도록 해줄 겁니다. 의사 동무, 너무 걱정마요. 환자를 옮기도록 해주겠소.」

「내 말은 그게 아니라 지시서를 작성할 수 있겠느냐는 겁니다. 마차를 쓸 수 있다면…… 실례지만 혹시 당신은 갈리울린 오시프 기마제트 지노비치 등위의 어머님이 아니신가요? 나는 아드님과 전방에서 같은 부대에 있었읍니다.」

의사의 말을 듣고 그녀는 얼굴이 창백해지더니 몸을 벌벌 떨었다. 그녀는 재빨리 유리 안드레예비치의 손을 잡고 말했다.

「우리 뜰에 나가서 얘기하지요.」

문을 나가자자 그녀는 성급히 말문을 열었다.

「제발 조용히 해줘요. 자칫 잘못하면 내 신세를 망쳐요. 유수프카가 큰 실수를 한 거예요. 당신도 생각해 봐요. 그애는 도대체 무엇이겠읍니까? 그애는 견습생으로 그저 평범한 노동자에 지나지 않아요. 당신은 아무렇지도 않다고 생각하겠지만, 그애는 죄인이라오. 하나님은 유수프카를 용서하지 않을 거예요. 그애의 아버지는 사병이었는데 전사를 했답니다. 포탄에 머리와 팔다리가 모두 날아가 버렸대요.」

그녀는 설움을 참을 수 없는지 울음을 터뜨리고, 잠시 마음이 안정된 후에 말을 이었다.

「가 봅시다. 마차를 부탁하러. 난 당신을 알고 있읍니다. 그애가 말해 주었죠. 당신이 라라 구이샤르를 안다더군요. 그애는 착한 소녀였어요. 우리에게 자꾸 찾아왔답니다. 지금은 어떻게 변했는지 모르지만요. 귀족끼리 한데 몰리는 건 당연한 일이죠. 그러나 유수프카는 그게 쇠악이었어요. 마차는 데미나 동무가 꼭 빌려 줄 거예요. 데미나 동무가 누군지 아세요? 그녀는 올리아 데미나인데, 라라 어머니 집에서 재봉사 노릇을 하였답니다. 그녀도 이곳 출신이죠. 자, 어서 따라오세요.」

13

밤이 되자 주위에 온통 어둠이 깔렸다. 데미나가 손에 쥔 회중전등에서 나오는 작은 빛이 너댓 걸음 앞에서 비추어 주었는데, 길을 밝히는 것이 아니라 오히려 정신을 혼란스럽게 만들어 주었다. 사방이 어두웠고, 그들은 라라를 알고 있는 사람이 많이 살고, 그녀가 어렸을 때에 자주 왔고, 그녀의 남편 안티포프가 소년 시절을 보낸 그 집을 뒤에 남겨 두고 떠났다.

「의사 동무, 정말 회중전등이 없어도 길을 찾을 수 있겠읍니까?」

데미나는 우스꽝스러운 정도로 잘난 체했다.

「걱정이 되면 내 전등을 빌려 드릴께요. 난 소녀였을 때 라라를 좋아했었어요. 난 그 집 양장점에서 견습으로 있었답니다. 올해에 나는 라라를 만났읍니다. 그녀가 모스크바에 왔더군요. 그래서 나는 그녀에게 어디 가려고 하지 말고 여기 있으라고 했죠. 우리하고 함께 살면 일자리를 구해 주겠다고 했어요. 그러나 그녀는 내 말을 듣지 않더군요. 그녀는 마음으로가 아니라 머리로 파샤와 결혼한 거죠. 그녀는 그때부터 정신을 차리지 못하더니 끝내는 떠나고 만 거죠.」

「당신은 라라를 어떻게 생각합니까?」

「길이 미끄러우니 조심하세요. 내가 길에다 물을 버리지 말라고 여러 번 일렀는데도 이렇군요. 차라리 벽에다 대고 말하는 게 낫겠어요. 라라를 어떻게 생각하느냐고요? 그게 무슨 소리죠? 생각하다니요? 뭐 생각하고 말 게 있어야죠. 생각해 본 적도 없는 걸요. 여기가 내가 사는 집이에요. 내가 그녀에게 이야기하지 않은 게 하나 있어요. 군인이었던 그녀의 오빠가 총살을 당한 것 같아요. 전에 내 주인이었던 그녀의 어머니는, 내가 도와 줄 수 있는 한 도와 드릴 거예요. 난 그만 들어가야겠어요. 그럼 안녕히 가세요.」

두 사람은 헤어졌다. 데미나의 작은 회중전등은 좁은 석조 건물을 뚫고 더러운 층계의 흙벽을 비추면서 달려가 버려 유리는 어둠 속에 남았다. 오른쪽에는 트리움팔나야 거리가 있고 왼쪽에는 카레트나야가 위치해 있었다. 어둠 속으로 길게 뻗은 길은 단순한 길로만 끝나는 것이 아니라, 통행을 할 수 없는 시베리아나 우랄 산맥의 숲이 갈라진 듯 석조 건물로 꽉 막혀 버렸다.

집에 도착하니 그의 집은 밝고 따뜻했다.

「왜 이렇게 늦으셨어요?」

안토니나 알렉산드로브나가 유리에게 물었다. 그녀는 미처 남편의 대답도 듣기 전에 말을 이었다.

「참 이상한 일도 다 있어요. 당신 안 계시는 동안 정말 이상한 일이 일어났어요. 깜빡 잊고 당신에게 이야기하지 않았지만, 어제 아버지가 괘종시계를 망가뜨리곤 안절부절 못하시더군요. 그건 집에 남은 단 하나뿐인 시계였거든요. 그래서 아버지는 크게 당황하신 거예요. 고치려고 애써 보았지만 소용없는 일이었어요. 길모퉁이의 시계포에 가서 물어 보니 글쎄 빵을 3파운드 내라고 하는 거예요. 그렇게 많은 요금을 요구하는데 난들 어쩔 도리가 없더군요. 아버지는 낙심하셨어요. 그런데 한 시간 가량 지나서 글쎄 믿을 수 없는 일이 일어났답니다. 갑자기 얼마나 날카롭고 시끄러운 종이 울렸는지 몰라요. 바로 괘종시계가 울린 거예요. 시계가 다시 가기 시작한 거예요. 당신은 상상할 수 있어요? 시계가 저절로 가기 시작한 거라구요.」

「내 티푸스 시계가 울렸군.」

유리 안드레예비치는 토냐에게 농담을 던지고 자명종 시계를 가진 발진티푸스 환자에 대해 이야기했다.

14

유리 안드레예비치는 훨씬 뒤에 발진티푸스에 걸리고 말았다. 그동안 지바고 일가는 참아 내기 어려운 시련을 겪었다. 그들은 너무나 굶주렸고 지쳐 있었다. 그는 자기가 언젠가 구해 준, 강도를 만났던 당원을 찾아갔다. 그 사람은 힘 닿는 데까지 유리 안드레예비치를 도와 주었지만, 내란이 막 시작되었기 때문에 모스크바에서 지내지 않고 내내 돌아다녔다. 그리고 그는 그 당시 사람들이 궁핍한 생활을 하는 것은 당연하다고 생각했으며, 드러내 놓지는 않았지만 자신도 굶주리고 있었다.

유리 안드레예비치는 브레스트 거리에 사는 배급인을 찾아가 보았으나 몇 달 사이에 젊은이는 행방이 묘연했고, 병이 완쾌된 그의 아내도 자취 없이 사라져 버렸다. 유리 안드레예비치가 찾아갔을 때 갈리울리나는 집에 없었고, 그 집에 거주하는 사람들도 대부분 바뀌었으며, 데미나는 전선에 나가 있었다.

이느 날 그는 고시 가격으로 배당량의 장작을 샀다. 유리는 그 장작을 빈다바 역에서부터 운반해야 했다. 그는 이 뜻밖의 보물을 싣고 메슈찬스키 거리를 수레를 지켜보면서 따라 걷는 동안, 그는 거리가 전혀 달리 보였고, 몸이 비틀거리면서 다리가 말을 듣지 않았다. 유리 안드레예비치는 자기가 발진티푸스에 걸렸음을 알았다. 그가 갑자기 쓰러지자 마부가 그를 일으켜 나무 꼭대기에다 올려놓았다. 유리는 자기가 어떻게 집에 올 수 있었는지 전혀 알지 못했다.

15

유리 안드레예비치는 이 주일 동안 혼수상태에 빠져 있었다. 그는 꿈 속에서 토냐가 왼쪽에 카레트나야 거리와 오른쪽에 트리움팔나야 거리를 만들어 놓고 책상 전등을 켜는 것을 보았다. 따스한 오렌지색 불빛이 거리를 환히 비춰 주었고, 이제 그는 글을 쓸 수가 있었다. 그래서 그는 글을 썼다.

그는 항상 쓰고 싶었고, 오래 전에 써야 했으나 쓸 수 없었던 글을 썼다. 그는 열심히, 막히지 않고 술술 써내려 갔다. 그는 머리에 떠오르는 글을 열심히 그리고 정확하게 썼다. 이따금 시베리아나 우랄에서 입는 털 외투를 걸친 키르기르 눈을 가진 소년이 그의 글쓰는 일을 방해했다

그는 이 소년이 그가 죽은 혼령이거나, 쉬운 말로, 그의 죽음이라는 사실을 잘 알고 있었다. 그러나 그에게 시를 쓰도록 도와 주는 그가 어떻게 그의 죽음이겠는가? 어떻게 죽음이 유용할 수 있고, 어떻게 죽음이 도움을 줄 수 있을까?

그의 시는 죽음도 부활도 아니고, 그 둘 사이에 존재하는 나날이었고, 제목은 《혼란》이었다.

그는 바다에서 파도가 휘몰아치고 뛰어올라 뒤덮고 뭉개 버리듯이 시커먼 폭풍우가 사흘 동안 불멸의 사랑의 화신에게 돌을 던지며, 사랑의 화신을 포위하고 습격하는 글을 쓰고 싶어했다. 그리고 대지의 검은 태풍이 어떻게 노호하며 밀려왔다 밀려가는가를 늘 묘사하고 싶어했다.

두 행의 시귀가 그의 머리에 떠올랐다.

그대 곁에 있어 기쁘노라.
그리고 깨어나야만 하네.

곁에 있어서 기쁜 것은 지옥이요, 부패요, 죽음이었다. 그러나 그것과 함께 봄이, 막달라 마리아가, 그리고 생명이 있었다. 깨어나야만 한다. 부활할 시간이 된 것이다.

16

유리 안드레예비치는 차차 회복되어 갔다. 처음 얼마간은 넋나간 사람처럼 이 일과 저 일과의 연관을 알지 못하고 모든 것을 당연히 받아들였다. 아내

는 그에게 버터 바른 흰 빵과 설탕 넣은 커피를 주었다. 유리 안드레예비치는 그런 음식은 구할 수 없다는 사실을 잊고 시나 동화를 즐기듯 그 맛을 즐겼다. 마치 회복기의 환자가 당연히 먹어야 하는 것으로 여겼다. 그러다가 어느 날 이것을 생각하고 아내에게 물었다.

「이런 것을 어디서 구했지?」

「그라냐가 갖다 주었어요.」

「그라냐가 누구지?」

「그라냐 지바고예요.」

「그라냐 지바고?」

「그래요, 옴스크에서 온 당신 동생 예브그라프에요. 당신의 이복 동생이죠. 당신이 의식이 없는 동안 매일 찾아 왔답니다.」

「사슴털 외투를 입었나?」

「네, 그래요. 당신은 의식이 없었는데 언제 봤군요. 그 사람이 언젠가 어떤 집 층계서 당신과 마주쳤는데, 당신이 무서울 정도로 냉정해서 말을 못했나 봐요. 그는 당신을 알고 있어서 말을 걸려고 했었던가 봐요. 그는 당신을 존경하고 숭배해요. 당신이 쓰는 글을 모두 읽고 우리에게 여러 가지 물건을 가져다 주었어요. 그런데 지금은 돌아갔어요. 우리에게 그곳으로 오라고 하더군요. 이상한 젊은이 같아요. 뭔가 신비스럽기도 하고요. 내 짐작으로는 그곳 정부와 무슨 관련이 있는 듯해요. 그는 우리 가족이 도시를 떠나 일이 년 가량 시골에 가 있이야 한다고 했어요. 그래서 난 크뤼게르가 생각나서 말했더니 훌륭한 생각이라고 하더군요. 우리는 채소도 심을 수 있고, 사방이 온통 숲으로 둘러싸여 있죠. 이렇게 가만히 앉아 양떼처럼 투쟁도 해보지 않고 죽을 수는 없어요.」

그해 4월, 지바고는 그의 가족 모두와 함께 우랄 지방에 위치한, 유리아틴 읍내 부근에 있는 바르키노의 옛날 소유지로 길을 떠났다.

제 7 장   우랄행 기차

1

3월말이 되자, 올해 들어 처음으로 며칠 동안 따뜻한, 그 후로는 거센 추위가 엄습하는 봄의 거짓된 사신이 찾아왔다. 지바고 일가는 여행 준비로 분주했다. 지금은 길거리의 참새보다도 더 숫자가 늘어난 입주자들이 그들의 여행 준비의 분주함을 알지 못하게 하려고 부활절을 맞기 위해 봄의 대청소를 하는 중이라고 했다.

유리 안드레예비치는 여행하는 것을 반대했다. 그는 지금까지 이 여행이 실현되지 않을 것이라고 생각하여, 여행 준비를 노골적으로 방해하지는 않았지만 그는 그 여행이 실현되지 않기를 바랐다. 그러나 일은 점점 진척되어 이제는 여행 문제를 진지하게 이야기해야 할 때가 된 것이다.

유리 안드레예비치는 자신과 토냐와 장인이 모여서 가족 회의를 하는 자리에서 자기가 가지고 있는 의구심을 아내와 장인에게 말했다.

「당신은 내가 지금 하는 일이 옳지 않다고 생각하는군. 그럼, 결론적으로 떠나야 하나?」

그는 자기의 생각을 밝혔다. 그 말을 듣고 아내 토냐가 말을 받았다.

「당신은 일이 년만 참으면 새로운 토지 제도가 시행되어 모스크바 근처에 우리가 채소밭을 갖게 될지도 모른다고 하세요. 그러나 당신은 그 동안 어떻게 살아가야 할지는 말씀하지 않았잖아요. 그것이 가장 중대한 문제 아니겠어요. 어디 말씀 좀 해보시죠?」

「그건 잠꼬대에 지나지 않아.」

알렉산드르 알렉산드로비치도 딸의 의견에 찬성했다.

「그럼 좋아요. 제가 졌으니 어디 마음대로 해요.」

유리 안드레예비치는 더 이상 버티지 않고 그들의 의견에 동의했다.

「내가 지금까지 걱정한 것은 그쪽 사정을 전혀 몰라서입니다. 우리는 깜깜한 눈으로 사전 지식도 없이 낯선 땅으로 가게 되기 때문입니다. 바르키노에서 살던 세 사람 중, 어머니와 할머니는 돌아가셨고 크뤼게르 할아버지는 혹시 살아계신다 하더라도 인질로 잡혀 있는 몸이세요. 할아버지는 전쟁이 끝나던 해에 무슨 책략을 꾸며서인지 숲과 공장을, 어느 은행인가 개인의 이름을 빌어 판 것같이 꾸민 모양이야. 그렇지 않으면 누군가에게 명의만 바꾸어 놓은 것 같더군. 그 거래에 대해 우린 아는 게 없어. 그 땅이 지금은 누구의 소유냐고? 그 땅이 누구의 재산이란 뜻이 아니고, 그걸 잃어버린다고 해도 상관없지만, 그 땅을 지금 책임지고 있는 사람이 누구냐 하는 게 중요하지. 누가 관리를 하고 있나? 숲은 벌목을 했는가? 그리고 공장은 가동되고 있는가? 그보다 중요한 것은 그곳에는 누가 세력을 잡고 있는가지. 우리가 그곳에 도착할 때 어떤 쪽이 들어서 있을까가 큰 문제거리지. 예전의 관리인이었던 미쿨리친이 도와 주리라고 기대하는 모양인데, 그 늙은 관리인이 지금까지 그곳에 살고 있고 지금도 바르키노에 있다고 당신들에게 말해 준 사람이 있소? 우리는 그 사람에 대해서도 우리 할아버지께서는 그 사람의 이름을 항상 발음하기가 어려웠었다는 것말고는 아는 게 없단 말야. 이런 일을 가지고 옥신각신할 필요는 없어. 떠나기로 결정된 사실이니까 나도 가야겠지. 이젠 우리가 여행을 하려면 어떤 준비가 필요한지나 잘 알아보아야 해. 지체해야 히니도 도움이 안 되니까.」

2

유리 안드레예비치는 수소문을 하기 위해 야로슬라브스키 역으로 나갔다.

대합실에는 난간이 달린 통로가 가설되어 있어서 떠나는 사람들의 끝없는 물결을 막아 주었고, 돌로 된 대합실 바닥에는 회색 군용 외투를 입은 사람들이 누워서 몸을 뒤척이기도 하고 침을 뱉거나 기침을 해 댔다. 그들은 이야기를 나눌 때마다 둥근 천장 아래서 시끄럽게 이야기해서 목소리가 울려 그 소리가 엄청나게 컸다.

그들은 대개가 최근에 발진티푸스에 걸렸던 환자들이었다. 병원은 환자들로 포화 상태이기 때문에 위험한 고비만 넘기면 그 다음날 퇴원을 해야 했다. 의사인 유리 안드레예비치 자신도 그렇게 하지 않을 수 없는 처지에 놓였던 적도 있었지만, 이렇게 불우한 사람의 수가 엄청나고 그들이 거처할 수 있는 곳이 역밖에 없다는 사실은 전혀 짐작하지 못한 일이었다.

「출장 증명을 반드시 얻어야 합니다.」

흰 앞치마를 두른 짐꾼이 그에게 말해 주었다.

「그리고 매일 빠짐없이 나와서 사정을 살펴야 합니다. 요즘에는 기차가 극히 드물답니다. 모두가 운수에 좌우되지요. 기차도 밀가루나 그외의 무엇으로라도 기름을 쳐야만 움직이죠. 기름을 치지 않으면 바퀴가 구르지 않는 건 당연한 일이죠. 더구나 보드카가 없으면 정말 멀리 간다는 건 불가능한 일이랍니다.」

3

그 무렵 알렉산드르 알렉산드로비치는 최고 인민 경제 회의에서 고문 자리를 맡아 달라는 청을 몇 번 받았으며, 유리 안드레예비치는 위독한 정부 요인을 치료해 달라는 부탁을 받았다. 그들은 그 댓가로 당시로서는 최고 수준의 가치있는 화폐인, 새로 문을 연 첫 배급소에서 할당된 물품을 구입할 수 있는 배급표를 받았다.

시모놉 성당 옆 어느 낡은 군대 창고가 배급소였다. 유리 안드레예비치와 그의 장인은 성당과 부대 연병장을 거쳐, 문턱도 없는 지하 창고의 돌문 아래로 들어갔다. 비탈진 곳으로 내려가면 한쪽 끝이 넓어졌고 그 끝에는 길게 카운터가 구획지어져 있었다. 그 뒤에서는 창고지기 한 명이 가끔 물건을 가지러 창고에 들어가는 것 외에는, 무게를 재면서 한가하고 침착하게 물건을 내주고 명단에서 물품 품목을 연필로 지워 버리고, 가끔 뒤에 쌓아 놓은 물건으로 보충했다.

배급을 받는 사람은 그리 많지 않았다.

「부대는?」

배급표를 건성으로 힐끔 본 창고지기가 그들에게 말했다. 두 사람은 크고 작은 베갯잇과 그보다 큰 쿠션 커버를 몇 장 내밀자 그 속에 밀가루, 곡식,

국수, 설탕, 쇠기름, 비누, 성냥갑을 쑤셔 넣었으며, 또 종이로 포장한 덩어리를 집어 넣는 것을 목격했다. 그것은 나중에 집에 와서 펴보니 카프카즈 치즈였다.

그들은 창고지기의 너그러움에 감격해 하며 자기들이 서투른 행동으로 수선을 피워 그를 괴롭힐까 걱정하여, 여러 보따리를 두 개의 큼직한 자루에 담고 둘러맸다.

그들은 들뜬 기분으로 밖으로 나왔다. 그들은 음식에 대한 생각뿐만 아니라, 자신들이 이 세상에서 쓸모있는 존재들이며 결코 헛되이 살아오지 않았으며, 집에 가면 토냐가 칭찬과 감사의 말을 늘어놓을 것을 생각하니 발걸음이 한결 가벼웠다.

4

남자들은 여행 증명서를 떼고 모스크바에 다시 돌아오면 다시 입주할 아파트를 등록하기 위해 온종일 관공서에서 시간을 보냈고, 그럴 때 안토니나 알렉산드로브나는 집에서 물건을 고르는 일을 했다.

그녀는 당국에서 그늘 일가에게 할당해 준 셋방을 다니면서, 아주 사소한 물건도 건성으로 지나치지 않고 스무 번 가량은 손으로 무게를 가늠해 보고 나서 그것을 가지고 갈 물건에 포함시킬 것인가를 결정했다. 그리고 나머지 물건들도 여행 도중과, 그곳에 도착한 후에 필요한 물물교환을 하기 위해 싸 두었다.

조금 열어 놓은 창문으로 새로 자른 프랑스 빵 같은 향기가 들어왔다. 마당에서는 아이들이 뛰어다니며 놀고, 수탉이 울어 댔다. 방안에 새로운 공기가 많아질수록 겨울옷을 꾸려 넣은 트렁크에서 나온 나프탈린 냄새가 코를 진동시켰다.

어떤 물건을 가지고 갈 것인가에 대한 결정은, 먼저 여행을 다녀 온 친구들의 경험에서 나온 이야기를 듣고 준비했다. 이 원칙의 단순하고 거역할 수 없는 규칙은 안토니나 알렉산드로브나의 머리 속에 얼마나 생생했는지, 뜰에서 참새가 지저귀는 소리와 뛰어노는 어린 아이들의 재잘거리는 소리를 들어도, 밖에서 들려오는 신비로운 목소리까지도 토냐의 귀에는 자꾸 그 얘기가 반복되어 귓전에 들리는 듯했다.

「옷을 지을 옷감을 가지고 가야지. 옷감은 짐 검사할 때 위험하니 옷처럼 꾸며서 가지고 가는 것이 좋겠어. 옷감은 낡은 것 아니면 위에 입는 코트 같은 것을 만드는 게 좋겠지. 쓸데없는 것은 가지고 가지 말아야 무게를 줄일 수 있어. 바구니와 트렁크는 짐을 지고 가야 하기 때문에 적당하지 않다. 짐은 여자나 아이도 손에 들 수 있을 정도로 작은 보따리로 만들어. 소금과 담배는 쓰임새가 많고 귀중한 물건이긴 하지만 상당히 위험해. 돈은 케렌카스가 좋겠어. 가장 힘든 것은 여러 증명 서류를 준비하는 것이야.」

5

그들이 여행에 오르기 전날 밤에는 눈보라가 쳤다. 바람에 빙글빙글 도는 눈은 하늘로 올라갔다가는 다시 내려와 캄캄한 길의 어둠으로 휩쓸려가 흰 천처럼 나부꼈다.

짐은 모두 꾸려 놓았다. 남긴 물건과 집은, 지난 해 겨울에 헌옷과 가구를 감자와 장작과 바꾸도록 안토니나 알렉산드로브나를 도와 준 예고로브나의 친척인 중년 부부에게 맡겼다.

마르켈은 믿을 만한 사람이 못 되었다. 정치적인 단체로 그가 택한 시민군 주둔지에서 그는 지난 날의 집주인인 그로메코 씨네 가족들에게 고혈을 착취당했다고까지는 말하지 않았으나, 주인네가 인간이 원숭이의 후예라는 사실을 알려 주지 않고 오랫 동안 자기를 무지몽매하게 버려 두었다고 새삼스럽게 비난했다.

안토니나 알렉산드로브나는 전에 상점 점원이었던 예고로브나의 친척 부부를 데리고 끝으로 집을 둘러보며 방마다의 자물쇠를 가르쳐 주고, 장농의 문도 열었다닫았다 하고 서랍도 열어 보여 주며 집에 대해 설명해 주었다.

방에 있던 테이블과 의자는 벽에 모두 붙여져 있었고, 여행에 가져 갈 짐은 구석에 쌓아 놓았다. 커튼이 쳐져 있었을 때보다 눈보라는 방해받음이 없이 헐벗은 창문을 통해 방안을 들여다보고 있었다. 가족은 저마다 그 눈보라를 쳐다보며 생각에 잠겼다. 유리 안드레예비치는 어린 시절과 어머니의 죽음을, 안토니나 알렉산드로브나와 알렉산드르 알렉산드로비치는 안나 이바노브나의 임종과 장례를 생각했다. 오늘 밤이 이 집에서 보내는 마지막 밤으로, 이제 다시는 볼 수 없을 것이라는 생각이 들었다. 그들의 생각은 모두 틀렸지만 서로가 상대방의 기분을 언짢게 만들지 않으려고 마음속으로만 간직하고 있던 이 지붕 아래서 보낸 세월을 회상해 보고는 눈물을 보이지 않으려고 애써 참고 있었다.

그런데도 안토니나 알렉산드로브나는 타인들 앞이라 예의 범절을 잃지 않았다. 그녀는 집을 관리해야 할 여자에게 끝없이 말을 많이 했다. 그녀는 그 부부가 그녀에게 베푸는 호의를 과대평가하고 있었다. 그녀는 배은망덕한 여자라는 인상을 주지 않으려고 몇 번이나 양해를 구하고 옆방으로 가서, 면직이나 스커트나 블라우스, 또는 옷감 같은 천을 여자에게 주려고 가져왔다. 옷감은 검은 바탕에 흰 체크, 또는 물방울 무늬가 들어 있는 것이, 마치 그 이별의 마지막 밤에 커튼이 떼어진 창문으로 내다보이던 어두운 길에 눈이 내려 마치 벽돌의 체크에 흰 반점 무늬를 수놓던 것과도 같이 보였다.

6

그들이 정거장을 향해 떠난 것은 새벽녘이었다. 다른 입주자들은 그 시간에 아직 잠을 자고 있었다. 사교적인 일이라면 으레히 앞장시기를 즐기던 세보로트니나는 큰소리를 질러서 그들을 모두 깨웠다.

「모두 일어나세요, 동무들! 어서 일어나요. 그로메코 집안 사람들이 모두 떠납니다. 어서 작별 인사를 합시다.」

앞문은 널빤지로 출입을 하지 못하도록 막아 버렸기 때문에 그들은 모두 뒤쪽 계단으로 쏟아져 나와 무슨 사진이라도 찍는 듯이 반원으로 늘어섰다. 그들은 하품을 하며 덜덜 떨었고, 어깨에 걸친 외투를 여미고, 당황하여 맨발에 신고 나온 펠트 장화를 시린 듯이 굴렀다.

마르켈은 이처럼 술이 부족한 데 어떻게 입수했는지 밀주로 만취되어 계단의 난간에 시체처럼 늘어졌다. 그는 그들의 짐을 역까지 운반해 주겠다고 했으나 거절을 당하자 불쾌해 했다. 그로메코 일가는 그에게서 가까스로 벗어났다.

밖은 아직도 어둠이 가시지 않았다. 바람은 잤으나 눈은 어제보다 더 많이 내렸다. 함박눈이 한가롭게 휘날려서 무겁게 땅에 내려앉았다. 그들이 거리를 지나 아라바트에 닿았을 때는 약간 날이 밝은 뒤였다. 눈은 길거리만큼 폭이 넓은 하얀 무대의 휘장처럼 느리게 내려왔고, 그 자락은 행인들이 앞으로 나아가고 있다는 의식을 잊고 박차를 맞추는 듯 하늘거렸다.

여행자 외에는 인적이 없었다. 잠시 후 밀가루 부대에서 나온 듯한 마부와 백설처럼 흰 마부가 끄는 마차가 그들 뒤에서 따라왔다. 그 마부는 당시로는 믿을 수 없을 정도로 비싸지만 실제로는 1코페오도 안 되는 마차삯을 받고 짐과 함께 일행을 모두 마차에 태워 주었다. 유리 안드레예비치만은 짐 없이 홀가분하게 정거장까지 걸어서 갔다.

7

정거장에서 유리 안드레예비치는 나무 난간 사이로 짓눌려 있는 듯한 끝없이 긴 줄에 서 있는 안토니나 알렉산드로브나와 그녀의 아버지를 찾아냈다. 뉴샤와 사셴카는 밖에서 서성거리며 어른들을 따라갈 때가 되었나 보려고 가끔 대합실로 돌아가 동정을 살펴보았다. 그들에게서는 독한 석유 냄새가 났다. 그들은 티푸스에 걸리지 않으려고 목과 팔목과 발목에 석유가 잔뜩 칠해져 있었다.

대열이 플랫폼의 문을 향해 올라가고 있었지만, 여객들은 아직까지도 반 마일은 더 내려가야 기차를 탈 수 있을 것 같았다. 청소부들이 부족하여 역은 지저분했고, 플랫폼 앞의 철도도 흙과 얼음 때문에 사용할 수가 없었다. 그래서 기차는 뒤쪽에 정지해야 했다.

안토니나 알렉산드로브나는 바쁘게 서둘러 오는 남편을 보자 손을 흔들었고, 그가 가까이 다가 오자 큰 소리로 출장 증명서에 도장을 받는 창구를 가르쳐 주었다.

「무슨 도장이 찍혔나 좀 보여 주세요.」

유리 안드레예비치가 돌아오자 그녀가 말했다. 유리는 난간 너머로 아내에게 서류를 건네 주었다.

「특등칸이군요.」

그녀 뒤에 서 있던 낯선 남자가 어깨 너머로 서류를 보고는 말했다. 그보다 앞에 선 사람은 더 노골적이었다. 그는 어떤 경우의 무슨 규칙이라도 알고 있는, 형식에 매여 있는 법률가의 한 사람인 양 더 자세히 설명해 주는 것이었다.

「이 도장이 찍혀 있으면 당신들은 등급차, 즉 일반 객차에서 좌석을 요구할 수 있답니다. 기차에 일반 객차가 연결되어 있으면 말입니다.」

기차를 타려고 대열을 이룬 사람들이 동시에 말을 해댔다.

「객차 좋아하시는군요. 요새는 화물 열차의 완충기에 올라앉을 수만 있어도 감지덕지요.」

「저 사람들 말은 듣지 마요.」

또다른 사람이 한 마디했다.

「간단한 거니 내가 설명하겠읍니다. 요새는 각종 열차의 구별이 없읍니다. 말하자면 군용 열차 겸 죄수 열차고, 또 가축용으로 쓰는 혼성 열차랍니다. 왜 공연한 말을 해서 사람을 혼란스럽게 하는 겁니까? 이해할 수 있도록 설명해 주어야죠.」

「설명을 잘하는 걸 보니 영리한 사람 같군요.」

여러 사람이 비양거리자 그는 입을 다물어 버렸다.

「이 사람들이 특등칸에 탈 수 있는 도장을 받았다는 것만으로는 어떻게 되지 않아. 먼저 이 사람들의 행색이니 살펴보고 말해요. 이같이 눈에 띄는 얼굴로 어떻게 특등칸에 탈 수 있겠소. 특등칸에는 해군이 가득 탑니다. 해군은 총도 있고 세련된 안목이 있지요. 그들이 이 사람들을 보면 뭐라고 할 것 같습니까? 유산 계급층인, 게다가 또 지체 높은 의사를 보면 말예요. 수병이 단총을 겨누고 한 방 쏘아 버리면 그냥 끝나는 겁니다.」

만일 다른 일이 군중의 관심을 끌지 않았다면 그로메코 가족에 대한 이야기는 그치지 않고 계속되었으리라.

아까부터 군중은 두꺼운 유리를 낀 유리창을 통해 잔뜩 호기심을 품고 지붕을 씌운 철로를 내다보고 있었다. 길게 뻗은 플랫폼의 지붕에서 선로 위로 떨어지는 눈을 바라보았다. 너무 거리가 멀어서 눈은 움직이지 않고 공중에 머물면서, 마치 물고기에게 던져 준 빵부스러기가 물로 가라앉듯 천천히 땅바닥으로 내려와서 꼼짝도 하지 않는 것 같았다.

얼마 전부터 사람들은 몇 사람씩 모이거나, 혹은 한 사람씩 걸어갔다. 그들을 처음에 볼 때는 근무중인 철도원인 줄 알았으나, 이제는 무리지어 몰려나왔고, 그들이 걸어가는 쪽에서 작은 연기 구름이 나타났다.

「문 열엇! 문 열엇. 이 나쁜 놈들아!」

대열을 이룬 사람들이 큰 소리로 외치며 문으로 아귀떼처럼 달려들었다.

「이게 무슨 일이야. 우리는 이 안에 가두어 놓고 저 놈들은 옆길로 새치기를 시키다니, 문을 열지 않으면 부숴 버릴 테다. 여러분, 밀어요, 어디 밀어 봅시다.」

「어리석은 사람들아, 저 사람들 부러워할 필요는 없어.」

무엇이든지 다 알고 있는 듯 나서던 사람이 점잖게 말했다.

「저들은 페트로그라드에서 강제 노동을 시키려고 끌고 온 사람들이란 말이오. 북쪽의 볼로그라드로 갈 작정이었으나 이제 동부 전선으로 쫓겨가고 있는 것입니다. 저들이 원해서 가는 게 아니란 말입니다. 감시를 받고 있는 거요. 그들은 가서 참호를 팔 겁니다.」

8

그들은 기차를 탄 지 사흘이 지났지마는 모스크바로부터 그다지 멀리 떠나지는 못했다. 차창 밖에 펼쳐지는 풍경은 쓸쓸하고 을씨년스러웠다. 레일과 들판과 숲, 마을의 지붕이 모두 하얗게 눈으로 덮여 있었다.

지바고의 가족은 그래도 다행스럽게 천장 바로 아래의 컴컴하고 길쭉한 창문가의 막침대 한 쪽 구석을 독차지할 수 있었다.

안토니나 알렉산드로브나는 난생 처음 화물 열차를 타고 여행을 하는 것이었다. 모스크바에서 기차에 처음 오를 때에는 유리 안드레예비치가 그녀를 위쪽 칸까지 들어올려 주고 육중한 문을 밀어서 열어 주었지만, 이제는 익숙해져서 자기 스스로 오르내렸다.

처음에 기차에 오르자 안토니나 알렉산드로브나는 마치 돼지우리처럼 생각되었다. 그녀는 이 바퀴 달린 돼지우리는 한 번 부딪치거나 흔들리거나 하면 부서질 것 같다고 생각했다. 그러나 벌써 사흘 동안이나 기차가 속력과 방향을 바꿀 때마다 전후 좌우로 흔들렸고, 바퀴가 태엽이 장치된 장난감 북의 채처럼 그들 밑에서 자주 덜커덩덜커덩거렸지만 그녀의 생각처럼 사고가 나지는 않았다. 안토니나 알렉산드로브나의 걱정은 터무니없는 것에 지나지 않았다.

이 기차는 스물두 칸으로 이루어져 있어서 플랫폼이 아주 짧은 시골 역에서 멈추면 긴 열차는 앞이나 뒤, 또는 중간의 일부만이 플랫폼에 걸쳐졌다.

앞쪽 칸에는 군인이 탔고, 중간에는 일반인, 뒤쪽 칸에는 강제 징용 당한 노동자들이 타고 있었다.

강제 노동자는 약 5백 명 가량 되는데, 나이나 직업 그리고 신분이 각기 다른 사람들이었다.

그들이 타고 있는 뒤쪽의 기차 8량은 정말로 볼 만한 광경이었다. 페테르스부르크의 주식 중매인과 훌륭한 옷을 입은 변호사 같은 사람과, 여자, 마루바닥을 닦는 청소부, 목욕탕 심부름꾼, 타타르의 넝마주의, 정신병원에서 탈주한 환자, 상점 점원, 승려들이 모두 착취 계급과 구별되어지지 않고 한 통속이 되어 함께 실려 있었다.

변호사들과 증권 브로커들은 벌겋게 달아오른 무쇠 난로를 둘러싸고, 짤막하고 굵직한 장작더미 위에 앉아서, 큰소리로 얘기히거나 낄낄거리고 웃었다. 이들은 대부분 연줄이 있는 사람이 있었으므로 걱정을 하지 않았다. 영향력 있는 든든한 친척이 손을 쓰고 있었기 때문이었다. 최악의 경우가 닥친다 하더라도, 앞으로 여행하는 동안에 몸값을 주고 빠져 나가면 그만인 것이었다.

장화에다 단추를 풀어 헤친 카프탄 저고리를 입었거나, 바지 위로 긴 셔츠를 걸쳐 입고 맨발이거나, 턱수염을 기른 자와 기르지 않은 자들은 답답한 차칸의 반쯤 열린 문가에 서서, 철로변의 마을이나 농부를 말없이 물끄러미 바라보았나. 그늘은 누구와도 이야기를 하지 않고 묵묵히 있었다. 그들에게는 영향력이 있는 친구가 없었으며, 어떤 것에도 희망을 가질 수가 없었다.

9

기차가 정거장에 닿을 때마다 안토니나 알렉산드로브나는 낮은 천장에 머리를 부딪히지 않으려고 조심하며 일어나 앉아서, 고개를 숙이고는 열린 문틈으로 밖을 내다보았다. 멀리 보이는 철도 지점의 모습으로 그 역이 물물 교환을 하기에 유리한지, 정차하는 시간은 넉넉한지를 결정하는 것이었다.

지금의 경우도 그러했다. 기차가 속도를 늦추었기 때문에 그녀는 잠이 깼다. 여러 개의 전철기를 덜커덩거리며 지나가고 있는 것으로 미루어 짐작하건대 이번에 닿는 정거장은 크고, 정거하는 시간도 길 것 같았다.

안토니나 알렉산드로브나는 눈을 비비고, 머리카락을 가다듬고, 보퉁이 바닥을 뒤져서 맨 밑바닥에 깔려 있던 수탉과 젊은이와 멍에와 수레바퀴가 수놓아진 타올을 한 장 꺼냈다.

그러는 동안에 또한 유리 안드레예비치도 잠이 깨어서 침상에서 먼저 뛰어내린 후 아내를 안아서 바닥으로 내려 주었다. 차창 밖으로 건널목 간수의 대피소와 전봇대가 스쳐 지나갔다. 나무는 눈이 겹겹이 쌓인 가지를 기차를 향해 환영한다는 듯이 내밀어 주었다. 수병들은 기차가 멈추기 훨씬 전부터 열차에서 플랫폼의 눈 위로 뛰어내려 역 건물의 모퉁이 뒤쪽으로 달려갔다. 그곳에서는 음식을 파는 시골 여인들이 죽 늘어 앉아 있었다.

수병들의 검은 제복과 챙이 없는 모자에서 펄럭이는 리본은 무서운 속도로 달리는 스키 선수나 스케이트 선수를 방불케 했으며, 사람들은 저마다 그들에게 길을 비켜 주었다.

정거장 모퉁이에는 점장이 집에 갔을 때처럼 신이 난, 근처에 사는 계집아이들과 아낙네들이 역의 담벼락 추녀 밑에 늘어 앉아, 오이와 연한 흰 치즈, 삶아 익힌 쇠고기며 호밀 기름에 튀긴 빵 등을 식지 말라고 누빈 수건으로 덮어 놓고 있었다.

머리에 쓴 플라토크의 가장자리를 반 모피 외투의 깃 속으로 밀어 넣은 여자들은 수병들의 농담 소리에 양귀비꽃처럼 얼굴이 붉어졌으나, 투기와 암거래를 단속하는 부대가 바로 수병이기 때문에 무엇보다도 그들을 무서워했다.

장사하는 시골 여인들의 두려움은 곧바로 사라져 버렸다. 기차가 정거하자 민간인 탑승객이 한데 섞여 장사는 활발해졌다.

안토니나 알렉산드로브나는 눈으로 세수를 하려고 정거장에 온 듯 타올을 어깨에 걸친 채 물건을 쭉 휘둘러보았다. 아낙네 몇 명이 그녀에게 큰 소리로 말을 걸었다.

「여보세요, 여보세요. 수건을 무엇과 바꾸실래요?」

안토니나 알렉산드로브나는 발걸음을 멈추지 않고 남편과 함께 걸어갔다.

죽 늘어 앉아 있는 아낙네들 중 가장 끝의 여자가 그녀가 들고 있는 수건에 잔뜩 탐을 냈다. 그 장사하는 아낙네의 눈이 반짝이며 번득였다. 그녀는 주위를 재빨리 살펴보고 나서 위험하지 않음을 확인하고는 안토니나 알렉산드로브나에게 다가와서 자기의 물건을 덮었던 것을 벗기고는 진지하지만 낮은 목소리로 말했다.

「이보세요, 오랫 동안 이런 건 보지 못했죠? 망설일 것 없어요. 그 타올과 이것의 절반을 바꾸는 게 어때요?」

안토니나 알렉산드로브나는 아낙네의 마지막 말을 듣지 못했다.

「무슨 소리죠?」

아낙네가 절반이라고 한 것은 있던 머리부터 꼬리까지 통째로 구워서 둘로 자른 손에 들고 있던 산토끼 반 토막을 가리키는 것이었다. 아낙네는 다시 한 번 토끼를 들어 보이면서 말했다.

「그 수건을 주면 이 토끼를 주겠다고요. 이건 개고기가 아니라 토끼 고기예요. 남편이 사냥꾼이랍니다. 이건 토끼예요, 토끼.」

두 사람은 물건을 교환했다. 그들은 제각기 자기가 큰 이익을 보았고, 상대방이 큰 손해를 본 것이라고 생각했다. 안토니나 알렉산드로브나는 아낙네를 속인 것 같은 기분이 들어 부끄러운 생각이 들었으나, 아낙네는 이 거래에 만족해 하며 장사를 마친 이웃 아낙네를 소리쳐 부르더니 눈덮인 길을 따라 마을로 향했다.

그때 군중 속에서 큰 소동이 벌어졌다. 늙은 노파가 비명을 질렀다.

「기병, 어디로 가는 거야? 돈을 줘야지. 언제 돈을 냈어. 순전히 사기꾼이군 그래. 아무리 불러도 돌아보지도 않고 가는 강도 같은 작자! 동무들! 난 도둑을 맞았어요. 도둑을. 강도야, 강도! 저 작자, 바로 저 작자란 말야! 저 놈 잡아라. 잡아!」

「어느 놈요?」

「저기 싱글벙글 웃으며 가는 면도를 한 놈이요.」

「쌀밥치가 떨어진 놈 말인가?」

「그래, 바로 그 놈이야. 저 자가 내 물건을 강탈한 놈이야.」

「무슨 일이지?」

「저 놈이 할머니에게서 만두와 우유를 실컷 먹고 나서 돈을 내지 않고 도망쳤어. 그래서 저 노파가 울고 있는 거야.」

「저 놈을 놓쳐서는 안 돼. 붙잡아야 해.」

「붙잡다니, 온몸에 탄띠와 혁대를 칭칭 감았는데 어떻게 붙잡아. 오히려 붙잡히고 말겠는 걸.」

10

징용을 당한 노동자 몇 명이 14호 차량에 타고 있었다. 그들을 감시하는 사람은 이등병 보로뉴크였다. 노동자 중 세 명이 다른 사람보다 두드러지게 나타났다. 세 명은 기차 안에서 회계원이라고 일컫는 페트로그라드의 국영 주점의 회계원이었던 프로호르 하리토노비치 프리툴리예프와 철물점의 견습 으로 일하던 열여섯 살의 소년 바샤 브리킨, 그리고 합동 조합주의자인 혁명 가로 이름난, 과거의 정권하에서 수용소를 드나들었던 백발의 코스토예드 아 무르스키였다.

그들이 처음 만났을 때는 아무 인연도 없는 타인이었으나 여행하는 동안 그들은 조금씩 가까워졌다. 그들은 차 안에서 이야기를 주고받는 동안 회계 원인 프리툴리예프와 견습공 바샤는 같은 고장 출신이었고, 기차는 그들의 고향을 지나칠 예정이라는 것을 알았다.

말므이지 시에서 온 프리툴리예프는 머리를 짧게 깎고 곱슬머리에, 얼굴은 곰보고 키가 작은 남자였다. 그는 잿빛 상의의 깃을 세워 입었는데, 겨드랑이 가 땀에 절어 있었고 상의는 살찐 여자의 블라우스처럼 헐렁헐렁했다. 그는 몇 시간씩 마치 동상처럼 묵묵히 앉아서 깊은 생각에 잠겨 주근깨투성이 손 위에 난 사마귀를 피가 나올 정도로 심하게 손톱으로 긁었기 때문에 손이 곪 게 되었다.

지난 해 가을, 그는 네프스키 거리를 걷다가 거리 모퉁이에서 가두 검문에 걸리고 말았다. 그는 신분 증명서를 제시하라는 요구를 받았으나 그가 소유 하고 있는 것은 비근로자에게 발급되는, 아무 배급도 받지 못하는 것이었다. 그래서 그는 똑같은 이유로 체포된 많은 사람들과 함께 병영으로 호송되었다. 이렇게 강제 징용당한 사람들은, 그 전에 붙잡혀 아르한겔리스크 전선에서 참호를 팠던 사람처럼 처음에는 볼로그다로 가기로 되어 있었으나 도중에 목 적지가 바뀌어 모스크바를 경유해서 동부 전선으로 향하게 된 것이었다.

프리툴리예프는 전쟁 전 페테르스부르크에서 일하기 전에 일하던 루가에 아내가 남아 있었다. 남편의 소식을 들은 그의 아내는 남편을 강제노동에서 빼내려고 볼로그다로 남편을 찾으러 갔다. 그러나 부대는 그곳으로 가지 않 아서 길이 그만 어긋나고 말았다. 그녀는 헛수고만 하고 남편의 종적을 찾을 수 없었다.

프리툴리예프는 페트로그라드에서는 펠라기아 빌로브나 탸구노바라는 여자와 살았다. 그가 네프스키 사거리에서 붙잡힌 것은 그녀에게 작별 인사를 하고 약속이 있어서 다른 방향으로 가려고 할 때 였다. 그녀가 리테이니 거리의 보행자 물결 속에 파묻히기 직전, 먼 발치로 그녀의 뒷모습이 보일 때였다.

탸구노바라는 여자는 뚱뚱하고 아름다운 손에, 두툼하게 머리를 땋아 늘어뜨리고 있었다. 그녀는 한숨을 쉴 때는 이 땋은 머리를 어깨 위로 가끔 넘기는 버릇이 있었다. 그녀는 자진해서 프리툴리예프를 동반하겠다고 자원을 해서 호송원 노릇을 하고 있었다.

프리툴리예프처럼 추남인 남자에게 여자들이 좋다고 매달리는 이유가 무엇인지 이해할 수 없었지만, 그에게는 확실히 여자들이 매달리는 편이었는지 탸구노바 외에도 기차 어딘가에는 어떻게 탔는지는 알 수 없지만 또다른 여자 친구인 오그르이즈코바라는 처녀가 타고 있었다. 그녀는 속눈썹이 희고 비쩍 마른 처녀인데 온갖 수단을 동원히여 기차에 올랐다는 것이었다. 탸구노바는 그녀에게 뻔뻔스러운 년이니 콧대 높은 년이니 하며 온갖 욕설을 마구 퍼부었다.

두 여자는 서로 앙숙지간이었으므로 서로 마주치지 않으려고 노력했다. 오그르이즈코바는 단 한 번도 이 찻간에 얼굴을 비치지 않았다. 그녀가 어디에서 프리툴리예프를 만나는지 도무지 알 수 없는 일이었다. 아마도 그들은 승객 모두가 나와서 장작괘 석탄을 실을 때 멀리서나마 사랑하는 사람의 얼굴을 보는 것만으로 만족해 하는지 모를 일이었다.

11

바샤의 신상 이야기는 아주 달랐다. 그의 아버지는 이번 전쟁에서 죽었고, 마을에 살던 어머니는 아들을 아저씨에게 보내 일을 배우게 하려고 페트로그라드로 보냈다.

바샤의 아저씨는 아프라크사 시장에서 철물점을 하고 있었는데, 작년 겨울에 몇 가지 조사할 일이 있으니 지방 평의회로 나오라는, 통지서에 씌어진 방이 아니라 징용 노동자 선발위원회 사무실로 들어가고 말았다. 그가 들어간 방에는 징용자가 가득 있었는데, 잠시 후 군인이 들어오더니 그들을 포위하고 세묘노프 병사로 데려 가서는 그곳에서 하룻밤을 지내고 볼로그다로 가는 열차에 싣기 위해 이튿날 아침 역으로 호송했다.

수많은 주민이 체포되었다는 소문이 곧 퍼졌다. 이튿날부터 많은 가족이 그들에게 작별을 하려고 역으로 몰려 왔다. 바샤도 아주머니와 함께 아저씨를 전송하려고 정거장으로 왔었다. 삼촌은 경비원에게 목책 밖의 아내를 잠깐 만나고 오겠다고 부탁했다. 이 경비원이 바로 14호 차량의 호송병인 보로뉴크였다. 보로뉴크는 그에게 돌아온다는 보장이 없기 때문에 내보낼 수 없다고 단호히 거절했다. 그러자 삼촌과 숙모는 바샤를 대신 인질로 두고 다녀오겠다고 제의하자 보로뉴크도 동의했다. 그래서 바샤가 목책 안으로 들어가고 삼촌은 밖으로 나올 수 있었다. 그렇게 나간 삼촌과 숙모는 다시는 바샤 앞에 나타나지 않았다.

바샤는 자기가 속은 것을 알고는 울음을 터뜨렸다. 바샤는 보로뉴크의 발아래 몸을 던지고 그의 손에 키스를 하고 제발 자기를 보내 달라고 울면서 애원했으나 아무 소용이 없었다. 경비병이 잔인해서가 아니라 그때에는 규율이 엄격했기 때문에 다른 방법이 없었다. 호송병은 자기가 맡은 노동자의 숫자에 목숨을 걸고 책임을 져야만 했다. 그리하여 바샤는 억울하게 강제 징집을 당한 것이다.

제정 시대뿐만 아니라 현정부 하에서도 모든 간수들에게 존경을 받았고, 그들과 사이가 좋은 협동주의자 코스토예드 아무르스키는 바샤의 억울함을 호송 책임자에게 이야기해 주었다. 그 책임자는 호송원의 실수라는 것을 인정했지만 호송 중에 이 사건을 검토하기는 절차상 어려운 노릇이라고 말하고, 현지에 도착하면 최선을 다해 보겠다고 말했다.

바샤는 왕실의 친위병이나 천사와 같이 용모가 단정하고 매력적인 소년이었다. 그는 드물게 순진하고 순수한 소년이었다. 바샤는 어른들의 발치에서 마룻바닥에 무릎을 끌어안고 고개를 젖히고 앉아서 그들의 대화를 듣는 것을 즐거워했다. 눈물을 억지로 참고 웃음을 참는 바샤의 얼굴은 그 근육의 움직임만 보아도 이야기의 내용을 짐작할 수 있을 정도였다.

12

　지바고 가족은 코스토예드에게 저녁을 함께 하자고 초대했다. 그는 지바고 가족이 있는 구석 자리에 앉아 씩씩거리며 토끼의 앞다리를 먹고 있었다. 그는 문틈으로 들어오는 바람에 감기가 걸릴까봐 두려워했기 때문에 바람이 들어오지 않는 곳을 찾아 몇 번씩이나 자리를 옮겨 다녔다. 드디어 바람이 들어오지 않는 자리를 찾아내서는「아, 이제 됐군.」하고, 앞다리를 깨끗이 뜯어먹고 나서 손가락을 빤 뒤에 지바고 가족에게 고맙다는 말을 했다.

　「창문에서 바람이 많이 들어오는군요. 창문을 막아야겠읍니다. 아까 말하던 것을 계속합시다. 당신의 생각은 옳지 않아요. 의사 선생, 구운 토끼는 아주 훌륭했읍니다. 제가 이런 말씀드리는 것을 용서하리라고 생각합니다. 시골이 살기에 좀 편할 것이라는 결론은 옳지 않아요. 그것은 위험하고 지극히 무모한 생각에 지나지 않습니다.」

　「왜 그러시죠?」

　유리 안드레예비치는 그에게 반박하는 말을 했다.

　「이 역을 좀 보십시오. 나무를 베지 않았고 울타리도 멀쩡합니다. 그리고 그 암시장은 또 어떻습니까? 그 시골 아낙네들은요? 생각해 보십시오. 그들에게 생활이 있읍니다. 얼마나 만족스런 생활입니까? 그들에게는 생활이 있다는 말입니다. 모든 사람이 다 초라하고 불행한 건 아닙니다. 생활을 즐기면서 사는 사람들도 주위에는 있읍니다. 모두가 고민만 하는 것은 아닙니다.」

　「만일 그 말이 옳다면 정말 좋겠어요. 그러나 그건 옳지 않습니다. 어디서 그런 결론을 내리셨읍니까? 철로에서 오십 마일 가량 떨어진 아무 데나 한번 가보세요. 거기 가면 농민 반란이 무수히 일어나고 있다는 걸 알게 될 겁니다. 누구에게 반대하는 거냐고요? 그들의 적은 정해진 것이 아니라 백군이나 적군이나 아니면 권력을 잡은 사람이라면 누구하고도 대항해서 싸운답니다. 당신은 그건 농민이 모든 권위의 적이며 무엇이 무엇인지 영문을 모르는 사람들이기 때문에 그런 것이라고 생각할 겁니다. 그러나 의기양양해 할 필요는 없읍니다. 농민들은 당신들보다 그것에 대해 더 잘 알고 있으니까요. 농민들이 원하는 것은 나나 당신이 원하는 것과는 또다른 것입니다. 농민들은 혁명으로 눈을 떴을 때 오랫 동안 꿈꾸어 오던 그네들의 희망이 실현될 것으로 기대했읍니다. 농민의 꿈은 누구에게도 의무를 지지 않는 독립된 상태에서 자기 땅에서 자기가 직접 일하며 무정부주의적인 농민의 마을을 만들고 싶어 했읍니다. 그러나 그들은 옛 국가의 압박 대신에 혁명적 전체주의적 국가가 원하는 더욱 가혹한 명예의 무거운 짐을 걸머지게 되었음을 깨달았읍니다. 그래서 농촌은 동요하며 어디서나 반란이 그치지 않는 것입니다. 농민은 지금 평온한 생활을 찾지 못하고 있읍니다. 그런데 당신은 농민이 잘 살고 있다고 생각하는 거 아닙니까? 당신은 너무나 모르는 게 많지만 당신은 그런 것에 대해서는 관심도 없지요.」

「네, 그 말이 맞습니다. 알고 싶지 않은 것은 정말 사실이니까요. 세상의 온갖 사소한 일에 대해서 내가 알고 그것으로 인해 내가 십자가를 져야만 합니까? 시대는 나를 고려에 넣지 않고 무슨 일이 일어나든지 나는 참아야 하는데 내가 사실을 무시한다고 안 될 까닭이 어디 있읍니까? 당신은 내 말이 현실과 부합되지 않는다고 했읍니다. 그러나 지금 러시아에 현실이 있을까요. 오늘날은 현실이 너무 놀라서 주눅이 들어 버린 것 같아요. 나는 농촌이 발달되어 농민이 더 잘 살고 번영해야 한다고 믿고 싶어요. 내 생각이 환상에 지나지 않는다면 나는 어떻게 하죠. 그럼 나는 누구를 믿고 무엇을 바라보며 살아야 하죠? 그래도 나에게는 가족이 있으니, 나는 살아야만 합니다.」

유리 안드레예비치는 손을 크게 저으며 절망적인 몸짓으로 일어서며 토론은 장인에게 일임하고 아래서 무슨 일이 벌어지고 있는지 보려고 막침대 가장자리로 나가 고개를 앞으로 내밀고 동정을 살폈다.

프리툴리예프와 탸구노바와 바샤와 보로뉴크는 함께 이야기를 나누었다. 프리툴리예프는 기차가 고향에 가까와지자 어떤 역까지 기차를 타고 가서 어디서 내리고 말을 타고 가거나 걸어갈 때 가는 길을 회상했고, 귀에 익은 마을 이름을 듣자 바샤는 신기한 동화이기라도 한 듯 재미있게 눈을 반짝이며 그 이름을 외쳤다.

「수호이브로드 역에서 내리셔야 하죠?」

흥분한 목소리로 그가 물었다.

「우리 정거장이에요. 거기에서 내리죠. 그 다음에는 부이스키 역이 되고요.」

「네, 맞습니다. 그 다음에는 부이스키 길로 갑니다.」

「내 말이 바로 그겁니다. 부이스키, 부이스키…… 물론 나는 그 마을에 대해선 훤히 알죠. 거기에서 큰길을 지나 오른쪽으로 돈 뒤에, 또다시 오른쪽으로 돕니다. 그러면 우리가 사는 마을인 베레텐니키에 이르게 됩니다. 혹시 펠가 강이라고 들어 보셨읍니까? 아, 물론 들어 보셨을 겁니다. 우리 마을에 있는 강이지요. 그리고 당신 마을도 반대쪽인 왼쪽으로 돌아가야 하지요. 펠가 강을 따라서 쭉 가보면 우리 마을이 나온답니다. 바로 그 강가, 펠가 강의 조금 위가 바로 우리 마을인 베레텐니키죠. 그 낭떠러지 위, 오른쪽 절벽 위에 베레텐니키가 있어요. 그 절벽은 매우 가파르답니다. 절벽 위에서 아래를 내려다보면 아찔하답니다. 아래쪽에는 맷돌을 만드는 채석장이 있고요. 베레텐니키에는 어머니와 어린 여동생 두 명이 살고 있어요. 여동생 이름은 알론카와 아리시카고 어머니는 펠라기아 빌로브나입니다. 어머니는 젊고 피부가 희지요. 보로뉴크 아저씨! 보로뉴크 아저씨, 제발 부탁입니다.」

「아니, 왜 그래? 보로뉴크 아저씨라니? 아저씨가 다 뭐냐? 나는 네 아주머니도 아저씨도 아니야. 나보고 어떻게 하라는 거야. 내가 미쳤는 줄 아나? 만일 너를 놓아 준다면 저들이 날 총살시켜 버리고 말 거야.」

펠라기아 탸구노바는 바샤의 붉은 머리카락을 쓰다듬어 주면서 멍하니 먼 곳을 바라보며 입을 다물었다. 그러다가 간혹 그녀는 소년에게 고개를 끄덕이거나 미소를 지어 보였는데, 그것은 이런 소리를 하는 것 같았다.

『어리석은 소리 마라. 많은 사람이 있는 자리에서 보로뉴크에게 그런 이야기를 하면 안 되니 조금만 더 참고 있으면 일이 잘 될 테니 걱정하지 말라.』

13

그들이 중부 러시아를 지나 동쪽으로 달려 가고 있는 동안에 여러 가지 이상한 일들이 일어났다. 그들은 근래에 반란이 진압된 지방을 통과하면서 무장한 도적떼가 우글거리는 불안한 지역을 통과했다.

들판 한가운데서 기차는 자주 멈추었고, 공안 부대가 자주 승객의 짐을 검사하고 신분 증명서를 검사하는 일이 많아졌다.

한 번은 한밤중에 기차가 멈추었는데, 객실에 들어오는 사람은 한 명도 없었다. 유리 안드레예비치는 무슨 사고가 일어났나 하여 밖으로 나가 보았다.

밖은 한 치 앞도 보이지 않는 어둠이 있을 뿐이었다. 기차는 뚜렷한 이유도 없이 철로 양쪽에 전나무가 줄지어선 들판에 멈춰 선 것이다. 그보다 먼저 밖에 나와 있던 다른 승객이 유리 안드레예비치에게 아무 일도 일어나지 않았지만, 이 지대는 위험하기 때문에 먼저 수동차로 검사하기 전에는 더 이상 달리지 못하겠다고 기관사가 기차를 세운 것이라고 말해 주었다. 기관사를 타이르고 상황을 판단한 후 그에게 담배값이라도 줄 작정으로 대표가 갔다. 수병도 있으니 잘될 것이라고 사람들은 희망을 가졌다. 굴뚝에서 뿜어져 나오는 불빛과 불아궁이에서 타오르는 불빛으로 기차 앞의 눈이 마치 모닥불을 피운 것같이 환히 보였다. 이 불빛으로 기관차 앞으로 가는 몇 명의 검은 그림자가 보였다.

제일 앞에 선 것이 기관사 같았다. 그는 발판 끝에 도착하자 완충기를 펄쩍 넘어서 어디론가 사라져 버렸다. 그 뒤를 쫓는 수병의 모습이 잠시 보이다가 함께 사라져 버렸다. 일이 어떻게 되어 가나를 알아보려고 유리 안드레예비치와 몇 명의 승객이 그쪽으로 향했다.

그들은 완충기 너머 앞으로 뻗은 철로 앞에서 놀라운 광경을 목격했다. 기관사는 허리까지 눈에 파묻힌 채 서 있었다. 그를 뒤쫓던 사람들은 마치 짐승을 잡으려는 사냥꾼처럼 기관사를 가운데 두고 삥 둘러 에워쌌는데 그들도 허리까지 눈에 파묻힌 상태였다.

「고맙군, 바다제비 동무들. 별난 세상도 다 있군. 자기 형제인 노동자를 수병이 단총을 들고 쫓아다니다니, 아주 볼 만하군. 나는 기차를 세워야 한다고 말한 것밖에 없어. 정말 기차는 더 이상 갈 수 없어요. 이곳이 어떤 곳인지나 알고 말하시오. 누가 돌아다니다가 볼트를 빼버렸는지 누가 알겠소? 내가 기차를 정지시킨 것은 내 몸을 걱정해서가 아니라 모든 승객의 안전을 위해서요. 그런데 지금 당신들은 어떤 일을 하는지 알고 있소? 나를 쏠려면 쏘아 보시오. 난 도망치지 않고 총을 맞겠소.」

철로 둑 위에 모여 섰던 사람들 여럿이 웅성거렸다.

「진정해요. 진심에서 나온 말이 아니란 말입니다. 아무 일도 없을 거요. 그저 말로만 그런 것이오.」

다른 사람들도 그 사람의 말에 맞장구를 쳤다.

「맞는 말이오. 가브릴카! 당당하게 행동해요. 절대로 넘어가지 말라구요.」

눈에서 제일 먼저 나온 수병은 머리가 유난히 크고 얼굴이 납작해 보이는 머리가 붉은 거인이었다. 그는 많은 사람 앞에 서서 보로뉴크처럼 우크라이나 사투리가 섞인 굵은 목소리로 냉정하게 말했다. 그의 목소리는 너무 차분해서 한밤중에 일어난 뜻밖의 사정과는 어울리지 않아 우습게 생각되었다.

「죄송합니다만, 왜 이렇게 소동을 피우는 겁니까? 추운 날씨에 감기라도 걸리면 어쩌겠읍니까? 자, 동무들 바람이 거세니 어서 기차 안으로 들어가 몸을 녹이도록 하십시오.」

그 말이 끝나자 모였던 사람들이 흩어지더니 제각기 찻간으로 돌아갔다.

머리가 붉은 수병은 아직도 흥분된 어조로 기관사에게 다가가 말했다.
　「발작은 그만했으면 충분해. 기관사 동지. 눈에서 나오고, 어서 가자구.」

14

　다음날, 몰아친 눈보라가 그대로 덮여 있는 철도에서 탈선하지 않도록 기차는 느릿느릿 조심스럽게 달리고 있었다. 그러다가 기차는 인적없는 폐허가 된 들판에 멈추었다. 그곳은 화재로 타버린 정거장이 불탄 자리임을 바로 알아볼 수는 없었다. 시커멓게 탄 건물 정면에는 『니즈니 켈메스』역이라는 이름이 남아 있었다.
　역 건물 뒤쪽으로는 눈에 덮인 황폐한 마을이 보였는데, 그 마을도 역시 화재의 피해를 입은 것 같았다. 마을의 제일 끝 집은 새카맣게 탔으며, 그 옆집은 통나무 몇 개가 무너진 곳이 푹 꺼져 있었으며, 길거리에는 거리마다 부서진 썰매, 쓰러진 담장, 녹슨 쇳조각, 부서진 가구들이 여기저기 흩어졌고, 그을음과 연기로 까맣게 더러워진 눈은 마치 숯검정 같았다. 반쯤 타다 남은 목재와 함께 구정물이 얼어붙은 채 더럽혀져 있었다. 마을 곳곳에 화재와 그 불을 끄려고 애쓰던 흔적이 남아 있었다.
　마을이나 정거장에 다행스럽게노 살아 남은 사람들이 몇몇 보였다.
　「모두 불타 버렸읍니까?」
　차장이 플랫폼에 뛰어내려 역장에게 물었다.
　「안녕하세요, 어서 오십시요. 불만 났으면 오히려 다행이게요.」
　「무슨 일이 있었나요?」
　「모르는 편이 더 좋을 겁니다.」
　「설마 스트렐리니코프 얘기는 아니겠죠?」
　「바로 그 얘긴데요.」
　「당신들이 무슨 잘못을 저질렀읍니까?」
　「아뇨, 우린 잘못한 게 없읍니다. 우리 때문이 아니라 옆 마을 때문이었어요. 우리는 그저 그들 때문에 당한 겁니다. 저기 저 마을 보입니까? 저기 마을이 보이죠. 우스트 넴딘스크 소속인데 모두 그들 탓이에요.」
　「그 자들이 무슨 일을 저질렀죠?」

「그들은 일곱 가지 대죄를 모두 저지른 셈이죠. 첫번째는 마을의 빈농 위원회를 해체시키고, 또 두 번째는 적군에게 말을 조달하기를 거부했는데, 그들은 모두 타타르인이라 말을 타는 사람들이므로 동원령을 따르지 않은 것이죠.」

「아, 그랬군요. 그래서 그들이 포격을 한 거군요.」

「네, 그렇습니다.」

「장갑차로였나요?」

「네, 그렇습니다.」

「그것 참 안됐읍니다. 정말 유감스런 일입니다. 그러나 우리도 어쩔 도리가 없는 일이군요.」

「그리고 이미 끝난 일이고요. 내가 들은 소식도 별로 좋은 게 없읍니다. 당신들은 이곳에서 이틀쯤 묵어야 할 겁니다.」

「그게 무슨 말입니까. 농담하지 마세요. 나는 그런 한가한 처지가 아닙니다. 전선으로 지금 보충 부대를 실고 가는 길이에요. 아주 긴급합니다.」

「농담하는 것이 아닙니다. 눈이 쌓인 것을 보십시오. 온통 눈으로 덮여 있는데도 사람이 없어서 도대체 눈을 치울 길이 없읍니다. 마을 사람의 절반이 도망쳐 버렸어요. 남은 사람 모두를 동원한다고 해도 모자라는 걸요. 도무지 일의 진척이 없읍니다.」

「이런 제기랄, 도대체 어쩌면 좋단 말인가?」

「어떤 방법을 동원해서라도 눈은 치워 보겠읍니다.」

「눈이 얼마나 쌓였지요?」

「별로 깊지는 않답니다. 장소에 따라 다르지만 심한 곳은 중간 부분인데 구십 도 각도로 노반에 휘몰아쳤답니다. 삼 킬로 가량의 요형 지대가 계속될 겁니다. 그곳은 완전히 눈에 묻혀서 좀 힘들 거예요. 그곳만 치우면 별 문제가 없을 겁니다. 더 멀리 나가면 숲 때문에 심한 눈을 피할 수 있을 겁니다. 툭 트인 지대는 바람에 눈이 날려 버려서 많이 쌓이지는 않았을 겁니다.」

「이게 무슨 짓이람. 나도 승객을 총동원해서 돕지요.」

「나도 그런 생각을 했읍니다.」

「수병과 적군 장병은 동원하면 안 됩니다. 그 대신 강제 징집 노동자가 많이 있고 일반 승객도 많습니다. 모두 칠 백 명은 넉넉히 될 겁니다.」

「그 정도라면 충분합니다. 삽을 가져오면 바로 착수합시다. 모자라면 옆 마을로 더 구하러 보내죠. 어떻게 잘되겠죠.」

「정말 우리 힘으로 될까요?」

「될 겁니다. 군사가 많으면 도시도 빼앗을 수 있다고 하지 않습니까? 철도
는 동맥입니다. 잘될 테니 걱정하지 마세요.」

15

철도에 쌓인 눈을 치우는 데는 사흘이 걸렸다. 지바고의 가족은 물론 뉴샤
까지 제설 작업에 적극적으로 참여했다. 그때가 여행 기간 중 가장 좋은 사
흘이었다.

이 고장은 어쩐지 은밀하고 폐쇄적인 분위기였다. 이 고장에서는 악사코프
가 묘사한 동양적인 풍토의 정취가 느껴졌고, 푸시킨이 본 푸가체프의 농민
봉기를 연상시켰다.

이 마을의 신비스러움은 소화된 자리의 파괴 흔적과 얼마 안 되는 주민의
담백하지 않은 태도가 더욱 그런 분위기를 북돋워 주었다. 주민들은 밀고를
두려워하기 때문에 서로 경계하며 침묵을 지켰다.

제설 작업에는 모든 승객이 세 패로 나뉘어져 각각 동원되었다. 작업 구역
도 마찬가지로 나누었으며 작업할 때도 호송병이 계속 감시하고 있었다. 세
패로 분리된 무리가 동시에 여러 곳에서 눈을 치웠다. 그들 사이에는 눈더미
가 쌓여 산을 이루었으며 그 눈은 긱 패의 접속을 차단했는데, 이것은 제설
작업이 모두 완료된 후에 끝으로 치웠다.

사람들은 눈을 치우느라고 온종일 바깥에서 지내다가 잠 잘 때만 기차 안
으로 돌아갔다. 날씨는 춥고 쌀쌀했지만 맑았다. 삽이 좀 모자라서 빨리빨리
교대했기 때문에 피곤하지는 않았다. 적당한 노동은 그들에게 충족감을 부여
해 주었다.

지바고가 작업하던 곳의 경치는 아름다운 곳이었다. 이곳의 지형은 동쪽은
계곡으로 낮게 뻗어 내려갔고 멀리 지평선까지 펼쳐진 평탄한 언덕이 계속
이어졌다.

언덕 위에는 사방에서 올려다보이는 집 한 채가 을씨년스럽게 서 있었다.
집은 정원이 둘러싸여 있어서 여름이라면 울창했겠지만 지금은 가지에 서리
가 엉성하게 달려 있어서 바람을 막아 주지 못했다.

눈은 모난 것을 없애고 부드러운 온갖 형태를 만들어 내었다. 그러나 눈구

덩이에 의해서도 은폐되지 않고 사면의 울퉁불퉁함으로 짐작되건데, 봄이면 철둑 밑의 구름다리로 개울이 흘러내릴 듯했지만, 지금은 두꺼운 솜털 이불을 머리에서부터 뒤집어쓴 아기처럼 깊은 눈 속에 잠겨 있었다.

언덕 위의 저 집에는 어떤 사람이 살고 있을까? 그렇지 않으면 저 집은 토지 위원회에 접수되어 빈 집으로 폐허가 되어가고 있는 걸까? 저곳에서 살았던 사람은 지금 어디에 살고 있을까? 아니면 그 사람들에게 무슨 일이 있는 걸까? 혹시 외국으로 도주한 건 아닐까? 농민의 손에 죽지는 않은 걸까? 그것도 아니면 덕망 있는 사람들이라서 전문 기술자로서 직장을 얻고 있는 걸까? 그들이 이곳에 남아 있다가 혹시 스트렐리니코프에게 큰 화를 입은 것은 아닐까? 아니면 다른 지주와 같은 운명을 맞았을까? 지바고는 여러 생각을 했다.

그러나 언덕 위의 집은 호기심을 자극하면서 슬픈 침묵만 지킬 뿐이었다. 그러나 당시에는 그런 질문을 하는 사람도 없었고, 또한 아무도 그런 질문에 답변해 주는 사람이 없었다. 오직 태양만이 백색의 눈부신 빛을 눈 위에 던져 눈이 멀게 할 정도로 반짝였다. 매끄럽고 부드러운 눈의 표면을 삽은 정확하게 잘라 내고 있었다. 잘라 내어 찬란하게 흩뿌려진 눈은 다이아몬드의 섬광처럼 빛났다. 유리 안드레예비치는 이 모습을 쳐다보며 유년 시절이 떠올랐다. 그는 어렸을 때 누빈 모자에, 고리로 잡아맨 검은 양가죽 옷을 입고, 오글오글거리는 양털로 눈을 가리고 마당으로 나가서 지금처럼 눈부시게 빛나는 눈으로 피라밋, 육면체를 만들었고, 슈크림과 성벽과 지하의 대도시를 만들었었다. 그때는 이 세상에서 산다는 것이 얼마나 즐겁고 멋있었던가. 그때의 삶은 아름다왔으며 포만감 뒤의 즐거움을 부여해 주었었다.

지금 기차 밖에서 보낸 사흘 동안의 생활도 그들에게는 포만의 충족감을 안겨 주었다. 그들이 그 동안을 즐겁다고 한 데는 까닭이 또 있었다. 저녁 무렵이면 제설 작업에 동원되었던 사람들에게는 밀가루로 구워 낸 따끈따끈한 빵이 배급되었다. 그 빵은 어디에서 누구의 명령으로 가져왔는지는 알 수 없지만 빵을 배급받았다. 그 빵은 반들반들 윤이 나고 껍질은 옆이 터지고, 바닥에는 숯이 더러 박혀 있는 파삭파삭한, 제법 맛있는 빵이었다.

16

눈 덮인 산을 등산하다가 며칠 동안 시간을 보낸 산장에 애착이 가듯, 사람들은 이 불탄 정거장에 애정을 품었다. 그 모양과 불타고 남은 건물과 피해의 특수함이 기억에 새겨졌다.

그들이 작업을 마치고 정거장으로 돌아오는 것은 해가 질 무렵이었다. 과거에 충실하고 싶기라도 한 듯, 태양이 늘 같은 장소인 전신실 창문 밖의 늙은 자작나무 뒤 제자리로 지면 그들은 모두 돌아왔다.

그곳은 벽이 무너져 방 안을 메웠다. 그러나 창문 맞은편 구석은 그대로 벽이 쳐져 있어서 고동색의 벽지와 쇠사슬이 달린 구리 뚜껑과 환기통에 타일을 붙인 난로도, 벽에다 걸어 놓은 비품 목록도 모두 그대로 있었다.

재난을 당하기 전과 조금도 변함없이 태양은 그 빛이 땅에 닿았고 타일을 붙인 난로까지 빛이 닿았으며, 자작나무 그림자를 벽에 드리웠다.

건물의 뒤쪽에 대합실로 통하는 문이 못을 박은 채로, 아직도 2월 혁명의 초기 무렵이나 그 전에 걸어 둔 그대로 걸려 있었으며, 내용은 다음과 같다.

환자 여러분은 당분간 약품 및 붕대를 요구하지 마시오. 당연한 이유가 있어 이 문을 폐쇄하며 그 뜻을 알림.   우스트-넴딘스크 지역 보조의료원

세실 작업 중산중산을 막고 있는 산 같은 눈더미를 치우자 철로 전체가 화살처럼 시야가 툭 트였다. 양 옆에는 철로에서 치운 눈이 산처럼 쌓여 있었고, 그 눈은 숲의 시커먼 벽으로 울타리가 둘러쳐져 있었다.

시야가 미치는 데까지 사람들이 손에 저마다 삽을 들고 철로를 따라 서 있었다. 그들은 제설 작업에 동원된 사람들의 숫자에 크게 놀랐다.

17

한밤중이 될 무렵에, 얼마 후쯤 기차가 출발할 것이라는 소식이 전해졌다.

유리 안드레예비치와 안토니나 알렉산드로브나는 깨끗이 눈을 치운 철로를 다시 구경하려고 차에서 내렸다. 철로에는 사람의 그림자도 보이지 않았다. 부부는 잠시 동안 먼 곳을 쳐다보며 대화를 나누다가 다시 기차에 올랐다.

그들은 오는 도중에 욕을 마구 해대며 싸우는 두 여자의 목소리를 들었다. 그 목소리는 앙칼지고 거칠었다. 유리와 그의 아내 토냐는 그 목소리의 주인공이 오그르이즈코바와 탸구노바라는 것을 금새 알았다. 두 여자는 지바고 내외와 같은 방향으로, 걷고 있었으나 그들은 역 쪽에서, 지바고 부처는 숲이 있는 다른 쪽에서 걷고 있었다. 열차가 길게 이어져 있었으므로 두 쌍은 서로 바라볼 수는 없었다. 두 여자는 언제나 지바고 부처보다 앞서거나 뒤떨어져서 나란히 가는 적은 없었다.

두 여자는 극도로 흥분 상태여서 지칠 대로 지쳐 있었다. 그들은 걸으면서도 눈에 넘어지고 엎어지는 것 같았는데, 그것은 목소리가 높아졌다가 낮아지고 또 속삭이는 듯이 들리기도 했기 때문이었다. 아마도 탸구노바는 오그르이즈코바를 쫓다가 붙잡으면 주먹으로 때리는지도 모르는 일이었다. 그녀는 차마 입에 담을 수도 없는 욕을 연적에게 해댔으며, 그녀의 리드미컬하고 부드러운 목소리는, 남자들의 욕설보다 훨씬 더 음탕하고 추하게 들렸다.

「이 갈보년아, 이런 암캐야. 네 년은 그렇게 갈 데가 없어서 이렇게 죽자살자 쫓아다니느냐? 꼬리를 치고 추파를 던지는 잡년아. 이젠 그것도 성에 안 차서 어린애한테까지 음탕한 눈웃음을 치고 꼬리를 휘두르는 거냐.」

「그럼 바샤가 네년의 서방이라도 되느냐?」

「지금 뭐라고 했지? 서방인지 서방이 아닌지 보여주마. 이 잡년아! 한 번만 더 주둥아리를 놀렸다가는 죽여 버릴 테다. 성미를 건드리기만 해 봐라.」

「뭐라고, 나를 어떡하겠다고?」

「너 죽는 꼴을 봤으면 좋겠다. 암내난 암코양이 같은 년아, 뻔뻔스럽기도 하지.」

「그래 나는 암코양이에다 암캐다. 그런 너는 어떤 년이냐? 귀부인이라도 된단 말이냐. 시궁창에서 태어나 쓰레기통에서 결혼하고, 시궁창의 쥐새끼를 배어 고슴도치를 낳은 귀부인이지. 나쁜 년, 사내라면 정신을 못 차리는 년. 사람 살려. 이 귀신 같은 년이 사람 죽여요. 살려 줘요. 고아를 살려 줘요.』

「여보, 어서 갑시다. 난 더 이상 저 소리를 들으면 속이 뒤집힐 것 같아요.」

안토니나 알렉산드로브나가 남편을 재촉했다.

18

　날씨도 바뀌고 지형도 순식간에 바뀌고 말았다. 들판이 끝나자 기차는 언덕과 지형이 복잡한 산간 지방을 달렸다. 그즈음 계속 불던 폭풍도 멈추었다. 난로의 따사로움처럼 남쪽에서 훈풍이 불어왔다.

　이 지대의 숲은 산비탈에 계단을 이루고 있었다. 기차가 숲속을 달릴 때는 처음에는 경사진 언덕배기를 올라갔다가는 중간쯤에서는 완만한 내리막을 내려가야 했다. 기차는 사방을 궁금해 하며 두루 살피는 승객 앞에 걸어가는 산지기처럼, 몸을 지탱할 기력도 없는 듯 거친 숨을 몰아쉬며 칙칙폭폭 긴 소리를 내며 숲으로 들어갔다.

　그러나 시선을 쏟을 만한 것은 아무것도 나타나지 않았다. 숲에는 겨울의 잠과 평화로움이 있었다. 이따금 나뭇가지가 두터운 머플러를 벗어 버리듯 나머지 눈을 털어 버리려고 바스럭거렸다.

　유리 안드레예비치는 잠과 싸웠다. 며칠 동안 그는 잠이 들었다가 깨고 다시 생각하고, 주위에서 일어나는 소리에 귀를 기울였지만 아무 소리도 들리지 않았다.

19

　유리 안드레예비치가 잠에 취해 있는 동안, 그들이 떠나던 날 모스크바에 내렸고, 여행하는 동안 계속 러시아 전국토에 쏟아진 눈, 그리고 우스티 넴다에서 사흘 동안 치운 눈 등 상상도 할 수 없을 정도로 광활한 대지에 내린 눈을 봄 기운은 모조리 녹여 주었다.

　처음에 눈은 조용히 소리없이 녹기 시작했다. 그러나 그런 조용하고 은밀함도 눈이 반가량 녹고 나자 더 이상 감추어지지 않았다. 그것은 하나의 기적을 창출하는 듯했다.

　그 이상 눈이 녹자 우렁찬 소리를 내며 물이 콸콸 소리를 내며 쏟아져 나왔다. 인적이 닿지 않은 숲의 안쪽에서 만물이 잠을 깨어 기지개를 켰다.

물은 어디에고 다닐 수 있었다. 물은 바위 위로 부딪치고, 모든 구덩이에 철철 넘치고 퍼져 나갔다. 숲은 이내 둔탁한 울림, 뭉글뭉글 피어나는 김, 독특한 향기로 충만된다. 물은 숲에서 소리지르고 김을 내고 연기를 뿜었다. 물은 숲을 지나 여기저기 뱀처럼 기어다니며, 가는 길을 막는 눈 밑으로 파고드는가 하면 평평한 땅 위에 폭포가 되어 아래로 쏟아져서 물보라를 뿌렸다. 대지는 이제 촉촉히 젖었다. 아득한 벼랑에 선 노송은 구름만큼의 높이에서 사방으로 뿌리를 뻗쳐 물을 마시면, 물은 거품을 품으면서 콧수염을 적신 맥주 거품처럼 소나무의 뿌리에서 희뿌옇게 말랐다.

봄기운에 취해 몽롱한 하늘에서는 구름이 두터워졌다. 펠트처럼 가장자리가 축 늘어진 낮은 구름은 숲 위로 거닐었고, 그것은 가끔 흙과 땀 냄새를 풍기는 훈훈한 소나기를 땅 위에 뿌려 지금까지 땅을 덮고 있던 얼음의, 거무튀튀한 갑옷 조각을 씻어냈다.

유리 안드레예비치는 잠에서 깨어나 기지개를 활짝 펴고, 한쪽 손으로 팔꿈치를 괴고 몸을 일으켜 가만히 귀를 기울여 보았다.

20

광산 지대가 차츰차츰 다가오자 마을의 수가 늘어났고 달리는 거리도 짧아지기 시작했으며 역도 더 자주 눈에 들어 왔다. 작은 역에서 더 많은 승객이 타고 내렸다. 멀리 가지 않는 승객은 문 가까이나 찻간 중심에 아무렇게나 자리를 잡고서 잠을 자지 않고 자기들이 알고 있는 시골 얘기를 나누면서 나지막한 목소리로 이야기를 나누었다.

사흘 동안 그 사람들이 한 얘기를 종합해 본 유리 안드레예비치는 북쪽으로 갈수록 백군이 우세하여 유리아틴을 포위했거나 가까운 시간 안에 그곳을 점령할 것임을 알게 되었다.

또한 그가 잘못 들었거나 그의 옛 친구와 동명이인이 아닌 한, 이 방면의 백군을 지휘하는 사람은 유리 안드레예비치와는 멜류제예보 시절의 동료로 친분이 있는 갈리울린인 것 같았다.

유리 안드레예비치는 북쪽에서 풍문이 완전한 소식으로 전달되기 전까지는 가족에게 쓸데없이 걱정끼치지 않도록 하기 위해, 이 말은 가족에게는 입도 떼지 않았다.

21

유리 안드레예비치는 자정이 지나서 어렴풋한, 그러나 정신이 번쩍 들 정도의 행복감에 젖어 잠이 깼다.

기차는 어떤 정거장에 정지한 채 움직이지 않고 있었다. 정거장은 백야의 투명함에 잠겨 있었다. 이 투명한 어둠에는 미묘하고 힘찬 것이 넘쳐 있었고, 그것은 이 역이 있는 위치가 넓고 앞이 툭 트인 고지대에 있다는 인상을 주었다.

사람들은 나지막한 목소리를 주고받으며 플랫폼을 따라 소리없이 거닐었다. 지바고는 전쟁 전에 기차를 타면 승객들이 잠든 승객을 위해 조심스럽게 행동하던 조심성을 또다시 보았다.

그러나 유리 안드레예비치의 생각은 틀린 것이었다.

어느 정거장에서나 그렇듯 플랫폼에서는 요란한 고함 소리와 장화를 신은 발소리가 시끄럽게 들려왔다. 근처에는 폭포가 있어서 신선함과 자유의 입김으로 백야의 경계를 확산시켰다. 지비고는 짐 속에서 황홀지경에 취해 있었다. 그 폭포의 끊임없는 소리가 다른 소리를 모두 감쌌고 정적의 환각을 심어 준 것이다.

지바고는 폭포가 있는지 어떤지는 알지 못했지만, 그것으로 위로를 받고 안정되어 깊은 잠이 들었다.

그의 막침대 밑에서 두 남자가 대화를 나누고 있었다.

「어디 그 사람들 좀 조용해졌나? 이제 잠잠해진 거야?」

「장사꾼들 말이야?」

「맞아, 미곡상 말이야.」

「암, 얌전해졌지. 본보기로 몇 명 때려 죽였더니 다른 놈들은 잠잠해졌어. 그 지역은 배상을 받았지.」

「배상이라고, 얼마나?」

「응, 사만.」

「고작 그것뿐인가. 거짓말 아냐?」

「거짓말이라니, 내가 왜 거짓말을 한단 말인가?」

「사만이라니, 그건 너무 형편없군.」

「사만 루블이 아니고 사만 부셸이야.」

「지금 누굴 골리는 건가?」

「최상급 곡식으로 사만 푸드야.」

「그렇다면 그다지 놀랄 일도 아니군. 이 고장은 땅이 비옥한 걸. 제일 가는 양곡 시장이야. 이곳에서부터 유리아틴에 이르기까지 린바 강을 따라가노라면 강변 마을과 항구와 도매상이 즐비하게 늘어섰지.」

「너무 목소리가 커. 좀 낮추게. 사람들이 모두 깨겠어.」

「알겠네.」

「기차가 움직이는데, 잠을 자도록 하지?」

그때 뒤에서 맹렬한 속도로 다른 기차가 달려오면서 요란한 소리를 내며 폭포 소리를 삼켜 버렸다. 정지해 있는 열차를 스치고 전속력으로 달려가며 기적을 울렸다. 기차는 꼬리등을 깜박거리며 앞으로 멀리 사라지고 말았다.

다시 대화가 계속되었다.

「우리 입장이 곤란해질 것 같아.」

「그렇군. 당장은 안 되겠어.」

「스트렐리니코프야. 무장 열차였단 말이야.」

「맞아, 틀림없어.」

「그 녀석은 반혁명분자에 대해선 미친 짐승같이 사납지.」

「저건 분명 갈레예프를 쫓고 있는 걸거야.」

「갈레예프?」

「그는 두목이야. 체코 군단과 함께 유리아틴 외곽에 도달했대. 두목 갈레예프는 나루터를 점령하고 있어.」

「난 그가 누군지 통 모르겠어.」

「아마 갈릴레예프 공작인지도 몰라. 이름이 생각나지 않아.」

「그런 공작은 없어. 알리 쿠르반일지 몰라. 자네 생각이 틀린 거야.」

「그래, 쿠르반일지도 몰라.」

「그 말이 더 그럴 듯하군.」

22

유리 안드레예비치는 새벽녘에 다시 잠이 깨었다. 그는 즐거운 꿈을 꾸었다. 아직도 꿈속의 해방감과 행복이 가슴에서 사라지지 않았다. 기차는 또다시 멈췄다. 다른 역일까, 아니 아까와 똑같은 정거장일지도 모른다. 또다시 요란한 폭포 소리가 들려왔다.

유리 안드레예비치는 또 깊은 잠에 빠졌다. 그는 잠 속에서 무슨 소동이 일어나 승객이 뛰어다니는 쿵쿵거리는 희미한 소리를 들었다. 코스토예드가 호송대장과 싸우느라고 고함을 치고 있었다. 공기는 조금 전보다 훨씬 상쾌했다. 아까와는 무엇인지 다른 기운이 감돌았다. 그 무엇이 마술적이고 봄 같기도 하며, 하얗고 거무스름한, 달콤한 향기를 내뿜는, 습기에 차 있고 땅에 내릴 때에는 검정색인 눈송이 같은 5월의 눈폭풍처럼 말로 표현키 힘든 향기를 풍겼다. 그것은 산벚꽃나무일거라고 유리 안드레예비치는 생각했다.

23

이튿날 아침 안토니나 알렉산드로브나가 말했다.

「난 당신 때문에 정말 놀랐어요. 당신은 참 이상해요. 어떤 때는 파리 한 마리만 날아다녀도 잠을 못 자면서 어제는 한바탕 큰 난리가 일어났는 데도 일어나지 않더군요. 프리툴리예프와 바샤가 도주했어요, 당신도 뜻밖이죠? 그리고 탸구노바와 오그르이즈코바도 도망쳤대요. 상상도 못할 일이죠? 아니 그게 전부가 아니랍니다. 보로뉴크도 달아났대요. 그런데 그들이 모두 함께 도망쳤나, 아니면 따로따로 도주했나에 대해 의견이 분분하답니다. 정말 이상한 일이에요. 보로뉴크는 아마 모두 도주한 사실이 밝혀지면 자기 목숨이 위태롭기 때문에 목숨을 부지하기 위해서 도망쳤을 거예요. 모두들 자기 의사대로 도망쳤을까요? 아니면 누군가에게 살해된 걸까요? 여자들이 아무래도 수상해요. 그렇지만 종잡을 수가 없어요. 탸구노바가 오그르이즈코바를 죽였는지 아니면 오그르이즈코바가 탸구노바를 살해했는지, 누구도 알지 못해요.

호송 대장은 열차 머리부터 꼬리까지 뛰어다니며 소리쳤어요. 『절대로 기차를 출발시켜선 안 돼. 법의 이름으로 도망자를 찾기 전까지는 출발시키는 걸 금지하겠어.』라고요. 그러나 차장도 지지 않았어요. 『뭐라고? 정신이 있는 거야. 나는 전선으로 보충 부대를 수송하는 긴급한 임무를 가지고 있어. 어떻게 몇 명의 도망병 때문에 지체한단 말인가.』차장과 호송 대장은 코스토예드에게 갔어요. 『당신은 협동 조합주의자로서 세상 물정에 대해 훤한 사람이 무지몽매한 군인들이 그런 행동을 하려 할 때 왜 말리지 않고 가만두었소? 당신은 그러면서도 인민주의자라고 자칭 큰소리칠 수 있나?』라고 따졌어요. 물론 코스토예드도 잠자코 있을 사람이 아니죠. 『아니, 참 재미있는 말을 하시는군 그래. 그럼 당신은 죄수가 호송병을 감시해야 한단 말이오? 당신 말대로라면 암탉이 울어야 한다는 거요?』라고 말했대요. 나는 당신을 흔들면서 『유리, 일어나요. 도망자가 생겼어요.』라고 큰 소리로 말했어요. 그랬더니 당신은 꿈쩍도 하지 않았어요. 대포 소리가 났어도 눈을 뜨지 않을 거 같더군요…… 아, 그건 뒤에 말하죠. 참 놀랍군요. 아버님, 유리 좀 보세요. 경치가 그림 같아요.』

창문으로 봄의 홍수로 완전히 덮인 끝없는 땅이 펼쳐졌다. 어느 곳에선가 강이 넘쳐 물은 제방까지 이르른 것이었다. 마치 기차가 물 위로 가볍게 미끄러지는 듯했다. 그 드넓은 수면은 이따금 검푸른 빛으로 칠해져 있었다. 그 나머지 수면은 마치 요리사가 버터에 적신 깃털로 따끈한 파이의 껍질을 칠하는 듯 매끄럽고 투명한 조각이 뜨거운 아침 태양에 빛났다.

광활한 이 범람 속에 흰 구름 기둥이 빠져서 풀밭과 구덩이와 덤불과 함께 가라앉았다.

홍수 한가운데 가늘게 한 가닥의 땅이 보이고 하늘과 땅 사이에 매달린 나무가 아래 위 두 겹으로 걸려 있었다.

「오리떼군. 오리 새끼야.」

알렉산드르 알렉산드로비치가 큰소리를 질렀다.

「어디요?」

「섬 옆이야. 아니 그쪽이 아니라 더 오른쪽이야. 저런 기차 때문에 놀랐는지 날아갔군.」

「이제 보입니다. 보여요. 드리고 싶은 말이 있는데요. 알렉산드르 알렉산드로비치. 나중에 하겠읍니다. 징용자와 여자들은 잘 도망친 겁니다. 그들은 악하지 않아서 악한 짓은 하지 않았을 겁니다. 그들은 물이 흐르듯 그저 자유롭게 도망친 거예요.」

24

북극 지방의 백야도 끝났다. 산과 숲과 계곡이 모두 뚜렷이 보이긴 했지만 환상처럼 아득하게 느껴졌다.

숲에는 막 눈이 트기 시작하고 있었다. 벚나무 몇 그루는 꽃이 만발해 있었다. 그 숲은 수직으로 깎아지른 듯한 절벽 위에서 조금 떨어진 곳에 위치했다.

폭포는 그리 멀지 않은 숲 너머의 계곡 끝에 있었다. 폭포는 어느 곳에서나 보이는 것이 아니라 수풀의 건너편에서만 보였다. 바샤는 폭포를 보려고 걸었기 때문에 지쳤고, 그 광경에 공포와 기쁨을 동시에 느꼈다.

근처에는 폭포에 견줄 만한 것이 없었다. 폭포는 생명과 의식까지 겸비하여 이 고장에서 공물을 거두어들이는 날개 달린 용이나 구렁이 따위의 의식이 있는 짐승 같았다.

절반쯤 내려가다가 폭포는 날카로운 바위에 부딪쳐 두 갈래로 갈라져 떨어졌다. 꼭대기는 물 기둥의 움직임이 별로 없었으나 아래의 물 기둥은 비틀거리며 자세를 바로 잡듯 미끄러졌다가는 다시 제자리로 돌아오며 몸을 움직였다.

바샤는 숲에 양털 외투를 깔고 누웠다. 날이 밝자 큰 날개가 달린 커다란 새 한 마리가 날아와서는 숲을 빙 돌더니 바샤가 누운 근처 소나무에 앉았다. 그는 고개를 들어 새의 푸른 목과 회청색 가슴 부위를 황홀하게 쳐다보며 나지막이 『콘냐자』하고 불렀다. 그 이름은 우랄 사람들이 이 새를 부르는 이름이었다. 그는 일어나서 바닥의 외투를 들었다. 그리고 숲 속의 빈터로 걸어가서 동행자에게 말했다.

「이제 그만 돌아갑시다, 아주머니. 몸이 언 것 같군요. 이가 부딪치는 소리가 들려요. 뭘 그렇게 물끄러미 바라보시죠? 뭘 그리 놀란 얼굴을 하시는 거죠? 마을까지는 버텨야 합니다. 이렇게 이틀 동안 아무것도 먹지 않는다면 우린 굶어 죽어요. 보로뉴크 아저씨는 한바탕 큰 소동을 벌였을 거예요. 우리를 찾으려고 야단일 겁니다. 어서 서둘러야 해요. 아주머니, 우린 어쨌든 가능한 멀리 도망쳐야 합니다. 아주머니는 이틀 동안 한 마디도 하지 않으셨어요. 물론 슬프셔서 말을 하지 않으시겠지만요, 뭐가 그리 슬픈 거죠? 카탸 오그르이즈코바를 기차에서 일부러 떠민 게 아니라는 건 나도 봤어요. 그건 예기치 않게 어깨가 부딪쳐서 그런 것일 뿐이에요. 내 눈으로 똑똑히 보았어요. 그건 분명 사고예요. 그 여자가 들판에서 일어나 도망쳐 가는 걸 똑똑히 봤단 말이에요. 그 여자와 프로호르 아저씨는 분명 우리를 뒤따라올 거예요. 그러면 다시 만날 수 있게 돼요. 제일 중요한 것은 그들을 걱정하지 않는 거예요. 그러면 말도 하겠죠.」

타구노바는 바닥에서 일어나 바샤에게 손을 내밀며 말했다.

「그래, 알았어. 이제 떠나자.」

25

기차는 차체를 요란하게 삐그덕거리며 가파른 언덕을 따라 산 속으로 달렸다. 둑 아래에는 어린 잡목이 자라고 있었는데, 그 키는 철로까지 올라오지는 못했다. 그 아래에는 물 빠진 들판이 있었다. 얼마 전에 물이 빠져, 들판에는 모래와 목재 토막이 여기저기 흩어져 있었다. 그 목재는 아마도 하류로 떠내보내려 했던 것이 봄 홍수에 밀려 내려온 것 같았다.

둑 아래 어린 나무는 아직까지 겨울의 모습에서 달라지지 않고 헐벗은 모양 그대로였다. 마치 촛농처럼 어린 나무의 몸에서 돋고 있는 움들이 왠지 피상적이고 조화되지 않아서, 어떤 무질서, 즉 오물이나 종기 같은 것이 번식하기 시작했다. 이 어린 나무는 벌써부터 초록빛 나뭇잎이 무성하여 불꽃과도 같았다.

여기저기서 자작나무의, 막 눈을 뜬 새싹의 가시가 화살에 찔린 순교자처럼 기지개를 켰고 눈으로 바라만 보아도 그들에게서 어떤 향기가 나는지 알 수 있었다. 그 향기는 유약을 만드는 데 사용되는 송진의 냄새였다.

철도는 홍수에 떠내려온 통나무가 쌓여 있었을 것 같은 높이가 되었다. 철도가 커브를 돌자 시야가 넓어졌고, 온통 대팻밥과 도끼질을 해서 남은 나무 조각이 사방에 널렸고 가운데에는 목재가 쌓여 있었다. 기관사가 벌목장 가장자리쯤에서 제동을 걸자 기차가 덜덜 떨더니 언덕의 굽은 부분에서 멈춰섰다.

기관차는 마치 짖는 듯 짧게 몇 번 기적을 울렸는데, 승객들은 그 소리가 없더라도 연료를 공급받기 위해서 기차가 정지한 것임을 알았다.

화물차칸의 문이 열리더니 작은 도시의 인구만큼이나 되는 군중이 한꺼번에 쏟아졌다. 앞칸에 탄 수병들은 나오지 않았는데, 그들은 언제나 모든 작업에서 제외되었다.

숲속의 빈터에 쌓여 있는 장작만으로는 탄수차를 채울 수 없어서 긴 통나무를 잘라 그 부족함을 어느 정도 보충했다.

기관차 승무원들은 두 사람에게 하나씩 톱을 지급했다. 유리 안드레예비치와 알렉산드르 알렉산드로비치도 톱을 하나 받았다.

수병들은 기차 안에서 문을 열고 명랑한 얼굴로 창밖으로 고개를 내밀었다. 아직 전쟁에는 참가하지 않은 어린 수병과, 역시 전투 경험이 없는 항해 학교의 상급생, 이제 겨우 비상 훈련을 받고 곧장 동원된 중년의 노동자는 무슨 착오로 그 대열에 낀 것 같은 느낌을 주었다. 그들은 잡념이 들지 않게 하려고 늙은 수병과 농담을 하거나 까부는 듯했다. 그들 모두 바로 목전에 시련이 와 있음을 느꼈다. 그리고는 일하는 사람들을 따라와서는 농담을 하거나 웃음을 주고받았다.

「영감님, 영감님! 나는 어린애란 말이에요. 너무 어려서 일을 할 힘이 없어요.」

「이봐, 마브라! 톱으로 치마를 썰지 말아. 감기 걸린단 말이야.」

「아가씨, 숲으로 가지 말고 이리 와서 내 색시 노릇이나 하라구.」

26

숲에는 열십자로 어긋 묶어서 땅 속에 묻은 버팀 나무가 몇 그루 있었다. 유리 안드레예비치와 알렉산드로 알렉산드로비치는 거기에 올라가 나무를 자르기 시작했다.

아직 이른 봄으로, 육 개월 전에 눈에 덮였던 땅이 제 모습 그대로 눈 밑에서 나오는 그런 계절이었다. 숲은 습해서 가슴이 답답할 지경이었고, 작년에 떨어진 낙엽이 잔뜩 쌓여 있었다. 그 모습은 마치 사람들이 몇 년간이나 모인 편지와 영수증, 그리고 청구서를 찢은 채 쓸지 않은 방처럼 낙엽이 쌓여 있었다.

「천천히 하세요. 너무 서두르면 기운이 빠집니다.」

유리 안드레예비치는 알렉산드르 알렉산드로비치에게 말하고 더욱 느리게 톱질을 했다.

여기저기서 일하고 있는 불규칙한 톱소리가 온 숲속에 메아리쳤다. 어디선가 꾀꼬리가 지저귀고 있었다. 한참 간격을 두고 개똥지빠귀 한 마리가 마치 탁한 플룻 소리처럼 울었다. 기관차의 배기관에서 새어 나오는 증기소리마저, 유아실의 알콜 램프 위에서 우유가 끓듯이 울었다.

「자네 나에게 하고 싶은 말이 있다고 했지?」

알렉산드르 알렉산드로비치가 유리에게 말했다.

「생각나나? 우리가 홍수로 범람한 곳을 지날 때, 오리가 날아가는 것을 보고 자네가 무슨 생각에 잠겨 내게 할 말이 있다고 했지?」

「네, 그랬어요. 글쎄 어떻게 간단히 말씀드리기는 곤란하네요. 나는 우리가 점점 멀어지는 것 같은 생각이 들어요. 이 지역은 어느 곳에나 동요가 있지요. 우리는 목적지에 곧 도착하게 됩니다. 그곳의 상황에 대해서 우리는 아는 것이 없읍니다. 만약에 대비해서 의논을 드릴 생각이었지요. 우리의 신념에 대한 이야기가 아니라…… 봄의 분위기 속에서 오 분 동안의 짧은 시간으로 그것을 밝히고 정한다는 것은 우매한 일이죠. 우리는 서로를 잘 알고 있읍니다. 아버님과 나와 토냐는 현재 다른 많은 사람과 하나의 세계를 이루고 있읍니다. 우리 서로의 차이점은 그것을 이해하는 정도입니다. 제가 말씀드리려는 것은 이것이 아니라 다른 겁니다. 우리는 어떤 상황에서 어떻게 처신해야 하는지를 미리 의논해야 합니다. 우리는 서로 불쾌해서 얼굴을 붉히거나 다른 사람을 창피하게 해서도 안 됩니다.」

「음, 알았네. 자네가 무슨 말을 하려는지 감을 잡았네. 자네의 그런 태도가 마음에 드네. 내 생각은 이러네. 자네가 정부의 첫 포고령을 실은 신문을 가지고 온 눈오던 겨울밤을 나는 기억하고 있지. 그 내용이 믿을 수 없을 정도로 강경하고 독선적이어서 나는 압도당했지. 그러나 그런 것은 그것을 최초로 구상한 사람과, 그것이 처음 공포된 때에만 그 원래의 순수함을 간직하고 있는 거야. 하루만 지나도 정치의 궤변이 그것을 뒤집어 놓지. 내가 자네에게 어떤 말을 하겠나? 나는 그들의 철학 따위엔 관심이 없어. 그들의 정권은 우리에게 냉정히 등을 돌렸고, 이 변화에 대해 내가 찬성하는지를 묻는 사람도 없지. 그러나 난 신임을 얻었고 내가 직접 선택한 것은 아니더라도 내 스스로의 행동 때문에 난 어떤 의무를 졌지. 토냐는 우리가 밭에다 채소를 심을 시기에 도착하지 못하는 것은 아니냐고 묻더군. 토냐에게 어떻게 대답할까? 나는 우리가 가는 곳의 토지가 어떤지 몰라. 기후는 또 어떤가? 여름이 짧아서 무엇이나 열매를 맺을 시간이 부족할 것 같아. 그 땅에서는 어떤 것이 잘 자라지? 그러나 우리는 채소를 가꿔 먹으려고 그 멀리까지 가는 것은 아니네. 우리의 목표는 그것과는 상당히 동떨어져 있지. 우린 사물을 매사에 솔직담백하게 받아들여야 해. 우리가 이곳을 찾은 목적은 현대판의 무위도식을 즐기기 위한 것이지. 옛날 할아버지가 공장과 기계 설비 같은 재산을 모두 탕진해 버린 것에 대해, 우리는 우리 몫을 맡아 현대적으로 존속시키도록 해야 해. 우린 할아버지의 재산을 복구하려는 게 아니라 다른 이들처럼 그것을 낭비하고 축내려고 온 거야. 일 코페크의 가치뿐인 삶을 얻으려고 수천 명이 집단적으로 낭비하는 일을 거들어 줄 거야. 틀림없이 믿어지지 않는 무분별한 방법으로 모든 것을 탕진할 거야. 아니 요행히 큰 돈을 벌게 된다고 해도 나는 옛날처럼 공장을 확대시키지는 않을 거야. 그런 행동은 맨발로 뛰어다니다가 읽고 쓰고 하는 것을 모조리 잊는 것처럼 어리석은 거야. 러시아에서는 사유 재산의 시대는 끝났지. 우리 그로메코 집안은 벌써 조상 때에 탐욕과는 인연을 달리했지.」

27

　차안은 무덥고 후덥지근한 공기 때문에 도저히 잠을 잘 수가 없었다. 유리 안드레예비치는 온통 땀투성이가 되어 있었다. 그는 다른 사람들의 수면을 방해하지 않으려고 조심스럽게 침대에서 기어내려와 문을 슬며시 열었다.
　굴 속에서 얼굴에 거미줄이 닿기라도 한 듯 얼굴에 습기가 붙어 왔다. 그는 그것이 안개라고 생각했다.
　『안개가 끼는 걸 보니, 내일은 해가 뜨겁게 비치겠군. 그래서 날씨가 이렇게 후덥지근한 거야.』
　유리 안드레예비치는 철로에 내려서기 전에 잠시 문간에서 둘레를 살펴보았다. 기차는 분기역과도 같은 제법 큰 정거장에 멈춰 서고 있었다. 기차는 정적과 안개 외에도, 실재하지 않고 버려진 것 같은 기분이 들어서 잊혀져 버린 것 같았다. 기차는 역의 한쪽 구석에 멈춰 있었는데, 멀리 위치한 정거장의 건물과 중간에 철로가 길게 뻗어 나갔다. 그곳에서 대지가 입을 벌려 건물을 통째로 삼켜 버려도 기차에 탄 승객은 그 사실을 알지 못할 것이다.

저 멀리에서 두 개의 가냘픈 소리가 들려왔다.

기차가 달려온 뒤쪽에서 그 가냘픈 소리는 들려왔다. 그 소리는 빨래를 물에 헹구는 소리 같기도 하고 비에 젖은 깃발이 펄럭이는 소리 같기도 했다.

정면에서는 무엇인가가 굴러가는 소리가 들려왔다. 유리 안드레예비치는 전선에서 근무하던 생각이 나 몸을 부르르 떨며 신경을 곤두세웠다.

그는 그 소리가 장거리포라고 단정지었다. 그 소리는 낮고 절제된 가락으로 차분히 울려 왔다.

유리 안드레예비치는 기차가 전선에 가까이 와 있음을 알고는 기차에서 뛰어 내렸다.

유리 안드레예비치는 몇 발자국 앞으로 나아갔다. 그는 그때서야 두 차간 앞에서 열차가 끊겨 있는 것을 발견했다. 그 차량의 앞에는 기관차도 연결되어 있지 않았다. 기관차는 수병이 탄 차량만을 끌고 어느 전선엔가로 가버린 것이었다.

유리 안드레예비치는 그래서 수병들이 어저께 그렇게 뻐기고 위풍당당했던 거라고 생각했다. 수병들은 자기들이 도착 즉시 전투를 해야 된다는 사실을 알고 있었던 것이다.

그는 철로를 가로질러 정거장으로 가는 길을 찾으려고 끊겨진 열차의 앞머리로 돌았다. 갑자기 기차 모서리에서 총을 든 군인이 불쑥 나타나 가로막으며 말했다.

「어딜 가? 통행증!」

「여기가 무슨 역입니까?」

「네 놈은 누구냐? 무슨 역이건 알아서 뭘 해.」

「나는 모스크바에서 온 의삽니다. 가족과 이 기차를 탔읍니다. 이게 내 신분증이오.」

「이렇게 캄캄한데 어떻게 글을 읽는단 말이야. 증명서는 필요없어. 이렇게 안개가 잔뜩 끼었잖아. 증명서를 보지 않아도 나는 네 놈이 어떤 의사라는 걸 안단 말야. 너 같은 놈이 저쪽에서 우리에게 십이 인치 포를 비오듯 퍼붓고 있어. 마음 같아서 네 놈에게 한 방 쏘구 싶지만 내가 참겠어. 어서 꾸물거리지 말고 내 앞에서 썩 꺼져.」

유리 안드레예비치는 초병이 자기를 다른 사람으로 착각하고 있음을 알았다. 그와 이야기한다는 것은 전혀 소득이 없는 것이었다. 재빨리 이 자리에서 물러나는 게 현명한 처사일 거라고 그는 생각했다. 유리 안드레예비치는 얼른 몸을 돌려 왔던 길로 되돌아갔다.

요란한 포성이 언제부터인가 멎었다. 그는 동쪽을 향해 서 있었다. 태양이 자욱한 안개 속에서 목욕탕에 잔뜩 풀어 놓은 비누 거품처럼 어렴풋이 자태가 드러났다.

그는 늘어서 있는 열차를 따라 걸었다. 기차의 끝까지 다 갔으나 그는 멈추지 않고 계속 걸어갔다. 그가 발을 옮길 때마다 부드러운 모래 속으로 발이 점점 깊이 빠졌다.

가냘프게 들리던 물소리가 점점 크게 들려왔다. 그곳은 완만히 경사진 곳이었는데, 유리는 앞으로 몇 걸음 나아가다가 희미하게 보이는 형태 앞에서 멈췄다. 그 형태는 안개에 쌓여 더욱 크게 보였다. 한 걸음 옮겨 놓자 강 언덕 위에 올라와 있는 작은 배의 고물이 쑥 올라와 있었다. 그는 파도가 느릿느릿 게으름쟁이처럼 뱃전과 강 언덕 선창의 널빤지를 철석철석 쳐대는 강 언덕 위에 서 있었다.

「당신은 왜 여기서 왔다갔다 하고 있지?」

그때 다른 보초병이 강 언덕에서 가까이 와 말했다.

「이 강은 무슨 강입니까?」

조금 전에 경험한 터라 아무것도 묻지 않으려 했던 생각과는 달리 그는 불쑥 말했다.

초병은 대답은 하지 않을 듯 호루루기를 불려고 했으나, 그러기 전에 다른 초병이 나섰다. 그 보초병은 유리 안드레예비치의 뒤를 아까부터 쫓고 있었던 듯했다. 두 사람이 서로의 의견을 제시했다.

「생각이고 나발이고도 없어 『여기는 어느 역이고, 이건 무슨 강이지?』하고 말하지만, 우리를 속이려는 거야. 자, 이 놈을 강으로 데리고 가서 처치할까, 아니면 먼저 열차로 데려 갈까?」

「먼저 열차로 가서 대장에게 인계하자구. 신분 증명서 이리 내놔.」

두 번째 보초병이 큰소리치며 유리 안드레예비치가 내민 서류를 홱 빼앗았다.

「어이, 이 자 좀 지켜.」

보초병은 누구에겐가 말하고 첫번째 보초병과 정거장을 향해 철로 안쪽으로 향했다.

그때 모래 위에 누웠던 어부 차림의 남자가 일어나서 그에게 말했다.

「당신은 재수가 좋은 거야. 대장한테 데리고 간다는 걸 보니 어쩌면 살 수 있을 수도 있어. 저들은 어쩔 수 없어. 임무는 수행해야 하니까. 이제는 민중의 세상이지. 그것은 좋은 세상이 될지도 모르지만 그거야 알 수 없는 일이지. 저들이 당신을 잘못 본 거겠지. 저들은 지금 어떤 사람을 찾느라고 야단 법석이야. 아마도 당신을 그 사람이라고 생각하는 거 같아. 누군가 하면 노동 자 정권의 원수를 자네라고 생각한 거지. 만일 잘못될 때에는 대장을 만나겠 다고 우기게. 그들이 시키는 대로 하면 위험해. 저들은 의식분자야. 좌우지간 큰일이군. 무사해야 할 텐데. 저들은 사람 한 명 죽이는 일 따위는 눈썹도 한 번 꿈쩍거리지 않고 하는 자들이야. 저들이 가자고 해도 가지 말게. 무조건 대장을 만나게 해달라고 해.」

유리 안드레예비치는 그로부터 앞에 있는 강은 르니바 강이며 유명한 기선 이 다니고, 철도역은 유리아틴 교외에 위치한 공장 지대인 라즈빌리예임을 알게 되었다. 그리고 유리아틴은 이곳의 상류쪽에 있고, 얼마 동안 전투가 벌 어졌었는데, 지금은 백군에게서 빼앗은 것 같다는 소식도 들었다. 어부는 지 금 이곳이 죽은 도시같이 적막 속에 빠진 것은 라즈빌리예에서 폭동이 일어 나 진압되었는데, 역 주변의 주민은 통행금지령이 내려졌고 교통이 차단되었 기 때문이라고 했다. 그는 역 구내에 정차하고 있는 열차에는 군사령부가 있 고, 그곳에는 지방 군사 위원인 스트렐리니코프의 특별 열차도 있다는 것이 었다. 또한 그의 증명서는 특별 열차에 있는 스트렐리니코프에게 가져간 것 이라는 사실도 알게 되었다.

잠시 후 유리 안드레예비치의 뒤쪽에서 다른 초병이 나타났다. 그 보초병 은 앞에서 본 초병과는 달리 소총의 개머리를 땅에 질질 끌며 금새 고꾸라질 듯 술에 취한 사람을 부축하는 듯한 걸음으로 총을 앞에 세우기도 하면서 그 에게 가까이 왔다. 그는 유리를 스트렐리니코프가 있는 특별 열차로 데리고 갔다.

28

통로에는 가죽이 깔려 있고 두 차량씩 연결된 특별 열차 중 가운데 한 차 량에서 웃음소리와 시끄럽게 떠드는 소리가 들렸으나 경비병에게 암호를 대 고 유리 안드레예비치를 데리고 들어가자 방안은 조용해졌다.

보초병은 좁은 복도를 지나 가운데 있는 넓은 방으로 그를 데리고 갔다. 그 방은 조용하고 깨끗이 정돈되어 있었다. 그 방에서는 용모가 단정한 사람들이 업무를 보고 있었다. 짧은 기간 동안 이 지역에서 이름을 널리 떨쳐 공포의 대상이 된 비당원 군사 전문가의 본부에 대해 유리 안드레예비치는 전혀 다른 개념을 가지고 있었다.

그러나 스트렐리니코프의 활동 본거지는 분명히 참모 본부와 작전 지역에 더 가까운 다른 곳에 있었다. 이곳은 그의 개인적인 거처이고 잠을 자는 방일 뿐이었다.

그러므로 바닥은 마치 온천장 같은 분위기로 코르크와 융단을 깐 바닥을 부드러운 실내화를 신은 심부름꾼이 사뿐사뿐 걸어다녔다.

그의 사무실은 원래는 식당차로 쓰였었는데, 바닥에는 융단이 깔려 있고 몇 개의 책상이 있었다.

「잠시 기다려.」

입구에 앉아 있던 젊은 군인이 말했다. 그러고 나서 책상 머리에 앉아 있던 사람들은 모두 유리 안드레예비치에 대해 더 이상 신경을 쓰지 않았다. 그 군인이 멍청한 표정으로 경비병에게 끄덕이자, 경비병은 못으로 박은 소종의 개머리판으로 바닥을 퉁퉁 울리면서 가버렸다.

유리 안드레예비치는 입구에 서서 방의 건너편 안쪽 책상 가장자리에 자기의 증명 서류가 있는 것을 보았다. 그 앞에는 나이가 늙수그레한 옛날의 대령처럼 보이는 군인이 앉아 있었는데, 그는 군대의 통계원인 것 같았다. 그는 입으로는 무슨 내용인지를 투덜거리면서 참고 서적을 들여다보거나 작전 지도를 살펴보고 검토하고, 또는 오려 내거나 풀로 붙었다. 그는 방 안의 창문을 한 바퀴 둘러 본 후「오늘은 꽤 덥겠는데.」라고 말했다. 그의 행동은 창문을 모두 살펴본 후 얻은 결과로, 그러한 결론은 누구나 한결같이 아는 사실이 아니라고 말하는 것 같았다.

군대 기사 한 명이 바닥을 기어다니며 무엇인가 고장난 선을 고치고 있었다. 전공이 젊은 군인의 책상 밑으로 기어들어가면 그 군인은 자리에서 일어났다. 그 옆 책상에는 군용 가죽 상의를 입은 타이피스트가 고장난 타이프라이터와 씨름하고 있었다. 운반대가 빠져 버린 모양이었다. 젊은 군인이 타이피스트의 의자 뒤로 가서 타이프라이터를 들여다보면서 고장난 원인을 찾는 듯했다. 전공도 그 쪽으로 기어가서 레버와 전동 장치를 아래서 살펴보았다. 옛날 대령을 연상하게 하는 군인도 일어나서 그들과 합세했다. 네 명이 타이프라이터의 고장 원인을 찾으려고 머리를 맞대었다.

이러한 태도를 보고 유리 안드레예비치는 다소 안심할 수 있었다. 이 군인들은 자기 운명에 대해 더 잘 알고 있는데 죽을 사람을 눈앞에 두고 이렇게 느긋하고 하찮은 일에 야단법석을 떨지는 않을 것이라고 생각했다.

『그러나 누가 그것을 알겠는가?』유리 안드레비치는 생각이 오락가락하여 갈피를 잡을 수 없었다.

『이 사람들은 어쩌면 이렇게 느긋할까? 포탄이 사방에서 터지고 사람이 수없이 많이 죽어가고 있는데 이들은 오늘은 뜨겁겠다느니 하는 얘기나 하다니. 전투의 열기가 뜨겁다는 게 아니라 날씨가 덥다는 말을 하는 것이다. 그들은 전쟁을 오랫 동안 해왔기 때문에 혹시 감각을 잃은 게 아닐까?』

기다리기가 지루해지자 그는 서서 건너편 창문 너머로 밖을 바라보았다.

29

창문을 통하여 그는 그가 타고 여기까지 온 열차 앞으로 철로가 뻗어 있고 라즈빌리예 교외 언덕 위에는 페인트를 칠하지 않은 나무 계단 세 개가 플랫폼에서 역의 건물까지 이어져 나간 것을 보았다.

철도가 끝나는 지점에는 낡은 기관차를 두는 넓은 폐차장이 있었다. 그곳에는 무릎까지 닿는 장화의 꼭대기나 낡은 잔처럼 생긴 굴뚝이 달린 기관차들이 고철더미 속에 산더미를 이루었다.

폐차장의 기관차 무덤과 교외에 있는 인간 무덤, 철로 위의 찌그러진 쇠와 교외의 간판은 아침 일찍 뜨겁게 달아오른 하늘 밑에서 낡고 황량한 광경을 창조했다.

모스크바에 살고 있는 동안 유리 안드레예비치는, 지방에는 아직도 간판이 많이 남아 있고, 그 간판이 건물 정면을 거의 덮었었음을 잊고 있었다. 지금 눈에 들어오는 간판들도 얼마나 큰지 절반 가량은 기차에서도 글씨를 읽을 수 있을 정도였다. 간판은 기울어진 단층집의 창문으로 얼마나 낮게 내려와 있는지, 땅바닥에 엎드려 있는 듯한 작은 집은 마치 아버지의 모자를 쓴 어린아이처럼 얼굴이 가려져 있었다.

이제 안개는 말끔히 개었다. 동쪽에만 아직 안개가 개이지 않은 채 남아 있었다. 그러나 그것마저 무대의 막처럼 흔들리다가는 흩어지고 말았다.

라즈빌리예에서 일이 마일 쯤 떨어진 그곳에, 교외보다 훨씬 더 높은 산 위에 크나큰 도시가 그 모습을 드러냈다. 태양은 그 빛을 따사롭게 만들었고,

거리는 도시의 윤곽을 단순화시켰다. 그것은 아토스 산의 황폐한 수도원을 그린 판화에서처럼 마을의 꼭대기에는 성당이 있고, 집과 거리가, 길에다 길을 걸쳐 놓은 듯 산중턱에 층층이 달라붙어 있는 듯한 도시였다.

『저기가 유리아틴이구나!』

유리 안드레예비치는 잔뜩 흥분되어 마음속으로 탄성을 올렸다.

『고인이 된 안나 이바노브나가 입이 닳도록 말하던 곳, 그리고 안티포바 간호원이 늘 말하던 마을이다. 나는 이 도시에 대해 얼마나 많은 얘기를 들었던가! 그런데 나는 왜 이런 상황에서 유리아틴을 보고 있을까!』

바로 그때 타이프라이터 위에 몸을 숙였던 군인들이 창밖으로 시선을 던졌다. 유리 안드레예비치도 그들의 시선이 집중되는 곳에 쏠렸다.

포로가 되거나 체포당한 몇 명이 역사로 통하는 계단으로 연행되고 있었다. 그중에는 머리를 부상당한 중학생도 포함되어 있었다. 그 학생은 머리에 붕대를 감기는 했지만 피가 잔뜩 배어 나왔다. 어린 중학생 포로는 땀으로 얼룩진 얼굴의 상처에서 흐르는 피를 손으로 문질렀다.

두 병의 적군 병사 중간에 끼여 제일 뒤에서 걷고 있던 중학생이 시선을 끈 것은, 어린 학생의 단호한 태도와 수려한 용모와, 어린 반란군 병사의 연민을 불러일으키는 처절한 모습뿐만 아니라 소년과 그 옆에 선 호송병의 엉뚱하고 어리석은 동작 때문이었다.

그 소년은 그때까지는 모자를 쓰고 있었다. 붕대를 감은 머리에서 모자가 계속 벗겨졌다. 그는 그럴 때마다 다시 모자를 꾹 눌러 써서 붕대와 상처를 건드렸다. 호송병은 그때마다 소년이 하는 행동을 도와 주었다.

비상시저인 그들의 행동에는 상징적인 것이 엿보였다. 유리 안드레예비치는 뛰쳐 나가서 그의 걸음을 멈추게 하고 싶은 충동이 일었다. 그는 소년에게, 그리고 기차를 탄 많은 사람들에게 구원을 받으려면 형식에 대해 충실하는 것이 아니라 형식으로부터 해방되는 것이라고 말해 주고 싶었다.

유리 안드레예비치는 인기척에 얼굴을 돌렸다. 방 중앙에 스트렐리니코프가 버티고 있었다.

그는 지금까지 살아오면서 헤아릴 수 없이 많은 사람을 만났지만 스트렐리니코프처럼 개성이 강하고 뚜렷한 인물을 한 번도 만난 적이 없는 것 같았다. 그들은 어떻게 해서 지금까지 한번도 만나지 못하고 살아왔을까? 두 사람은 왜 함께 있을 시간이 없었던 걸까?

그는 한눈에 스트렐리니코프가 완벽한 의지의 화신임을 알 수 있었다. 스트렐리니코프는 완벽한 결심을 한 그대로 자아를 완성했는지 매사에 그는 필연적이고 정확하고 완전한 듯 생각되었다. 균형이 잡힌 그의 머리와 당당한 걸음걸이, 어쩌면 실제로는 진흙투성이일지도 모르는 데도 깨끗이 닦은 것 같은 목이 긴 장화와, 주름이 잡혔을지도 모르는 데도 금새 다리미질을 한 것 같은 서어지 군복도 최고급 린네르같이 보였다.

그의 매력은 총명함과 자연스러움에서 우러난 여유와 세상의 어떤 극한 상황에서도 편안함을 느낄 수 있는 태도 때문이었다.

유리 안드레예비치는 그가 특출한 재능의 소유자이긴 하지만, 그것이 반드시 독창적인 것은 아니라고 생각했다. 그의 행동마다 나타난 재능은 모방의 재능일 수도 있었다. 그 당시에는 누구나 재능있는 인물을 모방하기를 즐겼었다. 역사에 새겨진 영웅, 또는 전선이나 도시의 폭동에서 이름을 떨쳐 사람들의 상상력을 자극한 인물이나, 이름을 떨친 위인, 무대의 전면에 등장한 동지들을 저마다 서로서로 모방했다.

스트렐리니코프는 낯선 사람이 있어도 놀라거나 불쾌해 하는 표정을 전혀 나타내지 않았다. 그는 유리 안드레예비치를 자기 동료처럼 대하여 참모진에게 말했다.

「축하해. 우리는 그들을 물리쳤어. 이건 마치 전쟁놀이일 뿐 목숨을 건 사투라는 생각이 들지 않아. 그것은 적들도 우리네와 똑같은 러시아 사람이기 때문이지. 이것은 그리 심각한 일은 아니지만 그들이 굴복하지 않으려니까 우리가 그런 생각을 머리 속에서 내몰아 버려야 해. 그들의 사령관은 내 친구요. 그는 나보다 더한 프롤레타리아지. 우린 한 집에서 자랐어. 그는 내게 많은 일을 해 주었고 도움도 많이 주었지. 많은 신세를 졌어. 그런데 난 어리석게도 우리가 그들을 강 건너나 그보다 더 멀리 쫓았다고 기뻐했어. 그는 내 은인이야. 어서 서둘러 전화를 수리해 주게. 구리얀, 전령이나 전신만으로는 부족하니까. 어서 선을 연결하게. 자네들 덥지 않나? 그래도 나는 한 시간 가량 잠을 잤지. 아, 그리고……」

그는 문득 생각이 떠올랐는지 의사를 쳐다보았다. 그는 비로소 자기가 왜 잠이 깨었나를 생각했다. 그는 지금 앞에 선 사람에 관한 것을 처리하라고 깨운 것이었다.

「아니, 이 사람은?」

스트렐리니코프는 그를 머리서부터 발끝까지 찬찬히 살펴보았다. 그리고 그는 생각했다.

『멍청한 녀석들, 전혀 닮은 곳이 없는데.』

그는 큰소리로 웃으며 유리를 쳐다보았다.

「동지, 이거 정말 죄송합니다. 부하들이 아마도 사람을 잘못 본 모양입니다. 이제 기차로 돌아가셔도 좋습니다. 동지의 서류는 어디 있지? 여기 있군요. 정말로 죄송합니다. 어디 잠시 볼까요. 지바고…… 지바고…… 지바고 의사 …… 왠지 모스크바 분위기가 풍기는군요. 여긴 사무실이니 내 개인 방으로 좀 와 주십시오, 시간이 오래 걸리지는 않을 겁니다.」

30

스트렐리니코프라는 인물은 과연 어떤 인간일까? 당원이 아닌 그가 이런 직책까지 올라 그 지위를 지킬 수 있었다는 것은 실로 놀라운 일이었다. 그를 알고 있는 사람은 없었다. 그는 모스크바 출신이긴 하지만 대학을 졸업하자 곧상 학교 교사가 되었다. 전장터에 나가 전사했다는 사람이 최근에 독일군에게서 탈출해 왔기 때문에 그는 알려지지 않은 인물이었다.

그는 소년 시절에 진보적인 철도원인 티베르진 가정에서 성장했으며, 부친의 추천과 신원 보증을 받고 있었다. 그는 그 무렵 인사 담당자에게 강한 인상을 심어 주었다. 극단적인 정치 사상과 지나친 언변이 판치던 그 시절에는 그 무엇 앞에서도 굽히지 않았던 스트렐리니코프의 혁명성은 그 본래의, 남의 목소리를 흉내내는 것이 아니라 자신의 전인생의 당연한 귀결로서 독창적이며 우연한 것이 아니라는 확신을 사시고 있었다.

스트렐리니코프는 당국의 기대에도 전혀 어긋나지 않았다.

지난 몇 달 동안 그는 우스티 넴다, 니즈니 켈메스의 작전, 식량 징발대에 세금을 반대하여 무장 봉기를 일으켰던 구비소프 농민 진압과 식량 호송대를 탈취한 14병 사단 장병의 진압도 훌륭히 해냈다. 그는 또 투르카투예 시에서 폭동을 일으켜 백군으로 넘어간 스텐카 라진 병사와, 치르킨 우스에서 소비에트 정권에 충실한 사령관을 죽인 군사 반란 사건도 모두 처리했다.

그는 언제나 적을 기습하여 포로로 삼아 단호하고 준엄하게 심문을 하고, 재판을 열어 구형을 내린 뒤 형을 집행했다.

그는 이 지방에 퍼져 있던 탈영을 막았으며, 징집 기관을 새로이 구성했다. 그 결과 징병 업무는 순조로왔으며 적군 접수 사무소는 업무에 쫓기기 시작했다.

최근에는 북부의 백군의 압력이 심해지고 사태가 심각해졌는데, 스트렐리니코프는 직접적인 군사, 작전, 전술면에서 새로운 임무를 부여받았다. 그가 개입하자 즉각 효과가 나타났다.

스트렐리니코프는 자기에게 총살자란 뜻의 『라즈스트렐리니코프』라는 별명이 붙여졌음을 알았다. 그러나 그는 전혀 개의치 않았고, 조금도 두려워하지 않았다.

그는 모스크바 출신이었으며, 그의 부친은 노동자로 1905년 혁명에 참가해서 투옥되었다. 그때 스트렐리니코프는 노동 운동에 관여하지 않았다. 그 이유는 나이가 어렸고, 대학에서는 가난한 가정의 젊은이들은 고등 교육을 높이 평가하여 부유한 사람들의 자식보다 더 열심히 학문에 몰두했기 때문이었다. 그는 다른 학생들의 흥분된 행동에 휩쓸리지 않았다. 대학을 졸업했을 때에는 그는 교양을 두루 갖추었고, 혼자서 수학을 공부했다.

그는 병역이 면제되었으나 지원병으로 입대하여 전선에 나가 소위로서 포로가 되었다가, 1917년 러시아에 혁명이 일어났음을 알고서는 고국으로 돌아왔다.

그는 두 가지 특징과 두 가지 정열을 가지고 있었다. 그의 사고는 남달리 명석하고 논리적이었으며, 보기 드물게 도덕적 결벽성과 정의감이 투철한 사람이며, 정열적이고 고결한 인간이었다.

그러나 그는 새로운 분야를 개척하는 과학자는 되지 못했다. 그의 지성은 비약의 재능, 논리적인 불모의 귀납적 결론을 초월할 수 있는 힘이 결핍되어 있었다.

그리고 그가 훌륭하게 되려면 원칙적인 것 외에 그 원칙에서 벗어날 수 있는 마음가짐도 필요할 것이다. 왜냐하면 사소한 행위에 의하여 훌륭하게 목적을 달성할 수 있기 때문이다.

그는 어린 시절부터 지극히 숭고한 포부를 품고 있었다. 그는 인생을 경기장이라고 생각하고, 세상의 모든 사람이 규칙을 철저히 지키면서 완벽한 성취를 목전에 두고 경쟁한다고 생각했다. 현실은 그의 생각과 같지 않았으나, 그는 자신이 세계 질서를 단순화하는 잘못을 저지른다고 생각하지 않았다. 그는 이 불만과 함께, 삶과 그것을 왜곡시키는 암흑의 근원 사이에서 삶을 수호하며 그것을 위한 심판자가 되어야겠다고 다짐했다.

환멸로 인해 깊은 상처를 받은 그는 혁명으로 굳게 무장했다.

31

「지바고, 지바고.」

스트렐리니코프는 자기 방으로 와서도 그 이름을 계속 중얼거렸다.

「어쩐지 장사꾼 같은 생각이 드는군. 아니면 귀족적이랄까. 뭐, 모스크바의 의사라고, 바르키노에 간다고? 왜 모스크바에서 그런 시골 구석으로 가는 거지?」

「그건 조용함을 찾아서입니다. 도시의 번잡하고 삭막한 생활이 싫어서죠.」

「그것 참 낭만적이군요. 바르키노라? 나도 바르키노는 알고 있읍니다. 전에는 크뤼게르의 공장이 있었죠. 혹시 그 상속자됩니까?」

「왜 그러시죠? 그 사람의 상속인이 무슨 관계가 있읍니까? 솔직이 말하자면 내 아내가……」

「그랬군요. 백군에 대한 향수 때문인가요? 그렇지만 너무 늦었어요. 그 지역은 완전히 우리가 소탕했읍니다.」

「아직도 나를 골리시려는 건가요?」

「게다가 당신은 의사라고 했어요. 군의관이겠죠. 지금은 알다시피 전쟁중입니다. 그건 정말 내 임무죠. 당신은 탈영을 한 거요. 녹색분자들도 역시 숲에서 피신처를 찾고 있어요. 그 이유기 뭐죠?」

「나는 두 번이나 부상을 당해서 상이 군인으로 제대한 겁니다」

「점섬 이러다가는 교육 인민 위원부나 보건 인민 위원부의 추천장이라도 내놓을 것 같군. 이봐요, 당신의 서류에는 『동조자』 또는 『완전한 소비에트 분자』라고 추천하여 당신의 충성심을 보증하는 서류도 있겠죠. 지금은 묵시적인 시대이고, 최후의 심판입니다. 지금은 불붙은 칼을 휘두르는 천사와 날개 있는 짐승의 시대이지, 동조자나 충성을 하는 의사들의 시대가 아닙니다. 그러나 나는 당신을 가도 좋다고 했으니 그 말을 반복하지는 않겠읍니다. 그러나 당신을 놓아 주는 것은 오직 이번뿐이라는 것을 명심하시오. 난 아무래도 우리는 다시 만날 것 같은 예감이 듭니다.」

전화벨이 울리자 두 사람의 대화는 그쳤다.

그는 전화기를 들고 수화기를 입으로 몇 번 불고 나서 말했다.

「이봐, 구리얀! 지바고 동지를 기차까지 바라다 줄 사람을 한 명 보내 주게. 또 무슨 일이 일어나지 않게. 그리고 라즈빌리예를 연결시켜 주게. 라즈

252

빌리예 운송부를 대달라구.」

지바고가 그 방에서 나간 뒤 스트렐리니코프는 정거장에 전화를 걸었다.

「포로 가운데 머리에 붕대를 감은 소년이 있지. 왜 자꾸 모자를 눌러 쓰던 아이 있잖아. 필요하면 의사에게 보이게. 그리고 잘 돌봐 주고, 먹을 것도 좀 주고. 아직 할 얘기가 있으니 끊지 말고…… 제기랄, 또 혼선이 되었군. 구리 얀! 구리얀! 전화가 끊어졌잖아.」

『그 학생은 내 제자일지도 몰라.』

장거리 전화를 중단하고 스트렐리니코프는 생각했다.

『그들은 자라서 우리와 싸우고 있지……』

그는 자기가 교직을 떠난 햇수를 손가락으로 셈해 보고는 소년의 나이와 비교했다. 그러다가 그는 창밖 지평선 위에서 자기가 살던 집이 있는, 유리아 틴의 변두리 강변을 더듬어 나갔다. 만일 아내와 딸이 지금까지 그곳에 살고 있다면 어떻게 하지? 당장 그들에게 달려가고 싶었다. 당장에! 그러나 그런 일은 할 수가 없다. 그것은 전혀 다른 인생인 것이다. 그 인생으로 돌아가기 전에 그는 먼저 이 자기가 몸담고 있는 인생을 결론지어야 하는 것이다. 언 젠가는 그날이 오겠지. 그러나 그게 정말 언제가 될까?

제**2**부

제8장 도   착

1

지바고 가족을 태우고 온 기차는 아직까지 역 뒤의 대피선에 서 있었고, 몇 개의 열차에 의해서 가려져 있었기에 여행하는 동안 지금까지 연결되어 온 모스크바와의 연결이 그 날 아침부터 갑자기 단절된 것 같았다.

이곳의 주민들은 대도시 주민보다 훨씬 더 서로 친근하게 지냈다. 비록 유리아틴—라즈빌리예 일대에서 민간인의 출입을 금지시켰고 적군 부대가 포위하고 있지만, 기차를 타려는 인근 주민들은 수단 방법을 가리지 않고 선로로 기어들어왔다. 그들은 찻간이 터질 정두루 탔고, 각 차량의 입구에도 사람들로 입추의 여지가 없었다. 다른 사람들은 선로에 서 있기도 했고 각 찻간의 입구에는 아식 기차에 오르지 못한 사람들이 철둑에 몰려 서 있었다.

그들은 서로 안면이 있는 듯, 멀찍이 말을 나누거나 서로 지나치면서 인사를 나누었다. 그들은 서로 눈만 마주치면 손을 흔들거나 말을 했다. 그들은 의복이나 대화하는 것도 대도시 사람과는 약간 달랐으며 식생활이나 습관도 같지 않았다.

유리 안드레예비치는 그들이 어떻게 살고 있는지 자못 궁금했다. 그들의 관심사는 무엇이며, 물질적 자원은 무엇이며, 그들은 이 어려운 시대를 어떻게 이겨 내는지, 그들은 또 어떻게 법을 피하는지 궁금했다.

그의 궁금증은 이내 구체적인 방법을 통해 풀어졌다.

2

총을 끌기도 하고 지팡이처럼 쓰는 보초의 호위를 받으며 유리 안드레예비치는 기차로 되돌아갔다.

무더운 날씨였다. 뜨거운 태양이 철로와 기차의 지붕에 내리쬐었다. 땅에 쏟아진 석유 자국이 금박을 입힌 듯 노란 빛을 내면서 빛났다.

보초병은 소총의 개머리판을 모래 위에 흔적을 남기고 걸어갔다. 소총이 침목에 부딪쳐 금속성 소리를 냈다. 보초병이 나직이 말했다.

「날씨가 가라앉았어. 봄 파종을 해야 할 때지. 귀리며 봄보리며 수수 심기에 적당한 때야. 모밀을 파종하기엔 아직 이르지만 내가 살던 곳에서는 모밀은 아쿨리나 축제 때 파종하지. 난 여기 출신이 아니라 탐보프 행정부의 모르샨스크 출신이야. 이봐, 의사 동무? 자넨 내가 이런 빌어먹을 시민 전쟁이니 반혁명 난리가 없었다면, 이 계절에 낯선 곳을 허송세월하리라고 생각하나? 계급 전쟁이니 뭐니가 우리 사이에서 돌아다니면서 불화의 고양이처럼 싸돌아다니며 이런 꼴을 했단 말이야.」

3

유리 안드레예비치가 기차에 오르는 것을 돕기위해 사람들이 손을 주었다.
「됐어요, 나 혼자도 오를 수 있읍니다.」
유리 안드레예비치는 차 안에 올라와서 아내와 포옹했다.
「정말 다행이에요, 하나님이 도우셨어요.」
아내가 유리를 바라보며 말했다.
「우린 당신이 별일 없을 것임을 알고 있었어요.」
「알다니, 무얼 안다는 거야?」
「네, 다 알고 있었어요.」
「어떻게 알았단 말이지?」
「보초병이 우리에게 말해 주었어요. 그렇지 않았으면 우린 제 정신이 아니

었을 거예요. 아버지와 저는 미친 사람 같았어요. 아버진 저기 계신데, 잠에
푹 빠졌어요. 곤히 주무시니 깨우지 마세요. 너무 걱정이 지나쳐 지쳐 버린
거예요. 그리고 승객 몇 분이 새로 타셨답니다. 여러분이 모두 당신이 이렇게
무사히 풀려난 것을 축하하는 말을 하고 있어요. 바로 저기 계신 분이에요.」

그녀는 몸을 돌려 새로 탄 승객 중 한 명을 유리 안드레예비치에게 소개했
다. 그 사람은 사람들에게 밀려나 화물 찻간 뒤쪽에 있었다.

「삼데뱌토프입니다.」

소리나는 쪽을 쳐다보니 사람들의 머리 위로 중절 모자가 일어서며 여러
사람을 헤치고 낯선 사람이 그에게 다가왔다.

『삼데뱌토프다.』

잠깐 동안인데도 그는 생각에 빠졌다. 『나는 러시아 민담에 등장하는 것
같은 그 무엇 ——헐렁한 옷, 의젓하고 검은 턱수염, 장식용 징이 박힌 혁대
같은 것을 생각했지……. 그렇지만 머리는 백발에 곱슬거리고 콧수염과 턱수
염을 보니 마치 예술단체회의…….』

「스트렐리니코프에게 혼났읍니까?」

삼데뱌토프가 말했다.

「아뇨, 그와는 정반대였읍니다. 우리는 진지한 이야기를 나누었읍니다. 그
는 탁월하고 남다른 인물인 것 같았어요.」

「그거야 그럴 테죠. 나도 그의 인품은 약간 압니다. 그는 이곳 출신이 아니
라 모스크바 사람입니다. 우리의 신체제라는 것은 모두가 그렇죠. 그런 것도
모두 수도에서 배운 기랍니다. 우린 도무지 그런 생각은 하지 못하니까요.」

「유로츠카, 이분은 안핌 예피모비치세요. 모르는 게 없는 분이랍니다. 당신
이나 아버님, 그리고 내 할아버지와 그 외에 세상 사람을 다 아는 것 같아요.
서로 인사하고 지내도록 하세요.」

그녀는 잠시 후 삼데뱌토프에게 물었다.

「여기서 선생 노릇을 하던 안티포프를 아시죠?」

삼데뱌토프는 아무 표정 없이 덤덤하게 말했다.

「왜 안티포프에게 무슨 일이 있읍니까?」

유리 안드레예비치는 잠자코 두 사람이 하는 말을 듣고만 있었다. 안토니
나 알렉산드로브나가 다시 말을 이었다.

「안핌 예피모비치는 볼셰비키니 말을 조심해야 해요. 유로츠카, 그 앞에서
는 말을 함부로 해서는 안 돼요.」

「아, 그러십니까? 그렇게 보이지 않는데요. 무슨 예술가같이 보입니다.」

「부친께서는 여관을 운영하셨죠. 그리고 삼두 마차를 일곱 대나 부리셨답니다. 나는 최고 교육도 받았고, 사회 민주 당원이라는 건 사실입니다.」

「유로츠카, 안핌 예피모비치가 말씀하신 것을 좀 들어봐요. 참 당신 이름은 발음하기가 여간 어려운 게 아니군요. 아시겠어요, 유로츠카? 이분은 우리 보고 재수가 좋다는군요. 유리아틴 시내에는 기차가 못 들어간대요. 시내에는 화재가 일어났고 철교도 폭파되었대요. 우리 기차도 다른 선으로 길을 바꾸게 되는데, 그 선은 다행히 우리가 가려는 토르파나야 역을 지난대요. 정말로 좋은 일 아녜요. 그러니 갈아타지 않아도 되고, 짐을 들고 정거장에서 정거장으로 돌아다니지 않아도 되니 다행이에요. 그대신 본선으로 들어서기 전에 몇 시간 차선을 이리저리 바꾸어야 한대요. 안핌 예피모비치가 얘기 해주더군요.」

4

안토니나 알렉산드로브나의 말대로였다. 본래의 차량을 바꾸어 연결하고 다른 차량을 연결시키면서 기차는 통행하지 않는 선로에서 들판으로 향한 선로를 셀 수 없이 여러 번 옮겨 다녔다.

굽이치는 들판에 절반 가량이 가려진 도시가 눈에 들어 왔다. 이따끔 지평선 뒤에 지붕과 공장의 굴뚝, 종탑의 십자가가 보였다. 연기가 바람에 날려 마치 달리는 말의 갈기처럼 하늘로 날아올라갔다.

유리 안드레예비치와 삼데뱌토프는 화물 찻간 바닥에 앉아서 발을 밖으로 내려뜨렸다. 삼데뱌토프는 먼 곳을 가리키면서 그에게 이것 저것을 설명했다. 가끔 들리는 요란한 소리가 그의 목소리를 삼켜 버렸기 때문에 이야기가 끊어졌고, 그럴 때마다 그는 유리 안드레예비치에게 얼굴을 바짝 대고 큰소리로 말을 다시 한번 해주었다.

「지금 불타는 곳은 〈거인〉이라는 영화관입니다. 사관 학교 생도들이 저기에 있다가 항복했지요. 전투는 아직 끝나지 않았어요. 종탑의 검은 점이 보이죠? 저건 아군이에요. 지금 체코 군과 싸우고 있는 겁니다.」

「난 아무것도 보이지 않는데, 당신은 멀리 떨어진 곳에서 일어나는 일을 어떻게 다 알죠?」

「저것은 수공업 지대인 호흐리키 지구가 불타는 거죠. 그 옆은 상점이 즐비한 콜로데예프고요. 내가 그런 것에 관심을 가지고 있는 것은 우리 여관이 그곳에 있기 때문이에요. 다행스럽게도 화재가 심하지 않아 번지지는 않았어요. 큰 불이 아니라서 중심가는 타지 않고 멀쩡하답니다.」

「뭐라고요, 들리지 않아요.」

「중심가요. 그곳에는 성당과 도서관이 있어요. 삼데뱌토프라는 성은 산 도나토를 러시아 식으로 고친 거지요. 우리는 데미도프 일가의 후손이랍니다.」

「잘 안 들립니다.」

「삼데뱌토프는 산 도나토가 변형된 거라고요. 우리는 데미도프 후손이랍니다. 그렇습니다. 데미도프 산 도나토 공작의 일가라고 해요. 그러나 어쩌면 그건 전해 내려오는 전설에 지나지 않을지도 모릅니다. 그건 그렇다고 치고 이곳은 스피르카 계곡이라는 곳입니다. 별장과 행락지죠. 이름이 이상하죠?」

그들 앞에 들판이 펼쳐졌고 철도의 지선이 들판을 이리저리 가로질렀다. 전신주가 멀리 아득한 곳까지 뻗치면서 지평선 너머로 사라지곤 했다. 널찍이 굽이치는 리본 같은 큰길이 철도와 함께 아름다운 조화를 이루었다. 그 길은 지평선 너머로 없어졌다가 다시 큰 반원을 그리며 모퉁이에서 나타났다가는 사라졌다.

「저 길은 우리 고장에서는 유명한 길입니다. 시베리아까지 가로질러 뻗어 나갑니다. 죄수들이 저 길을 두고 노래를 불렀지요. 그런데 이제는 빨치산의 작전 기지입니다. 이곳은 나쁘지만은 않을 겁니다. 그래도 정이 들게 될 거예요. 이곳의 득밀한 팡경에도 익숙해질 거고요. 우물디가 사기리마디 있는데 겨울에는 여자들이 우물터에 물을 길러 와서 이야기마당을 벌이지요.」

「우리는 시내에 살지 않고 바르키노에서 살 겁니다.」

「부인한테 그 얘기는 들었읍니다. 그러나 일이 생기면 시내에도 나오게 되겠죠. 난 첫눈에 당신 부인이 누구라는 걸 알았죠. 그녀는 눈·코·귀·이마가 모두 크뤼게르 할아버지를 쏙 뺐더군요. 이곳 주민들은 모두 그분을 기억하고 있어요.」

들판 끝에는 둥글고 붉은 석유 탱크가 있었고, 높은 기둥 위에는 회사의 광고탑이 보였다. 그 중의 하나가 의사의 시선을 유독 끌었다.

『모띠 이 베트친킨 회사. 파종기, 탈곡기』라고 씌어진 광고였다.

「저희 회사는 훌륭한 회사입니다. 거기서 생산하는 농기구는 일류급이었죠.」

「뭐라고요, 안 들려요.」

「아, 훌륭한 회사였었다고요. 들려요? 훌륭한 회사요. 농기구를 생산했죠.

주식 회사로 우리 아버지도 주주였어요.」

「여관을 운영하신다고요?」

「네, 그렇습니다. 그러나 주식을 소유하지 못한다는 법이라도 있나요. 틀림 없는 투자도 했어요. 참 〈거인〉에도 투자를 했죠?」

「아주 자랑스러우신가 보죠?」

「아버지가 철저하신 것에 대해서 말입니까? 네, 그건 당연합니다.」

「그러나 당신의 사회주의는 어떡하죠?」

「아니, 그게 무슨 관계죠? 마르크스주의자라고 해서 왜 코흘리개 바보라는 겁니까? 마르크스주의는, 실증 과학, 현실에 대한 이론, 그리고 역사의 철학 입니다.」

「뭐라고, 마르크스 주의가 어디 학문입니까? 잘 모르는 사람과 그런 토론 을 벌인다는 건 정말 위험한 일입니다. 마르크스 주의는 학문이 되기 위해서 는 근거가 불확실해요. 난 마르크스 주의보다 더 폐쇄적이고 그 정도로 사실 에서 동떨어진, 유리된 사상은 없는 것 같아요. 저마다 실천을 해 보여 자신 을 검증하려고 애쓴답니다. 권력층은 또 자기들이 완벽하다는 신화를 창조하 려고 전전긍긍하고 있읍니다. 나는 정치에는 영 관심이 없지요. 누구보다 진 리와 관계가 없는 사람을 좋아하지 않아요.」

삼데뱌토프는 의사의 말을 괴퍅한 사람이 던진 농담으로 생각하고 유연하 게 대처했다.

그러는 사이에 기차는 선로를 바꾸는 중이었다. 기차가 신호에 따라 서서 히 미끄러질 때마다, 허리춤에 우유를 매고 전철에서 근무하는 중년의 여자 전철수가 손에 든 레베를 움직여 기차를 후진시켰다. 기차가 서서히 뒤로 물 러가자 그녀는 일어나 앉아서 기차 뒤에다 대고 주먹질을 했다.

삼데뱌토프는 그녀의 행동을 자기에게 한 것으로 생각했다.

『저 여자는 누구를 향해 저런 행동을 하는 걸까? 그런데 얼굴이 아무래도 낯익다. 툰체바인가? 아냐 글리샤 일 리가 없지. 내가 무슨 생각을 하고 있는 거지? 저 여자는 너무 늙었어. 글리샤는 아니야. 모국 러시아가 격변의 소용 돌이 속에 있고 철도는 엉망진창이므로 저 여자는 고생이 심하겠지. 그런데 내가 눈에 띄니까 내게 분풀이를 하는 거야. 저런 알지도 못하는 여자 때문 에 신경을 쓸 필요는 없지?』

여자는 깃발을 힘차게 흔들더니, 기관사에게 큰소리를 지르며 기차가 들 판을 거쳐 달리게 해주었다. 열네 번째의 찻간이 속력을 내어 자기 옆을 지 나가자 그녀는 찻간 바닥에 앉아 담소하는 두 남자에게 또다시 혀를 쑥 내밀어 보였다. 삼데뱌토프는 또다시 깊은 생각에 잠겼다.

5

　불타고 있는 도시 교외, 둥근 석유 탱크, 전봇대, 광고탑이 멀리 뒤로 사라지고 언덕과 새로운 숲이 펼쳐졌다. 그 풍경을 바라보던 삼데뱌토프가 말했다.
　「자, 이제 제자리로 돌아가 봅시다. 나는 곧 내려야 하고 당신들은 다음 역에서 내려야 합니다. 지나치지 말고 신경 쓰고 있다가 내리십시요.」
　「이 근처에 대해 잘 아시는 것 같군요.」
　「그럼요, 내 손바닥을 보듯 빤히 알고 있죠. 반경 백 마일에 걸친 지역은 훤하답니다. 나는 변호사예요. 이십 년간 일해 왔어요. 나는 사건 때문에 사방으로 여행을 합니다.」
　「지금도 그렇습니까?」
　「네, 그렇지요.」
　「요즘에 어떤 사건을 맡고 있지요?」
　「사건이야 각양각색이죠. 결정 짓지 못한 옛날 거래, 사업 경영, 채무 불이행 등등 정신이 없을 정도로 일은 많아요.」
　「그런 활동은 지금 중지되지 않았읍니까?」
　「그거야 명목상으로는 그렇죠? 그러나 실제로는 양립될 수 없는 일이 동시에 요구되고 있답니다. 오늘날 모든 기업은 국유화되었어도 시의 평의회는 연료가 필요하고, 지역경제 협의회에서는 연료를 요구하며 모든 사람이 살아가야 할 명제가 있읍니다. 지금은 이론이 실제와 일치되지 않는 과도기라고 볼 수 있읍니다. 이런 시대는 나 같은 기민하고 굳세며 판단력이 정확하고 빠른 사람을 요구합니다. 너무 많이 아는 것보다는 모르는 것이 약이라는 말씀을 자주 하셨죠. 아버지가 말씀하신 것처럼 가끔 따귀를 맞는 것도 괜찮아요. 이곳의 절반 가량은 나 때문에 먹고 산다고 보아도 과언이 아닙니다. 나는 얼마 후 벌목 건 때문에 바르키노에 갈 계획입니다. 그때 댁에 들르죠. 그러나 당장은 내 말이 다쳐서 움직이지 못해요. 그렇다고 이런 쓰레기 같은 더러운 기차를 타겠읍니까? 이 기차 좀 봐요. 아주 느릿느릿 가는군요. 이건 기차라고 볼 수 없어요. 바르키노에서는 내 도움이 필요할 겁니다. 당신네의

262

미쿨리친 집안에 대해선 내가 훤히 알고 있죠.」

「그럼 우리가 왜 바르키노에 가는지 아시겠읍니까?」

「대강은 알지요. 네, 짐작하고 말고요. 대지로 돌아가려는 인간의 갈망이지요. 자신이 스스로 땀을 흘리며 살아가겠다는 거죠?」

「그럼 당신 생각은 어떠십니까? 당신은 찬성하지 않습니까?」

「나쁘지는 않지만, 소박하고 전원적이긴 하지요. 잘해 보십시요. 난 그걸 믿지 않을 뿐이에요. 그건 일종의 몽상이랄까요. 예술이니 뭐니 하는 거죠.」

「미쿨리친은 우릴 어떻게 받아 줄까요?」

「그들은 당신들을 결코 받아들이지 않을 겁니다. 빗자루를 들고 쫓아내겠죠. 그게 당연한 처사라고 볼 수 있어요. 그 사람은 지금 난관에 봉착해 있으니까요. 공장은 가동이 중단되었고 노동자는 모두 떠나 버려서 살길이 막막하죠. 먹을 것도 없는데 당신이 나타나 봐요. 그렇게 어려운 때 당신이 나타났으니 그들이 당신을 죽인다고 해도 난 그를 탓하지 못할 것입니다.」

「나도 알겠읍니다. 그러나 이 사실은 역사적으로 어쩔 수 없는 일인 걸요. 과정은 겪어야만 하는 일이라고 생각합니다.」

「왜 어쩔 수 없다는 겁니까?」

「당신은 어린애입니까? 아니면 일부러 그런 척하는 건가요? 당신이 달에서 오셨나요? 욕심이 많거나 기생충 같은 사람이 굶주리는 가난한 노동자들에게 붙어서 그들을 혹사시켜 왔는데도, 그런 일이 지속되어야 한단 말입니까? 그외의 압박이나 다른 횡포는 젖혀 두고라도 말입니다. 민중의 분노와 정의와 공평히 살기를 원하는 그들의 정당함을 이해하지 못한단 말입니까? 그렇지 않으면 국회에서, 의회 제도를 통해 근본적인 변혁이 가능하며 독재를 제거할 수 있다고 생각하시는 건가요?」

「우리의 이야기가 빗나가는 것 같군요. 백 년 동안 토론해도 절대로 일치점을 찾지는 못할 것 같군요. 난 폭력을 두둔한 편이었는데, 이제 폭력으로는 전혀 소득이 없을 것이라고 봅니다. 인간은 선에 의해서 선으로 이끌어야만 해요. 이 이야기는 그만 두고 미쿨리친 이야긴데요, 우리 앞에 그런 사태가 벌어질 것 같다면 우리는 어떻게 그곳으로 가겠읍니까? 돌아가는 게 좋지 않을까요?」

「그런 말 하지 말아요. 이 넓고 넓은 세상에 미쿨리친 아니면 사람이 없단 말입니까? 그는 지나친 느낌이 들 정도로 친절한 사람입니다. 처음에는 소동을 부리고 고집을 피우겠지만 얼마 후에는 수그러지고 말 거예요. 그는 자기의 속옷도 벗어 주고 빵 부스러기도 나누어 줄 사람이에요.」

삼데뱌토프는 유리 안드레예비치를 쳐다보며 미쿨리친에 대해 이야기했다.

6

「미쿨리친 씨는 이십오 년 전에 페테르스부르크에서 이곳으로 왔어요. 그때 그는 공과 대학의 학생 신분이었죠. 그는 이곳으로 추방을 당해 감시받고 있었어요. 그는 이곳에 와서 크뤼게르 댁의 관리인이 되고 결혼도 했어요. 그때 툰체바 댁에는 체호프의 연극 〈세 자매〉보다 한 명 많은 네 명의 자매가 있었읍니다. 아그라페나, 예브도키야, 글라피야, 세라피마, 이렇게 말이에요. 젊은이들은 모두 그녀들에게 침을 흘렸어요. 미쿨리친은 네 자매 중 장녀와 결혼을 했어요. 미쿨리친에게는 얼마 후 아들이 태어났읍니다. 그는 그 무렵 자유 사상에 젖어 있어서 그에게 리베리우스라는 특이한 이름을 지어 주었어요. 사람들은 그 이름을 줄여서 리프카라고도 불렀어요. 아이는 야생마같이 거칠게 성장했으나 온갖 재주가 뛰어난 비범한 소년이었어요. 전쟁이 발발하자 리베리우스는 호적을 속이고 열다섯 살 소년의 몸으로 지원병이 되어 전쟁터로 나갔읍니다. 소년의 어머니 아그라페나 세베리노브나는 원래부터 몸이 약한 편이라 그 충격을 감당하지 못하고 병석에 있다가 재작년 겨울, 혁명이 일어나기 바로 전에 사망했읍니다. 전쟁이 끝날 무렵 리베리우스는 자그만치 훈장을 세 개나 탄 영웅이 되어 돌아왔고, 그때 그는 철저한 신념을 가진 볼셰비키 전선 대의원이었읍니다. 당신은 혹시 〈숲속의 동무들〉이라는 말을 들어 보셨나요?」

「아뇨, 전혀 못들었는데요.」

「그럼 말해도 소용이 없겠군요. 알 수가 없을 테니까요. 그렇게 차창으로 길을 바라다볼 필요도 없어요. 요즘엔 도로도 별 의미가 없읍니다. 그러한 것을 의미있게 하는 것이 무엇이죠? 빨치산, 빨치산이 뭐죠? 빨치산이야말로 시민 전쟁의 중추 역할을 하죠. 이 빨치산이 지닌 힘은 두 가지를 들 수 있읍니다. 그 하나는 혁명의 지도권을 쥔 정치 조직과, 패전 뒤 권력층에 반기를 든 일반 병사입니다. 빨치산 군대는 그 둘이 합쳐져서 생긴 겁니다. 그들은 대개 중류층의 농민이지만 그 외에도 여러 부류가 있읍니다. 빈농도 있고 환속한 수사(修士)나 부친과 싸우고 군인이 된 부유한 농부의 아들도 있읍니다.

꿈을 쫓는 무정부주의자, 여권이 없는 부랑자, 여자 때문에 학교에서 퇴학당한 조숙한 고등학생도 있지요. 또 독일과 오스트리아군의 포로는, 자유와 조국으로 보내 준다는 약속을 믿고 가담했읍니다. 이 거대한 인민군 부대 가운데 하나인 〈숲속의 동무들〉이라는 부대의 사령관은 바로 아베르키 레스느이흐 동무, 즉 리프카, 리베리우스 아베르키예비치로서 아베르키 스테파노비치 미쿨리친의 아들입니다.」

「그게 사실인가요?」

「네, 사실입니다. 이야기를 계속하죠. 아내가 죽은 후에 아베르키 스테파노비치는 다시 재혼을 했읍니다. 두 번째 아내는 엘레나 프로클로브나인데, 그녀는 학교를 졸업하자마자 결혼을 한 겁니다. 그녀는 소박한 성품이었는데, 젊은 데도 더 젊어 보이려고 떠들어 대고, 들판의 새처럼 재잘거리며 돌아다녔어요. 그녀는 순진한 처녀같이 행동했어요. 『수보로프는 언제 태어났죠?』라든가 『삼각형의 면적이 똑같은 것은 어떤 경우죠?』라고 말했읍니다. 만일 그 물음에 대답하지 못하거나 망설이면 큰소리로 웃고 소리지르죠. 이제 몇 시간 후면 직접 그녀를 눈으로 보고 내 말을 확인하게 될 겁니다. 그리고 영감님도 묘한 구석이 있어요. 그는 선원이 되려고 조선 공학을 공부한 사람이랍니다. 그는 면도를 깨끗이 하고 온종일 파이프를 물고 있었읍니다. 그리고 느리고 부드러운 목소리로 말합니다. 흔히 애연가들이 그렇듯이 아래턱이 나왔고 싸늘한 회색 눈이고. 아, 중요한 것을 잊을 뻔 했군요. 그 영감님은 사회 혁명 당원으로 이 지역의 국민 의회 대의원으로 선출되었어요.」

「그건 중요한 사실이군요. 그래서 부자간에 정적이 되어 으르렁거리는 사이가 되었읍니까?」

「명목상으론 그래요. 그러나 실제로는 숲에 사는 사람들은 바르키노와 싸우지 않아요. 내 얘기를 계속하겠읍니다. 첫째 딸이 결혼했고 나머지 세 명의 툰체바 딸들은 지금껏 노처녀로 유리아틴에 살고 있어요. 그러나 시대가 변해서 그녀들도 많이 변했어요. 제일 나이 많은 예브도키야 세베리노브나는 시의 도서관에서 사서로 있읍니다. 그녀는 얼굴이 검지만 미인이죠. 수줍은 편이라 조금만 골려도 얼굴이 홍당무가 됩니다. 그녀는 도서관에서 무척 고생하고 있어요. 그곳은 무덤같이 고요하지만 그녀가 만성적인 감기 환자라서 걸핏하면 재채기를 하고 무안해서 쥐구멍에라도 들어가려고 해요. 지나친 신경과민이죠. 셋째인 글라피야 세베리노브나는 그 중 가장 행복한 여자랍니다. 정열적이고 타고난 일꾼이며 무슨 일이든지 해내는 사람입니다. 빨치산 대장인 리프카는 이 이모를 닮은 것 같아요. 최근엔 재봉사나 스타킹 공장에서 일하다가 어느새 미용사가 되어 있는 사람이죠. 정거장에서 우리에게 주먹질을 해 대던 사람이 바로 그녀예요. 그러나 너무 폭싹 늙어서 그녀처럼 보이지 않았어요. 막내는 시무시카인데, 그녀는 이 집안의 골치덩어리랍니다. 시무시카는 재치 있는 처녀로 독서를 즐기고 철학을 공부했으며 시를 사랑했어요. 그러나 혁명 후로는 세상의 어수선함에 영향을 받았는지 광신자가 되었나 봐요. 언니들이 출근하며 문을 잠가 놓아도 그녀는 창문으로 빠져 나가 길거리에서 사람을 모아 놓고 그리스도의 재림이나 세상의 종말에 대해 설교한답니다. 내가 혼자서 지껄였군요. 역이 가까워졌어요. 저는 이제 내릴 테니 당신도 다음 역에서 내릴 준비를 하십시오.」

그가 기차에서 내린 뒤 안토니나 알렉산드로브나가 말했다.

「당신은 어떻게 생각하실지 모르지만 나는 하늘에서 우리를 위해 보내 주신 분 같아요. 우리가 살아가는 데 도움이 될 거예요.」

「그럴지도 모르지, 토네치카. 그러나 당신이 할아버지를 닮아서 사람들이 당신이 크뤼게르의 손녀라는 것을 알아본다는 게 걱정이야. 나는 사람들이 아직도 크뤼게르를 기억하고 있다는 게 마음에 걸려요. 내가 바르키노라는 말을 하자마자 스트렐리니코프도 우리가 혹시 크뤼게르의 상속자냐고 비꼬며 묻더군. 사람들의 눈을 피하려고 모스크바를 떠나왔는데 오히려 더 노출이 될까 걱정이야. 그렇다고 달리 방도가 있는 것도 아니고 말야. 물을 엎지르고 나서 후회해야 소용 없는 일이지. 그냥 숨어서 겸손하게 살도록 해. 나는 왠시 안 좋은 예감이 들어. 자, 이제 슬슬 짐을 챙기고 내릴 준비를 합시다.」

7

안토니나 알렉산드로브나는 토르파나야 역 플랫폼에 서서 기차에 두고 내린 것이 없는지를 확인하려고 가족의 수와 물건을 자꾸 헤아려 보았다. 그녀는 밟혀서 단단해진 플랫폼의 모래를 느끼면서도 목적지를 지나칠까 봐 걱정하던 초조감이 아직 가시지 않았고 기차가 정지해 있는데도 기차의 바퀴 소리가 울리는 것 같아서 그녀는 아무 생각도 할 수 없었다.

오랫 동안 함께 여행한 다른 승객들이 찻간에서 그녀에게 큰소리로 작별 인사를 하며 손을 흔들었지만 그녀는 알아채지 못했다.

역사는 석조 건물이었는데, 입구에는 양쪽에 벤치가 있었다. 토르파나야 역에서 내린 사람은 지바고 일가뿐이었다. 그들은 짐을 바닥에 내려놓고 벤치에 앉았다.

그들은 역이 너무 조용하고 조촐하고 깨끗함에 놀랐다. 시끌벅적하고 욕설을 퍼붓는 군중 속에 휩싸이지 않았다는 것이 이상했다. 이곳은 아직 대도시의 야만성에 물들지 않고 있었다.

역은 자작나무 숲속에 위치해 있었다. 그래서 기차가 역에 다가갔을 때 차 안이 어두웠던 것이다. 버티고 선 나무의 그림자가 이제는 그들의 손과 얼굴 위에서, 플랫폼의 깨끗하고 축축한 황사를, 땅과 역의 벽과 지붕 위에서 조용히 움직였다. 숲속은 서늘했고 지저귀는 새소리도 상쾌했다. 순결하고 담백한 새소리는 숲의 끝까지 퍼졌다.

숲을 뚫고 철길과 시골길이 뻗어 있었는데, 그 길은 넓은 소맷자락처럼 너울거리며 나뭇가지들이 그늘을 만들었다.

갑자기 안토니나 알렉산드로브나의 눈과 귀가 제 기능을 발휘하게 되었다. 모든 것이 일시에 그녀에게 의식을 깨우치도록 했다. 새들의 맑은 지저귐과 숲의 적막감, 고요하고 부드러운 정적을 느낄 수 있었다. 그들은 마음속으로 이런 글을 써내려갔다.

『나는 우리가 이렇게 안전히 이곳에 도착하리라고는 생각하지 못했어요. 그 스트렐리니코프는 당신을 일단은 석방해 주고 우리가 이 역에서 내리자마자 체포하라는 전보를 쳤을 수도 있었으니까요. 나는 그들의 고결한 감정은 믿지 않아요. 그건 모두 겉으로만 그런 척하는 거니까요.』 그녀는 마음속의 말과는 엉뚱하게도 「아, 아름다워요!」라고 탄성을 올렸다. 그녀는 감격해서 말을 할 수가 없었다. 눈물이 목을 메니 이윽고 울음을 터뜨리고 말았다.

그녀가 흐느껴 우는 소리를 듣고 키가 작달막한 노인 역장이 나왔다. 그는 발을 끌면서 위가 빨간 역장 모자를 만지며 겸손하게 말했다.

「부인에게 진정제를 좀 드릴까요? 정거장에 구급약 상자가 있어요.」

「괜찮습니다, 이제 좋아질 겁니다.」

알렉산드르 알렉산드로비치가 말했다.

「오랜 여행에 지쳐서 그래요. 있을 수 있는 일이죠. 그리고 너무 푹푹 찌는 날씨구요. 여기서는 보기 드문 더운 날씨입니다. 그리고 유리아틴에서 사건까지 일어나서요.」

「지나는 동안 기차에서 불타는 걸 보았읍니다.」

「그럼 당신들은 중앙 러시아에서 오신 겁니까?」

「네 그렇습니다. 석벽의 도시죠.」

「모스크바에서 오셨군요? 그럼 부인이 신경이 곤두서 있는 게 당연하죠. 그곳에는 돌 하나도 그대로 남아 있지 않다던대요.」

「그렇게 심하지는 않지만요, 우리는 별의별 일을 다 목격했어요. 이쪽은 내 딸이고 이쪽은 사위죠. 그리고 어린애와 우리 집안 유모랍니다.」

「안녕하세요, 모두 뵙게 되어 반갑습니다. 난 당신 가족을 기다리고 있었읍니다. 삼데뱌토프 안핌 예피모비치께서 사크마에서 전화를 하셨어요. 모스크바에서 의사 지바고와 그 가족이 도착할 테니 잘 보살펴 드리라고 하셨죠. 그러면 의사라는 분이 당신입니까?」

「아닙니다, 의사 지바고는 내 사위이죠. 나는 농업을 전문으로 하는 농학 교수 그로메코랍니다.」

「이거 실례했군요. 죄송합니다. 뵙게 되어 반갑습니다.」

「당신은 삼데뱌토프 씨와 잘 아는 사이입니까?」

「그분을 모르는 사람이 어디 있겠읍니까? 그분은 우리의 은인이시죠. 우리는 그분 때문에 지금까지 죽지 않고 살아올 수 있었읍니다. 힘 닿는 데까지 도와 드리라고 하셨어요. 그래서 제가 그러겠다고 약속했어요. 그러니 말이나 다른 것이 필요하면…… 어디로 가실 겁니까?」

「네, 우리는 바르키노로 갈 겁니다. 여기서 멉니까?」

「바르키노요? 아, 그래서 당신 딸이 낯익은 얼굴이었군요. 그러니까 당신이 바르키노로 가시려는 거군요. 이제 모두 알겠어요. 저는 이반 에르네스토비치 씨와 함께 이 길을 닦았답니다. 당장 말을 구해 보죠. 사람을 불러 마차를 구해 보겠읍니다. 도나트! 도나트! 이 짐을 다시 대합실로 갖다 놓게. 말은 어떻게 되었지? 휴게실에 가서 좀 알아 보게. 오늘 아침에 바크흐가 여기서 왔다갔다 하던데. 한번 물어 보게. 아직도 있나 보라구. 바르키노까지 손님이 네 명이야. 짐은 없는 거나 같다고. 지금 막 도착하셨으니 서두르게. 부인, 내가 늙은이로서 충고 한 마디 하겠읍니다. 나는 당신이 이반 에르네스토비치와 어느 정도로 가까운 친척인지 일부러 묻지 않았읍니다. 조심하십시오. 누구에게나 진심을 털어 놓아서는 안 됩니다. 지금은 누구에게도 의심을 품어 보아야 합니다. 시대가 그렇게 변했어요.」

일행은 바크흐라는 이름을 듣고 놀라서 서로 얼굴을 쳐다보았다. 그들은 무쇠로 튼튼한 창자를 만들어 넣는다는 옛날 이야기에 나오는 대장장이 이야기와 그밖의 이 고장에 전해 내려오는 전설을 안나 이바노브나에게서 들은 것을 기억하고 있었다.

8

말은 얼마 전에 새끼를 낳은 암말로, 마부는 머리가 하얗게 센 늙은 노인인데 귀가 축 늘어진 모습이었다. 그가 걸치고 있는 것은 모두 흰 빛이었다. 새로 만든 자작나무 껍질의 신은 아직 때가 오르지 않았고, 셔츠와 바지는 오래 입어서 온통 하얗게 빛이 바래 있었다.

흰 어미말 뒤에는 새까만 망아지가 굽실굽실한 갈기를 바람에 날리며, 아직 뼈가 여물지 않은 나긋나긋한 다리로 어미 뒤를 따라갔다. 그 망아지 모습은 마치 목각 장난감 같았다. 마차에 탄 승객들은 마차 옆에 매달려 떨어지지 않으려고 가로대를 붙잡고 있었다. 그래도 그들의 마음은 평안했다. 이제 그들의 꿈이 실현되려고 하고 여행은 끝나는 참이었다. 화창했던 하루의 시간이 아직도 그 찬란한 빛을 아쉬워하며 머뭇거리고 있었다.

마차는 숲을 지나기도 했고 벌판을 가로지르기도 했다. 숲을 통과할 때면 마차 바퀴가 웅덩이에 빠지거나 숲의 넓은 터를 지나쳤다.

숲을 지나면서 수레바퀴가 나무 뿌리에 부딪칠 때마다 승객들은 덜컹거렸으며 얼굴을 찡그리며 서로 몸을 바짝 붙였다. 공간이 확 트인 곳으로 마차가 빠져 나오면 승객들은 편안한 자세로 앉아서 안도의 숨을 내쉬었다.

이 지방의 지형은 험난하고 산이 많았다. 항상 그렇듯이 산은 각기 다른 표정을 가지고 있었다. 산은 마치 거만한 태도를 보이듯 멀리서 우뚝 선 채로 말없이 여행자를 쳐다보았다. 붉은 빛이 들판을 지나 그들을 따라오며 위로와 희망을 주었다.

그들에게는 모든 것이 이상하고 놀라왔다. 그 중에서도 괴팍해 보이는 늙은 여자의 계속되는 잔소리가 더욱 기이하게 느껴졌다. 그녀의 말소리에는 고루한 러시아 어조와 타타르 말의 묘한, 지방 특유의 사투리가 그의 독특한 표현과 어울려 있었다.

망아지가 많이 뒤쳐지면 어미말은 걷기를 멈추고 기다렸다. 그러면 망아지는 가뿐히 뛰어와서 어미말 곁에 붙었다. 망아지는 긴 다리로 미련하게 마차 곁으로 걸어가 긴 목을 끌채 아래로 밀어 넣고 어미말의 젖을 빨았다.

「난 아무래도 이해가 되지 않아요.」

갑자기 덜컹거리며 마차가 흔들리자 혀끝을 깨물지 않으려고 주의하면서 안토니나 알렉산드로비치가 남편에게 느릿느릿 말했다.

「이 마부가 어머니가 우리에게 늘 이야기하시던 그 바크흐일까요? 아니 그럴 리가 없어요. 당신도 그 우스운 이야기 생각나죠? 대장장이가 싸움을 했는데 도중에 창자가 쏟아져 나와 제 손으로 새 창자를 한 벌 만들었다고요. 그 무쇠 창자를 가진 대장장이 바크흐 말이에요. 물론 모두 옛날 이야기일 뿐이지만요. 그 이야기의 주인공이 그 바크흐일까요?」

「아냐, 물론 아니고 말고. 그건 당신 말처럼 그저 전설일 뿐이야. 당신 어머니가 그 이야기를 들을 때도 이미 일백 년 전이라고 했잖아. 왜 그렇게 큰 소리치지? 저 영감이 들으면 불쾌하겠어.」

「저 사람은 듣지 못해요. 귀가 어둡단 말이에요. 아니 들려도 머리가 둔해서 알아듣지 못해요.」

「이놈, 표도르 네페도이치!」

그 말이 암말임을 모두가 아는데도 마부는 무슨 이유에서인지 아버지의 성을 딴 남자 이름을 부르면서 말에게 소리질렀다.

「왜 이렇게 덥담! 마치 페르시아의 아궁이 속에 들어긴 아브라함의 자손 같군. 이 망할 것아! 이 굼벵이야, 안 들리느냐?」

그는 옛날 크뤼게르 공장에서 지은 노래를 한 절 불렀다.

　　잘 있거라 사무실아,
　　잘 있거라 갱도와 광산아,
　　주인님의 빵도 이제 곰팡내가 나고, 물도 마시기에 진력났다.
　　배조가 헤엄을 치며
　　강언덕을 헤엄쳐 가는구나.
　　내가 비틀거리는 것은 술 때문이 아니라,
　　바냐가 군대에 가기 때문이란다.
　　그러나 나 마샤는 실수하지 않아,
　　나 마샤는 바보가 아니야.
　　나는 셀랴바로 가서,
　　센테튜리하에게 일을 하리라.

「이, 멍청한 짐승아! 여보시오, 이 게으름뱅이 말을 좀 보시오. 글쎄, 채찍을 휘두르면 바닥에 주저 앉습니다그려. 에잇, 어서 달리지 못해! 페쟈, 네페쟈, 이제 그만 가자, 어서. 저 숲은 가도가도 끝이 없는 타이가[密林]란다. 그 숲에는 수없이 많은 농민이 살고 있는데 〈숲속의 동무들〉도 있어요.」

그는 갑자기 몸을 돌려 안토니나 알렉산드로브나의 얼굴을 쳐다보았다.

「아가씨, 당신은 내가 당신을 알아채지 못했다고 생각하나요? 그럼 당신은 바보군요. 나는 다 알아요. 천지개벽이 있어도 내가 잘못 본 게 아닐 거요. 처음에는 내 눈을 의심했지만요. 당신은 그리고프를 쏙 닮았답니다. 당신은 그리고프의 손녀가 아닙니까? 나는 그리고프 댁의 일이라면 모르는 게 없어요. 난 그분을 위해 평생을 바쳤어요. 광산에서 나무를 캤고, 분쇄기에서도 일했고 마구간에서도 일했어요. 어서 가자! 왜 또 멈추는 거지. 다리라도 부러졌느냐 충국의 천사들아! 내 말이 안 들리느냐! 당신은 내가 그 대장장이 바크흐냐고 물었죠? 당신의 눈은 날카로와도 바보라고밖에 생각되지 않는 걸요. 당신이 말하는 그 바크흐는 이름이 포스타노고프였는데, 그는 벌써 50년 전에 죽었어요. 내 이름은 메호닌이에요. 이름은 같지만 성이 다르답니다.」

영감은 천천히 그들에게 미쿨리친 댁에 대해 말해 주었는데, 대개가 삼데뱌토프에게 들은 내용이었다. 그는 미쿨리친 부부를 미쿨리치와 미쿨리치나라고 불렀다. 그는 미쿨리치나를 관리인의 후처라고 했지만 첫번째 아내는 〈천사〉나 〈하얀 아기 천사〉라고 했다. 이야기가 빨치산 대장 리베리우스로 옮기자 그의 이름이 모스크바에는 알려지지 않았고 〈숲속의 동무들〉도 그곳에서는 생소한 것이라고 하자, 영감은 그 사실을 믿을 수 없다는 것 같았다.

「듣지 못했어요? 〈숲속의 동무들〉이야기도 듣지 못했단 말이에요? 저런, 모스크바 사람들은 귀가 모두 어디로 갔나?」

해가 지고 어둠이 깔리려고 했다. 승객 앞에 드리워진 그림자가 앞장 서서 달려갔다. 그들이 달려가는 길은 광활하고 나무가 없는 지역이었다. 여기저기에서 나무 키만큼 높이 내민 명아주, 꽃이 끝에 매달린 엉겅퀴와 분홍 바늘꽃이 을씨년스럽게 자라고 있었다. 언덕 꼭대기에서 널찍하게 늘어선 덤불의 마치 유령 같은 형태가 평원의 감시자처럼 보였다.

그들의 앞쪽 들판 끝에서 들판은 높은 언덕과 경계를 이루고 있었다. 언덕은 벽처럼 길을 가로막고 서 있었으며, 그 기슭에는 골짜기가 있을 성싶었다. 또 그곳에는 하늘이 성벽으로 둘러쳐 있고 길은 그 문으로 통할 것 같았다.

언덕 위에 길고 흰 단층집이 나타났다.

「저 언덕 위에 망루가 보이죠?」

바크흐가 말했다.

「저곡에 미쿨리치와 미쿨리치나가 산답니다. 그 밑의 협곡을 슈트마라고 하지요.」

언덕 꼭대기에서 총성이 두 번 울리고 그 뒤에 메아리가 쫓아왔다.

「저건 뭡니까? 혹시 우리에게 빨치산이 총을 쏘는 거 아닙니까?」

「아뇨, 빨치산이라뇨. 저건 슈트마에서 늑대에게 겁을 주려고 스테파노비치가 총을 쏘는 겁니다.」

9

미쿨리친과 지바고 일가의 첫 대면은 관리인 집 마당에서 이루어졌다. 그 첫번째의 대면은 침묵으로 시작되었지만 두서도 없는 무의미하고 시끄러운 말다툼이 되고 만 피곤한 장면이었다.

엘레나 프로클로브나는 숲에서 저녁 산책을 마치고 마당으로 들어서던 참이었다. 그녀의 황금빛 머리칼과 거의 같은 색깔의 저녁 햇빛이, 숲속의 나무에서 나무를 지나 그녀의 뒤를 쫓고 있었다. 그녀는 가벼운 옷차림이었다. 그녀는 상기된 얼굴을 손수건으로 닦았다. 목이 드러난 부분에는 밀짚 모자가 고무줄에 매달려 등뒤에서 흔들렸다. 남편은 아내를 맞으려고 막 골짜기에서 돌아오던 참이었는데, 그의 손에는 고장이 나서 소제를 하려고 한 소총을 들고 있었다.

이 평화로운 마당에 바크흐가 갑자기 수레바퀴를 요란히 굴리면서 손님을 태우고 나타난 것이다.

방금 마차에서 일행과 함께 내린 알렉산드로 알렉산드로비치가 모자를 벗었다 썼다 몸둘 바를 몰라하며 설명을 했다.

주인 부부는 갑작스런 그들의 등장에 놀라 말을 하지 못했고, 초라한 손님도 창피하여 얼굴이 달아올랐고 초조한 기색이 역력했다. 주인 부부와 지바고 일가는 물론 바크흐나 뉴샤, 사셴카도 그 상황은 설명하지 않아도 사태는 명확했다. 이 난처하고 거북한 공기는 어미말과 망아지에게도, 지는 해와 황금빛 광선도, 엘레나 프로클로브나의 둘레를 돌고 있는 모기에게까지 전달되었다.

마침내 미쿨리친이 먼저 입을 열었다.

「정말 알 수 없군요. 난 도무지 이해가 가지 않아요. 앞으로도 영원히 이해하지 못할 거예요. 여기가 어디죠? 왜 당신들은 남부에는 빵이 풍부한데 하필이면 이곳에 온 거죠? 이곳을 택한 이유가 뭡니까?」

「이것이 아베르키 스테파노비치에게 얼마나 부담이 되는지 생각이나 해 보았나요?」

「레노치카, 당신은 참견하지 마. 네, 그렇습니다. 아내 말이 맞습니다. 당신들이 나에게 어떤 부담이 되는지 생각이라도 해보신 적이 있읍니까?」

「아닙니다, 그건 당신의 오해입니다. 우리는 당신을 방해하고 짐이 될 생각은 추호도 없읍니다. 우리가 바라는 것은 아주 작은 것에 지나지 않아요. 낡고 허물어져 가는 집의 한 구석과 우리가 채소를 가꿀 수 있는 작은 땅 한 뙈기만 있으면 충분합니다. 그리고 누구도 보지 않게 숲에서 장작 한 수레만 가져 올 수 있으면 됩니다. 그게 그렇게 부당한 부탁일까요. 이 부탁이 그렇게 어렵단 말입니까?」

「그렇긴 하지만 이 세상은 넓습니다. 그런데 왜 우리가 이 일에 얽혀야 하는 거죠? 다른 사람이 아닌 우리가 그 일을 주선해야 하는 이유가 뭔가요?」

「그건 다름이 아니라 우리가 당신을 이야기를 통해 알고 있고 당신도 우리를 이야기를 통해서이긴 하지만 알고 있기 때문이죠.」

「아, 그럼 크뤼게르 때문이군요. 당신들이 그분의 친척이기 때문이군요. 그런데 이런 세상에 어떻게 그런 이야기를 할 두둑한 배짱이 생겼죠?」

아베르키 스테파노비치는 이목구비가 반듯한 사람으로 습관인지 자꾸 손으로 머리를 넘겼고 발을 넓게 벌리고 왔다갔다하며 굳건히 땅에 버티고 서있었다. 그는 여름에는 비단 술이 달린, 끈으로 꼰 루바시카를 입고 있었다. 그는 옛날에 태어났으면 볼가 강에서 해적 노릇을 했을 것 같은 인물이었다. 그 후에는 이런 부류의 사람들은 근래에는 만년 대학생이나 몽상가 교사 유형을 창조했다.

아베르키 스테파노비치는 자기의 젊은 시절을 해방 운동과 혁명에 바쳤다. 그는 늘 자기가 혁명 때까지 살지 못하면 어쩌나, 아니 혁명이 일어나더라도 그것이 너무 온건해서 자기의 과격한 피 비린내 나는 몽상을 충족시키지 못하면 어쩌나 하는 것이 늘 걱정거리였다. 그런데 막상 혁명이 일어나자 그의 대담한 예상을 뒤엎는 사태로 발전하고 말았다. 그는 원래 노동자들을 사랑했고 〈스뱌토고르 보가트이리〉에 처음으로 공장 위원회를 세운 사람 중 한 명이고, 최초로 노동자 관리를 도입한 사람의 하나였던 그가 아무 소득도 없이 혼자 국외자가 되어 오늘 날에는 이런 외딴 마을에서, 한때는 멘셰비키를 지지하고 이곳에 모여 왔던 노동자들에게도 버림을 받고 살고 있는 것이다. 그런데 이제는 불청객인 크뤼게르 씨의 후손까지 등장하여 그의 운명을 비난하는 듯했다. 그는 이 일이 마치 희롱을 당하는 것 같아 몹시 불쾌했다.

「그것 참 묘한 말씀을 하시는군요. 그건 말도 안 되는 소립니다. 당신들의 등장이 나를 어떤 위험으로 몰고 있는지 당신들은 알고 계신가요. 나는 도무지 정신을 차릴 수 없군요. 뭐가 뭔지 모르겠어요.」

「당신들이 아니어도 우리는 지금 불 위에 앉아 있는 것과 다름이 없다는 사실을 혹시 알고 계십니까?」

「레노치카, 그만 해요. 아내의 말대로입니다. 지금 제 사정도 형편없읍니다. 나는 지금 개 같은 생활을 하고 있어요. 난 양쪽에서 당하고 있어요. 내 아들은 적군 편이고 볼셰비키이고 민중이 좋아하는 사람이기 때문에, 또 내가 제헌 회의에 선출되었기에 그걸 따지려 들기도 하지요. 나를 양쪽에서 누구도 반가와하거나 편들어 주지 않아요. 누구에게 의지할 수도 없고요. 그런데 이제는 설상가상으로 당신네들까지 이렇게 나타났으니, 당신들로 인해 총살이나 당해 버리면 오히려 좋겠읍니다.」

「아니, 무슨 말씀을 그리 심하게 하시죠? 제정신으로 그런 말을 하는 겁니까?」

얼마 후 미쿨리친도 진정하고 다시 입을 열었다.

「우리가 이렇게 마당에서 흥분하고 떠들어야 별 좋은 방법은 없읍니다. 안으로 들어가서 이야기합시다. 물론 좋은 일이 있을 리 없지만요. 우리는 터키 병사나 이교도가 아니고, 당신들을 숲으로 쫓아 버릴 수도 없죠. 레노치카, 이분들을 서재 옆 온실에서 지내도록 하는 게 좋겠군. 우선 그리로 모시고 어디에 자리를 잡을지 결정해야겠어. 대정원 어딘가에 자리를 잡으면 될 거야. 바크흐, 이분들의 짐을 안으로 들여 놓게, 어서!」

바크흐는 짐을 옮기면서 잔뜩 불평을 쏟아 놓았다.

「아휴 이건 또 뭔가! 순례자들보다 나을 게 없군. 트렁크 하나 없이 작은 보따리뿐이네.」

10

어두워지자 날씨가 갑자기 추워졌다. 지바고 일가는 세수를 했고, 여자들은 방에다 잠자리를 준비했다. 사센카는 자기가 어린 아이 같은 말투를 하면 어른들이 크게 기뻐하는 것을 알고, 가족들의 환심을 사려고 책임감을 느끼며 돌아가지 않는 혀를 자꾸 굴려 보았으나 오늘은 왠지 누구도 아는 체하지 않아 기분이 언짢았다. 그는 까만 망아지를 집 안으로 들여 놓지 않는다고 불평하고 응석을 부렸으나, 오히려 조용하라는 꾸지람을 듣고 울음을 터뜨렸다. 그는 자기가 나쁜 아이라서 부모가 자기를 사 온 가게로 다시 돌려 보내는 것은 아닐까 생각하고 더 두려웠던 것이다. 그는 정말 두려워서 큰소리로 두려움을 호소하고 고집을 부렸지만, 귀엽게 봐 주던 고집도 다른 때처럼 효과를 거두지 못했다. 그는 낯선 집이라 두려운 데다가 또 어른들은 저마다 각기 자기가 맡은 일에 열중하기 때문에 평상시보다 더 서두르는 듯했다. 사센카는 기분이 나빠서 투정을 부렸고, 그는 식구들에게 불만을 털어 놓다가는 그만 잠이 들고 말았다. 사센카가 잠이 들자 미쿨리친 씨네 하녀 우스티나가 뉴샤를 자기 방으로 데리고 가서 저녁을 함께 먹으며 집안의 은밀하고 비밀스러운 얘기를 해주었다. 안토니나 알렉산드로브나와 남자들은 미쿨리친 부부로부터 저녁에 차를 대접받았다.

알렉산드르 알렉산드로비치와 유리 안드레예비치는 먼저 베란다로 나가서 바깥 공기를 쏘였다.

「별도 많구나.」

정말 어두운 밤이었다. 두 사람은 몇 발자국 떨어져 있지도 않았는데 서로의 모습을 볼 수 없었다. 뒤의 창문으로부터 불빛이 새어 나와 골짜기를 비추었다. 그 희미한 불빛 속에서 덤불과 나무, 그 외에도 뚜렷하지 않은 형상이 찬 이슬 속에서 몽롱히 어른거렸다. 그러나 두 사람이 있는 곳에는 불빛이 비치지 않아 어둠만 더 짙게 했다.

「내일 아침에는 별채를 둘러보아야겠어. 아무래도 그곳을 우리에게 내줄 것 같아. 만일 쓸 수 있을 만하면 하루빨리 수리를 해야지. 그 수리가 끝날 무렵에는 날씨가 풀려 땅이 녹을 거야. 그러면 밭을 갈고 파종을 해야지. 아까 우리에게 씨감자를 주겠다고 아마 말했지?」

「네, 그랬읍니다. 다른 씨앗도 주겠다고 했어요. 저도 들었읍니다. 그리고 우리에게 빌려 주겠다는 별채도 대정원을 건너오다 본 곳입니다. 큰 집 뒤에 있는 별채인데, 엉겅퀴로 덮여 있더군요. 본채는 석조지만 그 별채는 목조였읍니다. 제가 마차 속에서 가리켜 드렸죠. 기억나세요? 저는 그곳을 밭으로 일굴 생각이에요. 한때 꽃밭 자리였을 거예요. 저는 멀리서지만 그렇게 보였는데 어쩌면 잘못 보았는지도 모르죠. 묵은 꽃밭의 흙은 비옥할 거예요. 밑거름이 잘 되었을 테니까요.」

「난 잘 모르겠네. 내일 한 바퀴 돌아보기로 하세. 아마 지금은 잡초가 무성하고 땅은 단단할지도 모르지. 저택에는 분명 어딘가 채소밭이 있었을 거야. 그곳에 밭을 일구면 될 거네. 그건 내일 알아보도록 하고. 아침에는 아직 추워서 서리가 있을 거야. 목적지까지 무사히 도착하게 되어 정말 다행이야. 이 고장도 정말 좋은 고장이야. 내 마음에도 들어.」

「좋은 사람 같아요. 남자가 더 좋아 뵈더군요. 여자는 좀 거만스러운 것 같지만요. 그 여자는 어딘가 자기 자신이 불만스러운가 봐요. 그러니까 하루 종일 입을 다물 줄 모르죠. 마치 나쁜 인상을 받기 전에 다른 사람들이 자기 얼굴에서 시선을 다른 곳으로 옮기도록 서두르는 듯이 보이더군요. 그리고 모자를 벗지 않고 목에 걸고 다니는 것도 잊어버려서가 아니고 자기에게 잘 어울리기 때문에 걸고 다니는 거죠.」

「어서 더 이상 기다리기 전에 어서 가자.」

램프가 매달린 둥근 식탁에 둘러 앉아 주인 내외와 안토니나 알렉산드로브나가 있는 식당으로 가다가, 그들은 관리인의 컴컴한 서재를 거쳐서 지나가게 되었다.

벽에는 골짜기를 굽어보는 커다란 창문이 나 있었다. 날이 어둡기 전 유리 안드레예비치는 그곳에서 내다보이는 계곡과 바크흐가 자기네를 싣고 왔던 들판의 풍경에 시선이 끌렸었다. 창문 옆에는 역시 벽만큼이나 넓은 제도대가 놓여 있었다. 그 곁에는 엽총이 길게 누워 있었는데, 양쪽에 충분한 공간이 있기 때문에 더욱 테이블이 넓게 보였다.

서재를 지나가면시 유리 인드레예비치는 부러워히는 시선으로 전망이 좋은 창문과, 책상의 크기와 유리, 잘 장식된 넓은 방을 바라보았다. 그는 식당에 들어서자 바로 그 이야기를 꺼냈다.

「여기는 정말 멋진 곳입니다. 그리고 당신 서재는 더할 나위 없이 훌륭해요. 일을 하도록 부추기는 서재라는 기분이 들어요. 훌륭한 곳입니다.」

「술을 드실래요, 차를 드실래요? 독한 것과 연한 것 중 어느 쪽이시죠?」

「유로츠카, 이것 좀 보세요. 아베르키 스테파노비치의 아드님이 어릴 때 만든 청진기래요.」

「그 애는 아직 장성하지 않았어요. 비록 지금 소비에트 정권을 위해서 콤우치로부터 여러 지역을 점령했지만 아직도 정신을 못 차리고 정착조차 하지 못했는 걸요.」

「지금 뭐라고 하셨죠?」

「네, 콤우치라고 했읍니다.」

「그게 뭐죠?」

「콤우치는 시베리아 정부의 군대인데 제헌 회의의 부활을 위해 싸우고 있답니다.」

「우리는 온종일 아드님 칭찬을 들었읍니다. 아드님이 무척 자랑스러우시겠읍니다.」

「이 우랄의 풍경도 아드님이 직접 만든 사진기로 찍은 거래요.」

「이 과자, 사카린을 넣으셨나요? 아주 맛있군요.」

「사카린이라뇨? 이런 곳에 사카린이 어디 있겠어요. 그건 순설탕을 넣고 구운 거죠. 차에 설탕을 넣어 드렸는데 모르셨어요?」

「아, 그랬군요. 사진을 보고 있었거든요. 이건 진짜 차죠?」

「네, 자스민예요.」

「이 귀한 걸 어디서 구하셨어요?」

「마술사 같으신 분이 있어요. 우리 친구죠. 열렬한 좌익이지요. 현 경제 의회의 정식 대표랍니다. 그는 우리 목재를 시내로 가져가고 친구를 통해 밀가루와 버터를 보내 주지요. 시베르카, 설탕 그릇 좀 이리 주세요. 그런데 당신은 그리보예도프가 언제 죽었는지 아십니까?」

「글쎄, 1795년에 출생한 것 같은데 언제 살해당했는지는 모르겠군요.」

「차 좀더 드시겠어요?」

「아뇨, 됐어요.」

「그럼 어디 한 가지 더 맞춰 보실래요. 님베겐 강화 조약은 언제 맺어졌고, 조약 국가는 어느 나라들이죠?」

「여보, 손님을 괴롭히지 말아요. 여행하시느라고 피곤하실 텐데.」

「아뇨, 제가 정말 알고 싶은 건요 렌즈의 종류와 실상, 도립상, 허상, 직립상이 되는 것은 어떤 경우인가 입니다.」

「어떻게 그 많은 물리학을 배우셨죠?」

「유리아틴에 훌륭한 수학 선생님이 계셨지요. 남자 중학교와 우리 학교에서 가르쳤어요. 정말 잘 가르쳤죠. 기막힌 분이었어요. 어느 것이나 머리에 쏙쏙 들어오게 설명해 주었어요. 그분은 안티포프라는 분이었는데, 이곳 여선생님과 결혼하셨어요. 여학생들은 그 선생님 때문에 모두 정신이 나갈 정도였답니다. 홀딱 반했지요. 안티포프 선생님은 지원해서 전선으로 나간 후 돌아오시지 않았어요. 어떤 사람들은 보복의 신인 정치 위원인 스트렐리니코프가 무덤에서 살아난 안티포프 선생님이라고 하더군요. 그러나 그건 헛소문일 뿐이에요. 하지만 그것도 모를 일이죠. 무슨 일이 일어나는지 알 수 없으니까요. 한 잔 더 드실래요?」

제 9 장   바르키노

1

겨울철이 되어 시간이 많아지자, 유리 안드레예비치는 일기를 쓰기 시작했다. 그는 이런 글을 썼다.

지난 여름, 나는 자주 티우체프(러시아의 서정시인)와 이야기하고 싶었다.

아름다운 여름이여, 멋진 여름이여!
정녕 마술사 같구나,
그런데 이유도 없이
어찌 그 일이 일어났는지 묻고 싶구나!

가족을 위해서 새벽부터 해질 무렵까지 일하고, 지붕을 이고, 그들을 먹이려고 땅을 갈고, 로빈슨 크루소처럼 우주의 조물주를 흉내내고, 어머니가 그랬던 것처럼 자신에게 새로운 삶을 창조하며 산다는 것이 얼마나 행복한 생활인가! 나의 두 손이 육체적인 일로 바쁠 때, 육체의 노력으로 일을 성취하며, 기쁨과 성공으로 성취 가능한 임무를 자신에게 부여할 때나, 은총 입은 숨결로 살을 타게 하는 화창한 태양 아래서 여섯 시간 이상을 도끼로 나무를 찍거나 땅을 일굴 때면 머리 속에는 수많은 상념이 스쳐 지나간다. 이렇게 스쳐 가는 잡념이나 생각을 글로 적지않고 망각해 버리는 것은 손실이 아니라 소득이다. 약한 신경과 상상력을 진한 블랙 커피와 담배로 자극하는 도회지의 은둔자는 가장 강한 약인 건강과 참된 진정제를 알지 못한다.
나는 더 이상 톨스토이적 검소함과 대지로의 복귀를 설교하지 않을 것이며,

사회주의 농업의 문제점에 대한 해결책을 물색하려 애쓰지 않을 것이다. 나는 다만 사실을 명확히 밝히려는 의도일 뿐이다. 나는 우리 자신의 우연한 경험을 기초로 삼아 체계를 수립하려는 것이 아니다. 우리의 실례를 논박할 수는 있지만 그렇다고 결론을 낸다는 것도 적당치않다. 우리 경제에는 너무 이질적인 요소가 많다. 우리가 땀을 흘려 얻은 채소와 감자는 우리가 필요로 하는 양의 일부에 지나지 않아, 우리는 부족량을 다른 곳에서 구한다.

우리가 토지를 사용하는 것은 불법이다. 우리 법을 지키지 않고, 정부의 조사가 있으면 그런 행위를 숨긴다. 우리의 도벌 행위는 훔치는 것이며, 지난날에는 크뤼게르의 개인 재산이었으나 지금은 국고에 속한 것을 도둑질하는 것이므로 변명할 여지가 없는 것이다. 우리와 비슷한 방법으로 생활하는 미쿨리친의 아량으로 우리는 이런 생활을 할 수 있는 것이다. 다행스럽게도 우리는 도시에서 멀리 떨어져 있으므로 우리들의 불법적인 행동을 들키지 않고 안전히 지낼 수 있는 것이다.

나는 의료 행위를 하지 않는다. 내 자유를 제약받기 싫어서 의사라는 사실을 밝히지 않았다. 그러나 바르키노에 의사가 산다는 소문을 들은 사람이 더러 있어서, 그들은 암탉, 버터, 계란 치즈 따위를 가지고 이십 마일이나 걸어와 진찰을 원했다. 나는 그들이 가져온 물건을 받으려 하지 않았지만 그들은 무료로 진찰을 받으면 치료의 효과가 없다고 생각하므로 할 수 없이 그 물건을 받아야만 했다. 그런 의료 행위로 약간의 수입이 있는 편이나 그러나 우리 일가와 미쿨리친의 후원자는 다름아닌 삼데뱌토프이다.

그는 너무 모순된 면이 많기 때문에 종잡을 수 없는 인물이다. 그는 혁명을 순수하게 지원한 사람이며, 유리아틴 소비에트의 신임을 받을 자격도 충분했다. 그는 미쿨리친과 나에게 아무 말도 하지 않고도 바르키노의 목재를 징발해서 수송해 갈 세력이 있는 인물이다. 그가 그렇게 한다 해도 우리는 앉아서 당할 수밖에 없다. 그가 마음만 먹는다면 자신의 배를 가득 채울 만큼 국고를 빼돌릴 수도 있다. 그래도 누구 한 명 그 사실을 발설하지 않을 것이다. 그는 누구와 나누어 가지거나 누구를 매수하지 않아도 된다. 그런데 왜 그는 모든 사람을 걱정하는 것일까? 토르퍄나야 역의 역장이나 그 마을 사람 모두를 도와 주고 미쿨리친 부부를 도와 주는 이유가 무엇일까? 그는 언제나 사방을 돌아다니며 무엇인가를 구해다 주며 우리를 도와 준다. 그는 도스토예프스키의 《악령》이나 공산당 선언을 비평하기도 한다. 나는 그가 이런 복잡한 생활을 하지 않는다면 그는 이 세상이 권태로와서 견디지 못할 것이라고 느꼈다.

2

얼마 후 그는 또 다음과 같이 썼다.

우리는 안나 이바노브나가 어린 시절 크뤼게르가 재봉사나 가정부나 은퇴한 유모같이 특별한 하인이 살도록 한 낡은 저택 뒤켠에 있는 목조 건물인 별채의 방 두 간에서 살고 있다.

그 뒤쪽은 우리가 이곳에 도착했을 때에는 상당히 황폐했었지만, 우리는 재빨리 수리를 했다. 기술자의 도움으로 우리는 두 방을 통하는 페치카를 새로 놓고 굴뚝을 손질하여 따뜻한 겨울을 지내도록 만들었다.

그곳에는 잡초가 무성해서 옛날의 정원 모습은 어디에서도 찾아볼 수 없었다. 그러나 지금은 삼라만상이 모두 죽은 겨울이고, 지난 날의 모습은 눈으로 완전히 덮여 있기 때문에 과거의 형상이 더욱 선명해 보였다.

우리는 그래도 운이 좋았다. 가을은 따뜻하고 건조해서 혹한과 비가 내리기 전에 감자를 캘 수 있었다. 미쿨리친에게 빌린 것을 빼놓고도 감자 스무 자루를 캐서 커다란 움막에 넣고 건초와 헌 담요로 덮어 놓았다. 그 움막에는 토냐가 만든 양배추 절인 것과 소금에 절인 오이가 두 통 있었다. 싱싱한 배추를 두 통씩 묶어서 대들보에 매달아 놓았고, 모래 속에다는 홍당무를, 무우와 사탕무우와 열무도 꽤 많이 저장했다. 헛간에는 봄까지 땔 장작이 가득 쌓여 있었다.

나는 금방 꺼질 듯 깜박거리는 램프를 손에 들고, 겨울 새벽이 오기 전인 이른 시간에, 움막의 문을 들어올리면 코에 닿는 근채류와 흙과 눈의 냄새를, 움막의 따뜻하고 건조한 겨울 냄새를 사랑한다.

밖으로 나와도 아직 날은 밝지 않았다. 문이 바람에 삐걱거리거나 재채기를 하거나 발로 눈을 밟아 뽀드득 소리가 나면 멀리 있는 배추밭에서 놀란 토끼가 이리 뛰고 저리 뛰며 발자국을 눈 위로 찍고 도망친다. 그러면 주위의 개들이 한동안 시끄럽게 마구 짖어댔다. 수탉이 한 차례 홰를 치더니 더이상 울지 않는다. 이윽고 동이 터왔다.

눈 덮인 들판에는 토끼 발자국 외에도 줄에 꿴 구슬같이 이어지는 스라소니들의 발자국이 가로질러 있었다. 스라소니는 고양이처럼 조심스럽게 한 발한 발을 앞으로 디디며 몇 마일씩 돌아다닌다고 한다. 스라소니를 잡으려고 함정을 파놓거나 덫을 놓지만 덫에는 스라소니가 걸리지 않고 애꿎은 토끼가 걸려, 눈에 반쯤 파묻혀 얼어 죽은 것을 파내야만 한다.

처음 봄과 여름에 무척 고생이 심했다. 우리는 모두 힘 자라는 데까지 열심히 일했었다. 그러나 이제는 그때 땀흘려 일한 덕택에 겨울밤의 훈훈한 휴식을 취하고 있다. 석유를 대주는 삼데뱌토프 덕분에 우리는 밝은 등잔불 옆에 둘러앉을 수 있다. 여자들은 바느질이나 뜨개질을 하고, 나와 알렉산드르 알렉산드로비치는 큰 소리로 책을 읽는다. 페치카는 뜨겁게 달아오르고 나는 화부가 되어 열기의 손실을 막으려고, 제때에 화덕을 닫으려고 페치카에서 눈을 떼지 않는다. 숯덩이 때문에 장작에 불이 붙지 않으면 나는 숯덩이를 꺼내 밖으로 나가 눈 속에 던진다. 그것은 공중으로 날면서 불똥을 튀기며 고요한 정원의 눈 덮인 사각형 잔디밭을 횃불처럼 밝히며 허공을 날아 눈 속에 떨어져서 치직거리며 파묻힌다.

우리는 《전쟁과 평화》, 《예브게니 오네긴》과 푸시킨의 모든 시와, 러시아어로 번역된 스탕달의 《적과 흑》, 디킨즈의 《두 도시의 이야기》, 크라이스트의 단편을 계속 반복해서 읽었다.

3

봄이 다가오자, 의사는 이런 글을 적었다.

토냐가 임신한 것 같다. 그녀에게 임신했다는 말을 했더니 아내는 내 말을 믿지 않았다. 그러나 나는 확신한다. 초기 증상이 틀림없기 때문에 확실한 증상이 나타날 때까지 기다릴 필요는 없다.

여인의 안색은 즉시 변화를 일으킨다. 그 말은 매력을 잃는다는 것이 아니다. 그녀를 관찰해 보면, 이전의 밝은 용모를 찾아볼 수 없다. 그녀는 이미 홀몸이 아니므로 뱃속에 있는 미래의 지배를 받고 있다. 그녀는 얼굴이 창백해지고 피부가 거칠어지며, 눈빛이 달라지는 변화를 가져와, 자기 몸에 전혀 신경을 쓰지 않는 듯했다.

토냐와 나는 서로 멀어졌던 적은 없었지만, 힘에 겨운 이 한 해가 우리를 더욱 가깝게 만들어 주었다. 나는 아내 토냐가 얼마나 유능하고 강하며 정력적인지, 또 일을 선별하는 데 있어서 시간을 절약하고 얼마나 현명하게 일할 계획을 세우는지를 깨달았다.

모든 잉태는 완전무결하며, 성모에 관계되는 이 교리는 산모에 대한 일반적인 개념을 표현하는 언어라고 나는 항상 믿어 왔다.

해산할 즈음이면 모든 여인이 버림받은 것 같은, 이 세상에 홀로인 것 같은 막연한 감정에 빠진다. 이런 순간 남자의 존재는 완전히 무용지물이 되어, 모든 것이 하늘에서 떨어져 내려왔으며 전혀 관계가 없는 듯 어울리지를 못한다.

여인은 혼자 출산을 하며, 조용하고 안전하게 요람을 둘 수 있는 존재의 뒤편으로 숨는다. 여인은 홀로 겸허한 자세로 아이를 먹이고 키운다.

성모는 『성자와 성신에 열심히 기도하라』는 요청을 받는다. 그녀의 입에서는 찬송이 흘러나온다. 『내 구세주 하느님을 생각하는 기쁨에 이 마음 설레입니다. 주께서 여종의 비천한 신세를 돌보셨읍니다. 이제부터는 온 백성이 나를 복되다 하리니』 성모는 자기 사식 때문에 이러한 말을 할 것이고 또한 『전능하신 분께서 나에게 큰 일을 해주신 덕분입니다.』 주님은 성모를 찬미한 것이고, 주님은 성모의 영광이었다. 어느 여인이 그런 말을 할 수 있단 말인가? 그것은 하느님이 그녀의 아이 속에 있기 때문이다. 위인의 어머니는 분명히 이러한 감정을 경험했을 것이다. 그러나 어머니들은 모두 위인의 어머니들이며 생활이 나중에 그들을 실망시키더라도 그것은 그들 어머니들의 잘못이 아니다.

4

우리는 《예브게니 오네긴》과 서사시를 수없이 되풀이해서 읽었다. 삼데뱌토프가 어제 선물을 가지고 찾아왔다. 덕분에 등불을 밝힐 수도 있었고, 맛있는 음식도 먹을 수 있었다. 우리는 예술에 대해 끝없는 토론을 벌였다.

나는 예술은 수없이 많은 개념과 파생적인 현상을 포괄하는 영역이 아니요 하나의 범주도 아니며, 반대로 집중적이고 제한적인 그 무엇이라는 생각을 항상 해 왔다. 그것은 예술 작품 구성 속에 내재하는 원칙의 표지이고, 거기에 적용되는 힘이고, 거기서 얻는 진리이다. 그리고 나는 예술을 형식으로 보지 않았으며 또한 그 대상이라고도 생각하지 않았으며, 오히려 내용이 숨겨진 은밀한 것이라고 생각했다. 그것은 너무나 명확한 사실로, 나는 그것을 절실히 느끼고 있지만, 그 개념을 어떤 방법으로 표현하고 정의해야 할지 확신이 서지 않는다.

작품은 그 주제와 내용, 상황 설정, 주인공의 성격 등에 의해서 말해지고 있다. 그러나 그중 가장 중요한 것은 내재하는 예술성으로써 우리에게 감동을 주는 것이다.

원시 예술과 이집트와 그리스, 그리고 우리 예술은 틀림없이 수천 년 동안 전래되어 온 유일 무이한 예술이다. 그것은 하나하나의 낱말로 나눌 수 없을 정도로 포괄적인 생활에 대한 사상이기도 하고 그 진술이기도 하다. 그런 예술 요소가 다른 요소와 함께 작품 구성에 삽입된다면, 다른 모든 요소를 능가하며 그 작품의 정신과 영혼이 된다.

5

오한이 나고, 기침이 나고, 열도 약간 나는 듯하다. 목이 부어 하루 종일 숨을 쉬기가 힘들다. 몸이 불편하다. 심장 때문이다. 평생 동안 심장병 때문에 고생하신 어머니에게 물려받은 첫 증상이다. 그것이 정말일까? 그러면 나의 생명도 그리 길지 않겠구나.

방안에서 다리미질을 하기 때문에 숯 냄새가 약간 난다. 토냐가 페치카에서 빨간 숯을 꺼내 줄곧 다리미에 담는다. 다리미 뚜껑을 닫으면 아래 위 이가 맞물리듯 딱 소리를 내며 닫힌다. 그 소리는 무엇인가를 연상시키는데, 정확히 기억이 나지 않는다. 아마도 몸이 불편해서인 것 같다.

삼데뱌토프가 비누를 가져왔으므로 이틀 동안 빨래를 했다. 사셴카는 내가 글을 쓰는 동안에는 책상 밑에 들어가서 발걸이에 걸터앉아, 우리 집에 찾아올 때마다 자기를 썰매에 태워 주는 삼데뱌토프의 흉내를 내서, 나를 마차에 태워 주는 시늉을 하곤 했다.

건강해지면 당장 시내 도서관에 가서, 이 고장의 역사와 민속학에 관한 책을 모두 읽어야겠다. 이곳의 도서관은 방대한 도서를 기증받았기 때문에 놀랄 만큼 훌륭하다고 한다. 나는 글을 쓰고 싶다. 시간적인 여유가 많지 않으니 서둘러야 한다. 멀지않아 봄이 올 것이고, 그러면 글을 쓸 수도 책을 읽을 수도 없다.

두통이 더욱 심해진다. 잠도 편안히 잘 수 없다. 잠이 깨면 간 밤에 꾼 꿈은 거짓말같이 모두 잊어버려 기억이 나지 않는다. 오로지 깨기 직전의 혼미함만 남을 뿐이다. 꿈 속에서 허공을 울리며 들리던 여자 목소리가 나를 깨웠나 보다. 꿈을 기억하려고 하면 그 소리가 잊히지 않고 떠올랐기 때문에 허스키한 목소리로 나지막이 말한 사람을 찾으려고 내가 알고 있는 여자를 하나하나 기억해 보았다. 그러나 그 목소리의 주인공은 알 수가 없었다. 나는 어쩌면 그 목소리는 토냐의 것인데 내가 그녀와 항상 가까이 있기 때문에 익숙해져서 잘 알아듣지 못하는 것이 아닌가 생각했다. 나는 그녀가 아내라는 사실을 잠시 망각한 채, 사실을 깨달을 수 있을 정도로 그녀의 이미지에 거리를 두려고 했다. 그러나 토냐의 목소리도 분명히 아니었다. 그래서 그 목소리는 아직도 신비하게 남아 있다.

사람들은 일반적으로 꿈은, 낮에 일어난 일 중에서 특별히 강한 기억이 남았던 것에 대해 꿈을 꾸는 것이라고 생각하지만 나는 그렇게 생각하지 않고 있다.

낮에는 전혀 생각조차 하지 않았던 사소한 일이나, 무심코 지나쳐 버린 것이나, 깊이 생각하거나, 세심히 관찰하지 않은 그런 언어가 밤이 되면 피와 살로 치장을 하고, 낮 동안에 무시당했던 것을 보상받을 듯이 뚜렷하지 않은 꿈으로 나타나는 것이다.

6

청명하고 차가운 밤이다. 보기 드문 밝은 날씨로 삼라만상이 한눈에 보이는 듯하다. 대지와 허공과 달과 별이 모두 서리로 못을 박아 조여 놓은 듯 되어 있다. 공원의 길에는 모습을 완전히 나타낸 가로수의 그림자가 여기저기 드리워져, 마치 무슨 그림자가 그치지 않고 계속 길을 건너는 듯이 보인다. 작은 별은 여름 들녘의 들국화같이 밤하늘을 장식하고 있다.

우리는 밤을 새우며 푸시킨을 논한다. 어느 날 밤 우리는 푸시킨이 학생 시절 초기에 쓴 시에 대해 토론을 벌였다. 그는 시를 지을 때 운율의 선택에 상당히 신경을 많이 썼다.

그는 행이 긴 시를 쓸 때는 〈아르자마스〉와 같았다. 그는 어른들에게 뒤지는 것이 싫어서 신화와 과장된 이야기와 꾸며낸 음담 패설과 쾌락주의와 조숙한 엉터리 상식으로 삼촌을 감동시키려고 했다.

그러나 그는 젊은 시절에는 《오시안과 파르니의 모방》, 《차르스코예셀로의 회상》에서부터 《작은 읍내》와 《누이에게 부치는 편지》 등의 짧은 시행이나 그 후의 카시노프 시절에 쓴 《나의 잉크병》, 《유진에게 보내는 편지》에서의 리듬으로 바뀌어 이 소련 속의 앞날을 바라보는 푸시킨의 모든 것이 깨어 나타나기 시작했다.

열린 창문을 통해 방 안으로 들어오듯, 길거리에서부터 빛과 대기와 생활의 소음과 물건과 사물의 본질이 그의 시 속에 내재해 있었다. 외부 세계와 일상 생활의 진부한 주제와 명사들의 지나친 나열은 애매 모호한 언어를 배제한 시귀를 정립시켰다. 더욱 더 많은 주제가 이식된 운율대로 시 속에 정렬되었다.

그 후 널리 유명해진 푸시킨의 4보격이 러시아를 대표하는 척도인 듯 싶었고, 장갑이나 구두를 고를 때 적합한 크기를 재거나 형태를 그리듯, 러시아에 존재하는 모든 것을 측정하는 기준이 되었다.

이렇게 해서 나중에 러시아의 구어체 리듬과 노래 가락을 길이 단위로 표현한 것은 네크라소프의 세 박자의 리듬, 강약약조를 나타냈다.

7

나는 농부의 일이나 의료 사업을 하면서 늘 후세에 떳떳이 남길 수 있는 기본방침을 생각하고, 훌륭한 과학 논문이나 예술을 써두겠다.

모든 인간은, 세상의 모든 이치를 깨닫고 경험하고 표현할 수 있도록 파우스트로 태어난다. 파우스트는 선조와 동시대인들이 실수를 범했기 때문에 과학자가 되었다. 과학은 반발의 법칙에 의해 보편적 오류와 그릇된 이론의 반박에 의해 발전한다. 파우스트는 스승의 고무적인 영향을 받아 예술가가 될 수 있었다. 예술의 진보는 매력의 법칙에 지배를 받고, 애정을 갖게 된 전례를 모방하고 찬양하는 것에서 성립된다.

내가 환자를 치료하거나 글을 쓰는 데 방해가 되는 것은 무엇인가? 나는 그 이유가 내가 지금 처한 가난이나 방황, 불안이나 부분적인 변화 탓이 아니고 미래의 동틀 무렵이니, 새로운 세계의 건설이며, 인류의 선구자라는 귀절처럼 어느 곳에서 만연된 우리 시대의 정신 때문인 듯하다. 사람들은 처음에 그런 소리를 들으면 상상력이 정말 풍부하다고 생각한다. 그러나 실제로는 상상력이 결여되고 남의 말을 인용한 것이기 때문에 그렇게 거창하게 들리는 것이다.

천재가 변형시킨 낯익은 것이 정말 위대하다. 이런 면에서 가장 훌륭한 표본이 되는 것은 푸시킨이다. 그의 시는 노동과 의무와 일상 생활에 대한 훌륭한 찬가이다. 오늘날 우리는 부르조아니 쁘띠 부르조아라는 명칭을 비냥거리는 투로 쓰고 있다. 푸시킨은 《족보》에서 예상되는 비난에 미리 선수를 쳐서 자기는 중산층이라고 당당히 말했고, 《오네긴의 여행기》에는 다음과 같은 글이 있다.

지금 나의 이상은 가장이며,
내 가장 큰 소망은 평온함,
그리고 큰 그릇의 야채국 한 사발.

러시아 문학의 모든 요소 중 내가 제일 좋아하는 것은 푸시킨과 체호프의 순박한 러시아적인 기적, 인류의 궁극적 목표니 자신의 구원이니 하는 거창한 것에 대한 겸손한 과묵이다. 고골리, 톨스토이, 도스토예프스키는 죽음을 준비했고, 쉬지 않고 그 의미를 추구하여 결론을 낼 수 있었다. 그리고 죽기 전까지 작가라는 것을 천직으로 받아들여 자신에게 부여된 과업에 몰두했고, 그 일을 다른 사람과는 전혀 관계가 없는 지극히 사적이고 평범한 것이라고 생각했으며 그 평범한 것은 그 후 모든 사람의 관심의 대상이 되었으며, 그것은 나무에서 딴 파란 사과가 저절로 익어 가듯이, 천천히 익어 더욱 의미를 더해 갔다.

8

봄의 첫 조짐인 해빙. 사육제 때처럼 대기에서는 핫 케이크와 보드카 냄새가 난다. 한낮 숲에서는 태양이 미끈미끈하고 졸린 듯한 눈을 껌벅거리며, 소나무도 졸린 바늘잎을 속눈썹처럼 껌벅이고, 웅덩이는 빛난다. 시골의 자연은 하품을 하고 기지개를 켜고 몸을 뒤척인 후 다시 잠에 빠져 버린다.

《예브게니 오네긴》 제7장에서는 봄과, 그가 부재 중 황폐해진 집과, 언덕 아래 개울 가에 있는 렌스키의 무덤이 묘사된다.

봄의 연인 꾀꼬리는,
밤새도록 지저귄다. 들장미가 핀다.

왜 연인이라고 했을까? 그 형용어는 대체로 자연스럽고 적절하다고 할 수 있다. 정말로 꾀꼬리는 연인이다. 그 말은 들장미와 운을 맞추는 데에도 필요했다. 그러나 러시아의 고대 설화에 등장하는 꾀꼬리란 별명의 산적의 이름에서 소리를 따온 것은 아니라고 생각한다.

고대 설화에 등장하는 오디크만티예프의 아들을 꾀꼬리라고 부른다. 그에 대해서는 얼마나 훌륭히 서술되어 있는지 모른다.

그것은 꾀꼬리의 휘파람 같은 소리로,
그것은 소리쳐 부르는 들짐승의 소리로,
풀잎은 모두 떨고,
꽃은 꽃잎을 떨구며,
어두운 숲의 나무도 엎드려 절하니,
사람들 역시 모두 죽어 넘어지는구나.

우리가 바르키노에 왔을 때는 이른 봄이었다. 오리나무, 개암나무, 벚나무가 특히 미쿨리친의 집 아래 골짜기인 슈트마에서 점점 푸르러 갔다. 그리고 꾀꼬리도 며칠밤을 울어댔다.

나는 꾀꼬리 울음 소리를 난생 처음 듣는 듯 다른 새들과는 달리, 갑자기 비상하며 우는 소리에 자연의 풍요로움과 의외성을 느끼고 감탄했다. 그 다

양한 변화와 힘과 낭랑한 지저귐은 특히 아름다왔다. 투르게네프가 이런 휘파람과 피리소리 같은 새소리에 대해 묘사한 적이 있었다. 그 중에서 특히 다음 두 귀절이 뛰어났었다. 그 하나는 호화롭고 탐욕스럽게 반복되는『띠옥 띠옥 띠옥』이라는 소리로, 그 소리에 대한 대답으로 이슬을 머금은 수풀은 환희로 몸을 떨었다. 다른 것은 엄숙하고 애원하는 탄원이나 경고 같은 소리였다.『일어나라! 일어나라! 일어나라!』였다.

9

봄이다, 이제 농사를 지을 준비가 되어 있다. 일기를 쓸 시간도 없다. 글을 쓰는 시간은 즐겁다. 그러나 겨울까지는 중지해야 한다.

사육제 무렵인 봄날, 그리고 홍수가 한창일 때, 환자인 농부가 썰매를 타고 진흙탕과 눈 녹은 물구덩이를 지나 마당으로 들어섰다. 나는 그에게 진찰을 하지 않겠다고 분명히 거절했다.

「나는 의사 노릇을 그만두었읍니다. 나도 약도 없고 청진기도 없읍니다.」

그러나 농부는 전혀 굽히지 않았다.

「제발 살려 주십시오. 이 불쌍한 사람을 도와 주십시오. 아무래도 살갗이 이상합니다. 병이 났나 봅니다.」

나는 더 이상 버틸 수가 없었다. 나는 심장이 바위처럼 강한 사람이 아니었다. 진찰하기로 마음 먹고 그에게 옷을 벗으라고 지시했다. 자세히 살펴보니 그는 낭창이었다. 그의 환부를 들여다보며 나는 창턱에 있는 석탄산 병을 쳐다보았다. (그 물건의 출처를 묻지 말라. 그것은, 나에게 가장 필요한 몇 가지 물건은 모두 삼데뱌토프가 구해 주니까.) 그때 나는 마당으로 막 들어오는 또다른 썰매 하나를 보았다. 나는 또다른 환자라고 생각했다. 그러나 그는 환자가 아니라 동생 예브그라프가 예기치 않게 방문해 온 것이다. 토냐와 사센카와 알렉산드르 알렉산드로비치가 예브그라프를 반갑게 맞아 주었다. 나는 잠시 후 마당으로 나가 그들과 어울렸다. 우리는 한꺼번에 많은 질문을 그에게 쏟았다. 지금 어디서 오는 것인가? 그동안 어떻게 지냈는가? 그는 평소처럼 말없이 그저 미소만 짓고, 어깨를 으쓱해 보인 후 아리송한 말만 지껄였다.

　그는 두 주일 가량 묵으면서 자주 유리아틴에 다녀오더니 갑자기 땅이 삼킨 듯이 사라져 버렸다. 그동안 나는 그가 삼데뱌토프보다 더 영향력이 있는 인물임을 알았으며, 그가 하는 일이나 배경은 더욱 분명치 않다는 것을 알았다. 그는 어떤 인물일까? 그는 무슨 일을 할까? 그의 권력은 어찌된 걸까? 그는 종적을 감추기 전, 토냐가 사셴카를 돌보고 내가 의료 행위를 하며 글을 쓸 수 있는 시간을 충분히 갖도록 해주겠다고 약속했다. 그래서 우리는 어떻게 그런 일을 해줄 수 있느냐고 물었다. 그러나 그는 말없이 웃기만 했다. 그러나 그의 말은 빈말이 아니었다. 우리의 생활이 점점 변하기 시작했다.

　두 번째로 그는 나의 어려움을 해결해 주는 구원자이며 선한 수호신으로 내 생활에 들어왔다. 아마도 모든 인간의 생애에는 어떤 역을 맡은 주인공 이외에도 부르지 않아도 도와 주려고 달려오는 상징적인 인물이, 미지의 은밀한 힘이 분명히 존재하는 것 같은데, 내 인생에 있어서는 예브그라프가 그런 역을 하고 있는 듯하다.

10

　유리 안드레예비치는 유리아틴 시립 도서관의 열람실에서 빌려 온 책을 쭉 훑어 보았다. 열람실은 백여 명 정도를 수용할 수 있는 정도의 크기로 창문이 몇개 있었다. 그리고 그 안에는 책상이 반듯이 늘여 놓아져 있었다. 봄에는 시내에 전기가 들어오지 않으므로 해질 무렵 문을 닫았다. 그는 저녁에는 시내에 머물지 않았는데, 무슨 일이 있더라도 저녁 식사 시간이 지나도록 시내에 머물지는 않았다. 그는 미쿨리친이 빌려 준 말을 삼데뱌토프 집 마당에 매어 두고, 하루 종일 책을 읽고 오후에는 말을 타고 바르키노의 집에 돌아왔다.

　이처럼 시립 도서관을 찾기 전까지는 유리 안드레예비치는 유리아틴에는 거의 가지 않았다. 그는 시내에 특별한 일이 없었기 때문이다. 그래서 그는 유리아틴에 대해서 아는 것이 없었다. 그의 자리에서, 가깝게 또는 멀게 도서관이 유리아틴의 주민으로 가득 차서 그는 마치 복잡한 곳에 서서 이 도시가 익숙해지고 있으며, 사람만이 아니라 그들이 사는 집과 길까지 방으로 들어오는 듯이 느껴졌다.

그러나 열람실 창문을 통해서, 공상 속의 유리아틴이 아니라 유리아틴의 참모습을 볼 수 있었다. 가운데의 가장 커다란 창문 옆에는 끓인 물이 담긴 통이 놓여 있었다. 책을 읽던 사람들은 물을 마시려고 물통 주위에 모여들거나 쉬려고 계단으로 나가 담배를 피우기도 했다. 또 마시고 남긴 물로 컵을 헹구고 나서 창문 앞에 서서 도시 풍경을 바라보았다.

독서를 하는 사람들 대부분은 그 지방의 인텔리 부류의 노인과 평민이었다. 인텔리 부류에는 여자들이 더 많았는데, 음울한 얼굴에다 황달과 종기 때문에 병색이 감돌았으며, 옷차림도 초라했다. 노파들은 도서관에서 거의 살다시피하여 사서들과도 친숙했으며, 열람실을 자기 집같이 생각했다.

평민들은 안색이 붉고 고상한 모습으로 축제 때처럼 옷을 단정히 입고 마치 교회에 들어가듯이 망설이면서 열람실 안으로 들어왔다. 그들은 도서관 규칙을 몰라서가 아니라 조용하려고 긴장해서인지 발소리가 요란했고 다른 사람들보다 훨씬 시끄러웠다.

창문의 건너편 벽 쪽에는 쑥 꺼진 곳이 있었다. 열람실을 분리시킨 높은 카운터가 있는 그 아래에서는 나이가 들어 보이는 사서와 조수 두 명이 일을 하고 있었다. 조수 중 한 여자는 심술궂게 생겼는데 털 목도리를 둘렀고, 자기 기분에 따라 코안경을 썼다벗었다 했다. 또다른 여자는 검은 비단 웃옷을 입고 있었는데, 폐가 나쁜 듯 손수건을 코와 입에 대고 떼지 않았다. 그녀는 말을 하거나 숨을 쉴 때도 손수건을 입에서 뗄 줄 몰랐다.

직원들도 도서관을 이용하는 열람자처럼 얼굴이 길쭉하고 푸석푸석하고, 무기력해 보였으며, 늘어진 피부는 절인 오이나 회색 곰팡이처럼 푸른빛이 감도는 흙색이었다. 그들은 서로 교대하며 새로 온 열람자에게 도서 이용에 관한 규칙을 나지막이 설명해 주고 도서 청구서를 정리하고, 책을 건네 주거나 받고, 시간이 날 때마다 보고서를 작성했다.

유리 안드레예비치는 창 밖으로 보이는 실제 풍경과 열람실 속의 상상에서 나타나는 풍경을 바라보면서 분명하지 않은 어떤 연상이 작용한 때문인지, 아니면 모든 사람이 갑상선종에 걸린 것처럼 안색이 흙빛이고 얼굴이 부어 있어서인지 그는 유리아틴에 도착하던 날 역에서 만났던 여자 전출수의 심통 사나운 얼굴과, 그때 들었던 설명을 지금 자기가 바라보는 시내 한복판의 광경과 연관지으려고 했다. 그러나 삼데뱌토프의 설명이 전혀 떠오르지 않아서 도움이 되지 못했다.

11

　유리 안드레예비치는 책이 가득 꽂힌 열람실의 구석에 앉았다. 그의 책상 위에는 지방 자치제의 통계 보고서 몇 권이 얹혀져 있었다. 그는 푸가초프의 반란에 관한 책도 두 권 신청하려고 했으나 비단 웃도리를 입고 기침을 연속으로 하던 사서는 역시 손수건으로 입을 가리고, 한 사람이 그렇게 많은 책을 한꺼번에 빌릴 수는 없으니, 잡지와 통계 보고서를 반납하고 다시 다른 책을 대출받으라고 말했다.

　그래서 유리 안드레예비치는 자기에게 필요한 책만 빼놓고, 다른 책은 역사 연구에 관한 책과 교환하려고 정리되지 않은 책을 부지런히 훑어내려갔다. 열람자가 많아도 방해되거나 산만하지는 않았다. 유리 안드레예비치는 옆에 앉은 사람을 살펴보았는데, 그들은 창 밖에 보이는 교회와 집이 자리가 바뀌지 않듯, 자기가 돌아가기 전에 그들이 먼저 자리를 뜰 것 같아 보이지는 않았다.

　그동안에도 태양은 계속 움직였다. 햇빛은 왼쪽 구석에서 읽지 못하게 창문의 남쪽에 비쳤다.

　감기에 걸린 것 같은 여자 사서가 좌대에서 내려와 창문 앞으로 걸어갔다. 창문에 걸린 흰 커튼이 상쾌할 정도로 햇빛을 비쳐 주었다. 그 여자는 창문 하나만 남겨 두고 커튼을 모두 쳤다. 구석 창문은 아직 햇빛이 비치지 않았기 때문에 커튼을 치지 않았다. 그녀는 작은 창문을 대신 열려다 말고 기침을 했다.

　그녀가 열 번을 넘게 기침을 해 대자 유리 안드레예비치는 그녀가 미쿨리친의 처제이며, 삼데뱌토프가 말하던 툰체바 씨의 딸 중 한 명임을 알았다. 다른 사람같이 유리 안드레예비치도 고개를 들어 그녀를 쳐다보았다.

　그는 그제서야 방 안의 변화를 눈치챘다. 맞은편 구석에 새로운 열람자가 들어온 것이다. 유리 안드레예비치는 한 눈에 그녀가 안티포바라는 걸 알았다. 그는 유리에게서는 등을 돌린 채 자꾸 기침을 하는 사서에게 은밀히 말하고 있었다. 그 사서도 허리를 약간 굽히고 자리에 서서 나직이 속삭였다. 두 사람이 대화하는 동안, 사서는 기침을 멈추고 긴장감이 다소 풀어진 것 같았다. 그녀는 안티포바에게 감사의 시선을 보내면서, 계속 입에 댔던 손수건을 호주머니에 넣고, 자신에 찬 태도로 웃으며, 간막이가 된 자기 자리로 돌아갔다.

이 감동적인 장면이 다른 열람자의 눈에도 띄었다. 그들은 모두 안티포바에게 장하다는 따뜻한 시선을 던졌다. 이 사소한 광경을 보고 유리 안드레예비치는 안티포바가 이 시내에서 잘 알려진 인물이며 모두에게 사랑받는다는 것을 깨달았다.

12

유리 안드레예비치는 자리에서 일어나 라라 표도로브나에게 다가가려는 충동이 생겼다. 그러나 그의 천성과는 아주 거리가 먼 단순함의 결여와 수줍음은 과거 그녀와의 관계를 생각하게 했다. 그는 사신의 녹서를 중단하거나 그녀에게 방해를 하지 않겠다고 마음먹었다. 유리 안드레예비치는 그녀를 쳐다보고 싶은 유혹을 물리치기 위해서 의자를 옆으로 돌려 자기 책상에 등을 보이게 놓고는, 책 한 권은 손에 들고 다른 하나는 무릎에 놓고 책을 들여다 보려고 온 신경을 집중시켰다.

그러나 그의 생각은 엉뚱한 곳에 있었다. 그는 이런 저런 생각 끝에, 갑자기 언제였던기 바르기노의 겨울밤에 꿈에서 들었던 목소리가 바로 안티포바였음을 깨달았다. 그제서야 그는 깜짝 놀라 의자를 요란하게 돌려 놓고 그녀를 쳐다보았다.

그녀는 떨어진 곳에 앉아 있어서 뒷모습이 절반 정도밖에 보이지 않았다. 그녀는 밝은 바둑 무늬 블라우스에 허리띠를 하고 있었는데, 어린 아이처럼 오른쪽 어깨 위로 머리를 약간 기울여서 실눈을 하고 열심히 독서 중이었다. 그녀는 이따금 명상에 잠겼고, 천장을 쳐다보거나 멍청히 앞을 보다가는 다시 턱을 괴고 노트에 빨리 책 속의 귀절을 옮겨 적었다.

유리 안드레예비치는 오래 전에 멜류제예보에서 관찰한 사실을 다시 거듭 확인할 수 있었다. 그는 『안티포바는 타인의 시선을 끌 수 있게 아름답게 꾸밀 생각이 없는 모양이군.』이라고 생각했다. 『그녀는 여성적인 아름다움을 경멸하는데 그것은 마치 아름다운 자신을 스스로 벌 주는 거야. 그러한 자신에 대한 반발은 오히려 그녀를 더욱 아름답게 만들었다. 그녀는 무슨 일이든지 다 잘해. 마치 독서는 사람뿐만 아니라 동물도 할 수 있는 단순한 일이듯 아주 쉽게, 감자의 껍질을 벗기거나 우물에서 물을 긷듯 했다.』

이러한 생각을 하자 그는 다소 안정이 되었다. 그 평온한 마음은 그의 영혼을 감싸 주었다. 이제 그는 이런 저런 문제 때문에 줄달음치지 않았다. 안티포바는 도서관 사서에게 영향을 주었듯이 그에게도 영향을 주었기 때문에 유리 안드레예비치는 혼자서 미소를 지었다.

이제 그는 더 이상 의자를 이리저리 돌려놓거나, 정신이 산만해질까 봐 불안해 하지도 않고 그녀가 나타나기 전보다 훨씬 더 정신을 집중해서 한 시간 가량 독서를 계속했다. 유리 안드레예비치는 자기 앞에 놓인 책을 정리하여 놓고, 제일 필요한 책은 따로 놓은 뒤 그 안에 기재된 중요한 논문 두 편을 읽었다. 그런 다음 그는 충분한 하루의 독서를 끝냈다고 생각하고 책을 주섬주섬 담아 접수부로 가지고 갔다. 그는 홀가분하게, 하루 종일 많은 독서를 했으니 순수한 마음으로 옛 친구를 만나는 것은 당연하다고 생각했다. 그러나 그런 생각으로 일어나 사방을 둘러보았으나, 안티포바의 모습은 보이지 않았다.

유리 안드레예비치가 책과 잡지를 갖다 놓은 카운터 위에는 안티포바가 한 발 앞서 갖다 놓은 책이 있었다. 그 책은 모두 마르크시즘 입문서였는데, 그녀는 아마도 교직에 복직되어, 집에서 정치 학습을 한다고 생각했다.

책 사이에 끼워 넣어 둔 대출 용지가 삐져 나와 있었는데 거기에는 그녀의 주소가 기록되어 있었다. 유리 안드레예비치는 그녀의 주소를 적으며 묘한 주소 때문에 한바탕 놀랐다.『상인들의 거리, 조각품이 있는 집의 건너편!』그는 다른 사람에게 그 주소의 위치를 물어 보고, 모스크바에서는 다섯 모퉁이란 지명이 실제하듯, 유리아틴에서는『여인의 조상이 있는 집』이란 표현이 상용된다는 것도 알았다.

그것은 백여 년 전 한 상인이 사설 극장으로 지은, 여인상 기둥과 심벌즈와 리라와 가면을 손에 든 뮤즈들의 조상이 있는, 강철 같은 잿빛을 나타내는 집을 가리키는 말이었다. 그 상인의 상속자들은 상인 조합에 집을 팔아 넘겼고, 그 이름을 딴 거리는 그 집의 이름으로 통할 수 있었다. 그 조상이 있는 집은 지금 당의 시 위원회로 사용되어서, 건물 정면의 아래쪽에는 전에는 포스터와 안내가 붙었었지만, 지금은 정부의 포고문과 결의문이 붙어 있다.

13

오월 초순, 바람이 거세게 불고 몹시 추운 어느 날이었다. 시내에서 볼 일을 끝내고 도서관으로 가려던 유리 안드레예비치는 계획을 변경해서 안티포바를 만나러 가려고 생각했다.

바람이 자주 모래와 먼지의 회오리를 일으켜서 앞을 가로막았다. 그는 눈을 감고 고개를 숙인 채 돌아서서 바람이 지나기를 기다린 후 다시 걸어갔다.

안티포바는 그가 생전 처음 본 여인의 조상이 있는, 어두컴컴하고 푸른빛이 도는 집의 건너편인 상인의 거리인 노보스발로치느이 골목에 살고 있었다. 그곳은 이름에 알맞게 어딘가 이상하고 불쾌한 인상을 주었다.

맨 위층에는 사람의 반 정도 되는 크기의, 신화 속에 나오는 여인의 동상이 즐비하게 늘어서 있었다. 그의 시아를 가로막는 기센 바림을 통해 나타난 그 모습은 마치 건물 안에 있는 여자가 모두 그곳 난간에 나와 상인의 거리를 쳐다보는 것 같았다.

안티포바의 집에는 거리로 통하는 대문과 골목으로 통하는 쪽문이 있었다. 그는 앞문이 있는 것을 모르기 때문에 옆문으로 갔다.

그가 대문이 있는 골목으로 돌아갈 때, 바람이 마당에 쌓인 쓰레기와 흙먼지를 일으키면서 그의 눈앞을 가려 버렸다. 섬은 휘장 속에서 수탉 한 마리에게 쫓기던 암탉이 꼬꼬댁거리면서 그의 발 밑으로 도망갔다.

먼지 바람이 그치자 그는 우물 가에 서 있는 안티포바를 발견했다. 그녀는 물을 잔뜩 담은 두 물통의 멜대를 왼쪽 어깨에 걸친 모습이었다. 그녀는 먼지를 뒤집어 쓰지 않으려고 이마에 맸던 수건을 풀러 머리를 급히 싸매고 바람에 날리는 치마자락을 여몄다. 그녀는 물통을 지고 집으로 가려다 다시 바람이 불어와서 머리에 싸맨 수건이 풀어져, 아직도 암탉이 울고 있는 담장 끝으로 날아가 버리자 멈추어 섰다.

유리 안드레예비치는 달려가서 수건을 주워, 당황해 하는 안티포바에게 주었다. 그녀는 평상시처럼 놀라거나 허둥거리지 않고 담담하게 말했다.

「지바고!」

「라리사 표도로브나!」

「여기서 뭘하고 계시죠?」

「물통을 내려놓아요. 내가 들어다 줄 테니.」

「난 하던 일을 도중에 그만두거나 끝내지 않는 법이 없답니다. 나를 만나러 오셨으면 함께 가요.」

「그럼 내가 누굴 만나러 왔겠소?」

「아니, 그 물통은 내가 들겠소. 당신이 일을 하는데 내가 가만히 있을 수야 있나.」

「이게 무슨 일이에요. 당신이 들다간 층계에 물만 엎지를 거예요. 그런데 어떻게 여길 알고 왔죠? 일년 동안이나 이곳에서 살아도 찾아올 시간이 없었잖아요.」

「그런데 당신은 그 사실을 어떻게 알았지?」

「소문은 퍼지게 마련이니까요. 그리고 난 열람실에서 당신을 보기도 했죠.」

「왜 말을 걸지 않았지?」

「나를 못 봤다는 소리를 하려는 건 아니겠죠.」

라리사 표도로브나는 물통을 흔들거리며 약간 비틀대며 걸었다. 그는 그녀의 뒤를 따라 작은 문으로 들어갔다. 그곳은 어두컴컴한 지하실 문턱이었다. 그녀는 얼른 허리를 굽혀 흙바닥에 물통을 내려놓고 물지게를 벗은 뒤 허리를 펴 작은 손수건으로 손을 닦았다.

「자, 어서 가요. 홀로 가는 통로로 안내할께요. 그곳은 밝으니 거기서 잠시 기다려 줘요. 나는 뒷계단을 통해 가서 집안을 대강 치우고 옷도 갈아입어야 겠어요. 이 멋진 계단 좀 봐요. 철제 계단에 무늬가 새겨져 있어요. 위에서는 한눈에 아래를 내려다볼 수 있어요. 오래되어 낡은 건물이에요. 폭격에 충격을 받았어요. 대포 때문에 석고도 부숴지고 벽돌에 틈도 생겼답니다. 그래서 카테니카와 나는 외출할 때는 이 틈에다 열쇠를 넣곤 하죠. 잘 보세요. 내가 없을 때라도 이 열쇠로 문을 열고 들어오세요. 언제라도 환영할 테니. 여기 열쇠가 있죠? 지금은 열쇠가 필요 없으니 돌아가서 안쪽으로 문을 열겠어요. 문제라면 쥐가 많다는 거죠. 쥐가 우글거리지만 저는 어쩔 수 없어요. 머리 위로도 다니고 구멍 난 곳과 갈라진 틈마다 모두 막아도 소용없더군요. 언제 오셔서 좀 도와 주실래요? 마루와 벽 모서리의 틈을 막으려고 해요. 도와 주실래요? 그럼 현관에서 기다리시면서 그걸 생각해 보세요. 곧 나올께요.」

유리 안드레예비치는 기다리는 동안 칠이 벗겨진 입구의 벽과 철제 계단을 살펴보았다. 그리고 그는 생각했다.

『열람실에서 나는 그녀가 정말로 힘에 겨운 육체 노동에 쏟을 만한 열성으로 독서에 열중한다고 생각했어. 그런데 그녀는 정반대로 책을 읽듯 손쉽게 물을 긷는군. 옛날 어린 시절에 인생을 향해 질주하듯이, 그 여력으로 모든 일을 자연스럽게 해내는군. 허리를 굽힐 때 드러나는 등의 곡선과, 입술이 벌어지고 턱이 원을 그리며 미소를 지을 때와, 그녀의 말과 생각에는 자질이 포함되어 있지.』

「지바고 씨!」

그녀는 위층 난간에서 현관 아래쪽을 향해 소리쳤다. 유리 안드레예비치는 계단으로 올라갔다.

14

「제 손을 잡고, 가만히 따라 오세요. 방을 둘이나 지나야 하는데 어둡고 천장까지 가득 가구가 차 있어요. 부딪치면 다칩니다.」

「이건 완전히 미로군. 나는 도저히 길을 모르겠는 걸. 왜 이 모양이죠?」

「글쎄 저는 이 건물이 누구의 소유인지도 모르는 걸요. 우리는 그 전에는 중학교 건물의 사택에서 살았는데, 유리아틴 시 소비에트의 주택부에서 학교를 접수하고 나서, 나와 딸은 사람이 살지 않는 이곳에 할당받았어요. 이 건물에는 먼저 주인의 물건이 그대로 있는데, 너무 많아서 물건에 칠 정도죠. 그러나 나는 다른 사람의 물건은 좋아하지 않아요. 그래서 두 방에다 모두 물건을 몰아 넣고 창문을 봉해 버렸어요. 손을 놓치면 길을 잃게 돼요. 자, 오른쪽으로 걸어요. 뒤로 미로예요. 이곳이 내 방문이죠. 문턱이 있으니 넘어지지 않도록 조심해요. 이제 환해질 거예요.」

유리 안드레예비치는 그녀의 손을 잡고 방으로 들어서자 방문의 건너편 창밖의 광경에 크게 놀랐다. 창문으로는 이웃 건물의 뒷부분과 강가의 빈터가 보였는데, 그곳에는 염소와 양들이 치렁치렁 털을 끌면서 풀을 뜯고 있었다. 창문에 가까이 가 내다보니 낯익은 간판이 붙은 기둥이 두 개 툭 튀어나와 있었다.

〈모로 이 베트친킨 회사. 각종 파종기. 각종 탈곡기〉

의사는 그 간판을 처음 쳐다보고 그녀에게 우랄 지방에 가족과 함께 도착한 이야기를 했다. 그는 그녀의 남편이 스트렐리니코프라는 소문을 잊고, 열차에서 군사 위원인 스트렐리니코프를 만났다는 이야기를 했다. 그 말을 듣고 그녀는 관심을 보였다.

「당신이 스트렐리니코프를 만나셨단 말인가요?」

그녀는 잠시 숨을 돌린 후 다시 말문을 열었다.

「당신에게는 자세히 말씀드릴 수 없군요. 정말 놀랍군요. 당신이 스트렐리니코프를 만났다는 사실은 정말 운명적이로군요. 나중에 제가 말씀드리게 되면 당신은 놀라고 말 거예요. 글쎄 제 생각이 맞는지 어떤지는 모르지만 혹시 당신이 그에게 호감을 갖고 있는 건 아닌가요?」

「맞소, 내가 그에게 호감을 갖지 않는다는 건 당연한 일이지. 우리는 그의 잔악한 행동을 똑똑히 보았으니까. 그의 학살과 파괴의 흔적을 너무도 많이 보았지. 나는 그가 험악하고 잔인한 혁명가라고 생각했는데 그것도 아니더군요. 누구건 기대했던 사람이 기대와 달리 판에 박힌 고정관념을 깰 때면 왠지 기분이 좋더군요. 어떤 속성을 가진 것은 인간의 종말을 의미하는 거니까요. 만약 스트렐리니코프를 어떤 테두리에 포함시킨다면, 부분적으로나마 그것은 인간다움을 의미하는 것이며, 그는 스스로 해방되어 영원히 변치않는 씨앗을 획득하는 겁니다.」

「그는 당원이 아니라지요?」

「맞소. 그렇다고 들었소. 인간을 그렇게 만드는 요소는 무엇일까? 아마 이 모두가 운명이겠죠. 나는 그의 최후는 불행하리라고 생각하오. 인과응보랄까. 자신의 죄 값을 치르는 거죠. 혁명에 가담한 무법자가 두려운 이유는 그들이 악당이어서가 아니라, 철로에서 탈선해 버린 기차처럼 전혀 조종할 수 없기 때문에 무서운 거요. 스트렐리니코프도 다른 혁명가처럼 제정신이 아니지만, 그가 그렇게 된 것은 책을 통한 것이 아니라 체험과 시련 때문이오. 나는 그의 비밀이 무엇인지는 모르지만, 그는 어떤 비밀을 간직한 사람 같소. 그가 볼셰비키에 동조한 것도 우연한 것이었을 거요. 그들에게 그가 필요하다고 생각될 때까지는 그를 이용할 것이고, 그러는 동안은 모두가 같은 길을 갈 것이오. 그러나 무용지물이라고 판단이 될 때는 그들은 가차없이, 다른 수많은 군사 전문가처럼, 그를 팽개쳐 버릴 것이오.」

「지바고, 그렇게 생각하나요?」

「나는 그럴 것이라고 생각하오.」

「그럼 그가 살 길이 없을까요? 도망치거나 하면 안 될까요?」

「도망이라니? 그가 어디로 도망칠 수 있겠소? 옛날 같으면 가능한 이야기겠지만, 지금 이 시대에는 그건 불가능한 일이오.」

「가엾군요. 당신의 이야기를 들으니 동정심이 생기는군요. 그런데 당신도 많이 변했군요. 요전에는 당신도 혁명을 격렬히 비판했죠?」

「매사에 한계가 있게 마련이요, 라리사 표도로브나. 이 정도 시간이 경과했으면 하나의 결론에 도달해야 되지 않겠소? 그러나 혁명을 일으킨 사람들은 변혁과 격동만이 명확할 뿐 세계적인 큰 사건이 아니라면 관심이 없소. 그들의 목표는 세계 건설과 그 과도기요. 그들은 무지해서 다른 것은 알지 못하오. 그런데 이 끝없는 준비가 전혀 결과가 없는 이유를 당신은 아오? 그것은 그들이 재능이 없는 무능한 인물들이기 때문이오. 나는 인간은 살아가기 위해 이 세상에 나온 것이지, 삶을 준비하기 위해 태어난 건 아니라고 생각하오. 삶과 삶의 현상, 또 삶의 은총이 진실로 진지한 것이라고 생각하오. 그러면 왜 그것을 미숙아의 장난 같은 것으로 바꾸어야 하죠? 그것은 체호프의 어린 학생이 미국으로 도망하는 것이나 다름없다고 생각하오. 너무 장황하게 늘어 놓았군요. 이제 내가 물어 봐야 되겠소. 우리가 도착한 날, 이 도시에 봉기가 일어났소. 당신도 그때 여기에 있었소?」

「네, 있었어요. 온 도시가 불길에 쌓였었죠. 모든 것을 태울 기세였다니까요. 집도 많이 타고, 지금도 마당에 터지지 않은 포탄이 있지요. 방화와 약탈, 그리고 포격과 차마 말할 수 없는 온갖 추악한 일이 벌어졌어요. 정권이 바뀌면 늘 그렇죠. 그러나 우리는 여러 번 겪었기 때문에 익숙해요. 백군이 권력을 잡았을 때는 또 어땠는지 아세요? 사사로운 감정으로 암살하고 협박하고 술에 만취하는 작태가 계속되었어요. 그러나 그건 중요한 일이 아니죠. 갈리울린 있죠? 갈리울린이 체코 군대와 함께 나타났는데, 아마 총독 비슷한 직책이더군요.」

「나도 그 소문은 들었소. 그를 만나 보았소?」

「네, 자주 만났어요. 갈리울린 때문에 내가 많은 사람을 구해 주고 숨겨 줄 수 있었어요. 사람들은 그에게는 호감을 갖고 있어요. 그는 신사고, 다른 코사크대위나 경찰과는 다르더군요. 그러나 늘 그렇듯 그 같은 사람이 권세를 잡는 게 아니라 소심한 사람이 주도권을 잡더군요. 갈리울린은 내게 많은 도움을 주었어요. 우리는 옛날부터 친했지요. 내가 소녀였을 때 그의 집을 자주 찾아갔죠. 그의 집에는 가난한 철도 노동자들이 살아서 나는 빈곤과 고생을 볼 수 있었지요. 그래서 나는 당신의 혁명에 대한 생각과는 다른 생각을 하고 있어요. 나는 혁명이 친근하게 느껴져요. 그러나 갈리울린은 백군의 대령이나 장군이 되었어야 할 인물이죠. 나는 무관 출신 집안이 아니므로 군의 계급은 전혀 몰라요. 그리고 나는 역사 선생이고요. 나는 그 사람을 찾아가서 많은 사람을 도울 수 있었어요. 우리는 당신에 대해서도 이야기했었죠. 나는 로다를 정부에도 후원자가 있는데, 그들 모두에게 실망했어요. 사람들이 양쪽으로 나뉘어 반목하고 등지고 살아간다는 것은 책에서나 등장하는 거예요. 실제로 살다 보면 모든 게 뒤섞여 있더군요. 당신도 일평생 한 가지 일만 하면서, 다른 일에는 눈도 돌리지 않고 의미 없는 삶을 사는 하찮은 존재만으로 생을 보내려는 건 아니겠죠? 너 왔니?」

그때 여덟 살 가량의 머리를 양쪽으로 땋은 여자 아이가 방으로 들어왔다. 그 아이의 실눈을 뜬 얼굴에서 지바고는 익살스럽고 장난기 어린 표정을 보았다. 아이는 웃을 때마다 눈꼬리가 조금 올라갔다. 아이는 방에 손님이 왔다는 것을 미리 알았지만, 의외라는 얼굴로 두 사람 앞에 서서 꾸벅 인사를 했다. 아이는 외동딸로 자란 때문인지 약간 사색에 잠긴 시선으로 지바고를 쳐다보았다.

「딸 카테니카예요, 두 사람이 친구가 되면 좋겠어요.」

「멜류제예보에서 저 아이 사진을 보았죠. 몰라 볼 정도로 많이 컸군!」

「난 네가 돌아온 줄은 몰랐구나, 산책을 할 거라고 생각했어. 너 들어오는 소리도 못 들었는데.」

「글쎄 열쇠를 꺼내려고 구멍에 손을 넣으니 커다란 쥐가 있어서 놀랐어요. 무서워서 혼났어요.」

카테니카는 수면에 떠 있는 물고기처럼 입술을 동그랗게 오무리고 얼굴에 장난스런 표정을 담고 말했다.

「카테니카, 이제 나가렴. 아저씨 저녁 준비를 해야겠어. 식사 준비가 되면 부를께.」

「난 그때까지 있지 못하오. 시내에 출입한 이후로는 저녁 여섯 시에 항상 식사를 하기로 했소. 난 시간에 닿게 가려고 집에서 떠났는데 너무 늦었소. 집에 가려면 서너 시간이 걸리오. 그래서 일찍 여기 온 것이오. 미안하게 됐소. 난 곧 가야 하오」

「그럼 한 삼십 분만 더 있다 가세요.」

「그렇게 하겠소.」

15

「당신이 솔직이 말씀하셨으니, 저도 말씀드리죠. 당신이 만난 스트렐리니코프가 바로 남편 파벨 파블로비치 안티포프랍니다. 전사했다는 게 믿어지지 않아서 전선으로 찾아나섰죠.」

「나도 짐작하고 있었소. 그런 소문을 들었지만 나는 사실이 아닐 거라고 생각했소. 그래서 나는 그런 말이 소문일 뿐이라고 생각하여 당신에게 그에 대한 말을 편안히 한 거요. 그건 터무니없는 소문이라고 생각했는데 내 생각이 틀렸군. 나는 그를 보았소, 그런데 당신과 그는 어떻게 결혼까지 했지? 내가 보기로는 공통점은 전혀 없는 거 같던데.」

「아니예요. 모두가 사실이에요. 지바고, 스트렐리니코프는 내 남편이에요. 나는 그의 생각에 동의하는 편이에요. 딸도 그걸 알고 아버지를 자랑스럽게 생각한답니다. 스트렐리니코프라는 이름은 다른 혁명가처럼 그의 가명이죠. 이유가 있으니까 스트렐리니코프로 살아가는 게 더 좋을 거예요. 우리가 유리아틴에 산다는 걸 알면서도 그는 포탄을 퍼부었고 이곳을 점령했어요. 자신이 노출될까봐 우리가 살았는지 죽었는지 보러 오지도 않았어요. 물론 그건 당연한 처사죠. 그가 나에게 의견을 묻더라도 나는 그렇게 하라고 말했을 겁니다. 내가 이렇게 안전하게 소비에트 시에서 적당한 주택을 제공받은 것도 아마 그의 배려일 거예요. 그렇지만 그가 이곳에 있으면서도 우리를 만나고 싶은 유혹을 물리쳤다는 사실은 도무지 상상도 할 수 없는 일이에요. 도무지 나는 그런 그의 태도를 이해할 수 없어요. 그의 태도는 고대 로마 시대의 미덕이나 무슨 최신식 첨단 사상이라고 할 수 있겠죠. 나는 당신의 사고 방식은 정말 이해할 수 없어요. 당신과 나의 생각은 판이하게 다르니까요. 당신의 견해는 우리와 달라요. 한계가 있고 막연한 일은 서로 이해할 수 있지만 심각한 문제나 인생 철학에 있어서는 상반된 견해를 갖게 될 겁니다. 그럼 스트렐리니코프 이야기로 다시 돌아가죠. 그는 지금 시베리아에 있는데 그는 내 가슴이 철렁 내려앉을 정도로 비난을 받고 있음을 소문을 들어 안답니다. 그는 지금 시베리아의 어느 전선에선가 죽마고우였고 생사를 함께 한 전우 갈리울린을 격퇴시키고 있답니다. 갈리울린은 그의 이름이나 우리 부부의 비밀까지도 알고 있으므로 그의 이름만 들어도 분노하지만, 그는 세심한 사람이기 때문에 내 앞에서는 전혀 감정을 표현하지 않는답니다. 갈리울린은 그런 사람이죠. 그는 지금 시베리아에 있어요. 그는 이곳에 오랫 동안 머물렀는데 대부분의 시간을 여행이나 당신이 그를 만났던 그 기차에서 지냈답니다. 나는 자연스럽게 그와 마주치기를 고대했어요. 그는 옛날에 제헌 회의군의 군무국이 있던 사령부에 가끔 들렀어요. 그런데 참 이상한 운명의 장난도 있지요. 사령부의 현관은 내가 다른 사람을 구하거나 은밀히 숨기려고 분주히 갈리울린을 찾아다닐 때 그가 나와 만나던 별채 쪽에 있었어요. 한때, 육군 견습 사관 학교에서는 세상을 발칵 뒤집어 놓는 큰 사건이 있었답니다. 사관 생도들이 좋아하지 않던 교관들을, 볼셰비키즘을 신봉한다는 핑계로 습격하거나 잔인하게 죽였지요. 그때는 또 덩달아 유태인을 박해하고 학살하던 시기였어요. 우리 같은 화이트 칼라의 절반 가량이 유태인으로 몰리고 말았어요. 이 천인공노할 끔찍하고 수치스러운 일이 시작된 대학살 시대에, 우리는 분노와 수치와 동정 이외에도 불성실한 뒷맛을 남기는 것 같았어요. 한때는 우상 숭배로부터 인간을 해방시켰던 그 사람들과, 지금 불의로부터 인간을 해방시키기 위해 헌신적인 수많은 사람이 의미를 잃은 구시대의 낡은 명분에 대한 충성으로부터 스스로 해방될 능력이 없으며, 그리고 자기 자신이 세웠기 때문에 다른 사람을 더 이해했다면 더 친밀히 느꼈을 종교적 기초를 사람에게 소리없이 녹일 수 있었을 거예요. 물론 여러 박해가 이렇게 무익한 파멸 상태와 수치스러운 재앙과 자기 희생을 초래했지만, 그 부분적인 원인은 어떤 내적인 노쇠함이나 수백 년에 걸친 역사적 권태감 때문이에요. 나는 그들의 허풍이나 평범하고 단순한 판단력이나 소심한 상상력을 싫어해요. 그건 노인이 늙었다는 한탄을 하는 것과 병자가 병에 걸렸다고 안타까워하는 것과 마찬가지죠. 당신 생각은 어떻읍니까?」

「난 그런 생각을 해보지 않았소. 내 친구 중 고르돈이란 친구는 그런 생각을 했소.」

「나는 파샤를 만나려고 찾아가서 들어가지 않고 몰래 지켜보았읍니다. 그가 드나들 때 자연스럽게 만날 생각에서 그런 것이죠. 한때 그 별채 속에는 지방 총독 사무실이 있었지요. 지금은 〈민원 상담〉이라는 팻말이 문에 붙여져 있답니다. 당신도 보아 알겠지만 그곳이 시내에서 제일 아름다운 곳이랍니다. 문앞에 펼쳐진 광장은 돌조각으로 포장되어 있고, 그 맞은편에는 공원이 있었죠. 공원에는 불두화나무, 단풍나무, 산사나무가 있었어요. 길에는 그를 만나 부탁을 하려는 사람이 몇 명 서 있었는데, 나도 그들과 함께 기다렸답니다. 나는 내 발로 그들 앞에 걸어들어가 그의 부인이라고 말할 수는 없었어요. 우리는 서로 성이 달랐으니까요. 그리고 감정에 호소했어도 그들은 들은 척도 하지 않았을 거예요. 그들은 우리와는 전혀 다른 부류의 인간이니까요. 전에 정치적 추방을 당한 노동자였던 그의 생부 파벨 페라폰토비치 안티포프가 국도 근처에서 근무하고 있었어요. 그가 옛날에 추방당했던 곳이죠. 그분의 친구 티베르진도 그곳에 있었답니다. 두 사람은 모두 혁명 재판소 위원이에요. 그런데도 그는 아버지를 찾아가지 않고 신분을 감추었어요. 그런데 그의 아버지 역시 자기 아들이 신분을 밝히길 꺼려 한다면 가르쳐 줄 필요가 없다고 하더군요. 그들은 따뜻한 점이 있는 인간이 아니라 원칙과 규율만 좇는 걸요. 목석이나 다름없어요. 그러니 내가 그의 아내라고 했어도 아무 소용도 없었을 거예요. 이 시대에 그들에게 아내가 무슨 소용이 있겠어요. 세계의 프롤레타리아나 정착된 개혁이나 그 외의 다른 슬로건 모두 이해하지만, 그에게는 두 발로 선 아내가, 벼룩이나 이보다 나을 게 무엇이란 말이죠? 부관이 다니면서 질문을 하고 몇 명을 들여보냈어요. 나는 성을 말하지 않고, 부관이 용건을 묻기에 그저 개인적인 일일 뿐이라고 했더니 그는 어깨를 으쓱거리며 수상한 시선으로 나를 훑어보더군요. 내가 그렇게 한 건 모두 시간 낭비에 지나지 않았어요. 그래서 나는 남편을 한번도 만날 수 없었어요. 당신은 그가 우리를 잊어버렸고, 우리 모녀를 사랑하지 않고, 우리를 무시한다고 생각하세요? 아니예요, 그와는 정반대랍니다. 나는 그를 잘 알아요. 그는 애정이 풍부한 분이에요. 그는 우리에게 승리자, 개선 장군의 영광을 안고 우리에게 돌아와 발 아래 월계관을 바치려는 거예요. 우리를 불멸케 하고 빛나게 하실 거라고요. 마치 어린애처럼요.」

그때 카테니카가 방으로 들어왔다. 라리사 표도로브나는 놀란 딸을 치켜 안고 이리저리 흔들고 간지럼을 태우면서 껴안아 주었다.

16

유리 안드레예비치는 말을 타고 바르키노로 가고 있었다. 그는 이 지역을 얼마나 많이 지나다녔는지 길에 익숙하여 눈을 감고도 갈 수 있을 정도였다.

잠시 후에, 정면으로 뻗은 길은 바르키노로 가는 길이고 다른 길은 삼카 강변의 어촌 바실리에프코이에게로 나뉘는 지점에 다다를 참이었다. 그곳에도 농기구를 알리는 세 번째 간판이 서 있었다. 다른 날처럼 그 날도 어둑어둑해질 무렵쯤 그 갈림길에 당도하게 되었다.

그는 어느 날 저녁에, 시내에서 집으로 가지 않고 라리사 표도로브나의 집에서 하루를 묵었다. 그리고 가족들에게는 시내에 일이 있기 때문에 삼데바토프의 여관에서 투숙했다고 했다. 그 날로부터 두 달이 훨씬 지났다. 그는 오래 전부터 안티포바에게 반말을 했으며 그녀를 라라라고 불렀고, 그녀는 그를 지바고라고 불렀다. 유리 안드레예비치는 토냐를 속였으며 그녀에 관한 일은 입에 담지도 않았다. 두 사람은 점점 심각해졌으며, 도저히 용납할 수 없는 상황에까지 도달하고 말았다. 이 일은 도저히 있을 수 없는 일이었다.

유리 안드레예비치는 토냐를 사랑하고 존경했다. 그녀의 정신적인 편안함은 그에게 있어서 세상의 그 어느 것보다도 더 소중한 것이었다. 그는 그녀 자신이나 그녀의 아버지보다도 오히려 그녀의 명예를 지켜 주려고 했다. 그녀의 자존심을 상하게 한 사람은 자기 손으로 찢어 놓더라도 앙갚음을 해야 할 지경이었다. 그런데 이제는 자기 자신이 그녀를 모욕한 것이었다.

집에 있으면서도 죄인이 발각되지 않은 것과 같았다. 아무것도 모르는 식구와 그들의 변함없는 애정은 그에게 죽음의 처참한 고통을 부여하게 되었다. 무슨 이야기가 절정에 달할 때마다 그는 자기의 죄가 생각나서 온몸이 굳어졌고, 사람들이 하는 말소리가 전혀 들리지 않았고 이해도 할 수 없었다.

식사를 할 때 이런 일이 생기면, 그는 음식이 목에서 넘어가지 않아서 억지로 참으면서 숟가락을 그만 내려놓고 접시를 밀어 놓았다.

그럴 때마다 토냐가 깜짝 놀라며 물었다.

「시내에서 나쁜 소식이라도 들었나요. 왜 나쁜 소식을 들었어요? 누가 체포되었죠? 그렇지 않으면 누가 총살이라도 당했나요? 말 좀 해 주세요. 내 걱정은 하지 않아도 되요. 그럼 기분이 한결 좋아질 거예요.」

『내가 다른 여자를 더 사랑했기 때문에 토냐에 대한 내 개념이 바뀐 것일까?』

아니다. 그는 그런 생각과 비교를 해본 적이 없었다. 그에게 『자유로운 사랑』이라는 개념과 『감정의 권리와 요구』라는 말은 별개였다. 그는 그런 일을 생각하거나 입에 담는 것조차 저속하다고 생각했다. 그는 여태껏 바람을 피운 적이 없었고 자신을 초인이라고 생각하지도 않았다. 그는 죄의식 때문에 양심의 가책을 받았다.

『앞으로 어떻게 해야 될까?』 그는 가끔 혼자 물어 보았으나 방법이 떠오르지 않았다. 그는 가능하지 않은 무엇을 기대했으며 예기치 않던 기적이 일어나 문제를 해결해 주기를 기다렸다.

그러나 그는 더 이상 망설이지 않고 결단을 내려서, 해결을 할 태세를 갖추고 집으로 돌아가는 길이었다. 토냐에게 모든 사실을 고백하고 그녀에게 용서를 빈 뒤 앞으로 다시는 라라를 만나지 않겠다고 다짐한 것이다.

그러나 그것은 쉬운 일이 아니었다. 그는 라라에게 앞으로 절대로 만나지 말자는 이야기를 정확히 전달하지 못했다고 생각했다. 그래서 그는 라라에게 오늘 토냐에게 모든 사실을 이야기하고 앞으로 두 사람은 만날 수 없을 것이라는 말을 했으나, 그 뜻을 분명히 표현하지 못했다는 생각을 했다.

라리사 표도로브나는 자신이 짐이 되어 유리 안드레예비치를 괴롭게 만들고 싶은 생각은 추호도 없었다. 그가 얼마나 고민하고 있는지를 그녀는 너무나 잘 알고 있었다. 그녀는 침착한 태도로 유리 안드레예비치가 하는 말을 듣고 있었다. 그들은 상인의 거리로 난 옛날 주인이 쓰던 라리사 표도로브나의 빈 방에서 대화를 나누었다. 그녀의 두 뺨에는, 마치 비 내리는 날 길 맞은편의 여인의 조상이 있는 건물에 세워진 석상에 빗물이 흘러내리듯, 그녀도 모르는 사이에 두 줄기 눈물이 흘러내렸다. 그녀는 나지막한 목소리로 부드럽게 말했다.

「내 걱정은 하지 마시고 좋으실 대로 하세요. 나는 모두 견딜 수 있으니까요.」

그녀는 자기가 눈물을 흘리고 있는 것조차 깨닫지 못했으며, 눈물도 닦지 않고 흘러내리게 버려 두었다.

라리사 표도로브나가 어쩌면 오해했을지도 모르며, 자기가 그녀에게 일말의 기대감을 심어 놓았는지 모른다는 생각을 하고는 다시 말을 돌려 그녀에게로 돌아가서 하지 못한 이야기를 마저 하고, 영원히 헤어지는 것인 만큼 좀더 다정하고 뜻깊게 작별하고 싶었다. 그러나 그는 억지로 자기 자신을 억제하고 말을 달렸다.

해가 지자 숲에는 한기가 돌고 갑자기 캄캄해졌다. 그것은 마치 목욕탕 탈의실에 들어갔을 때처럼 비에 젖은 활엽수의 습기가 콧속으로 스며들어왔다. 공중에서는 물에 뜬 부표 같은 모기 무리가 합창을 하듯 윙윙거리며 주위를 돌고 있었다. 유리 안드레예비치는 계속 손을 휘둘러 이마와 목에 앉은 모기를 잡았다. 땀에 젖은 살을 손바닥으로 철썩철썩 때리는 소리가 말안장이 삐그덕거리는 소리, 말이 바람을 헤치는 씽씽하는 소리와 어우러졌다. 아직 황혼이 물든 먼 곳에서 꾀꼬리가 울어 댔다.

『일어나라, 일어나라!』 꾀꼬리는 설득하듯 지저귀었으며, 그 울음 소리는 마치 부활 전날 『나의 영혼이여! 나의 영혼이여! 잠에서 깨어나라!』라고 부르는 소리처럼 들렸다.

그때 유리 안드레예비치는 단순한 생각을 했다. 왜 이렇게 서두른단 말인가? 그는 자신이 결심한 것은 실행하기로 다짐했다. 고백은 분명히 한다. 그러나 오늘 꼭 그 말을 해야 한다고 말할 사람이 어디 있겠는가? 아직 토냐에게 아무 고백도 하지 않았으니 다음에 해도 괜찮을 것이다. 다음 번에 시내에 들릴 때로 미루자. 그때는 라라에게도 진지하고 성의 있는 대화를 하리라. 아, 과연 멋진 생각이다. 과연 훌륭한 생각이다. 왜 이 생각이 좀더 빨리 떠오르지 않았을까?

유리 안드레예비치는 다시 안티포바를 만날 수 있다는 것을 확인하고는 기뻐서 가슴이 두근거렸다. 그는 안티포바와 만날 일을 상상해 보았다.

나무가 울창한 교외의 포장된 도로와 나무로 지은 집, 그는 지금 안티포바를 만나러 가는 중이었다. 조금만 더 가면 포장된 도로와 도시 공터가 끝나고, 노보스발로치느이의 돌 조각으로 포장된 도로가 나온다. 책장을 집게손가락으로 가장자리를 엄지손가락으로 누르고 한꺼번에 많이 넘긴 때처럼 교외의 작은 집이 섬광같이 지나갔다. 정신이 멍할 정도로 그는 달렸다. 저쪽 길거리 끝에는 그녀가 살고 있는 집이 있다. 먹구름이 잔뜩 낀 하늘에 날씨가 걷히느라고 한 줄기 서광이 비쳤다. 그는 그녀의 집으로 가는 길목에 있는 낯익은 작은 집을 사랑했다. 너무 사랑스러운 나머지 할 수만 있다면 그 집을 손에 들고 입이라도 맞추고 싶었다. 외눈박이 다락방 위로는 지붕이 덮여 있었다. 그리고 촛불과 등불이 물구덩이에 딸기처럼 반사되었다. 비구름 사이의 하얗게 갈라진 틈 아래 있는 안티포바의 집! 그곳에서 그는 창조주가 내려 주시는, 신이 창조한 아름다운 선물을 받을 것이다. 목도리를 두른 검정 옷을 입은 사람이 문을 열 것이다. 그러면 북녘의 백야처럼 싸늘하고 침착한 그녀와, 이 세상 누구의 소유도 아닌 그녀와 만날 수 있다는 기대가, 어두컴컴한 밤에 백사장을 향해 달려갈 때 맞아 주는 바다의 첫 파도처럼 그를 맞아 주었다.

유리 안드레예비치는 고삐를 놓은 뒤 말안장에 몸을 깊이 숙이고 갈기에 얼굴을 파묻었다. 이런 애정의 표시를 빨리 달리라는 뜻으로 받아들인 말은 힘껏 달리기 시작했다.

말굽이 땅에 닿지 않을 정도로 전속력으로 달리자 그는 유쾌하게 심장이 뛰는 소리 이외에도, 누군가가 소리지르며 고함치는 소리가 들리는 것 같았다. 그러나 그는 자기의 귀를 의심했다.

가까이서 귀를 때리는 요란한 총성이 들렸다. 의사는 고개를 쳐들며 고삐를 잡았다. 달린 말이 제지를 당하자 옆걸음을 치다가, 뒷발로 서려는 듯 엉덩이를 낮추고 몸을 일으켰다.

그의 앞에는 갈림길이 펼쳐졌다. 〈모로 이 베트친킨 회사. 각종 파종기. 각종 탈곡기〉라는 간판이 저녁 햇살에 반짝였다. 길 맞은편에 말을 타고 무장을 한 세 사람이 그의 앞을 가로막고 서 있었다. 그들은 탄띠를 두르고 털모자를 쓴 기병과 가장 무도회에 가려는 듯 멋진 옷차림을 하고 누비 바지에 챙이 넓은 사제 모자를 쓴 뚱뚱한 남자였다.

「꼼짝 마시오, 의사 동지.」

세 사람 중 가장 연장자로 보이는 챙이 없는 납작한 모자를 쓴 기병이 말했다.

「시키는 대로 하면 목숨은 살려 줄 것을 약속하겠소. 만일 명령에 불복종하면 이 총이 가만 있지 않을 거요. 우리 부대의 의사가 죽어 당신을 의료 노무자로 강제 징용합니다. 말에서 내린 뒤 젊은이에게 고삐를 주시오. 도망칠 생각은 아예 하지 마시오. 들키면 살아날 수 없을 것이오.」

「당신은 미쿨리친의 아들 리베리우스인 숲 사람의 동지입니까?」

「아닙니다, 난 그분의 수석 연락 장교인 카멘 노드보르스키입니다.」

제 10 장   가도에서

1

크레스토보즈드비젠스크 시, 오멜리치노 역, 파진스크 역, 트리샤스코 역, 야글린스코예 이주민 마을, 즈보나르스카야 자유 농민 마을, 볼리노예 역참 마을, 구르토프시치키, 케지마 간척지 마을, 카제예보 코사크 마을, 쿠테이니의 교외 자유 농민 마을, 말르이 예르몰라이 마을 등 도시와 마을과 역참이 늘어서 있었다.

이 마을과 도시 가운데로는 시베리아에서 가장 역사가 깊은, 옛날에 만들어진 우편 마차 가도가 나 있었다. 그것은 큰길이라는 칼을 가지고 도시와 도시를 마치 빵을 잘라 놓듯 둘로 나누어 놓았고 농가로 구성된 행렬 뒤로 조그만 마을을 여기저기 흩어진 채로 멀리 뒤로 남겨 두고 뻗어 있었으며, 활같이 굽은 급회전 도로로 마을을 감싸고 있었다.

호다트스코예를 지나는 철도가 가설되기 훨씬 옛날에는 삼륜 우편 마차가 가도를 따라 달렸다. 길 한쪽으로는 차, 알곡식, 제철소의 선철을 잔뜩 실은 달구지의 행렬이 줄지었고, 다른 한쪽으로는 감시를 받는 죄수의 도보 행렬이 줄지었다. 그들은 쳐다보기만 해도 공포감을 조성하는 악한으로, 구원을 받을 길이 없는 절망적인 인간으로, 걸을 때마다 족쇄를 요란하게 흔들며 행진했다. 끝이 없는 울창한 숲에서도 바스락거리는 소리가 들려 왔다.

가도 주변에 사는 사람들은 마치 한가족처럼 생활했다. 그들은 마을과 마을, 도시와 도시를 서로 교류하며 인적 관계를 맺었다. 호다트스코예는 철도와 가도의 교차점으로 기관차 수리 공장과 기관고, 보선 시설이 있으며, 노동자 숙소에는 빈민들이 우글거렸다. 그들은 아무 가치 없는 삶을 살다가 병들거나 비참한 생의 종말을 맞았다. 기술이 있는 정치범은 감옥에서 출감한 뒤

호다트스코예로 일자리를 구하러 왔다가 정착하기도 했다.

이 철도를 따라 곳곳에 세워진 혁명 뒤의 최초의 소비에트는 이미 예전에 철폐되었다. 한때는 시베리아 임시정부가 권세를 잡았으나, 지금은 콜챠크가 최고통치자로 전역을 장악하고 있었다.

2

어느 역마 구간에서 길은 언덕진 곳으로 높이 펼쳐졌다. 그곳은 멀리까지 한눈에 들어왔다. 비탈길도 지평선의 폭도 계속 연달아 있었다. 말과 사람이 지쳐 모두 쉬려고 걸음을 멈추었을 때에야 비탈길은 끝났다. 눈앞에 보이는 다리 아래로 케지마 강의 세찬 물살이 흘러갔다.

강 건너편의 가파른 언덕 위로 보즈드비젠스크 수도원의 벽돌담이 눈에 들어왔다. 길은 이 수도원 언덕을 돌아 교외의 후미진 빈터를 몇 바퀴 돌더니 다시 도시 중앙으로 뻗어 나갔다.

그것은 초록색 페인트를 칠한 수도원 철문을 통해서 중심지 광장에 있는 수도원의 모서리를 또다시 거쳤다. 아치형 입구에는 꽃으로 아름답게 꾸민 성상이 있고 거기에는 금박 명문으로 반원형의 테가 쳐져 있었다.

생명을 주시는 십사가를,
정복되지 않는 신앙심을 기뻐하라.

사순절의 마지막 주일인 수난 주간으로, 겨울이 끝나려 했다. 길에 쌓였던 눈은 해빙을 알리듯 시커멓게 변색되었지만, 지붕 위에 쌓인 눈은 여전히 남아, 그 광경은 모자를 쓴 것 같았다.

소년들이 보즈드비젠스크 수도원의 종탑 위에 있는 종지기에게 기어올라 가 보면 아래의 집들은 마치 작은 상자와 성냥갑을 옮겨 놓은 것 같았다. 점 보다도 작게 뵈는 까만 사람이 이리저리 걷고 있었다. 종탑 위에 있는 소년 은 그들의 움직임만을 보고도 그가 누구라는 것을 신통하게 알아맞췄다. 길 가던 사람들은 세 부류의 징집 해당 연령층에 관한 최고 통치자의 포고령이 붙은 벽보를 읽기 시작했다.

3

밤은 전혀 예측할 수 없는 여러 가지 일을 만들었다. 날씨는 계절에 맞지 않게 포근했다. 보슬비가 마치 실안개처럼 허공을 날아다녔다. 그러나 그것은 단지 그렇게 보이는 것뿐이었다. 빗물이 흘러 큰 줄기를 이룬 흐름은 땅 위의 눈을 충분히 씻어 냈다. 지금 대지는 땀을 뻘뻘 흘리는 것처럼 변색되어 검게 보였다.

키가 작은 사과나무의 가지에 꽃망울이 가득 붙어 정원에서 담장을 넘어 길가에 예쁜 모습을 뽐내려는 듯 뻗어 나왔다. 사과나무 가지에 매달린 물방울이 널빤지 조각을 깐 보도 위에 불규칙적으로 똑똑 떨어졌다. 이 살아서 움직이는 듯한 어울리지 않는 화음이 곳곳에서 울려 퍼졌다.

사진관 앞뜰에 매어져 있는 강아지 토미크가 아침까지 깨갱거리며 요란히 짖어 댔다. 강아지 짖는 소리가 시끄러워 화가 났는지 까마귀가 갈루진 씨 정원에서 동네가 시끄러울 정도로 깍깍댔다.

달구지 세 대가 아랫 동네에서 짐을 가득 싣고 장사꾼인 류베즈노프를 찾았다. 그러나 류베즈노프는 자기는 이 물건을 주문한 적이 없다며, 이렇게 배달된 것은 착오이니 물건을 인수할 수 없다고 말했다. 그러나 짐꾼들은 너무 늦었으니 단 하루만이라도 짐을 맡아 달라고 애원했다. 그러나 그는 그 말은 들은 척도 하지 않고 어서 썩 가 버리라고 소리소리 지르며 문도 열어 보지 않았다. 두 사람의 실랑이 때문에 조용한 동네가 온통 야단법석이었다.

마지막 기도 시간인 새벽 한 시에, 거의 움직이지 않던 보즈드비젠스크 수도원의 가장 육중한 종이 부드럽고 가라앉는 은은한 종소리를 냈고, 그 종소리는 어두운 허공에서 보슬비와 뒤섞였다. 종소리는 홍수 때문에 강물에 삼켜진 흙덩이가 녹듯이 하늘에 뿌려져 널리널리 퍼졌다.

십이 복음서 전날의 수난 목요일 밤이었다. 그물 같은 비의 장막 뒤로 사람들의 이마, 코, 얼굴 등을 밝히는 희미한 촛불이 깜박거리며 마당을 지나갔다. 단식을 하고 있는 사람들이 지금 새벽 미사를 드리러 가는 중이었다.

십오 분이 지나자, 수도원으로부터 인도를 따라 걸어가는 발걸음 소리가 들렸다. 구멍 가게 안주인 갈루지나가 이제 방금 시작된 새벽 예배를 빠져나와 집에 가는 길이었다. 그녀는 머리에 수건을 쓰고 털외투를 어깨에 걸치고서 뛰어가다가 제자리에 멈춰 서는 등 고르지 못한 걸음걸이로 발을 옮겨 놓았다. 그녀는 교회의 공기가 후덥지근해서 밖으로 나왔으나, 지금은 두 해 동안에 해온 단식을 거른 것이 부끄럽기도 하고 창피스럽기도 했다. 그러나 그녀가 슬픔에 잠긴 이유는 다른 데 있었다. 바보와 마찬가지인, 불쌍한 아들 테료시아가 동원령에 해당된다는 벽보가 하루 종일 그녀의 가슴을 아프게 했던 것이다. 그녀는 이런 불만을 모두 떨쳐 버리려고 했으나, 어둠 속에서 허옇게 떠오른 포고령의 종이가 나타날 때마다 그것이 떠올랐다.

팔을 뻗으면 닿을 정도의 지척에 그녀의 집이 있었지만 오히려 밖에 있는 것이 한결 더 마음 가벼웠다. 그래서 그녀는 가슴이 터질 것 같은 집으로 돌아가지 않고 바깥 바람을 쐬는 게 좋았다.

여러 생각이 그녀의 마음을 짓눌렀다. 만일 그녀가 그것을 입으로 읊으며 하나하나 짚으려 하면, 적당한 어휘나 시간 등 모두가 부족했을 것이다. 그러나 이 거리에 이르자 근심이 한꺼번에 밀려왔다가, 수도원 모퉁이에서 광장 구석까지 걸어오는 몇 분 사이에 그 모든 문제가 두세 가지로 압축되어서 결론지을 수 있었다.

부활절이 가깝지만 모두 떠났으므로 그녀 외에는 아무도 집 안에 없었다. 정말 혼자일까? 그건 사실이었다. 양녀인 크슈시아를 포함시키지 않는다면 맞는 이야기다. 그럼 그녀는 누구인가? 크슈시아는 남편의 첫 결혼으로 입적된 양녀인 것 같았다. 남편 울라스는 그녀를 양녀로 맞았다고 하지 않았는가. 그녀는 친구일지도 모르지만 어쩌면 원수나 미지의 경쟁자일 수도 있다. 만일 그녀가 양녀가 아니리 친딸이라면 아니 친딸도 아니고 엉뚱한 무엇이면 어쩌지? 남편의 마음속을 들여다볼 수도 없고, 그렇다고 해서 크슈시아를 비난할 수도 없지 않는가! 크슈시아는 아름답고 명석하고 나무랄 데 없는 얌전한 처녀이며, 어느 모로 보나 우매한 테료시카나 양아버지보다는 지혜롭다.

모두가 집을 떠나 흩어졌기 때문에 그녀는 수난 주간이지만 혼자서 보내야만 했다.

남편 블라수시카는 가도를 쫓아다니며, 이제는 전쟁에서 공로를 쌓아야 할 사명을 받았다고 충고하고 격려하는 데 힘을 쏟았다. 멍청한 사내, 자기 자식이나 위급한 상황에서 모면하도록 손을 써야 하지 않겠는가!

아들 테료시카도 부활절을 얼마 남기지 않고 더 이상 참지 못하고 도망쳤다. 그는 장소를 옮겨 마음도 안정시키고 머리도 식힐 겸, 쿠테이느이 이웃 마을의 친척집에 찾아간 것이다. 그는 이 년에 한 번씩 낙제를 했기 때문에, 팔 년째 되는 해에는 어쩔 수 없이 쫓겨나서, 이제는 혼자 고립되고 말았다.

이 얼마나 답답한 일인가! 왜 이렇게 일이 엉망진창이 되어 가고 있는 것인가! 그녀는 도무지 일이 손에 잡히지 않았고, 살고 싶은 의욕도 잃고 말았다. 왜 일이 이 모양일까? 혁명 때문일까? 아니다, 그렇지는 않다. 이것은 모두 전쟁 때문이다. 젊고 활기찬 남자는 모두 전쟁터에서 전사해 버리고, 무용지물인 쓰레기만 남았다.

청부업자였던 아버지는 한창 시절에는 그렇지가 않았다. 아버지는 술은 전혀 마시지 않았고 박학다식하고, 살림은 부유했다. 이름같이 잘 어울리는 폴랴와 올랴, 두 자매가 있었다. 그리고 모두 잘생기고 이름깨나 날리던 후리후리한 십장들도 걸핏하면 아버지를 찾아왔다. 언젠가 두 자매는 여섯 색깔의 털실로 목도리를 짜겠다는 계획을 세웠다. 그들은 믿기 어려울 정도로 솜씨를 발휘하여, 계획대로 멋진 목도리를 짰다. 그 목도리는 그 지역 일대에서 소문이 나 버렸다.

그 시절에는 성당의 의식과 무도회와 사람이 모두 멋지게 조화를 이루어 늘 즐거웠다. 가족은 장사꾼·농부·노동자 등 지극히 평범한 사람들이었지만, 행동이 빈틈없고 예의에 어긋나지 않았다. 러시아도 이와같이 처녀 시절과 같아서 오늘날의 오합지졸과는 비교도 안 될 정도로 진실한 숭배자와 옹호자를 가지고 있었다. 그러나 그 빛은 이제 소멸되고, 변호사나 유태인 같은 보잘 것 없는 인간들이 종일 쉬지 않고 떠들어 댔다. 블라수시카와 그의 친구들은 샴페인과 밝은 희망에 의해 그 옛날의 황금고 같은 시절을 다시 돌이킬 수 있다고 생각했다. 과연 그것이 잃어버린 사랑을 줄까? 그러기 위해서는 산을 옮겨 놓을 수 있을 정도의 정성이 필요하다.

4

그녀는 크레스토보즈드비젠스크의 장터까지를 몇 번이나 왔다갔다 했다. 그녀의 집은 그곳의 왼쪽에 있었다. 그러나 그녀는 번번히 생각에 빠져 있다가, 발을 돌려 다시 수도원 옆의 좁은 길로 들어서곤 했다.

크레스토보즈드비젠스크의 장터는 들판처럼 드넓었다. 옛날에는 그곳은 장날 때마다 농민의 수레로 만원을 이루었다. 그 한쪽 끝에는 옐레닌스카야 거리가 있었고, 다른 쪽은 창고·사무실·작업장으로 사용되는 단층이나 이층짜리 건물이 반원을 그리며 늘어서 있었다.

그녀가 기억하기로는 평화로왔던 때에, 여기서 여성 혐오자인 브류하노프가 긴 털외투를 걸치고, 불한당의 모습으로 가죽·타르·수레바퀴·마구·건초·귀리 등을 팔면서, 상점의 네 쪽짜리 철문 옆에 놓인 의자에 엄숙하게 앉아 신문을 읽었다.

이곳의 작고 컴컴한 진열장 안에 있는 한 쌍의 혼례용 양초와 꽃다발 등이 담긴 종이 상자 위에는 오래된 케케묵은 먼지가 쌓여 있었다. 밀랍 제품 이외에는 가구나 다른 상품이 전혀 없는 창문 너머의 협소한 방에는, 거주지를 알 수 없는 백만 장자 양초 업자의 대리인이 몇천 루블에 달하는 수지, 밀랍, 양초 등을 신분을 숨긴 채 거래하고 있었다.

상점이 즐비하게 늘어선 거리 중앙에는 창문이 세 개 달린 갈루진 씨네의 커다란 잡화상이 있었다. 그 가게에서는 칠을 제때에 하지 않아 바닥이 갈라진 마루를 매일같이 세 번씩 쓸고 남은 잎차로 닦았으며, 주인과 점원들이 때를 가리지 않고 하루 종일 차를 마시곤 했다. 갓 결혼을 한 신혼의 새색시였을 때 그녀는 즐거운 마음으로 계산대에 앉아서 일을 보곤 했다. 그녀는 보라색을 좋아했는데, 엄숙한 교회의 성직자가 입는 옷이 바로 그 색이었으며, 또한 라일락 봉오리도 바로 같은 빛깔이었고, 그녀의 아름다운 빌로도 드레스도 역시 보라색이었으며, 수정 포도주잔 세트의 빛깔이었다. 보라색은 그녀가 지닌 추억의 빛깔이었고, 행복의 빛깔이었으며, 혁명적인 처녀 시절의 밝은 라일락 빛깔 같은 러시아의 빛깔이기도 했다. 그리고 녹말과 설탕과 유리 그릇에 담은 건포도로 만든 지줏빛 카라넬의 향기가 풍기는 상점의 자줏빛 저녁놀이 그녀가 제일 좋아하는 빛깔과 어울렸기 때문에 계산대에 앉아 있기를 즐거했다.

이곳의 목재 저장소 옆 골목에는, 낡고 허물어져 마치 고물 마차와도 같은 송판으로 엮은 이층 건물이 서 있었다. 그 건물에는 방이 네 개, 정면의 양쪽 옆에는 문이 각각 달려 있었다. 일층 오른쪽으로 공증인 사무소, 왼쪽은 잘킨드 약국이었다. 약국 위층에는 많은 식구를 거느린 늙은 재봉사 시물레비치가 살고 있었고, 공증인 사무소 위층인 재봉사네 반대편에는 문에 명함을 붙여 자기 직업을 밝히고 있는 하숙인이 살고 있었다. 여기에서는 시계를 수리하거나 구두에 징을 박아 주었다. 또 주크와 슈트로다흐가 사진실을 차려 함께 경영했으며, 카민스키의 제판 작업실도 있었다.

방은 다닥다닥 붙어 있었기 때문에 사진사의 젊은 조수인, 사진 수정을 하는 마기드손과 대학생인 블라제인은 장작을 넣어 두는 헛간에 암실을 만들었다. 암실 창문으로 붉은 램프 빛이 새어 나오는 것을 보아 그들이 작업을 하고 있는 것이 분명했다. 바로 그 불빛이 새어 나오는 창문 밑에서 강아지 토미크가 옐레닌스카야 어느 곳에서나 들릴 정도로 큰 소리로 짖고 있었다.

『유태인만 모두 한자리에 모였군!』

갈루지나는 회색 건물 앞을 지나면서 생각했다.『더러운 거지들의 소굴이야.』그녀는 자기는 그렇게 생각하면서도 남편이 유태인들에게 너무 잔혹하게 행동했다는 생각이 들었다. 그들은 러시아의 운명에 크게 영향을 끼칠 정도로 중요한 존재는 아니었다. 그러나 왜 이 나라가 이토록 심한 혼란과 무질서에 빠졌다고 생각하는지를 늙은 슈물레비치에게 물어 보면, 그는 못생긴 얼굴에 가득 미소를 짓고 근육을 이리저리 씰룩거리며 말했다.

「그건 모두 레이보츠카의 장난질 때문이야.」

아, 그런 하찮은 생각 때문에 이 귀한 시간을 낭비하다니! 그들이 도대체 무슨 관련이 있단 말인가? 그녀의 걱정은 오직 도회지였다. 러시아의 흥망은 도시에 좌우되는 것이 아니다. 그러나 시골 사람들은 교육을 받고자 했으나, 도시의 것을 모방하기는 했어도 그것을 받아들이지는 못했다. 그래서 그들의 삶은 이것도 아니고 저것도 아닌 것이 되고 말았다.

그렇지 않으면 그와는 정반대로 모든 것은 무지 때문인지도 모른다. 교육을 받은 사람은 세상 일을 미리 알지만, 우리는 숲속에 사는 사람처럼 매사에 어두울 뿐이다. 우리는 목이 잘릴 때까지는 그저 모자만 잃어버릴까 걱정한다. 그것은 밀림 속에서 길을 잃어버린 것과 같다. 그렇다고 교육을 받은 사람이 편히 산다는 말은 결코 아니다. 기근 때문에 그들도 도시에서 밀려나고 있다. 이 얼마나 혼란스러운 일인가. 귀신도 갈피를 잡을 수 없을 것이다.

그러나 문제는 시골에 살고 있는 우리 친척들이었다. 셀리트빈 씨네, 셀라부린 씨네, 팜필 팔르이흐, 모드이흐 씨네의 네스토르와 판크라트 형제가 그렇다. 그들은 자신의 손과 머리에 의지했으며, 자신들이 주인이기도 했다. 가변의 새로운 농장은 훌륭했다. 사십 에이커의 경작지와 양·말·소· 돼지 등의 가축이 있었고, 삼 년은 먹을 수 있는 식량이 비치되어 있었다. 그리고 농기구도 두루 갖추고 있었는데, 탈곡기까지 소유하고 있었다. 콜챠크는 아첨을 하며 자기 편으로 끌어들이려고 했으며 정치위원 역시 숲속의 군대를 동원하려고 야단이었다. 그들은 전장터에서 무공 훈장을 받고 귀향했으므로, 누구나 그들을 교관으로 고용하려고 앞을 다투었다. 현역이건 아니건 교육을 받은 사람이라면 어느 곳에서나 필요로 했다. 말하자면 실력만 있으면 언제나 자리는 있었다.

어느덧 그녀는 집으로 돌아가야만 했다. 자기집 정원이라면 무방하겠지만 여자가 그렇게 늦게까지 길거리에서 배회한다는 것은 점잖은 일이 아니었다.

이렇게 잡다한 생각이 뒤섞여 제대로 갈피를 못잡고 갈루지나는 집으로 가까이 갔다. 그러나 그녀는 집으로 들어가기 전에 잠시 걸음을 멈추고 다른 일을 몇 가지 생각했다.

그녀의 머리속에서는 어느 정도 안면이 있는 호다트스코예의 지도급 인물이며, 수도에서 추방된 정치범 티베르진과 안티포프, 무정부주의자인 〈검은 깃발〉의 브도비첸코, 그리고 시골 자물쇠 장수 〈미친 개〉 고르세니가 떠올랐다. 그들은 하나같이 약삭빠른 사람들이었다. 그들은 대개 과거에도 말썽을 부렸지만 지금도 모종의 음모를 꾸미려고 했다. 그들은 평생 동안 기계를 조작하며 살아왔으므로 기계처럼 무자비하고 냉혹했다. 그들은 저고리 위에 짧은 신사복 웃옷을 입고 다녔으며, 골각 물뿌리로 담배를 피웠고, 전염병에 걸리지 않으려고 물을 끓여 마셨다. 가엾은 블라수시카에게는 전혀 기대할 게 없다. 이들은 모든 것을 자기 마음대로 뒤집어 엎고 자기 생각대로 처리해 버린다.

그리고 그녀는 자기 자신에 대해 생각해 보았다. 그녀는 스스로 자존심이 강하고, 지조 있고 현명하며 훌륭한 여자라고 생각했다. 그러나 이 버림받은 구석에서는, 아니 그녀가 알고 있는 어느 곳에서도, 그녀의 이런 자질을 알아주는 사람은 없었다. 문득 우랄 지방 전체에 잘 알려진 점잖지 못한 노래가 한 귀절 떠올랐다.

센테튜리하는 수레를 팔아
발릴라이카를 샀단다.

그 다음에는 모두 외설스러운 말뿐이었는데, 크레스토보즈드비젠스크에서는 사람들이 자기를 빗대어 그 노래를 부른다고 생각했다.

그녀는 속상해 하며 깊은 한숨을 쉬고는 집 안으로 들어갔다.

5

그녀는 털외투를 입은 채로 거실을 지나 침실로 들어갔다. 벌써 밤이 되어 창문 안쪽에 엉킨 그림자가 창 밖에 그대로 비친 것 같았다. 방에서는 정원이 정면으로 내다보였다. 창문에 늘어진 커튼의 모양은, 윤곽이 헝클어진 정원의 헐벗고 검은 나무의 흐느적거리는 모양과 같았다. 이제 다 끝나가는 겨울의 어둠은 지면을 통해 다가오는 봄의 진보라빛 열기로 따사로왔다. 방안은 그러한 요소와 청소를 잘하지 않아 먼지가 잔뜩 쌓인 커튼이 조화를 이루었으며, 다가온 부활절의 어둡고 따뜻한 보라빛 결 때문에 부드러워진 적막한 어둠이 깔렸다.

성상화에 그려진 성모 마리아는 검고 가는 손을 은빛 덮개에서 빼내어 쳐들었는데, 성모 마리아는 〈신부 어머니〉라는 비잔틴 식 호칭의 처음과 끝 글자를 의미하는 그리스 문자를 두 손으로 각각 들고 있었다. 황금색 받침대 위에 놓인, 잉크병같이 생긴 붉은 유리 덮개가 씌워진 어두컴컴한 등불은 별처럼 떨리는 불빛을 침실 카페트 위에 마구 뿌렸다.

외투와 머리수건을 벗던 갈루지나는 엉거주춤한 몸짓을 하고는 어깨뼈 밑 옆구리의 꿰맨 자리에 오랜 통증을 다시금 느꼈다. 그녀는 깜짝 놀라 소리를 지르고 중얼거렸다.

「슬퍼하는 자들을 보호하는 전능하고 순결한 성모 마리아여, 어서 구원의 손길을 뻗치시어 이 세상을 보호해 주소서.」

그녀는 기도를 반쯤 하다 말고는 펑펑 울음을 터뜨렸다. 그녀는 통증이 가라앉은 후에 다시 옷을 벗기 시작했지만 등과 옷깃의 고리가 손가락에서 미끄러져 부드러운 옷감의 주름 사이로 파묻혔다. 그녀는 신음하면서 고리를 열심히 찾았다.

그때 양녀 크슈시아가 잠이 깨어 방으로 들어왔다.

「어머니, 컴컴한 데서 뭘 하세요? 등잔을 가져올까요?」

「아니, 그러지 않아도 된다. 이 정도면 풍족하다.」

「어머니, 가만히 계세요. 제가 벗겨 드릴께요. 힘든데 그러지 마세요.」

「손가락이 무디어져서 말을 안 듣는구나. 울고 싶을 지경이야. 고리 한 쪽을 제대로 박지 않아서 불편해. 이 옷단을 아래까지 모조리 뜯어서 그 재단 사놈 얼굴에 던져 버리고 싶어.」

「보즈드비젠스크 수도원에서는 노래를 아주 잘 부르더군요. 조용한 밤이라서 여기까지 들리더군요.」

「노래는 잘 부르지만, 난 기분이 그리 좋지 않았어. 온몸이 여기저기 쑤셔서, 정말 짜증이 나서 어떻게 해야 좋을지 모르겠어.」

「저번에는 통증 요법 의사인 스트이도브스키가 치료해 주었잖아요.」

「그 사람은 늘 불가능한 일만 하라고 시켜. 네가 말하는 그 의사는 돌팔이야. 그리고 그는 이제 떠났는 걸. 돌팔이 의사는 이 도시를 떠났어. 그 의사뿐만 아니라 무슨 지진이라도 날 듯이 축제일이 오기 전에 모두 떠나 버렸어.」

「그럼 그 전쟁 포로인 헝가리 의사는 어떻죠? 그 의사도 언젠가 어머니를 치료해 주었잖아요.」

「그 의사도 소용없어. 이제 남은 사람이라곤 없어. 케레니이 라조스는 다른 헝가리 인과 같이 군사 분계선 너머에 있어. 그렇지 않으면 적군에 징용당하고 말 테니까.」

「그렇지만 어머니는 건강에 지나치게 신경을 쓰셔서 더 해요. 단순히 신경 과민일 거예요. 어머니는 사람들의 충고만 들어도 효험이 있을 거예요. 군인의 마누라가 떠들어 대던 것을 생각해 보세요. 통증은 모두 사라지고 말았잖아요. 그 여자 이름이 뭐더라, 좀처럼 생각이 나지 않는군요.」

「그만 해라. 너는 나를 바보천치라고 생각하는구나. 네가 나를 보고 센테튜리하라고 해도 할 수 없지.」

「어머니, 무슨 말씀을 하시는 거예요. 그건 정말 죄악이에요. 그 군인 마누라 이름을 제게 기억나도록 해주시는 게 낫겠어요. 생각날 듯 날 듯 하지만 막상 나오지 않는군요. 기억해 내기 전까지는 내 마음이 편치 못할 거예요.」

「그 여자는 속옷보다 이름이 더 많은 여자야. 넌 무슨 이름을 알고 싶은 거지? 쿠바리하라고도 하고, 메드베지하라고도 하고, 즐리다리하라고도 해 그 이름 말고두 한 열 개 가량 더 있어. 지금은 어디론가 자취를 감추었어. 사라져 버린 거지. 낙태를 시키고 무슨 알약과 가루야을 믿든 것 같아. 그러나 그녀는 감방 생활을 견딜 수 없어서 탈옥 한 뒤에 극동의 어디로 도주했어. 그건 사실이야. 모두 뿔뿔이 흩어졌어. 블라스 파호모비치도, 테료시야도, 마음씨 고운 폴랴 아주머니도 마찬가지야. 이건 농담이지만 말야. 이 도시엔 바보 같은 우리 두 사람만 제외하면 정직한 여자는 한 사람도 없어. 의료 혜택을 전혀 받을 수 없잖아. 무슨 일이 일어나더라도 의사를 댈 수 없을 테니까. 참 유리아틴에 모스크바에서 온 유명한 의사 한 명이 있다고 하더군. 그 의사의 아버지는 상인이었는데 아마 자살했다나 봐. 내가 그 의사를 좀 부르려고 했더니, 적군 검문소 열두 군데에서 그런 사람은 살지 않는다고 비웃으며 길을 막더군. 그 의사에 관한 이야기는 이것 뿐이야. 자, 이제 너도 가서 자렴. 너도 잘 시간이다. 너도 좋아하는 학생 블라제인 때문에 정신이 없겠구나. 너는 왜 그를 싫다고 하는 거지? 그래도 아무 소용 없다. 넌 얼굴이 새빨개졌구나. 그 가엾은 학생은 네가 맡긴 사진을 현상하려고 밤을 새우고 있을 거다. 자기가 잠을 못 자니 다른 사람도 못 자게 하겠지. 그들이 키우고 있는 토미크란 놈이 온 동네방네가 시끄럽도록 짖고, 우리 사과나무에서는 까마귀가 요란히 울어대는 걸 보니 오늘도 쉽게 잠이 들기는 틀린 거 같다. 그런데 너는 정말 화가 났나 보구나. 더 이상 너를 건드리면 큰일 나겠구나. 대학생은 모든 처녀에게 애정이나 표현하는 존재일 뿐이야.」

6

「아니, 저 개는 왜 저렇게 짖는 걸까? 무슨 일인지 내다봐야겠군. 공연히 짖지는 않을 텐데. 주위를 한번 둘러봐야겠어. 리도치카, 얌전히 입 다물고 있어요. 언제 수색을 당할지 모르는 일이니 여기서 꼼짝도 하지 말고 있어야 돼요. 우스틴도, 시보블류이도 가만히 있어요. 당신들만 없으면 아무 일도 없을 거예요.」

중앙 위원회의 대표자인 리도치카는 이야기를 중지하고 잠시 기다리라는 말을 듣지 못하고 빠르고 열띤 음성으로 계속 떠들어 댔다.

「부르조아 군사 정권의 착취·징발·폭력·총격·고문 정책 때문에 혹사당하고 있는 시베리아 사람들은 그릇된 견해를 가질 수밖에 없습니다. 그 정권은 노동자 계급뿐만 아니라 고생하는 근로 농민까지도 적대시하고 있읍니다. 그러므로 시베리아와 우랄 지방의 노동하는 농민들이 반드시 이해해야만 하는 사실은 도시 프롤레타리아와 병사들, 키르기즈와 부랴트 지방의 빈곤한 농민들의 유대를 통해서……」

마침내 그는 자기 연설을 중지시키려는 움직임을 깨닫고, 말을 멈추고 나서 손수건으로 얼굴의 땀을 닦은 후 피곤한 듯 퉁퉁 부은 눈을 내리 감았다.

「물을 한 잔 마시고 좀 쉬도록 해요.」

제일 가까이 서 있던 사람이 나지막이 말했다.

불안해 하던 빨치산 대장에게 보고가 있었다.

「왜 이리 소동이지요? 모두 잘 돼 있어요. 신호등은 창문에 걸려 있고, 보초가 열심히 망을 보며 손짓으로 신호를 보내는 중입니다. 그러니 보고에 대한 토론을 다시 해도 좋을 듯 합니다. 계속하시죠, 리도치카 동지.」

문에서 좀 떨어진, 넓은 헛간의 청소가 되어 있는 곳에서 비합법 집회가 열리고 있었다. 문 옆의 사무실과 입구는 천장에 닿을 정도로 높이 쌓인 장작 더미가 막고 있었다. 비상시에는 수도원 뒤편의 콘스탄틴 골목의 으슥한 장소로 통할 수 있는 마루 아래의 지하 통로가 준비되어 있었다.

거칠고 창백한 얼굴에 귀 밑에는 검은 수염까지 기른 보고자는 대머리를 가리려고 검은 무명 모자를 눌러 쓴 채, 온몸이 비오듯 땀을 흘렸다. 그는 탁자 위에 놓인 석유 램프 위로 흘러나오는 뜨거운 열기에 담배 꽁초를 맛있게 빨고는 흩어진 서류 위로 몸을 구부렸다. 그는 지독한 근시인 눈을 재빨리 굴리며 날카로운 시선으로 훑어보았다. 그들을 한 바퀴 돌아보고는 피곤에 지친 목소리로 연설을 계속했다.

「도시와 농촌의 빈곤한 사람들의 유대는 오직 소비에트를 통해서만 실현될 수 있읍니다. 이제는 어쩔 수 없이 시베리아의 농민은 시베리아 노동자들이 오래 전에 투쟁을 시작했던 목적을 추구하게 됩니다. 그들의 공통된 목표는 인민에게 있어서의 혐오스런 제독과 코사크 수령의 전제 권력의 전복이며, 완전 무장의 부르조아 장교와 코사크 병사와 싸우기 위해 반란군은 전면적인 전쟁을 해야 합니다. 그들이 맞서 싸우려면 폭동으로 전면적이고 완강한 전쟁을 계속해야 합니다.」

그는 또 다시 말을 멈추고 땀을 닦은 후 눈을 지그시 감았다. 어떤 사람이 규칙을 어기고 자리에서 일어나 손을 들고 발언을 요청했다.

빨치산 대장, 다시 말해서 우랄 전역 빨치산 부대의 케지마 지대 사령관이 바로 연사의 코 아래 앉아 도전적으로 보일 정도로 태연하고 무례하게 불손한 태도로 말을 가로막았다. 아직 소년 티도 채 벗지 못한 젊은 군인이 대부대를 지휘할 뿐만 아니라, 부하들도 진심으로 그를 존경하기까지 한다는 사실을 믿을 수 없는 일이었다. 그는 기병대 외투로 수족을 감싸고 앉아 있었는데, 의자에 걸쳐 놓은 외투 몸통과 두 소매 밑으로 소위보 견장을 떼어 낸 자리가 약간 거무스름하게 흔적이 보이는 군복이 나타났다.

그의 측근에는, 가장자리가 곱슬곱슬한 양털로 된 빛 바랜 흰 양피 옷을 걸친, 동년배처럼 보이는 두 호위병이 굳게 입을 다물고 서 있었다. 돌처럼 완전히 굳은 그들의 얼굴에는 상관에 대한 맹목적인 충성과, 상관을 위한 일이면 어떤 일이라도 해보겠다는 결심만 나타나 있었다. 그들은 회의에도 무관심했고, 회의에 제기된 문제나 토론에도 참견하지 않았다. 그들은 잠자코 있고 미소도 짓지 않았다.

그들 이외에도 그곳에는 십여 명이 더 있었다. 서 있는 사람도 있고 또 어떤 사람들은 다리를 뻗거나 무릎을 세운 채, 둥근 장작더미에 기댄 채 마룻바닥에 앉아 있었다.

그리고 귀빈이 앉을 의자도 여러 개 놓여 있었다. 그들은 나이가 많은 노동자로 제1차 혁명 때에 가담했던 사람들이었다. 그들 중 티베르진은 성격이 우울하게 바뀌고, 그의 말이라면 언제라도 동의하는 친구인 안티포프 노인이 포함되어 있었다.

그들은 혁명을 모든 성찬과 번제물을 그 발 밑에 바쳐야 할 신의 서열에 속한다고 생각했으며, 그 정치적 연륜으로 살아 있는 인간적인 것을 잃고 말 없는 준엄한 우상처럼 앉아 있었다.

헛간 안에는 또 타인의 시선을 집중시키는 사람들이 있었다. 러시아 무정부주의의 지주인 〈검은 깃발〉 브도비첸코는 잠시도 안정하지 못하고 마루에서 일어났다 앉았다, 또 왔다갔다 하다가 헛간 중앙에 섰다. 그는 살이 많이 쪘고 머리와 입술은 둥글고, 머리털은 마치 사자 갈기 같은 노인으로, 최근의 터키와의 전쟁은 알 수 없지만 노일 전쟁 때에는 장교였는데, 환상 속에서 영원히 벗어나지 못하고 있는 몽상가였다.

그는 키가 크고 유순한 성격이어서 사소한 일도 다소 공정하게 처리하지 못하지만, 주의가 산만하여 회의 때에는 내용을 오해하기를 잘했고, 상반된 견해를 자기 견해와 같다고 착각하여 그 견해에 동의하는 사람이었다.

그의 옆에는 낯익은 사냥꾼 스비리드가 앉아 있었다. 스비리드는 농부는 아니었지만, 목에 거는 십자가와 함께 시커먼 삼베 셔츠를 움켜쥐고 몸앞으로 끌어당겨 가슴을 문지르는 모습으로 그의 순박한, 그리고 농민적인 천성이 드러났다. 그는 부랴트 계의 혼혈로 무식하지만 순박한 사람이었는데, 콧수염이 듬성듬성한 얼굴에 머리를 가늘게 땋아 내렸으며, 역시 듬성듬성한 턱수염 중간중간에 더 가는 수염이 섞여 있었다. 늙은 몽고인 얼굴은 공감할 때마다 얼굴 가득 주름이 잡히게 미소지었다.

중앙 위원회에서 군사적인 임무를 수행하기 위해 시베리아를 여행하고 있는 연사는 아직도 자기가 찾아다녀야 할 드넓은 지역을 생각했다. 그는 이야기하는 대개의 남자에게 무관심했다. 그러나 어렸을 때부터 혁명가요, 인민 옹호자였던 그는 맞은편에 앉아 있는 젊은 지휘관을 말없이 쳐다보며 감탄을 연발했다. 그래서 그는 젊은 지휘관의 태도가 동년배에게는 저속하게 들릴지 모르지만 노인에게는 소박한 혁명적 기질로 받아들여진다고 생각하여 용서했을 뿐만 아니라, 애인이 사랑하는 여인의 방자함을 이해하고 한편으로 기쁨으로 생각하듯 그의 무례한 독설을 감탄하고 있었다.

빨치산 대장은 미쿨리친의 아들 리베리우스였다. 중앙에서 파견된 연사는 한때 사회 혁명당에 가입했던 전력이 있는, 전에는 협동 노동 운동 주의자 코스토예드 아무르스키였다. 근래에 그는 태도를 돌변하여 사상을 수정하고, 지난 날의 과거를 성명서를 통해 인정하고, 공산당 당원이 되었으며, 입당 후에는 즉시 오늘날의 중책을 맡게 되었다.

그는 비록 군인에 지나지 않았으나 그의 혁명가 경력과 함께 오랜 세월 동안 제정 시대 감옥에서의 시련에 대한 경의 표시로, 또 지난 날 협동 조합 운동주의자로서 서부 시베리아에서 반란이 있을 때 농민 대중의 마음을 이해했으리라는 배려로 그런 중책을 맡게 된 것이었다. 그가 맡은 임무의 수행을 위해서는 그의 지식이 군사적인 훈련보다 훨씬 중요했다.

코스토예드는 정치적 신념의 변화로 완전히 다른 사람으로 변모했다. 그 변화는 용모와 행동, 그리고 버릇까지도 바꾸어 놓고 말았다. 그가 옛날에는 대머리였으며 수염이 더부룩했다고는 누구도 상상하지 못했다. 그의 모습이 변한 것은 일종의 변장일지도 모른다. 당에서는 그의 신분이 노출되지 않도록 철저히 지령을 내려 지하 활동을 하고 있으며, 그의 비밀 호칭을 베렌제이, 또는 리도치카 동지였다.

방금 낭독한 지시 사항에 동의한다고 브도비첸코가 갑자기 얘기를 꺼낸 후 잠시 분위기가 어수선했으나 코스토예드는 말을 계속했다.

「농민 대중의 점증하는 운동에 호응하려면 당 지방 위원회의 전역에서 활동중인 모든 빨치산 부대와 당장 손을 잡아야만 합니다.」

뒤어어 코스토예드는 비밀 회의의 조직, 암호, 그리고 약호와 통신 수단에 대해 설명했다. 그는 전체적으로 하나씩 자세히 검토도 했다

「백군에 속하는 시설과 여러 조직의 무기고, 잡비와 식량과 무기가 저장된 위치와 거액이 보관되어 있는 곳, 아울러 어떻게 보관되어 있는지도 각 부대에 알려 주십시오. 각 부대의 조직과 각급 지휘관과 프롤레타리아의 규율과 첩보 활동, 외부세계와의 접촉, 지역 주민에 대한 태도, 혁명 군사 재판, 적군의 점령 지역 내에서의 폭파 전술, 예를 들면 교량, 철도, 기선, 화물선, 역, 기계 설비가 된 공장, 전신국, 광산, 식량 보급 수단의 파괴 등에 대한 문제도 상세히 밝힐 필요가 있읍니다.」

리베리우스는 더 이상 참고 있을 수 없었다. 지금까지의 연설이 전후가 맞지 않는 엉성한 말이라고 생각했다. 그는 드디어 입을 열었다.

「훌륭한 강연이었읍니다. 잊지 않고 새겨 두겠읍니다. 적군의 후원을 잃지 않으려면 모든 것을 반대하지 않고 받아들여야 하겠죠?」

「네, 그래야 할 겁니다.」

「그러면 리도치카 선생, 포병과 기병을 포함한 우리 세 개 연대 병력이 몇 달 동안 어렵게 싸워서 적을 패퇴시키고 났는데, 이제 다시 당신의 말에 따르라는 건가요?」

코스토예드는 그의 말을 듣고 정말 대단하다고 생각했다.

리베리우스의 건방진 태도에 잔뜩 불만을 품고 있던 티베르진이 두 사람의 언쟁에 끼어들었다.

「실례하지만 연사 동지! 확실치는 않지만 내가 지시 사항 중에서 잘못 기록한 곳이 있는 것 같습니다. 다시 그걸 읽어서 잘 기록했는지 확인했으면 합니다.『혁명 당시에 전선에 주둔한 적이 있고, 군대 조직에 포함됐던 고참병을 동 위원회로 끌어들이는 것이 제일 바람직한 일이다. 위원회 위원에는 하사관 한두 명과 기술 사병 한 명을 위원회 위원에 포함시키는 것이 바람직하다.』이 기록이 정확한가요, 연사 동지?」

「네, 정확합니다. 하나도 틀린 곳이 없습니다.」

「그럼 이런 말을 해도 되겠군요. 나는 그 중 기술 사병에 관한 것이 아무래도 마음에 걸립니다. 1905년 혁명에 참가한 우리 노동자는 군대 관계자를 믿지 못합니다. 그들 중 늘 반혁명 분자가 포함되어 있었읍니다.」

「이제 그만두고 어서 결의문이나 채택합시다. 시간이 너무 늦어서 이제 해산할 때가 되었읍니다.」

「나는 대다수 의견에 찬성하는 바입니다.」

브도비첸코가 우렁찬 목소리로 말했다.

「시적인 표현을 빌리자면 시민 단체는 민주주의 토대 위에 세워져야 하고, 나무가 대지에 심어져서 땅 속 깊이 뿌리를 내리듯 밑에서부터 성장해야 하는 것입니다. 울타리에 치는 말뚝처럼 결코 위에서부터 두드려 박지는 못합니다. 바로 자코뱅 독재 정권의 과오가 거기에 있었읍니다. 국민 공회가 테르미도르 당원에 의해 무너진 것도 바로 그런 이유에서였읍니다.」

「그거야 명확한 사실 아닙니까?」

그의 친구이며 방랑벽이 있는 스비리드가 동조했다.

「그건 아이들도 아는 일입니다. 좀더 일찍 생각했으면 좋았을 텐데, 이제는 늦었어요. 우리의 사명은 사력을 다해 싸워서 앞으로 전진하는 길뿐입니다. 참고 견뎌 봅시다. 일단 시작했으니 절대로 물러설 수는 없습니다. 차려 놓은 음식은 먹어야 하는 법입니다. 우리가 바다에 뛰어들어 놓고서 불평만 한다면 침몰할 수밖에 없을 겁니다.」

「결의문, 결의문!」

사방에서 사람들이 소리쳤다. 제각기 의견을 말하는 통에 분위기가 산만했지만 토론은 좀더 계속되었다. 새벽녘에야 비로소 회의는 끝났고, 그들은 다른 날처럼 조심스럽게 주의를 기울인 채 집으로 각기 돌아갔다.

7

국도변을 따라가면 그림같이 아름다운 곳이 나타나는데, 그곳은 경사진 언덕을 내려오듯이 뻗어 쿠테이니 포사드와 말르이 예르몰라이 두 마을을 갈라서, 한쪽 마을은 경사진 언덕을 따라 뻗어 내렸고, 또 한쪽 마을은 아래 계곡에 펼쳐졌다. 말르이 예르몰라이 마을에서는 병무 위원회가, 부활절로 한때 중단되었던 말르이 예르몰라이 마을과 근접한 지역의 징집 당사자들의 신체 검사를 할 때면 기마 민병대와 코사크 병은 이 마을에 주둔했다.

예년에 없이 늦은 부활절의 삼 일째 되는 날이었으며, 계절에 맞지 않게 바람 한 점 불지 않는 따스한 봄날이었다. 신병을 위해 마련된 음식과 술이 놓인 식탁이 통행에 불편하지 않도록 가도의 한쪽에서 떨어진 쿠테이니 대촌의 노상에 놓여 늘어섰다.

마을 사람들은 저마다 음식을 추렴해서 신병을 대접했다. 주식은 모두 부활절 준비를 위해 만들고 남은 훈제된 햄 두 쪽, 쿨리치 두세 개였다. 또 큼직한, 집에서 구워 썬 빵 접시, 절인 버섯, 오이, 짠지, 부활절 달걀을 쌓아올린 접시가 식탁 위에 놓여 있었는데, 그 빛깔은 대개 분홍이나 푸른빛이었다. 같은 장미빛이나 푸른빛이었지만 속은 하얀색의 깨진 달걀 껍질이 식탁 주변의 새로 돋은 풀밭에 흩어졌다. 젊은 사내의 셔츠와 여인의 드레스는 분홍이나 연한 푸른색이었다. 하늘에 떠도는 구름도 장미빛이었으며, 하늘도 구름과 함께 흘러가는 듯이 보였다.

블라스 파호모비치 갈루진도 비단 장식띠를 두르고 팔 자 걸음으로 장화 뒤축을 끌며, 국도 위의 언덕에 있는 파프누트킨의 집 계단을 소란하게 쿵쿵거리며 내려와 식탁이 있는 곳으로 가서는 연설을 시작했다.

「샴페인이 없기 때문에 나는 우리가 직접 집에서 담근 보드카로 여러분에게 축배를 올립니다. 신병 여러분의 건강을 위해 들겠읍니다. 여러분의 무사 안녕을 위해! 신병 여러분! 나는 세 가지 이유로 해서 여러분과 축배를 들고 싶습니다. 주목해 주십시오. 이제 여러분 앞에 펼쳐진 길은 동족 상잔의 피로 물들인 조국의 땅을 압제자로부터 빼앗기지 않기 위해 결사적으로 수호하기 위한 십자군의 길입니다. 인민들은 피를 흘리지 않고도 혁명을 이룩할 수 있을 것이라는 희망을 가지고 있었으나, 볼셰비키 당은 외국자본의 앞잡이가 되어 총칼이라는 무력의 힘으로 인민의 염원인 헌법 제정 회의를 해산시켰으며, 전혀 방어를 하지 못한 무방비 상태의 사람들의 피로 강물을 이루게 했읍니다. 신병 여러분! 이제 여러분은 러시아 군대에 짓밟힌 명예를 되찾는 일을 여러분이 맡게 되었읍니다. 우리는 온갖 수치를 겪었으며, 또한 용맹한 우방에게는 빚을 지고 말았읍니다. 우리는 적군과 함께, 파렴치하게도 독일과 오스트리아가 고개를 들고 있음을 주시하면서 우리 힘으로 이런 수치에서어서 빨리 벗어나도록 해야겠읍니다. 신이 우리와 함께 계실 것입니다, 여러분.」

갈루진의 연설이 끝나기도 전에 만세 소리와 블라스 파호모비치를 헹가래 치자는 소리가 요란스럽게 들려 왔다. 그는 술잔을 입에 대고 제대로 걸러지지 않아 찌꺼기가 있는 보드카를 마셨다. 그는 우아한 향내가 나는 포도주에 길들여져 있었으므로 이 보드카는 입맛에 맞지 않았다. 그러나 공적인 행사를 진행중이라는 의식이 그를 흡족하게 했다.

「자네 아버님도 대단한 분이시로군. 놀라운 말솜씨야! 밀류코프 의원과는 비교도 할 수 없겠어.」

만취하여 떠들고 있는 사람 중에서 고시카 라브이흐가 옆에 앉은 친구인 테렌티 갈루진에게 홍건히 취한 목소리로 그의 아버지 칭찬을 늘어놓았다.

「정말 옳은 말씀이야, 대단한 분이시군. 그런데 괜히 열을 올리시는 것 같지는 않고, 훌륭한 연설로서 자네가 징집을 면제받도록 하실 생각인가 보군 그래.」

「그게 무슨 소리야, 고시카! 자넨 창피도 모르나. 징집 면제라고? 아니 그런 말을 어떻게 할 수 있나? 나도 자네와 같은 날 통지서를 받았는데. 징집 면제란 말도 안 되는 소리야. 우린 같은 부대에서 근무할 거야. 쓰레기 같은 놈들! 어머니께서 얼마나 슬퍼하시나 몰라. 지원 장교도 될 수 없나 봐. 졸병으로 군에 가게 되는 거지. 아버지는 아주 멋진 연설가시지. 연설 솜씨론 일급이시지. 아버지는 그런 재능을 타고 나신 분이다. 체계적인 교육을 전혀 받으시지 않았어.」

「사니카 파프누트킨 소문은 들었나?」

「응, 들었어. 그런데 전염병이 걸렸다는 게 사실인가?」

「고칠 수가 없다나 봐. 척추까지 번지면 끝나는 거지. 다 제 잘못이지만. 우리가 가지 말라고 경고했는데, 사람을 잘 선택해서 어울려야 해.」

「그 사람은 이제 어떻게 될까?」

「비극이야. 권총으로 자살을 기도했어. 지금 예르몰라이의 위원회에서 징병 검사를 받고 있는데, 십중팔구는 군복무를 해야겠지. 자칭 빨치산 부대를 원하더군. 사회에 복수를 하려는 거야.」

「고시카, 자넨 지금 전염병 이야기를 하지만 그에게 가지 않아도 다른 병에 걸릴 수 있단 말이야.」

「나도 지금 자네가 말하는 건 알고 있어. 자네도 그런 경험은 있지만, 그건 병이 아니라 남 모르는 죄악일 뿐이야.」

「고시카, 다시 그런 말을 했다간 따귀를 갈길 테야. 친구에게 그런 말을 하다니, 순 거짓말장이!」

「그저 농담을 했을 뿐이니 진정하게. 실은 자네에게 이런 말을 하고 싶었어. 나는 파진스크에서 부활절을 지냈는데, 무정부주의사인 연사가 찾아왔더군. 그 사람은 정말 흥미 있는 사람이었어. 그는 〈이녁의 해방〉이라는 강연을 했는데 꽤 흥미 있는 이야기를 하더군. 나는 앞으로 무정부주의자가 되려고 해. 우리에게 내적인 힘이 있다고 그가 말하더군. 어떤가? 천재라는 생각이 들지 않나? 이제야 술이 취하는 모양이군. 사람들이 너무 소리를 질러서 귀가 울려 전혀 소리가 들리지 않아. 더 이상 견딜 수가 없어. 입 좀 다물고 테레시카, 술이나 마셔. 주둥이를 닥치란 말이야.」

「고시카, 다시 말해 봐. 나는 사회주의에 관한 것은 도무지 이해가 안 된단 말야. 뭐탈까. 사보타지니크니 뭐니 하는 말이 뭐지? 그런 사람을 뭐라고 한다고. 그건 무슨 소리지?」

「너에게 말했지만 그런 말이라면, 테레시카, 나도 교수 이상 잘 알고 있어. 제발 괴롭히지 마. 귀찮아 죽겠어. 나는 취했단 말야. 사보타지니크란, 서로 같은 패거리란 뜻이야. 기왕 사보타지란 말이 나왔으니 말이지만 너도 한 패야, 알았어? 이 멍청한 녀석아!」

「그런 억지가 어디 있어. 그렇지만 전기의 힘에 대해선 자네 말이 맞는 거 같아. 나는 광고를 보고 페테르스부르크에서 요금 후납으로 전기 받침대를 주문할 생각이야. 정력을 증진시키려고 그래. 그랬는데 갑자기 새 혁명이 일어나서 전기 밴드에 대해서는 미처 신경을 쓸 수가 없었던 거야.

테렌티는 말을 끝내지 않았으나 멀지 않은 곳에서 엄청난 폭발음이 만취하여 횡설수설하는 목소리를 삼켜 버렸다. 잠시 식탁 건너편의 떠드는 소리가 중단 되었다. 일 분 정도 지나자 더욱 큰 소동이 벌어졌다. 의자에 앉아 있던 사람은 벌떡 일어나 자리에서 뛰쳐나왔고, 그다지 놀라지 않은 사람은 자리에 일어서 있었다. 또 어떤 사람은 비틀거리며 자리를 옮기려다 식탁 아래로 쓰러진 채 코를 골기도 했다. 여자들은 비명을 지르고 일대 소동이 벌어졌다.

블라스 파호모비치는 범인을 잡으려고 사방을 이리저리 살펴보았다. 그는 처음에는 식탁을 늘어놓은 가까운 곳에서 그 요란한 소리가 났다고 생각했다. 그는 얼굴은 홍당무처럼 빨갛고 목은 힘줄이 잔뜩 불거진 채 소리소리 질러 댔다.

「이 대열에 숨어들어 이 난리법석을 떠는 유다 같은 놈이 대체 누구냐? 어느 나쁜 놈이 수류탄으로 장난을 쳤지? 누군지 잡히기만 하면 내 아들놈이라도 교수형에 처할 테다. 여러분, 이런 짓을 한 놈을 절대로 그냥 두어서는 안 됩니다. 당장 잡아야 합니다. 이 마을을 차단해서 그 선동자를 잡아들이겠읍니다. 그 불한당 같은 놈이 빠져 나가지 못하게 할 겁니다.」

처음에 사람들은 그의 말에 귀를 기울였지만, 바로 말르이 예르몰라이 마을 면사무소에서 하늘까지 검은 연기가 치솟는 바람에 모두 정신이 그쪽으로 팔렸다. 사람들은 모두 무슨 일인지 궁금해서 계곡으로 뛰어갔다.

불타고 있는 예르몰라이 면사무소에서는 징집 대상자의 신체 검사를 하던 시트레제 대령과 장교 여러 명, 그리고 신병 몇 명이 뛰쳐나왔는데, 신병 중에는 신발도 못 신고 바지만 겨우 입고 맨발로 뛰어나오는 사람도 있었다. 마을 입구에서는 코사크 병사와 민경 대원이 가슴을 앞으로 내밀고, 몸을 뒤트는 말을 타고 꼿꼿한 자세로 채찍질을 하며 이리저리 달렸다. 수많은 사람이 길을 따라 쿠테이니 대촌으로 달려왔다. 종지기들도 예르몰라이 마을의 비상종을 일제히 울려 댔다.

사건이 급속도로 꼬리에 꼬리를 물고 발생했다. 어두워질 때까지 수색이 계속되었다. 시트레제 대령은 코사크 병사와 쿠테이니 대촌에서 이웃 마을을 수색하려고 갔다. 그리고 마을을 포위한 뒤 집이나 농장을 하나도 빠트리지 않고 수색했다.

그때에도, 이 환송연에 모인 숫자의 절반 가량은 술에 만취하여 몸을 가누지 못한 채 바닥에 쭈그리고 앉아 있거나 식탁에 엎드려 코를 골았다. 완전히 어두워져서야 마을에 민경대가 들어왔다는 말이 들렸다.

젊은 청년 몇 명이 민경대를 피하려고 서로 걷어차고 밀면서 마을 뒤쪽으로 빠져나와, 지하의 뚫린 식량 창고의 철책 통로로 기어들어갔다. 땅 밑이라 캄캄해서 어느 집 식량 창고인지는 모르지만, 석유 냄새가 나는 것으로 보아 소비 조합의 매점 창고 같았다.

숨은 사람들은 잘못이라곤 없고, 오직 숨었다는 것만 죄일 뿐이었다. 몇몇 사람은 술김에 그만 도망쳤던 것이다. 그들은 자기들의 도주가 어쩌면 인생을 망치는 길인지도 모른다고 생각했다. 지금은 모든 것이 정치적 색조를 띠고 있기 때문이었다. 소비에트 지역에서는 단순한 난폭과 비행도 반동의 징후로 받아들였지만, 백군 지역에서는 불량배들은 볼셰비키즘으로 간주되었다.

마루 밑에는 더 먼저 기어들어온 사람도 있었다. 흙바닥과 창고 마루 틈의 공간에도 사람들이 가득했다. 그곳에는 예르몰라이 마을과 쿠테이니 대촌 사람이 한데 섞여 있었다. 그 중 쿠테이니 마을 사람들은 만취하여 정신을 차리지 못했다. 그들은 코를 골거나 이를 갈기도 했고, 심지어는 토하기도 했다. 식량 창고 아래는 그 중에서도 가장 캄캄했고, 공기가 통하지 않아 심한 악취 때문에 가슴이 답답할 정도였다. 제일 나중에 들어온 사람은 들키지 않으려고 입구를 돌과 흙으로 막았다. 얼마 후 신음 소리와 코 고는 소리가 들리지 않자 갑자기 조용해졌다. 사람들은 모두 평온히 잠들었다. 유일하게 누려움에 떠는 테렌티 갈루진과 예르몰라이의 싸움꾼인 코시카 네흐발레느이흐가 쉬지 않고 속삭여 댔다.

「여봐, 목소리를 더 죽여, 이러다가 모두 끝장날지도 몰라. 조용히 귀 기울여 봐. 시트레제 대령과 그 일당이 왔다갔다 하는 소리 들리지 않나? 길거리 끝으로 갔으니까 다시 올라올 거야. 자, 그들이 가까이 오고 있어. 쉿, 조용히 해, 숨을 쉬어도 내 가만히 두지 않을 테니 각오하란 말야. 발걸음 소리가 멀어신 걸 보니 지나갔나 보군. 이 멍청한 녀석아! 너는 왜 여기 왔어? 숨을 이유가 없잖아. 누기 너를 해치기나 한다고 하든?」

「고시카가 숨으라고 소리쳐서 이리로 들어왔어.」

「고시카는 그럴 만한 이유가 충분하지. 식구들이 모두 의심을 받고 있어서 고생하고 있어. 호다트스코예의 철도에서 일하는 친척이 있지. 점잖게 있지 못해, 이 멍청한 놈아! 사방이 온통 사람이 싼 똥과 오물이야. 몸을 조금만 움직여도 오물을 몸에 뒤집어 쓸 정도야 어때, 냄새가 지독하지?」

「너는 시트레제가 왜 마을을 돌아다니는지 알고 있어? 그는 파진스크 사람, 즉 이방인을 추방하고 있는 거야.」

「코시카, 대체 무슨 일이지? 어떡하다 이런 일이 벌어진 거지?」

「이게 모두 사니카 때문이야. 바로 그 사니카 파프누트킨 탓이야. 우리는 신체 검사를 받느라고 옷을 벗고 있었어. 사니카 차례가 되었는데, 그는 정신이 없을 정도로 만취한 상태이기 때문에 옷을 벗지 않았지. 그가 출두했을 때는 이미 취해 있었어. 서기는 공손히 존대말로 옷을 벗으라고 타일렀으나 그는 무례한 태도로 버텼어. 그는 자기 국부를 다른 사람에게 보이기 싫어서 그런다고 했어. 그리고는 서기에게 가까이 가서 다짜고짜 그의 턱을 세게 갈기더군. 그래서 어떻게 된 줄 아나? 사니카는 순식간에 사무실 책상을 엎었어. 그래서 잉크병, 군인 명단, 그 외에 책상 위에 놓여졌던 것이 모두 바닥에 흩어져 버렸지. 그때 시트레제가 들어와 그를 야단쳤어.『나는 절대로 이런 난폭한 행동은 용납하지 않을 거다. 무혈 혁명이나, 공공 장소에서 위법적인 행동을 하는 걸 용납하지 않겠어. 누가 선동자야?』

사니카가 창문으로 다가가더니『옷을 집어, 동지들, 이곳에 있으면 모두 끝나.』라고 소리쳤지. 나는 옷을 주워 입으면서 사니카에게 다가갔어. 그는 주먹으로 유리창을 깨고 거리로 뛰쳐나가더니 바람처럼 들판을 가르며 뛰더군. 나도 물론 그 뒤를 쫓았지. 우리 뒤를 따르는 사람이 또 있었어. 사력을 다해 달렸어. 그들은 소리소리 지르며 우리를 쫓더군. 왜 그런 일이 벌어졌나고 물으면 할 말이 없어.」

「그럼 폭탄은?」

「폭탄이라고?」

「그럼 폭탄을 던진 사람은 누구지? 아니 그게 폭탄인지 수류탄인지는 모르겠지만 말야.」

「우리보고 폭탄을 터뜨렸다는 거야?」

「그럼 누가 그랬겠어.」

「나도 알 수 없지 누군가가 혼란한 틈을 이용해서 폭탄을 터뜨릴 계획을 한 사람이 있겠지. 그런 혼란지경에는 누구를 의심할 여지가 없을 테니까. 아마 정치범의 소행이겠지. 그곳에는 파진스크 출신의 정치가가 많으니까. 조용히 좀 해. 입 좀 다물고 있어. 사람 목소리가 들려. 시트레제 일당이 다시 오나 봐. 들키면 우리는 끝장이야. 조용히 해.」

장화 소리와 박차 소리가 들려 오더니 인기척이 차츰 다가왔다.

「뭘 따지는 거야. 나는 절대로 만만한 사람이 아니야. 말소리가 분명히 들렸는데.」

그 말소리는 페테르스부르크의 말투로 부하들에게 명령하는 대령의 음성이었다.

말르이 예르몰라이 마을의 촌장인 늙은 어부 오토뱌지스틴이 말했다.

「잘못 들으셨겠죠, 각하. 마을에서 사람 말소리가 들렸다는 게 또 이상할 것도 없지 않습니까? 여기는 공동 묘지가 아닌 걸요. 사람들이 말을 할 수도 있는 거죠. 사람들은 벙어리가 아니니까요. 그런 것도 아니라면 누군가 잠자다 잠꼬대를 했을 수도 있는 거고요.」

「왜 쓸데 없는 소리를 하는 거요. 난 당신이 괜히 촌놈 흉내를 내고 있다는 걸 알아. 분명히 이 부근 집에서 소리가 났어. 당신들은 배짱만 두둑해졌어. 이러다가 나중에는 국제적인 문제까지 떠들어대겠군. ……분명히 이 근처였어!」

「아닙니다. 정말 그럴 리가 없읍니다. 각하. 대령! 우리는 모두 일자 무식쟁이라 기도서도 더듬거리며 겨우 읽을 지경인 걸요.」

「당신들은 발각될 것 같으면 늘 그런 말을 하지. 상점은 구석구석 빠짐없이 수색하라. 철저히 조사하고 계산대 밑도 확인해 봐.」

「알았읍니다, 각하」

「파프누트킨과, 라브이흐와, 네흐발레느이흐는 생사를 불문하고 체포해야 한다. 설혹 바다 밑에서 건져 내는 한이 있어도 기필코 찾아야 해. 그리고 갈루진의 막내 녀석도 생포해야 하고. 제아비가 아무리 애국적인 연실을 하고 돌아다녀도 선혀 쓸데 없는 일이야. 모두 입으로만 떠드는 거야. 반동이란 말이야. 절대로 우리는 속이지 못해. 상인이 연설을 하고 다니는 것이 어쩐지 수상쩍었어. 그래 그와는 영 어울리지 않는 일이다. 그 자의 집안 놈들이 정치범을 숨기고, 크레스토보즈드비젠스크의 그놈 집에서는 비밀리에 집회를 갖는다는 소리를 들었어. 어서 그놈을 잡아와! 그놈을 어떻게 처리할지는 계획하지 않았지만, 만일 실수가 눈에 띄면 본보기로 주저하시 않고 처벌하겠어.」

수색하는 군인들이 멀리 사라졌다. 그들이 멀리 간 것을 확인하고 코시카 네흐발레느이흐는 공포에 떨고 있는 테레시카 갈루진에게 물었다.

「들었나?」

「네.」

그는 다소 작은 목소리로 가만가만 입을 열었다.

「이제는 너와 나 사니카하고, 고시카가 갈 곳은 그저 숲 뿐이야. 영원히 거기 살자는 게 아니야. 그저 적절한 시기를 기다리는 거야. 사태가 가라앉으면, 그때는 돌아오는 거야.」

제 11 장   숲속의 군단

1

유리 안드레예비치가 빨치산의 포로가 된 지도 일년 남짓한 세월이 흘렀다. 포로의 몸으로서 그의 자유의 한계는 무척 애매했다. 그가 포로로 잡혀 있는 곳은 사방이 벽으로 둘러쳐져 있지 않았고, 감시나 미행을 당하는 일도 없었다. 빨치산 부대의 끊임없는 이동과 함께 유리 안드레예비치도 줄곧 돌아다녔다. 이 군단은 그들이 통과하는 땅이나 촌락의 주민들과 확연히 떨어져 있지를 않고, 민중과 함께 뒤섞여 융화를 이루었다.

표면상으로는 의사는 포로로 잡힌 몸이기는커녕 아무런 속박도 받지 않는 자유의 몸으로, 오히려 모처럼의 자유를 제대로 누리지 못하는 듯싶을 정도였다. 포로로서의 그의 속박은 인생의 다른 강제적인 형태와 전혀 다른 것이 없었으며 또한 눈에 보이지도, 손에 잡히지도 않는 그 무엇인지 현실적으론 존재하지 않는 무슨 괴물처럼 생각되어졌다. 그러나 비록 족쇄나 쇠사슬을 채우지 않고 감시도 받지 않았지만 의사는 현실이 아닌 것 같기는 해도 자신의 자유롭지 않은 상태를 순순히 받아들여야만 했다.

빨치산으로부터의 세 차례의 도망은 번번히 시도할 때마다 실패로 끝났다. 달리 처벌을 받은 것은 아니지만 그것은 역시 공연한 불장난이었던 것이다. 더 이상 그는 탈출을 시도하지 않았다.

빨치산 대장 리베리우스 미쿨리친은 지바고를 좋아하여 너그럽게 봐 주고 있었다. 대장은 같은 천막에서 자게 했으며 지바고와 이야기 나누는 것을 좋아했다. 유리 안드레예비치는 이 억지 동무가 번거로웠다.

2

이 무렵, 빨치산 부대는 줄곧 동쪽으로 이동하고 있었다. 이 이동은 때때로 콜챠크 군을 시베리아에서 몰아내려는 전면적인 전투의 일부였으며, 또 때로는 배후에서 백위군으로부터 위협을 받아 포위를 벗어나기 위한 후퇴로 변하기도 했다. 이 미묘한 차이를 의사는 오랫 동안 이해하지 못했다.

빨치산 부대는 국도와 평행으로 이동했으며 때로는 가도를 이용하기도 했다. 어느 순간에 국도변의 마을과 소도시들은 전국(戰局)의 움직임에 따라 적군이기도 하고 백군이기도 했다. 겉으로 보아선 그 마을들이 어느 편의 지배하에 있는지 판단하기가 어려웠다.

농민군이 이러한 작은 마을이나 소도시를 통과할 때면, 길 양쪽의 집들은 땅 속으로 가라앉아 버리는 것 같았고, 기병이나 말·대포·진흙 속에서 철퍼덕거리며 가는 덩치 큰 소총병들이 집보다도 한결 높이 드러나 보였다.

어느 날, 그러한 조그마한 도시에서 의사는 카펠 장군이 이끄는 백위군 장교 부대가 퇴각 때 버리고 간 영국제 군용 의약품들을 전리품으로 압수하게 되었다.

비가 내리는 음울한 오후, 모든 것이 두 가지 빛깔뿐이어서, 빛이 닿는 곳은 하얗고 나머지는 어디나 검게 보였다. 의사의 기분 또한 마찬가지여서 그 확연한 대조를 완화시켜 주는 음영마저도 발견되지 않았다.

군대의 빈번한 이동으로 인해 완전히 파괴된 도로는 시커먼 진흙의 흐름으로 바뀌어, 그 길은 몇 군데서만 건널 수가 있었다. 그러한 곳도 수백 야드를 집들의 벽에 달라붙어 따라간 뒤에야 겨우 다다르게 되는 형편이었다. 그러한 상황하에서 의사는 모스크바에서 오는 기차에 같이 탔던 승객 펠라기아 탸구노바를 파진스크 시에서 만났다.

그녀가 먼저 그를 알아보았다. 그녀는 그가 알아보면 곧 인삿말을 건네고 그렇지 않으면 잠자코 있겠다는 듯한 표정을 짓고 있었다. 마치 진흙길 건너편에서 운하의 대안을 바라보듯 하면서 망설이는 듯한 눈길을 던지고 있는데, 그가 그녀를 기억해 내는 데에는 시간이 좀 걸렸다.

마침내 그는 모든 것을 기억해 냈다. 초만원이던 화물 열차, 노동으로 동원되어 가는 징용자들, 그 호송병, 머리카락을 길게 땋아 내린 여자들의 모습과 더불어 머리속에선 그의 대가족이 선명하게 떠올랐다. 그가 못 견디게 그리

위하던 사랑하는 혈육들의 얼굴이 선명하게 되살아났다.

그는 턱짓으로, 탸구노바에게 도로 위쪽, 진흙 속에서 튀어나온 돌멩이들을 밟고 건널 수 있는 곳으로 길을 따라 더 올라가라고 가리켜 보였다. 곧 그도 같은 방향으로 걸어가 그녀와 인사를 나누었다.

그녀는 지난 이 년 간에 걸친 쌓인 이야기를 들려 주었다.

그들과 같은 차간에 불법적으로 강제 징용되었던 미모의 순진한 소년 바샤를 그에게 상키시켜 주고, 그녀는 베레텐니키 마을에서 그의 어머니와 함께 지내던 얘기를 했다. 그녀는 그들과 함께 잘 지냈었지만, 한편으로는 그녀가 베레텐니키 사람이 아닌 타향 사람이란 이유로 그녀를 따돌렸다. 그녀가 바샤와 가까운 사이라는 터무니없는 소문이 돌았으며 결국은 견디다 못해 제스스로 떠나온 것이다.

그녀는 크레스토보즈드비젠스크 시의 언니 올리가 갈루지나를 찾아가 주거를 정했다. 그 부근에서 프리툴리예프를 본 사람이 있다는 소문을 들었기 때문에 그녀는 파진스크로 온 것이다. 나중에 알고 보니 소문은 근거 없는 것이었고, 작은 도시에서 오갈 데 없게 되자 일자리를 얻어 이곳에 주저앉게 되었다.

그러는 동안 가까운 친구들에게 불행이 닥쳐왔다. 베레텐니키 마을에서는 식량 징벌대로부터 습격을 당했다고 한다. 얘기를 들으니 바샤의 집은 불타고 가족 가운데 누가 죽었다는 소문이었다. 크레스토보즈드비젠스크에서는 펠라기아의 형부인 울라스 갈루진이 투옥당했든가, 총살당했다는 이야기였다. 조카는 행방불명이 되었다. 언니는 한동안 입에 풀칠도 못하고 굶주렸지만, 지금은 즈보나르스카야 자유촌의 먼 친척 농가에서 일하며 겨우 생계를 유지했다.

운명이란 이상한 것이어서, 탸구노바는 알고 보니 의사가 재고품을 징발하려던 파진스크 약국에서 부엌일을 하고 있었다. 이 조처로 해서 약국에 의존해 살던 사람들은 그녀를 포함해서 모두 파멸을 맞게 될 터였다. 그러나 의사가 그것을 철회하기란 힘들었다. 탸구노바는 재고품을 인수하는 현장에 입회하게 되었다.

유리 안드레예비치의 수레는 약국 뒤쪽에 대어 놓았다. 고리짝에 담은 병들과 궤짝, 자루들이 운반되어 나오고 있었다.

고용인들은 풀이 죽어 작업 과정을 슬픈 눈으로 바라보았고, 약국의 마굿간에 매여 있던 앙상하고 지저분한 늙은 말도 구슬픈 눈으로 그것을 쳐다보고 있었다.

비가 내리는 하루도 서서히 끝나가고 있었다. 하늘이 조금 걷히고 겨우 푸른 하늘이 얼굴을 내밀었다. 구름에 싸여 기우는 해가 한순간 얼굴을 드러내며 마당에 어두운 청동색의 빛을 뿌렸다. 질퍽한 배설물 웅덩이도 음산한 황금빛으로 반짝이게 했다.

진흙탕이 너무 걸쭉해서 바람은 그 웅덩이의 물을 움직이게 하지 못했다. 그러나 길바닥의 빗물은 바람이 부는 대로 잔물결을 일으켰고, 주사(朱砂)처럼 반짝이고 있었다.

병사들은 기마와 도보로 깊은 웅덩이 언저리를 피하며 길거리를 따라 이동했다. 징발한 보급품 가운데서 빨치산 대장이 최근 애용하고 있는 코카인이 온전히 한 통 나타났다.

3

빨치산 사이에서의 의사는 일에 쫓겨 매우 바빴다. 겨울에는 발진티푸스, 여름에는 이질, 게다가 전투가 다시 시작되어 부상자의 수가 날로 늘어났다.

잦은 퇴각과 역경에 처했음에도 불구하고 빨치산 농민군이 지나가는 지역에서 새로운 반란자들이 끊임없이 늘어났다. 외시가 빨치산들과 지낸 일 년 반 사이, 그 병력은 열 배 정도 불어났다. 크레스토보즈드비젠스크의 비밀 집회에서 리베리우스 미쿨리친이 배하(配下) 병력을 열 배로 과장했었는데, 이제 그 병력은 그가 뽐내던 숫자에 도달하게 되었다.

유리 안드레예비치에게는 새로 임명된 위생병 몇 사람과 둘 다 전쟁 포로인 조수가 딸려 있었다. 그의 조수는 오스트리아의 군대에서 군의관이었던 헝가리의 공산 당원인 케레니 라이오시와 의료 훈련을 좀 받았던 크로아티아인 앙겔라르였다. 유리 안드레예비치는 앞사람과는 독일어로 말했으나 후자는 슬라브 계의 발칸 인이어서 러시아 말이 어느 정도 통하였다.

4

국제 적십자 협약에 의하면, 군대의 의무진은 교전국들의 군사 작전에 참여해서는 안 되게 되어 있다. 그러나 언젠가 한번 의사는 이 규칙을 깨지 않을 수가 없었다. 전투시 그는 싸움터에 있었고, 전투병들과 같은 운명에 처해서 자신의 방위를 위해 총을 들어야만 했었다.

빨치산의 산병선은 숲 언저리에 형성되었다. 별안간 적의 총격을 받고 의사는 부대의 유선 통신병 옆에 엎드렸다. 그들 뒤쪽은 숲이었고, 앞쪽은 탁 트인 숲속의 빈터였는데, 이 무방비 상태로 터진 지역을 건너 백위군이 공격해 왔다.

이제는 의사가 적의 한 사람 한 사람까지 얼굴을 똑똑히 분간할 수 있을 만큼 바짝 다가와 있었다. 그들은 대도시의 민간인들 가운데 최근에 지원한 소년들과 예비역에서 동원된 중년의 사람들이었다. 그러나 대다수는 김나지움의 졸업반이거나 대학교 일 학년 학생들인 젊은이들이 주축을 이루었다.

의사가 아는 사람은 그들 가운데 아무도 없었지만, 거의가 어디선가 본 기억이 있는 듯한, 이상하게 눈에 익은 얼굴들이었다. 어떤 사람은 중학교 시절의 동창생들이 아닐까 싶은 생각도 들었고, 또 옛날에 극장이나 한길에서 만났던 것 같은 얼굴도 있었다. 그들은 어딘지 모르게 사람을 끄는 풍부한 표정의 일가 친척들처럼 여겨졌다.

그들 나름대로의 의무감에 고무되어 그들은 전혀 어울리지도 않는 열성과 무모한 용기를 과시했다. 대열을 전개시키고 황실 의장대의 열병 행진도 무색할 만큼 질서정연하게 전진해 왔다. 그들은 뛰거나 땅 위에 엎드리거나 하지도 않고 쉽게 몸을 감출 수도 있는 울퉁불퉁한 지형도 무시했다. 빨치산들의 총알은 백발백중 그들을 마구 쓰러뜨렸다.

백위군이 돌진해 오고 있는 넓고 헐벗은 들판 한가운데는 벼락을 맞아 터졌거나 불에 시커멓게 타 버렸거나, 아니면 전에 있었던 어느 전투에서 그을리고 갈라져 죽은 나무가 한 그루 있었다. 진격해 오는 지원병들은 저마다 그 나무를 힐끗거리며 쳐다보고 그 줄기 뒤에 숨어 한결 더 안전하고 확실하게 겨냥하여 쏘고 싶은 유혹과 한순간 싸웠으나 결국 그 유혹을 물리치고 다시 전진해 왔다.

빨치산은 탄약 보급에 한정이 있었으며 짧은 사정 거리에서 보다 잘 보이는 목표물에만 발포하라는 명령을 받은 터였다.

유리 안드레예비치는 총을 가지지 않고 풀 위에 엎드려 교전 과정을 지켜보았다. 그의 모든 동정심은 용감하게 죽어 갈 어린 아이들 쪽으로 쏠렸다. 진심으로 그들의 승리를 바랐다. 그들은 아마도 자신과 같은 정신, 교육, 도덕적 수련, 가치관 등을 가지고 있을 것이며 비슷한 집안 출신들이었을지도 모른다.

들판으로 달려가는 동안, 그들에게 항복해서 지금의 처지에서 벗어날까 하는 생각이 스치고 지나갔다. 그러나 그것은 위험천만한 모험이었다. 두 손을 들어 머리에 얹고 뛰어가는 동안에 그의 배반에 대한 보복으로 쏘아 대는 빨치산들과 그의 동기를 잘못 판단한 백위군, 가슴과 잔등에 양쪽에서 총을 맞고 쓰러질 수도 있었다. 지금까지도 여러 번 이런 도망 계획을 짜고 가능성을 검토했으며 불가능하다는 판단을 내렸으므로 오래 전부터 단념하고 있었다. 그래서 지금도 엇갈리는 감정으로 자포자기가 되어 그는 풀 위에 엎드린 채 얼굴을 공지 쪽으로 돌리고 총도 들지 않은 채 전투 과정을 지켜보았다.

그러나 필사적인 싸움이 사방에서 벌어지고 있는 판국에 구경만 하기란 인간의 힘으로는 불가능한 일이었다. 그것은 그가 붙잡혀 있는 편에 대한 충성심이나 자위(自衛)에 있는 것이 아니라, 주변에서 벌어지는 일들을 지배하는 법칙과 사물의 이치에 대한 순종이었다. 방관자로 남아 있다는 것은 법칙에 위배되는 것이었다. 인간은 모든 사람들이 뜻하는 바를 따라야 한다. 전투가 진행중이었다. 그와 동료들이 사격을 받고 있는 것이었다. 그는 응당 마주 쏘아야만 했다.

자신과 나란히 있던 유선 통신병이 부르르 몸을 떨더니 이윽고 꼼짝 않고 넘어져 있게 되자, 그는 그에게로 다가가 탄약함을 끄르고 그의 총을 손에 쥐자, 제자리로 돌아와서는 한 방 한 방 총을 쏘기 시작했다.

그러나 그의 연민의 마음은 자기가 감탄과 동정을 보내고 있는 젊은이들에게 그로 하여금 총을 겨누게 하지 않았다. 공중에다 대고 그냥 쏘아 대는 것도 무모한 짓이었으므로, 그는 목표물과 가늠쇠 사이에 사람이 아무도 없는 동안에 갈라진 나무에다 사격을 했다. 그에게는 자기 나름으로 쏘는 법이 있었다.

겨냥을 하고 조준이 차츰 정확해짐에 따라 그는 천천히 방아쇠를 눌렀는데, 마치 총을 쏠 의도가 전혀 없기라도 하듯, 끝까지 당기지는 않았다. 그는 오랜 습관이 이룬 정확성을 발휘하며 아랫 가지의 죽은 나무를 쏘아 나무 주변에 부러진 잔가지들을 흩어 놓았다.

그러나 이게 어찌된 노릇인가? 사람을 맞추지 않으려고 조심해서 피해도 결정적인 순간에 공격측의 누군가가 의사와 나무 사이에 뛰어들어와서는 불쑥 조준선으로 뛰어들었다. 그의 총에 두 사람이 부상을 당했고, 나무 근처에 쓰러진 한 사람은 불행하게도 목숨을 잃은 것 같았다.

백위군 사령부는 결국 공격의 무의미함을 깨달은 듯이 후퇴 명령을 했다.

빨치산 쪽은 소수였다. 그들의 주력 부대 일부는 행군중이었고, 다른 일부는 조금 떨어진 지점에서 한결 더 유력한 적의 대부대와 교전하고 있었다. 빨치산 쪽은 약점을 노출시키지 않으려고 후퇴하는 백군을 추적하지 않고 자제를 했다.

간호장 앙겔라르는 들것을 운반하는 두 위생병을 수풀가로 인솔해 왔다. 의사는 부상병의 간호를 그들에게 명령하고, 자신은 아직도 숨을 쉬고 살려낼 수 있기를 막연히 바라면서 유선 통신병 위로 몸을 수그렸다. 그리고 셔츠를 벗기고 심장의 고동 소리를 들어 보았다. 심장의 고동은 멎어 있었다.

죽은 남자의 목에는 부적이 든 주머니가 끈으로 매달려 있었다. 유리 안드레예비치는 그것을 끌렀다. 그 속에는 낡고, 접은 곳이 닳아서 누더기가 된 종이 조각 한 장이 천에 누벼져 있었다.

의사는 절반쯤 부스러져 산산조각이 난 종이 조각을 펼쳐 보았다.

종이에는 《시편》 제91편에서 발췌한 구절들이 적혀 있었는데 자꾸 되풀이해 읽다 보니 원본에서 점점 더 와전이 되어 흔한 기도문에서 발견될 만한 어휘의 변화가 눈에 띄었다. 슬라브어의 텍스트의 단편이 러시아어 식으로 고쳐져 있었다.

《시편》에는 『전능하신 분의 그늘 아래 사는 사람아(쥐브이)』로 되어 있는데 러시아어식의 읽기와 쓰기로는 『생생한(쥐브이예) 가호』로 바뀌었다.

『낮에 날아드는 화살을……두려워 마라』라는 귀절이 『날아드는 전쟁의 화살을 두려워 마라』라는 훈계의 말로 바뀌었다. 또 『나의 이름을 아는(포즈나) 자를』은 『나의 이름은 나중으로 늦어지고(포즈드노)』로 『환난(스코르비)중에 그와 함께 있나니 나는 그를 건져 주고(이즈무)……』는 『빨리(스코도) 겨울이(지무) 오면』으로 되어 있다.

《시편》의 이 대목은 총알로부터 지켜주는 부적으로서 영험이 있다고 믿어지고 있었다. 지난 번 제국주의 전쟁 때 병사들은 그것을 부적으로 몸에 지니고 있었다. 그로부터 수십 년이 훨씬 지난 뒤에 죄수들이 그것을 옷에 누벼 달고, 밤에 심문받기 위해 호출 명령을 받으면 감방 안에서 그 구절을 중얼중얼 외었던 것이다.

유선 통신병을 남겨 두고 유리 안드레예비치는 자기가 죽인 젊은 백위병이 있는 들판으로 나아갔다. 청년의 단정한 얼굴에는 순진함과 모든 것을 용서하는 표정이 담겨 있었다.

『나는 왜 그를 죽였을까?』하고 의사는 생각했다.

그는 소년의 외투 단추를 끄르고 앞자락을 넓게 펼쳤다. 그의 어머니의 솜씨인 듯한, 어느 꼼꼼한 손이 안감에다 흘려 쓴 글자로 조심스럽게 세리오자 란체비치라는 이름을 수 놓았다. 세리오자의 셔츠가 열린 사이로 십자가 목걸이와 금합(金盒)과 손톱에 긁히기라도 한 듯 흠집이 났으며 코담뱃갑 비슷한 무슨 작고 납작한 황금 케이스가 빠져나와 쇠사슬에 매달려 있었다. 그 속에서 종이 조각이 하나 떨어졌다. 의사는 그것을 펴 보곤 그의 눈을 의심했다. 같은 《시편》 91 편이었지만 이번에는 슬라브어 원전대로 쓰여져 있었다.

이때 세리오자가 신음 소리를 내더니 몸을 꿈틀거렸다. 그는 살아 있었다. 나중에 알아본 결과, 그는 가벼운 체내 부상으로 정신을 잃었던 것이다. 어머니가 만들이 준 부적이 총알을 막아 그의 생명을 구한 셈이다. 그러나 의식을 잃은 이 소년을 어떻게 해야 된단 말인가?

교전하는 양편의 만행이 극에 달했던 시기였다. 포로들은 살아서 사령부에 다다른 적이 없었으며, 적의 부상병은 그 자리에서 총검의 희생이 되었다.

빨치산 병력은 그 무렵 적에게로 넘어가거나 그 쪽에서 넘어오는 탈영병들의 숫자가 많았으므로 비밀만 잘 지켜진다면 란체비치는 최근에 입대한 신참으로 충분히 통용될 수도 있었다.

유리 안드레예비치는 믿을 만한 양겔라르의 도움을 얻어 유선 통신병의 겉옷을 벗겨 소년에게 갈아입혔다.

그는 양겔라르와 함께 세리오자를 간호하여 건강을 되찾게 했다. 완쾌된 란세비치는 콜챠크 군대로 되돌아가 계속해서 적군과 싸울 각오임을 숨김없이 말했으나 그래도 그들은 그를 놓아 주었다.

5

가을이 되자 빨치산들은 삼면에서 급류가 거품을 일으키며 해안을 타고 들어오는 가파른 언덕의 작은 숲 리시 오토크(여우의 숲)에다 숙영(宿營)했다. 그곳은 빨치산 부대가 오기 전에 카펠 장군 휘하의 백위군이 그곳에서 월동을 하느라 인근 마을 사람들의 손과 노동을 빌어 호를 팠으나 봄이 되자 그냥 떠나 버렸다. 이제 엄폐호와 참호와 지하 통로는 빨치산이 사용했다.

의사는 리베리우스 미쿨리친과 같은 참호에서 기거하고 있었다. 그는 이틀 밤을 계속 떠들어 대며 의사를 못 자게 했다.

「나의 존경하는 아버지, 나의 파테르, 파파헨(둘 다 아버지란 뜻의 독일어), 지금 무엇을 하고 있는지 알고 싶군요.」

『이 노는 꼴을 정말 봐 줄 수가 없군.』 의사는 혼자서 한숨을 쉬었다. 『얼굴은 제 아비를 쏙 빼박았지 않은가!』

「지금까지 나눈 얘기로 미루어 당신은 아베르키 스테파노비치를 상당히 잘 알고 있소. 당신은 아버지에 대해서 나쁜 감정은 품지 않은 듯싶군요. 그렇지 않습니까, 선생님?」

「리베리우스 아베르키예비치, 내일은 선거 집회가 있읍니다. 게다가 밀조 위스키 사건에 대한 위생병의 재판도 코 앞에 닥쳤읍니다. 나는 라이오시와 함께 관계 자료 준비를 해야 합니다. 그 일로 나는 내일 그를 만나야만 합니다. 그런데 이틀 밤 동안 잠을 자지 못했지요. 이야기는 뒤로 미룹시다. 제발 좀 봐 주시오.」

「안 됩니다. 할 수 없이 아베르키 스테파노비치의 이야기로 되돌아갑니다만, 그 늙은이를 어찌 생각하십니까?」

「아뭏든 당신의 아버지는 상당히 젊습니다, 리베리우스 아베르키예비치. 어쩌자고 당신이 아버님을 그런 식으로 부르는지 알 수가 없군요. 그렇다면 이야기하겠읍니다. 나는 여러 차례 이야기했습니다만, 여러 가지 종류의 사회주의를 얼른 구별하는 실력이 워낙 없어서 볼셰비키들과 다른 사회주의자들의 다른 점을 그리 잘 알지 못합니다. 당신의 아버님은 러시아의 최근 무질서와 소요에 대한 책임을 져야 될 사람들 가운데 한 분입니다. 그는 혁명가의 전형적인 인물이에요. 당신과 마찬가지로, 그는 러시아의 삶에서 격동의 원칙을 대표하고 있읍니다.」

「그것은 칭찬입니까, 아니면 질책하시는 겁니까?」

「거듭 바라는 바이지만, 이 토론은 보다 한가한 때로 늦추기로 하십시다. 그리고 당신이 코카인을 남용하고 있는 것에 정말 신경을 쓰도록 부탁드립니다. 당신은 내가 맡은 재고량을 알면서도 고갈을 시키는 중입니다. 그것은 독극물이며, 내가 당신의 건강에 책임을 져야 하는 처지라는 것은 차치하고라도, 다른 목적을 위해 필요한 것입니다.」

「당신은 어젯밤에도 연구회를 빼먹었더군요. 당신의 위축된 사회 의식은 무식한 시골 농부의 여편네나 보수 반동의 부르조아와 똑같이 쇠퇴한 사회 감각을 지니고 있어요. 그러면서도 당신은 박식한 의사인가 하면, 스스로 무엇인가를 쓰고 있더군요. 그것을 무슨 방법으로 설명하시겠읍니까?」

「설명한다는 것은 사양하겠읍니다. 보나마나 소용 없는 것일 테니까요. 당신은 날 우습게 볼 것입니다.」

「왜 공연한 점잔을 빼십니까? 그처럼 비꼬는 말투 대신 우리들의 강습회의 강령을 알아보기 위해 수고를 좀 해주신다면 당신은 그렇게 거드름만 피우고 있진 못하실 텐데요.」

「무슨 말씀을, 리베리우스 아베르키예비치! 제가 무슨 거드름을 피운다고 그러십니까! 나는 당신의 교육 활동에 고개를 숙이고 있습니다. 문제 일람이 신문에 실린 것을 보았읍니다. 병사의 사기앙양에 대한 당신의 신념을 알고 있는데, 상당히 감탄할 만한 것이더군요. 인민의 군대와 동료들과, 약한 자들과, 의지할 곳 없는 사람들에 대해 보여 줘야 마땅할 군인의 태도와 그리고 명예와 순결성에 대해 당신이 한 모든 얘기는 두호보르 교도(18세기에 처음 알려진, 러시아 정교 교회의 가르침과 의식을 부정하던 러시아 분리파계의 종파의 하나. 러시아 정부로부터 극도의 탄압을 받았으나 그들은 19세기 말 톨스토이의 도움을 얻어 캐나다로 이주했음)의 조직원리와 같지 뭡니까. 그런 종류의 톨스토이주의를 나는 훤히 알고 있읍니다. 그것은 인간 향상에의 꿈입니다. 나도 소년 시절에는 그러한 것으로 머리가 가득 찼었읍니다. 내가 어찌 그러한 것을 비웃을 수 있겠읍니까?

그러나 무엇보다도 시월 혁명 이래로 이해되어지고 있는 것과 같은 사회 개혁의 이념은 나를 뜨겁게 불태울 수 없읍니다. 다음으로 실현되기까지는 아직 먼데도 그것에 대해 이러쿵저러쿵 말하기 위해서만 그 같은 피의 바다가 댓가로 치러져야 한다면, 목적은 수단을 정당화할 것 같지는 않습니다. 또 하나, 이것은 중요한 것인데 인생을 개조한다는 사람들의 얘기를 듣다 보면, 나는 자제력을 잃고 절망에 빠지고 맙니다.

인생의 개조! 그런 말을 하는 사람들은 삶에 대한 이해가 전혀 없으며 아무리 풍부한 경험과 견문이 있다 해도 삶의 숨결과 맥박을 느껴 보지도 못했읍니다. 그런 사람들은 존재라는 것을 아직도 자신의 손이 닿아 더 좋은 것으로 만들어지지 않은 원료의 덩어리, 이제부터 가공해야 할 소재로 생각하고 있읍니다. 허나 삶이란 절대로 재료가 아니고 물건이 아닌 것입니다. 아시겠읍니까?인생 그 자체라는 것은, 자기 자신을 부단히 갱신시켜 나아가는 근원인 것입니다. 그 자체는 영원히 자기 자신을 변화시키며 변모해 나가는 것이므로, 당신이나 나의 어리석은 이론을 가지곤 설명하기가 무한히 어려워집니다.」

「하지만 당신이 우리의 모임에 나가 훌륭하고 뛰어난 사람들과 접촉을 계속한다면 당신의 기분은 드높아질 것입니다. 당신은 우울증에 빠지지 않게 될 겁니다. 그 이유야 뻔하지요. 당장은 우리들이 당하고 있으므로 앞날의 광명을 볼 수가 없어서 당신은 의기소침해 있는 겁니다. 하지만 벗이여, 두려워할 필요는 없습니다. 나는 개인적으로 훨씬 더 무서운 일을 겪어 왔습니다. 그래도 나는 이성을 잃지는 않습니다. 우리의 곤경은 일시적인 일이고, 콜챠크는 결국 지고 말 것입니다. 내 말을 새겨 들으세요. 긴 안목으로 보면 우리가 결국에는 이길 수 있음을 알게 될 겁니다. 그러니 기운을 내요!」

『정말 어처구니없는 일이군.』하고 의사는 생각했다.『참으로 어리석은 일이로군! 나는 우리들의 사상이 완전히 상반된다는 사실을 납득시키려고 그에게 떠들어대며 시간을 소비하고, 그는 나를 억지로 잡아 왔고, 내가 원하지 않더라도 나를 붙잡아 앉힌 판국에, 그의 패배에 내가 잔뜩 놀라고 그의 희망이 나를 기쁘게 하리란 상상을 하다니! 어쩌면 사람이 그토록 눈이 멀 수 있을까? 그에게는 세계의 운명이 혁명의 승리보다 덜 중요하다.』

유리 안드레예비치는 인상을 썼다. 그는 이러니저러니하고 대답도 없을 뿐더러 리베리우스의 어린애스러움에 화가 머리끝까지 치밀어 금방이라도 터질 듯한 것을 억지로 참고 있음을 숨기려고도 하지 않으면서 어깨를 으쓱했다. 리베리우스도 그것을 곧 눈치챘다.

「주피터여, 그대는 화가 났도다. 그렇다면 그대가 옳지 않도다.」하고 그는 말했다.

「이 모든 것이 내게는 아무런 의미도 없음을 제발 어서 깨달으셔야 되겠어요.『주피터』니『절대 두려워하지 말라』느니,『아(A)라고 말한 사람은 비(B)라고 말해야 한다』라느니 하는 따위의 상투어들과 이런 천박한 수작들은 하나도 내게 통하지가 않아요. 당신이 뭐라해도 나는, 난 이런 말은 하고 저런 말은 하지 않습니다. 당신들이 러시아의 해방자들이며 찬란한 불빛이고 당신들이 없으면 러시아어는 쓰지 못하게 되며 빈곤과 무지 속에 빠지고 만다는 것을 인정하겠읍니다. 하지만 설사 그렇다 해도 나에게 있어서 당신네는 아무 상관도 없습니다. 침이라도 퉤하고 뱉어 주고 싶을 뿐입니다. 나는 당신들이 혐오스럽습니다. 당신들 따위는 나가 죽으라고 소리를 지르고 싶습니다. 당신이 숭배하고 있는 자들은 격언이라면 사족을 못 쓰겠지만,『말을 물가까지 끌고 갈 수는 있어도, 물을 마시게 할 수는 없다』는 격언을 잊었고, 그들은 요구하지도 않는 사람들에게 혜택을 마구 베풀고 해방시켜 주는 버릇이 들어 있읍니다. 당신은 내가 당신과의 대화보다 세상에서 더 큰 기쁨은 내가 상상도 못 하는 줄 아나 보군요. 아마 난 나를 포로로 잡아 둔 것에 대해 당신에게 축복을 내리고 아내와 아들과 집과 일과 그리고 내가 아끼며 내 인생을 보람차게 만드는 모든 것들로부터 해방시켜 준 데 대해 감사드리는 것이 마땅하겠지요. 소문에 의하면 러시아 인이 아닌, 누구인지도 모르는 부대가 바르키노를 습격했다더군요. 마을은 모두 파괴되고 약탈을 당할 대로 당했다는 이야기입니다. 카멘노드보르스키는 그것을 결코 부정하진 않더군요. 나의 가족과 당신의 가족은 다행히도 도망칠 수 있었던 것 같습니다. 보나마나 털모자를 뒤집어 쓰고, 누더기 외투를 걸치고, 눈이 휘몰아치는 속을 헤치며 르이니바 강의 얼음판을 건너 마음과 생명이 있는 모든 것을 모조리 태연하게 쏘아 죽이고는, 허깨비마냥 사라져 버렸다더군요. 그런 것에 대해 조금이나마 알고 있는 게 있읍니까? 그건 사실입니까?』

「터무니없는 소리. 허위 날조요. 근거 없는 헛소문입니다.」

「병사들의 사기앙양에 대한 강연을 할 때, 스스로 주장한 바와 같이 당신이 친절하고 너그럽다면 나를 보내 주시오. 나는 가족을 찾아 나서겠읍니다. 나는 그들이 살아 있는지, 어디에 있는지조차 모릅니다. 그런데 만일 그것이 안 된다면 제발 조용히 계십시오. 나를 가만히 내버려 두십시오. 그 밖의 어떤 것에도 나는 흥미가 없습니다. 무슨 일을 저지를는지 나는 모릅니다. 어찌됐든 내게도 제기랄, 권리는 있지 않겠읍니까!」

유리 안드레예비치는 그의 막침대에 누워 얼굴을 파묻고는 자신의 입장을 정당화하고는 봄쯤에는 백위군에게 결정적인 승리를 거두리란 안심을 시키려는 리베리우스의 얘기를 듣지 않으려 기를 쓰고 있었다.

내란이 끝날 낌새이고, 평화와 자유의 번영이 오면 의사를 잠시라도 더 잡아두려는 사람은 아무도 없을 것이다. 그러니 그때까지는 좀더 인내를 가져야 한다. 그토록 많은 고난을 겪었고, 그토록 많은 희생을 치렀고, 그토록 오랫동안 기다리고 난 뒤이니, 몇 달쯤이야 그리 상관 없지 않은가. 아뭏든 지금 당장 의사는 어디로 갈 수 있을 것인가? 그를 위해서라도 어디로 혼자 가지 못하게 막아야 할 판이라는 이야기다.

『늘 같은 소리만 반복하는군. 제기랄! 또 그놈의 잔소리! 몇 년이고 그놈의 똑같은 말만 되풀이하고 있으면서도, 그래 부끄럽지 않던?』유리 안드레예비치는 한숨과 함께 분개했다.

『잔소리꾼 같으니라고, 잘도 제 말에 귀기울이고 있군. 불쌍한 코카인 중독자 녀석이 밤낮도 모르다니, 제기랄, 잠을 잘 수가 있어야지, 원. 오, 정말로 얄미운 놈이로군! 이렇게 나가다간 저 녀석을 죽일지도 모르겠군. 토냐, 내 사랑, 내 불쌍한 아들아! 그대는 어디에 있는가? 당신은 살아 있는가? 주님, 아내는 오래 전에 아들을 낳았을 것입니다. 어떻게 산고를 겪었을까? 아들일까, 딸일까? 사랑하는 사람들이여, 모두 어찌 지내는가? 토냐, 당신에게 나는 영원한 죄의식이 있다. 라라, 그대의 이름을 어찌 부르리오? 그대의 이름과 더불어 나에게서 넋이 빠져 나갈 것 같아. 신이여, 아! 이놈의 가증할, 감정도 없는 짐승 같은 녀석은 아직도 계속 지껄이고 있군. 제발 잠자코 있지 못할까! 오, 언젠가는 참지 못해 저자를 죽이고 말 것이다. 저자를 죽이겠어!』

6

아낙네의 여름(8월 15일부터 9월 1일 내지 7일까지를 러시아에서는 이렇게 일컬음. 본래는 이 철의 맑게 갠 바람을 타고 하늘을 나는 거미집을 가리켰던 말이다)으로 일컬어지는 초가을이 지나갔다. 황금빛 가을의 맑게 갠 날이 계속되었다. 리시 오토크의 서쪽 끝에는 백위군이 지은 요새에 목조 선회 포탑이 땅 위로 솟아 있었다. 이곳에서 유리 안드레예비치는 여러 가지 실무적인 문제들을 의논하려고 의사 라이오시와 선약을 했었다. 그는 제시간에 다다라, 친구를 기다리며 무너져 내리던 참호의 언저리를 산책하고, 망루로 기어올라가, 지금은 비어 버린 기관총 앞의 좁은 구멍들을 통해서 강 건너 멀리 있는 숲을 내다보았다.

가을은 어느 새 침엽수림과 활엽수림의 경계를 뚜렷이 구별지어 주고 있었다. 검은 성벽처럼 우뚝 솟은 울창한 침엽수 사이에 불꽃 같은 포도주빛의 얼룩마냥 활엽수가 타오르고 있었는데, 그것은 황금 지붕의 화려한 집들이 울창한 숲에서 벌목한 목재로 세워진 성에 둘러싸인 그런 옛 도시를 방불케 했다.

참호 속과 숲길의 바퀴 자국 안에서 의사의 발에 닿던 흙은 서리가 내려 딱딱했으며, 자그마한 두루마리들처럼 돌돌 말린 작고 말라 버린 버드나무 잎과 섞였다.

그 갈색의 떨떠름한 마른 잎과 그 밖의 온갖 것이 가을의 향기를 풍기고 있었다. 유리 안드레예비치는 가슴 가득히 서리를 맞은 사과의 은근히 풍기는 새콤함과 쪼그라들고 말라 버린 나뭇가지와, 들큼하고 눅눅한 흙과 방금 꺼 버린 불의 연기처럼 피어오르는 파란 9월의 아지랭이가 뒤섞인 상큼한 냄새를 가슴 깊이 들이마셨다.

그는 라이오시가 뒤에서 다가오고 있음을 느끼지 못했다.

「안녕하세요?」라이오시가 독일어로 말했다. 그들은 사무적으로 얘기를 나누기 시작했다.

「세 가지 문제가 있읍니다. 밀조 위스키 문제, 야전 병원과 약국의 개편 문제, 그리고 세 번째로 내 개인적인 제안인데, 정신병 환자의 통원 치료, 그것도 전투 상황하에서 말이오, 어쩌면 당신은 그럴 필요를 전혀 느끼지 못할 테지만 내 관찰에 의하면, 친애하는 라이오시 씨, 우리들은 모두 발광 직전이라오. 그리고 현대의 정신 착란은 다분히 전염병적이고 감염력을 가지고 있이요.」

「그것은 아주 흥미있는 문제로군요. 허나 그 문제는 뒤로 미루고, 그 전에 드릴 말씀이 있읍니다. 숙영지 내에 불온한 움직임이 있어요. 위스키 밀조자에게 동정하고 있는 사람들이 있읍니다. 그뿐 아니라 백위군에게 점령당한 마을에서 피난해 오고 있는 가족의 운명을 걱정하는 사람들도 많습니다. 여편네, 자식, 늙은이들을 태운 달구지의 일대가 바로 가까이 다가오고 있으므로 일부 빨치산들이 출격을 거부하고 있읍니다.」

「그렇지, 기다려야지.」

「그런데 이런 상황하에서 우리 부대와 우리들과는 달리 지금까지 독립적으로 활동해 왔던 다른 몇몇 부대의 합동 사령관의 선거가 있어요. 직접 우리들의 휘하에 있지 않은 다른 빨치산 부대도 포함시킨 총사령부의 선거가 말입니다. 내 생각에는 리베리우스 동무가 가장 적격자이지요. 그런데 젊은 그룹 중에는 다른 사람인 브도비첸코를 밀고 있는 이들도 있어요. 이자를 밀고 있는 사람들은 우리들과는 사상적인 대립이 있을 뿐만 아니라 부농과 장사치들의 자식들, 콜챠크 군의 탈주병들인데, 위스키 밀조자조차 패에 붙어 있는 모양이에요. 그자들이 소란을 피우고 있읍니다.」

「밀조 위스키업자들은 어찌 되리라 생각하십니까?」

「내 생각으로는 총살형을 선도받고 집행 유예로 풀려날 것으로 봅니다만.」

「그건 그렇고 그럼 본론으로 들어가지요. 첫째 야전 병원요.」

「좋습니다. 하지만 꼭 말씀드릴 건, 정신병 예방에 대한 당신의 제안은 놀랄 것이 없었읍니다. 나도 동감을 표하겠읍니다. 지극히 특징적이고 시대의 일정한 특성을 띠고 있는, 즉 시대의 역사적 특수성과 직접적으로 관계있는 일종의 정신 질환이 발생하여 퍼져 가고 있음은 부정할 수 없읍니다. 그런 예가 있는데, 계급 의식이 지극히 발달했고, 혁명에 대해 헌신적이며 제정 시대 군에서 사병으로 복무했던 팜필 팔르이흐가 그런 경우지요. 바로 그런 사람이 자신과 가까운 사람들에 대한 걱정으로 인해 정신이 이상해진 겁니다. 만일 자기가 전사했을 경우, 그리고 그들이 백위군에게 붙잡히면 자신으로 인해 보복당하게 되는 것이 아닌가 해서 말이죠. 아주 복잡한 병입니다. 나는 그의 가족이 호송대와 함께 오리라 믿고 있읍니다. 난 그에게 제대로 질문할 수 있을 정도로 러시아어를 잘하지 못합니다. 당신이 앙겔라르나 카멘노드보르스키에게 물어 보면 알아 낼 수 있을지도 모릅니다. 그는 진찰해 봐야 할 것입니다.」

「팔르이흐 같으면 나도 잘 압니다. 한때 우리 군(軍) 평의회에서 서로 만나기도 했지요. 까무잡잡하고 잔인하며 이마가 매우 좁아요. 그는 항상 극단적인 조치 즉 처형에 찬성하곤 했었읍니다. 나는 늘 싫더군요. 좋습니다, 무슨 수가 있는지 두고 보겠어요.」

7

맑고 밝은 햇살이 비치는 날이었다. 지난 한 주일도 내내 그랬듯이 잔풍한 비도 없는 날씨가 계속되었다. 숙영지의 안쪽에서는 머나먼 바다의 함성처럼 소음이 울리고 있었다. 발자국, 목소리, 나무를 패는 도끼 소리, 말 편자의 울리는 소리, 말의 울음 소리, 개들의 짖는 소리, 수탉의 노랫소리——이러한 것들이 잇달아 들려 왔다. 햇볕에 그을은 얼굴에 이를 허옇게 드러낸 사람들이 숲속을 돌아다니며 미소를 지어 보이고 있다. 의사를 알고 있어 인사를 하는 사람도 있고, 인사도 하지 않은 채 그냥 스쳐 가는, 그와는 안면이 없는 사람들도 있었다.

장병들은 뒤를 쫓아 오고 있는 가족들의 달구지가 도착할 때까지는 리시오토크를 떠나지 않겠다고 했지만, 피난민들이 곧 도착하게 된 지금에는 이동을 위한 준비가 착수되었다. 물건들을 닦고 손질하고 달구지의 수를 세기도 하고 고장 점검을 하는 등 들썩들썩했다.

숲 한가운데에 풀이 짓밟힌 커다란 공지가 있었다. 그곳은 언덕이나 무슨 고분 같았고, 풀밭은 짓밟혀 뭉개졌다. 그 날 중대 발표가 있어 전체 집회가 소집될 예정이었다.

숲에는 아직 잎사귀들이 단풍이 채 들지 않은 채 남아 있었다. 숲속 깊숙이의 나무는 거의 모두 싱싱하고 푸르렀으며 약간 서쪽으로 기운 오후의 태양은 숲 뒤쪽에서 그 빛을 투사하고 있었다. 나뭇잎은 햇빛을 투과시키며 투명한 유리병의 녹색 불꽃처럼 뒤쪽에서 불타고 있었다.

막사 밖의 툭 트인 풀밭에서 연락 주임인 카멘노드보르스키가 입수한 카펠 장군의 필요 없는 종이조각 더미를, 자기가 관할하는 빨치산의 기록과 함께 불태우고 있었다.

지는 해를 등 뒤로 태양은 숲의 푸른 잎과 마찬가지로 투명한 화염을 통해 빛나고 있었다. 불꽃은 잘 보이지 않았고 뜨거워진 공기가 운무의 흐름처럼 흔늘리는 것에 의해서만 비로소 무엇인가가 타며 빨갛게 되고 있음을 알 수 있었다.

숲의 이곳 저곳은 무르익은 열매로 찬란했으며, 황색 냉이의 화사한 술, 벽돌처럼 검붉은 오리나무 열매, 가막살나무 열매의 흰빛과 자주빛이 섞인 술, 유리 같은 날개로 소리를 내며 얼룩덜룩한 무늬의 불꽃이나 나뭇잎처럼 투명한 잠자리가 천천히 공중을 날고 있었다.

유리 안드레예비치는 어렸을 때부터 석양이 비친 저녁의 숲을 즐겨 구경했다. 그 순간에는 마치 그 빛의 기둥에 자신도 몸뚱이가 꿰뚫려 있는 것만 같았다. 마치 산 성령의 선물이 가슴 가득히 흘러들어가 한 쌍의 날개처럼 두 어깨를 뚫고 나오는 듯했다.

청년 시절의 원형, 누구에게나 한평생 계속하여 형성되며, 그런 뒤에는 한 인간에게 있어서 영원히 그 내면적인 얼굴, 그 개성으로 구실을 하며 그렇게 여겨지는 원형이 갑자기 그 원초의 힘을 가지고 그의 내부에 되살아났다. 그리하여 자연과 숲과 저녁놀과 눈에 보이는 것은 마찬가지로 근원적이며 여인처럼 만물을 감싸는 형태로 변모해 갔다. 『라라!』하고 눈을 감고 그는 반쯤 속삭였다. 아니, 자기의 전인생을 향해, 신의 대지 전부를 향해, 햇빛을 받으며 그의 앞에 펼쳐진 공간에다 대고 마음속으로 불렀다.

그러나 날마다 일상적인 현실은 그대로 존재했으며, 러시아는 10 월 혁명을 거치는 도중이었고, 그는 빨치산 부대의 포로일 수밖에 없었다. 멍한 기분으로 그는 어느 새 카멘노드보르스키의 모닥불 쪽으로 다가가고 있었다.

「문서를 태우시는군요? 아직 다 태우지 못했지요?」

「뭘요! 아직 며칠을 태워도 모자랄 텐데요!」

의사는 장화 끝으로 서류 더미를 찼다. 백위군 사령부의 통신 문서였다. 서류 가운데에서 란체비치의 이름이 발견되는 것은 아닐까 하는 생각이 그의 머리에 떠올랐다. 그러나 그의 눈에 띄는 것이라곤 암호로 된 따분하고 오래된 통신들뿐이었다. 그는 한 무더기를 또 발로 걸어 찼다. 살펴보니 그것 또한 재미없는 빨치산 회의록의 무더기들이었다. 그 무더기의 꼭대기에 얹힌 서류에 이렇게 적혀 있었다. 『최지급. 휴가에 대해. 감사위원의 재선. 당면 문제. 이그나토드보르스이 마을의 여교사에 대한 고발은 구체화되지 않았다는 사실에 입각해서, 군평의회가 제안하는 바는……..』

이때 카멘노드보르스키가 무언가를 주머니에서 꺼내어 의사에게 건네며 말했다.

「의무대의 행군 명령서입니다. 빨치산 가족들의 달구지는 이제 가까이 와 있읍니다. 대내의 알력도 오늘 중으로 정리가 됩니다. 언제든 철수가 되지요.」

의사는 종이조각으로 시선을 돌리며 한숨을 내쉬었다.

「부상병의 수에 비해 지난 번보다 교통수단은 줄어들었군요. 힘 있는 사람은 걸어가겠지만, 그럴 만한 사람은 아주 드물지요. 들것에 신세를 져야 하는 사람은 어찌 합니까? 그리고 의약품과 침구 장비는 또 어떡하고요?」

「어떻게 손을 써 봐야 하겠지요. 우린 환경에 적응해야만 합니다. 그럼, 다른 말을 합시다. 우리 모두가 당신에게 청하는 바가 있읍니다. 실은 불요불굴의 확실한, 그리고 일에 충실하며 훌륭한 동무가 하나 있는데 아무래도 수상하오.」

「팔르이흐 말이죠. 라이오시에게 얘기를 들었읍니다.」

「예, 한번 가서 보세요. 진찰을 하십시오.」

「정신 이상이죠?」

「그렇습니다. 도깨비불이 눈에 보인대요. 틀림없이 환각이지요. 불면증과 두통이 있고요.」

「좋소. 지금 할일도 없고 하니 즉시 가서 봐도 되겠읍니다. 회의는 언제 개최되지요?」

「사람들이 지금 모여들기 시작했군요. 하지만 염려없읍니다. 아시다시피 나도 안 갈 텐데. 우리들이 없이 자기들끼리 뭘 어쩌겠어요?」

「그럼 난 팜필을 보러 가겠읍니다. 너무 졸음이 몰려와 눈을 못 뜰 지경이지만요. 리베리우스 아베르키예비치는 밤이면 철학적인 얘기를 늘어놓기를 좋아했는데, 난 지칠 대로 지쳐 버렸어요. 팜필은 어떻죠?」

「쓰레기 구덩이 너머에 있는 자작나무 숲 아시죠?」

「네, 알 것 같아요.」

「공터에 가면 지휘관들의 막사 몇 개가 눈에 뜨일 겁니다. 그 가운데 하나를 팜필에게 내주었어요. 그의 가족은 호송대와 함께 오는 길입니다. 그 천막들 중에서 그가 있는데, 혁명에서 세운 공로로 인해 그는 대장의 대우를 받지요.」

8

팜필을 진찰하러 가는 도중, 의사는 한 발짝도 더 앞으로 걸어나갈 수 없음을 느꼈다. 지칠 대로 지쳐 있었다. 계속 잠을 이루지 못한 나머지 몰려 오는 졸음을 어떻게도 떨쳐 버릴 수가 없었다. 그는 참호로 되돌아가서 잠시 눈을 붙일 수도 있었겠지만 언제 리베리우스가 불쑥 나타나 방해할지 몰라 그곳에 머물기가 두려웠다. 그는 주위의 숲에서 떨어진 황금빛 나뭇잎들의 흩어진 오솔길에서 걸음을 멈추었다. 나뭇잎은 격자 무늬를 그리며 떨어져 있었고, 그 황금빛 융단 위로 쏟아지는 나지막한 햇살도 마찬가지였다. 이중으로 겹치는 이 찬란함은 머리를 어지럽혔고, 작은 활자나 단조로운 중얼거림처럼 졸음이 닥쳐 왔다.

의사는 비단처럼 바스락거리는 나뭇잎 위에 누워 나무 밑둥의 이끼에 베개로 삼은 팔 위에다 머리를 얹었다. 그는 금방 잠에 빠져들었다. 땅 위에 쭉 뻗은 그의 몸뚱이는 잠을 청하게 한 빛과 그림자의 명암이 격자 무늬로 덮였으며, 만화경처럼 그를 둘러싸고 있는 빛과 나뭇잎의 교착 속에서 마치 마술 모자라도 쓴 듯 눈에 보이지 않는 광선과 잎사귀가 매우 찬란했다.

그러나 잠에 대한 그의 욕망이 너무 강했던 탓인지 그는 이내 다시 잠에서 깨어났다. 직접적인 원인은 오로지 균형의 한계 안에서밖에 작용하지 않는 것이다. 그 한계를 벗어나면 반대의 효과를 자아낸다. 아무런 휴식도 찾지 못한 그의 맑은 의식은 그 나름대로의 타성에 젖어 분주하게 공전을 계속하고 있었다. 그의 머릿속에선 상념의 단편이 소용돌이치고 수레바퀴처럼 회전하며 마치 부서져 버린 기계마냥 두근거렸다. 이 내적인 혼란이 그는 걱정이 되고 짜증스러워졌다. 『그 돼지 같은 리베리우스』그는 홧김에 생각했다.『세상엔 사람을 미치게 하는 일이 이렇게 많은데, 그래도 그자에게 있어선 부족하다는 말인가. 멀쩡한 사람을 붙잡아다가 포로로 만들 뿐 아니라 달갑지도 않은 우정과 잔소리로 따분하게 만들어 고의적으로 신경 과민을 만들다니. 언젠가는 그자를 죽이고 말겠다.』

갈색 반점의 나비 한 마리가 물들인 헝겊 조각처럼 접혔다 펴졌다 하면서 공지의 햇빛이 밝은 쪽을 가로질러 날아다녔다. 의사는 졸린 눈으로 그것을 지켜보았다. 몸과 빛깔이 똑같은 배경을 골라 나비는 소나무의 갈색 얼굴이 진 껍질에 앉았고, 뛰노는 빛과 그림자 속에 숨어 유리 안드레예비치가 사라졌듯이 나비도 완전히 사라져 흔적도 없어졌다.

유리 안드레예비치는 전부터 익숙한 상념의 고리에 붙들리고 말았다. 그것은 의학에 관한 몇 편의 논문 가운데서도 그가 몇 차례인지 간접적으로 손을 댔던 상념들이었다. 가장 적응이 우수한 형태로서의 의지력과 목적 의식, 의태와 보호색의 문제, 적자 생존의 문제, 어쩌면 자연 도태의 길은 의식의 형성과 발생의 길일지도 모른다는 문제, 주체란 무엇인가? 객체란 무엇인가? 양자의 동일성을 어떻게 정의할 것인가? 의사의 사색 속에서 다윈은 셸링(독일의 철학자)과 만나고, 날아간 나비는 현대 회화, 인상파의 미술과 만나게 되었다. 그는 창조를, 피조물을, 창조력을, 그리고 창조의 모방으로서의 의태를 생각했다.

그는 또다시 잠에 취했다가 다시 깨어났다. 근방에서 들려 오는 나지막하고 숨죽인 얘기 소리가 그의 잠을 방해했다. 지나가는 몇 마디의 말로도 유리 안드레예비치는 곧 그것이 무엇인가 비밀스럽고 합법적인 계획을 꾸미고 있음을 깨달았다. 그는 눈에 뜨이지 않았고, 음모를 꾸미는 사람들은 그가 곁에 있음을 조금도 의심하지 않았다. 조금만 움직이다 들키면 목숨이 위태로울 것이다. 유리 안드레예비치는 침묵 속에서 귀를 기울였다.

몇 사람의 목소리는 귀에 익었다. 빨치산에 끼어든 쓰레기 같은 자들로서, 고시카와 사니카, 코스카 부류의 밥벌레들과 온갖 무질서하고 한심한 짓들은 도맡아 하는 장본인들이었다. 항상 그들을 따라다니는 어리고 아무 짝에도 쓸모없는 테렌티 갈루진도 있었다. 보드카 밀주 사건에 얽혀들었지만, 주모자들을 고발한 덕택에 지금 당장 처벌받지는 않았으며, 훨씬 음흉한 인물인 자하르 고라즈드이흐도 있었다. 유리 안드레예비치가 놀란 이유는 정예 부대인 〈은 중대〉 소속의 빨치산이요, 사령관의 호위병이었던 시보블루이가 그속에 끼여 있다는 것이었다. 스텐카 라진(1667~1671년 러시아 남동부 국경 지대에서 반란을 일으켰던 코사크와 농민들의 지도자였음)과 푸가체프까지 거슬러 올라가는 전통에 따라 대장의 신임을 받는다고 소문이 자자한 이자는 〈사령관의 귀〉라는 별명이 붙었다. 그러니까 바로 그런 자가 음모에 가담하고 있는 것이다.

음모자들은 적의 전진 부대의 대표자들과 협상을 벌이는 중이었다. 대표자들은 배반자들에게 너무나 조용조용 얘기했으므로 말소리가 들리지 않았고, 유리 안드레예비치는 속삭이는 소리가 가끔 침묵으로 중단이 될 때만 그들이 얘기중임을 알 수가 있었다.

자하르 고라즈드이흐는 줄곧 상스러운 욕지거리를 하며 숨찬 쉰 목소리로 그 누구보다도 많이 지껄여 대고 있었다. 그가 주모자인 듯 싶었다.

「자, 그럼 자네들, 얘길 들어 봐. 중요한 건 우리들이 입을 다물고 있어야 한다는 거야. 만일 아무나 입을 열면──이 칼 보이나?──심장을 콱 찔러 버릴 거야. 알겠나? 우린 지금 입장이 난처해져 빠져나갈 길이 없어. 우린 스스로 풀려나야 해. 우린 아무도 본 적이 없을 정도로 기가 막히게 일을 처리해야 해. 그 자를 산 채로, 포승이 묶인 채로 넘겨 달라고 이 사람들은 말하고 있어. 곧 저쪽 대장인 굴레보이가 이 숲 가까이까지 온다는 거야. (그들은 〈갈리울린〉이라고 고쳐 주었지만, 그는 이름을 제대로 듣지 못하고 〈갈레예프 장군〉이라고 했다) 우리에게는 그것이 기회지. 이런 기회가 다신 오지 않을 걸. 그들의 대표자가 여기 있네. 그들이 얘기를 다 해 줄 거야. 그를 생포해야 된다는군. 자네들이 얘기를 해봐.」

이제는 적측의 사자들이 말하기 시작했다. 유리 안드레예비치는 한 마디도 알아들을 수 없었지만 시간이 꽤 걸리는 것으로 미루어 보아, 그들이 자세히 설명하고 있음을 알 수 있었다. 또다시 고라즈드이흐가 지껄여 댔다.

「들었지, 모두가 얼마나 멋진 친구인지 보라고. 왜 우리가 그에게 목숨을 줘야 하나? 그게 인간이야? 그건 백치이거나 은둔자이거나 중 같은 사람이야. 이봐, 테리오시카, 왜 히죽거리나? 얻어맞지 않도록 해, 이 소돔 녀석아! 네 말을 하고 있는 게 아니야. 내가 말했듯이 그는 은둔자야. 그냥 내버려 두면 그 친구가 자네들을 모두 중으로──내시로 만들어 놓겠지. 그 녀석의 연설을 좀 들어 보라지? 욕지거리를 하지 마라, 술 마시지 마라, 여자와 관계를 가지지 마라, 그래, 어찌 그렇게 살겠난 말이야? 그건 그렇고 내 말은 이거야. 우린 오늘밤 그를 개울로 끌고 내려갈 거야. 꼭 오도록 만들겠어. 그런 뒤에 우리들이 모두 한꺼번에 그에게 덮치는 거야. 어렵지 않아. 아무것도 아니거든. 어려운 점은 그를 생포하길 바란다는 사실이지, 꽁꽁 묶어 놓으라고 그러더군, 뭐 그대로 잘 돌아가지 않는다면, 내가 직접 그를 맡아, 내 손으로 깨끗이 처리할 수도 있어. 그쪽에서도 응원할 사람들을 보내 도와 줄 거야.」

그는 계획에 대한 설명을 계속 늘어놓았지만 그들은 천천히 멀어져 가서 그들의 얘기가 의사의 귀에는 들리지 않게 되었다.

「그들이 백위군에게 넘겨 주거나 죽이려는 사람은 바로 리베리우스로구나, 더러운 놈들.」

유리 안드레예비치는 자기 자신이 얼마나 그 박해자를 저주하며 그가 죽기를 바라고 있었는가 하는 것도 잊고 놀라며 분개했다. 이 일을 어떻게 막을 것인가? 그는 카멘노드보르스키에게 경고해야겠다는 생각을 했다.

그러나 그가 돌아와 보니 카멘노드보르스키는 가 버렸고, 그의 조수만 혼자 남아 연기가 피어오르는 불길이 번지지 못하도록 지켜보고 있었다.

그러나 범죄는 실행에 옮겨지지 않았다. 나중에 알고 보니 음모는 비밀이 새어나갔던 것이다. 그 날 중으로 음모가 드러나 일당은 붙잡혔다. 시보블루이가 선동자 역할을 하고 있었던 것이다. 유리 안드레예비치는 한결 더 역겨움을 느꼈다.

9

얘기를 들으니 어린 아이들을 데리고 있는 피난민들이 벌써 이틀이면 갈 수 있는 거리에 있다고 했다. 빨치산들은 그들을 맞아 준 뒤 곧 이동을 계속하기 위한 준비를 했다. 유리 안드레예비치는 팜필 팔르이흐에게로 갔다.

의사가 찾아갔을 때 그는 도끼를 손에 들고 천막 입구에 서 있었다. 그의 앞에는 자작나무 잔가지들이 높다랗게 쌓였는데 그것들의 가지를 아직 치지 않고 있었다. 어떤 나뭇가지들은 무게에 의해 저절로 그 자리에 떨어져서 부러진 부분의 뾰족한 끝이 축축한 땅에 박혔다. 다른 나뭇가지들은 가까운 데서 그가 끌고 와서 위쪽에 쌓아 놓았다. 탄력 있는 나뭇가지들을 흔들어 대고 떨면서 이 나무들은 땅에 떨어지지도 않았고, 서로 가깝게 있지도 않았다. 그것은 마치 나무를 베어 누인 팜필에게 팔을 뻗치고 저항하여 녹색의 잎을 잔뜩 펴 텐트로 이르는 길을 막고 있기라도 한 것 같았다.

「우리의 귀한 손님들을 맞기 위해서죠.」 팜필이 설명했다. 「내 아내와 아이들 말입니다. 천막이 너무 낮아요. 그리고 비가 들이치고요. 말뚝으로 위를 받칠 생각이오. 그래서 조리로 쓸 나무를 베어 왔지요.」

「착각하지 마, 팜필. 가족을 천막에 들어가게 허락해 줄 것 같은가? 민간인들이나 부녀자들을 부대 안에서 살게 한다는 얘기를 어디서 들어 보기나 했나? 어딘지 가장자리에서 달구지의 일대와 살게 될 거야. 틈이 나면 얼마든지 그들을 만날 수는 있지만, 자네 천막 안에서 살게 해주리라고는 생각되지 않네. 하지만 난 그런 얘기하려고 찾아오지는 않았어. 자네는 요새 야위어 가고 식사도 못 하고 잠도 못 잔다고 하더군. 그게 정말이오? 겉으로 봐선 아무렇지도 않은 것 같군. 머리나 좀 깎으면 좋겠구먼.」

팜필은 검은 고수머리에 턱수염이 나 있는 거구의 사나이다. 울퉁불퉁한 이마는 뼈가 커서 관자놀이를 죄는 쇠테나 고리처럼 앞쪽이 불거져 이중으로 보이고, 늘 그의 인상은 찡그리고 눈을 부라리는 듯이 보였다.

혁명 초기 시절, 1905년 때와 마찬가지로 이번에도 혁명이 상층의 교육을 받은 자들에게만 연관이 있는 단명한 에피소드로 끝나며, 하층에는 아무런 영향도 미치지 않고 거기에 자리를 잡지 않게 되는 게 아닌가 하고 염려되었을 무렵에는 민중을 선동하고 혁명화하고 야단법석을 떨게 하고 동요를 일으키며 광분하게 하기 위해 온갖 수단이 강구되었다.

그러한 때에 지식인, 관리인, 상류 사회 사람들과 장교들에게 거칠기 짝이 없는 증오를 불러일으키던 사람들은, 병사 팜필처럼 특히 선동할 것까지도 없이 열광적인 좌익 인텔리겐차에게서 뜻밖의 귀중한 대접을 받았다. 그들의 비인간성은 계급 의식의 경이요, 그들의 야수성은 프롤레타리아의 단호함과 혁명적 본능의 귀감으로 생각되어졌다. 팜필에게는 그러한 명성이 확립되었고 빨치산 두목들과 당 지도자들에게 큰 존경의 대상이 되었다.

유리 안드레예비치는 이 영혼도 없고 마음이 편협하고 음산하고 정이 없는 거인이 어떤 변질자처럼 생각되었다.

「천막으로 들어가세.」 팜필이 말했다.

「싫소. 그럴 것 없어. 굳이 기어들어갈 필요가 있을까? 밖이 더 나아.」

「그렇습니까. 편하실 대로 하시지요. 정말이지 더러운 굴 속이나 마찬가지니까요. 나무를 깔고 앉아도 되겠군요.」

그들은 탄력 있는 자작나무 줄기에 걸터앉았고, 팜필은 의사에게 인생에 대한 얘기를 꺼냈다.

「사람들은 인생이라고 하면 짧다고 얘기하더군요. 하지만 내 얘기는 쉽지가 않아 삼 년이 걸려도 다 하지 못할 거요. 어디서부터 시작해야 될지 모르겠군요. 아무튼 시작해 보죠. 난 아내와 함께 살았소. 우리 젊었었지요. 그녀는 집안 일을 돌보았어요. 난 들에 나가 일을 하고, 형편 없이 어렵지는 않았읍니다. 우린 아이들을 낳았지요. 나는 군에 끌려 나갔읍니다. 그들은 날 전쟁터로 끌고 갔지요. 그렇소. 전쟁이오. 전쟁에 대해서 내가 무슨 말을 할 수 있겠읍니까? 의사 선생, 당신도 겪지 않았소. 그리고는 혁명이었지요. 나는 눈을 떴읍니다. 일개 졸병이 깨달은 바가 있었던 거지요. 독일놈이 아니라 우리들 중에 어떤 사람들이 적이었읍니다. 『세계 혁명의 병사들이여, 총을 버려라. 전선에서 돌아가 부르조아를 쳐부수자!』 그런 식이었소. 당신도 다 아는 얘기지요, 의사 동지. 하여튼 계속 얘기를 하겠소. 그 뒤 시민 전쟁이 일어난 거지요. 나는 빨치산에 가담했읍니다. 이제 나는 큰 대목은 생략하겠소. 그렇지 않으면 끝이 없겠지요. 그 모든 것을 겪고 난 지금 내 눈앞에 무엇이 있읍니까? 그 기생충 같은 놈이 러시아 전선에서 제 일, 제 이, 스타브로폴리 연대 그리고 제 일 오렌부르크 카자흐 연대를 철수시켰소. 나는 어린 아이가 아니니까 다 알고 있지요. 내가 어린애가 아닌 한 모를 리 있겠소? 나도 군대에서 복무해 왔읍니다. 우린 궁지에 몰렸어요, 의사 선생. 우린 꼼짝달싹도 못 합니다. 그 돼지 같은 놈은 우릴 덮쳐 뭉개고 싶은 거예요. 그는 우리를 포위하려고 하는 거요. 그런데 내게는 아내와 아이들이 있소. 만일 그놈이 덮친다면 식구들이 어찌 무사하겠소? 물론 그들은 죄가 없고, 아무 연관도 없지만 그렇다고 그가 그냥 지나칠 리가 없읍니다. 그놈은 내 아내를 밧줄로 묶어 고문할 거요. 나 대신 아내와 아이들이 괴로움을 당하고 뼈를 모조리 분지르고 갈기갈기 찢어 놓을 거요. 그런데 왜 내가 잠을 못 자느냐고 당신은 물었읍니다. 쇠덩이로 만들어진 사람도 이런 경우 미치지 않고는 못 배길 겁니다.」

「당신을 나는 이해할 수 없군요. 여러 해 동안 팽개쳐 둔 채 소식을 전혀 모르면서도 가족을 만날 수 있게 된 판국에 기뻐하기는커녕 마치 장례라도 치르려 하는 사람 같으니 말이오.」

「전에는 그랬지만 지금은 달라요. 그 백위군 놈이 우리들을 이기고 있읍니다. 게다가 나야 어찌 되든 상관 없소. 어차피 죽을 몸이오. 그것이 내 운명이오. 하지만 나는 아내와 어린 아이들을 같이 데리고 갈 순 없단 말이오. 놈의 더러운 손에 붙잡히는 날이면 그는 식구들의 피를 한 방울도 남기지 않고 짜낼 것이오.」

「당신의 눈에 도깨비불이 보이는 건 그 이유요? 당신이 자꾸만 헛것을 본다는 소릴 들었소만.」

「글쎄요. 군의관 동지. 난 얘기를 다 한 것이 아니오. 가장 중요한 것을 남겨 두었소. 이제는 만일 당신이 원한다면 사실대로 모두 직접 얘기하겠소만 날 나무라지는 마시오. 난 당신 같은 처지의 사람들을 많이 죽였소. 내 손은 장교들의 피가 많이 묻었었죠. 장교들과 부르조아요. 그래도 난 전혀 두려워하지 않았었소. 그 녀석들의 이름이나 수를 외울 순 없소. 물처럼 피를 흘렸으니까. 그런데 내 머릿속에서 지워지지 않는 사람이 하나 있소. 난 그 젊은 이를 죽였는데, 그 일을 잊을 수가 없소. 왜 나는 그를 죽여야 했을까요? 그는 날 웃겼고, 나는 장난삼아서, 바보처럼 이유도 없이 그를 죽였읍니다. 2월 혁명 때였죠. 케렌스키 정부 때예요. 우린 반란을 일으켰었죠. 어느 역 근처였을 거요. 우린 전선을 버리고 떠났었읍니다. 그들은 우리들이 돌아오도록 설득을 하기 위해 젊은 녀석을 보낸 것입니다. 승리를 거둘 때까지 싸우라고요. 우리를 가라앉히기 위해 온 녀석은 견습 사관 학교 생도로서 애숭이었소.

『최후의 승리』까지라는 것이 녀석의 슬로건이었지요. 그는 그 구호를 외치며 철도 플랫폼에 있던 물통 위로 올라갔어요. 말하자면 물통 위로 올라가 높은 데서 전선 복귀를 호소할 작정이었지. 그런데 갑자기 물통 뚜껑이 뒤집히면서 그가 물속에 빠진 겁니다. 헛디뎠던 모양이오. 정말로 우스운 꼴이었소! 배꼽을 쥐고 웃었죠. 죽는 줄 알았어요. 견딜 수가 없었읍니다. 그런데 그때 나는 손에 총을 쥐고 있었지요. 나는 포복 절도를 한 거요. 그 녀석이 마치 나에게 간지럼이라도 태우는 것 같았다고요. 그러자 나는 겨냥하고 발포해서 그를 그 자리에서 죽였읍니다. 어쩌다 상황이 그리 되었는지 난 잘 모르겠어요. 마치 누가 날 밀었던 것처럼 그랬지요. 그때부터 내가 허깨비를 보게 된 것이오. 밤이 되면 그 역이 내 눈앞에 보여요. 그땐 우스웠지만 지금은 후회하고 있읍니다.」

「그것은 멜류제예보 시내 근처의 비류치라는 역이었지요?」

「생각이 안 납니다.」

「당신은 즈이부시노 주민들과 함께 가담했읍니까?」

「모르겠읍니다. 전혀.」

「어느 전선이었소? 서부 전선이었소? 서부에 있었나요?」

「뭐 그 비슷한 데겠지요. 서부였을지도 모르겠군요. 전혀 기억이 없소.」

제 12 장   눈 속의 마가목나무

1

빨치산의 가족들이 어린 아이들과 세간까지 몽땅 이끌고 주력 부대를 따라 다닌 지도 벌써 오래 되었다. 그들의 마차 꽁무니에는 소가 대부분인 수천 두의 거대한 가축떼가 따라왔다.

여자들의 도착과 더불어 새로운 얼굴이 나타났다. 즐르이라리하, 혹은 쿠바리하라고 불리는 병사의 아내로, 가축 치료사이며 여자 수의사이며 속세에서는 점쟁이 노릇도 했던 여자였다.

그녀는 늘 만두같이 생긴 모자를 삐딱하게 쓰고, 최고 사령관에게 공급된 영국 왕실 저격 병단의 황록색 제복 외투를 입고 있었다. 어느 것이나 영국에서 최고 통치자 콜챠크한테로 보내진 원조 물자였는데, 그녀 자신은 죄수의 것을 손수 고친 것이라고 우겨대고 있었다. 특별한 이유도 없이 콜챠크군에 붙잡혀 케제마의 중앙 감옥에 갇혀 있다가 적군(赤軍)에 의해 해방되었다고 했다.

이 무렵 빨치산 부대는 새로운 곳에서 숙영하고 있었다. 그들은 인근 일대를 정찰하고 본격적인 장기 월동에 적합한 장소를 찾게 되면 그리로 옮길 작정이었다. 그런데 그 뒤 사정이 달라져 결국 빨치산 부대는 여기서 겨울을 나게 된 것이다.

이 새로운 숙영지는 전의 숙영지와는 달랐다. 주변의 숲은 울창하고 뚫고 들어가지 못할 침엽수림이었다. 한길과 숙영지에서 멀리 떨어진 한쪽은 끝이 없었다. 천막을 세우고 유리 안드레예비치가 훨씬 한가했던 초기에, 그는 여러 방향으로 밀림 속을 탐험했으며, 여기가 아주 길을 잃기 쉬운 곳임을 알았다. 그런데 그처럼 숲을 답사하는 가운데 그의 주의를 끄는, 기억에 새겨진 곳이 두 군데 있었다.

한 군데는 숙영지 밖 침엽수림 언저리였다. 숲은 가을이 되어 나뭇잎이 다 떨어진, 열린 대문으로 들여다보듯 속이 환히 보였으며, 그곳에는 멋진 녹색 빛깔의 마가목나무 한 그루가 을씨년스럽게 서 있었다. 기복이 많은 질척질척한 소택지의 조그만 언덕배기 위에 그것은 하늘을 찌를 듯이 가지를 높이 뻗치며, 초겨울의 납빛 하늘을 배경으로 단단한 진홍빛 열매 덩어리를 둥근 방패처럼 평평히 펴고 있었다. 피리새와 곤줄박이새들은 서리 내린 새벽처럼 밝은 빛깔의 깃털을 하고는 마가목나무에 앉아 가장 큰 열매들을 쪼고는 그것을 삼키려고 길게 목을 뽑고 머리를 뒤로 젖혔다.

나무와 새들 사이에는 그 어떤 살아있는 친밀한 연관이 만들어져 있었다. 마치 마가목나무는 이런 것을 알고 있으면서도 오랫 동안 고집을 부리고 있다가, 그래도 작은 새들을 불쌍히 여겨 돌봐 주며 제 쪽에서 양보하고 앞가슴을 풀어헤치며 어머니가 갓난아기에게 하듯 젖을 물리고 있는 것 같았다.

「좋다, 좋아. 어쩔 수 없군. 자, 먹어라 먹어. 실컷 먹어라.」 하고는 빙긋이 웃고 있는 듯했다.

숲속의 또 한 군데는 더욱더 훌륭했다.

그곳은 한쪽이 가파르게 기운 언덕 위였다. 아래쪽엔 언덕 꼭대기와는 다른 무엇인가가 강이나 골짜기나, 그렇지 않으면 잡초가 자랄 대로 자란 황량한 풀밭이 있을 것 같았다. 그러나 사실은 똑같은 것만 반복이 된 아찔아찔한 절벽뿐이다. 숲이 그냥 모든 나무들과 더불어 밑으로 내려간 듯싶었고, 나무 꼭내기들이 발 밑에 있었나. 언젠가 그곳에서 큰 산사태가 일어났던 것 같았다.

마치 이 하늘을 찌를 듯이 솟은 거인 같은 울창한 숲이 그 옛날 발을 헛디더 그대로 낭떠러지 아래로 굴러떨어진 것 같았다. 그리고 원래는 땅을 뚫고 어딘가로 들어가 버리고 말았을 테지만, 결정적인 순간에 기적적으로 이 땅 위에 멈춰 지금 저렇게 아무런 일도 없었던 듯 저 아래에서 바스락대고 있는 것이다.

그러나 숲으로 덮인 이 대지의 볼 만한 데는 거기가 아니라 다른 데에 있었다. 이 대지는 온통 유사 이전의 고인돌이나 납작한 바위들처럼 보이는 화강암에 둘러싸여 있었다. 이 바위 발판을 처음 본 순간 유리 안드레예비치는 그것이 자연히 생겨난 것이 아니라 인간의 손이 닿았음이 틀림없다고 확신했다. 그 옛날에 이곳은 알려져 있지도 않은 고대의 우상 숭배 민족의 그 어떤 이교적인 사랑으로, 여기에서 제물을 신에게 바치는 의식이 행해졌었을 것 같았다.

춥고 음산한 날 아침, 바로 이 자리에서 음모에 가담한 열한 명의 주모자와 밀주 사건의 두 남자 간호원의 사형 집행이 있었다.

사령관의 심복 호위병들과 혁명에 가장 충성스러운 스무 명의 빨치산들이 그들을 현장으로 끌고 왔다. 그러더니 총을 소지한 호송원들이 그들을 반원을 그리며 에워싸고 서로 밀치며 빠른 걸음으로 절벽에서 떨어지는 길 말고는 피할 곳이 없는 가장자리로 그들을 밀어붙였다.

심문과 오랜 감금과 학대로 인해 그들은 인간다운 모습을 상실하고 있었다. 시커먼 털투성이에 앙상하게 야윈 그들은 유령처럼 무시무시했다.

그들은 막 취조를 받기 시작함과 동시에 무장 해제가 되어 있었다. 처형 전에 그들의 몸을 수색할 생각은 아무도 하지 못했다. 죽음을 눈앞에 둔 사람에 대해 이것은 잔인한 우롱처럼 여겨졌던 것이다.

갑자기 브도비첸코와 나란히 걷고 있던 그의 벗, 그와 마찬가지로 오래 전부터 무정부주의자인 늙은 르지아니스키가 시보블루이를 겨냥하며 경호병의 대열에 권총을 세 발 연달아 쏘아댔다. 르지아니스키는 명사수였으나 흥분해서 떨리는 바람에 빗나가고 말았다. 전에는 그들의 동지였던 자들에 대한 연민과 용의주도함으로 인해 이번에는 경비병들이 그를 덮치거나 당장 쏘아 버리지를 못했다. 르지아니스키는 권총에 탄알이 세 발 남았지만 아마 그는 흥분한 나머지 그것을 잊은 모양이었다. 빗나간 것에 대해 약이 올라 그는 권총을 바위에다 내동댕이쳤다. 그 충격으로 권총은 저절로 네 발째를 발사하여 사형 선고를 받은 파치콜랴 발에 맞았다.

파치콜랴는 소리를 지르며 한쪽 발을 움켜잡고 그 자리에 쓰러졌다. 바로 곁에 있던 파프누트킨과 고라즈드이흐 두 사람이 그를 일으켜 양쪽에서 부축하며 끌고 갔다. 혼란함 가운데 이제 앞뒤 분간도 못하는 것 같은 동료들에게 밟혀 죽도록 하지 않기 위해서였다. 다친 발을 디딜 수 없는 파치콜랴는 한쪽 발로 껑충거리고 절름거리며 처형받을 사람들이 끌려가던 편편한 바위를 향해 갔고, 쉴새없이 비명을 질렀다. 그의 비인간적인 비명은 전염이 되었다. 마치 신호를 받기라도 한 듯, 사람들은 자제력을 잃었다. 형언할 수 없는 장면이 벌어졌다. 사람들은 욕설을 퍼붓고, 자비를 빌고, 기도를 드리고 저주를 했다.

미성년자인 갈루진은 노란 테의 학생모자를 쓰고 있다가 모자를 벗고, 무릎 꿇더니 무시무시한 바위를 향해 다른 패거리를 따라 뒷걸음질쳤다. 경비병이 있는 땅에다 대고 자꾸만 절을 하고 큰 소리로 울면서 그는 거의 넋이

나간 사람마냥 울먹였다.

「잘못했어요, 형제들. 날 용서해 줘요. 다시는 그러지 않을 테니 제발 날 풀어 줘요. 날 죽이지 말아요. 난 아직 어려요. 인생이 뭔지도 몰라요. 좀더 살고 싶어요. 한 번만 더 엄마를, 엄마를 만나고 싶어요. 용서해 주세요, 형제를, 불쌍히 여겨 주세요. 당신들을 위해 무슨 짓이라도 하겠습니다. 당신들의 발에 입맞추겠어요. 아, 살려 줘요. 살려 줘요, 어머니.」

누군가 사람들 틈에서 애원하는 소리가 들려왔다.

「착하고 선량한 동지들! 어쩌면 이럴 수가 있나? 두 번의 전투를 우린 같이 치렀소. 하나의 같은 사업을 지지하며 싸워 온 사람들이잖는가. 가련하게 생각하고 용서해 주게. 영원히 그 은혜는 잊지 않겠네. 감사의 마음을 증명해 보이겠네. 그래, 귀가 먹었나, 어찌 대답이 없지? 자네들은 십자가를 지고 있지 않나 보군?」

다른 사람들이 시보블루이에게 소릴 질렀다.

「야, 이놈아, 그리스도를 판 유나 놈! 네놈과 비교해 보면 어찌 우리가 배신자란 말이냐! 이 나쁜 놈아, 목을 졸라 죽이고 싶다. 충성을 맹세한 황제를 쳐죽인 것만으로는 모자라서, 그래, 이번에는 충성을 맹세한 우리를 배반했더냐? 네놈의 악마인 레스노이(리베리우스를 말함)와 입이나 맞춰라, 그 악마를 저버리기 전에 말이다. 어차피 네놈은 배신자가 될 테니까.」

브도비첸코는 죽음을 목전에 두고도 초연한 태도였다. 고개를 뒤로 꼿꼿이 젖히고 백발을 바람에 나부끼며 그는 같은 코뮌 동지인 르지아니스키에게 마치 코뮌 전사처럼 누구나 들을 수 있게 큰 소리로 말했다.

「자기 자신을 욕되게 하지 말라, 보니파 씨! (러시아인에게서는 잘 찾아볼 수 없고 로마 교황중에 이런 이름을 가진 사람이 있음) 자네의 항의는 저자들에게는 통하지 않아. 이 시대의 친위병(이반 대제 직속의 무장 조직으로 반대파를 탄압한 것으로 알려짐) 녀석들, 새로운 고문실의 망나니 녀석들에게 자네의 말이 통할 리가 있나. 하지만 상심하지 말게. 역사가 진리를 얘기해 줄 테니까. 후대의 자손들은 이 정치 위원 전제의 반동 부르봉 녀석들과 녀석들의 나쁜 사업을 효시할 걸세. 우리는 세계 혁명의 여명에 이상을 위한 순교자들로서 죽는 거야. 정신의 혁명 만세! 세계의 무정부주의 만세!」

저격병들의 귀에만 들리던, 소리도 없는 구령으로 스무 자루의 총이 일제히 굉음을 울리며 사형수의 절반을 쓰러뜨렸고, 그 대부분을 즉사시켰다. 나머지 사람들은 또 한 번의 일제 사격을 받았다. 테리오시카 갈루진 소년이 가장 오랫 동안 경련을 했으나, 그도 마침내 잠잠해졌다.

2

겨울을 날 곳을 찾아 다시 동쪽으로 이동하려는 계획은 쉽게 포기되지가 않았다. 국도 너머의 비스크 케젬스크 분수령을 따라 지역 정찰을 위한 순찰대들이 파견되었다. 리베리우스도 자주 의사를 혼자 남겨 두고 숙영지를 뒤로 하며 밀림 속으로 들어갔다.

그러나 빨치산들이 이동하기에는 너무 늦었고, 갈 곳도 없었다. 지금은 그들이 가장 곤경을 당하는 시기였다. 최후의 패주를 앞두고 백위군은 비정규 삼림 부대들을 물리칠 각오를 세우고는 포위망을 펴 사방에서 압력을 가해오고 있는 중이었다. 포위망의 반경을 조금 더 좁혔더라면 빨치산은 파국에 빠졌으리라. 포위망은 다행히도 엄청나게 넓었다. 겨울이 다가오자 침엽수림은 침투가 불가능했고, 적군은 포위망을 더 좁힐 수가 없었다.

아뭏든 이동은 불가능해졌다. 물론 군사적으로 확실한 이점을 제공하였다면 그들은 정말 새로운 위치로 진출했으리라. 그러나 그런 확고한 계획은 하나도 없었다. 장병들은 지칠 대로 지쳐 있었다. 하급 지휘관들은 자신을 잃었고, 그에 따라 부하들에 대한 영향력도 없었다. 상급 지휘관들은 밤마다 매일 계속 되는 회의에서 갈팡질팡하며 해결 방법을 찾지 못하고 있었다. 새로운 숙영지로 이동하자는 제안은 마침내 침엽수림 심장부에 있는 현재의 위치를 요새화하자는 제안에 밀려났다. 겨울이 되면 이곳은 눈이 깊어 충분한 스키 설비를 가지지 못한 적군이 접근할 수 없는 이점도 있었다. 참호를 강화하고 식량의 비축을 확보해야 했다.

부대 보급 담당인 비슈린은 밀가루와 감자가 격심하게 부족하다는 보고를 했다. 그러나 가축은 남아돌았고, 겨울의 주식은 우유와 소고기가 되리라고 예견했다.

겨울옷도 모자랐다. 빨치산들은 제대로 입지도 못하고 돌아다녔다. 부대의 소들은 모두 도살당했다. 모피상 경험이 있는 사람들이 동원되어 빨치산들을 위한 털을 거죽으로 드러나게 한 외투가 만들어졌다.

의사는 달구지의 사용을 금지당했다. 그것들은 더 중요한 일들을 위해 쓰여겼다. 지난번에 빨치산들이 부대를 이동했을 때 부상자들은 들것에 실어 30마일을 운반했다.

유리 안드레예비치에게 남은 약품이라고는 키니네와 황산소다, 옥소뿐이었다. 옥소는 수정체의 형태로 되어 있었고, 수술이나 바르는 데 사용하려면 알콜에 용해시켜야 했다. 그렇게 되자 지금에 와서 밀조주 설비를 부숴 버린 것을 아까워했으며 죄상이 가벼워 처형을 면한 밀주를 사들였던 사람들에게 부서진 증류기의 수리, 새로운 설비의 제조 명령이 내려졌다. 의학적인 용도에 의해 밀주 양조가 재개되었다. 숙영지에서는 모두들 서로 눈짓을 하며 고개를 저을 뿐이었다. 또다시 음주가 시작되었고, 그것이 숙영지의 사기를 떨어뜨리게 했다.

증류된 알콜은 거의 백 도에 가까왔다. 결정 요드를 녹이려면 이 정도의 주정분이 적당했다. 이 밀주에 키니네 피(皮)를 담근 것을 써서 유리 안드레예비치는 훗날, 그러니까 초겨울에 추위와 함께 되살아난 발진티푸스 치료에 사용했다.

3

의사가 팜필과 그의 가족을 만나러 갔었던 것은 이 무렵이었다. 그의 아내와 아이들은 지난 여름 내내 먼지가 심한 길을 이리저리 도망다녔다고 했다. 그들은 지금까지 겪어 온 무서운 일들 때문에 완전히 주눅이 들어 있었고, 또다시 그런 일을 맞으리라고 예상했다. 끝없는 방황은 그들에게 지울 수 없는 흔적을 남겼다. 팜필의 아내와, 두 딸과 어린 아들은 밝은 아마빛 머리털이 햇볕에 바래 있었고 비바람을 맞으며 새까맣게 그을린 얼굴에는 굵은 눈썹이 하얗게 돋보이고 있었다. 그러나 아이들은 어린 탓으로 고생의 흔적이 없었으나 어머니의 얼굴에서는 생명이 사라졌다. 그녀를 덮쳤던 공포와 위험 때문에 생기가 싹 사라져 버리고, 다만 무표정한 윤곽의 반듯함과 실처럼 가늘게 두 입술이 다물어져 있었다. 메마르고 뻣뻣한 얼굴은 고통과 도사림의 표정으로 바뀌었다.

팜필은 그들 모두에게 헌신적이었고 아이들을 극진히 사랑했다. 그는 예리하게 날을 세운 도끼날 한 모퉁이로 아이들을 위해 토끼와 수탉, 곰 같은 장난감들을 파는 재주로 의사를 놀라게 했다.

가족들이 도착하자 팜필은 눈에 띄게 명랑해졌고 기력도 회복되기 시작했다. 그러나 가족들이 같이 있으면 숙영지의 사기에 해로운 영향을 주기 때문에 불필요한 비전투원으로부터 숙영지를 해방시키며, 빨치산은 그 권속과 반드시 헤어져야 하므로 난민들은 충분한 호위를 딸려서 겨울을 날, 조금 떨어진 곳에 수용되리라는 소식이 전해졌다. 이 계획에 대한 것은 실제의 준비보다도 풍문이 먼저 나돌았고, 의사는 절대로 그 일이 이루어질 리 없다고 믿고 있었다. 그러나 팜필은 다시 침울해지며 환각이 되살아났다.

4

겨울이 눈앞에 닥쳐 왔을 즈음, 숙영지에서는 어수선한 기간을 거치게 되었으니——동요와 의혹에 사로잡힌 데다 상식을 벗어난 기묘한 일도 있고 해서 험악하고 혼란된 상황이 생겼다.

백위군은 계획한 바대로 포위망 구축을 완료했다. 그들은 냉혹함과 굽힐 줄 모르는 결단력을 지녔고, 숙영지 안의 피난민들은 두려움에 오금을 펴지 못했으며 포위망 뒤쪽 마을에 아직 고향을 버리지 못하고 남아 있던 평화로운 주민들은 사시나무 떨 듯 떨었다. 이 작전의 지휘는 비트신, 콰드리와, 바살리고가 맡았다.

앞에서 말했듯이, 적의 포위망이 더 이상 좁혀질 염려는 없었다. 그 점에 있어선 안심이었다. 그래도 그들은 주위 상황에 대해 무심할 수도 없는 노릇이었다. 그들은 곤경을 수동적으로 받아들인다면 적의 사기만 높여 주는 결과가 되리란 걸 알고 있었다. 독 안의 쥐가 된 이상, 설령 그 독이 안전하다 할지라도, 그들은 비록 군사적인 시위를 위해서라도 공격을 시도해야 했다.

이런 목적으로 빨치산측은 강력한 부대를 따로 구성하여 포위망의 서쪽에 집중시켰다. 여러 날에 걸친 격렬한 전투 끝에, 빨치산 부대는 백위군을 패주시키고 그들의 후방까지 돌파해 나갔다. 이 돌파 작전으로 통로가 열리고, 밀림 속에 숨어 있던 봉기군에게 드나들 수 있게 되었다. 그들 모두가 빨치산들과 관계가 있지는 않았다. 백위군의 처벌이 두려워 근처의 농민들은 조상 대대로 살아온 고을을 버리고 도망쳐 이제는 그들의 당연한 보호자로 여겨지는 빨치산과 합류한 것이다.

그러나 숙영지 쪽은 그들의 가족마저도 제거해 버리고 싶었던 터라 새로 온 낯선 이들을 받아들일 수가 없었다. 빨치산 쪽은 대표자를 뽑아 난민들을 중도에서 돌아가게 하고 칠림카 강가의 숲속의 경지에 있는 물방앗간 쪽으로 방향을 바꾸게 했다. 이것은 물방앗간을 중심으로 숲속에 형성된 드보리(농가라는 뜻)라고 불리웠다. 그곳에다 겨울 동안 피난민들을 정착시키고 그들에게 식량을 보내자는 제안이 나왔다.

그러나 그런 대책이 강구되고 있는 사이 사건들이 줄지어 발생했고 사령부는 그 문제들을 모두 타개해 나갈 수 없는 실정이었다.

적은 그들이 배치된 곳에서 돌파된 부분들을 폐쇄했고, 그곳을 통해 진출한 빨치산 부대는 밀림 속 아군 진지로 돌아가는 길이 끊겨 버렸다.

또한 여자 피난민들은 점점 골칫덩어리였다. 길도 없는 깊은 숲속에서는 길을 잃기가 쉬웠다. 피난민들을 돌려보내려고 나간 병사들은 자주 길을 잃었고, 여자들은 숲속에서 물밀듯 몰려들어와 나무를 자르고 도로를 놓고 통나무를 깔고 하며 온갖 재능을 다 발휘했다.

이 모든 것은 빨치산 사령부의 의도와는 정면으로 대립하는 사태로, 리베리우스의 예정과 계획은 뒤집히고 말았다.

5

바로 이런 상황으로 인해 리베리우스는 밀림의 가장자리에서 그리 멀지 않은 큰길 근처에 서서, 덫을 놓아 짐승을 잡는 사냥꾼 스비리드에게 잔뜩 화를 내며 이야기하고 있었다. 큰길 위에선 몇 명의 참모들이 길을 따라 부설되어 있는 전신줄을 잘라야 하는가에 대해 의논하고 있었다. 리베리우스가 최후 결정을 내렸어야 하지만 사냥꾼과의 대화에 몰두한 그는 다른 사람들에게 기다리라는 손짓만 자꾸 하고 있었다.

리베리우스와 맞먹는 영향력이 있는 스비리드는 부대 내에서 알력을 일으킨 외에는 아무 죄도 없었던 브도비첸코의 총살사건을 오랫 동안 못마땅하게 여겨왔다.

인망이 높은 브도비첸코는 리베리우스와 권위를 다툼으로써 숙영지 내에 반목을 낳게 한 외에는 아무런 죄도 없었던 것이다. 스비리드는 빨치산을 떠나 전과 같이 혼자만의 자유로운 생활을 영위하고 싶었다. 그러나 그것은 꿈도 꿀 수 없는 일이었다. 한 번 고용당하여 자기 자신을 내던졌고, 만일 지금에 와서 숲속의 동지들을 저버린다면 그는 탈영병으로 처형을 받게 되어 있었다.

날씨는 상상 외로 나빴다. 찌르는 듯한 날카로운 질풍이 그을음 같은 시커멓고 너덜너덜한 나지막한 구름을 휘몰아갔다. 눈이 갑자기 미친 듯이 휘날렸다. 순식간에 광활한 지역이 하얀 카페트로 변하고 말았다. 다음 순간 하얀 카페트는 빨려들어가 완전히 녹고, 멀리서 쏟아지는 소나기의 비탈진 빗발로 지저분해진 검은 하늘 밑에서 땅이 시커멓게 드러났다. 땅 위에서도 흙이 빨아들이고 남은 물이 크고 작은 온갖 물웅덩이를 창문처럼 열고는 똑같은 반짝임으로 응답하고 있었다. 소나무 숲 위로 수증기가 연기처럼 흩날렸고, 솔잎은 기름 먹인 헝겊처럼 수분을 튀긴다. 전신선은 유리 구슬처럼 빗방울을 실에 꿴 듯이 달고 있었다. 전혀 떨어질 것 같지가 않았다.

스비리드는 여자 난민들을 맞기 위해 밀림의 깊숙한 데로 파견된 사람 가운데 한 사람이었다. 그는 대장에게 그가 목격한 일들과 하나도 시행할 수 없는 서로 엇갈리는 명령들이 빚어 낸 혼란과, 제일 먼저 절망해 버린 수많은 여자들 가운데 가장 힘없는 층이 저지른 만행에 대해 이야기하고 싶었다. 자루며 보따리를 이거나 지고 갓난아이를 끌어안고 걸어온 젊은 어머니들은 젖도 말라 버리고 발도 지칠 대로 지쳐 마침내는 제정신을 차릴 수 없어 제 자식을 길바닥에 내던지고 자루에 든 밀가루를 땅바닥에 질질 흘리며 방금 왔던 길을 다시 되돌아가는 것이었다. 굶어서 천천히 맞이하는 죽음보다는 빨리 죽게 해주는 편이 좋다고 그들은 판단했다. 숲속에서 무슨 짐승에게 갈기갈기 찢겨 죽느니보다 적의 손에 잡히는 쪽이 더 나았다.

한편 힘이 센 여자들은 남자들 못지않은 용기와 극기심을 발휘했다. 스비리드에게는 보고하고 싶은 것이 아직도 많이 있었다. 그는 진압이 된 것보다는 훨씬 더 위험한 곧 다가올 새로운 반란을 경고하고 싶었지만, 리베리우스는 재촉을 함으로써 그의 말하는 능력을 박탈했다. 리베리우스는 그의 친구들이 국도에서 소리쳐 부르고 손을 흔들 뿐 아니라, 요 이 주일 동안 내내 그러한 경고를 귀에 못이 박힐 정도로 들어서 스비리드의 말을 자꾸만 가로막았다.

「내게 시간을 좀 주시오, 대장 동지. 저는 말을 잘할 줄 모릅니다. 말이 목에 걸려 숨이 막힐 것 같단 말이오. 내가 말씀드리고 싶은 건 피난민의 달구지 대열에 좀 가서 그 시베리아 여자들에게 어리석은 짓일랑 그만둬 달라고 말해 주는 겁니다. 어쨌든 엉망진창이에요. 도대체 어떻게 하려는 겁니까? 『모든 힘을 다해 콜챠크를 타도하자』는 싸움인지, 여자들의 내란인지 도대체 알 수가 없단 말입니다.」

「어서 마저 얘기를 끝내세, 스비리드. 자네도 보다시피 날 찾는 사람이 있으니까, 얘기를 질질 끌지 마.」

「그런데 그 숲의 요정인 즐르이라리하인가 하는 악마 말인데, 뭐 그런 여자가 다 있죠? 『나를 가축을 돌보는 여자풍의사로 써 줘요.』하고 떠들지 않겠어요.」

「수의이겠지, 스비리드.」

「그래, 그래요, 가축의 병을 고치는 여자, 하지만 그 여잔 가축을 돌보기는 커녕 악마의 어머니 신부님이 되어서 암소한테 예배를 올리는가 하면, 새로 온 난민의 여편네들을 꾀어 다른 일에 정신을 빼앗기게 하는 거예요. 『누구를 나무랄 것도 없어. 모두 자네들이 나빠. 치맛자락을 움켜들고 붉은 깃발의 뒤를 따랐기 때문에 이 신세가 된 것이니까, 이제 다시는 도망치거나 해선 안 돼.』하고 주둥이를 놀려 대더군요.」

「어떤 난민 여자를 가리키는 건지 잘 모르겠군. 우리 빨치산의 거야, 아니면 다른 어떤 사람들 거야?」

「물론 다른 피난민 얘기지요. 새로 온 낯선 피난민이요.」

「하지만 그들은 드보리로 가란 명령을 받았는데, 그들이 어떻게 이리 온 거지?」

「드보리요? 그것 참 대단하시군요. 당신이 말하는 드보리 마을인가 하는 곳은 진작에 홀랑 불타 버렸소. 물방앗간이고 뭐고 하나도 남김 없이. 남은 것은 재뿐이야. 그들이 칠림카에 당도하여 본 것은 아무것도 없는 벌거벗은 들판이었어. 절반은 미쳐 버렸고, 비명과 고함을 지르며 곧장 백위군을 향해 돌아섰고, 다른 사람들은 이쪽으로 향했어요.」

「하지만 그들이 어떻게 침엽수림과 늪지대를 통과했지?」

「톱과 도끼는 어디에 씁니까? 우리들 쪽에서 호위를 보낸 사병들도 몇 사람 그들을 도와 주었지요. 그들이 낸 길은 이십 마일쯤 됩니다. 다리니 뭐니 다 세웠는데, 엄청나요! 그 여자들이 설마 그런 짓을 하리라고는 꿈에도 생각지 못했어요.」

「길이 이십 마일이라니, 대단하구면! 그런데 뭐가 그리 기쁜가, 이 멍청한 녀석아. 그것이야말로 비트신이나 콰드리와 같은 장군 녀석이 바라던 바 아닌가? 일부러 밀림의 안쪽까지 길을 내주었을 걸. 대포도 지나갈 수 있다구.」
「도로를 경비할 군대를 보내세요.」
「네놈이 말하지 않아도 내가 알아서 하겠어.」

6

해가 점점 짧아져서 다섯 시면 벌써 날이 저물었다. 황혼 무렵에 유리 안드레예비치는 며칠 전 리베리우스와 스비리드가 말다툼을 하던 곳에서 큰길을 가로질렀다. 그는 부대로 돌아가던 길이었다. 숲속의 빈터 근처, 숙영지의 경계선을 이루고 있던 마가목나무가 자라고 있는 작은 산 가까이 오자 그는 농담삼아 『경쟁자』라고 부르던, 소들의 병을 고치는 쿠바리하의 도전적이고도 대담한 목소리가 들렸다. 적수는 쩌렁쩌렁 울리는 목소리로 무엇인지 명랑하고 외설스러운 노래, 속요의 일종인 노래를 부르고 있었다. 듣는 이들이 많은 것 같았으며 남녀의 뒤섞인 공감의 웃음소리가 들려왔다. 그러더니 침묵이 흘렀다. 사람들이 흩어져 간 것이다.

그러자 쿠바리하는 둘레에 아무도 없다고 생각하고는 혼자서 낮은 목소리로 다른 노래를 부르기 시작했다. 마가목나무의 앞 늪지대 언저리를 도는 오솔길을 따라 어둠 속에서 조심조심 발을 디디던 유리 안드레예비치는 걸음을 멈추었다. 쿠바리하는 러시아의 옛노래를 부르고 있었지만 유리 안드레예비치는 그 노래를 몰랐다. 어쩌면 그것은 그녀의 즉흥곡이었는지도 몰랐다.

러시아의 노래는 방죽에 갇힌 물 같았다. 그 물은 가만히 멎은 채 움직이지 않고 있는 것 같았다. 그러나 그 깊은 속에서는 수문들을 통해 끊임없이 힘차게 흘러 표면의 고요함은 가식이었다.

온갖 가능한 수단으로 러시아 노래는 점차적으로 전개되고 있는 내용의 진행을 저지하고 있었다. 그러나 그 어떤 한계에 다다르자 그것은 갑자기 모습을 나타내어 우리로 하여금 놀라게 한다. 그렇게 해서 노래의 구슬픈 얼이 표현되고 있는 것이다. 이것이야말로 시간의 흐름을 멈추게 하려는 광기의 시도이다.

쿠바리하는 노래부르는 것도 아니고 말을 하는 것도 아닌 가락으로 계속하고 있었다.

하얀 눈 위, 넓은 세상을
토끼 한 마리가 뛰어갔다.
토끼는 마가목나무 옆을 뛰어가,
토끼는 뛰어가 마가목나무에 하소연했다.
내 마음은 겁이 많아서, 겁이 많아서
나약하고 힘이 없지 않더냐고 그가 말했지.
사나운 짐승의 발자욱이 나 토끼는 무섭다.
굶주린 늑대의 뱃속이 두렵다고 그는 말했네.
나를 가여워해 다오. 오, 마가목나무여!
오, 아름다운 마가목나무여!
심술궂은 원수에게, 심술궂은 까마귀에게.
붉은 열매일랑 바람에
바람에, 흰 세상에, 흰눈에 뿌려라.
길거리 끝에, 마지막 집에,
내 사랑하는 그리운 그대가
문을 닫고 숨어 버린
길거리 끝 마지막 집에,
내 고향의 열매를 뿌려 다오.
내 그리운 사랑하는 여자에게
내 사모하는 나의 신부에게
따스한 정열의 말을 속삭여 다오.
포로가 된 절망한 병사, 나는
낯선 땅에 갇혀 고향이 그리운 가련한 병사라오.
하지만 나는 사로잡혀 있는 쓰라린
처지를 뿌리치고 도망치리라.
내 빨간 열매로, 내 사랑스러운 신부에게로 도망치리라.

7

팜필의 아내 아가피야 포티예브나는 병에 걸린 그녀의 암소를 데리고 쿠바리하에게 갔다. 그 암소는 소떼로부터 분리시켜 뿔에다 끈을 묶어 나무에 매두었다. 암소의 앞발 옆의 나무 그루터기에 임자가 앉고 뒷발 옆의 착유대에 무당인 쿠바리하가 앉았다.

나머지 많은 가축은 그리 크지 않은 숲속의 빈터에 빽빽이 들어차 있었다.

소들은 대부분 흰점박이 검정소들이었고, 시베리아에서 인기가 있는 무슨 스위스 품종에 속했다. 소들도 사람 못지않게 사료가 부족하고 먼 길을 이동한데다 견딜 수 없을 정도로 방목지가 협소해 초췌해 있었다.

머리가 멍해졌는지 암소들은 제 성(性)을 잊은 듯 숫소처럼 울어 대며 서로 기어올라 무겁게 늘어진 유방을 상대의 등에 얹어 놓으려는 시도를 했다. 어미소가 덮친 송아지들은 꼬리를 세우고 그 배 밑에서 필사적으로 빠져나와 덤불과 나무 아랫가지를 짓밟으며 숲속으로 도망치는 것이었다. 그러면 소몰이들은 늙은 남자나 아이 할 것 없이 모두 소리를 지르며 그들의 뒤를 쫓아 뛰어다녔다.

그리고 왜전나무의 우듬지가 겨울 하늘에 그린 좁은 고리 속에 갇히기라도 한 것처럼, 숲의 빈터 위를 거뭇한 흰 눈구름이 암소처럼 무질서하게 벌떡 일어서고 겹쳐 쌓이고 무너져내렸다.

멀찌감치 서서 궁금해 하며 구경하던 사람들 패거리는 마녀 쿠바리하로 하여금 짜증을 불러일으켰고 그녀는 싸늘한 눈초리로 그들을 아래 위로 훑어 보았다. 그러나 예술가 기질이 있는 사람의 허영심이 많은 면을 닮아 당황하는 기색을 내보이기에는 자존심이 너무 강했다. 의사는 구경꾼들 사이에 몰래 숨어서 그녀를 관찰하고 있었다.

그가 그녀를 자세히 살펴보기는 이번이 처음이었다. 그녀는 여전히 영국군의 약모를 쓰고 외국 간섭군의 황록색 외투를 입고 있었는데, 깃은 아무렇게나 젖혀진 채였다. 그러나 이 늙어 가는 여인의 눈에 젊은 혈기와 음울함을 부여하던 교만하고 정열적인 표정은 그녀가 무엇을 걸쳤든간에 조금도 신경을 쓰지 않음을 노골적으로 나타내고 있었다.

유리 안드레예비치가 놀란 것은 팜필의 아내가 보여 준 변화였다. 그는 그녀를 알아볼 수가 없었다. 지난 며칠 사이 그녀는 놀라우리만치 늙어 버렸다.

두리번거리는 그녀의 눈은 당장이라도 튀어나올 것만 같았으며, 달구지의 채처럼 길게 뻗은 목에는 부풀어오른 핏줄이 꿈틀거리고 있었다. 그녀의 가슴 속에 감춰진 공포가 그녀를 그 정도로 변하게 한 것이었다.

「젖이 아주 말라 버린 모양이에요.」 아가피야가 말했다. 「새끼를 가졌나 본데, 그랬다면 지금쯤 젖이 나올 테지만 아직도 전혀 젖이 나오질 않아요.」

「어떻게 새끼를 배겠어요? 이것 봐, 젖꼭지에 탄저병의 부스럼 딱지가 있어. 무슨 약초로 만든 연고를 줄 테니까 거기다 문질러 발라 주라고, 그리고 물론 주문을 읊어 주지.」

「그리고 또 한 가지 남편이 걱정거립니다.」

「바람을 피우지 못하게 바람기를 잡아 주지. 별것도 아닌 걸 뭘 그래? 당신에게 딱 달라붙어 뗄 수도 없게 해주지. 두 번째 괴로움은 뭐야?」

「바람을 피우는 것이 아니에요. 차라리 바람이나 피우면 좋겠어요. 그 반대이니까 문제지. 나와 어린애들에게 달라붙어 노상 걱정만 하고 있으니 어쩌우. 그 사람의 생각이야 뻔하지. 그이는 캠프가 나뉘어서 그이와 우리들이 갈라질까봐 걱정하는 거예요. 그리고 우리들을 보호할 사람이 아무도 없으리라는 것도요. 그자들은 우릴 괴롭힐 것이고, 우리는 고문을 당하고 우리의 고통을 보고 즐거워하리라는 것이지요. 난 그이의 속마음을 훤히 다 알아요. 그러다가 목숨이라도 끊는 게 아닌지 모르겠어요.」

「내가 연구를 해 봄세. 당신 근심을 끝내 줄 방법을 짜내 보겠어. 세 번째 괴로움은 뭐지?」

「세 번째 괴로움 따윈 없어요, 내 암수와 남편, 그뿐이에요.」

「보아하니 당신의 고민거리는 시시하군요. 하느님이 당신에게 얼마나 자비를 베풀었는지 보라구요. 당신 같은 사람은 찾아보기 힘들어요. 괴로움이라곤 두 가지뿐이고 그 중 하나는 사랑하는 남편 때문이라니! 그럼 시작하지요. 암소를 고치면 뭘 주시겠어요?」

「뭘 받으시려고요?」

「빵 한 덩이와 당신 남편!」

구경꾼들이 와아 하고 폭소를 터뜨렸다.

「농담이시겠지요?」

「너무 비싸다 싶은 모양이죠? 빵은 집어치우고 당신 남편으로 하지요.」

웃음소리가 더욱 높아졌다.

「이름이 뭐지요? 당신 남편이 아니라 암소 말이야.」

「예쁜이.」

「이곳에 있는 암소의 거의 절반이 모두 예쁜이일 걸. 뭐 좋아, 어디 시작해 볼까.」

그리고 그녀는 암소를 향해 주문을 외기 시작했다. 처음에는 확실히 그녀의 주문은 가축에 관한 것뿐이었다. 이윽고 흥이 오르자 주법(呪法)의 규칙과 그 방법에 대해 여러 가지로 아가피야에게 훈계를 했다. 유리 안드레예비치는 유럽 쪽 러시아로부터 시베리아에 처음 도착했을 때 마부 바크흐의 화려한 잡담에 귀기울였듯이 얼이 빠져서 애기를 들었다.

쿠바리하는 애기를 계속했다.

「마르게스타 아줌마, 우리들의 손님으로 오시라. 화요일, 수요일에 오셔서 썩은 부스럼을 떼어 주시라. 암소의 젖통에서 부스럼 딱지를 떼내어 주시라. 예쁜아, 맡은 일을 하고, 통을 엎지 마라. 산처럼 가만히 서서, 우유가 나오고 흐르게 하라, 공포여, 공포여, 그 패기를 보여 부스럼을 가져다 쐐기풀 속에다 버려라. 무당의 말은 황제의 말씀처럼 영험이 있나니.

이봐요, 아가피야, 넌 무엇이나 다 알고 있어야 하느니라. 금지, 명령, 비껴가는 말, 무당 말 등등. 저기 저것을 너는 숲으로 보고 숲이라고 생각하고 있다. 하지만 그렇지가 않다. 저것은 악마의 군사들이어서 천사의 군사가 한데 어울려 칼싸움을 벌이고 있는 것이다. 우리들과 바살리고의 군사가 싸우고 있는 것과 마찬가지로. 그렇지 않으면 다른 한 가지 예를 들겠는데, 내가 손으로 가리키는 저기를 보려무나. 아니야, 그쪽이 아니야, 이봐. 뒤통수가 아니라 눈으로 내 손가락이 가리키는 곳을 봐요. 됐어요! 그럼 저게 무엇이라고 생각하죠! 바람 때문에 서로 얽힌 두 개의 나뭇가지라고 생각해요? 아니면 새가 둥지를 칠 작정이라고 생각해요? 어디가, 그렇지 않아요. 저것은 진짜 악마의 작품이어서, 물의 정기가 딸을 위해 엮기 시작한 꽃다발이에요. 그녀는 사람들이 가까이 오는 소리를 듣고, 겁이 나서 반쯤 만들다 말았지만, 어느 날 밤엔가 다 만들어 놓을 테니 두고 봐요.

그리고 또 너희들의 저 붉은 깃발이 있다. 당신은 그것이 깃발이라고 생각하지만, 그건 당신의 생각에 지나지 않아. 그것은 절대 깃발이 아니죠. 그것은 죽음이란 여인의 보랏빛 손수건인데, 유혹을 하는 데 사용해요. 그러면 유혹하는 이유가 뭘까? 젊은 사내들에게 플라토크를 흔들어 보이고 눈짓을 하여 젊은 사내들을 학살과 죽음으로 꾀어들이고 질병을 보내려는 거지. 그런데 너희들은 저것을 기로 믿고 있거든. 『모든 나라의 프롤레타리아와 가난한 자들이여 모여라.』라는 기라고 말이야.

이봐, 아가피야, 요즘은 모든 걸 다 알고 있어야 해요, 모든 새와 모든 돌멩이와 모든 풀포기가 무엇인지를 말이야. 새건, 돌이건, 풀이건, 이를테면 저 새는 찌르레기라든가, 그리고 저 짐승은 오소리라든가 하고.

그럼 다른 얘기를 하겠는데, 혹시 누구를 좋아하게 되었다고 치자. 그러면 내게 말만 해요. 그가 누구든간에 당신들의 두목인 숲사람 동지나, 원한다면 콜챠크나 또는 이반 차레비치(러시아 동화에 나오는 주인공)나 누구든간에 상관없어. 큰 소리치고 있다고, 거짓말을 하고 있다고 생각하겠지? 하지만 거짓말이 아니야. 자, 그럼 들어 봐. 겨울이 오고 들판에 눈보라가 소용돌이치며 눈기둥을 말아올리게 돼. 그러면 나는 그 눈기둥에, 그 눈의 소용돌이를 단도로 쿡 찌르겠어. 그리고 그 칼을 눈에서 뽑아 내면 시뻘건 피가 묻어 나와요. 그런 얘기 들어 봤어요? 그래, 그것 봐요. 그런데도 당신은 내가 허풍쟁이라고 생각하겠지요. 그럼 어디, 어째서 눈보라의 기둥에서 피가 나온다고 생각하나? 그것은 그저 바람, 즉 공기로, 눈의 먼지잖나. 그런데 이것 봐, 이 눈보라는 단순한 바람이 아니야. 이것은 혼자 사는 요물인 마녀가 길 잃은 자식을 찾아 들판을 울며 헤매고 있는 것이지. 내가 칼로 찌른 건 그것이고, 그래서 피가 묻어 나오는 거야. 그러니 나는 그 칼로 어떤 남자의 발자취라도 자를 수가 있고, 다시 그것을 당신 스커트에다 비단 실로 꿰맬 수도 있는데, 그러면 그 남자는 콜챠크이거나 스트렐리니코프건 새로운 황제건 당신 뒤를 그림자처럼 따라다니며 떨어지지 않을 걸. 그래도 내 말을 믿을 수 없나 보군.『모든 나라의 맨발의 벗은 자들과 프롤레타리아여, 뭉쳐라!』느니 따위로 생각하고 있겠지.

그리고 집 밖을 나서는 사람에게 비오듯 쏟아지게 하늘에서 돌멩이의 비가 내린다거나 하는 다른 것들도 많이 있어요. 혹은 누군가가 보았듯이 기사가 말을 타고 가는 거야. 말발굽이 지붕에 닿는 거지. 혹은 옛날 마법사가 말하듯『이 여인은 곡식을 지니고 있고, 저 여인은 꿀을 지고 있고, 세 번째 여인은 담비 모피를 지녔다』는 주문도 있지요. 그래서 기사는 보물 상자처럼 여인의 어깨를 열어 어깻죽지에서 칼로 곡식이나 다람쥐나 벌집을 꺼내게 되지요.」

사람들은 때때로 세상에서 깊고 강렬한 감정을 경험한다. 그런 감정에는 언제나 연민이 섞인다. 사랑을 하면 할수록 우리 사랑의 대상은 우리들에게 더욱 희생자처럼 느껴진다, 어떤 남자들의 경우엔 여인에 대한 정열이 모든 척도를 초월해서, 그녀를 비현실적이고 완전히 상상으로 이루어진 세계로 옮겨 놓는다. 그런 남자들은 그녀가 숨쉬는 공기와 자연의 법칙과 그녀가 태어나기 전에 세상에서 일어났던 모든 것들을 질투한다. 유리 안드레예비치는 무당의 마지막 말에서 노브고로드 연대기인지 에파티에포의 고대 연대기인지, 그 어떤 연대기의 서두의 말이, 쌓이고 쌓인 후대의 왜곡에 의해 어느 틈에 위경(僞經)으로 바뀌어 있는 것이 아닐까 하고 의심이 날 만큼 충분한 교육을 받았다. 그러한 것들은 여러 세기에 걸쳐 무당들과 이야기꾼들이 구전으로 후대에 전하는 사이에 완전히 왜곡된 것이었다. 그 이전에도 이미 여러 사람의 필사본 작자들이 그것을 고쳐 쓰면서 왜곡시켰던 것이다.

그렇다면 도대체 왜 그는 전설의 횡포에 그토록 철저히 굴복했던가! 왜 이 수다쟁이의 얘기가 사실적 사건을 묘사하기라도 하는 듯 그를 감동시켰을까?

라라의 왼쪽 어깨가 갈라져 열렸다. 비밀 금고의 자물쇠를 돌리는 열쇠처럼, 칼은 그녀의 어깻죽지를 열었고, 그녀가 영혼 깊숙이 간직했던 비밀들은 빛을 보게 되었다. 낯선 도시들과 길거리들과 방들과, 시골 풍경들이 영화처럼 전편의 영화처럼 눈앞에 펼쳐지면서 내용을 풀어 내었다.

아, 나는 그녀를 너무나 사랑했다! 그녀는 얼마나 아름다왔던가! 그가 항상 생각하고, 꿈꾸고 원했던 그대로! 그렇지만 그녀를 그토록 사랑스럽게 만든 것은 무엇이었을까? 아니다, 천 번을 생각해도 그렇지가 않다. 조물주가 위에서 아래까지 단숨에 그린 그녀의 자태 전부가 윤곽지어져 있는 그 비길 데 없이 단순하고 힘찬 한 가닥의 선에 의해서인 것이다. 그리고 이 거룩한 윤곽 그대로 마치 목욕 뒤의 잘 감싼 아이처럼 그의 영혼이 간직하도록 넘겨준 이 신성한 모습 때문에 사랑스러웠다.

그런데 지금 나는 어디에 있고 무얼 하고 있는 것일까? 숲, 시베리아, 빨치산 부대. 그들은 포위당해 있으며 나도 그들과 운명을 함께 하고 있다. 얼마나 믿을 수 없는 일이며 어처구니없는 처지인가! 다시금 그의 머릿속과 눈앞의 모든 것들은 혼란하게 흐려졌다. 그 순간에 예상했던 것처럼 눈이 내리는 대신 부슬비가 오기 시작했다. 도시의 큰 길 위에 집에서 집으로 커다란 천의 플래카드를 친 것처럼, 숲속 빈터의 한쪽 끝에서 다른 쪽 끝으로, 희미하게 단 하나의 놀랍고도 우상화한 얼굴이 커다랗게 확대가 된 영상이 걸렸다. 그 환상은 흐느껴 울었고, 이제는 더욱 심해진 빗발이 그 영상에 키스하고 시야를 흐려 놓았다.

「이제 어서 가 봐!」 마녀가 아가피야에게 말했다. 「내가 당신 암소에게 주문을 다 외었으니까 이내 나을 거야. 성모님께 기도나 해. 빛의 터전이시고 생명의 말을 담은 책이시니까.」

8

밀림의 서쪽 변경에서 전투가 계속 되고 있었다. 그러나 침엽수림은 어찌나 광활했던지 전투는 거대한 왕국의 변경에서 벌어지는 듯한 인상을 주었다. 그리고 이 숲의 깊숙한 곳에 잠겨 버린 것 같은 숙영지에는 너무나도 많은 사람들이 있었으므로 그곳에는 아무리 많은 사람들이 전투에 나가더라도 더 많은 사람들이 항상 남아 있는 것 같았다.

멀리 떨어진 전투의 굉음도 숙영지의 한가운데에서는 거의 미치지 않았다. 갑자기 숲속에서 몇 발인가의 총소리가 울렸다. 거의 쉴새없이 총성이 울리더니 단번에 무질서한 속사로 바뀌었다. 총소리가 들리는 데에 있다가 갑작스런 총격에 놀란 사람들은 혼비백산하여 사방으로 흩어져 달아났다. 숙영지의 보조 요원으로 편입되어 있던 사람들은 저마다 달구지 쪽으로 뛰어갔다. 큰 소동이 일었다. 모든 사람이 전투 태세를 갖추었다.

소동은 이내 가라앉았다. 공연히 놀라 벌어진 사태였다. 그러나 그 뒤에 총성이 울린 곳을 향해 점점 더 많은 사람들이 떼를 지어 갔다.

군중은 피투성이가 되어 땅바닥에 쓰러져 있는 인간 통나무를 둘러싸고 있었다. 무참한 몰골의 그 사람은 아직도 숨을 쉬고 있었다. 팔다리가 한쪽씩 잘려 나가고, 이런 몸으로 어떻게 숙영지까지 기어올 수 있었는지 상상할 수조차도 없었다. 장황한 글이 씌어져 있는 판자가 그의 등에 매어져 있었다. ——무지막지한 욕설, 적군 부대가 자행한 만행에 대하여 그와 유사한 보복이 행해지리라는 것, 주어진 기간 내에 빨치산들이 비트인 군단의 대표자에게 무기를 인도하지 않는 한 전원에게 보복하겠다는 말이 씌어 있었다.

희생자는 가까스로 입을 열었다. 잘 들리지 않는 말을 알아들으려고 사람들은 허리를 낮게 구부리고 귀를 기울였다. 그는 말했다.

「조심들 하게, 동지들, 그놈이 방어선을 돌파했어요.」

「저지 부댈 보냈어. 대격전이야 차단할 수 있어.」

「빈틈이 없어요. 그는 기습할 생각이죠. 나는 알고 있어. 아, 이제 틀렸어. 동지들. 이렇게 출혈이 심하니 힘이 빠져 버렸어. 피를 토하고 있었어. 이제 끝장이야.」

「이봐, 좀 쉬어요. 입 다물고, 얘기를 시키지 말게, 해로와.」

그 남자는 계속 입을 열었다. 그 불운한 남자는 마지막 숨을 거두는 중이었다. 그는 비명을 지르더니 마지막 말을 끝맺지 못한 채 죽었다. 그들은 모두 그의 죽음을 알고 모자를 벗으며 성호를 긋기 시작했다.

그 날 밤 훨씬 더 끔찍한 사건이 일어나 진지 안에 소문이 쫙 돌았다.

죽어 가던 사람 주위에 팜필이 끼여 있었다. 그는 그 남자를 보았고 그의 얘기를 들었고, 널빤지의 협박장도 읽었던 것이다.

자기가 죽을 경우 가족들이 당하는 사태에 대한 끊임없는 공포가 극한에 달했다. 머릿속에서 그는 식구들이 서서히 고문당하고 인계가 되는 것을 상상했다. 그는 미래의 괴로움에서 벗어나고 고통을 줄이기 위해 날카로운 도끼로 아내와 세 자식을 참살한 것이다.

이런 범행을 저지르고 자살하지 않은 그가 놀라운 일이다. 그는 무엇을 생각하고 있었을까? 그는 앞날에 무엇을 바랄 수 있다는 말인가? 대체 무슨 심산이었을까? 이것은 이제 너무나도 명백한 미치광이, 이제는 아무것도 그를 구제할 수가 없었다.

리베리우스와 의사와 군대 평의회 임원들이 그를 어떻게 할 것인가를 논의하는 동안 그는 머리를 수그린 채 더럽고 누르끼리한 눈을 허공에다 응시한 채 숙영지 안을 저벅저벅 걷고 있었다.

그를 불쌍히 여기는 사람은 없었다. 모두 그를 꺼려했다. 어떤 사람들은 그를 사형에 처해야 한다고 했다. 그것은 지지를 얻지는 못했다.

그가 할 일은 이제 아무것도 없다. 새벽녘에 그는 미친 개처럼 도망을 쳐 진지에서 자취를 감추었다.

9

겨울은 일찌기 찾아들었다. 혹독한 추위가 계속되고 있었다. 갈기갈기 찢겨지는 소리와 형태가 겉으로 보기에는 아무런 맥락도 없이 태양이 안개 속에서 솟아나오고, 꼼짝 않고 서 있고, 움직이다 사라졌다. 태양은 매우 낯설고 눈에 거슬렸다. 그 진홍빛 공이 되어 숲속에 매달렸고, 그 태양에서는 꿀처럼 짙은 노릇한 호박색 광선이 꿈이나 동화 속에서처럼 천천히, 거세게 그리고 빽빽이 번지며 나무에 걸려 공중에서 얼어붙었다.

펠트 장화 속에 숨은 발은 받침을 댄 바닥으로 사뿐히 땅을 밟았지만, 그래도 이리저리 걸음을 옮길 때마다 눈은 신경질적으로 빠드득거렸고, 머리 덮개가 달린 방한복을 입은 몸들은 천체들처럼 따로 공중에 떠 지나갔다.

그들은 걸음을 멈추고 얘기를 주고받았으며 한증으로 빨개진 듯한 얼굴과 때미는 수세미 같은 얼어붙은 턱수염, 콧수염을 서로 가까이 대고 있다. 두 사람의 입에선 짙은 두 개의 숨덩어리가 토해져 나온다.

오솔길을 걷던 의사는 리베리우스와 마주쳤다.

「이봐, 오랜만이군! 저녁에 내 참호로 오시오. 밤을 같이 보내지요. 얘기 좀 합시다. 알려 줄 것도 있고.」

「전령이 왔소? 바르키노에서 무슨 소식이 없나요?」

「당신이나 우리 가족 얘긴 없소. 하지만 미리 피신들을 했다는 소식일 수도 있으니 마음을 놓을 수도 있지요. 오늘밤에 그 이야기 좀 합시다.」

그 날 의사는 그의 참호로 가 똑같은 질문을 또 했다.

「우리 가족 얘기는 없었소? 그 얘기만 하시오.」

「당신은 코 앞의 것밖에 못 보는군요. 내 생각에 그들은 안전하오. 그보다 더 기막힌 소식이오. 어서 이 송아지 고기를 좀 드시오.」

「아니오, 고맙소, 말머리를 돌리지 마시오.」

「정말 안 들겠어요? 아뭏든 난 좀 먹겠읍니다. 숙영지에선 괴혈병이 나돌고 있소. 사람들은 빵이고 야채고 맛을 잊어버렸어요. 열매나 견과는 지난 가을에 여자들이 많을 때 준비해 두는 건데. 아뭏든 내가 얘기했듯이 우리 일은 아주 호전적이오. 내 예언이 실현되고 있소. 취아의 사태는 끝났소. 콜차크의 병력은 모든 전선에서 철수하고 있소. 완전한 패주요. 어떻소? 내가 뭐라고 했읍니까? 당신은 술곤 한탄만 했었지만.」

「내가 줄곧 한탄만 했다고요?」

「네, 줄곧. 비트인에게 몰렸을 때는 유달리 그랬지요.」

의사는 그 해 가을과 반란자들의 총살, 아내와 아이들을 살해한 팜필과 끝이 없을 것 같던 무의미하고 살인적인 모든 혼돈 상태가 생각났다. 백위군과 적군의 만행은 잔혹성의 경쟁이었고 폭행은 폭행을 낳았다. 그는 코와 목구멍 속의 피비린내로 숨이 막혔고 구토증을 느꼈다. 그 냄새가 머리까지 올라가 눈앞이 아찔했다.

리베리우스는 새 횃불에 불을 붙였다.

「내가 태우는 게 뭔지 아시오? 이제 기름이 없어요. 그리고 나무는 바싹 말라서 너무 빨리 타오. 정말 고기 좀 안 들겠소? 괴혈병 말인데, 참모 회의를 소집해서 괴혈병과 그 처리법을 가르쳐 주지 않고 뭘 하는 거요?」

372

「제발 좀 그만 괴롭히시오. 다시 말하지만 우리 가족에 대한 얘기를 해주시오.」

「모르오. 보고서엔 확실한 게 아무것도 없어요. 하지만 최근의 발표문에서 내가 알아 낸 바를 아직 다 얘기하지는 않았소. 내란은 끝이 났어요. 콜챠크군은 격파되었지요. 적위군의 주력 부대는 추적중이어서 콜챠크를 동쪽으로 철도를 따라 바다로 몰아내는 중이지요. 적위군의 별동대는 우리들과 합류하기 위해 서두르고 있어요. 후방에 분산되어 있는 많은 수의 잔적을 협력하여 소탕하기 위해서입니다. 남부 러시아는 완전히 소탕을 완료했어요. 어떻소. 기쁘지 않소? 그것으로도 부족합니까?」

「아니오. 물론 기쁩니다. 하지만 우리 가족은 어디 있는 겁니까?」

「바르키노에는 없어요. 그건 참으로 다행이오. 카멘 노드보르스키가 퍼뜨린 소문은 내가 생각했던 대로 헛소문이었어요. 무언지 알 수 없는 민족이 바르키노를 습격했다든가 하는 헛소문을 기억하시겠지요? 그러나 마을은 완전히 텅텅 비어 버렸어요. 역시 그곳에서 무엇인가가 일어났던 모양이오. 그러니까 내 가족이나 당신 가족이나 거기서 도망친 것은 참 잘한 겁니다. 별일이 없었을 겁니다. 척후의 보고로는, 많지 않은 잔류자들은 그렇게 생각하고 있는 모양이오.」

「그럼 유리아틴은? 그곳은 어찌 되었소? 누가 점령했소?」

「그것 또한 해괴한 일이지요. 정말 그럴 수가 없소.」

「뭐가 말이오?」

「사람들 말로는 백위군이 아직도 그곳에 있다지만 그건 불가능하거든요. 내가 그것을 증명할 테고 당신도 스스로 깨닫게 될 거요.」

그는 받침대에 횃대를 또 하나 꽂고 너덜너덜한 지도를 꺼내더니 자기가 얘기하는 부분이 위로 나오게 접어서 손에 연필을 들고 위치 설명을 했다.

그는 백위군이 물러난 곳이며 유리아틴 전체를 설명했다. 의사는 두통이 일어 웃옷도 걸치지 않고 밖으로 나왔다.

밖으로 나와 의사는 참호 바깥 입구에 의자 대신 쓰는 나무 토막의 눈을 쓸어 버리고는 자리에 앉았다. 그는 생각에 잠겼다.

침엽수림, 숙영지, 빨치산들과 지낸 18개월이 그의 뇌리를 스쳐 지나갔다. 그는 모든 걸 잊어버렸다. 그가 사랑하는 사람들의 추억이 꽉 들어차고 다른 것은 모두 몰아냈다. 그는 그들이 겪은 운명을 상상해 보려 했으며, 영상들을 눈앞에 떠올렸는데, 그 영상은 점점 더 무시무시해졌다.

사샤를 두 손으로 안고 눈보라 속에서 벌판을 가로질러 가고 있는 토냐가 나타났다. 주위에는 아무도 도와 줄 사람이 없다. 사샤의 아버지는 행방을 감추었고, 그가 어디 있는지조차 모른다. 그는 멀리 떠났고, 그는 항상 멀리 떠나 있으며 평생 동안 그는 그들과 멀리 떨어져 있었다. 무슨 아버지가 그런가? 알렉산드르 알렉산드로비치는 어디에 있는가? 그리고 뉴샤는? 그리고 다른 사람들은? 묻지 않는 게, 아예 생각하지 않는 게 나을 것이다.

의사는 참호로 돌아가려고 몸을 일으켰다. 갑자기 그는 생각이 달라져 방향을 바꾸었고 리베리우스에게로 돌아가려던 생각을 바꾸었다.

그는 오래 전부터 갑자기 도망칠 기회가 생길 때를 대비해서 스키도, 건빵을 담은 자루도 준비해 두었었다. 그는 그것을 진지 바로 바깥 어느 높다란 왜전나무 밑동께에 묻어 두었었으며 표시까지 새겨 두었다. 이제 그는 방향을 바꾸어 소중한 물건들을 묻어 둔 쪽을 향해 눈더미 사이로 사람들이 밟고 다녀 다져진 좁다란 길을 따라 들어갔다.

보름달이 뜬 밝은 밤이었다. 그는 보초들이 어디에 배치되었는지를 알았으며 처음엔 그들을 잘 피했다. 그러나 언덕과 마가목나무가 있는 공지에 다다르자 보초 한 사람이 멀리서 그를 소리쳐 부르며 스키를 달려 미끄러져 오고 있었다.

「멈춰라! 누구냐? 암호.」

「왜 이러나 자네? 날 모르겠나? 난 부대 군의관인 지바고야.」

「죄송합니다, 젤바크 동지. 잘못 알아봤을 뿐이지 나쁜 뜻은 없었읍니다. 하지만 당신일지라도 이 이상 더 나아가게 할 순 없소. 규칙대로 어김없이 해야 하오.」

「마음대로 하게나. 암호는 붉은 시베리아, 응답은『간섭자들은 쓰러뜨리자』일세.」

「그러면 됐습니다. 어서 가십시오. 이런 한밤중에 무슨 일입니까? 급한 환자라도 있나요?」

「난 갈증을 느끼고 잠이 오지 않아 밤바람도 쐬고 눈도 좀 집어먹어 볼까 해서…… 그러자 열매가 얼어붙은 마가목나무가 눈에 띄었다네. 난 가서 좀 따먹고 싶은데.」

「그거 정말 묘안이군요! 겨울에 열매를 따다니, 누가 그런 생각을 했겠읍니까! 삼 년 동안 우린 당신들 머리속의 어리석은 생각을 몰아내려 했지만 역시 마찬가지군요. 좋아요, 가서 열매를 따시오. 미친 사람이지, 내가 알 게 뭐요.」

보초병은 재빨리 달려가더니 길다란 스키를 딛고 꼿꼿하게 서서 저 멀리로 사라져갔다.

마가목나무는 절반은 눈에 덮여 있었고 절반은 얼어붙은 잎과 열매를 달고 있었으며, 눈을 잔뜩 이고 있는 두 가지를 의사 쪽으로 내밀고 있었다. 그는 라라의 하얗고 힘센 두 팔이 생각났다.

「난 당신을 찾아 내겠어. 나의 아름다움, 내 사랑, 그립고 그리운 나의 마가목 아가씨여!」

달빛이 훤한 밤이었다. 그는 표시해 둔 나무를 향해 침엽수림으로 더 깊이 들어가 그의 물건들을 파내고는 숙영지를 떠났다.

제 13 장   조각품들이 있는 집의 맞은편

1

상인들의 거리는 말라야 스파스카야 거리, 노보스발로치느이 골목길 쪽으로 조그만 언덕길을 구불구불 내려간다. 거리에서는 유리아딘 고지대의 집들과 성당들이 올려다보인다.

한길 모퉁이에는 조각품들이 기둥으로 꾸며진 짙은 잿빛의 집이 서 있었다. 집 정면의 아랫부분의 거대하고 네모난 돌들은 새로 붙인 새 정부 신문의 최근호와 포고문들로 뒤덮였다. 통행인들은 몇 사람씩 한 조가 되어 게시물을 읽고 있었다.

며칠 전의 해빙기 이후 건조한 날씨었다. 몇 수일 전에만 해도 어두컴컴했던 시간인데 이제는 환했다. 겨울은 이제 지나갔고, 겨울이 남긴 공허감은 저녁까지 머뭇거리는 빛으로 가득 찼다. 빛은 마음을 들뜨게 하고 그것은 마치 멀리서 부르는 소리와 같이 마음을 어지럽히고 몸을 도사리게 한다.

백위군은 최근 이 도시를 적위군에게 내주고 떠났다. 포격과 살육과 전시의 불안은 물러갔다.

포고문에는 이렇게 씌어 있었다.

『자격을 가진 자들은 10월 10일 혁명 거리(구 총독 거리) 유리아틴 평의회 137호실 식량 사무실에서 권당 50루블에 작업 수첩을 구입할 수 있음.

작업 수첩을 분실했거나 부정확한 기입을 하거나 허위 기입자들은 전시규칙의 가장 냉혹한 방법으로 처벌받음. 작업 수첩의 정확한 사용에 대한 지시는 유리아틴 시 집행 위원회 공보 금년 제86호(통산 1013호)에 공시되어 있고, 유리아틴 식량 사무실인 137호실에 게시해 놓았음.』

또다른 포고문에는 도시에 충분한 식량이 비축되어있다고 했다. 포고문에는 이 식량은 공급을 방해하고 혼란을 야기할 목적으로 부르조아층이 축재를 해놓았던 것이라고 쓰여 있었다. 그 포고문은 이렇게 끝났다.

『식량을 저장, 혹은 숨겨두다 발각된 자는 즉석에서 총살함.』

세 번째 포고문은 이러했다.

『착취 계급에 속하지 않은 사람은 누구나 소비자 협회의 회원으로 가입이 가능하다. 자세한 내용은 10월 5일 혁명 거리(구 총독 거리) 유리아틴 평의회 137호실 식량 사무실에서 구입할 수 있다.』

군인들에 대한 경고는 다음과 같았다.

『무기를 인도하지 않은 자, 정식으로 허가를 받지 않고 계속 휴대하는 자는 누구든 가장 엄한 처벌을 받을 것이다. 새로운 허가증은 10월 6일 유리아틴 혁명군 위원회 사무실 63호실에서 구입할 수 있다.』

2

초췌해 보이는 한 사나이가 군중 가운데 끼어들었다. 헝클어진 머리카락에 아직 백발이 섞여 있진 않았지만 뻣뻣하고 짙은 황금빛 수염은 허옇게 변하는 중이었다. 이 사람은 유리 안드레예비치였다. 그는 좀더 일찍 유리아틴에 도착했지만, 쇠약해질 대로 쇠약해진 몸과 며칠 동안의 여행에 너무나 지쳐서 상인들의 거리로 들어오는 데 한 시간이 다 걸렸다.

그는 친구를 만난 듯 행복감으로 가득 찼고, 도시의 돌들에 키스를 하기위해 땅바닥에 엎드리고 싶은 충동을 겨우 눌러 참았다.

길고 긴 도보 여행의 거의 절반을 그는 철도 선로를 따라 걸었다. 철로 전체는 사용을 하지 않아 버림받고 눈에 덮혀 있었고, 기차들은 괴물처럼 그냥 서 있었다. 어떤 기차들은 무장 강도들의 거점이나 그 당시 본의 아니게 부랑자들이 된 범죄자들과 정치 망명객의 피신처 노릇을 했지만, 대부분은 희생자들의 공동묘지가 되었다.

그 시절은 『인간은 모두 늑대와 같다』는 옛 속담 그대로였다. 인간은 혈거인의 유사 이전 꿈들을 꾸었다.

유리 안드레예비치는 남몰래 기어오며 될 수 있으면 사람들을 피했었다. 가끔 낯익은 얼굴들도 보였고, 지나가는 모든 사람들이 빨치산 숙영지에서 도망쳐 나온 사람들 같았다.

 한번은 총살당해 죽었으리라고 생각했던 테렌티 갈루진과 마주쳤었다. 사실 그는 부상을 당해 숲속에 숨어 상처를 회복시켰던 것이다. 그 소년도 파묻힌 기차 속에 숨고 사람들을 피해 가며 크레스토보즈드비젠스크의 고향으로 돌아가는 길이었다.

 의사는 조각품들이 있는 집에 붙은 포고문을 읽을 생각이었지만 그의 시선은 길 건너 삼 층 창문으로 끌렸다. 그곳은 전에 살던 사람들이 가구들을 넣어 두고 간 방의 창문들이었다. 비록 성에가 가장자리에 자리잡았어도 이제는 분명히 투명한 유리가 되었고 회칠을 벗겨 버렸음이 분명했다. 이것은 무슨 뜻일까? 전주인이 돌아온 것일까? 아니면 라라는 이사를 나갔고, 다른 사람들이 새로 들어와 모든 걸 바꿔 놓았단 말인가?

 의사는 흥분되었다. 의사는 길을 건너가 그 집 계단을 올라갔다. 얼마나 자주 그는 숙영지에서 주철 층계의 도림질 세공을 지극히 세밀한 무늬에 이르기까지 미리 속에서 그려 보았던가, 한쪽에서는 무서진 의자들과 낡은 물통, 양철통들을 쌓아 둔 지하실의 광이 들여다보였다. 모든 게 그대로다. 달라진 것이 없었다. 의사는 과거와 변함이 없는 이 층계에 고마움을 느낄 정도였다.

 라라와 카텐카가 집에 있을 리가 없다. 어쩌면 유리아틴에 없을 수도 있고, 죽었을지도 모른다. 그는 단단히 각오하고 있었다. 다만 후회나 않으려고 그는 전에 쥐가 카텐카를 무척 놀라게 했던 벽돌 틈바구니에서 열쇠를 찾아보려고 마음먹었다. 그는 먼저 벽을 발로 쿵 하고 찼다. 쥐를 잡는 일이 없도록 하기 위해서다. 그 약속 장소에서 무엇인가를 찾으리란 생각은 전혀 하지 않았다. 구멍은 벽돌로 막혀 있었다. 유리 안드레예비치는 벽돌을 빼내고 손을 밀어 넣었다. 오, 하느님! 열쇠와 쪽지가 있는 게 아닌가!

『정말 기뻐요! 당신이 살아 계시단 소문을 들었어요. 누가 시내에서 당신을 보고 내게 달려왔었어요. 당신은 먼저 바르키노에 들르실 것 같아 나도 카텐카와 당신을 맞으러 갑니다. 열쇠는 혹시나 하고 그 장소에 넣어 둡니다. 내가 돌아올 때까지 꼼짝도 말고 기다리세요. 당신은 모르시겠지만 나는 지금 앞쪽에 살고 있어요. 한길 쪽으로 난 방이에요. 물론 들어가 보시면 알게 되겠지만 어쩔 수 없어 가구를 좀 팔아 집 안은 텅 비어 있는 데도 어질러져 있어요. 먹을 것을 조금 남겨 두겠습니다. 대부분이 삶은 하지감자죠. 쥐가 못 들어가게 가마솥 뚜껑을 닫고 무거운 것으로 눌러 놓으세요. 난 기뻐서 미치겠어요.』

그는 편지를 끝까지 읽었는데, 뒷장으로 계속 되는 줄은 몰랐다. 그는 편지에 입맞추고 잘 접어서 열쇠와 함께 호주머니에 넣었다. 벅찬 기쁨과 더불어 예리한 아픔까지 느껴져 왔다. 라라가 바르키노로 가는 중이었고, 설명을 하려조차 않은 것을 보면, 그의 가족은 틀림없이 없다는 뜻이다. 어째서 그녀는 가족에 대해 한 마디도 하지 않은 것일까. 마치 이 세상에 존재하지 않기라도 하듯이!

이러고 있을 시간이 없었다. 벌써 어둠이 밀려오는데 밝을 때 끝내야 할 일이 아직도 많다. 가장 급한 일은 길거리에 붙어 있는 포고문을 읽는 것이다. 상황판단을 하는 것이 무엇보다 중요하다. 그는 지친 어깨에서 배낭도 벗어 놓지 않은 채 밑으로 내려가 포고문 벽 앞에 섰다.

3

『유산 계급의 징발, 추징, 과세』『노동자들의 통제권 수립』『공장 및 작업장 위원회』 이것은 새로 들어온 권력이 종전의 질서에 대신해 발표한 포고 내용이었다. 새로운 권력은 백위군이 한때 지배하고 있었을 동안 주민들은 벌써 잊어버렸을지는 모를 자기네들의 규칙의 준엄함을 새삼 강조하고 있었다. 오래 전에 현실성을 잃어버린 빈 껍데기나 다름 없는 제목을 해마다 열이 식는 일도 없이 지껄여 대고 있을 뿐, 둘레의 현실 따위에는 아랑곳 하지 않으니 대체 어떻게 생겨먹은 사람들일까.

의사는 머리가 빙빙 돌았다. 그는 기절해서 의식을 잃고 길거리에 쓰러졌다. 정신을 차리고 보니 사람들이 자신을 부축하고 있었다. 가는 곳까지 부축해 주겠다고 했으나 사양했다. 길만 건너면 되니까 괜찮다고 하며 인사를 하였다.

4

그는 다시 이층으로 올라가 라라의 집 자물쇠를 열었다. 층계참에는 아직 해가 떨어지지 않아 밝아서 서두르지 않아도 될 것 같아 기뻤다.

문을 열자 안에서는 쥐들이 소동을 일으켰다. 사방으로 도망치느라 난리법석이었고 별의별 소리가 다 들렸다. 의사는 이 추악함을 어떻게 해 볼 수가 없어 문이 잘 맞는 안락한 방을 골라 깨진 유리 조각으로 쥐구멍을 막고서 하루 저녁을 숨어 지내기로 했다.

현관방에서 왼쪽으로 꺾어 들어가서, 캄캄한 복도를 건너 길거리 쪽으로 창문이 두 개 달린 환한 방으로 들어갔다. 창문의 바로 맞은편에는 조각품들이 있는 집이 똑바로 어둡게 보이고 있었다. 이쪽 창문 쪽으로 등을 돌리고 통행인들이 포고문을 읽고 있었다.

방안이나 바깥이나 이른 봄 저녁의 새롭고 신선한 빛이 비치고 있었다. 방 안팎의 밝기는 거의 구별지어지지 않았다. 한 가지 차이를 느낄 수 있는 것은 유리 안드레예비치가 서 있는 라라의 침실이 상인의 거리보다 싸늘하다는 점이었다.

아까의 갑작스런 허약함과 체력의 한계를 느끼자 갑자기 두려움이 엄습해 왔다. 곧 집안과 길거리의 밝기가 같아지자 그는 기운이 났다. 그는 이제 더 이상 아프지 않으리라고 생각했다. 밝은 봄 저녁의 투명한 빛은 먼 옛날의 풍부한 희망을 그에게 약속하고 있는 것 같았다. 모든 것이 잘되어 갈 것이다. 그도 인생에서 찾고 있는 모든 것을 얻고 있고, 모든 사람들을 찾아내어 화해시키며 모든 것을 끝까지 생각하여 표현할 수 있다고 믿어졌다. 그 증거로 라라와의 재회를 기쁨으로 기다리고 있었다.

흥분된 기분이 되자 아까의 피로감은 모두 사라졌다. 사실 이 활기는 좀전의 허약함보다 더 분명하게 다가오는 병을 알려 주는 증상이었다. 그는 가만히 기다리고만 있을 수 없어 밖으로 나가고 싶어졌다.

눕기 전에 수염도 깎고 머리도 손질하고 싶었다. 아까 낮에 거리를 돌며 이발소를 찾아보았으나 이발을 할 만한 곳은 아무 데도 없었다. 라라의 화장대를 몽땅 다 뒤집어 봐도 마음만 바빴지 아무것도 찾을 수가 없었다.

그는 전에 말라야 스파스카야 거리에 양장점이 있었다는 생각이 났고, 만일 아직도 그 상점이 있으면 가위를 빌릴 수도 있겠다는 생각으로 밖으로 나갔다.

5

그의 기억은 틀리지 않았다. 양장점은 그대로 있었으며 재봉사들이 일하고 있는 모습이 길에서 환히 들여다보였다.

가게는 무척 비좁았다. 재봉사들 외에도 회색 건물의 벽에 게시된 포고문에 밝힌 작업 수첩을 얻을 자격을 갖추기 위해 근무하는, 바느질을 할 줄 아는 늙은 시골 여자들도 있는 것 같았다.

유리 안드레예비치는 창문에 노크를 하고 안으로 들어가겠다는 손짓을 했다. 그러나 안에서는 개인적인 주문은 받지 않으며 바쁜 일을 맡았으니 냉큼 가라고 대답한다.

그는 두 손가락으로 가위질을 해 보였다. 재봉사들은 이해하지 못했다. 그들은 그의 너덜너덜하고 너무나 묘한 모습에 그를 미친 사람으로 취급했다. 여자들은 낄낄거리며 그에게 가라고 손을 저었다.

결국 그는 마당을 지나 집 뒤로 돌아가 뒷문을 두드려야 되겠다고 마음먹었다.

6

검정 드레스를 입은, 얼굴이 거뭇한 중년의 재봉사가 문을 열며 말했다.
「정말 귀찮게 하시는군요. 그래, 어서 얘기해 보세요. 뭐예요?」
「가위가 필요합니다. 놀라지는 마세요. 잠깐 좀 빌려 달라는 거예요. 당신이 보는 앞에서 수염을 깎고 돌려 드리지요.」
여자는 놀란 듯이 그를 의심의 눈초리로 쳐다보았다.
「난 방금 먼 여행에서 돌아왔읍니다. 이발을 하려고 했지만 문을 연 데가 하나도 없고 가위도 구할 수가 없었읍니다. 미안하지만 가위 좀 빌려 주십시오.」

「좋아요, 머리는 내가 잘라 드리지요. 하지만 미리 경고하겠는데 혹시 당신이 다른 생각을 가지고 정치적인 이유로 모습을 바꾼다거나 변장을 하기 위해 수작을 부린다면 보고를 하더라도 탓하지 마세요. 우린 당신 때문에 목숨을 걸 순 없으니까요.」

「맙소사, 그런 염려는 마십시오.」

양재사는 의사를 안으로 들여 주고 벽장보다 조금 큰 옆방으로 안내한 뒤 머리를 깎을 준비를 했다.

양재사는 방에서 나가더니 가위, 빗, 이발기, 가죽끈과 면도칼을 가지고 돌아왔다.

그녀는 의사의 놀라는 모습을 보고 말했다.

「난 안해 본 일이 없어요. 이발사 노릇도 했었지요. 이번 전쟁중에 간호부를 하고 있으면서 이발하는 것도 익혔어요. 턱수염을 먼저 가위로 자르고 나서 면도를 합시다.」

「머리는 좀 짧게 깎아 주시지 않겠소?」

「해 봅시다. 아무리 어리숙하게 꾸미려해도 당신이 인텔리라는 건 금세 알 수 있지요. 이제는 우리들이 일 주일이 아니라 10년을 한 단위로 삼아 시간을 재고 오늘은 17일인데 매달 7자가 들어가는 날은 이발소가 쉬는 걸 모른 척 해도 말이에요.」

「정말 몰랐소, 무엇 때문에 내가 변장을 합니까? 난 분명히 먼 데서 왔고 이곳 사람이 아니라는 걸 말했소.」

「가만히 계세요, 다쳐요. 그렇다면 외지에서 왔나요? 뭘 타고 오셨죠?」

「두 발로요.」

「국도를 따라서요?」

「그러기도 하고 철도 선로를 따라 걷기도 했지요. 열차는 눈 속에 파묻혀 꼼짝도 못하고 있었지요.」

「자, 이제 여기가 좀 남았어요. 여기만 깎으면 그만이에요. 가족 일로 오셨나요?」

「가족이요? 난 신용협동조합에서 순회감독관 일을 했지요. 그들은 날 동부 시베리아로 검열 출장을 보냈는데, 그곳에서 발이 그만 묶였지요. 아시다시피 기차는 어림도 없었읍니다. 걸을 수밖에 없었지요. 여섯 주일이나 걸렸죠. 길거리에서 내가 본 모든 것을 다 얘기하려면 엄두가 나지 않아요.」

「그런 이야기는 하지 않는 것이 좋아요. 여러 가지 가르쳐 주어야겠군요.

자, 거울 여기 있어요. 시트 밑으로 손을 내어 받으세요. 들여다보세요, 어때요?」

「좀 더 칠 걸 그랬어요. 조금 더 짧게 말입니다.」

「너무 짧으면 머리카락이 전부 곤두서 버려요. 아뭏든 아무 말도 하지 않는 게 좋아요. 신용조합이니 열차가 눈을 뒤집어썼다느니, 검사원이니 하는 말을 일체 하지 마세요. 조심해야 돼요. 그런 건 이제 통용되지 않으니까요. 의사나 학교 선생 노릇을 하는 게 좋아요. 자, 됐어요. 수염을 잘랐으니 면도를 하세요. 비누 거품만 조금 바르면 훨씬 젊어 보이겠어요. 내가 주전자에 물을 끓이지요.」

유리 안드레예비치는 의아해했다. 이 여자는 누구일까? 본 듯한데 도무지 생각이 나지 않았다.

그녀는 뜨거운 물을 가지고 왔다. 그리고는 면도를 시작했는데 계속 여러 가지로 그에게 주의를 주었다. 그녀는 의사 선생이라고 하라고 했다. 또한 그녀는 백위군 밑에서 겪은 일들을 얘기했는데, 그 얘기를 들으며 그는 라라를 생각했다.

그러나 그는 끝까지 신중하게 침묵을 지켰고, 자세한 것은 묻지 않았다.

그녀는 계속 말했다.

「물론 지금은 모든 것이 많이 다르죠. 조사와 밀고, 총질 따위의 일들이 확실히 흔하기는 해요. 하지만 근본 정신이 다르지요. 첫째 새 권력이에요. 아직 정치적인 것은 시작뿐이지 궤도에 오르지는 않았어요. 둘째 뭐니뭐니해도 그들은 평민 편이지요, 거기에 그들의 강점이 있어요. 우리 집안은 나까지 포함해서 사형제인데 모두들 노동하는 여자들이죠. 우리가 그들 편을 드는 건 당연합니다. 우린 자연히 볼셰비키 편이 될 수밖에요. 언니가 한 사람 죽었어요, 정치가에게 시집갔는데. 남편은 이곳의 공장 가운데 한 곳에서 지배인을 맡고 있었어요. 아들이 하나 있었는데, 내 조카이죠. 지금은 마을의 봉기자들의 두목이에요. 명사라고 말할 수 있지요.」

『바로 이 여자다!』

유리 안드레예비치는 깨달았다. 리베리우스의 숙모, 미쿨리친의 처제, 이 지역의 전설적인 인물, 이발사, 재봉사, 전철수의 여인, 팔방미인이야!

그러나 그는 신분을 감추기 위해 아는 체도 하지 않았다.

「조카는 어릴 때 민중에게 끌리고 있었어요. 그는 공장의 노동자들 사이에서 자랐지요. 당신 혹시 바르키노의 공장 얘기를 들어 봤어요? 이런, 내가 바보 같은 짓을 했구먼, 턱이 반쪽은 매끈하고 반쪽은 까칠까칠하네요. 말이 많으면 이런 일이 생겨요. 왜 내 얘기를 막지 않으셨죠? 이젠 비눗물도 마르고 물도 식었어요. 내가 데워 오겠어요.」

그녀가 돌아오자 유리 안드레예비치는 계속 질문을 했다. 바르키노에 대해 물어 보았더니 그곳이 안전하다고 할 수는 없다는 것이었다.

「형부가 바르키노에 사셨다고 했는데, 이런 사태가 벌어졌을 때 그분은 그곳에 있었나요?」

「아니예요. 하느님은 너그럽고 공평하다구요. 그는 아내와 함께 제때 피신을 했어요. 두 번째 부인 말이예요. 그들의 행방은 아무도 모르지만 피신했을 걸요. 그곳엔 모스크바에서 온 낯선 타향인들도 가끔 있었어요. 그들은 먼저 떠났지요. 두 남자는 나이가 젊은 편이었고, 가장이었던 의사는 행방불명되었죠. 말로는 행방불명이라지만 그건 다 식구들을 배려해서지요. 사실 그는 틀림없이 죽었을 거예요. 그러는 동안에 나이 많은 쪽은 고향으로 호출받았죠. 대학교수인가 농경학자였다고요. 내가 알기론 나라에서 불렀다던데요. 그들은 모두 백위군이 돌아오기 직전, 모스크바로 가는 길에 유리아틴에 들렀죠. 또 몸을 비비 틀고 머리를 흔드시네요. 그러다가 정말 목을 베게 되고 말겠어요. 이발사한테 톡톡히 고생을 시키는군요!」

『그렇다면 그들은 모스크바에 있군!』

7

『모스크바에! 모스크바에!』

그는 세 번째로 주철제 계단을 오르며 걸음을 한발짝씩 옮겨 놓을 때 이 말이 그의 가슴을 울렸다. 텅 빈 집은 이번에도 뛰어내리고 굴러떨어지고 이러저리 뛰어돌아다니는 쥐들의 대소동으로 그를 맞았다.

유리 안드레예비치는 아무리 지쳐 있어도 이 끔찍한 상황을 멀리하기 전에는 잠을 이룰 수 없을 것 같았다. 우선 쥐구멍을 막았다. 다행히 침실에는 쥐구멍이 그리 많지 않았다. 그는 쥐가 들어오지 않도록 대비를 다 해놓고 기름 등잔을 찾아냈다. 기름을 쥐들이 먹어 얼마 남지 않았다. 타일을 입힌 배내기와 방의 한쪽 구석에 천장까지는 닿지 않는 화란식 난로가 하나 있었다. 유리 안드레예비치는 라라의 장작을 두어 아름 갖다 쓰기로 마음먹고, 무릎

꿇고 앉아 왼쪽 팔에다 균형잡아 나무를 쌓았다. 그는 나무를 침실에다 잘 옮기고는 난로에 불을 당겼다.

장작을 넣다가 그는 어느 장작의 나뭇가지의 갈래를 친 부분에서 『쿨구』라고 표시된 글자를 보았다. 그는 그 글자를 보고 몹시 놀랐다.

옛날 크뤼게르 시절 공장에서 거절당한 목재가 땔감으로 팔리던 때, 통나무들은 출처를 밝히려는 뜻에서 토막내기 전에 표기를 해놓았다. 『쿨구』는 바르키노의 『쿨라비쉬 구역』의 줄임말이었다.

그는 당황했다. 이 나무가 이곳에 있다는 건 라라가 삼데뱌토프와 접촉을 하며 한때 의사와 가족을 위해 그랬듯이 그녀가 필요한 모든 것을 조달했음이 틀림없었다.

그는 삼데뱌토프와 라라와 그 밖의 복잡한 심정을 생각해 보고 여러 가지 상상을 떠올렸다.

장작은 기분좋게 탁탁거리며 불타올랐고, 불이 붙는 동안, 유리 안드레예비치의 맹목적인 질투는 하찮은 짐작에서 확신으로 바뀌었다.

유리 안드레예비치는 새로운 식별력을 지닌 눈으로 방안을 둘러보았다. 모든 것이 달라져 있음을 깨달았다. 그는 이 침실에서 소외되고 버림받은 기분을 느꼈다.

이 집을 얼마나 그리워했는가! 얼마나 어리석은 짓이며, 또한 얼마나 라라를 그리워하며 이 방 한가운데로 들어왔던가! 그가 느끼는 바가 바깥의 모든 사람들에겐 얼마나 어리석어 보였을까! 튼튼하고 현실성있고 능률적이고 미남인 삼데뱌토프 같은 사람의 생활과 말과 행동은 얼마나 달랐는가! 그리고 그의 나약함과 어둡고 애매하고 비현실적인 그의 사랑의 언어를 라라가 더 좋아해야만 되는 이유가 어디 있는가? 그녀는 이런 혼란을 필요로 하는가? 그녀는 자기 스스로 원했기 때문에 그에게 소중한 여자가 되었던가?

흠모와 회한의 눈물이 흘렀다. 난로문을 열고 그는 불을 쑤셨다. 불이 붙어 불꽃이 활활 타오르고 있는 장작을 맨 뒤로 밀어넣은 뒤 다 타지 않은 굵은 잉걸을 앞쪽 통풍구 속으로 끌어 내었다. 잠시 그는 난로문을 열고 바라보았다. 얼굴과 손에서 뛰노는 불꽃의 열과 빛의 감촉이 즐겁게 느껴졌다. 그녀에 대한 그리움이 더욱 더 타올랐고 당장이라도 그녀와 접촉할 수 있는 그 무엇을 찾았다.

그는 호주머니에서 구겨진 편지를 꺼냈다. 그것은 접혀 있었으므로 아까 읽었던 편지의 뒷장이 드러나 있었다. 이제야 그는 뒤쪽도 발견하고 편지를 껌벅이는 불빛에 비추어 읽어 보았다.

『당신은 가족의 소식을 확실히 알고 계시겠지요. 그들은 모스크바에 있어요. 토냐는 딸을 낳았고요.』그 다음 몇 줄 지워져 있고 다시 또『바보 같은 소리 같아 지워 버렸어요. 만나서 실컷 얘기해요. 말을 한 필 구하기 위해 난 나가 봐야겠어요. 말을 구하지 못하면 곤란해져요. 카텐카가 함께 있으면 너무 힘겨워서……』나머지 문장은 얼룩이 져 읽을 수가 없었다.

『삼데뱌토프에게 말을 구했겠지. 감출 만한 사연이라면 얘기할 필요가 없기는 해.』유리 안드레예비치는 차분하게 생각해 보았다.

8

방이 따뜻해지자 의사는 식사를 했다. 그리고 그는 어느 새 잠이 들었다. 쥐들의 소음은 이제 들리지 않았다. 그는 계속 악몽을 꾸었다.

그는 모스크바의 어느 방에 있다. 문은 잠겼다. 그는 더욱 안전하기 위해 문을 꼭 잡고 끌어당겼다. 바깥쪽에선 그의 어린 시우로치카가 선원 차림을 하고 들여보내 달라고 애원하고 울었다. 뒤에서는 문과 아이 위로 빗발이 쏟아졌다. 그 소리가 엄청나게 컸다. 지금 시대에는 흔히 있는 일인데, 수로관이나 하수도가 터진 것일까, 소년은 심한 공포 속에서 울부짖었다. 소년이 무어라고 외쳐대는 데 들리지가 않는다. 입 모양으로 보아서 소년이『아빠! 아빠!』하고 외치는 것을 알았다.

그는 땀에 흠뻑 젖어 꿈에서 깨어났다.『열이 난다. 병이 든 모양이군, 이건 티푸스가 아니야, 이것은 그 어떤 무겁고 위험한 병 형태의 피로감이다. 무서운 전염병에 흔히 있듯이, 위기가 따르는 그 어떤 병이었다. 삶과 죽음 가운데 어느 쪽이 이기느냐에 달려 있다. 하지만 잠이 와 못 견디겠군!』하고 생각하며 다시 잠들어 버렸다.

9

그의 마음속에서 흐느껴 울고 어둠 속에서 밝고 광채나는 말들로 빛났던 것은 그가 아니라 그 자신보다도 한결 더 큰 무엇이었다. 그는 자신이 가엾어졌다.

『나는 병이 났다.』

잠과 혼수 상태와 무의식 사이에 맑은 정신이 들 때마다 그는 생각했다.

『우리들이 흔히 알고 있는 티푸스에 걸린 모양이야. 난 먹을 걸 좀 구해야지. 그렇지 않으면 죽을 수밖에 없을 거야.』

팔꿈치를 괴어 일어났으나 다시 쓰러져 정신을 잃고 잠이 들었다. 나는 얼마나 이곳에 누워 있는 걸까? 정신이 든 그는 생각했다. 몇 시간? 며칠? 내가 누울 땐 봄이었는데, 하지만 이제 창문에는 성에가 저리도 끼고 방안은 컴컴하다.

부엌에선 여전히 쥐들이 떠들고 있었다.

그리고 그는 또다시 잠이 들었고, 깨어서 보니 뿌옇던 창문들은 수정 술잔에 담은 적포도주처럼 반짝이는 분홍빛으로 가득했다. 그러나 그는 아무것도 분간할 수가 없었다.

한 번은 옆에서 사람들의 목소리가 들려 오는 것 같아 그는 정신 이상이 되어 간다는 생각에 사로잡혔었다.

신이여, 어찌하여 절 버리셨나이까! 오, 영원불멸한 빛이여. 이 몸을 어찌하여 이국의 어둠 속으로 던져 버렸나이까?

갑자기 모든 것이 현실임을 깨달았다. 그의 옷은 모두 벗겨져 있었고, 누군가가 몸을 씻고 깨끗한 셔츠를 입혀 깨끗한 시트에 뉘어 놓았던 것이다. 그 침대 옆에서 그에게로 몸을 구부리고 울고 있는 것은 라라였다. 행복에 겨워 그는 또 정신을 잃었다.

10

조금 전 그는 하늘이 자신을 저버렸다고 한탄했었지만, 지금은 기쁨으로 머리가 얼떨떨해져서 그는 의식을 잃은 사람처럼 한없이 깊은 환희의 심연으로 떨어졌다.

평생 그는 활동적으로 집안일을 돌보고 환자들을 보살피기에 여념이 없었다. 일, 투쟁, 생각을 중단하고 그 모든 것을 당분간 자연의 섭리에 맡기고, 그녀의 것이 되고, 그녀의 관심 안에 있고, 그녀의 자비롭고 멋지고 아름다움이 흘러넘치는 두 손에 몸을 맡기니 얼마나 좋은지 몰랐다.

그의 회복은 빨랐다. 그들의 차분한 대화는 거의가 플라톤의 대화만큼 의미로 가득 차 있었다.

그들의 사랑은 위대했다. 대부분의 사람들은 이 감정의 독특한 본질을 의식함이 없이 사랑을 경험한다. 그러나 그들에게는——여기에 예외성이 있었지만——파멸이 운명지어진 두 사람의 인간 존재에 마치 영원의 입김처럼 정열의 입김이 날아드는 그 순간은, 둘이 동시에 인생과 자기 자신에 대해 줄곧 새롭게 발견하고 인식하는 순간이기도 했다.

11

라라는 그에게 가족에게 돌아가기를 권했다. 억지로 잡아 두지는 않을 것임을 말했지만 의사의 상황으론 어쩔 수가 없었다.

「당신은 꼭 무엇인가를 해야 해요. 당신 아버지는 자살을 한 시베리아의 백만장자이고 아내는 이곳의 공장주이자 지주인 사람의 딸이에요. 그리고 당신은 빨치산이었다가 도망쳤어요. 결과는 아무리 변명을 해도 혁명군으로부터의 전선 이탈자, 탈주병이에요. 절대 당신은 방심할 수 없는 상황이에요. 나도 그다지 나은 입장은 아니예요. 나도 뭔가 일을 해야 합니다. 그렇잖아도 난 화산 위에서 사는 셈이니까요.」

「그게 무슨 소리요? 스트렐리니코프는 어떻고?」

「바로 그이 때문이에요. 그이는 적이 많다는 얘길 해 드렸죠. 이제 적위군이 승리하자, 너무 출세해 버렸고 너무 아는 게 많은 당원이 아닌 군인은 제일 먼저 모가지예요. 그냥 쫓겨나기만 하고 목숨이라도 부지하면 다행이죠. 파샤는 특히 다치기 쉽고 무척 위험한 입장이에요. 그인 동부에 나가 있었지요. 얘기를 들으니 도망쳤대요. 피신중이에요. 사람들이 그이를 쫓고 있어요. 하지만 더 이상 말하지 말아요. 난 울음을 참을 수가 없을 거예요.」

「당신은 아직도 그를 사랑하고 있지?」

「난 그이와 결혼했고, 그인 내 남편이에요, 유로츠카. 그인 훌륭해요, 난 부족함이 너무 많아요. 그이의 뛰어남에 비해 난 아무 짝에도 쓸모가 없고 그이에 비하면 난 아무것도 아니죠.

당신 부인 토냐는 정말 사랑스럽더군요. 보티첼리의 그림과 꼭 같아요. 아이를 낳을 때 나도 갔었어요. 우린 사이가 좋았어요. 하지만 지금은 두 사람 얘기를 다 하지 않기로 해요!

우리 둘 다 일자리를 구해요. 우리 둘이서 벌어요. 매월 몇 십억의 월급을 받게 될 거예요. 여기서는 요전 권력교체 전까지 시베리아 화폐가 통용되고 있었어요. 그것이 나중에 폐지되어 당신이 잃고 있는 동안 내내 한푼 없이 지냈어요. 상상해 보세요! 어쨌든 우린 겨우 버텨 왔어요. 그런데 이제는 새 지폐가 기차 한 대 마흔 칸에 가득 실려 도착했다더군요! 빨강과 파랑 두 빛깔로 커다란 종이에다 인쇄를 했는데 우표처럼 여러 장으로 떼도록 되어 있어요. 파란 것이 오백만 루블, 빨간 것이 일천만 루블이래요. 인쇄가 매우 조잡한가 봐요.」

「그 돈 같으면 본 적이 있어. 우리가 떠나기 직전 모스크바에서 유통되었지.」

12

「바르키노에서 왜 그리 오래 있었지? 거기 누가 있기라도 한 거야? 난 버림 받은 곳일 줄 알았어.」

「난 카텐카와 집안 청소를 했어요. 당신이 곧장 그리로 가리라 생각했고 지저분한 꼴을 보이긴 싫었거든요.」

「아니, 어느 정도인데? 그토록 엉망이오?」

「지저분하고 더러웠지만 우리가 정리했어요.」

「당신은 간단히 대답을 피하는군. 당신은 뭔가 내게 숨기는 게 많아 보여. 하지만 당신이 원한다면 굳이 알아 내려 하지는 않겠어. 토냐 얘길 해줘, 이름은 뭘로 했지?」

「당신 어머님 이름을 따서 마샤라고 했어요.」

「식구들 얘길 해줘.」

「제발 그만해요, 난 지금도 울음밖에 안 나와요.」

「당신한테 말을 빌려준 삼데뱌토프란 그 사람, 정말 흥미있는 인물이야. 안 그래?」

「무척요.」

「난 그를 잘 알아. 우리들이 그곳에 자주 드나들었으니까, 모든 일이 생소했는데 그 사람이 도와 줘서 자리를 잡았어.」

「알아요. 그 사람이 말해 줬어요.」

「상당히 친절한가 보군. 당신도 도와 주려고 해?」

「정말 친절한 사람이에요. 그 사람이 없었으면 난 어떻게 되었을지 모르겠어요.」

「상상이 가! 두 사람은 아마 다정한 동지들 같은 사이겠지. 그 사람이 당신을 많이 쫓아다녀?」

「항상! 당연하지요!」

「그리고 당신을 좋아하고? 미안해, 그런 건 물어 보는 게 아니였는데, 나 당신을 심문할 이유가 없어. 내가 사과하지.」

두 사람은 계속해서 옥신각신했다. 라라는 단지 우정 이상의 아무것도 아님을 주장했고 그에 대해 계속 많은 말을 하는 것이었다.

13

「당신 남편에 대해 얘기해 주오. 『우리들의 귀적(鬼籍)은 같은 줄에 적혀 있다.』라고 셰익스피어는 말하고 있어.」

「어디서요?」

「《로미오와 줄리엣》이지.」

「그 사람에 대해선 전선으로 찾으러 갔을 때 멜류제예보에서 많이 얘기했어요. 그리고 여기에서도 그이의 부하들이 당신을 붙잡아 기차로 끌고 갔다는 말을 들었을 때도 좀 했어요. 그이가 차에 타는 모습을 멀리서 보았다고 말이에요. 하지만 그이 주변에 경비원이 얼마나 많았는지 상상이 가겠지요! 내가 보기에 그는 거의 변하지 않았었어요. 여전히 아름답고 성실하고 늠름한 얼굴, 내가 이 세상에서 본 얼굴 가운데 가장 정직한 얼굴이었어요. 허세를 부리지 않는, 자못 의젓한 포즈와는 전혀 인연이 없는 얼굴, 언제나의 그 사람이었어요. 그러면서도 난 달라진 점을 발견했었는데, 난 거기에 놀랐어요. 무언가 추상적인 것이 그의 얼굴에 스며들어 빛깔을 없애 버린 듯싶었어요. 그러나 내가 잘못 생각했는지도 모르지요. 당신이 그 사람을 만났을 때의 이야기를 듣고 영향을 받았었는지도 몰라요. 난 우리들이 서로 느끼는 감정 이외에도 너무나 여러 면에서 당신의 영향을 많이 받으니까요.」

유리 안드레예비치는 혁명이 나기 전, 그녀의 남편과 어떻게 지냈는지를 알고 싶어했다.

「나는 어릴 적부터 순결이 나의 이상이었지요. 그는 순결의 화신이었어요. 당신도 알다시피 우린 같은 아파트에서 함께 자라다시피 했지요. 그이와 갈리울린, 나. 어린 소년 시절 그는 내게 반해 있었지요, 그인 날 보기만 해도 아찔해할 정도였어요. 이런 식으로 얘기하면 내가 나쁘죠? 하지만 모르는 체하는 건 더 나쁘겠죠. 그걸 나타내기엔 자존심이 허락하지 않아 감추긴 하지만 얼굴만 보면 다 알 수 있는 그런 것이었지요. 우린 서로 무척 많이 만났어요, 당신과 내가 비슷한 만큼이나 그이와 나는 달랐어요. 나는 마음속 깊이 그를 선택하고 있었지요. 우리들이 나이만 차면 이 멋진 소년과 난 결혼할 것이라고 결심했고 마음속으로 그이와 약혼한 셈이었죠. 그이가 얼마나 뛰어난 사람인지는 당신도 아시겠지요! 비상했으니까요, 고작해야 철로의 전철수인지 보선원인가 하는 사람의 아들인 주제에 천부적 재능과 끈질긴 노력으로 수학과 인문 과학 두 전문 분야에서 대학 교수의 수준을 넘어 정상에 도달했어요. 좀처럼 쉽지 않은 일이지요!」

「둘이 서로를 그토록 사랑했다면 무엇이 결혼 생활을 망쳐 놓았지?」

「어떻게 대답해야 할지 모르겠군요. 설명해 보죠. 하지만 나처럼 평범한 여자가 당신처럼 총명한 분에게 현대의 생활, 특히 러시아에 있어서의 인간의 생활이 어떻게 되어 가고 있으며, 당신과 나를 포함한 여러 사람들의 가족이 어째서 헤어져 살아야 하는지를 설명하자니 이상하군요, 요컨대 그건 개인들이나 기질이 닮거나 틀리거나 사랑하고 안하고가 문제가 아니예요! 옛부터 내려오는 관습과 전통, 생활 양식의 모든 것이 뒤집혀 파괴되어 버리고 남은 것이라곤 인간의 헐벗은 영혼뿐인데, 그 영혼은 항상 추워 떨면서, 자신과 마찬가지로 춥고 외로운 가장 가까이에 있는 자에게 손을 뻗칠 뿐이어서 달라진 건 아무것도 없어요. 당신과 나는 천지창조 때부터 몸에 걸칠 것이 하나도 없었던 아담과 이브나 마찬가지인데, 이제는 세상의 종말인 데도 헐벗고 집이 없어요. 우리 둘은 그때부터 지금까지 몇천 년 동안 이 세상에 창조되어 온 끝없는 위대성의 마지막 추억거리이고, 그 모든 사라진 찬란함을 추모하는 뜻에서 우리들은 살고 사랑하고 흐느껴 울고, 서로 매달리는 거예요.」

14

잠시 침묵이 흐른 뒤 그녀는 차분히 말을 이었다.

「말씀드리지요. 만일 스트렐리니코프가 다시 파센카가 된다면, 그가 난폭한 행동과 반란을 포기한다면, 만일 과거로 되돌아갈 수만 있다면, 어떤 기적에 의해 우리 집 창문에 빛이 비치고 파샤의 책상에 놓인 등불과 그의 책들을 볼 수가 있다면, 비록 그것이 세상의 끝이라도, 나는 두 무릎으로 기어서라도 그곳에 갈 거예요. 가슴을 실레이면서. 나는 과거와 정절의 부름을 절대로 저버리지 않겠어요. 아무리 소중한 것이라도 난 다 희생하겠어요. 당신까지도…… 너무나 자유롭고, 그토록 거리낌이 없고, 그토록 자연스러운 우리들의 사랑마저도…… 아, 용서해 주세요! 그건 진담이 아니예요, 그건 사실이 아니예요!」

그녀는 흐느껴 울며 그의 품에 안겼다. 그러나 곧 그녀는 자신을 가누고 눈물을 닦으며 말했다.

「그건 당신을 토냐에게로 몰아가고 있는 것과 같은 의무의 소리예요. 우린 참으로 가엾어요! 우린 어떻게 될까요? 어떻게 해야 될까요?」

정신을 가다듬고 난 그녀는 계속 말했다.

「하지만 난 우리들의 행복을 망쳐버린 것이 무엇이었냐는 질문에는 대답하지 않았어요. 나중에 난 그것을 알았어요. 이것은 비단 우리들만의 이야기가 아닐 거예요. 수많은 사람들의 운명일 수도 있어요.」

「얘기해 보오.」

「우린 전쟁이 일어나기 이 년 전 결혼했어요. 우리들의 가정을 겨우 꾸며 놓았는데 전쟁이 발발했죠. 뒤를 이은 재난과 오늘날까지 겪는 고통의 모든 것은 전쟁 탓으로 돌려야 해요, 난 어린 시절을 생생히 기억하죠, 지난 세기 의 평화로운 전망을 우리들이 받아들이던 때를 난 잊지 못해요. 당연히 이성 에 귀기울이고 양심의 지시에 따라 행동하는 것은 정당하고 마땅했어요. 한 사람의 목숨이 다른 사람 손에 죽어 간다는 것은 놀라운 일이었죠. 살인은 연극이나 신문, 탐정소설에서나 벌어졌지 일상생활에서는 없었어요. 그러더 니 이 평화롭고 순박한 정돈된 상태가 갑자기 변해 피와 눈물로, 군중의 발 작으로, 그리고 날마다 시간마다 합법적인 보수를 받고 자행하는 살육의 시 절이 되었어요. 이런 일이 그냥 지나갈 리는 없어요. 아마 당신도 잘 기억하 겠지만 모든게 다 무너져 버리고 말 거예요, 열차 운행도, 도시로의 식량 보 급도, 가정 생활의 기반도, 도덕 의식의 기준도.」

「얘기 계속하오. 나는 당신이 무슨 말을 계속 하려는지 알고 있소. 당신은 이런 일들을 정말 잘 터득했어. 당신 애기를 듣고 있으면 즐겁기만 해!」

「그때 러시아 땅에 허위가 찾아온 거예요. 주된 불행은, 그러니까 그 후 일 어난 모든 악의 근원인 이 중대한 재난은, 인간 자신의 사상이 지닌 가치에 대한 신념의 상실이었어요.

사회악은 질병처럼 만연했지요. 그건 전염이 되었으니까요. 이 사회악은 누 구에게나 달라붙었으며 떨어질 줄 몰랐지요. 우리 가정도 역시 그 병이 옮았 지요. 어쩐지 자연스럽지 못했고 순발적이지 못했어요. 우린 서로 상대방에 게 백치들처럼 교만을 부렸지요. 어떻게 파샤가 그토록 분별력있고, 그토록 몸가짐이 올바르며, 그토록 빈틈없이 실제와 겉치레를 가리던 사람이, 어떻 게 그이가 우리 삶을 파고 든 허위를 발견하지 못했을까요? 그이더러 전쟁 에 나가라고 요구한 것도 아닌데 그이는 개인적인 생각에서 나갔던 거예요. 그것이 바로 이 모든 광란의 시작이었지요. 일종의 어린애스러움, 방향이 잘 못 잡힌 자존심을 가지고 그 사람은 대수롭지 않은 일에 화를 낸 거예요, 지 금도 그는 역사에 보복하려 하고 있어요. 그 사람은 쓸데없는 자존심으로 인 해 파멸의 길을 가고 있어요, 그를 구할 수 있다면 얼마나 좋을까요!」

「당신은 정말 순수하고 강렬하게 그를 사랑하고 있군. 계속 그를 사랑해야 하오. 난 그를 절대 질투하지 않아!」

15

어느새 여름이 찾아왔다가 갔다. 의사는 완전히 회복되었다. 모스크바로 떠날 준비를 하는 동안 그는 세 군데에서 일자리를 잡았다. 화폐 가치가 급속히 하락했으므로 생활을 꾸리기가 어려웠다.

아침이면 상인의 거리로 나가 활동사진관 『거인』의 옆을 지나 지금은 『붉은 식자공』으로 바뀐 이전의 우랄 카자흐 군대의 인쇄소 쪽으로 내려간다. 고로드스키야 거리의 모퉁이에서 시청의 문에 붙은 『청원 접수』의 표지판이 그를 맞았다. 광장을 가로질러 부야노프카도 나온다. 스텐곤 공장을 지나 후문을 통해 육군 병원의 외래 환자부로 들어갔다. 이곳이 그의 직장이다.

그가 직무를 모두 마치고 언제나 한밤중에 지칠 대로 지치고 배가 고픈 몸으로 집에 가면 그는 요리나 빨래를 하며 집안 일로 바쁜 라라를 보게 된다.

그녀는 요리나 빨래를 했고 비눗물로 마룻바닥을 닦거나 아니면 훨씬 조용히, 얼굴이 덜 상기해서 세 식구의 옷을 다리거나 손질했다. 어떤 때는 카테리나를 가르치기로 했다. 또한 교과서에 얼굴을 파묻고 새로 재편성된 학교에서 교사 자격을 따내려고 정치 재교육을 혼자 힘으로 했다.

모정에 대한 애정이 강해질수록 그의 마음속에서 일정한 선이 그어졌다. 그러나 이와 같은 선은 역시 괴롭고 거추장스러웠다. 아직 나 낫지 않고 금방이라도 아문 곳이 터질 것 같은 묵은 상처처럼 가슴의 날카로운 아픔을 느끼게 했다.

16

두세 달이 흘렀다. 10월 어느 날 유리 안드레예비치는 라리사 표도로브나에게 말했다.

「아마 사표를 내야 할 것 같아. 처음엔 만사가 좋았어. 『성실한 일은 언제나 대환영이다. 우린 사상을, 특히 새로운 사상을 환영한다. 그보다 더 바랄 것이 뭐가 있겠나? 맡은 일을 하고 투쟁하고 물러서지 말자.』 하는 생각이었지. 하지만 정작 일을 해 보니 사상이니 하는 건 그저 껍데기일 뿐이야. 또한 그것은 혁명과 정권을 찬양하는 술책일 뿐이야. 난 이제 진력이 나, 그리고 더 이상 그런 면에는 재주가 없어. 그들의 입장으로 보면 옳을지도 모르지. 물론 난 그들과 같은 패가 될 수는 없지만 말이야. 니콜라이 베데니아핀이 하는 얘기 들어 본 적 있어?」

「그럼요, 진작에 알고 있었고, 당신이 직접 말해 준 적도 있지요. 시마 툰체바는 그 사람 얘기를 자주하는데 그녀는 그의 추종자랍니다. 하지만 난 부끄럽게도 그의 저서를 읽지는 못했어요. 난 순전히 철학적인 책은 싫어요. 철학이란 인생과 예술에 있어 양념적인 역할이 좋지요. 미안해요, 반박해서.」

「아니, 사실은 나도 당신과 동감이오. 어쨌든 우리 삼촌 얘긴데, 난 그분 때문에 부패했지. 내가 범한 죄는 통찰력에 대한 신념이야. 사람들은 모두 내가 기막힌 진단을 한다고 아우성인데, 그것은 사실 옳은 얘기여서 정말로 실수를 할 수가 없어. 그런데 통찰력을 그들이 만일 그토록 역겹다고 생각한다면 그런 전체적인 상황의 순간적인 파악은 뭘까? 난 그만둘 때가 되었어. 그들이 쫓아내도 병원에 있을 수는 있겠지만 연구소와 보건소는 그만두어야 해. 당신한테 걱정 끼치고 싶지 않지만 가끔 난 그들이 당장이라도 날 체포할 것 같은 기분이야. 모스크바로 보낸 편지의 답장이 없어 난 그게 걱정이야. 꼭 가 봐야 되는데……당신도 그러라고 했잖소? 그런 입장인데 바르키노에 대한 당신의 얘기를 난 어떻게 받아들이지? 당신도 물론 그렇게 먼 곳까지 나가고 싶지 않겠지?」

「물론이에요, 당신이 없다면 그건 불가능하죠.」

「그런데 날더러 모스크바로 가라고?」

「그래요, 당신은 가야 해요.」

「이것 봐, 우린 셋이 같이 가면 어떨까?」

「모스크바에요? 아니에요, 난 안 돼요. 파샤의 운명이 결정되는 곳은 이곳이에요, 그가 나를 필요로 하면 금방 뛰어갈 수 있는 이곳에 있어야 해요.』

「그렇다면 카텐카를 생각해 봐.」

「그 얘기는 시마와 해보았는데, 시마툰체바는 가끔 날 보러 오지요」

「그래 알아, 난 그녀를 자주 보았어.」

「놀라운 일이군요. 그 여자는 정말 기막혀요! 예쁘고 우아하고, 총명하고, 박식하고…… 내가 당신이었다면 당장 그 여자를 사랑하겠는데.」

「그 여자의 언니가 내 머리카락을 잘라 주었어.」

「알아요. 그들은 둘 다 도서관 직원인 언니 아브로티아의 집에서 같이 살아요. 그들은 선량하고 정직하고 근면한 가족이지요. 최후의 사태가 왔을 경우 나 대신 카텐카를 보살펴 줄 것인지 부탁해 볼 거예요. 난 아직 결정을 내리지 못했어요.」

「해결 방법이 전혀 보이지 않으면 그런 생각을 하라고. 그런 일이 일어나지 않게 하느님께 기도드리고.」

「사람들 얘기로는 시마가 약간 묘한 구석이 있어서, 머리가 비정상인가봐요. 그렇지만 그것은 아주 깊이가 있고 독창적인 사람이기 때문이에요. 그 사람은 이지적이지는 않지만 교양이 있어요. 당신과 그 여자의 사상이 놀랄 만큼 비슷해요. 그 여자가 카텐카를 키워 준다면 난 상당히 기쁠 것 같아요.」

17

또다시 그는 역으로 나갔다. 아무 소득도 없었다. 아무것도 결정난 것이 없다. 그도 라라도 앞일을 모른다.

집에 돌아온 유리 안드레예비치는 시마가 라라를 찾아온 것을 알았다. 그는 방해가 되고 싶지 않았다. 그는 잠시 혼자 있고 싶기도 했다. 옆에서 나누는 여자들의 대화가 다 들려왔다.

「난 바느질을 계속할 테니 내겐 신경쓰지 마세요, 시마. 이야기는 들었어요. 학생 시절에 난 철학 강의를 들었고 당신 사고방식에 흥미가 있어요. 당신 얘기는 내 마음을 누그러뜨리기도 해요. 지난 며칠간 우린 카텐카 걱정을 하느라 잠을 못 잤답니다. 난 피로와 수면 부족으로 가슴이 답답해요. 눈이라도 내리면 가슴이 시원해질 것 같아요. 그런 거 느껴 보셨죠? 얘기를 계속해요, 시마, 난 듣고 있으니까.」

「아까 어디까지 얘기했죠?」

유리 안드레예비치는 라라의 대답을 듣지 못했다. 그는 시마의 말에 귀기울였다.

「문명이니 시대니 하는 말을 쓸 수도 있겠지요. 하지만 우리들은 그걸 여러 각도에서 이해하고 그 의미가 모호하므로 난 사용하지 않겠어요. 다른 단어들을 대치시키죠.

난 인간은 신과 일, 두 부분으로 이루어졌다고 말하겠어요. 인간 정신의 발달은 이것을 크게 나누면, 굉장히 긴 기간에 걸쳐 성립되는 개개의 일로 구분할 수가 있지요. 그런 과업으로 이집트가 있지요. 그리스도 그렇지요. 구약에 나오는 선지자들의 신학이 세 번째죠. 시간적으로 마지막이고 다른 어느 것에도 대체될 것이 없으며 현대의 모든 사람들의 영감에 의해 현재 성취되고 있는 일이 크리스트교예요.

나는 당신에게 크리스트교가 이 세상에 가져다 준 미증유의 새로운 것을 신선한 기분으로 예기치 않게 지금 현재 알고 있고 지금껏 길들여 온 것처럼이 아닌 더 간결하고 더 직접적으로 전달하기 위해 기도서 가운데서 몇 가지를 인용하겠어요.

대부분의 기도서 내용들은 신약과 구약의 개념을 접근시키고 그것들을 나란히 병립시켜요. 이를테면 타지 않는 숲이나 출애굽기나 불덩이 속의 젊은 이들이나, 요나와 고래는 그리스도의 무염시태(無染始胎)에 대한 비유로 나타납니다.

이처럼 빈번히, 거의 언제나 대조되어 있으므로 구약의 예스러움, 신약의 새로움 사이의 차이가 한결 명백하게 드러나지요.

그러면 이 서로 다른 시대, 최고의 원시 시대와, 훨씬 후대의 새로운 로마 시대는 저마다 어떤 것을 기적으로 보았을까요?

첫째의 경우는 민족의 통솔자, 민중의 지도자인 모세가 마법의 지팡이를 한번 내두름으로써 명령을 내리자 바다가 둘로 갈라진 것이고,

둘째의 경우는 한 처녀, 고대 세계 같으면 돌아다보지도 않았을 흔해 빠진 한 처녀가 몰래, 한 갓난아기에게 생명을 주고 이 세상에 생명을, 생명의 기적을, 만인의 생명을, 나중에 예수를 일컬었던 말인『만물의 생명』을 낳는다는 것이에요.

이 얼마나 거대한 의미를 가지는 변화일까요! 옛날의 기준으로 보면 의미도 없는 인간이 관련된 단 하나의 사건이 한 민족 전체의 이주와 똑같은 중요성을 지니게 된다니 어찌된 일일까요?

세상은 무언가 달라졌어요. 로마는 종말에 이르렀어요. 숫자의 지배로 종말에 이르렀고요. 한 민족으로서, 전체적인 한 민족으로서 동일하게 살아야 한다는, 군대가 부과한 의무는 폐지되었어요. 지도자들과 민족들은 과거가 되어 물러났어요.

그것들은 개인과 자유의 교리로 탈바꿈했답니다. 인간 개인의 삶은 신의 삶을 얘기하고, 그 삶의 얘기의 내용이 우주의 광활한 공간을 가득 채우지요. 성모 수태 고지를 위한 기도문에서 말하듯이 아담은 신이 되려고 했다가 잘못

을 저질러 신이 되지는 못했지만 지금은 신이 인간이 되어 아담을 신으로 만
들려 하고 있어요.」

　시마는 계속했다.

「그리스도와 막달라 마리아에 대해 몇 마디 하겠어요. 복음서의 이야기가
아니라 성주간의 기도에 있는 말인데, 성화요일인지 성수요일인지의 것인 듯
싶어요. 그렇지만 라리사 표도로브나, 내가 말하지 않더라도 당신은 잘 알고
있어요. 난 뭘 가르치겠다는 게 아니라 일깨워 주고 싶어 그래요. 아시다시피
슬라브어의 『스트라스티』라는 말은, 잘 알고 계시다시피 무엇보다도 먼저
고난, 주의 수난이란 뜻이에요. 『주께서 당신 스스로 고난으로 행하시다』, 말
하자면 주께서는 자진하여 고난을 당하셨다는 거예요. 게다가 이 말은 더 후
세에 와서 생긴 러시아어의 의미, 악덕이니 정욕이니 하는 뜻으로 쓰여지고
있어요. 『나의 넋은 들짐승처럼 정욕의 노예가 되어』라느니 『낙원에서 쫓겨
난 몸이므로 정욕을 억누름으로써 돌아가도록 노력하리라』 라느니 하고요.
나는 그리스도의 죽음과 부활 직전인 부활절 바로 선야에 어째서 막달라 마
리아의 이름을 부르는지 항상 의아하게 생각했어요. 그 이유를 난 모르겠지
만 삶이 무엇인지를 일깨워 주는 때로서는 주님이 삶을 떠났다가 잠시 후에
다시 소생하게 될 무렵이 참으로 적절하다고 생각되어요. 그럼 그 구절이 어
떻게 이루어졌는지 보세요. 거기에는 순수한 열정과, 타협할 줄 모르는 솔직
함이 있어요.

　이것이 막달라냐 아니면 다른 마리아들 중 하나이냐 하는 건 좀 의심스럽
지만 어쨌든 그녀는 우리 주님께 애원을 합니다.

　『제가 머리털을 풀듯이 내 빚을 풀어주소서』 꼭 『내가 머리털을 풀듯이 내
죄를 용서해 주옵소서』라는 뜻이에요. 용서의 갈구와 회한이 그 얼마나 훌륭
한 사물로 나타내어져 있습니까! 마치 손으로도 만질 수 있는 것 같아요. 여
기서 마리아는 자기의 과거를, 몸에 밴 이전의 버릇 때문에 밤마다 몸뚱이를
불태우는 괴로움, 무서우리만큼 명료하게 한탄하고 있어요. 『오, 밤은 억누를
수 없는 음욕의 불길로 나를 불태우며 달빛도 없는 암흑의 죄의 정욕으로써
나를 괴롭히도다.』 마리아는 그리스도에게 자신의 회한의 눈물을 받아들이며
자기 마음으로부터의 한숨에 귀기울여 달라고 청원했던 것입니다. 자기의 머
리털로 깨끗한 주님의 발을 닦을 수 있고 그 머리털의 소리에 아연실색해서
얼굴이 붉어진 낙원의 이브도 몸을 숨기도록 말이에요. 『깨끗한 그대의 가장
순결한 발에 입맞추고 눈물로 발을 적셔서 낙원의 싸늘한 날에 두려움을 느
꼈을 때 이브가 그 치렁치렁한 머리로 몸을 가렸듯이 이 내 머리카락으로 닦

아내게 하소서.』 그리고 머리털 이야기에 뒤이어 갑자기『수많은 나의 죄, 한 량없는 당신의 운명을 그 누가 헤아리리오?』하는 외침이 튀어나왔던 거예요, 신과 인생, 신과 개인, 신과 여인 사이의 동등함과 친밀감이 얼마나 놀라 운가요?」

18

유리 안드레예비치는 지친 몸으로 역에서 집으로 돌아왔다. 일을 하지 않는 날이었고, 쉬는 날엔 아흐레 동안의 수면 부족을 벌충하기 위해 실컷 잠을 잤다. 그는 긴 소파에 축 늘어진 채 가끔 비스듬히 기대거나 길게 누웠다. 몽롱한 정신으로 시마의 얘기를 듣긴 했어도 그의 기분은 즐거웠다.

『그녀는 그 모든 얘기를 삼촌 니콜라이에게서 들었겠지』그는 생각했다. 『하나, 참으로 재주 있는 영리한 여자야!』

그는 소파에서 일어나 창문가로 다가갔다. 라라와 시무시카가 지금 무엇인가 알아들을 수 없는 얘기를 하고 있는 옆방과 마찬가지로 이 방의 창문도 마당으로 나 있었다.

날씨가 흐려지고 마당은 어두워졌다. 길거리에서 까치 두 마리가 날아와 마당에서 돌아다녔다.

『까치가 울면 눈이 온다던데.』

의사는 생각했다. 바로 그 순간 시마가 큰 소리로 말했다.

「까치가 오면 소식이 온대. 손님이나 편지가 올 거예요.」

잠시 뒤에 어떤 사람이 찾아왔다. 라라가 문을 열려고 빠른 걸음으로 홀을 지나갔다. 유리 안드레예비치는 그녀가 시마의 언니 글라피아와 하는 얘기를 들었다.

「동생을 찾으러 오셨지요? 예, 여기 있어요.」

「갈 때가 되면 가야겠지만 내가 찾아온 이유는 그런 게 아니예요. 당신 친구에게 전해 줄 편지가 있어요. 내가 우체국에서 일한 적이 있는 것이 그분에겐 다행이에요. 모스크바에서 보낸 편지인데 다섯 달이나 걸렸어요. 수취인을 찾아 낼 수 없었기 때문이지요. 결국 그들은 내게 물어서 알게 되었지요. 그가 언젠가 이발을 하려고 날 찾아왔었거든요.」

그것은 토냐가 보낸 편지였다.

『유라.』 안토니나 알렉산드로브나가 편지에 적었다.

우리들에게 딸이 생긴 것을 알고 계세요? 돌아가신 어머님 마랴 니콜라예브나의 이름을 본따 마샤라고 지었어요.

전혀 다른 이야기지만 사관생도파와 우익 사회주의자들에 속하는 밀리우코프와 키제베테르와 쿠스코프 같은 몇 사람과 우리 아버지와 당신의 삼촌 니콜라이를 포함한 몇 사람과 우리 모두는 해외 추방을 당해요.

정말 불행한 일이에요. 더욱이 당신이 계시지도 않는데. 하지만 이처럼 무서운 시대에 추방이라니, 그것도 신께 감사해야겠지요. 그러나 저러나 당신은 지금 어디에 계시는 거예요? 이 편지는 안티포바 씨의 주소로 부칩니다.

당신이 발견될 즈음엔 러시아의 사정도 완화될는지 모르고, 그렇게 되면 당신 자신이 따로 국외 여행 허가를 신청할 수 있을지 몰라요. 그러면 다시 모일 수 있겠지요. 하지만 편지를 쓰면서도 그런 꿈은 실현될 것 같지가 않아요.

무엇보다도 당신이 날 사랑하고 있지 않다는 점이 슬퍼요. 그래도 나는 당신을 사랑하고 있어요. 아, 얼마나 당신을 사랑하고 있는지 당신이 알아 주신다면!

당신을 사랑하고 있지 않다는 것이 얼마나 굴욕적이고 비참한 벌을 가져오게 하는 것인가만을 두려워한 나머지, 당신을 사랑하고 있지 않다는 자각을 무의식적으로 피하고 있었을는지도 모르지요. 나나 당신이나 영원히 그것을 알지 못했겠지요. 내 마음은 그것을 숨겼을 터이니 사랑의 실패란 살인이나 마찬가지이고, 나는 누구에게라도 그런 타격을 가할 수 없었기 때문이랍니다.

비록 결정된 것은 아무것도 없지만 우린 파리로 갈 겁니다. 당신이 어렸을 때 따라갔었던 먼 나라, 아빠와 아저씨가 자랐던 나라로 돌아갈 겁니다. 사샤는 많이 자랐어요. 미남은 아니지만 듬직하고 힘센 소년이 되었고 당신 애기를 할 때면 늘 슬피 울어 버립니다. 이제 더는 쓰지 못하겠군요. 눈물을 거둘 수가 없어요. 그럼 안녕히 계세요. 이제부터의 끝없는 이별, 고난, 한 치 앞도 내다볼 수 없는 처지, 당신의 머나먼 형극의 길을 위해 당신에게 축복의 성호를 긋게 해주세요. 난 당신을 절대 원망하지 않아요. 당신 좋을 대로 살아가세요.

부디 잘 계세요. 이제 그쳐야겠어요. 편지를 모으러 왔고 저도 준비를 해야겠어요. 아, 유라, 유라, 사랑하는 사람, 나의 소중한 사람, 나의 남편, 우리 어린 아이들의 아버지, 대체 이것이 어떻게 된 일입니까? 우리 이제 다시는 만나지 못하리라는 걸 아시는지요? 유라! 유라!

유리 안드레예비치는 슬픔으로 메마르고, 고뇌로 인해 까칠해진 멍하고 눈물없는 눈을 들었다. 그는 주변의 아무것도 볼 수가 없었고 의식할 수도 없었다.

바깥에는 눈이 내리고 있었다. 유리 안드레예비치는 눈을 쳐다보는 것이 아니라 아직도 토냐의 편지를 읽는 중이며, 팔락대면서 그의 앞을 스치는 것은 조그맣고 메마른 눈의 결정이 아니라 작고 새까만 글자가 정성스럽게 씌어진 좁은 행간의 흰 지면이었다.

유리 안드레예비치는 신음 소리와 함께 가슴을 쥐어뜯더니 의식을 잃고 그대로 쓰러져 버렸다. 그는 정신을 잃고 쓰러질 것을 예감이라도 한 듯 소파로 비틀거리며 다가가더니 그 위에 쓰러지고 말았다.

제 14 장   다시 바르키노로

1

겨울이 왔다. 유리 안드레예비치가 병원에서 집으로 돌아오는데, 함박눈이 펑펑 내렸다.

「코마로프스키가 왔어요.」

그를 마중나온 라라가 낮은 목소리로 말했다. 그녀는 얼이 빠진 사람처럼 멍하니 그를 쳐다보았다.

「어디에? 누굴 찾아온 거지? 지금 여기 있나?」

「아니예요, 아침결에 왔었는데, 저녁에 다시 찾아오겠다고 했어요. 이제 곧 올 거예요. 당신에게 할 말이 있나 봐요.」

「코마로프스키가 왜 왔을까?」

「이야기를 들어도 무슨 말인지 알 수 없더군요. 극동으로 가는 길에 우리를 만나려고 일부러 길을 돌아 유리아틴에 들렀대요. 당신과 파샤를 보려고 왔대요. 당신들 이야기를 많이 했어요. 그 사람은 나와 당신, 그리고 파샤가 파멸적인 위험에 처해 있다고 하던데요. 자기가 하라는 대로 하면 살 길이 있다고요. 자기만이 우리 세 사람을 구할 수 있다더군요.」

「나는 그를 만나지 않겠어. 나는 나갈 테야.」

라라는 갑자기 울음을 터뜨리며 의사 앞에 무릎을 꿇고 앉아 그의 두 다리를 안으며 얼굴을 파묻으려고 하자, 지바고가 그녀를 안아 세웠다.

「제발 나와 함께 있어 주세요, 부탁이에요. 그 사람과 둘이만 있는 게 두렵지는 않아요. 그러나 그와 단둘이만 있기는 싫어요. 제발 함께 있어 줘요. 그 사람은 빈틈없고 치밀한 사람이에요. 정말 우리에게 도움이 되는 충고를 해 줄지도 몰라요. 당신이 싫어하시는 건 당연하지만, 참고 같이 있어 줘요.」

「당신, 왜 그러는 거지? 자, 진정해요. 왜 이렇게 당황하는 거야. 무릎은 무엇 땜에 꿇고 그래. 힘을 내요. 당신은 평생 동안 그 사람을 두려워할 건가? 내가 함께 있을 테니 너무 염려하지 마. 당신이 원한다면 그 자를 죽여 버릴 수도 있어.」

삼십 분 후 해가 졌다. 사방이 이내 캄캄해졌다. 6개월 동안에 마룻바닥의 틈은 모두 메워 버렸다. 유리 안드레예비치는 구멍이 생길 때마다 즉시 막아 버리곤 했다. 그리고 쥐 때문에 털이 긴 고양이도 키우고 있었다. 고양이는 늘 오도카니 앉아 눈을 번뜩이고 있었다. 쥐가 없어지지는 않았지만 훨씬 더 조심했다.

코마로프스키를 기다리는 동안, 라리사 표도로브나는 보급받은 빵과 감자 몇 개를 접시에 담아 식탁에 내왔다. 그녀는 전에 주인이 식당으로 쓰던 곳을 지금도 식당으로 사용했는데, 그곳에서 손님을 맞기로 했다. 이 방에는 커다랗고 묵직한 검은 참나무로 만든 식탁과 찬장이 놓여 있었다. 식탁에는 찬장이 놓여 있었다. 식탁에는 아주까리 기름병에 심지를 꽂은 램프가 놓여 있었다.

코마로프스키는 펑펑 쏟아지는 눈을 온몸에 뒤집어쓰고는 어두운 12월 밤에 찾아왔다. 그의 모자와 외투, 덧신에서 눈덩이가 떨어져 마루 위에서 녹아 물 웅덩이가 만들어졌다. 전에는 수염을 기르지 않았으나 지금은 콧수염과 턱수염을 기르고 있고, 수염에 눈이 달라붙어서 그의 모습은 마치 어릿광대처럼 보였다. 그는 원래의 차림 그대로 신사복 웃도리에, 주름 잡힌 줄무늬 바지를 입고 있었다. 인사를 하기 전에 그는 빗을 꺼내 머리를 빗고, 손수건으로 턱수염과 콧수염, 그리고 눈썹을 잘 닦았다. 그리고 의미 있는 시선으로 왼손은 라리사 표도로브나에게, 오른손은 유리 안드레예비치에게 동시에 내밀었다.

「우린 오래 전부터 아는 사이라고 보아도 좋겠지.」

그는 유리 안드레예비치에게 말했다.

「자네도 알고 있겠지만, 난 자네 부친과는 잘 아는 사이였지. 부친께서는 내 품에서 숨을 거두셨어. 내가 자꾸 자네를 쳐다보는 건 부친과 닮은 데가 없나 본 거지. 그런데 자네는 부친을 닮지 않은 거 같군. 그는 충동적이고 즉흥적이어서 한 번 마음을 먹으면 단숨에 해치우는 성격이셨지. 외모는 어머니를 닮은 것 같군. 그분은 다정다감하고 꿈이 많은 분이었지.」

「라리사 표도로브나가 당신 말을 들어 보라고 부탁하더군요. 내게 하실 말씀이 있다고요. 그래서 만나기로 한 것입니다만 썩 내키는 일은 아니군요. 난 우리가 잘 아는 사이라고는 생각하지 않습니다. 얘기를 계속해 보죠. 무슨 일이시죠?」

「난 두 사람을 만나게 되어 기쁘오. 난 모든 일을 이해하고 있소. 이런 이야기하긴 좀 쑥스럽지만, 두 사람은 잘 어울리는군.」

「당신과 관계없는 일에는 끼어들지 마세요. 우린 당신에게 동정을 바란적이 없어요. 자기 자신을 망각하고 계시군요.」

「그렇게 화내지 말게, 젊은이. 보아하니 그런 점은 부친을 닮았군 그래. 부친도 자네처럼 흥분하셨지. 나는 일이 잘되길 바랄 뿐이야. 두 사람은 말만 그렇게 하는 게 아니라 세상 물정을 모르는 철부지 같군 그래. 나는 이곳에 도착한 지 이틀밖에 안 되었지만 자네 두 사람이 알고 있는 것보다 더 많이 자네들에 대해서 알고 있어. 지금 당신들은 낭떠러지를 걷고 있는 거나 다름없어. 그 위험에서 벗어나려면 대책을 세워야 해. 그렇지 않으면 자유는 고사하고 목숨까지 잃게 될 테니까. 그 어떤 공산주의적인 식이 있지. 이 식에 적합한 사람은 그리 많다고 볼 수 없어. 그러나 그런 생활 방식을 비웃거나 자네처럼 노골적으로 표현하는 사람은 없지. 난 왜 위험을 무릅 쓴 장난을 하려고 하는지 이해가 안 돼. 자네는 그 세계를 비웃고 모욕했어. 자네의 과거만이라도 비밀로 할 수 있다면, 그러나 이곳에도 자네에 대해서 손바닥같이 환한 모스크바 출신들이 있지. 두 사람은 이곳의 법정 나으리들에게 호감을 사지 못했더군. 안티포프와 티베르진 동무는 라리사 표도로브나와 당신을 잡으려고 지금 발톱을 세우고 덮칠 기회만 노리고 있어. 그러나 자네는 사내야. 유리 안드레예비치, 자넨 결정을 내릴 수도 있고, 마음대로 목숨을 걸 두박을 할 수도 있지. 그러나 라리사 표도로브나는 자유롭게 행동을 할 수 없는 사람이지. 그녀는 어머니이고, 한 어린애의 목숨을 손에 쥐고 있어. 꿈이나 꾸고 돌아다닐 처지가 아니지. 나는 아침 나절 계속 이곳 사정을 진지하게 말해 주고 생각을 돌려 보려고 설득했으나 내 말에 귀를 기울이지 않더군. 그러니 자네가 영향력을 발휘해 보게. 그녀는 딸의 안전을 걸고 도박을 할 권리가 없어요. 내 생각을 무시해 버려선 안 돼.」

「나는 내 의견을 다른 사람에게 억지로 주입하는 짓은 하지 않아요. 그건 절친한 사람에겐 더욱 그렇죠. 라리사 표도로브나가 당신 말을 듣고 따르든 말든, 그것은 그녀의 자유 의사입니다. 그 문제를 가지고 내가 왈가왈부할 성질이 아닌 것 같군요. 나는 도대체 무슨 이야긴지 모르겠읍니다. 당신이 어떤 생각으로 그런 말을 하는지도 모르겠고요.」

「정말 당신은 점점 부친과 닮아가는군. 그 어른도 고집불통이셨지. 그럼 내 본론을 얘기하겠소. 이것은 복잡한 일이니까 끝까지 참고 들어 주게. 지금 위에서는 대대적인 변혁을 준비하고 있어. 이건 정말 믿을 만한 정보통이니 의심할 필요는 없다고 보네. 그들이 생각하는 것은 더욱 민주적인 궤도로 옮겨 일반적 법 질서에 양보할 것을 생각하고 있지. 그런 이유 때문에 폐지의 운명에 처한 징벌 기관이 최후에는 지역적인 사건을 종결지으려고 서두르고, 또 잔혹해지겠지. 유리 안드레예비치, 자네는 처형의 주의 인물이야. 이름이 이미 명단에 올라 있고, 이건 사실이야. 내 두 눈으로 보았으니까. 나를 믿어도 틀림없어. 그러니 더 늦기 전에 살아날 길을 찾아야 해. 이건 모두 서론일 뿐이야. 그럼 요점을 말하지. 지금 연해주, 태평양 연안 지역에서는 전복당한 임시 정부와 해산당한 제헌 회의에 계속 충성할 것을 맹세한 정치 세력의 결집이 진행되고 있지. 예전의 의원과 사회 활동가, 구 지방 자치 기관의 실력자, 사업가, 기업가들이 모이고 있어. 적군과 싸운 군대의 잔류 병력이 그곳에 집결하고 있어. 소비에트 정권은 이 극동 공화국의 성립을 보고도 못 본 체하고 있지. 변경 지대에 이런 국가가 생긴다는 것은 적색 시베리아와 외계 사이의 완충 지대가 되므로 소비에트 정권으로서도 잘된 일이지. 이 공화국 정부는 연립 정권이 될 거요. 모스크바 주장대로 의석의 반 이상을 공산주의자가 차지할 것이고, 때가 되면 그들은 무력으로 공화국을 손에 넣으려고 할 거요. 이 일은 눈에 보듯 뻔한 일이오. 그러니 남겨진 시간을 유용하게 써서 이 어려움에서 빠져나가는 거요. 혁명이 나기 전 나는 메르쿨로프 집안, 아르하조프 형제, 블라디보스톡의 상사와 은행의 일을 했었소. 그곳에서는 나를 잘 알고 있소. 조각중인 그곳의 밀사가 찾아와 은밀히, 그러나 소비에트 정부가 묵인하는 가운데, 나를 찾아와 법무상 자리를 맡으라고 했지. 그래서 나는 승낙하고 지금 그곳으로 가는 길이오. 지금 내가 한 말은 모두 소비에트 정부와의 묵계하에서 이루어지는 것이지만, 비공개적인 것이니까 입밖에 내지 않는 게 현명하지. 난 자네와 라리사 표도로브나를 데리고 갈 수 있네. 그곳에 가면 자넨 곧 배편을 구해 외국의 가족에게 갈 수 있네. 그들이 해외로 추방된 걸 자네도 알고 있겠지. 그건 큰 사건이었으므로 지금도 모스크바는 온통 그 애기로 떠들썩하네. 라리사 표도로브나에게는 파벨 파블로비치를 구해 주겠다고 약속했네. 독립된 합법적인 정부의 일원으로서 난 그를, 동부 시베리아에서 스트렐리니코프를 찾아 내어 우리 자치 지역으로 넘어오게 도와 줄 수 있지. 만일 그가 도망치지 못한다면, 연합군이 포로로 데리고 있는 자 중에서 모스크바 정부에서 눈독 들이고 있는 사람과 교환하자고 제안할 생각이야.」

라리사 표도로브나는 이야기 내용을 파악하지 못하는 듯 어리둥절해 하는 얼굴이었으나 이야기에 끼지 않고 있다가, 코마로프스키가 끝에서 의사와 스트렐리니코프의 안전에 대해 말하자, 무관심한 표정이 바뀌어 긴장한 듯 얼굴이 상기된 채 말했다.

「유로츠카, 이 계획이 당신이나 파샤에게 굉장히 중요하다는 것을 알고 있죠?」

「라라, 당신은 너무 사람을 잘 믿는군. 당신은 너무 단순하단 말야. 이건 단지 계획일 뿐이야. 성취되었다고 생각하면 안 돼. 그렇다고 빅토르 이폴리토비치가 일부러 우리를 속였다는 건 아니지만, 지금껏 한 얘기는 공중누각에 지나지 않아. 빅토르 이폴리토비치, 나도 몇 마디 하겠읍니다. 내 운명까지 걱정해 주셔서 고맙긴 하지만, 당신은 내가 당신에게 내 운명을 맡길 것이라고 생각하지는 않겠죠. 당신이 스트렐리니코프에 대해 신경을 써 주는 것은 라라가 결정할 일입니다.」

「왜 그런 말을 해요. 우리가 이분과 함께 갈지, 아니면 가지 않을지 하는 게 문제예요. 당신이 가시지 않으면 나도 가지 않고 이곳에 남아 있겠어요.」

코마로프스키는 유리 안드레예비치가 진료소에서 가지고 와 내놓은 희석한 알콜을 천천히 마시며, 삶은 감자를 먹고 점점 취기가 돌았다.

2

시간이 점점 흐르고 있었다. 심지를 키워 줄 때마다 불꽃이 소리를 내며 타올라 방안을 비춰 주었다. 그러다가 다시 불꽃은 작아져서 모든 게 어둠에 잠겨 버렸다. 주인은 잠이 쏟아졌고 자기들만의 이야기를 하고 싶었으나, 코마로프스키는 떠날 것 같지 않았다. 그의 존재는 육중한 떡갈나무 찬장과 창문 밖의 얼어 붙은 섣달의 어둠처럼 방안을 답답하게 눌렀다.

코마로프스키는 두 사람의 얼굴을 쳐다보는 것이 아니라, 눈을 번득이며 그들의 머리 너머 멀리 있는 어느 지점을 쳐다보았다. 그는 혀 꼬부라진 졸린 목소리로 똑같은 말을 질질 끌면서 반복했다. 그의 최근의 도락은 극동이었다. 그는 그 이야기를 쉬지 않고 하는 사이에 어느 틈엔지 몽고의 정치적 의의에 대한 자기 생각을 라라와 지바고에게 늘어놓았다.

유리 안드레예비치와 라리사 표도로브나는 어쩌다가 이야기가 몽고로 빗나가 버렸는지 몰랐다. 그 화제에 전혀 흥미가 없었던 유리 안드레예비치는 그가 이야기를 시작했을 때가 언제인지 몰랐고, 그래서 그의 말은 더욱 더 지루하기 그지없었다.

「시베리아는 무진장한 가능성을 내포하고 있는, 즉 새로운 아메리카 대륙이라고 말할 수 있지. 그곳은 앞날의 러시아의 위대성을 위한 요람이고, 러시아의 민주화와 번영과 정치적인 건전화의 보증입니다. 우리의 장래에 매혹적인 가능성을 안고 있는 것이 바로 몽고의 장래야. 자네들은 몽고에 대해서 무엇을 알고 있나? 자네들은 그저 무심히 눈을 껌벅거리며 하품만 하지만, 몽고는 거의 백만 평방 마일의 땅과 종류를 알 수 없지만 막대한 광산물을 가지고 있어. 그래서 중국과 일본과 미국의 탐욕의 시선이 뻗히는 곳이지. 우리 러시아의 이권은 그렇게 되면 모조리 빼앗기고 마는 셈이야. 이 외떨어진 지구 한쪽 구석 땅의 세력권을 어떻게 나누건, 러시아의 권익은 모든 당사국에 의해 인정되고 있기는 하지. 중국은 라마교의 승려와 다른 종교계 인사에 대한 영향력을 통해 몽고의 봉건적 신권 정치적 낙후성을 이용해서 착취하는 거지. 일본은 그곳의 농노제 지지자들인 공후, 몽고어로는 토시운을 발판으로 삼고 있어. 적색 공산 러시아는 함쥘스, 즉 몽고의 봉기는 자유 선거에 의해 선출된 몽고의 의회가 지배하는 몽고의 참된 번영을 희망하지. 개인적으로 정말 자네가 흥미를 느껴야 할 것은 몽고의 국경 너머로 한 발 들여 놓기만 하면 세계는 당신들의 것이며 당신들은 새와 같이 자유롭게 된다는 거요.」

라리사 표도로브나는 자기들과는 전혀 상관이 없는 말을 그가 길게 늘어놓았기 때문에 크게 화가 났다. 그녀는 더 이상 참고 견딜 수가 없고 피곤에 지쳐서 그에게 손을 내밀고 냉정히 작별을 청했다.

「밤이 깊었으니 그만 돌아가세요. 난 졸려서 자야겠어요.」

「이런 한밤중에 나를 밖으로 내쫓으려는 건 아니겠지? 이 낯선 곳에서 불도 꺼진 캄캄한 밤에. 나는 길도 찾지 못할 거요. 시내 지리도 모르고 길이 캄캄해서.」

「그런 걱정은 벌써 했어야 하잖아요. 이렇게 늦게까지 당신을 붙잡은 사람은 아무도 없어요.」

「왜 이렇게 냉정하지? 내가 묵을 곳이 있냐는 묻지도 않는군.」

「난 그런 데 관심없어요. 당신은 스스로 보살필 수 있는 사람이니까요. 하루 묵어갈 생각이라면 아예 단념하세요. 우리와 카텐카가 자는 방에는 당신을 재울 수 없으니까요. 그리고 다른 방은 쥐가 우글거리니까요」

「나는 쥐 같은 건 상관하지 않아.」
「그럼 알아서 하세요.」

3

「무엇 때문에 그러지? 며칠씩 잠을 못 자고, 식사도 하지 않고, 종일 정
신 나간 사람같이 돌아다니는 이유가 뭐요? 당신은 늘 생각에 잠겨 있어. 왜
고민에 빠져 있지? 그렇게 불안해 하지 않아도 돼.」
「당신 다니는 병원의 경비원 이조트가 왔었는데, 그는 이 집의 세탁부와
가까운 사이죠. 그래서 그가 잠깐 들러 이야기해 주더군요. 중요한 비밀 이야
기를 알려 주겠다고 하면서『당신의 바깥 주인은 큰일났어요. 당장이라도 감
옥에 갈지 몰라요. 그렇게 있다가 내일이라도 감옥에 들어갈지 알 수 없대요.
그리고 그 다음은 가엾지만 당신 차례요.』라고 하더군요. 그래서 내가 그 말
은 어디서 들었냐고 물었더니 틀림없는 사람한테 들었다더군요. 그 이야기는
자기 친구인 소비에트 집행 위원에게 들었다는 거예요.」
「그 사람 말이 맞을 거야.」
유리 안드레예비치가 말했다.
「위험은 아주 가까이 와 있어. 우리는 당장이라도 사라져야 무시할 기아.
문제는 우리가 어디로 가느냐지. 그렇다고 모스크바로 도망친다는 건 상상할
수도 없고, 다른 사람이 눈치채지 않을 수 없을 테니까. 누구도 알 수 없도록
은밀히 준비해야만 해. 당신이 맨 처음에 생각해 낸 계획을 따르기로 하지.
바르키노로 가서 다른 사람의 눈에서 띄지 않는 거야. 한두 주일이나, 한 달
가량 그곳에 가 있도록 하자구.」
「고마와요, 정말 고마와요. 당신이 그런 결정을 내리기가 아주 어려웠다는
걸 저도 잘 알아요. 그렇다고 당신 집으로 가자는 것은 아니예요. 텅 빈 방을
보기만 해도 마음에 걸리고 여러 가지가 떠오를 테니까요. 나는 그런 당신의
마음은 헤아릴 수 있어요. 다른 사람의 고통 위에다 행복을 쌓는 짓이고, 마
음속의 귀중한 것을 짓밟는 거죠. 당신에게 그런 희생을 강요하지 않겠어요.
문제는 그게 아니라 당신 집은 아마 부셔져 생활하기는 어려울 거예요. 난
미쿨리친 씨가 살던 집을 염두에 두었어요.」

「당신 말이 모두 맞아. 그렇게 신경을 써 줘서 정말 고마와. 내가 몇 번이나 버르면서도 묻지 못했는데, 코마로프스키는 지금 어디 있는 거지? 아직도 이 도시에서 떠나지 않았나? 그렇지 않으면 떠난 건가? 그 작자와 싸우다 계단에서 밀어 버리고 그 뒤로는 아무 소리도 듣지 못했는데.」

「나도 몰라요. 알 게 뭐예요. 내가 그 사람에게 무슨 볼일이라도 있단 말인가요?」

「이제 생각해 보니, 코마로프스키가 제안한 것에 대해 나와 당신의 태도가 달라야 했어야 했다는 생각이 들어서 그래. 우리는 처지가 서로 다르잖아. 당신에게는 딸이 있어. 그러기 때문에 비록 당신이 나와 같은 파멸의 길을 걷겠다고 작정했어도, 당신의 처지론 그렇게 행동해서는 안 돼. 바르키노 이야기를 하자구. 한겨울에 식량도 없고 희망도 없이 그런 벽지로 간다는 것은 정말 미친 짓이지. 그러나 그 미친 짓 이외에 달리 방도가 없다면 그럴 수밖에 없지 않겠어. 이제 우리의 자존심은 버리고, 삼데뱌토프에게 말 한 필을 빌려 달라고 해야겠어. 그리고 그나, 아니면 그에게 의존하는 다른 장사꾼에게 갚을 길은 없지만 밀가루와 하지감자를 외상으로 빌려 달라고 하지. 아직 신용이 있다고 생각하면 가능하겠지. 말이 필요할 때까지는 오지 말라고 부탁하려고 해. 얼마간 우리만 지낼 수 있게 말야. 바르키노로 갑시다. 그리고 숲에서 나무를 해서, 아껴만 땐다면 일 년은 땔 장작을 일 주일 동안 때도록 해. 내 얘기가 또 두서없이 흐르는군. 이렇게 갈팡질팡하지 않고 당신과 이야기하고 싶어. 이제 우리는 선택의 여지가 없어. 막다른 길에 서 있는 거야. 이런 말은 하기 싫지만, 죽음이 문을 두드리고 있다고 표현하는 게 적당하겠지. 우리에게 주어진 시간은 얼마 남지 않았어. 이제 남은 시간을 멋지게, 유용하게 보내는 거야. 헤어지기 전에 함께 있으며, 우리가 소중히 여기는 모든 것과 사물에 대한 우리 자세와 우리가 늘 꿈꾸어 온 삶과 양심이 우리에게 가르쳐 준 것들과 헤어지는 거야. 우리 두 사람은 헤어지는 거야. 그리고 희망과도 헤어지고 한 번만이라도 우리가 은밀히 밤의 밀어를 나누도록 해. 당신은 내 인생의 끝에, 전쟁과 혼란의 하늘 아래 당신이, 내 유년 시절 평화로운 하늘 아래 처음 나타난 당신이 서 있다는 것은 무의미한 게 아니야. 당신은 그날 밤 중학생으로서, 커피색 제복을 입고서 호텔 방의 반쯤 그늘진 어둠 속에 있었지. 그 소녀는 지금의 당신과 똑같이 아름다왔어. 그후 자주 나는 그날 밤 당신이 내게 전달해 준 매혹의 빛을, 아련한 광채를, 그 이후 나는 나를 사로잡아 세상의 만물을 이해하게 되는 열쇠를 내게 준 그 되울림을 이름짓고 정의 내리려고 했지. 여학교 제복을 입은 당신이 방의 어둠 속으로부터 그림자같이 솟아올랐을 때, 소년인 나는 당신에 대해 전혀 아는 게 없었으면서도 왠지 당신에게 자꾸 끌려들어가는 것을 확실히 깨달았어. 그때 나는 당신이 누구인지를 깨닫고, 이 바짝 마른 어린 소녀가 세상의 모든 여성다움으로 전기처럼 충전되어 있음을 깨달았지. 만일 내가 그 소녀에게 다가갔다면 그녀에게 손가락을 대기만 해도 섬광이 한낮처럼 방안을 환히 비추듯 나는 그 자리에서 감전사하거나, 평생 동안 슬픔과 그리움의 자력파로 충전시켰겠지. 나는 눈물이 넘쳐 흘렀으며, 마음의 눈을 번득이며 울었지. 내 자신이 가엾었고, 그보다 더 소녀인 당신이 가엾었어. 나는 충격을 받고 울었어. 만일 사랑하는 것이, 여성의 자력에 끌려든다는 것이 이 정도로 괴로운 것이라면, 여자가 된다는 것, 전류가 되어 사랑을 일으킨다는 것은 더욱 고통스러운 일이야. 이렇게 모두 털어 놓았군. 장황한 이야기지. 이게 나의 전부야.」

라리사 표도로브나는 몸이 불편해서 옷을 입고 침대 가장자리에 누워 있었다. 그녀는 몸을 웅크리고 숄을 둘러썼다. 유리 안드레예비치는 그 옆 의자에 앉아서 가끔씩 이야기를 했다. 라리사 표도로브나는 한쪽 팔을 짚고 상체를 일으키며 손바닥으로 턱을 괸 채로 입을 벌리고 유리 안드레예비치를 바라보았다. 그러다가 그의 어깨에 얼굴을 대고 눈물이 흐르는 것도 내버려 두고 행복에 겨워 조용히 눈물을 흘렸다. 그녀는 침대 가장자리 밖으로 몸을 내밀며 그를 안고 속삭였다.

「유로츠카, 당신은 정말 현명하신 분이에요. 당신은 미리 모든 일을 알고 있어요, 유로츠가! 당신은 내 성채예요, 그리고 피난처고요. 주여, 내 모독을 용서하소서. 나는 정말 행복해요. 가요. 그곳에 가서 내가 모든 이야기를 하겠어요.」

그는 그녀가 임신했다는 것을 암시하고 있는 것이 아닌가 짐작했으나 그런 것은 아마도 아닐 것이라고 혼자 생각하며 말했다.

「나도 알고 있어.」

4

두 사람은 어느 음울한 겨울 아침, 그 도시를 떠났다. 이 날은 평일이었다. 길에는 볼일을 보러 돌아다니는 사람으로 가득 찼다. 그 중에는 낯익은 얼굴도 보였다. 사거리의 낡은 급수소에서는 집에 우물이 없는 부인들이 펌프에서 물을 길으려고 줄을 늘어섰다. 의사는 그 둘레를 조심스럽게 삼데뱌토프의, 털이 노랗고 오글오글한 말을 타고 속도를 늦추며 썰매를 몰았다. 말을 조금이라도 빨리 몰면 길에 흘린 물이 모두 얼어, 썰매가 옆으로 미끄러지며 인도로 뛰어올라 가로등과 모서리 돌에 부딪쳤다.

그들은 전속력으로 달려가다가 길거리를 걷던 삼데뱌도프를 앞지르고는, 그들을 그가 알아보았는지 또 자기 말을 알아보았는지 보려고 뒤도 돌아보지 않은 채 쏜살같이 달렸다. 조금 더 가서 그들은 코마로프스키를 지나쳤으나 이번에도 아는 체도 하지 않고 지나쳐 버렸다.

글라피아 툰세바가 건너편 길에서 큰소리로 말했다.

「당신들 어제 떠났다고 들었는데, 사람들은 거짓말도 잘하는군요. 하지감자를 사러 가는 겁니까?」

그는 대답이 들리지 않는다는 시늉을 하며 손을 흔들며 인사를 했다.

그들은 시마를 만나서 말을 멈추려고 했으나 오르막길이기 때문에 말을 멈출 수가 없었다. 시마는 위에서 아래까지 여러 개의 숄로 몸을 둘둘 감고 있어서 나무 토막 같았다. 그녀는 뻣뻣한 자세로 포도 중앙에 나와 작별 인사를 하고 여행을 잘하라고 말했다.

「돌아오시면 드릴 말이 있답니다, 유리 안드레예비치.」

그들이 탄 썰매가 시내를 통과했다. 겨울에도 이 길을 다닌 적이 있었으나 유리 안드레예비치의 기억에는 여름의 경치가 남아 있어서 마치 초행길처럼 느껴졌다.

썰매의 앞 건초 속 깊숙이에는 식량과 다른 보퉁이를 넣고 밧줄로 묶었다. 유리 안드레예비치는 농부처럼 바닥에 무릎을 꿇고 꼿꼿이 앉거나, 옆에 걸어 매 둔 삼데뱌토프의 펠트 장화에 다리를 걸친 채 썰매를 몰았다.

겨울이면 언제나 그렇듯 해가 지기 훨씬 전에 낮이 끝나는 것 같은 오후에 유리 안드레예비치는 말에게 채찍을 무자비하게 휘둘렀다. 말의 속력이 빨라지자 썰매는 풍랑을 맞은 배처럼 울퉁불퉁한 길에서 흔들리고 크게 뒤뚱거렸다. 라라와 카챠는 털외투를 잔뜩 둘러써서 몸을 가눌 수가 없었다. 길모퉁이를 휘몰아 돌고 바퀴 자국을 덜컥거리며 뛰어넘으면서 그들은 이리저리 구르고 건초더미에서 나동그라지고, 눈물이 날 정도로 웃었다. 의사는 가끔 장난 삼아 눈 덮인 둑으로 말을 몰아서 모두 몸이 다치지 않게 눈바닥으로 내동댕이치곤 했다. 의사 자신은 말고삐에 끌려 얼마 가량 끌려가다가 조랑말을 서게 하고 썰매를 본래대로 되돌려 놓았다. 라라와 카챠는 일어나서 썰매에 다시 올라탄 뒤 화를 냈다 웃었다 하면서 그에게 곱게 눈을 흘겼다.

「내가 어디에서 빨치산에게 사로잡혔는지 가리켜 주지.」

시내에서 한참이나 나온 후 의사는 라라와 카텐카에게 말했으나, 벌거벗은 숲과 죽음이 감도는 정적, 주변이 무섭도록 공허감을 주었기 때문에 지형이 몰라보게 바뀌었으므로 끝내 찾아 낼 수가 없었다.

「응, 바로 저거야!」

그는 들판 가운데 서 있는 모로 이 베트친킨 회사의 첫번째 광고탑을 빨치산에게 잡힌 두 번째 광고탑으로 착각하고 소리쳤다. 그러나 두 번째 광고탑을 지나칠 때는 검정 빛을 띤 은빛으로 숲을 정교히 뒤덮고 있던 섬세한 장식품처럼 바꿔 놓은 서릿발의 눈부신 무늬 때문에 분간치 못해서, 그들은 그 간판을 보지 못했다.

아직도 환한 무렵에 지바고의 집이 먼저 나오자 그들은 그 앞에서 멈춰 섰다. 그들은 벌써 밤이 다 되었기 때문에 우르르 집 안으로 뛰어들었다. 그러나 실내는 어두워졌으므로 유리 안드레예비치는 무서울 정도로 파괴된 광경은 절반도 보지 못했다. 그래도 그가 기억하는 가구 중 일부가 남아 있었고 바르키노는 황폐했고, 수리를 하려고 해도 수리를 할 사람이 보이지 않았다. 개인 소유물은 전혀 눈에 들어오지 않았다. 그러나 가족이 떠날 때 그곳에 없었으므로 지금 이 자리에 무엇이 남아 있으며 그들이 또한 무엇을 가지고 갔는지조차 알 수 없었다. 그때 라라가 입을 열었다.

「금새 어두워실 테니 서두르도록 해요. 지금 상념에 잠길 여유가 없단 말이에요. 우리가 여기 머무르려면 말은 헛간에 매어 두고, 식량은 복도에, 이 방은 손질해서 써야겠어요. 그러나 난 반대예요. 그 얘긴 벌써 끝났어요. 당신은 그렇게 하면 마음이 무거울 거고, 그러면 나도 마찬가지예요. 이 방은 무슨 방이죠? 당신 침실이었나요? 아니, 어린애 방이군요. 당신 아들 침대가 있네요. 카챠는 작아서 못 쓰겠군요. 그래도 창문은 멀쩡하고 벽과 천장도 완전한데요. 그리고 난로도 참 훌륭해요. 지난 번 왔을 때 나는 난로를 보고 놀랐어요. 만일 당신이 정 여기 있겠다고 고집을 한다면, 물론 나는 반대지요. 나는 외투를 벗고 일을 해야겠어요. 먼저 난로에 불을 지피고, 또 지피고 지펴야겠어요. 첫날은 밤낮으로 온종일 불을 때야만 돼요. 당신은 왜 그렇게 말 없이 있는 거죠?」

「아니야, 별일 아니야. 미안해. 역시 미쿨리친 씨네 집에 가는 게 더 나을 거 같아.」

그리하여 그들은 다시 썰매에 올라 말을 몰았다.

5

미쿨리친의 집에 도착하니 문에는 자물쇠가 채워져 있었다. 유리 안드레예비치는 나사못과 갈라진 나무와 함께 자물쇠를 비틀어 뜯었고, 이번에도 그들은 서둘러 안으로 들어가 외투와 모자, 펠트 장화도 벗지 않고 안쪽 방으로 갔다.

그들은 한눈에 집안의 몇 군데, 즉 아베르키 스테파노비치의 서재에 물건이 잘 정리되어 있다는 사실을 알았다. 아주 최근까지 누가 살고 있었다. 그럼 도대체 이 집에 누가 살고 있었을까? 만일 주인 내외이거나 그들 중 어느 한 쪽이었다면 도대체 어디로 숨었단 말인가? 그리고 문에 홈을 파서 끼우는 자물쇠를 쓰지 않고 일부러 다는 자물쇠를 채운 이유는 무엇일까? 만일 미쿨리친 부부가 오랫 동안 살았다면 왜 집안이 모두 정돈되어 있지 않고 일부만 치워진 까닭은 무엇인가? 유리 안드레예비치는 아무래도 미쿨리친 부부가 살고 있었다는 생각은 들지 않았다. 그럼 이곳에 누가 있었을까? 의사와 라라는 약간 불안했다. 그러나 그것을 깊이 생각할 여유도 없었다. 근래에는 살림가재의 대부분을 도둑 맞는 집이 꽤 많았다.

「틀림없이 수배받고 있는 사람일 거야.」

두 사람의 의견은 일치되었다.

「만일 누군가가 온다면 말을 잘하고 함께 지내면 돼.」

오랜 옛날처럼, 유리 안드레예비치는 창가에 커다랗고 넓은 책상이 놓인 아득한 서재 문간에 무엇에 넋이 빠진 듯 잠자코 서 있었다. 그는 다시 한번 이렇게 근엄한 환경이라면 끈기 있고 보람있는 일을 하기에 더 효과적일 것이라는 생각이 들었다.

미쿨리친의 집 마당에 있는 건물에는 광과 마굿간이 붙어 있었는데, 그곳은 잠겨져 있었다. 유리 안드레예비치는 광과 마굿간이 어떤지 몰라 오늘은 자물쇠가 달려 있지 않은 광에다 말을 두기로 했다. 그는 썰매에서 말을 풀어 우물에서 길어 온 물을 주었다. 그는 썰매 바닥에 간 건초를 말에게 주려고 했으나 그것은 너무 짓밟혀 아주 가루가 돼 있었다. 그래서 그것은 사료로 쓸 수가 없었다. 다행하게도 헛간 위 다락에 건초가 많이 있었다.

그날 밤, 그들은 옷도 벗지 않고 외투를 둘러쓴 채, 하루종일 놀다 지쳐서 잠든 어린이처럼 행복하고 달콤한 잠에 빠져 버렸다.

6

　유리 안드레예비치는 잠에서 깨어나자 마자 창문가에 서서 매혹적인 서탁을 넋 놓고 쳐다보았다. 쓰고 싶은 욕망이 꿈틀거렸다. 그러나 그는 그 욕망을 라라와 카테니카가 자기 전까지 덮어 두기로 다짐했다. 그때까지 두 방이라도 치우려면 시간이 빠듯했기 때문이었다.

　저녁이 어서 되기를 기다리기는 했지만 다른 목적이 있는 것은 아니었다. 그저 펜을 잡고 무엇인가를 쓰고 싶은 욕망에 사로잡혔을 뿐이었다.

　그는 무엇이라도 쓰고 싶었다. 처음에는 그저 마음을 잡기 위해, 어떤 지난 일을 떠오르는 대로 적어 나감으로써 오랫 동안 방치해 둔, 여지껏 잠들어 있던 능력을 깨우는 일만으로도 흡족한 것이다. 그러는 동안에 라라와 이곳에 자리를 잡게 되면 나중에는 새롭고 중요한 일을 할 시간이 있기를 그는 고내했다.

　「바쁘세요? 무엇 하시는 거예요?」

　「계속 불을 때고 있어. 왜 그러지?」

　「빨래통이 있어야겠어요.」

　「이렇게 불을 계속 때다가는 사흘도 안 되어 장작이 떨어지겠군. 나무가 있을지 모르니 전에 쓰던 장작 헛간을 살펴봐야겠어. 남아 있을 것 같지? 장작이 좀 있으면 몇 번 이리로 날라 와야지. 그게 바로 내일 할 일이야. 빨래통이 필요하다고? 글쎄 이디시 본 것도 같은네…… 어디서 보았더라, 생각이 나지 않는군.」

　「나도 보긴 봤는데, 어디서 봤는지 떠오르지 않아요. 엉뚱한 데 있어서 눈에 띄지 않겠죠. 할 수 없죠. 다른 수가 있겠죠. 청소를 하려고 더운 물을 많이 준비했어요. 그 물이 남으면 내 옷과 카챠의 옷도 세탁하려고요. 당신도 빨래감이 있으면 주세요. 청소가 끝나고 나면 밤에 잠자기 전에 모두 목욕하도록 해요.」

　「내 속옷을 가져오지. 고맙군. 장농과　가구는 내가 벽에서 떼어놓았지.」

　「좋아요, 빨래통이 없으니 개수통에라도 빨아야겠군요. 그러나 기름이 끼어 있어서 먼저 그 기름기를 닦아 내고 빨래를 해야겠어요.」

　「난로가 덥혀지면 뚜껑을 덮고 나서 서랍을 정리할께. 책상이나 옷장에서 세수 비누, 성냥, 연필, 종이 그리고 문방구 따위의 새로운 물건이 자꾸 쏟아지는군. 책상 등잔에는 석유가 가득 차 있고, 미쿨리친 내외는 석유가 없었을 테고, 분명 다른 곳에서 가져 온 걸거야.」

「정말 이건 행운이야. 여기서 머물던 누군가가 구해 놓은 거겠지. 꼭 쥘르 베르느의 소설 같아요. 아니, 이건 또 뭐지? 잔소리를 하는 동안 물이 펄펄 끓는군!」

두 사람은 분주히 돌아다녔다. 손에는 여러 가지 물건을 들고 이 방 저 방으로 뛰어다녔다. 몇 번씩 서로 부딪치거나 길을 막고 다리에 매달리는 카테니카에게도 몇 번이나 부딪쳤다. 계집아이는 청소를 방해하고, 야단을 맞으면 삐졌고 몸이 얼었는지 춥다고 보채기도 했다.

『우리의 방랑 생활 때문에 어린아이가 희생을 당하는군. 불평도 하지 않고.』

유리 안드레예비치는 이런 생각을 하며 카테니카에게 말했다.

「기운을 좀 차리렴. 춥다고 떼를 쓰는 거니? 난로가 빨갛게 달아올랐는데도 춥니?」

「난로는 따뜻해도 나는 추워.」

「그럼 저녁 때까지는 참아야 해. 내가 불을 세게 지펴 줄게. 그리고 엄마가 너를 목욕시켜 준다는 말을 들었지, 너도 그때까지 이걸 갖고 놀도록 해라.」

그는 리베리우스의 장난감을 찾아와 카테니카가 있는 방 바닥에 쏟아 놓았다. 온전한 것도 있고 망가진 것도 있었다. 크고 작은 블록, 기차, 기관차, 주사위 놀이나 모조 화폐 놀이 때에 쓰는, 바둑판 모양에 각양각색을 칠한 숫자판 등이었다.

「아니, 이것뿐이에요?」

카챠는 제법 의젓하게 물었다.

「이건 모두 다른 애의 것이고요, 애들이나 가지고 노는 장난감이란 말이에요. 난 아이가 아니예요. 크단 말이에요.」

그러더니 카테니카는 양탄자 중앙에 편안히 자리를 잡고 앉아 벽돌로 시내에서 가지고 온 인형인 고카가 살 집을 만들었다. 여태껏 카테니카가 어른을 따라 옮겨다닌 그 어느 집보다 장난감 집은 훌륭했다.

부엌에서 딸의 노는 모습을 보고 라리사 표도로브나가 말했다.

「저 가정적인 본능 좀 봐요. 무엇으로도 깨뜨릴 수 없는 가정과 질서에 대한 갈망은 누구도 파괴하지 못해요. 아이들은 어른보다 훨씬 더 정직해서 거짓을 몰라요. 그러나 우리 어른은 시대에 뒤지는 걸 너무 두려워하여, 우리에게 제일 귀중한 것을 등지거나 역겨운 것을 찬양하기도 하고, 이해도 못하면서 찬성도 하지요.」

「여기 빨래통이 있네요.」

유리 안드레예비치는 어두컴컴한 복도에서 나오며 말했다.

「빨래통은 정말 엉뚱한 곳에 있었어. 천장 빗물 새는 곳에 받쳐 놓았더군. 지난해 가을부터 그 자리에 놓여 있었어.」

7

시내서 준비한 식량으로 사흘 정도는 넉넉히 먹을 수 있는 음식을 만들어 놓은 라리사 표도로브나는 감자국과 구운 양고기와, 하지감자로, 지금까지 보지 못했던 진수성찬을 차렸다. 카테니카는 놀랄 정도로 많이 먹어 대며, 웃고 떠들더니, 배가 부르고 따뜻해지자 소피 위에서 어머니의 숄을 두르고 잠이 들었다.

라리사 표도로브나는 식사 준비를 하느라고 화덕 앞에 서 있어서 덥고 딸만큼 졸렸으나 요리를 맛있게 만든 것이 흡족해서 서둘러 치우지 않고 느긋하게 휴식을 취했다. 딸이 잠든 것을 확인한 후, 손으로 턱을 괴고 식탁 위로 몸을 내밀며 말했다.

「난 힘든 일을 해도 행복힐 거예요. 이섯이 모두 헛된 일이 아니고 우리가 어떤 결실을 맺을 수 있다고 확신이 선다면 말예요. 그러니 당신이 자꾸 제게 우리가 함께 지내려고 이곳에 왔다는 사실을 일깨워 주세요. 내가 다른 생각에 빠지지 않고 기운을 내게요. 그 까닭은 엄격히 말하자면 솔직히 사태를 관망해 볼 때, 지금 우리가 무슨 일을 하고 있으며, 이게 모두 무엇이죠? 우린 남의 집에 침입해 우리 집으로 만든 거예요. 이것은 우리가 사는 삶이 아니라, 단지 무대 장치의 일부일 뿐이죠. 이것은 진짜가 아니라 아이들 말처럼 『흉내내기 놀이』일 뿐이에요. 이 한심하고 우스운 장난을 의식하지 않으려고 정신나간 듯 소란을 피우고 돌아다녀요.」

「그렇지만 이곳에 오자고 한 건 당신이잖아. 내가 끈질기게 반대한 것은 당신도 잘 알 거야.」

「그건 맞는 말이에요. 내가 계속 주장한 일이에요. 그러니 제가 나빠요. 당신은 다시 생각하고 주저해도 당연하지만 난 늘 논리적이고 일관성이 있어야 해요. 당신은 어제 옛집에 갔을 때 아들의 침대를 본 순간 정신을 잃을 뻔했죠? 당신은 그럴 권리가 있지만, 나는 카테니카를 걱정하거나 장래에 대해 생각해선 안 되고, 당신에 대한 사랑을 위해 모든 것을 희생해야 하겠죠.」

「라리사! 이제 정신을 차리고 진정해. 생각을 고치고 결심을 바꾸어도 아직 늦지 않아. 나는 당신에게 코마로프스키의 제안을 진지하게 생각하고 받아들이라고 했어. 우리에게는 말이 있으니 내일이라도 유리아틴에 갈 수 있어. 코마로프스키는 아직 유리아틴에 있잖아. 우리가 길에서 썰매를 타고 달릴 때 그 사람을 보았잖아. 그는 우리를 못 본 거 같지만, 아직 우리가 그를 찾아가도 될 거야.」

「당신은 벌써 짜증을 내는군요. 내가 뭘 그리 잘못한 거죠? 어서 말해 봐요. 이곳보다 더 적합한 곳에 숨지 않을 바에야 우린 그냥 유리아틴에 머무는 게 나았을 거예요. 우리가 정말 살 궁리를 했다면, 이보다는 더 그럴 듯한 계획을 세웠어야 해요. 코마로프스키가 우리에게 제안한 게 바로 그런 거죠. 그 사람은 불쾌한 인간이긴 하지만 세상 물정에 밝고 현실적이죠. 우리에게는 이곳이 다른 곳보다 더 위험해요. 생각해 봐요. 바람이 휘몰아치는 이 드넓은 평원에 우리 두 사람뿐이에요. 밤중에 눈에라도 묻혀 버린다면 우린 아침에 기어나갈 수도 없단 말이에요. 그렇지 않으면 강도라도 불쑥 나타나 우리의 목을 베어 버릴지도 모른다는 걸 생각해 보았나요? 당신은 위험을 방어하기 위해 총이라도 가지고 있나요? 그렇지 않죠? 당신의 태연자약함 때문에 놀랐어요. 당신 때문에 나도 그렇게 변했죠. 난 아무것도 생각을 할 수가 없어요.」

「그럼 당신이 원하는 게 뭐요? 내가 어떻게 해주길 바라는 거요?」

「글쎄, 뭐라고 해야 할지 모르겠군요. 당신은 늘 나를 당신의 손에 꽉 쥐고 있어요. 나는 사랑의 노예이고 생각하거나 따지는 건 내가 할 일이 아니라는 사실을 깨우쳐 주세요. 당신의 토냐와 나의 파샤는 지금 우리의 처지보다 백 배 천 배 나아요. 그러나 그건 중요한 게 아녜요. 중요한 것은 사랑의 선물도 다른 선물과 비슷하다는 거죠. 그 선물이 제아무리 클지라도 축복이 없이는 드러나지 않는 거예요. 당신과 나는 하늘 나라에서 키스를 배워서 이 세상에 온 것 같아요. 우리가 배운 것을 알고 있는지 시험을 받고 있는 것이랄까요. 그것은 일종의 고귀한 조화나 마찬가지여서 한계도 없고, 수준도 없으며, 모든 것이 평등한 가치를 지니고, 모든 것이 기쁨이요, 모든 것이 정신적인 거예요. 그러나 어느 때에나 숨어서 우리를 기다리고 있는 이 부드러움 속에는 천진하고 제멋대로이며 무책임한 요소가 포함되어 있어요. 그것은 고집스럽고 파괴적인 요소이며, 그런 사랑은 가정의 행복에 적의를 품지요. 그것을 두려워하고 경계하는 것이 내 의무예요.」

그녀는 눈물을 억지로 참으면서 그의 목을 감았다.

「우리의 처지가 다르다는 걸 당신은 모르시나요? 당신에겐 구름에 오를 수 있는 날개가 있지만, 저는 여자이기 때문에 내 어린 딸을 감싸 줄 날개밖에 없답니다.」

그는 라라가 한 얘기에 크게 감동했지만 감정을 노출시킬까봐 표현하지는 않았다.

「지금 우리의 이 떠돌이 생활은 어딘지 잘못된 게 사실이야. 맞아, 당신 이야기가 모두 옳아. 그러나 이런 생활은 우리 때문에 하게된 게 아니야. 모든 사람이 방랑자처럼 정처없이 떠돌아다니지. 그게 바로 이 시대의 정신이니까. 나도 온종일 그 생각을 했어. 얼마 동안 이곳에서 머물 수 있도록 나도 최선을 다하겠어. 당신은 내가 다시 일하기를 얼마나 원하는지 모를 거야. 농사를 짓고 싶다는 이야기가 아니야. 전에는 가족이 이곳에서 농사를 지었어. 모두가 힘을 합해서 성공을 했지. 그러나 이제는 그럴 기운이 없어. 난 다른 생각이 있어. 이제 모든 생활이 안정을 찾고 있지. 그러면 책을 출판할 날도 오리라고 믿어. 나는 이런 생각을 했어. 삼데뱌토프와 계약을 맺는 거야. 물론 그에게 유리한 조건으로 하지. 내가 여기 있는 동안 시집이나 의학 교과서 등을 저술한다는 조건으로, 그의 경비로 우리가 이곳에서 살며 글을 쓰는 거야. 그런 것도 좋지만 나는 어학 실력이 좋으니까 고전을 한 권 번역해 보면 어떨까? 지난번 광고를 보니까 페테르스부르크에는 외국 번역 도서만 전문으로 출판하는 출판사도 있더군. 비용 문세는 이런 방법을 쓰면 좋을 거 같아.」

「나도 그와 비슷한 생각을 했어요. 그러나 저는 우리의 장래에 대해선 좀처럼 확신을 가질 수 없어요. 확신은커녕 더 불길한 생각만 들어요. 나는 우리가 여기 머무는 동안 당신에게 부탁할 게 있어요. 앞으로 며칠이 될지는 모르지만 시간을 내서 제게 여러 번 들려 준 시를 적어 놓지 않으시겠어요? 그 시 중에서 절반은 잊어버렸고, 나머지는 기록해 놓지도 않으셨죠? 그러다가는 모두를 잊을 거예요. 전에도 그랬다고 했잖아요.」

8

어두워지자 그들은 뜨거운 물로 목욕을 했고, 라라는 카테니카의 몸을 닦아 주었다. 몸이 가뿐하여 날아갈 듯한 기분으로 유리 안드레예비치는 창가의 책상 앞에 앉았다. 그의 등 뒤에서는 목욕수건으로 몸을 두르고 비누 향기를 풍기며 라라가 다른 수건으로는 머리를 모자처럼 감싼 채 카테니카의 잠자리를 봐 주고 있었다.

유리 안드레예비치는 정신을 집중하는 작업의 맛을 미리 즐기면서 자기 주변에서 일어나는 일을 행복하고 세밀한 주의력을 가지고 둘러보았다.

잠자는 척하고 있던 라라가 정말 잠이 든 것은 새벽 한 시였다. 그녀와 카테니카의 잠옷은 금방 세탁한 이부자리처럼 청결했으며 산뜻했다. 라라는 그 시절에도 옷에다 풀먹이는 일을 게을리하지 않았다.

유리 안드레예비치를 둘러싸고 있는 고요함은 행복과 생명의 숨결을 건강하게 내뿜었다. 램프의 불빛은 흰 종이 위에 부드러운 노란색을 뿌리고, 잉크병에 담긴 잉크 표면에 황금빛이 빛나게 했다. 바깥에는 차가운 겨울밤이 창백할 정도로 푸른색을 띠고 있었다. 그는 밖을 더 잘 내다보려고 캄캄한 옆방으로 가서 창밖을 내다보았다.

온통 눈이 덮인 끝없는 설원 위에 비치는 보름달은 마치 달걀이나 페인트 같이 끈끈했다. 이 하얀 밤의 장관은 말로 표현할 수 없을 정도였다. 유리 안드레예비치는 평화로왔다. 그는 다시 따뜻하고 환한 불이 밝혀진 방으로 돌아가 글을 썼다.

자신의 손이 표면적으로 개성을 잃어 얼얼해지고 영혼이 빼앗기지 않도록, 그는 도중에 손이 생동하는 움직임을 전달하도록 신경을 쓰면서 생각나는 대로 거침없이 써내려갔다. 자신이 뚜렷이 기억하고, 마음속에서 가장 선명한 형태를 갖춘 시들, 나중에는 잊었고, 잘못 두었다가 두 번 다시 찾아내지 못한 〈성탄절의 별〉, 〈겨울밤〉 그리고 그와 비슷한 많은 시를 하나씩 써내려가는 동안 다듬고 다듬어 원래의 형태와는 좀 다른 시가 완성되었다.

그 옛날 완성된 시들과 예전에 시작은 했으나 완성시키지 않았던 시들도 관심을 기울여 그 시 속에 깊이 빠져들고 또한 그 뒷부분의 윤곽을 구상했으나 당장 시를 완성시키겠다는 생각은 추호도 없었다. 그러는 사이에 그는 신들린 사람처럼 흥이 나서 새로운 시에 또 몰입했다.

문득 떠오른 몇 가지 이미지와 두세 연의 시귀를 쓰자 다음에는 그의 작품이 그를 사로잡았고, 그는 소위 영감이라는 것이 그에게 다가옴을 느꼈다. 그런 순간에는 예술적 창조를 지배하는 힘의 관계는 말하자면, 뒤집히게 되는 것이다.

이제는 예술가가 표현하려는 생각이 지배적인 것이 아니라, 그가 표현하려는 수단인 언어가 지배하게 된다. 아름다움과 의미를 담는 그릇이자 집인 언어 그 자체가 인간을 위해 사고하고 말하기 시작해서는 바로, 널리 울려 퍼진다는 의미에서가 아니라 그 내적인 흐름이 지니는 힘과 격렬함이라는 의미에서 음악으로 바뀌는 것이다. 그 다음에는 바위를 닦아 윤을 내고 그 자체의 힘으로 바퀴를 돌리는 힘찬 강의 물살처럼 말의 물줄기는 그 자체의 법칙대로 흘러가면서 운과 리듬, 그리고 훨씬 더 중요하면서도 아직 개척되지 않고, 인식이 충분치 않고, 이름도 붙여지지 않은 몇 개의 형식을 창조한다.

그런 순간이면 유리 안드레예비치는 작품의 주요 부분이 자신에 의해서가 아닌, 자기 위에 있으며, 자기를 이끌어가는 우월한 힘, 즉 현재의 역사적 단계에서 일어나고 있으며 또한 앞으로 장차 다가올 시대에서의 시와 보편적 사상 운동의 세계적 상황에 의해서 씌어진다는 것을 느꼈다. 그리고 그는 자기는 이런 발전을 가능하게 해주는 데 필요한 계기요, 지렛대의 받침일 뿐이라고 느꼈다.

이러한 느낌은 얼마 동안 자책감과 자신에 대한 불만과 자기 자신의 중요성에 대한 의식에서 그를 탈출시켜 주었다. 그는 위를 올려다볼 수 있었으며, 주위를 둘러볼 수도 있었디.

그는 희디흰 베개 위에 잠든 라라와 카테니카의 머리를 바라보았다. 그들의 얼굴과 청결한 방과 이부자리, 밤, 눈, 별, 달의 순결함이 하나의 의미의 물결이 되어 유리 안드레예비치의 가슴속을 꿰뚫고 깊숙이 들어왔다. 그는 존재의 순결함이 승리했다는 감동을 깊이 맛보았다.

「주여! 주여!」

유리 안드레예비치는 속삭였다.

「그러면 이 모두가 저를 위한 것이란 말입니까? 당신은 어찌하여 제게 이 크나큰 것을 베푸시나이까? 어찌하여 당신은, 당신이 임하시는 곳에 저를 받아 주시고, 제가 당신의 세계로 들어가 한가롭게 거닐며, 당신의 보물 속에서, 당신의 별 아래서, 그리고 영원한 기쁨으로 내 눈을 채우는 불운하고 무분별하고 불평할 줄 모르는, 사랑하는 여인의 발밑으로 가도록 허락하셨나이까?」

새벽 세 시쯤에야 유리 안드레예비치는 원고에서 눈을 떼었다. 그는 몸과 마음이 몰입되어 있던 정신의 집중으로부터 돌아와, 행복하고, 힘차고, 평화로운 자신과 현실의 고향에 도착했다. 창 밖 멀리 끝없이 펼쳐진 광활한 시골의 정적이 갑자기 슬프게 울부짖었다.

그는 다시 창밖을 내다보려고 컴컴한 옆방으로 갔으나, 그가 시를 쓰는 동안에 유리에는 성에가 가득 끼었다. 그는 창틈으로 들어오는 바람을 막으려고 둘둘 만 카페트를 기대 놓고 외투를 걸친 채 밖으로 나갔다.

그는 처음에는 그림자가 없고 온통 새하얀 눈 위에 달빛이 비쳐 너무 눈이 부셔 아무것도 보지 못했다. 그때 뱃속에서부터 우러나는 울부짖음이 멀리서 들려왔다. 골짜기 바로 너머의 빈터에 연필로 그은 것보다 더 굵지 않게 네 개의 길다란 그림자가 그의 눈에 들어왔다.

늑대들은 한 줄로 서서 머리를 들고 집 쪽을 쳐다보며 달이나 창문에 비친 은빛 달의 영상을 보고 울부짖었다. 유리 안드레예비치가 그것이 늑대라는 것을 깨닫자마자, 그놈들은 그의 생각을 알아챈 듯 몸을 돌려, 개처럼 재빨리 사라져 버렸다. 그는 늑대가 어디로 갔는지 확인하기도 전에 늑대의 모습을 잃어버렸다.

『이거 참 곤란한데!』

유리 안드레예비치는 생각했다.

『늑대굴이 근처에 있는가 보군. 혹시 골짜기에 있는 건 아닐까? 끔찍한 일인데. 헛간에 있는 삼데뱌토프의 말 냄새를 맡았나 보군.』

그는 라라에게는 당분간 이야기하지 않기로 했다. 되돌아가서 현관문의 자물쇠를 채우고, 차가운 방과 불을 땐 방 사이의 중간문을 닫고, 바람이 들어오지 못하도록 틈사이에 양탄자와 옷가지를 밀어서 붙여 놓은 후에 책상으로 갔다.

램프는 여전히 환하게 밝혀 주었다. 그러나 유리 안드레예비치는 더 이상 글을 쓸 기분이 아니었다. 그는 진정이 되지 않았다. 그의 머리 속에는 늑대와 막연히 피부에 느껴지는 위험, 온갖 복잡한 일이 떠올랐다. 그리고 그는 피곤했다.

그때 라라가 깨었다.

「내 소중한 불빛, 아직도 타오르고 있나요?」

그녀는 잠에 취한 듯한 낮은 목소리로 나직이 말했다.

「잠깐 이리 와서 제 곁에 앉아 보세요. 꿈 얘기를 해 드릴께요.」

그는 일어나서 불을 껐다.

9

또다시 꿈 같은 하루가 지났다. 그들은 집을 뒤져 어린 아이들이 타는 썰매 하나를 찾아냈다. 얼굴이 빨갛게 상기되고 외투로 몸을 감싼 카테니카는 웃고 소리지르며, 유리 안드레예비치가 삽으로 눈을 다지고 그 위에 물을 부어 얼린 미끄럼길에서 쓸지 않은 길을 따라 미끄러져 내려갔다. 그녀는 새끼줄로 썰매를 끌고 언덕 위로 몇 번씩이나 기어올라갔으며, 그녀의 얼굴 가득 미소가 떠나지 않았다.

몸이 얼 듯한 혹독한 날씨였다. 추위는 날이 갈수록 기승을 부렸다. 양지바른 뜰에서는 석양의 여운 같은 오렌지빛이 꿀 빛깔에 스며들며, 한낮에는 눈이 노란색이 되곤 했다.

어제 라라가 세탁을 하고 목욕을 해서 집안이 눅눅했다. 창문에 김이 서려 성에가 끼었으며, 벽지에는 시커먼 얼룩이 났다. 방은 어둡고 침침했다. 유리 안드레예비치는 장작과 물을 나르면서 잠시도 쉬지 않고 라라의 일을 거들어 주었다.

집안 일을 하다가 두 사람의 손이 우연히 닿게 되면 그들은 손을 맞잡았고, 그러면 머리 속에서 여러 생각이 하나도 남지 않고 빠져 나가 버리고 서로에게 다정한 마음이 맹렬히 달려오는 것을 막지 못해 힘이 빠지고 현기증이 나서 들고 있던 것을 내려놓아야만 했다. 그런 순간이 흐르다 보면 어느덧 날이 지물기도 했는데, 그러면 그들은 정신을 번쩍 차리고 너무 오랫 동안 카테니카를 돌보지 않았거나 말에게 먹이나 물을 주지 않았음을 깨닫고 놀라서 양심의 가책을 느끼면서 게을리한 일을 뒤늦게나마 하려고 허둥지둥 서둘렀다.

유리 안드레예비치는 잠을 충분히 자지 못한 채 불면증에 시달리고 있었다. 그의 머리는 마치 술취한 사람처럼 몽롱했으며, 끈질기고 행복한 피로감에 온몸이 지근지근 쑤시는 듯했다. 그는 쓰다만 글을 완성하려고 밤을 초조히 기다렸다.

그는 시를 쓸 때 절반은 의식이 없는 상태에서, 그의 주변과 사고가 흐릿한 무의식 속에서 이루어졌다. 최종적인 형상화의 명료함이 앞선 단계를 특징지어 주는 것은, 이 모든 것을 안개처럼 감싼 몽롱함이라고 볼 수 있다. 아무렇게나 쓴 초고의 혼란스러움처럼 낮 동안의 무료한 비활동성은 밤을 위해서는 반드시 필요했다.

그는 피곤으로 지쳐 기진맥진해도 손을 대지 않은 시는 하나도 없었다. 모든 시가 달라졌고 면목이 일신되었다.

유리 안드레예비치는 바르키노에 머물고자 하는 자신의 꿈이 필경에는 실현되지 않을 것이고, 라라와의 이별도 점점 코 앞에 다가왔으며, 그녀를 잃을 수밖에 없으며, 그녀를 잃음과 더불어 어쩌면 그의 삶도 잃을지 모른다는 생각이 들었다. 그는 가슴이 아팠다. 그러나 그의 가장 큰 고통은 애타게 밤을 기다리는 것이었으니, 그것은 자신의 시를 읽는 모든 사람이 감동해서 눈물을 흘릴 정도의 슬픔을 써보려는 간절한 바램 때문이었다.

하루 종일 그의 뇌리에서 맴도는 늑대는 이제 달빛이 비치는 설원의 늑대가 아니라 하나의 주제이며, 그와 라라를 파멸시키고 두 사람을 이곳으로부터 내쫓으려는 가혹한 힘의 상징이 되었던 것이다. 이 적개심에 대한 시상이 점점 발전하여 저녁에는 선사 시대에 나오는 야수나 동화 속에 나오는 어떤 괴물 또는 그의 피를 원하고 라라에게 욕망을 품은 골짜기의 용으로서 모습을 나타냈다.

밤이 되자 유리 안드레예비치는 책상에 앉아 램프에 불을 붙였다. 라라와 카테니카는 어제보다 더 일찍 잠자리에 들었다.

그날 밤 의사는 두 가지 글을 썼다. 예전에 쓴 글을 정성을 들여 적어 놓았다. 새로운 작품은 생략과 공백 투성이로 알아보기 힘들 정도로 휘갈겨 썼다.

이 휘갈겨 쓴 원고를 다시 읽노라면 그는 큰 실망을 느꼈다. 어젯밤에는 이 글이 그렇게 눈물이 날 정도로 감동시켰으며 적절한 표현에 자신도 놀라지 않았던가. 그러나 지금은 어떤가? 그 시를 읽는 순간 그는 실망으로 가슴이 답답해서 한숨을 내리쉬었다.

현대의 형식과 전통적인 형식이 눈에 띄지 않을 정도로 조심스럽게 잘 감추어진 독창성을 가진 글을 쓰는 것이 그가 평생 동안 품어 온 꿈인데, 평생 동안 그는 글을 읽거나 듣는 사람이 어떻게 그 글을 소화했는지 의식하지 않으면서도 그 의미를 완전히 이해할 수 있도록 절제된 꾸밈없는 담백한 글을 쓰기 위해 부단히 노력해 왔다. 그는 소박한 문체를 쓰기 위해 계속 애를 썼으나, 그 이상을 달성하기에 아직도 멀리 있음을 깨닫고는 깊은 좌절감에 몸을 떨었다.

지난 밤에 그는, 어린아이의 의미를 알 수 없는 말처럼 소박하고 자장가같이 훈훈한 표현 수단을 써서 사랑과 두려움, 슬픔과 용기가 섞인 감정을 전달하려고 노력했다.

그는 다듬지 않은 초고를 다듬으면서 자신이 쓴 시에 통일성이 결여되어 있고, 제각기 흩어진 시귀에 통일성을 주려면 그것을 연결시킬 주제가 필요하다는 것을 깨달았다. 유리 안드레예비치는 지난 밤에 쓴 시를 지워 버리고 동일한 서정적 방법으로 성 그레고리와 용에 대한 전설을 쓰기 시작했다. 그는 처음에 시원스럽고 광대한 오운 시를 썼다.

의미와는 별도로 운율과 그 자체에 내포된 음조의 규칙성의 서투름이 그를 짜증나게 만들었다. 그는 과장된 운율과 중간의 휴지를 버리고 산문에서 쓸데없는 단어를 생략하듯이 행을 사행으로 줄였다. 그 작업은 훨씬 더 어려웠으나 더욱 매력적이었다. 노력한 결과로 시행은 더욱 활기 있고 생명력이 넘쳤다. 그러나 아직도 장황한 감이 완전히 사라진 것은 아니었다. 이제 시는 삼각운으로 압축되었으며, 유리 안드레예비치는 완전히 잠에서 깨어 긴장하고 흥분했다. 짧은 행을 채울 적절한 어휘가 운율에 자극받아 갑자기 떠올랐다. 시에서 표현하지 않은 것이 구체적인 형상을 불러일으켰다. 쇼팽의 발라드에서 느리게 걷는 말발굽 소리를 들을 수 있듯이, 그는 시외 표면 위에서 울리는 말발굽 소리를 들었다. 성 그레고리가 끝없이 대초원을 말을 타고 달렸다. 유리 안드레예비치는 그 말이 작아지며 멀리 사라지는 것을 바라보았다. 그는 마구 한꺼번에 쏟아져서 혼자서 제자리로 찾아 몰려가는 단어를 미처 쫓아갈 수 없어서 정신없이 써내려 갔다.

그는 라라가 잠이 깨어 책상으로 다가오는 것을 전혀 눈치채지 못했다. 긴 잠옷을 입은 그녀의 모습은 더 크고 미른 듯이 보였다. 그녀가 창백한 얼굴로 두려워하며 그 옆에 서서 손을 내밀며 낮게 말했을 때, 유리 안드레예비치는 놀라서 벌떡 일어났다.

「당신, 들려요? 개가 짖나 봐요. 두 마리인 것도 같고요. 무서워요. 불길한 징조란 말이에요. 아침까지는 견더 보겠지만, 내일 떠나야겠어요. 네, 떠나도록 해요. 더 이상 이곳에 있고 싶은 생각이 없어요.」

유리 안드레예비치가 한 시간 가량 설득을 하자 그녀는 다소 진정이 되어 잠이 들었다. 그는 잠시후 밖으로 나갔다. 늑대는 어젯밤보다 더 집 가까이 와 있었으나 어제보다 더 빨리 사라져 버렸다. 이번에도 그는 늑대가 어느 곳으로 갔는지 알 수 없었다. 늑대는 무리지어 있었는데, 숫자를 세어 보지는 않았지만 어젯밤보다는 늘어난 것 같았다.

10

　그들이 바르키노에 온 지 열사흘이 되었으나 사정이 달라지거나 변한 것은 전혀 없었다. 며칠 동안 보이지 않던 늑대가 밤이면 짖어 댔다. 이번에도 늑대를 개로 생각하고 있는 라리사 표도로브나는 먼저처럼 불길한 징조라고 하며 내일 아침에는 떠나자고 졸랐다. 자신의 감정을 하루종일 표출하는 일이나 거침없는 애정의 즐거움에 익숙하지 못한 여자에게는 당연한 초조감의 엄습 때문에 평소의 차분함이 흐트러져 버렸다.

　똑같은 일이 거듭 반복되었으며 이 주일째 되는 이날아침, 전에도 여러 번 그랬듯이 그녀는 또다시 돌아가겠다고 짐을 꾸렸는데 이미 그녀에게는 그들이 이곳에 도착하여 지낸 열사흘 동안은 전혀 존재하지 않는 듯 느껴졌다.

　날씨가 잔뜩 흐렸기 때문에 집안이 또 눅눅하고 어두웠다. 그렇게 춥지는 않았으나 금방이라도 눈이 쏟아질 듯 구름이 낮게 끼어 있었다. 유리 안드레예비치는 며칠 밤이나 잠을 자지 못했기 때문에 녹초가 될 지경이었다. 두 다리에 힘이 쭉 빠졌고, 머리 속은 엉망진창이었다. 그는 추워서 손을 떨고 또 비벼 대면서, 라리사 표도로브나가 어떤 결정을 내릴지 궁금해 하며, 그러면 자기는 어떻게 할 것인가를 생각하며 이 방 저 방을 서성거렸다.

　그녀는 정신을 차리지 못했다. 그녀는 아무리 힘들고 어렵더라도 완전히 자리를 잡을 수 있는 일상적인 생활만 있다면, 고상하고 정직하며 지각있는 삶을 살 수 있도록 해주고 또 의무의 영역을 자기가 처한 혼란스러운 자유와 바꿀 수 있다면, 그 순간 그녀는 모든 것을 바쳤을 것이다.

　그녀는 평소와 똑같은 하루를 시작했다. 잠자리를 정돈하고, 쓸고, 청소를 하고 유리 안드레예비치에게 아침 식사를 준비해 주고, 그녀는 짐을 꾸렸다. 유리 안드레예비치에게 말을 준비해 달라고 말했다. 이제 그녀는 떠나기로 결정을 한 것이었다.

　그러나 그는 말리지 않았다. 그들을 체포하려고 혈안이 된 굴 속으로 돌아간다는 것은 바람직한 일은 아니지만, 이곳대로 위험이 있는 이 겨울 사막에 무기도 없이 있다는 것도 역시 미치광이 짓이었다.

　더우기 헛간이나 광에 남은 건초도 한 아름도 못 되었다. 바르키노에 오래 머무를 수만 있었다면 그는 식량과 말 먹이를 구할 방법을 모색했을 것이다. 그러나 불안한 며칠을 보내기 위해서는 그럴 필요가 없었다. 유리 안드레예비치는 그런 생각을 던져 버리고 말에 마구를 채우러 헛간으로 향했다.

그는 이런 일은 해 본 적이 없었다. 삼데뱌토프가 가르쳐 주긴 했지만 그는 자주 잊어버리곤 했다. 서툰 솜씨지만 겨우겨우 일을 마쳤다. 그는 굴대에다 멍에를 가죽 끈으로 묶고 느슨해진 띠를 감고, 쇠붙이로 장식된 가죽끈의 옭아맨 끝을 채 중의 하나에 두르고, 발 하나를 말 옆구리에 기대고 목에 대는 마구의 양쪽 끝을 잡아당겨 단단히 묶었다. 마침내 그는 말을 현관 앞으로 끌고 가서 매어 놓고 그녀를 부르러 집 안으로 들어갔다.

그녀와 카테니카는 짐을 다 꾸렸는지 외투를 입고 있었다. 라리사 표도로브나는 눈물을 글썽이며 유리 안드레예비치에게 앉으라고 호소했다. 그녀는 의자에 앉았다가 다시 일어나 말을 더듬거리며 처량하게 말했다.

「당신은 어떻게 생각하세요?」

「내가 왜 이렇게 되었는지 알 수가 없어요. 당신도 잘 알죠. 우리는 지금 떠날 수가 없어요. 너무 늦어서 곧 날이 어두워질 테니까요. 지금 떠나면 숲 속에 갇혀 오도가도 못하는 신세가 될 거예요. 당신은 어떻게 생각하세요. 당신 말대로 하겠어요. 난 도대체 내 마음을 결정 짓기가 어려워요. 내 마음속에서는 내 행동을 말리는 거예요. 그렇지만 당신이 하라는 대로 하겠어요. 왜 아무 말도 없는 거죠? 우리는 망설이다가 반나절을 보냈어요. 내일이 되면 우리는 사려 깊고 좀더 신중해지겠죠. 당신 생각을 말해 봐요. 내일 떠나도록 할까요? 내일 아침 일찍 동틀 무렵 여섯 시나 일곱 시에 떠날까요? 당신은 어떻게 생각하세요? 당신은 난로에 불을 지피고 하루 저녁 글을 더 쓰고, 우리가 하루 더 이곳에서 머무른다면 더 멋있겠죠? 아, 내가 또 무슨 실수를 했나요? 왜 말이 없는 거죠?」

「당신은 과장된 표현을 하고 있어. 어두워지려면 아직 멀었어. 지금도 아직 이른 시간이지. 그러나 당신 마음대로 해. 하루 더 머물도록 해. 좀 진정하고, 흥분하지 마. 외투를 벗고 짐을 풀어. 카테니카가 배고프다고 그러잖아. 음식을 좀 먹도록 하지. 이제 울지 마. 내 곧 난로에 불을 피울께. 그러기 전에 문간의 썰매를 끌고 가서 헛간에 남은 장작을 가져올께. 곧 돌아올 테니, 울음을 그쳐.」

11

썰매 자국이 몇 군데 원을 그리며 헛간 앞 눈 위로 뻗어나갔는데, 그것은 유리 안드레예비치가 지나다니느라고 남긴 흔적이었다. 문턱에는 이틀 전에 그가 나왔을 때 밟은 눈이 흩어져 있었다.

아침부터 잔뜩 찡그렸던 하늘이 맑게 개었다. 날씨는 훨씬 더 추웠다. 이 일대를 가깝고 또 멀리 에워싼 모습이 유리 안드레예비치의 얼굴을 들여다보며 그에게 어떤 생각을 불러 일으키려는 듯이 보였다. 이 해 겨울에는 눈이 많이 내려 헛간의 문턱보다 더 높이 쌓여 있었는데, 문설주는 내려앉는 듯했으며 헛간은 약간 굽어 보이는 듯했다. 지붕 언저리에는 거대한 버섯의 모자 같은 모양으로 눈이 쌓여 있었는데, 그것은 유리 안드레예비치의 머리 위까지 걸쳐졌다. 바로 그 위에는 눈을 찌르듯 뾰족한 초생달이 섬광처럼 번뜩였다.

아직 이른 오후이고 밖은 환했지만, 그는 인생의 어둡고 울창한 숲속의 한밤중에 서 있는 것 같았다. 그의 영혼의 어둠이 그러했고, 그의 우울증도 그러했다. 그의 시선 높이에서 빛나는 초생달은 이별의 불길한 징조였고 고독의 상징이었다.

유리 안드레예비치는 지칠 대로 지쳐 금새 주저앉아 버릴 것 같았다. 그는 다른 때보다 조금씩 더 장작을 안아다 썰매 위에 옮겨 놓았다. 눈이 내려앉은 차가운 장작을 옮기는 일은 장갑을 끼긴 했지만 고통스러웠다. 일을 해도 몸은 조금도 더워지지 않았다. 그의 마음속에 있는 그 무엇이 무너져 내려서 움직임이 정지되었다. 그는 자신의 불행한 운명을 저주했고, 그가 사랑하는 아름답고, 슬프고, 초라하고, 아름다운 여인을 보호해 달라고 하나님께 기도했다. 여전히 초생달은 창백하게 타오르며 빛을 내지 않고 반짝이면서 헛간 위에 떠 있었다.

그때 갑자기 말이 미쿨리친의 집이 있는 방향으로 고개를 돌리고 처음에는 조용히 그러다가는 더 우렁찬 소리로 힝힝거리는 것이었다.

유리 안드레예비치는 갑자기 말이 왜 그러는지 궁금했다.

『두려워서 그러는 건 아니겠지. 겁이 났다면 힝힝거리지는 않았을 거야. 만일 냄새를 맡았다면 어리석게도 늑대에게 신호를 보내는 일은 하지 않았을 거야. 더우기 저렇게 좋은 듯 울지는 않겠지. 집으로 돌아가고 싶어 그러나?

조금만 기다려라 곧 돌아갈 테니.』

그는 헛간을 뒤져 장작 위에다 불쏘시개로 쓸 부스러기를 얹고는 짐을 자루로 덮어 밧줄로 묶어 썰매에 얹고는 썰매를 밀면서 장작을 날랐다.

또다시 말이 힝힝거렸는데, 이번 울음소리는 멀리서 힝힝거리는 말의 울음에 대한 응답이었다.

『누가 말을 타고 왔을까? 우리의 생각같이 바르키노가 황량한 곳이 아니란 말인가?』

유리 안드레예비치는 진저리를 치며 생각에 빠졌다. 그는 이런 일이 있을 것이라고는 꿈에도 생각하지 않았다. 힝힝거리는 소리가 미쿨리친의 집 쪽에서 들려온다고는 생각할 수 없었다. 그는 썰매를 끌고 농가 건물을 한 바퀴 둘러봤지만, 눈 덮인 구릉에 가려 집이 보이지 않았다.

그는 느긋한 마음을 가졌다. 무엇 때문에 서두른단 말인가. 그는 장작을 쌓고 말을 풀어 주고 썰매를 땅에 매어 놓았다. 그런 후에 말을 마굿간으로 끌고 가서 바람을 막아 주는 귀퉁이 칸에다 넣고, 남은 건초 몇 줌을 구유 안에 던져 주었다.

집으로 걸어가면서 그는 가슴이 두근거렸다. 현관 앞에는 윤이 나는 검정 망아지가 끄는 큰 썰매가 서 있었고 그 옆에는 망아지처럼 윤기가 나는 뚱뚱하고 못보던 남자가 서성거리고 있었다. 그는 손바닥으로 말을 때려 주며 말굽 뒤쪽 위에 털이 난 부분을 쳐다보곤 했다.

집 쪽에서 인기척이 들렸다. 엿들을 생각도 없었고 또 너무 멀리 떨어져 있어서 말소리와 한두 마디밖에 알아들을 수가 없었다. 그는 걸음을 멈추고 그 자리에 멈춰 섰다. 그는 그 목소리의 임자가 다름아닌 코마로프스키였음도 알아챘다. 그들은 분명히 문 근처의 첫번째 방에 있었다. 두 사람은 다투고 있었는데, 그녀의 목소리는 흥분해서 울부짖다가 그의 말에 반박하기도 하고, 또 이내 그의 말에 찬성하기도 했다. 그때 유리 안드레예비치는 코마로프스키가 자기에 대해 이야기하는 것 같은 생각이 들었다. 코마로프스키는 그녀에게 자기는 믿을 만한 사람이 못 된다거나 양쪽에 다리를 걸치고 있다고 하는 말을 들은 것 같았다. 그는 또 라라와 자기 가족 중 어느 쪽을 더 소중하게 생각하는지 알 수 없다거나 의사에게 의지했다가는 두 토끼를 잡으려다 모두 놓치고 말 거라는 말을 하고 있었다. 유리 안드레예비치는 집안으로 들어갔다.

그가 생각한 것처럼 그들은 오른쪽 첫번째 방에 있었다. 코마로프스키는 발뒤꿈치까지 내려오는 모피 외투를 입고 있었고, 라라는 카테니카의 털외투

428

옷깃을 잡고 조이려고 했지만 고리를 찾지 못해 아이에게 움직이지 말라고 소리치자 카테니카가 투덜거렸다.

「엄마, 제발 살살 해요. 숨이 막혀 죽겠단 말이에요.」

코마로프스키와 카테니카는 외출복을 입고 떠날 준비를 갖추고 있었다. 그가 방안에 들어서자 라라와 코마로프스키가 뛰어나오면서 동시에 말했다.

「당신은 어디 가 있었어요? 우린 당신이 무척 필요하단 말이에요.」

「안녕하시오, 유리 안드레예비치. 자네가 지난 번에 거칠게 대했음에도 불구하고 초대받지도 않았는데 또 이렇게 왔소.」

「안녕하십니까, 빅토르 이폴리토비치.」

「도대체 어디 갔었어요? 어서 빨리 그의 얘기를 들어 보고, 우리가 어떻게 해야 할지 결정을 내리세요. 시간이 없어요. 서둘러야만 해요.」

「왜 모두 서 있는 거죠? 앉으시죠, 빅토르 이폴리토비치. 내가 어딜 갔었느냐고? 아니 당신은 내가 장작을 가지러 갔다는 걸 몰랐나. 그리고는 말을 돌보았단 말이야. 빅토르 이폴리토비치, 자 앉으시죠.」

「당신은 이 사람을 보고도 놀라지 않으시는군요. 전혀 놀라지 않는 표정이예요. 우리는 그의 제안을 받아들이지 않은 걸 후회했잖아요. 그런데 지금 눈앞에 바로 코마로프스키가 서 있는데 놀라지 않다니요! 그건 그렇고. 지금부터 더욱 놀라운 소식을 그가 들려 줄 거예요. 어서 이야기해 보세요, 빅토르 이폴리토비치.」

「라리사 표도로브나가 어떤 생각을 하고 있는지는 모르겠지만, 나는 내가 떠났다는 소문을 내고는 자네와 라리사 표도로브나가 우리가 의논한 얘기를 자세히 생각해 보고 좀더 심사숙고하여 신중히 결정할 때를 기다리며 있었네.」

「그러나 이제는 더 이상 지체할 수가 없어요.」

라라가 얼른 나서서 말했다.

「지금 가장 좋은 기회예요. 그리고 내일 아침이 되면…… 빅토르 이폴리토비치가 직접 당신한테 말하는 게 좋겠군요.」

「잠깐만, 라라. 실례합니다, 빅토르 이폴리토비치. 왜 우리는 외투를 입고서서 이러는 거죠? 외투를 벗고 좀 앉도록 하지요. 우리가 해야 하는 이야기는 당장에 결정할 성질이 아니고 심각한 문제니 앉아서 진지하게 이야기를 합시다. 빅토르 이폴리토비치, 우리의 이야기는 뭔지 개인적인 문제를 다루는 거 같군요. 그런 문제를 언급한다는 것은 우습고 난처한 노릇입니다. 나는 당신과 함께 떠나겠다고 생각해 본 적이 없어요. 라리사 표도로브나의 경우는 나와는 다르지만요. 어쩌다 가끔씩 우리의 관심사가 똑같지 않고 우리는 한 사람이 아니라 두 사람이라는 사실을 상기할 때면, 난 늘 라라에게 당신의 제안에 더 관심을 가져야 한다고 주장해 왔읍니다. 그녀 또한 그 사실을 염두에 두지 않는 적이 없지요. 그녀는 그 이야기를 몇 번씩이나 한지 몰라요.」

「그것은 당신이 우리와 함께 간다는 조건하에서만이었어요.」

라라가 얼른 대화에 끼어들었다.

「우리가 작별한다는 것은 나나 당신이나 역시 괴로운 일이지. 그러나 우린 그것을 참고 견디며 희생을 치러야만 해. 나는 간다고 말하지 않았어. 나는 그럴 생각이 없으니까.」

「그러나 당신은 얘기를 듣지 않아서 아무것도 몰라요. 그가 하는 말을 좀 들어 보고…… 내일 아침이면…… 빅토르 이폴리토비치!」

「라리사 표도로브나는 내가 그녀에게 준 소식을 염두에 두고 말하는 것입니다. 유리아틴에서 극동 정부의 특별 열차가 떠날 준비를 끝내고 기다리고 있소. 어제 모스크바에서 도착했는데, 내일에는 동부로 떠날 겁니다. 그건 우리 교통부의 소관이지. 기차의 절반이 침대칸이지. 난 이 기차로 떠나야 하오. 내 보좌관을 위한 좌석 몇 개 정도는 구할 수 있소. 편안한 여행을 할 수 있을 거요. 이런 기회가 다시는 없을 거요. 난 당신이 경솔한 사람이 아니며, 또한 결정을 번복할 인물이 아니라는 것도 알고 있소. 그리고 우리와 함께 떠나지 않을 것임도 잘 아오. 그렇지만 당신이 가지 않는다면 라리사 표도로브나도 가지 않을 게 뻔하니 그녀를 위해 다시 생각해 주길 바라오. 그녀는 당신이 떠나지 않는다면 떠나지 않을 거요. 블라디보스톡까지는 가시 않너라도, 유리아틴까지만이라도 동행합시다. 그곳에 가서 다시 생각하기로 하고. 정말 더 지체할 시간이 없소. 우리 썰매엔 마부가 한 사람 있고, 다섯 명은 타지 못하오. 나는 말도 못 다루고, 당신은 삼데뱌토프의 말이 있다고 했지 않소? 마구가 채워져 있소?」

「아뇨, 풀어 놓았읍니다.」

「그럼 가능한 한 빨리, 마구를 채우도록 하시오. 내 마부에게 돕도록 하겠소.…… 아, 그렇지만…… 그럴 것도 없오. 비좁겠지만 내 썰매에 타고 가도록 합시다. 아뭏든 어서 서두르시오. 필요한 것만 간단히 챙기시오. 한 어린 아이의 목숨이 달려 있소. 짐도 오래 꾸릴 여유가 없소.」

「빅토르 이폴리토비치, 난 당신을 이해할 수 없어요. 당신은 마치 내가 동행하겠다고 말한 것같이 생각하나 보군요. 라리사 표도로브나 그녀가 원하면 데려 가시죠. 당신은 이 집에 대해 신경 쓸 필요가 없읍니다. 당신이 떠나고 나면 집은 내가 청소를 하고 문을 채울 테니까요.」

「아니 당신은 지금껏 무슨 애길 들었어요? 무슨 잠꼬대 같은 말을 하는 거요. 『만일 라리사 표도로브나가 원한다면』이라고요? 내가 당신과 동행하지 않으면 떠나지 않는다는 것을, 나혼자서는 아무 결정도 내리지 않을 것을 모르시는 듯 말하시는군요. 그리고 집은 당신이 청소를 하고 문을 잠근다고요?」

「그러니까 결심이 확고하단 말인데……」

코마로프스키가 혼잣말처럼 중얼거렸다.

「라리사 표도로브나의 양해를 얻어 우리 두 사람이 이야기를 나눠 보고 싶소.」

「알았읍니다, 그럴 필요가 있다면 부엌으로 가십시다. 괜찮지?」

12

「스트렐리니코프가 체포되어 사형 선고를 받고 총살을 당했다고 하오.」

「네? 아니, 그게 사실입니까?」

「그렇소, 난 그게 사실이라고 확신하오.」

「라라에게는 말하지 마십시오. 그 말을 들으면 그녀는 실성하고 말 겁니다.」

「그건 나도 동감이오. 그래서 당신과 단둘이 말하자고 한 겁니다. 이제 그녀와 딸에게는 위험이 코 앞에 닥친 셈이오. 그러니 당신이 저들 모녀를 구하도록 도와 주시오. 무슨 일이 있어도 동행하지 않으시려오?」

「네, 결심은 변함이 없읍니다.」

「그러나 당신이 떠나지 않으면 라라는 떠나지 않을 겁니다. 어떻게 해야 할지 모르겠소. 나를 좀 도와 주시오. 말만이라도 그녀를 설득해 주시오. 그녀가 떠날 수 있도록 도와 달란 말이오. 당신이 우리를 배웅하러 간다고 해도, 여기에서나 유리아틴에서나 라라가 당신과 헤어진다고 생각하지 않게 처신해 주시오. 지금 당장 함께 떠나지는 않지만 나중에 기회를 봐서 뒤따라올 거라는 생각이 들게 해야 하오. 당신은 기꺼이 그럴 생각이 있는 듯 처신해야 하오. 설령 거짓말일지라도 모녀의 안전을 위해서는 그럴 수밖에 없소. 이건 내 명예를 걸고 맹세하는건데 당신이 나에게 연락만 해 주면 즉각 이곳에서 다른 곳으로, 당신이 원하는 곳으로 보내드리겠소. 그러나 라리사 표도로브나에게 당신이 우리를 배웅하러 올 것이라는 것은 믿도록 해야 하오. 라리사 표도로브나는 믿도록 해야만 하오. 어서 나가서 더 지체하지 말고 빨리 떠나라고 하시오. 당신은 준비가 되는 대로 우리를 뒤따라 오겠다고 해주시오.」

「나는 파벨 파블로비치의 총살 소식을 듣고 너무 놀라 정신이 없었군요. 당신의 말도 제대로 듣지 못했고요. 그렇지만 당신 말이 맞아요. 스트렐리니코프가 처형당한 마당에, 라리사 표도로브나와 카테니카의 생명도 위급하다고 보아야 옳겠지요. 그녀가 체포당하든 내가 체포당하든 둘 중의 하나는 어차피 체포될 테니, 결국 헤어질 겁니다. 그럴 바에야 당신이 모녀를 어디론가 멀리 데려가는 게 더 좋을 겁니다. 나의 애기는, 이미 당신 뜻대로 일이 진행되고 있다는 겁니다. 어쩌면 나는 결국에는 모든 걸 내던지고 당신에게 나와 그녀와, 내 가족에게 갈 수 있는 선편과 나를 구해 달라고 애원할지도 모릅니다. 그러나 이 모든 것이 내가 생각한 후 결정할 문제입니다. 난 그 말을 듣고 정신이 나간 것 같아요. 얼떨떨해서 정신이 들지 않아요. 너무 뜻밖의 일이라 제대로 판단을 할 수 없습니다. 나는 내 목숨을 당신에게 맡김으로써 돌이킬 수 없는 실수를 저지르고 있으며, 어쩌면 죽는 날까지 나를 괴롭힐지 모르죠. 나는 지금 당신 말대로 따르는 일 외에는 달리 아무 생각을 못하겠읍니다. 그럼 라라의 행복과 안전을 위해 연극을 하겠읍니다. 그녀에게는 내가 썰매를 준비해서 뒤따르겠다고 하겠읍니다. 그러나 나는 여기 혼자 있겠읍니다. 그런데 곧 어두워질 텐데 어떻게 떠나겠다는 거죠. 숲속으로 난 길엔 늑대가 있으니 조심하도록 하십시오.」

「알았소. 그건 염려하지 마시오. 소총과 권총이 한 정씩 있소. 그리고 추우면 먹으려고 술도 갖고 왔소. 술 좀 드릴까요? 술은 충분히 갖고 있소.」

13

『내가 무슨 일을 한 거지? 왜 이런 짓을 했나? 나는 그녀를 버렸다. 그녀를 코마로프스키에게 넘겼어. 어서 그 뒤를 쫓아가야 해. 그들보다 앞질러 가서 그녀를 데리고 와야겠다. 라라! 라라! 그들은 듣지 못하는구나. 맞바람이 분다. 그들은 큰소리로 이야기할 것이다. 그녀는 안심하고 행복해 할 이유가 얼마든지 있다. 그녀는 자신이 속고 있으며 잘못 생각하고 있다고 의심하지 못할 것이다. 그녀는 이렇게 생각하겠지. 그래, 모든 일이 잘되어 간다고 생각할 것이다. 하느님이 도우셔서 고집통인 유로츠카가 마침내 결심을 바꾸어 우린 안전한 곳으로 가는 거다. 우리는 법과 질서가 존재하고 우리보다 지각 있는 사람들이 사는 곳으로 가는 거야. 만일 그가 내일 기차를 타지 않는다고 해도, 빅토르 이폴리토비치가 다른 기차로 그를 데려와서 우리는 곧 만날 거야. 라라는 분명히 이렇게 생각할 거야. 우린 작별 인사도 제대로 못 나누었는데. 나는 그녀에게 손만 흔들어 주었을 뿐이야. 목 안에 고통이 걸려 숨을 못 쉰 것같이 외면해 버렸지.』

유리 안드레예비치는 모피 코트를 한쪽에만 꿰고 계단에 서 있었다. 소매를 꿰지 않은 다른 손으로 그는 지붕 아래 있는 가는 나무 기둥을 마치 목을 조르듯 움켜쥐었다. 그의 신경은 멀리 보이는 하나의 점에 집중되었다. 드문드문 흩어져 있는 몇 그루의 자작나무가 둘러선 오르막 비탈길도 보였다. 이 앞이 훤히 트인 공간에 막 지려는 해의 마지막 햇살이 퍼졌다. 이제는 움푹 패인 곳을 달리는 중이라 썰매가 보이지 않았으나 당장이라도 모습을 나타내겠지.

「잘 가라. 잘 가라!」

유리 안드레예비치는 그 순간을 떠올리며 거듭 같은 말을 되풀이했다. 그의 가슴 속에서 우러나오는 말이 황혼의 차디찬 대기 속으로 빨려들어갔다.

「잘 가거라, 내 사랑이여, 영원히 잃어버린 내 사랑이여!」

「아, 가고 있구나. 가고 있구나!」

그가 창백한 입술로 속삭이는 동안 썰매는 움푹한 곳에서 빠져 나와 자작나무 한 그루 한 그루를 지나다가 점점 더 늦게 달리더니, 드디어 마지막 자작나무 앞에 섰다.

그는 흥분이 지나쳐 무릎이 후들거리고 심장이 요란하게 방망이질쳤다. 그는 금새라도 쓰러질 듯했다. 어깨에서 흘러내리는 모피 외투처럼 온몸이 모두 흐물거리는 것 같았다.

『신이여! 그녀를 저에게 돌려 주실 수 없읍니까?』

이게 어찌된 일이란 말인가? 어두워질 무렵 그들은 저 언덕에서 무슨 일이 있었을까? 아, 이제 끝난 거야. 그들은 움직였다. 그들은 떠나간 것이다. 썰매가 중간에 멈춰 선 것은 아마도 집을 한 번 쳐다보려고 선 것이리라. 아니 그보다 내가 출발했는지 확인하려는 것인지도 모른다. 그녀는 가버렸다. 그들은 모두 떠났다.

해가 지지 않는다면 그들은 그저께 밤에 늑대들이 서 있던 들판을 가로질러 골짜기 반대쪽을 다시 한번 스쳐가겠지.

이제는 그 순간도 지나갔다. 검붉은 해는 지평선을 따라 푸른빛을 발하는 눈 위에 공처럼 둥글게 떠 있었고, 파인애플 색깔의 빛을 들판에 가득 뿌리며 그 빛을 탐욕스럽게 삼켰다. 이윽고 썰매가 모습을 나타내고 달렸다.

『안녕, 라라! 저 세상에서 우리 다시 만날 때까지. 안녕, 내 사랑. 안녕, 내 환희, 영원무궁한 내 기쁨이여!』 다시 썰매의 모습은 보이지 않았다.

『이제 내 그대를 영원히 보지 못하리. 한평생 그녀를 만날 수 없으리라.』

어두워졌다. 급템포로 석양의 구리빛 햇살은 빛을 소멸해 가다가 퇴색해 버렸다. 저 멀리 보이는 풍경은 잿빛의 짙은 자줏빛으로 변한 어스름으로 가득 찼다. 자욱한 안개 때문에 갑자기 얇아지기라도 한 듯한 창백해진 분홍빛 하늘을 배경으로 희미하게 자태를 드러내는 길 옆에 선 자작나무는 섬세하게 수놓은 것 같았다.

유리 안드레예비치는 슬픔 때문에 신경이 날카로와졌다. 또한 감수성은 백 배 이상 민감해졌다. 그를 에워싼 공기 역시 독특했다. 겨울 저녁은 다정한 친구처럼 동정심이 가득했다. 이전에는 이런 해질녘이 결코 없었던 것 같았고, 외로움과 이별의 슬픔으로 괴로와하는 그를 위로하려고 처음으로 밤이 되는 듯했다. 골짜기는 항상 지평선 상에서 장관을 이룬 울창한 언덕으로 둘러싸인 것은 아니었는데, 나무는 자기의 존재로서 그를 위로하려고 땅에서부터 금방 솟이니온 듯했다.

의사는 악착같이 달라붙는 동정자에게서 도망치듯, 해질 무렵의 아름다움에 손을 흔들며 작별을 고했다. 유리 안드레예비치는 아직도 남아 있는 저녁 놀에게『고맙다, 그러나 나는 괜찮아지겠지.』하고 말하는 듯했다.

정면 계단에 서 있던 의사는 외부와 등을 돌리고 현관 쪽으로 얼굴을 돌렸다.『찬란한 내 태양이 졌구나.』그는 이 말을 새기려는 듯 자꾸만 반복했다. 소리내어 말할 기운이 없었다.

유리 안드레예비치는 집 안으로 들어갔다. 두 가지 상반되는 이중의 독백이 자꾸 이어지려 했다. 그 하나는 무미건조한 지극히 사무적인 독백이었고, 다른 하나는 홍수가 난 강물처럼 흐르는 라라에 대한 독백이었다. 그는 처음에는 이런 생각을 했다.

『이제 모스크바로 가자. 내가 먼저 할 일은 생존하는 것이다. 잠을 자려고 애쓰지 말자. 지쳐서 쓰러질 때까지 일을 하자. 난 지금 할 일이 있다. 침실 난로에 불을 지펴야 한다. 오늘 밤 여기서 얼어 죽을 이유는 없다.』

그러나 또다른 내면의 이야기도 남아 있었다.

『잊을 수 없는 아름다운 내 여인이여, 내 손과 팔이 그대를 기억하는 한 나는 늘 그대와 함께 있노라. 내 그대 잃어 슬픈 마음을 당신만큼 값진, 길이 남을 내 시에 표현하리라. 나는 그대에 대한 추억을 뼈 아픈 다정함과 슬픔의 한 형상으로 이룩하리라. 이 일을 끝낼 때까지 나는 이곳에 머물며, 그 작품이 완성된 후에 떠나가리라. 나는 당신을 이렇게 표현하리라. 노도와 같이 무서운 폭풍이 한바탕 바다를 뒤집어 놓고 가면 바다는 모래사장에 가장 크고 멀리까지 뻗는 파도의 흔적을 새겨 놓듯이 나는 당신의 모습을 종이 위에 그려 놓으리라. 해초, 조개껍질, 병마개, 조약돌, 파도가 바다 밑에서 들어올릴 수 있는 제일 가볍고, 저울로 무게를 달 수 없는 것들, 이런 것이 모래사장으로 밀려와 여기저기 구불구불한 선을 이룬다. 저 멀리 끝없이 뻗어나간 선은 제일 높은 파도의 경계선이다. 인생의 폭풍은 이런 식으로 그대를 내 바닷가로 쓸어올려 보냈으니, 오 내 자랑스런 여인아, 나는 그대를 그렇게 그리리라.』

그는 집 안으로 들어가 문을 잠근 뒤 털외투를 벗었다. 이 날 아침 라라가 깨끗이 정돈했지만 급히 짐을 챙기느라고 엉망이 된 침실로 들어섰을 때, 지저분한 침대를 보고 의자와 마룻바닥에 널려진 물건을 보았을 때 그는 소년처럼 침대의 딱딱한 모서리에 가슴을 대고 이부자리에 고개를 묻고는 슬프게 울었다. 그러나 오랫 동안 울지는 않았다. 이내 그는 일어나 얼른 얼굴을 닦고서 코마로프스키가 두고 간 보드카 병을 놀라워하며 꺼내 마개를 뽑고 잔에 반쯤 붓고 물과 눈을 섞고 나서, 자신이 흘린 눈물의 좌절감 못지않게 강렬한 맛을 느끼며 갈증을 가라앉히듯 벌컥벌컥 들이마셨다.

14

유리 안드레예비치의 가슴속에는 뭔가 형용할 수 없는 어떤 일이 일어나고 있었다. 그는 서서히 얼이 빠져 갔다. 그는 이런 상태로 살아간 적이 전에는 한 번도 없었다. 그는 라라가 떠난 뒤로는 집안 청소도 하지 않았고, 자기건강에도 전혀 신경쓰지 않았으며, 밤과 낮의 구별 없이 시간을 망각하고 나날을 보냈다.

그는 술을 마셨고 또 라라에게 바치는 글을 썼다. 그러나 써 놓은 글을 지우고 다시 쓰고 또다시 고쳐 쓰고 할수록 그의 시 속에 있는 라라는 살아 있는 라라로부터, 딸 카테니카와 여행을 떠난 한 아이의 어머니 라라로부터 멀어지고 있었다.

그가 글을 몇 번씩이나 고쳐 쓰고 다시 고쳐 쓰는 이유는 적절한 표현과 정확성을 기하기 위해서였지만 그것은 또한 관련된 사람들을 다치거나 상하지 않게 과거의 개인적 체험이나 실제로 일어난 사건을 지나치게 진실히 폭로하지 않으려는 자신의 절제 때문이었다. 그러므로 맥박치는 따뜻한 감정은 그의 시에서 차차 삭제되었으며 절절하고 병적인 낭만과 특수한 것을 보편적이고 낯익은 단계로 끌어 올리는 넓고 고요한 환상에 양보했다. 그는 이런 목적을 위해 우정 노력하지는 않았으나 드넓게 펼쳐진 환상은 라라가 여행 도중에 보낸 편지처럼, 멀리서 보내온 그녀의 인사말처럼, 꿈 속에서 본 그녀의 모습처럼, 그의 이마에 닿는 그녀의 손길처럼, 하나의 위안으로 그에게 가까이 왔다. 그는 고귀한 그녀의 흔적을 사랑했다.

라라에 대한 만가를 작품으로 쓰면서 그는 또 한편으로는, 자연과 인간과 여러 가지 다른 것에 대해 몇 년 동안 모아 둔 메모의 끝을 서둘러 다듬었다. 그가 글을 쓸 때면 늘 그랬듯이 개인과 사회의 삶에 대한 온갖 생각이 그의 머리에 떠올랐다.

그는 다시금 역사를, 역사라고 불려지는 과정을 상투적인 방식이 아니라 식물계와의 비유를 통해 파악하는 길을 생각해 보았다. 거울이면 낙엽이 진 가지들은 노인의 사마귀에 난 털처럼 초라하고 가냘프게 보인다. 그러나 봄에는 불과 며칠 사이에 숲의 자태가 바뀌어 구름을 이루게 되며, 잎이 무성한 그 속에서 우리는 숨거나 길을 잃어버릴 수도 있게 된다. 이런 변화는 동물보다 훨씬 더 빠른 속도로 진행된다. 그것은 동물이 식물보다 성장이 늦기 때문인데, 그러나 식물도 우리가 성장하는 것을 직접 눈으로 관찰할 수 있는 것은 아니다. 숲이 그 자신이 있는 장소를 변화시킬 수 없으며, 그렇다고 우리가 그 변화 과정을 포착하기 위해 기다리고 있을 수만은 없는 것이다. 숲은 언제나 움직이지 않는 것처럼 보인다. 영원히 성장하고 쉬지 않고 변화하는 역사, 간단 없는 변화 속에서 눈에 보이지 않게 움직이는 사회의 삶이 우리들의 눈에 움직이지 않는 것으로 보이는 것 또한 그런 까닭인 것이다.

톨스토이 역시 역사를 이렇게 생각했지만 하나하나 분명히 설명하지는 않았다. 그는 역사가 나폴레옹 같은 통치자나 장군에 의해 움직여진다는 것을 부인했지만, 자기 생각을 전개시켜 논리적인 결론을 짓지는 못했다. 한 개인

436

이 역사를 창조하는 것은 아니다. 또한 풀이 성장하는 것을 볼 수 없듯이 역사 역시 눈으로 볼 수 없는 것이다. 전쟁과 혁명, 황제, 로베스피에르 같은 사람은 역사의 유기적인 한 부분을 형성하는 역사의 대행자요, 역사의 효소일 뿐이다. 혁명은 생각하는 것이 지극히 일방적이며 광신적으로 행동하는 인간과, 제한된 분야에 헌신할 능력을 가진 천재에 의해서 이루어진다. 그들은 몇 시간이나 며칠 동안에 질서를 뒤엎고 전체적인 개혁은 몇 주일이나 기껏 몇 년 사이에 이룩되지만, 변혁을 불러일으킨 광신적인 정신은 그후 몇 년, 또는 몇 세기에 걸쳐 받들어진다.

그는 라라를 그리워하면서 혁명이 하늘에서 지상으로 강림한 신처럼 숭배받던 멜류제예보에서의 아득한 여름을 애도했다. 그 여름에 혁명이라는 신은 그 자체로 실성했고, 만인의 생활은 모든 정책의 정당성을 옹호하면서 그것을 명확히 예증하는 것이 아니라 그 자체로 미쳐 버렸다.

온갖 잡념을 모두 써 놓으면서 그는, 예술은 아름다움에 봉사하고, 미는 형식에서 오는 기쁨이며, 형식은 모든 살아 있는 것이 이것 없이는 살 수 없는 만큼 유기체적 생명의 열쇠이며, 비극을 포함한 모든 예술 작품은 존재의 기쁨을 표현한다고 하는 자기의 신념을 재확인했다. 그는 자기의 사상과 글도 또한 기쁨을, 그리고 비극적 기쁨을, 눈물로 가득 찬 기쁨을 동반해서 머리가 아프고 피로했다.

삼데뱌토프가 어느 날 유리 안드레예비치를 만나러 왔다. 그는 보드카를 가지고 와 라라와 그녀의 딸이 코마로프스키와 함께 떠났다고 전해 주었다. 그는 철도 수동차로 왔다. 그는 말을 돌보지 않았다고 야단을 치고는, 유리 안드레예비치가 한 사나흘 더 두어 달라는 요청을 무시하고 끌고 가버렸다. 그는 떠나면서 이 주일 안에 돌아와서 그를 바르키노에서 데려가겠다고 했다.

그는 작업에 몰두하게 되면 그녀가 곁에 있는 듯 그녀의 모습이 떠올랐고, 그녀와의 작별과 애달픈 정에 못 이겨 슬피 울었다. 어렸을 때 어머니가 세상을 뜬 후 콜로그리보프의 정원 여름의 새들이 지저귀는 소리에서 어머니 음성이 들리는 듯 했듯이 이제는 라라의 목소리가 귓전을 울렸고, 그것이 삶의 일부이기를 원한 터라 청각이 그를 희롱해 옆 방에서 라라가 『유로츠카』라고 부르는 소리가 들리는 듯했다.

두 주일 동안 그는 다른 환락에 빠져 있었다. 주말이 가까왔을 무렵, 그는 집의 땅 밑에 굴을 파고 사는 용에 대한 악몽을 꾸다가 깜짝 놀라 잠이 깨었다. 계속해서 빛이 번쩍이더니 소총이 발사되고 그 소리가 울리는 소리를 들었다. 유리 안드레예비치는 눈을 번쩍 떴다. 이상하게도 그는 이상한 악몽을

꾸었고 보기 드문 일을 겪었지만, 잠시 후 그는 다시 잠이 들었고 아침이 되
자 그것은 꿈이었을 거라고 짐작했다.

15

하루 이틀이 지난 날이었다. 그는 정신을 차려야 되겠고, 만일 자살을 하려
면 고통이 느껴지지 않는 방법을 택하고 싶다는 생각을 했다.

어둠이 밀려 오기 직전, 아직 약간의 빛이 남아 있는 동안, 그는 눈 위를
저벅저벅 걷는 발소리를 들었다. 누군가가 조용히 집을 향해서 다가오고 있
었다.

이상하군, 누구지? 안핌 예피모비치는 말을 가지고 갔으니 걸어서 오지는
않을 것이고. 이 황막한 바르키노를 지날 사람은 없을 텐데.『그들은 나 때문
에 온 것이야.』유리 안드레예비치는 그만 단정을 지었다.

『도시로 가라는 소환이나 명령이겠지. 그렇지 않으면 체포하러 왔는지도
몰라. 그러면 두 명이 왔을 것이고 교통 수단도 가지고 왔겠구나. 미쿨리친이
다!』

그는 발소리가 귀에 익다고 생각하고 기뻐했디. 누군지 일 수 없는 미지의
사람은 자물쇠가 달려 있는 것을 예측한 듯, 자물쇠가 부러진 문을 더듬었고,
그리고 사잇문을 열고 들어와 신중히 닫고 길을 잘 아는 익숙한 태도로 당당
하게 안으로 들어왔다.

유리 안드레예비치는 문을 등지고 앉아 있었다. 그가 일어나서 몸을 돌리
자 이미 낯선 사람은 문 안에 들어와 있었다.

「누굴 찾으십니까?」

유리 안드레예비치는 뜻도 없이 의례적인 질문을 불쑥 하고는 그가 대답을
하지 않아도 놀라지 않았다.

미지의 사나이는 체격이 단단해 보이고 힘이 센 미남이었다. 그는 털 상의
와 바지를 입고 따뜻한 염소 가죽 장화를 신었으며 어깨에는 멜빵을 맨 소총
을 메고 있었다.

유리 안드레예비치는 그가 나타난 순간에만 놀랐지, 그가 왔다는 자체에는
별로 놀라지 않았다. 그들이 이곳에 왔을 때 집 안에서 누군가가 살았다는

흔적이 누군가가 찾아올 것이라는 예상을 만들고 있었기 때문이었다. 이 사람이 그 물건을 남겨 두었던 주인공일 것이다. 그 사람은 왠지 낯선 사람이 아니라 어디선가 본 듯한 인상이었다. 미지의 사나이 역시 유리 안드레예비치를 보고도 전혀 놀라지 않았다. 어쩌면 그 사람은 유리 안드레예비치의 얼굴을 알아보았을지도 모른다.

『이 사람이 누구더라? 누구일까?』

유리 안드레예비치는 기억을 떠올리려고 곰곰이 생각했다. 『나는 이 사람을 어디서 본 걸까?…… 그건 하나님이나 아시겠지. 5월의 무더운 어느 날 아침, 몇 년인지는 모르겠고, 라즈빌리예의 정거장, 군사 위원의 차량, 군사 위원의 특별 객차, 명석한 사고력, 강직성, 그리고 완벽한 공정함, 공정함…… 그렇다, 바로 스트렐리니코프다.』

16

그들은 몇 시간 동안 계속 이야기를 나누었다. 러시아에서 사는 오직 러시아인만이 이야기할 수 있는 그런 식으로 그들은 대화를 했다.

그 무렵에 흔히 나타나던 수다스러움은 제쳐 놓고서도, 스트렐리니코프에게는 끝없이 말해야 할 어떤 개인적인 이유가 있었다.

그는 홀로 있기가 싫어서 이야기를 계속하기 위해 온갖 수단을 동원하여 대화를 이어 나갔다. 그가 두려워하는 것이 자신의 양심 때문일까, 아니면 슬픈 기억이 자기를 괴롭혀서일까? 아니면 그는 수치스러워서 당장 죽고 싶은, 한 남자로 하여금 스스로 그토록 미워하고 용서할 수 없게 만드는 불만 때문에 그는 괴로와하는 것인가? 아니면 그가 아주 중대한 돌이킬 수 없는 결정을 내리고, 이 결정을 혼자서 감당하지 못하고 의사와 잡담을 하고 함께 있음으로써 그 상황을 모면하려는 것인가?

그 이유가 무엇인지는 모르겠지만, 그는 분명히 마음에 걸리는 중요한 비밀을 간직하고 다른 여러 이야기에 자기 심정을 털어 놓는 듯 말했다.

모든 사람의 마음속은 그들의 외모나 말과는 전혀 딴판이었는데, 이것은 그 시대의 질병이요 혁명적 광기라고 하겠다. 그 누구도 분명한 양식을 가지지 못했다. 누구든지 자기는 잘못을 했고 자기는 범죄자이며 아직 체포되지 않은 사기꾼이라는 느낌을 정당화시킬 수가 있었다. 약간의 근거만 있어도 상상력을 발동시켜 자학의 잔치를 벌이기에 넉넉했다. 사람들은 어처구니없는 망상에 갈피를 잃고 두려워할 뿐만이 아니라 병적인 파괴적인 충동과 그들 스스로의 의지에 의해서, 형이상학적 무아지경 속에서, 한 번 고개를 들면 제어할 수 없는 자기 고발의 열정 속에서, 두려움도 있었겠지만 병적인 파괴 본능에 사로잡혀 자기 맘대로 자기를 허위로 고발했다.

스트렐리니코프는 이따금 군사 재판을 주재하던 고위 군사 지도자로서 분명히 많은 사형수의 자백과 조서를 서면이나 구두로 듣고 읽었을 것이다. 그러나 그는 지금 자기가 쓴 가면을 벗고, 자기 생애를 재평가하고 대차 대조표를 꾸미려는 강한 충동으로 자신을 가누지 못했다.

스트렐리니코프는 이런 이야기를 하다가 갑자기 저런 이야기를 하면서 두서 없이 떠들곤 했다.

「이건 모두 치타에 있을 때 구한 겁니다. 서랍과 찬장에서 찾아낸 온갖 진귀한 물건을 보고 놀라셨지요? 그건 모두 적군이 동부 시베리아를 점령했을 때 징발한 거랍니다. 물론 내가 혼자 이 물건을 모두 이곳으로 가져온 것은 아닙니다. 내 주변에는 늘 믿음직스럽고 헌신적인 사람들이 있습니다. 촛대, 성냥, 커피, 차, 필기 도구는 모두 징발한 물품인데, 그것은 체코제도 있고, 또 영국제나 일본제도 있읍니다. 우습다고 생각하시죠?『어떻게 생각하세요?』라는 말은 내 아내의 말투였는데, 당신도 그건 아시겠죠. 도착했을 때는 당신에게 말을 할까말까 망설였는데 지금은 말해야겠다고 결정했읍니다. 난 아내와 딸을 만나러 왔어요. 그들이 이곳에 있다는 소식이 너무 늦게 전해져서요. 그래서 난 그들을 놓쳤지만요. 그녀와 당신이 가깝게 지낸다는 소문을 듣고, 의사 지바고라는 이름을 들었을 때, 이유를 설명할 수는 없지만, 오랫 동안 내가 만난 수천 명의 얼굴 중에서 언젠가 나에게 조사를 받으러 왔던 지바고라는 이름의 의사가 떠오르더군요.」

「그래서 당신은 나를 총살시키지 않은 걸 후회했나요?」

스트렐리니코프는 이 질문에 대답하지 않았다. 아니면 그는 자기 말에 열중해서 말을 알아듣지 못했는지도 모른다. 그는 계속 독백처럼 말을 이어나갔다.

「당연하지만 난 질투를 했고, 지금도 역시 질투를 하고 있읍니다. 그럴 수밖에 없지 않습니까?…… 난 동부에 있는 다른 은신처가 발각되자, 겨우 몇 달 전 이 지역으로 왔읍니다. 난 누명을 쓰고 군법회의에 회부될 형편이었읍니다. 결과를 상상한다는 게 그리 어렵지만은 않죠. 난 죄가 없어요. 그래서 적절한 때가 오면 내 무죄를 알리고 변호할 계획이었읍니다. 나는 그들이 체포하러 오기 전에 미리 도망을 쳐 이곳저곳을 떠돌아다니기로 마음먹었어요. 언젠가는 내 무죄가 밝혀질 테니까요. 아마도 나를 감언이설로 속여 비밀을 알아낸 젊은 악당 녀석만 없었다면 내 계획은 멋지게 성공했을 겁니다. 내가 사람들이 다니는 길을 피해 굶으면서 걸어 시베리아를 가로질러 서쪽으로 향할 때였읍니다. 나는 눈 속에서 잠을 자거나, 선로를 따라 걷다보면 눈 속에 파묻힌 기차가 끝없이 늘어서 있는데, 그 속에서 잠을 자곤 했읍니다. 그러다가 어느 날, 나는 한 청년을 만났어요. 그 녀석은 자칭 빨치산 저격대를 피해 나왔다고 했읍니다. 그 청년은 유죄 판결을 받은 다른 많은 사형수와 함께 자기를 일렬로 세워 놓았지만 자기는 상처만 입었을 뿐 죽지 않고 살아 시체 더미에서 기어나와 숲속에 숨었다더군요. 상처가 나은 지금에는 나같이 피신해서 살아간다고 했어요. 이것은 모두 그 녀석이 한 말입니다. 녀석은 음흉하면서도 몹시 수줍어했어요. 실업학교 낙제생이었다고 하더군요. 머리가 나빠서 학교에서 쫓겨난 거죠.」

스트렐리니코프가 그 청년에 대해 장황히 설명하면 할수록 유리 안드레예비치는 그 청년이 알고 있는 사람이라고 확신하게 되었다.

「그 청년 이름이 테렌티이고 성은 갈루진 아닙니까?」

「네, 그렇습니다.」

「그럼 그가 한 얘기는 모두 거짓이 아닙니다.」

「그 청년의 쓸만한 점이라고는 자기 어머니에 대한 정성뿐이죠. 그의 아버지는 인질로 잡혀서 총살을 당했고, 어머니는 감옥에 갇혀 있는데, 어머니 역시 총살을 당할 것 같다고 하더군요. 그 청년은 그래서 어머니를 구하려면 무슨 일이라도 할 작정이었지요. 그래서 그는 그 지역의 군 비상 위원회에 가서 자수를 하고 그들을 위해 무슨 일이든 하겠다고 했지요. 군 비상 위원회에서는 무슨 중대한 일을 한다면 기회를 주겠다고 했어요. 그래서 갈루진은 내가 숨어 있는 곳을 알려 준 겁니다. 그러나 나는 그때 다행히도 다른 곳으로 피했었죠. 고생고생 끝에 나는 시베리아를 가로질러 이곳에 당도했어요. 나는 이곳에서 너무 유명한 사람이라 여기 숨어 있으리라고는 생각지도 않았겠죠. 그들은 내가 이런 대담한 일을 하리라고 생각하지 않은 거예요. 내가 이 집이나 안전한 다른 이웃집에 숨어 있을 때 그들은 오랫 동안 치타 부근에서 나를 찾았읍니다. 그러나 이제 그들은 내 꼬리를 잡고 말았어요. 아, 이제 어두워지는군요. 내가 싫어하는 시간입니다. 나는 오래 전부터 잠을 잘 수 없답니다. 당신도 불면증이 얼마나 괴로운지 아시겠죠? 내 양초가 남아 있다면…… 좋은 스테아린 양초군요. 그럼 이야기를 조금 더 합시다. 당신만 좋으시다면 촛불을 켜 놓고 호사스럽게 밤새도록 이야기를 나눕시다.」

「나는 등잔을 썼기 때문에 양초는 모두 저기 있읍니다. 나는 한 통만 뜯었읍니다.」

「빵 좀 있읍니까?」

「없는데요.」

「그럼 당신은 무얼 먹지요? 내가 어리석은 질문을 했나요. 물론 하지감자를 먹겠지만요.」

「네, 하지감자를 먹습니다. 그건 얼마든지 있으니까요. 여기서 살던 사람들이 살림을 잘해서 감자 저장을 잘했어요. 지하실에 하지감자가 잘 저장되어 있더군요. 썩거나 얼지 않고 모두 온전했읍니다.」

스트렐리니코프는 불쑥 화제를 혁명으로 바꾸었다.

17

「당신은 이런 이야기에 전혀 흥미를 느끼지 않겠죠! 네, 당신은 이해하기 힘들 겁니다. 당신은 전혀 다른 세계에서 성장하고 살아왔으니까요. 당신이 모르는 변두리 철도변과 노동자 집단 주택과, 지저분하고 굶주린 사람이 우글거리고 인간이 타락하고 여자도 타락하는 세계가 있읍니다. 다른 한편으로는 어머니에게 귀여움받는 응석받이와 총명한 학생과 부유한 상인의 자식이 이루는 세계, 독선과 뻔뻔스럽고 교만 방자한 악, 가난한 자와 약탈당한 자와 굴욕을 받는 자와 유린당하는 자들의 눈물을 보고 웃거나 코웃음을 치는 부유한 자들, 어떤 일에도 신경을 쓰지 않고, 세상 사람들에게 아무것도 주지 않고, 뒤에 남기는 것이라고는 아무것도 없다는 점 외에 뛰어난 점이라고는 전혀 없는, 그런 기생충들이 지배하는 세계 말입니다. 그러나 우리에게는 삶이란 투쟁의 결과로 받아들였고, 우리가 사랑하는 사람을 위해 거대한 암벽을 움직였읍니다. 우리가 그들에게 슬픔만 주더라도 우리는 그들보다 더 큰 고통을 당했으니 그들이 우리를 탓하지는 않습니다. 그러나 이야기를 중단하고 당신에게 꼭 할 말이 있읍니다. 이건 중요한 일이에요. 당신은 이곳을 떠나야 해요. 당신이 삶을 중시한다면 더 이상 머뭇거리지 마십시오. 나를 잡으려는 손길이 아주 가까이까지 왔습니다. 당신은 나와 이야기를 나누고 있는 것만으로도 나와 연결돼 죄가 있는 겁니다. 그리고 이곳엔 그 외에도 너무 늑대가 많아서 저번 날 밤에는 총을 쏘아야만 했지요.」

「아, 당신이 총을 쏘았군요.」

「네, 내가 쏘았습니다. 당신도 들었군요. 나는 다른 은신처로 가고 있었는데, 나는 그곳이 이미 발각된 것을 눈치챘습니다. 거기 있던 사람들은 총에 맞아 죽었겠지요. 나는 여기 오래 있지 않고 내일 아침 떠나려고 합니다. 좋으시다면 이야기를 계속하지요.」

「훌륭한 신사들이 이상한 모자와 각반을 차고 마차에다가는 여자를 태우고 번화한 트베르스카야를 돌아다니는 것은 모스크바나 러시아에만 있는 것은 아닙니다. 그 거리와 밤의 생활, 지난 세기의 밤 생활, 그리고 경마와 바람둥이, 이런 것은 세계 어느 도시에나 어김없이 있습니다. 그러나 19세기에 통일성을 부여하고, 19세기를 하나의 역사적 시기로 구별짓게 한 것은 무엇이죠? 그것은 다름아닌 사회주의 사상의 대두였습니다. 혁명, 바리케이트에서 죽어가는 젊은이, 언론인들은 돈의 야만적인 횡포를 막으려는 노력에 재갈을 물리고, 빈곤한 사람들의 인간적 품위를 구제하기 위해 머리를 짜냈습니다. 마르크스가 등장해서 악의 뿌리를 파헤치고 그 치유책을 제시하여 한 세기의 위대한 추진력이 되었습니다. 불결함과 영웅주의, 악과 번민, 선언과 바리케이트 등 모든 것이 지난 세기의 트베르스카야의 어자(御者) 거리였다고 할 수 있습니다. 그녀는 여학생 때 얼마나 아름다왔는지 몰라요. 암요, 모르고 말고요. 네, 전혀 모릅니다. 그녀는 집 옆에 살던 한 학교 친구집에 자주 놀러갔어요. 그 집에 세들어 사는 사람들은 거의가 브레스트 선에서 일하던 철도 노동자들이었습니다. 그때는 브레스트 선이라고 했는데 그 후 이름이 몇 번 바뀌었죠. 지금 유리아틴 군법 회의의 위원인 나의 아버지는 선로 감독이었습니다. 나는 언제나 아파트에 가서 그녀를 만났습니다. 그녀는 그때 나이가 어렸지만, 그녀에게는 그때부터 긴장과 조심스러움과 초조함이 존재해서 얼굴과 눈에서 그것을 읽을 수 있었습니다. 그 시대의 공통된 모든 눈물과 모욕과 희망, 축적된 회한과 자부심이 소녀다운 수줍음과 당당한 기품을 동시에 보여 주는 그녀의 얼굴과 거동 속에 이미 나타나 있었습니다. 그녀는 말하자면 시대의 살아 있는 고발이라고 할 수 있지요. 이것은 아주 중요한 사실입니다. 그렇게 생각하지 않으십니까? 그건 숙명이라고 볼 수 있어요. 자연이 그녀에게 베푼 그 무엇, 그녀가 그것에 대해 생득권을 가지고 있다는 말입니다.」

「당신 표현이 적절합니다. 나도 그 무렵에 당신이 묘사한 그대로인 그녀를 본 적이 있읍니다. 여학생이었지만 어린애 같지 않고 연극의 비밀스런 여주인공 같았지요. 벽에 비친 그녀의 그림자는 자기를 지키는 긴장된 모습이었읍니다. 내가 본 그녀의 최초 모습이죠. 나는 그런 그녀의 모습을 지금도 기억합니다. 당신의 표현은 완벽합니다.」

「당신이 그녀가 여학생일 때 보았고, 또 그녀를 기억한다고요? 그래서 어떻게 하셨죠?」

「그것은 별개의 이야기입니다.」

「그렇군요. 그러니까 당신도 알겠지만 19세기의 모든 것, 파리의 혁명과 게르첸으로부터 시작된 수세대에 걸친 러시아의 망명객, 어떤 것은 음모를 계획하다 끝났고, 또 어떤 경우에는 실제로 실행하기도 했던 러시아 황제의 암살과 전 세계 모든 노동자들의 운동, 유럽의 대학과 의회에서의 마르크스주의와 새로움과 신속한 종결과 신랄함과 연민의 이름으로 이룩된 무자비한 실천 방법을 갖춘 사상의 새로운 체계——이 모든 것이 레닌 속에 흡수되고, 그에 의해서 일반화되었읍니다. 레닌은 구세계의 잘못에 대한 살아 있는 응징으로서 구세계를 공격했어요. 그리고 그와 함께 세상 사람들의 시선이 집중되는 가운데 인류의 슬픔과 불운을 위한 보상의 빛이 광활한 러시아에 의해 불꽃으로 터졌어요. 그러나 당신에게는 이것이 말뿐으로 심벌즈가 울리는 소리, 그저 공허한 소리의 울림에 지나지 않겠지요. 나는 그 여자를 위해 공부를 했고, 그 여자를 위해 선생이 되었읍니다. 그래서 생면부지의 유리아틴으로 갔지요. 난 그녀를 위해 책을 높이 쌓아 놓고 읽었읍니다. 그녀가 두움을 청할 때를 위해서였죠. 삼 년 동안 결혼 생활을 한 뒤에 나는 그녀의 마음을 얻으려고 전쟁터로 갔고, 전쟁이 끝나고 억류 생활에서 돌아와서는 내가 사망자로 되어 있었으므로 가명으로 혁명에 참가했지요. 나는 그녀가 겪은 부당함을 갚아 주고, 그녀의 불쾌한 기억을 씻어 내고, 과거의 타락함이 더 이상 지속되지 못하게 하고, 세상에서 트베르스카야 로의 어자 거리 같은 것은 앞으로 존재하지 않도록 하려고요. 그들은, 그녀와 내 딸은 바로 이웃인 여기에 있었읍니다. 나는 달려오고 싶은 생각이 굴뚝 같았읍니다. 그러나 억지로 그 마음을 참았지요. 그보다 나는 내 필생의 과업을 완수하고 싶었어요. 지금 내 심정은 그들을 단 한 번만이라도 만나 볼 수 있다면 어떤 댓가라도 치르겠읍니다. 그녀가 방으로 들어오면 창문이 저절로 활짝 열려 방 안은 빛과 공기로 가득 찼죠.」

「나도 당신이 얼마나 그녀를 사랑하는지는 알고 있읍니다. 그러나 당신에 대한 그녀의 사랑이 어떤 것인지 스스로 알고 계십니까?」

「지금 뭐라고 하셨죠?」

「그녀가 당신을, 이 세상 누구보다도 사랑하는지 아느냐고 물었잖습니다.」

「왜 그런 말을 하시죠?」

「그녀가 그런 말을 했기 때문입니다.」

「그녀가 당신에게 그런 말을 했단 말입니까?」

「네, 그렇습니다.」

「용서하십시오. 이런 걸 물어서는 안 되겠지만, 당신이 대답할 수만 있다면, 그녀가 당신에게 한 말을 정확히 얘기해 주시겠읍니까?」

「말씀드리죠. 그녀는 당신은 이상적 인간의 상징이며, 당신만한 사람은 어디에도 없다고 했읍니다. 그리고 당신과 같이 살았던 곳으로 돌아갈 수만 있다면 지구 끝까지 기어서라도 가겠다고 했지요.」

「이거 정말 미안합니다. 너무 사적인 것을 침해하는 게 아니라면, 그녀가 언제, 어떤 상황에서 그런 말을 했는지 말해 주십시오.」

「그녀가 이 방을 청소하면서 담요를 털려고 밖으로 나갈 때였읍니다.」

「어떤 담요였죠? 담요가 두 개 있을 텐데요.」

「저기 큰 것이었읍니다.」

「그녀 혼자 들기엔 무거웠을 텐데요. 당신이 도와 주었읍니까?」

「예.」

「당신과 그녀가 각각 한쪽씩 잡았겠지요. 그녀는 몸을 뒤로 젖히고 그네를 타듯 팔을 높이 치켜들어 흔들고 먼지를 피하느라 얼굴을 이리저리 돌렸을 겁니다. 그녀는 얼굴을 찡그리고 농담을 했죠? 그렇지 않습니까?」

그들은 일어나 각기 다른 창가로 서서 다른 곳을 쳐다보았다. 잠시 후 스트렐리니코프는 유리 안드레예비치에게 다가가서, 그의 손을 잡아 자기 가슴에 대고는 성급히 말을 꺼냈다.

「미안합니다. 당신의 소중하고 은밀한 것에 내가 질문을 하고 있군요. 당신이 싫지만 않다면 질문을 계속했으면 좋겠읍니다. 떠나지만 마십시오. 나를 혼자 있게 하지만 말아 주십시오. 나는 곧 갑니다. 당신도 생각해 보세요. 여섯 해 동안의 이별을, 나는 여섯 해 동안 가혹할 정도로 자제하고 살았읍니다. 그러나 나는 언제나 완전한 자유를 얻지 못했다고 생각했지요. 나는 자유로울 때 그들에게 돌아가겠다고 마음먹고 있었읍니다. 나는 내일 체포될 겁니다. 나의 생각은 수포로 돌아가고 말았어요. 당신은 그녀의 귀중한 사람입니다. 언젠가 그녀를 만나게 되겠지요. 아니 내가 지금 무슨 말을 하고 있는 걸까. 내 정신이 아닙니다. 나는 체포될 것이고, 나는 한 마디 변명도 할 수 없을 겁니다. 그들은 소리치고 욕을 해 대면서 내게 다가와서는 내 입을 막아 버릴 겁니다. 난 그들이 어떻게 나올지 너무 뻔히 알고 있어요.」

18

유리 안드레예비치는 잠에 빠져 버렸다. 실로 며칠 만에 처음으로 그는 자리에 눕자마자 바로 잠이 들었다. 스트렐리니코프도 여기서 하룻 밤 묵었다. 유리 안드레예비치는 그를 옆방에 묵도록 했다. 그는 몇 번이나 잠결에 몸을 뒤척이거나 담요를 턱 아래까지 잡아당기면서도, 잠의 강력한 원기 회복의 효과를 느끼면서 이내 행복한 수면 속으로 빠져들어갔다. 아침이 가까와 오자 유리 안드레예비치는 어린 시절에 관한 몇 개의 단편적인 몇 토막의 꿈을 꾸었다. 그 꿈이 아주 상세하고 앞뒤가 꼭 맞아서 그는 마치 현실처럼 생각할 정도였다.

예를 들자면, 그는 이탈리아의 어떤 장소를 그린 어머니의 수채화가 벽에서 갑자기 떨어지는 꿈을 꾸었다. 마룻바닥에 유리가 떨어져 깨지는 소리에 유리 안드레예비치는 잠이 깨었다. 그는 눈을 번쩍 떴다. 아니 이 소리는 다른 소리이리라. 이것은 분명히 안티포프, 라라의 남편 파벨 파블로비치, 스트렐리니코프가 늑대에게 겁주려고 쏘는 소리겠지. 아니야, 그건 어처구니없는 생각이야. 그림이 벽에서 떨어진 것이다. 그림은 부서져 산산조각이 나서 마룻바닥에 널려 있다. 그는 다시 꿈 속에 빠져들었다.

그는 늦잠을 잔 탓인지 머리가 아픈 것을 느끼며 일어났다. 얼마 동안 그는 스트렐리니코프가 누구이며, 또한 어떤 세계에 있는 것인지 생각이 나지 않았다.

그러다 갑자기 기억이 났다.

『그래, 어제 스트렐리니코프와 밤을 보냈지. 늦게 일어났군. 옷을 입어야지. 지금쯤 그도 분명히 일어났을 거야. 아직도 자면 내가 깨워야지. 커피를 함께 마시도록 하자.』

「파벨 파블로비치!」

그러나 대답이 없었다.

『아직도 자나 보군. 잠 한번 참 잘 자는 사람이군.』

유리 안드레예비치는 천천히 옷을 입고 옆방으로 갔다. 그러나 스트렐리니코프의 모피 모자만 책상 위에 있을 뿐 그의 모습은 보이지 않았다. 아마도 산책을 나간 것이라고 그는 생각했다.

『왜 모자도 쓰지 않고 나갔지? 건강을 위해서인가? 오늘 바르키노를 떠나야 하는데 늦잠을 잤어. 매일 아침 늦게 일어나니.』

유리 안드레예비치는 난로에 불을 피우고, 양동이를 들고 물을 길러 우물로 향했다. 문에서 몇 발자국 떨어지지 않은 곳에, 파벨 파블로비치가 머리를 눈에 파묻고 총탄을 맞고 길 가운데 누워 있었다. 그는 권총으로 자살을 한 것이었다. 피를 흘린 왼쪽 관자놀이 아래는 눈이 빨간 덩어리를 이루고 있었다. 내뻗친 핏방울이 눈과 섞여 마가목나무의 열매처럼 빨간 구슬로 엉켜 있었다.

제 15 장 종 결

1

이제 지바고의 생애에 있어서 마지막 팔구 년 동안의 그다지 복잡하지 않은 이야기만 남아 있다. 이 기간 동안 그는 의사나 작가로시의 지식과 재주를 서서히 잃어버리면서 야위고 점점 침체되어 갔다. 이따금씩 우울과 침체 상태에서 벗어나 생기를 되찾으면 짧게나마 활동을 하기도 했으나, 이런 회복은 지극히 짧은 순간뿐이고, 다시 세상의 모든 것에 대해 무관심하고 냉담해졌다. 이 무렵 그는 오래 전에 그 스스로 진단했던 심장병이 크게 악화되어 있었다.

그는 러시아의 모든 시대 중에서 가장 애내하고 위선적이던 경제 계획 초기에 모스크바로 갔다.

그는 빨치산에게 사로잡혔다가 유리아틴으로 돌아왔을 때보다 더 초췌하고 누추한 차림이었다. 그는 여행하는 도중에 옷가지 중 값이 나가는 옷은 하나씩 처분하여 빵과 교환하였고, 몸만 가릴 정도의 누더기를 걸쳤다. 두 번째 털외투와 양복도 이렇게 빵과 바꾸었다. 그가 모스크바에 도착했을 때에는 회색 양가죽 모자, 각반, 죄수복처럼 단추가 모두 떨어진 누더기 군대 외투를 입고 있었다. 이런 옷차림이기 때문에 그는 수도의 역과 거리, 광장에 몰려다니는 수많은 적군 장병과 전혀 구별되지 않았다.

그는 모스크바에 혼자 도착하지 않았다. 그의 뒤에는 언제나 낡은 군복 차림인 미남 시골 청년이 따라다녔다. 그들은 그런 모습으로 모스크바의 지금껏 남아 있는 몇 개의 객실에 나타났는데, 그런 장소는 유리 안드레예비치가 어린 시절을 보낸 곳이기도 했다. 사람들은 그를 기억하고 있어서 여행 후에 목욕을 했는지 안했는지를 물어 본 뒤에 반갑게 맞아 주었다. 그런 곳에서 유리 안드레예비치는 가족들이 러시아를 떠날 때의 상황을 전해 들었다.

두 사람은 다른 사람을 가능한 한 피했는데, 그들은 사교적이지 못하기 때문에 남의 주의를 끌어 이야기를 할 처지가 되지 않으려고 노력했다. 이 두 사람은 어느 곳에서나 친구들이 모인 장소에서는 대화에 끼지 않으려고 항상 뒷전에 물러나 있었다.

누더기를 걸친 채 어느 곳에나 청년과 함께 다니던 키가 크고 비쩍 마른 의사는 마치 민중 출신의 진리 탐구자 같았고, 언제나 그를 따르는 청년은 맹목적으로 헌신하는 충실한 제자나 추종자 같았다. 도대체 이 젊은 청년은 누구인가?

2

유리 안드레예비치는 모스크바에 가까이 왔을 무렵에야 비로소 철도를 이용할 수 있었지만, 그전에는 엄청나게 먼 거리를 도보로 여행했다.

그가 지나온 마을은 숲속에서 포로가 되었다가 탈출했을 때부터 시베리아와 우랄 지방에서 보았던 마을보다 조금도 나을 것이 없었다. 단지 그때는 한겨울이었고, 지금은 늦여름의 따뜻하고 건조한 날씨였으므로 쉽게 여행을 할 수 있었다는 점이 달랐다.

그가 지나온 마을의 절반은 마치 적의 습격이 지나간 것처럼 인기척이 없었고, 논밭은 황폐해진 채 버려져 있었다. 모든 것이 바로 전쟁의 결과였다.

9월 말, 이 삼일 동안 그는 가파른 강둑을 따라 걸어갔다. 그가 거슬러 올라가던 강은 오른쪽에서 흘렀다. 길 왼쪽에는 구름 덮인 지평선까지 주인 없는 논밭이 끝없이 뻗쳐 있었다. 이따금 참나무, 느릅나무, 단풍나무가 들어찬 활엽수림이 나타났다. 숲은 깊은 골짜기를 이루며 강으로 달려와서 급경사의 길을 갈랐다.

추수를 하지 못한 들판의 잘 익은 곡식은 무거워 고개를 들지 못했고, 저절로 땅 위에 떨어졌다. 그는 죽을 끓일 수 없을 때에는 낟알을 그냥 입에 넣고 어렵게 씹으면서 연명했는데, 씹히지 않은 낟알은 소화가 안 되어서 힘이 들었다.

유리 안드레예비치는 그토록 어두운 갈색의 해묵은 황금색 호밀은 본 적이 없었다. 적당한 시기에 수확을 하면 호밀은 이보다 훨씬 엷은 색깔이었다.

불길이 없어도 금새 타오를 듯한 이 들판, 말없이 구원을 청하는 이 밭은 벌써 겨울빛을 띤 광막한 하늘과 싸늘하게 맞닿아 있었다. 하늘엔 바싹 겨울이 다가와 있고, 각양각색의 설운이, 가운데는 검고 가장자리에는 흰빛을 띤 채 계속 움직였다.

모든 것이 천천히, 그리고 일정하게 움직였다. 흐르는 강물과 그 옆을 따라 뻗어나간 길, 흘러가는 구름과 한 방향으로 유리 안드레예비치는 걸었다. 그 중에서 움직이지 않는 것은 들판의 밭뿐이었다. 호밀은 호밀대로 움직였는데, 그것은 징그러운 것을 생각나게 하면서 천천히, 그러나 끈질기게 스멀거렸다.

보기 드물게 들판에는 수없이 많은 쥐떼가 서식하고 있었다. 들에서 밤을 맞아 야영하며 밤을 보내게 될 때면 의사의 얼굴과 손을 쥐가 겁없이 타고 다녔고, 옷소매와 바지 속까지 기어들어 왔다. 쥐떼들은 낮에는 배불리 먹어대고 길가에 우글거렸으며, 발에 밟히면 찍찍거렸다.

공포에 질려 사나와진 턱복숭이 똥개들이 마치 의사에게 달려들어 물어뜯을 듯이 눈치를 보면서 적당히 거리를 두고 따라다녔다. 개들은 들판에 우글거리는 쥐들도 마구 잡아 먹었는데, 멀리 의사를 쳐다보면서 무엇을 기다리는 듯이 당당하게 그의 뒤를 따라오고 있었다. 그러나 개들은 이상하게 숲속으로는 들어가지 않았다. 숲이 가까와지자 뒤쫓던 개의 수가 차츰 줄어들더니 개는 방향을 돌려 모두 사라져 버렸다.

이 무렵 숲과 들판은 아주 대조적이었다. 인적이 없는 들녘은 주인이 없는 때문인지 마치 고아와도 같았다. 그러나 숲은 인간에게 해방되어 자유로와진 듯 무성하고 울창했다.

사람들은 그중에서도 동네 꼬마들은, 산나무 열매를 잘 익게 두지 않고 익지 않은 푸른 열매를 가지째 꺾어 버렸다. 그러나 인적이 드문 언덕과 골짜기의 산림은 먼지가 덮였고, 가을 햇빛에 퇴색한 금빛 잎새로 뒤덮여 있었다. 그중 가장 탐스러운 것은 끈으로 묶은 듯 서너 개씩 어울려 붉거진 호도였다. 호도는 잘 여물어서 막 떨어질 듯 가지에 매달려 있었다. 그는 여행 도중 많은 호도를 먹었다. 그의 가방에나 주머니에는 호도가 가득 채워져 있었다. 일주일 내내 호도를 먹은 적도 있었다.

들판에 주인 없이 팽개쳐진 밭은 의사가 심한 중병에 걸려서 열이 올랐을 때 본 경치 같았다. 그러나 숲은 건강이 회복되었을 때 본 경치라고 할 수 있었다. 그래서 유리 안드레예비치에게는 숲속에는 신이 있고, 들에는 악마의 비웃음이 가득 차 있는 것처럼 여겨졌다.

3

유리 안드레예비치가 여행하던 무렵, 언젠가 한 마을이 모두다 불타 버려 주인이 모두 철수한 마을에 도착한 적이 있었다. 불탄 집들은 강 건너편 길 옆에 일렬로 늘어서 있었다. 길과 가파른 강둑 사이에는 집이 없었다.

그래도 불행 중 다행이라고 바깥만 시커멓게 그을은 집이 몇 채 있었다. 그러나 거기에도 사람은 살고 있지 않았다. 다른 농가는 모두 잿더미가 되어 검게 그을은 굴뚝만 서 있었다.

강둑의 낭떠러지는 주민들이 예전에 맷돌을 만들기 위해 쪼아 낸 자국이 벌집처럼 구멍이 나 있었다. 그들은 이렇게 돌을 캐어 생계를 유지했던 것이다. 불타 버리지 않은 집 중 하나인, 동네 끝에 있는 집의 마당에는 아직 맷돌이 만들어지지 않은 돌덩이가 세 개 있었다.

유리 안드레예비치는 그 집 안으로 들어갔다. 고요한 저녁 무렵, 의사가 집 안으로 들어가자 한줄기 바람이 집 안으로 밀어닥쳤다. 마룻바닥에 지푸라기나 검불 따위가 미끄러지며 지나갔고, 벽에 붙어 있던 종이 조각이 바람에 펄럭였다. 쥐는 사방에서 요란하게 뛰어다녔다.

의사는 농가에서 나왔다. 해가 막 들판 너머로 지고 있었고, 저녁놀의 황금빛 광채가 건너편 둑에 쏟아졌다. 유리 안드레예비치는 길을 건너 풀섶에 놓여 있는 맷돌 위에 앉았다.

그때 강둑 위로 밝은 갈색 머리가 나타났고, 어깨와 손이 보였다. 누군가가 강에서 양동이에 물을 가득 담아 길 위로 올라오고 있었다. 그 사람은 의사를 보더니 상체만 올라온 채 멈추었다.

「물 좀 드실래요? 좋은 분이시죠? 당신이 나를 해치지 않으면 나도 당신을 해치지 않을 겁니다.」

「고맙소, 물 좀 마시도록 해주오. 염려 말고 이리 오세요. 내가 왜 당신을 해친다는 말이오.」

강둑으로 나타난 사람은 어린 소년이었다. 그는 거지 행색이었고, 맨발에 머리는 봉두난발이었다.

그가 다정히 말했다. 소년은 경계의 시선을 늦추지 않고 의사를 응시했다. 왠일인지 소년은 무척 초조해 보였다. 그 소년은 물통을 내려 놓고 그에게 달려오다가 중간에서 걸음을 멈춘 채 말했다.

「아니, 이럴 수가…… 이게 꿈인가! 이런 질문을 해서 죄송합니다만, 동지 제가 전에 뵌 분 같은데요, 그렇죠?」

「그럼 자넨 누군가?」

「저를 모르시겠어요?」

「모르겠는데.」

「우린 모스크바를 떠날 때 같은 열차에 탔었읍니다. 네, 같은 찻간이었어요. 저는 노무자로 징발되어 호송되던 참이었지요.」

그 소년은 다름아닌 바샤 브리킨이었다. 그는 유리 안드레예비치의 손에 입을 맞추면서 울었다.

불에 탄 마을은 바로 이 소년의 고향인 베레텐니키였다. 그의 어머니는 돌아가셨다. 마을이 불길에 싸이고 폐허가 되고 있을 때 바샤는 채석장의 굴 속에 숨어 있었는데, 어머니는 바샤가 도시로 끌려간 줄 알고 슬퍼하다가, 지금 유리 안드레예비치와 바샤가 앉아 이야기하고 있는 강둑 앞의 펠가 강에 빠져 버린 것이다. 바샤의 누이 알룐카와 아리시카는 다른 지방의 고아원에 있다는 소문만 들었을 뿐이다. 그래서 의사는 바샤를 모스크바로 데리고 왔다. 여행하는 도중 그는 유리 안드레예비치에게 무시무시했던 여러 가지 일을 말해 주었다.

4

「저 들에 있는 곡식은 지난 해의 가을 보리예요. 씨를 뿌리자마자 일이 터졌어요. 그땐 폴랴 아주머니가 떠났을 때였어요. 폴랴 아주머니 생각나시죠?」

「글쎄, 모르겠는데.」

「폴랴 아주머니를 모르신다구요? 펠라기아 빌로브나는 우리와 기차를 함게 탔었는데요. 탸구노바라고요. 왜 살이 통통하게 찌고 얼굴 하얗고, 성격이 활발하던 분이 있었지요.」

「아, 그래. 머리를 늘 땋았다 풀었다 하던 그 여자로구나!」

「네, 맞았어요.」

「이제야 기억이 나는구나. 언제더라. 시베리아 어느 도시에서 만났어. 길가

452

에서였어.」

「그러세요? 폴랴 아주머니를 만나셨군요!」

「바샤, 왜 그러지? 마치 정신 빠진 사람 같구나. 손을 왜 이렇게 잡아 흔드는 거야. 손이 떨어지겠어. 넌 왜 얼굴이 상기되었지?」

「아주머니는 어떻게 지내셨나요? 어서 말씀해 주세요.」

「내가 만났을 때에는 건강하고 무사했어. 그래 너에 대해 이야기했어. 너와 함께 있다고 말했던 것 같은데 기억이 나질 않는구나.」

「그랬을 거예요. 아주머니는 우리 가족과 함께 살았어요. 우리 어머니는 폴랴 아주머니를 친동생같이 사랑하셨어요. 아주머니는 얌전하고 무슨 일이나 잘하셨어요. 손재주도 훌륭했지요. 아주머니와 함께 살 때는 집에 없는 것이 없을 정도였어요. 그렇지만 사람들이 너무 많은 말을 해대서 우리집에서 떠나 베레텐니키에서 비참한 생활을 했어요. 우리 마을에 롯텐 하를람이라는 남자가 살고 있었는데, 그는 아주머니에게 관심을 갖고 집적거렸어요. 그러나 아주머니는 그를 본 척도 하지 않았지요. 그래서 그 사람은 나를 아주 싫어했어요. 그는 나와 아주머니의 험담을 퍼뜨리고 돌아다녔답니다. 그래서 아주머니는 떠나 버렸어요. 모든 게 끝났죠. 그러나 일은 거기서 비롯되었어요. 근처에서 무서운 살인 사건이 발생했답니다. 부이스코예 부근 위쪽 농장에서 과부 한 명이 혼자 살고 있었답니다. 그녀는 산책을 할 때면 남자 신발을 고무줄로 매고 다녔답니다. 그녀는 집에서 사나운 개를 쇠사슬로 묶어 키우고 있었는데, 그 맹견은 으르렁거리며 집 주위를 돌아다녔어요. 그 개의 이름은 고를란이랍니다. 그녀는 집안 일과 힘든 농장의 온갖 일을 누구의 도움도 받지 않고 혼자 힘으로 해나갔어요. 그런데 작년에는 겨울이 예상외로 빨리 닥쳤어요. 눈이 일찍 내렸는데, 그 과부는 감자를 캐지 못했죠. 그래서 그녀는 베레텐니키로 찾아왔읍니다. 그녀는 자기의 일을 도와 주면 품삯을 주든지 감자로 몫을 주겠다고 하더군요. 그래서 나는 자청해서 감자를 캐겠다고 했어요. 그러나 과부의 농장에 가보니 나보다 먼저 하를람이 와 있었읍니다. 그가 나보다 먼저 부탁을 받았던 것인데, 그녀는 내게 그 사실을 말하지 않았던 거죠. 그런 문제로 나는 싸울 생각이 없어서 그와 같이 일을 하려고 했읍니다. 우리는 나쁜 날씨지만 감자를 캘 수밖에 없었읍니다. 비와 눈이 내려 웅덩이를 만들었지만 우리는 열심히 감자를 캤고, 감자 줄기를 태워 따뜻한 연기로 감자를 말렸어요. 일이 다 끝나자 그녀는 공정하게 품삯을 주더군요. 하를람을 보내면서 과부는 내게 부탁할 게 있으니 나중에 다시 오든지 남아 있으라는 듯 의미 있게 윙크를 하더군요. 그래서 내가 다시 찾아가자 그녀는『나는 남은 감자를 정부 배급소에 바치기 싫어. 자네는 착한 청년이라, 밀고하지 않으리라는 걸 알아. 나는 자네에게 아무것도 숨기지 않아. 내가 직접 구덩이를 파도 되겠지만 바깥 날씨가 너무 사나워서 굴 파기엔 늦었어. 이제 겨울이니까. 나 혼자서는 어쩔 수 없어. 자네가 이 일을 해주면 내가 품삯을 후하게 쳐주지!』하더군요. 나는 굴을 팠읍니다. 들키지 않도록 바닥은 넓고 위는 좁게 팠지요. 그리고는 굴에다 불을 피워 건조시켰어요. 그때는 심한 눈보라가 쳤어요. 그러고나서 우리는 감자를 구덩이에 넣고 위를 흙으로 표시나지 않게 덮었어요. 아주 감쪽 같더군요. 나는 어머니나 누나에게도 이 굴에 대해선 말하지 않았어요. 그건 맹세할 수도 있어요. 그런데 한 달도 못 되어서 농장이 약탈당하고 말았어요. 부이스코예에서부터 오는 길에 들른 사람들은 문이 모두 열렸고, 모두 털어갔다고 하더군요. 과부는 흔적도 없이 사라졌고 개는 쇠사슬을 끊고 도망쳤어요. 그리고 얼마가 지나자 겨울 들어 처음으로 눈이 녹았지요. 성 바실리의 저녁에는 많은 비가 내려 언덕의 눈이 녹고 땅이 드러났어요. 그러자 그 과부의 개 고를린이 농장에 돌아와 감자가 묻힌 굴을 찾아내더니 흙을 파헤쳤어요. 개가 자꾸 흙을 파내자 늙은 여자가 신고 있던 고무줄을 맨 신발이 삐져 나왔지요. 너무 끔찍한 광경이었어요. 베레텐니키 주민들은 늙은 과부를 가엾게 생각했어요. 그러나 누구도 하를람을 의심하지 않았어요. 그건 상상도 못할 일이니까요. 그는 그럴 용기가 없었을 거예요. 그러나 마을의 부농들이 이 사건의 소식을 듣고 아주 좋아했어요. 이 기회에 마을 사람들을 선동하면 되니까요. 부농늘은『도시인이 하는 행동을 보라. 이건 여러분에 대한 위협의 본보기다. 빵이나 감자를 절대로 감추지 말라는 좋은 본보기다. 여러분들은 어리석게도 숲속의 비적을 의심하고, 비적이 그런 일을 했다고 믿는다. 어리석은 농민이여! 당신들은 도시인의 명령에 그저 순종하고만 있다. 그들은 농민에게 계속 재산을 요구하고 급기야는 당신들 모두를 굶어 죽게 할 것이다. 그러니 우리가 가르쳐 주는 지혜로운 명령대로 행동하라. 여러분이 피땀 흘려 거둔 곡식을 압수하려고 조사차 나오면 여분의 곡식은 한 톨도 없다고 하라. 만약 일이 생기면 쇠갈쿠리를 들어 방어하라. 마을을 배반하는 사람을 경계해야 한다.』라고 말했어요. 점잖은 노인들은 그저 말로만 떠들고 마을 회의를 여는 게 고작이었어요. 그건 모두 하를람이 원하던 거였어요. 그는 시내로 들어가 여기저기 헛소문을 퍼뜨리고 다녔어요.『자, 마을에서는 일이 벌어지고 있는데 당신들은 그저 앉아 있기만 할 거요? 필요한 것은 빈농 위원회요. 말만 하시오. 그러면 내가 나서서 바로 그들 사이를 이간시키겠소』라고 말했어요. 그리고는 또 어디론가 사라져 버렸어요. 그리고 벌어진 사건은 자동적이죠. 밀고한 사람은 없었지만 시내에서 적위군이 파견되어 순회 재판이 열렸어요. 나는 곧 불려갔어요. 하를람이 꾸민 말 때문이었어요. 하를람이 그들에게 무슨 이야긴가를 했기 때문이죠. 난 강제 노동을 피해 도망쳤고, 마을에 폭동을 일으키려고 과부를 죽였다는 거였어요. 나는 곧 감금되었지만 마룻바닥을 뜯어내고 도망쳤어요. 그리고 채석장 토굴에 숨었읍니다. 내 머리 위에서 마을이 불탔으나 나는 몰랐어요. 이 일은 모두 저절로 일어났어요. 어머니는 나 때문에 얼음구덩이에 빠져 돌아가셨지만 나는 모르고 있었어요. 사람들이 적군에게 독립 가옥에서 술을 푸짐히 대접하자 그들은 만취했어요. 밤이 되자 우연히 그 집에 불이 붙었고, 그 불은 옆집 뒷집으로 이내 옮겨 붙었어요. 사람들은 밖으로 뛰쳐나왔어요. 적군 병사는 다행히 모두 다 불에 타 죽었답니다. 화재를 당한 우리 베레텐니키 마을 주민들에게 불탄 집에서 떠나라고 말한 사람은 없었지만, 누구나 두려운 생각에 모두 떠났지요. 부농들이 소문을 퍼뜨린 거예요. 열 명 중 한 명 꼴은 총살될 거라고요. 내가 마을에 갔을 땐 한 명도 없이 텅 비었더군요. 모두 마을을 떠나 어디선가 방황하고 있겠지요.」

5

의사와 바샤는 1922년 봄, 신 경제 계획 초기에 모스크바에 도착했다.

날씨는 화창하고 따뜻했다. 구세주 성당의 황금빛 지붕에서 빛나는 햇살은 길에 깐 돌멩이 틈으로 무성하게 풀이 자란 광장으로 떨어졌다.

개인 사업의 금지는 해제되었고, 자유로운 상거래가 엄격한 범주 속에서 허용되었다. 그래서 보잘 것 없는 작은 시장에서 고물이 된 상품이 소규모로 유통되었다. 거래가 소규모이므로 투기가 발생하고 재화의 남용이 일어났다. 이 같은 소규모의 상거래는 어떤 새로운 재화를 생산하지 못하고 황폐한 도시에 어떤 실질적인 도움도 주지 못했다. 그러나 십여 번씩 파는 과정에서 횡재를 하는 장사꾼도 있었다.

몇몇 쓸만한 개인 도서관의 주인들은 가지고 있던 책을 모두 모은 후, 협동 서점을 열겠다고 통지했다. 그들은 건물과 대지를 신청했으며, 혁명 초기에 비어 있던 양화점이나 폐점된 화원의 사용 허가서를 내어 승낙받았다. 그

온실의 둥근 천장 아래서 그들은 사소한 책이나 때로는 전집류를 팔았다.

전에 흰 빵을 몰래 구워서 규칙을 어기고 팔던 교수 부인들은 이제 징발당해 오랫 동안 사용하지 않던 자전거 수리점이나 다른 장소에서 내놓고 장사를 했다. 그녀들은 이제 도표를 바꾸어 혁명을 받아들였고, 더 이상 고상한 언어를 쓰지 않고 거침없는 말을 했다.

유리 안드레예비치는 모스크바에 오자 걱정이 되었다.

「바샤, 자네도 무슨 일인가를 해야 할 텐데.」

「저는 공부를 했으면 좋겠어요.」

「그건 당연한 거지.」

「그리고 또 기억을 더듬어 어머니의 모습을 그리고 싶어요.」

「그거 훌륭한 생각이다. 그러나 어머니를 그리려면 그림을 그릴 줄 알아야 하지 않니? 그림을 그려 본 적이라도 있니?」

「그전에 아프락신 골목에 있을 때 아저씨가 없을 때면 막간을 이용해서 목탄으로 그리곤 했어요.」

「그것 참 다행이구나.」

바샤는 그림을 그리는 재주는 뛰어나지 않았지만 응용미술을 배울 만한 재질은 충분했다. 그래서 유리 안드레예비치는 바샤를 스트로가노프 미술 공예 학교의 일반 교육과에 입학시켰고, 그 뒤에 인쇄과로 전과시켰다. 바샤는 그곳에서 석판 인쇄술, 활판 인쇄와 제본 기술, 서적 장정 기술 등을 습득했다.

유리 안드레예비치와 바샤는 두 사람의 능력을 합치기로 했다. 의사는 여러 주제에 대한 소책자를 저술했고, 바샤는 그것을 무아 하교에서 배우는 기술의 실습으로 출판했고, 이 책자는 적은 부수가 출판되었다. 그들이 출간한 소책자는 안면이 있는 사람들이 최근 새로 개업한 서점에 배포되었다.

이 소책자에는 유리 안드레예비치의 철학과 의학에 대한 그의 생각, 건강과 질병에 대한 정의, 진화론에 대한 사상과 유기체로서의 생물학적 기초에 입각한 개체론과 역사, 종교에 관한 사상뿐 아니라 의사가 가본 적이 있는 푸가초프의 사적에 대한 인상기, 유리 안드레예비치의 시나 단편소설 등이 담겨 있었다.

그의 저술은 평범한 대화체로 씌어 있었지만 독단적이고 논쟁의 소지가 있으며 불충분한 검증을 통한 견해가 담겨 있어서 대중적인 목적과는 다소 거리가 있었다. 그러나 그의 저술은 늘 독창적이고 생동감 있는 것이었다. 그의 소책자들은 수집가에게 쉽게 팔린다는 사실이 알려졌다.

그 당시에는 시작이나 예술 작품의 번역 등 모든 것이 전문화해 갔다. 모든 문제에 관한 이론적 연구가 저술되었고, 여러 가지 연구소가 창설되었다. 각종 사상의 전당과 예술 사상의 아카데미가 설립되었다. 유리 안드레예비치는 이런 사이비 문화 단체들의 절반 가량의 기관에서 의학 자문으로 일했다.

의사와 바샤는 오랫 동안 친구처럼 서로 돕고 의지하며 살았다. 그동안 두 사람은 다 허물어져 내린 집을 옮겨 가며 살았는데, 어느 곳이나 살기가 불편했다.

유리 안드레예비치는 모스크바에 당도하자 바로 시브체프에 있는 옛집을 찾아갔다. 거기서 그는 자기 가족들이 모스크바를 지날 때 집에 잠시도 들르지 않은 것을 알았다. 가족들이 없기 때문인지 모든 것이 예전과 달리 변해 있었다. 의사와 그의 가족에게 할당되어 있는 방에는 다른 사람들이 살고 있었고, 그의 가족 소유의 가재도구는 하나도 남아 있지 않았다. 유리 안드레예비치가 위험한 인물이라고 생각했는지 모두 멀리했다.

마르켈도 출세하여 그곳에 살고 있지 않았다. 그는 무치노이 고로도크의 주택 관리인이 되어 있었다. 그는 직책대로 그에게 배당된 집에서 살지 않고, 바닥은 흙이지만 수도와 커다란 페치카가 있는 늙은 청소부의 집에서 살기를 더 좋아했다. 이 도시의 수도관과 난방 장치는 겨울이 되면 얼어 터져 버렸지만, 이 청소부의 집은 따뜻하고 물도 얼어 터지지 않았기 때문이었다.

이 무렵 의사와 바샤 사이의 관계에 약간 틈이 생기기 시작했다. 바샤는 그 동안 발전에 발전을 거듭했다. 말과 생각에서, 전에 베레텐니키 마을의 펠가 강에 살던 맨발의 텁수룩한 꼬마의 모습은 찾아보기 어려웠다. 그는 혁명이 포고하는 진리의 명백함과, 자명성에 매료되었다. 그리고 이해하기 어렵고 비유적인 유리 안드레예비치의 말은 자기 스스로 약점을 느껴서인지 도피적이 되었고, 비난받아 마땅한 오류처럼 생각을 하게 되었다.

의사는 정부의 각 부처를 찾아다니며 가족의 정치적인 복귀와 고국으로 돌아올 수 있도록 허락을 얻으려고 청원했으며, 자기 여권을 만들어 아내와 아이들이 살고 있는 파리에 가게 해달라고 했으나 좀처럼 허가가 나지 않았다.

바샤는 유리 안드레예비치가 이 같은 노력에 열성이 없고 부진한 것에 놀랐다. 그는 자기가 시작한 일이 실패하면 아주 빨리 포기해 버리고, 자신은 최선을 다 했으니 더 이상 노력할 게 없다는 뜻을 확고히 밝혔던 것이다.

바샤는 날이 갈수록 의사의 결정을 비난하게 되었다. 그러나 그는 바샤의 정확한 질책에 모욕감을 느끼지는 않았다. 마침내 두 사람의 우정에는 금이 생기기 시작했다. 의사는 그들이 살던 방을 바샤에게 내주고, 자기는 무치노이 고로도크로 옮겼다. 그곳에서 권세 있는 마르켈이 그에게 옛날 스벤티스키 네의 낡고 헐어빠진 목욕탕과 창문이 하나뿐인 방과, 무너질 것같이 방치되어 기울어진 뒷문이 달린 쓰러질 것 같은 부엌이 있는 방을 마련해 주었다. 그는 그곳으로 이사했다. 그는 이사온 후로는 약도 먹지 않고 몸을 돌보지 않은 채 아무도 만나지 않고 궁핍한 생활을 하였다.

6

어느 회색빛 겨울의 일요일이었다. 난로에서 나는 연기가 지붕 위로 뭉게뭉게 올라갔다. 창문의 통풍구에는 사용하지 못하게 되어 있는 쇠난로의 연통이 연결되어 검은 연기를 내뿜었다. 아직까지 시민의 생활은 정상으로 돌아오지 못했다. 무치노이 주민들은 세수도 하지 못한 너러운 얼굴로 다녔으며 질병과 추위로 고생했다.

일요일에 마르켈 시챠포프의 가족은 모두 집에 있었다.

그들은 큼직한 부엌 식탁에서 저녁을 먹고 있었다. 바로 그 식탁에서 지난날 빵을 배급받던 시절에는, 모든 거주인들의 배급표를 모아 자르고, 헤아리고 분류하고, 종류에 따라 종이로 싸거나 묶은 다음에 새벽녘 동틀 무렵에 빵집으로 가져갔다. 나중에 아침이 되면 이곳에서 빵덩어리를 자르고 뜯어내고 부스러뜨려서 주거인 각각에게 할당된 만큼의 양을 배급헤 주었다. 그러나 그것은 모두 지나간 일이었다. 이제는 식량배급도 다른 형태로 바뀌었다. 마르켈의 가족은 탁자에 둘러앉아 게걸스럽게 소리내며 먹고 마셔댔다.

큰 페치카가 방 한가운데에 놓여 있는데, 방의 절반을 차지했으며 한쪽 구석에는 면 모포가 천장에 매달려 있었다.

입구의 벽면에는 얼지 않은 수도관이 연결되어 있었다. 방의 양옆에는 침대 겸용의 의자가 놓여 있고, 그 아래에는 가재 도구가 담긴 트렁크와 보따리가 쌓여 있었다. 왼쪽에는 식탁이 놓여 있고, 그 뒷부분 벽에는 식기용 선반이 부착되어 있었다.

난로는 활활 타오르고 있었다. 방안은 몹시 후덥지근했다. 난로 앞에서 마르켈의 아내 아가피야 치호노브나가 소매를 걷어붙이고 부젓가락으로 난로 위의 남비를 이리저리 움직이며 요리를 하고 있었다. 땀이 나는 그녀의 얼굴을 빵가마에서 비치는 불꽃이 비추었다가 수증기로 부옇게 가리었다. 그녀

458

는 남비를 한쪽으로 밀어 놓고 나서, 철판에 있는 밀가루를 꺼내어 뒤집어서 다시 누렇게 구웠다. 유리 안드레예비치가 그때 물통 두 개를 들고 들어왔다.

「구미가 당기는데요.」

「어서 오세요. 우리와 식사를 같이 하십시다.」

「고맙지만 식사는 했읍니다.」

「당신의 식사 메뉴를 우리는 잘 압니다. 어서 자리에 앉아서 따끈한 음식을 좀 드세요. 구운 감자에 고기 만두랍니다. 맛이 있어요.」

「정말 고맙지만 됐읍니다. 자꾸 드나들어 찬바람이 들어오게 해서 죄송합니다. 될 수 있는 대로 물을 많이 길어 올라가야 해요. 욕조를 닦아서 그곳과 빨랫통을 치워야 된답니다. 대여섯 번 가량 긷고 나면 얼마 동안은 긷지 않을 테니 이해해 주세요. 정말 귀찮게 해드려서 죄송해요. 그러나 다른 곳에서는 물을 구할 수가 없답니다.」

「괜찮으니 길어 가세요. 꿀물을 달라면 없어서 줄 수 없지만, 물은 얼마든지 있는 걸요. 물값은 받지 않을 테니 안심하세요.」

그들은 식탁에서 한바탕 웃었다.

그러나 그가 세 번째로 와서 양동이에 물을 길어 가려고 하자 그들의 말투가 사뭇 바뀌었다.

「사위들이 당신이 누구냐고 묻더군요. 내가 말해도 도대체 믿을 수가 없대요. 물은 얼마든지 길어가도 좋아요. 그렇지만 물을 흘려서는 안 돼요. 더러워지고 문간에 물을 엎지르면 그게 얼어 붙는단 말이오. 그게 얼으면 어떻게 물을 또 길러 오려고 그러오. 멍청하게. 문을 좀 잘 닫으시오. 바람이 너무 들어오니. 내가 당신이 어떤 사람이라고 말해도 내 사위들은 좀처럼 믿지를 않는군요. 당신에게 들어간 돈이 얼마나 많은데, 그렇게 공부를 많이 하고도 당신이 어느 정도 출세를 했는지 궁금하군요.」

유리 안드레예비치가 다섯 번째, 여섯 번째 들어오자 마르켈은 얼굴을 잔뜩 찡그렸다.

「이제 한 번만 더 길어 가고 그만 길으시오. 모든 일에는 정도가 있으니까요. 난 우리 딸 마리나가 끝까지 당신을 두둔하지 않았다면, 당신의 신분이 아무리 고귀하고 훌륭하다고 해도 문을 잠갔을 거요. 저기 식탁 끝에 앉아 있는 까무잡잡한 애가 바로 마리나요. 얼굴이 빨개졌군요. 마리나는 언제나 내게 당신에게 기분 나쁘게 하지 말라고 한답니다. 누가 당신 기분을 불쾌하게 한 것처럼 말이죠. 저 애는 중앙우체국 전신계에서 일하는데 외국어를 잘 한답니다. 마리나는 늘 당신이 불쌍한 사람이라고 하죠. 당신 일이라면 제 일같이 나서죠. 그 애는 당신의 지금같이 초라한 신세가 모두 내 탓처럼 생각한단 말이예요. 당신은 그때 시베리아로 간 게 결정적인 실수였어요. 우리도 굶주림과 백위군의 봉쇄하에서 고생했지만, 흔들리지 않고 참고 견뎠소. 당신 부인 토니카도 외국에서 의지할 곳도 없이 허덕일 거요. 당신 집안 일이니 내가 상관할 바는 아니지만요. 참 당신은 그 많은 물을 길어 도대체 무엇을 하려는 거요. 얼음을 얼려 스케이트장을 만들려는 거요? 당신 꼴이 너무 초라해서 당신한테 화도 못 내겠소.」

다시 한번 식구들은 모두 웃었다. 그러나 마리나는 웃지 않고 주위를 둘러보면서 화를 냈다. 유리 안드레예비치는 그녀의 목소리를 듣고 깜짝 놀랐지만 무슨 영문인지 알 수 없었다.

「집에는 청소해야 할 것이 가득해요. 마르켈, 나는 마루 청소도 해야 하고 옷도 빨아야 해요.」

마르켈의 가족들은 그의 말에 모두 놀라는 기색이었다.

「그런 말을 하다니 당신은 수치심도 없나 보군요. 이러다간 중국식 세탁소라도 차리겠네요.」

「내 딸을 올려보내 드리죠.」

마르켈의 부인이 말했다.

「그 애가 당신 빨래도 해주고 청소와 바느질도 해줄 겁니다. 애야. 이 사람을 두려워할 필요는 없어. 훌륭한 가문 출신이라 파리 한 마리도 해치지 못하니까.」

「그런 소리 마오. 마리나에게 청소를 맡길 수는 없어요. 왜 그녀가 나 때문에 더러운 물에 손을 넣어야 합니까?」

「당신 손은 더러운 물에 담가도 되고 내 손은 안 되나요?」

그때 불쑥 마리나가 나서서 말했다.

「왜 제가 돕지 못하게 하시는 거죠. 왜 주저하시는 거죠, 유리 안드레예비치? 제가 댁의 방에 가면 저를 쫓아 버리실 건가요?」

마리나는 가수가 되었어도 좋을, 성량이 크고 힘이 있는 노래부르기 좋은 목소리를 가지고 있었다. 그녀는 큰소리로 말하지 않아도 평상시 말할 때보다 목소리에 더 힘이 있었다. 그녀의 목소리에는 목소리 자체에 생동감과 생명이 깃들어 있었다. 그녀의 말소리는 다른 방이나 등 뒤에서 들리는 듯했다. 이 목소리는 그녀를 보호하고 감싸 주는 수호 천사 같았다. 그런 목소리의 소유자에게는 어느 누구도 해를 입히거나 괴로움을 주지 않을 것 같았다.

바로 이 일요일, 물을 길러 갔던 일에서 의사와 마리나의 우정이 싹트게 되었다. 마리나는 이따금씩 찾아와 가사를 돌보아 주었다. 그러다가 어느 날 그녀는, 다시는 자기 집으로 돌아가지 않고 유리 안드레예비치와 함께 살게 되었다. 그때부터 마리나는 호적에 오르지는 않았으나 유리 안드레예비치의 세 번째 아내가 되었다. 유리 안드레예비치는 그때까지 첫부인과 이혼하지 않고 있었다. 그들 사이에서 아이들이 출생했다. 시챠포프 내외는 딸이 의사의 부인이 되었다고 흐뭇해 했다. 마르켈은 유리 안드레예비치가 결혼식도 하지 않고 혼인 신고도 하지 않았다고 불평하자 그의 아내가 얼른 반박했다.

「당신 지금 제정신으로 하는 소리예요? 부인이 살아 있는데 중혼을 하란 말인가요?」

그 말에 마르켈도 지지 않고 한 마디 했다.

「당신도 멍청하군 그래. 토니카가 무슨 관계야. 토니카는 없는 거나 똑같아. 그녀를 보호해 줄 법이 어디 있다고 그래.」

유리 안드레예비치는 자기들의 결혼이 스무 양동이만에 이루어진 로맨스라고 우스갯소리를 했다. 글도 스무 장이나 스무 장의 편지가 되면 로망이라고 부르는 것과 같다는 것이었다.

마리나는 그 무렵 생긴 유리 안드레예비치의 괴팍함을 한 마디 불평도 없이 받아 주었다. 그것은 재능 있는 인간이 타락할 때 부리는 광기와도 같은 것이었다. 그는 집안을 어지럽히고 더럽히고 자꾸 변덕스런 행동을 했다. 그녀는 이 모든 것을 꾹 참고 견디면서 의사를 이해해 주었다.

그녀의 헌신적인 사랑은 여기서 끝나지 않았다. 유리 안드레예비치가 실수하여 그들이 난처해 질 때가 왕왕 있었는데, 이런 때에는 마리나는 그를 집에 혼자 놓아 두지 않으려고 우체국 근무도 빠진 채 함께 있어 주었다. 그녀는 직무가 중요했기 때문에 결근했다가는 또다시 출근하기도 했다. 그녀는 유리 안드레예비치의 변덕스러움도 거역하지 않고 순종하면서 그와 함께 나가 이 집 저 집 돌아다니며 막일을 하기도 했다. 그들은 여러 층에 사는 많은 거주민들을 위해 나무를 해다 주었다. 그들 중 몇 명은, 신 경제 계획 초기에 재산을 모은 투기 사업가와 정부와 긴밀했던 예술가와 학자는 편안한 생활을 영위했다. 어느 날 마리나와 유리 안드레예비치는 톱밥이 묻은 신발로 방 안을 더럽히게 하지 않으려고 주의를 하며 땀을 뻘뻘 흘리고 서재 안으로 장작을 나르고 있었다. 그 집의 주인은 무엇인가를 읽느라고 두 사람을 거들떠보지도 않았다. 그들에게 일을 시키고 값을 치를 사람은 그의 아내였다.

『저 돼지 같은 놈은 무엇에 저렇게 정신이 빠져 있을까?』

유리 안드레예비치는 부쩍 궁금증이 생겼다.

『저 녀석은 무엇을 저렇게 열심히 연필로 써 대고 있는 거지?』

그는 장작을 어깨에 메고 책상 옆을 지나며 어깨 너머로 힐끗 그 사람이 독서에 몰두하고 있는 책을 살펴보았다. 그 책상 위에 놓여 있는 책은, 그가 지금 독서에 빠져 있는 책은 다름아닌 바샤가 공업 학교에서 만들어 낸 유리 안드레예비치가 쓴 소책자였다.

7

유리 안드레예비치와 마리나는 스피리도노브카에서 살았고, 그 근처의 말라야 브론나야 거리에는 고르돈이 방 하나를 세 내어 살고 있었다. 마리나와 유리 안드레예비치 사이에는 카프카와 클라시카라는 두 딸이 태어났다. 카피톨리나, 애칭으로 카펠리카로 불리는 큰 딸은 일곱 살이고, 얼마 전에 태어난 클라브지야는 어제 육 개월이 되었다.

1929년의 초여름은 몹시 더웠다. 가까운 이웃에 사는 사람끼리는 모자도 쓰지 않고 셔츠만 입고도 서로 방문을 했다.

고르돈이 사는 방은 한때 유행을 창조하는 양복점 장소였는데, 아래 위층으로 나뉘어진 방이었다. 아래 위층은 서리를 향해 하나의 유리 진열장으로 연결되어 있었다. 이 유리에는 양복점 이름과 주인 이름이 금색으로 씌어져 있었다. 진열장 내부에는 나선형 계단이 아래층과 위층을 이어 주고 있었다.

이 옛날의 양복점이 이제는 세 부분으로 나뉘어졌다.

아래층과 위층 사이에 한 간이 마련되어 있었다. 살림방에는 이상한 창문이 하나 있었는데, 이 창문은 1미터 가량의 높이로서, 이층 마루에서 시작하여 누런색 글자를 덮었다. 그래서 밖에서 보면 방 안에 걸어다니는 사람의 무릎이 환히 보였다. 바로 이 방에서 고르돈이 살았다. 그 옆에 지바고와 두도로프, 마리나가 아이와 함께 앉아 있었다. 아이들은 작아서 유리창으로 온통 몸이 다 보였다. 잠시 후 마리나가 아이들을 데리고 나가자 남자 세 명만 남았다.

그들은 한 학교에 다녔고 오랜 세월 동안 우정을 키워 온 사이였으므로 느긋한 마음으로 대화를 나누고 있었다.

대화가 자연스럽고 지적으로 계속되려면 누군가 한 사람이 풍부한 화제를 제공하는 사람이 있어야 한다. 그 사람이 바로 유리 안드레예비치였다.

언제나 다른 두 친구는 말문이 막혔다. 그들은 말재주가 없어서 말문이 막히면 방안을 서성거리며 담배를 피워대곤 했다. 그리고 한 말을 몇 번씩이나 거듭 되풀이했다.

「아, 이 사람아, 그건 뻔한 얘기야. 아무럼 뻔하지.」

그들은 이런 과장이 자신들의 온후함이나 너그러움을 나타낸다고 생각했지만, 실제로는 정반대로 그런 태도는 지적 결핍을 엿보이는 것이었다.

두도로프와 고르돈은 훌륭한 서클에 참석했다. 그들은 훌륭한 서적, 훌륭한 사상가, 훌륭한 작곡가, 지금처럼 예전에도 훌륭했던 음악 속에서 살고 있지만 평범한 취미를 가졌다는 것은 취미가 없는 불행보다 더 나쁘다는 것을 깨닫지 못하고 있었다.

심지어 그들은, 자기들이 지바고에게 비난하는 것조차 친구를 생각하는 우정의 발로이거나 영향을 주고 싶어서가 아니라, 오직 자유롭게 생각하거나 뜻대로 대화하지 못하기 때문에 하는 비난임을 깨닫지 못했다. 그러므로 그들의 대화는 마차가 비탈길을 내려가듯 전혀 다른 방향으로 흘러가 버렸다. 그들은 그러므로 이야기 방향을 바꾸지 못하고 전혀 다른 각도에서 충돌하게 되었다. 그래서 두 사람은 유리 안드레예비치를 타이른다고 하면서 엉뚱한 곳으로 빗나가는 일이 잦았다.

지바고는 그들의 무의식적인 동기와 인위적인 감상주의와 열정의 동기가 환히 보였다. 그러나 그래도 성급히『여보게, 자네나, 자네가 속한 주변, 그리고 자네들이 좋아하는 사람이나 권위자들의 영광이나 예술이 어쩌면 그렇게 속되단 말인가. 자네들에게 활기차고 총명한 것이라고는 바로 나와 같은 시대를 살며, 나를 안다는 사실뿐이네!』라고 어떻게 그런 생각을 털어놓는단 말인가? 유리 안드레예비치는 친구들을 기분 나쁘게 하지 않으려고 말없이 그들의 말에 귀를 기울였다.

두도로프는 얼마 전에 해외 추방 생활로부터 귀국했다. 그는 박탈당했던 시민권도 복권되었으며 대학에 복직되어 강의도 맡게 되었다.

그는 친구들에게 해외 추방자로서 생활할 때 겪었던 정신적 상황과 경험담을 이야기했다. 그는 두려움에 차서 사려없는 이야기를 하는 것이 아니라 거짓없이 진솔하게 말했다.

두도로프는 기소측의 논고, 감옥에서와 출옥 후의 대우, 그중에서도 예심판사와의 개인적 대화 등을 통해 자기가 새로운 생각을 하게 되었고, 또한 정치적으로도 재교육되었으며 눈을 크게 떠 성숙한 인간이 되었다고 말했다.

두도로프의 반복되는 회고는 오로지 진부하다는 이유만으로 고르돈을 감명시켰다. 그는 머리를 끄덕이며 공감을 표시했다. 두도로프가 말하고 느끼는 것의 진부함, 바로 그것이 고르돈을 감동시킨 것이다.

두도로프의 신앙적인 진부함은 시대의 정신을 반영했다. 그러나 그것보다 유리 안드레예비치에게는 속이 훤히 들여다보이는 위선이 비쳤다. 자유롭지 못한 사람들은 언제나 그들의 속박을 이상화하게 마련이라고 그는 생각했다. 중세에도 그러했고, 예수회 신자들도 항상 이 점을 이용했다. 유리 안드레예비치는 소비에트의 지식인들의 최고의 업적, 그 당시 말하던 대로라면 시대의 정신적 절정이라고 칭하는 정치적 신비주의를 참지 못했다. 유리 안드레예비치는 친구들과 언쟁하지 않으려고 자기 생각을 전혀 입밖에 내지 않았다.

그러나 그가 흥미를 가진 것은 모스크바의 초대 주교인 티혼의 추종자였으며, 감방 동지인 보니파티 오를레초프에 대한 이야기였다. 그에게는 여섯 살 된 에크리스티가 있었다고 한다. 사랑하는 아버지의 체포와 그후의 운명은 어린 딸에겐 충격석이었을 섯이나. 어린 딸에세는 『개화반대론자 성직자』와 『권한의 박탈』과 같은 말이 어쩌면 불명예의 치욕처럼 여겨졌을 것이다. 이 어린 딸은 불명예의 오명을 언젠가는 지워 버리겠다고 노력하는 모양이었다. 이렇게 어린 나이에 불타는 맹세를 한 그 아이는 성장해서 공산주의 이상의 열렬한 옹호자가 되었다.

「난 그만 가야겠네.」

유리 안드레예비치가 말했다.

「나한테 화내지 말게. 미사, 너무 덥고 숨이 막혀서 견딜 수 없어. 바람을 좀 쐬야겠어.」

「그렇지만 통풍구가 열려 있잖아. 우리가 지나치게 담배를 핀 것 같군. 자네와 함께 있을 때 담배를 피워서는 안 된다는 것을 잊지 않아야겠군. 나보다 이 괴상망측한 집 구조나 욕하고, 다른 방이 있나 좀 알아봐 줘.」

「나 정말 가야겠어. 이야기를 많이 했으니까. 두 사람 다 걱정해 줘서 고마워. 나는 변덕을 부리는 게 아니라 심장 경화증이라는 병 탓이야. 심근벽이 닳아서 얇아졌지. 어느 날 터져 버릴지 몰라. 나는 아직 마흔 살도 안 되었고, 내가 술주정뱅이라서 몸을 망친 것도 아닌데 이해할 수 없어.」

「그런 멍청한 소리하지 마! 아직 자네 장송곡을 부를 나이가 안 됐어. 더 살아야지.」

「요사이는 현미경이라야 볼 수 있는 형태로 심장 출혈이 자주 일어났어. 출혈이 꼭 치명적이라고 할 수는 없어. 어떤 경우에는 그것을 이겨 내는 사람도 있지. 이 병은 전형적인 현대병이야. 나는 그 원인을 정신적인 상태에서 온다고 보네. 우리는 대개 끊임없고 조직적인 표리부동함 속에서 살아야 하지. 만일 우리가 매일같이 생각과는 상반되는 이야기를 하고, 싫은 것 앞에서 아첨을 하며, 불평스러운 것 앞에서 아첨을 하며, 불운을 가져다 주는 것 앞에서 웃어야 한다면 분명히 건강에 영향을 받겠지. 우리의 신경 조직은 간단한 상상의 산물이 아니고 신체의 일부이며, 우리 영혼은 입 속의 이빨처럼 우리 몸 안에 있으면서도 공간에 존재하는 것이지. 그건 영원히 무사하게만 남아 있을 수는 없지. 자네가 감옥에서 재교육에 대해서 이야기하는 동안 나는 앉아서 이야기를 듣기가 괴로왔지. 그건 말이 어떻게 집을 부수고 집 안으로 들어왔다고 하는 얘기를 듣는 것이나 같지.」

「나는 두도로프의 입장을 옹호해야 되겠어. 자네는 단순한 사람들의 이야기에 익숙하지 않아서 그런 말을 들어도 무감각한 거야.」

고르돈이 그의 말을 듣고 반박했다.

「어쩌면 그럴지도 모르지, 미샤. 어쨌든 나를 가도록 놓아 줘. 난 숨도 쉴 수 없어. 이건 과장이 아니란 말이야.」

「그러지 마. 자네는 지금 구실을 찾고 있는 거야. 자네가 솔직하고 옳은 대답을 해주기 전에는 보내지 않을 테야. 자네는 생활 태도를 바꿔야 한다고 생각하나, 그렇지 않다고 생각하나? 자네는 먼저 토냐와 마리나의 관계부터 해결해야 해. 그들은 자네 생각 속에만 존재하는 형체가 없는 개념이 아니라 인간이요, 느끼고 괴로와하는 여자들이네. 그리고 자네 같은 사람이 허송세월을 한다는 건 참으로 수치스런 일이야. 이제 몽상에서 깨어나 무기력함을 버리고 정신을 차리게. 그 교만함을 버리고 사물을 직시해야 하고, 자네는 다시 의사로서의 일을 해야 한단 말이네.」

「그래, 대답을 하지. 나도 요즘엔 그런 생각을 했지. 그러나 지금, 변화를 약속할 수는 없어. 모든 일이 잘 해결될 거야. 빠른 시일 내에 해결되리라고 생각해. 이건 정말이야. 벌써 시작되었어. 나는 믿기지 않을 정도로 살려는 욕망을 강렬히 느끼고 있어. 산다는 것은 언제나 더 높은 곳을 향해서 노력하고, 그것을 이루려는 것을 의미하지. 자네는 언제나 토냐를 옹호하더니, 미샤, 이제는 마리나의 편이 되어 주는 것이 나는 기쁘다네. 그러나 나는 토냐와 마리나 두 사람 중에서 누구하고도 싸우지 않았어. 내가 마리나에게 반말을 하고, 마리나라고 부르는데 그녀는 내게 존대말을 하면서 나를 유리 안드레예비치라고 부르므로 자네는 나를 걸핏하면 욕했지. 자네는 마리나의 그 태도가 내게도 답답함을 준다고 생각해 본 적이 있나? 그러나 이 부자연스런 행동의 원인은 이미 오래 전에 사라졌고, 우리는 서로 동등하게 행동한다는 걸 알고 있나? 내가 자네들이 좋아할 소식을 말하지. 다시 파리에서 편지가 오기 시작했어. 아이들은 잘 크고, 같은 나이의 프랑스 친구들을 많이 사귀었다더군. 사샤는 벌써 국민학교를 졸업할 때가 되었고, 마샤는 국민학교에 곧 입학을 한다는군. 자네도 알다시피 나는 마샤를 한 번도 보지 못했어. 그들이 비록 프랑스 시민이 되긴 했지만 그들은 필경 귀국할 것이고, 모든 일이 잘 해결되리라고 생각하네. 토냐와 장인은 마리나와 아이들에 대해서도 알고 있는 것 같더군. 난 편지에 이것에 대해서는 언급을 하지 않았으나 다른 사람에게서 들은 것 같아. 장인께서는 당연히 아버지로서 화가 나고 속상했을 거야. 그래서 오 년간이나 편지를 하지 않은 거지. 내가 모스크바에 돌아와서는 얼마 동안은 편지 왕래를 했었지. 그러다 갑자기 언제부터인가 답장이 오지 않고 모든 소식이 끊어졌어. 그런데 최근에 나는 토냐와 아이들에게서 편지를 받았다네. 그들은 왠일인지 다정하고 싹싹해졌어. 어쩌면 토냐에게 변화가 생겼는지도 모르지. 나도 그걸 원했어. 나는 진심으로 그러기를 바랬지. 이제 나는 더 있지 못하겠어. 가지 않으면 심장마비를 일으킬지 몰라. 잘 있게.」

이튿날 아침, 마리나가 슬픈 얼굴을 하고 고르돈에게 왔다. 그녀는 아이를 누구에게도 맡기지 못하고 한 팔로는 담요에 싼 아이를 안고, 다른 팔로는 다리를 끌며 따라오는 카프카의 손을 잡아다녔다.

「미샤, 유리 여기 있나요?」

그녀는 두려움에 떨면서 물었다.

「어젯밤에 집에 늘어가지 않았읍니까?」

「아뇨, 들어오지 않았어요.」

「그럼 인노켄티에게 갔나.」

「지금 그곳에 다녀오는 길이에요. 그는 대학에 갔고, 유리를 아는 이웃 사람들에게 물으니 오지 않았다고 해요.」

「그럼 어딜 갔지?」

마리나는 어린 아이를 소파에 내려놓고 슬프게 흐느껴 울었다.

8

이틀 동안 고르돈과 두도로프는 마리나와 함께 있어 주었다. 그들은 번갈아 가며 그녀를 돌보고 그녀가 혼자 있게 하지 않았다. 그들은 교대로 의사를 찾아다니기도 했다. 무치노이 고로도크나 시프체프도 찾아가 보았으나 그의 모습은 보이지 않았다. 그가 어쩌다 말한 친구나 그가 갈 만한 곳은 모두가 보았으나 헛걸음이었다.

그러나 그들은 경찰에 실종 신고는 내지 않았다. 그는 거주 등록도 돼 있고, 경찰 조서에 오른 적도 없었으나 그 당시로서 그는 모범적인 생활을 하지 않았기 때문에 당국의 관심을 끌게 하는 것은 현명한 일이 아니었기 때문이었다. 그들은 극단적인 상황이 아니면 경찰의 힘을 빌리지 않기로 했다.

사흘 후 유리 안드레예비치는 고르돈과 두도로프, 그리고 마리나에게 각기 편지를 보내왔다.

그는 자기가 공연히 여러 사람을 걱정하게 했다고 후회하면서, 더 이상 자기를 찾지 말고 포기하라고 했다.

그는 얼마 동안 혼자 지내면서 빨리 자기 삶을 이룩하기 위해 곰곰이 생각해 보고, 옛날 같은 생활을 또다시 하지 않으리라는 확신이 서면, 그리고 직장을 잡으면 당장 집으로 돌아오겠다고 했다.

그는 고르돈에게 마리나에게 우편환을 부치겠다고 하면서 아내가 다시 직장에 다닐 수 있게 보모를 구해 주라고 부탁도 했다. 그리고 누군가 영수증을 보아 마리나에게 강도가 들지 모르니 돈은 그녀의 주소로 보내지 않겠다는 말도 씌어 있었다.

돈은 곧 왔는데, 유리 안드레예비치나 그의 친구에게는 걸맞지 않을 만큼 많은 액수였다. 마리나는 즉시 보모를 구했다.

마리나는 다시 우체국에 근무하게 되었다. 그녀는 오랫 동안 불안했으나 유리 안드레예비치의 괴팍함에 대해서 잘 알고 있었기 때문에 돌연한 그의 증발도 받아들일 수밖에 없었다. 두 친구와 마리나가 유리 안드레예비치를 사방팔방으로 찾아보았으나, 그의 예측대로 헛수고에 지나지 않았다. 그들은 그를 어디서도 찾을 수 없었다.

9

그러나 유리 안드레예비치는 그들과 가까운, 바로 코앞에서 살고 있어서, 그를 찾으려고 사방을 돌아다닐 필요조차 없었다.

그가 증발되던 날 유리 안드레예비치는 고르돈과 작별을 하고는 해가 지기 전 브론나야 거리로 향했다. 그는 집으로 가는 길에 몇 걸음 못 가서 반대편에서 걸어오던 이복 동생 예브그라프를 만났다. 그는 벌써 삼년 동안 동생을 만나지 못한 터였다. 예브그라프는 방금 모스크바에 도착했는데, 다른 때처럼 불쑥 나타났으면서도 어떤 질문도 웃거나 농담으로 받아넘겼다. 그는 형에게 몇 마디 질문을 해보고 나서 즉각 고민거리를 눈치챘으며, 행인이 많이 지나는 좁고 구불구불한 길을 걸으면서 즉시 형을 구제할 계획을 세웠다. 그는 즉각 유리 안드레예비치에게 얼마 동안 행방을 감추고 숨어 있어야 한다고 제안했다.

예브그라프는 형에게 예술 극장 근처 카메르게르 거리에다 방을 마련해 주었다. 그는 돈도 대주었고 연구를 계속할 수 있게 훌륭한 자리를 병원에 얻어 주려고 조처를 취해 주었다. 그리고 끝으로 파리에 있는 가족들의 애매한 처지를 해결해 보겠다고 약속했다. 그는 유리 안드레예비치를 파리에 가게 해주기나 그의 가족이 귀국할 수 있도록 손써 보겠다고 했다. 언제나 그랬듯이 동생의 도움으로 그는 새로운 각오를 했다. 전에도 그랬듯이 동생의 권력에 대한 수수께끼는 지금도 전혀 풀리지 않았다. 그러나 유리 안드레예비치는 그 비밀을 알아 보려고 하지 않았다.

10

그의 방은 남향으로, 극장과 거의 달라붙어 있었다. 그래서 건너편의 극장 지붕을 두 개의 창문으로 내다볼 수 있었다. 그 지붕 너머에는 여름 태양의 오호트니 랴드 위로 걸려 있어서 포장된 골목은 그늘이 졌다.

유리 안드레예비치에게는 이 방이 연구하는 곳 이상이었으며 서재 이상이었다. 그는 이때 일에 탐닉했는데, 그의 계획이나 발상을 흡수하기에는 책상 위에 쌓인 공책이 모자랄 형편이었다. 남아 돌아가는 계획과 생각은 화가의 작업실 벽에 미완성 그림이 윤곽만 그려진 채 붙어 있듯이 유령처럼 공중에 떠다녔고, 거실은 그에게 정신의 풍요로운 향연장이요 꿈의 벽장이요 계시의 창고였다.

다행히 병원과 예브그라프의 교섭은 시간을 끌어서 유리 안드레예비치가 새 직장에서 근무를 시작하는 일은 기약없이 연기되었다. 그래서 그는 글을 쓸 시간적 여유를 얻었다.

그는 일부분이라도 기억할 수 있는 초창기의 시와 예브그라프가 어디선가 원문을 구한 작품부터 분류하기 시작했다. 그러나 자료가 뒤죽박죽이어서 생각보다 더 힘이 들었다. 그래서 그는 그 작업을 포기한 채 새 작품을 쓰기 시작했다. 그는 처음 바르키노에 갔을 때 지녔던 기록과 같은 논문의 초고를 쓰거나, 떠오르는 대로 시의 서두나 중간, 또는 끝을 메모했다. 때때로 그는 달아나는 생각을 잡지 못했으며, 어떤 단어의 첫음절이나 속기에 따른 약자를 보고도 완성시킬 수 없을 때도 많았다.

그는 마음이 조급해져서 상상력이 쇠퇴해지고 작업이 지연될 때마다 여백에 그림이라도 그려 생각을 떠올리려고 애썼다. 그가 그린 그림은 늘 숲이 갈라진 곳이나 교차로였는데, 그곳에는『모로이 베트친킨. 파종기, 탈곡기』란 광고탑이 서 있는 도시가 있었다.

그의 논문이나 시의 주제는 하나같이 도시에 관한 것이었다.

11

그의 원고 중에서 후일에야 다음과 같은 것이 발견되었다.

1922년 내가 모스크바에 돌아왔을 때는, 도시는 반쯤 파괴된 폐허였다. 이리하여 모스크바는 혁명 초기의 시련을 이겨 냈고, 지금까지 버텨 왔다. 인구는 감소했고, 헌집은 수리하지 않았으며, 새집도 전혀 짓지 않고 있었다.

그러나 이런 상태에서도 모스크바는 역시 현대적 도시이며, 이 도시야말로 새롭고 현대적인 예술의 유일한 창조적 정신이다.

블로크, 베드하렌, 휘트먼 같은 상징주의 시인이 시에서 나타난, 외견상 조화되지 않고 제멋대로인 듯한 사물과 개념의 무질서한 나열은 결코 문체상의 변덕이 아니다. 이것은 실생활에서 얻어진 인상의 새로운 질서이다.

그들이 시 한 줄 한 줄에 따라 형상을 이어주듯, 붐비는 도시의 거리는 지난 19세기의 군중과 사륜마차를 담고 우리 앞에서 흘러 지나간다. 그리고 이제 금세기 초에는 도시의 거리는 전동 지하철을 싣고 지나가는 것이다.

이런 상황에서는 전원적인 소박함은 존재하지 않는다. 그런 소박함을 헛되이 꾸미려 한다면 그것은 문학적 모조품의 자연스럽지 못한 진부함이자, 전원생활에서 오는 것이 아니라 도서관에서나 나오는 극히 교과서적인 표현일 뿐이다. 우리 시대의 살아 있는 언어는 그 정신에 따라서 자연스럽고 즉흥적으로 발생한 대도시주의의 언어인 것이다.

나는 번잡한 도시의 교차로에 살고 있다. 햇빛에 장님이 된 여름날의 모스크바는, 아스팔트로 포장된 마당의 작열하는 빛에 의해 타오르고, 위의 창문은 햇빛을 반사하여 흩뿌리고, 구름과 거리의 만발함 속에서 숨쉬는 모스크바는 내 둘레에서 돌면서 나를 어지럽게 하고, 나에게 찬양의 시를 써서 다른 사람의 시선도 그쪽으로 향하게 하라고 내게 말한다. 모스크바는 이런 의미에서 나를 키웠고, 나를 시인으로 만든 것이다.

하루종일 담 밖에서 쉬지 않고 웅성거리는 거리는 현대의 정신과 분리시킬 수 없다. 그것은 어둠과 비밀 속에서 아직 무대의 막은 오르지 않았지만 이제 조명을 받아 무대가 밝게 되면서 전주곡이 시작되는 것이다. 문과 창문 밖에서 쉬지 않고 아우싱지니 움직이는 도시는 우리 개인개인에게 지마다 무한히 광대한 삶을 제시해 준다. 그러므로 나는 언제나 도시에 대한 글을 쓰고 싶다.

지바고의 유고 가운데 그런 시는 찾아볼 수 없었다. 어쩌면 〈햄릿〉이라는 시가 이 범주에 속하는 것일지도 모른다.

12

8월말의 어느 날 아침, 유리 안드레예비치는 가제트니 거리의 길모퉁이 정거장에서 전차를 탔다. 그 전차는 니키트스카야 거리를 따라 쿠드린스카야 거리까지 가는 전차였다. 유리 안드레예비치는 이날 솔다첸코프 병원이라고 불리는 보트킨 병원에 첫 출근을 하는 길이었다. 그는 출근하기 전에 한두 번 그곳에 방문한 적이 있으므로 처음은 아닌 셈이었다.

유리 안드레예비치는 정말 운이 나빴다. 그는 전차를 잘못 골라 타서 가는 도중 온갖 말썽을 다 부렸다. 철로의 홈에 사륜마차의 바퀴가 빠져 마차가 꼼짝도 하지 못하게 되어서 길이 막히기도 했다. 또 전차의 지붕 위나 바닥 밑의 절연 장치가 고장이 나서 전류가 제대로 돌지 않기도 했다.

전차 운전수는 승강단으로 스패너를 들고 내려가서 주위를 한 바퀴 돌아보고는 뒷쪽 승강단과 바퀴 중간의 고장난 부분을 수리했다.

이 운수 사나운 전차는 모든 선로의 운행을 가로막았다. 길거리는 이미 전차로 꽉 막혔으며, 뒤에는 또다른 전차가 늘어서 있었다. 거리는 이미 정차한 전차와 지금 다가오는 전차가 줄을 이어 온통 야단이었다. 늘어선 전차의 줄은 이제 기마 학교 너머까지 뻗어 갔다. 승객들은 좀더 일찍 떠나려고 뒷차에서 앞차로 모두 옮겨 탔는데, 모두 그 말썽을 일으킨 전차로 옮겨 탔다. 무더운 아침이라 전차는 갑자기 몰려든 승객 때문에 숨이 막힐 지경이었다. 니키타 문 옆에서 이리저리 뛰어다니는 승객들의 머리 위에는 검은 보라빛 구름이 점점 더 높이 기어올랐다. 폭풍우가 쏟아질 듯한 기세였다.

유리 안드레예비치는 창문에 몸을 기댄 채 왼쪽의 일인용 의자에 앉아 있었다. 음악 학교가 있는 니키타 거리의 왼쪽이 보였다. 그는 머리 속에는 다른 잡념이 가득 찬 시선으로 거리의 행인을 한 명도 놓치지 않고 살펴보았다.

헝겊으로 만든 수레국화와 카밀레가 달린 가벼운 밀짚 모자를 쓰고, 몸에 꽉 끼는 유행 지난 드레스를 입은 백발의 노파가 터벅거리며 숨을 가쁘게 쉬고 손에 든 꾸러미로 부채질을 하며 걸어가고 있었다. 노파는 코르셋을 입고, 더위에 힘이 빠졌고, 땀을 뻘뻘 흘리면서, 작은 레이스 손수건으로 눈썹과 입술을 연신 닦았다.

그녀는 전차와 같은 방향으로 가고 있었다. 유리 안드레예비치는 전차가 수리를 끝내고 멈춘 후에 다시 출발해서 그녀를 지나칠 때마다 몇 번이나 그녀의 모습을 놓쳤었다. 전차가 고장이 나서 멈추자 그녀는 모습을 나타내더니 다시 전차를 앞질렀다.

유리 안드레예비치는 각기 다른 시각에 서로 다른 속도로 출발한 열차의 시간과 순서를 푸는 학교 시절의 수학문제를 기억해 내고 그 공식을 떠올리려고 노력했으나 도무지 떠오르지 않았다. 그는 더 이상 이 문제를 생각하지 않고 훨씬 더 복잡한 생각에 빠졌다.

그는 똑같이 발전하는 몇 사람이 서로 다른 속도로 움직이면서 서로 가깝게 살아갈 때에, 언제 누구의 운명이 다른 사람의 운명을 앞지르며, 과연 누가 더 오랫 동안 살아 남을 수 있는가에 대해 생각했다. 그는 인생의 곡마장을 지배하는 상대성 원리와 비슷한 것이 떠올랐으나 머리가 복잡해져서 그런 비교는 중단하기로 했다.

번개가 번쩍이더니 천둥이 쳤다. 운 나쁜 전차는 수도 없이 고장을 일으켰는데, 이번에는 쿠드린스카야에서 동물원으로 내려가는 비탈길 중턱에서 멈춰 버렸다. 보랏빛 옷을 입은 백발의 노파가 다시 모습을 보였다가는 이내 지나쳐서 전차를 앞질러 버렸다. 굵은 빗방울이 차도와 보도와 그 부인의 머리 위로 떨어졌다. 세찬 바람이 불어와 나무를 스치고 지나가 가지와 나뭇잎이 펄럭이고, 여인의 모자를 벗길 듯이, 치마를 올릴 듯이 부풀어 올리다가는 사라졌다.

유리 안드레예비치는 갑자기 구도증이 나서 기슴이 답답했다. 그는 억지로 참으면서 자리에서 일어나, 창문을 열려고 창문에 달린 끈을 세게 잡아다녔으나 창문은 꼼짝도 하지 않았다.

사람들은 그에게 창문이 고정되어 열 수 없다고 말렸으나, 의사는 구토증을 참고 창문에 매달려 있었기 때문에 그 소리를 들으려 하지도 않고 또 듣지도 못했다. 그는 오로지 창문을 열기 위해서 창틀을 위 아래로 흔들고 또 자기 방향으로도 흔들었다. 갑자기 그는 한 번도 느끼지 않았던 동증을 느꼈다. 그는 몸 속이 어느 부분이 치명적으로 부러져 이제 만사가 끝났다고 생각했다. 바로 그때 전차가 움직였으나 이내 또다시 정지하고 말았다.

유리 안드레예비치는 초인간적인 힘으로 긴 의자 사이의 통로에 겹겹이 둘러선 사람들을 밀치면서 뒷문에 이르렀다. 사람들은 자리를 비켜 주지도 않았고, 오히려 그를 툭툭 쳤다. 신선한 공기가 기운을 차리게 해주는 것 같았다. 그는 모든 것을 잃어 버린 게 아니며 상태가 좋아졌다고 생각했다.

그는 뒷문을 향해 사람들을 헤집고 나갔다. 승객들은 비명을 지르고 발길질을 했다. 그는 전혀 개의치 않으며 군중 속에서 빠져 나가 전차의 승강대 위에 내려 섰다. 그리고 한 걸음, 두 걸음, 세 걸음을 내디디다가 쓰러지더니 두 번 다시 일어나지 못했다.

주위는 금새 아수라장으로 변했다.

떠드는 소리, 말다툼하는 소리, 충고하는 소리로 시끄러웠다. 몇 명이 전차에서 내려와 그를 에워쌌다. 그들은 그가 숨을 쉬지 않고 있으며 심장이 멈추었음을 알았다. 길을 걷던 행인들도 그의 시체 주변을 둘러쌌다. 둘러싼 사람 중에는 그의 죽음이 전차와 무관하다고 안심하는 사람이 있는 반면, 또 실망하는 사람도 있었다. 점점 더 많은 사람이 모여들었다. 보랏빛 옷 입은 여자도 잠시 걸음을 멈춰 시체를 쳐다보고는 사람들의 말에 귀를 기울이다가 이내 걷기 시작했다. 그녀는 외국인이었지만 사람들이 전차에 시체를 싣고 병원으로 가자고 하고, 또 다른 사람들은 경찰을 부르자고 하는 소리를 들었다. 그러나 그녀는 결과를 보지 않고 그 자리를 떴다.

그녀의 국적은 스위스였는데, 지금은 늙어 백발이었지만, 다름아닌 멜류제예보에서 본 마드모와젤 플레리였다. 십이 년 동안이나 그녀는 고향에 돌아가게 해 달라고 모스크바 당국에 진정서를 냈는데, 최근에 그 허락을 받았다. 그래서 그녀는 출국 비자를 받기 위해 모스크바에 와서 비자를 찾으려고 서류를 리본으로 묶어 가지고는 대사관으로 가는 길이었다. 그래서 그녀는 열 번째로 전차를 앞질러서 걸어갔다. 그녀는 자기가 지바고보다 더 오래 살게 되었다는 사실을 전혀 깨닫지 못했다.

13

문 쪽의 복도에서 방의 구석이 보였는데, 그곳에는 탁자가 비스듬히 놓여 있었다. 책상 위에는 공들이지 않은 통나무 배 모양의 관의 낮고 좁은 끝을 문으로 향하게 놓았는데, 이 끝 쪽에는 고인의 발이 받쳐져 있었다. 이 책상에서 유리 안드레예비치는 글을 쓰곤 했다. 방 안에는 책상 외에 다른 물건은 전혀 없었다. 책상 위에 널려 있던 원고는 서랍에 모두 집어 넣었고, 관은 책상 위에 있었다. 지바고의 시체는 머리가 높은 베개로 받쳐져 있어서 관 속에 있는 시체는 마치 언덕 비탈에 놓인 듯이 비스듬했다.

철에 보기 드문 흰 라일락, 시클라멘, 시네라리아 같은 꽃들이 화병이나 바구니에 담겨 시체를 에워쌌다. 꽃들은 창문에서 들어오는 빛을 받아 더욱 아름다웠다. 에워싼 꽃을 지나 엷어진 햇빛은 시체의 창백한 얼굴과 두 손과 관의 모서리를 비추었다. 책상 위에는 방금 움직임이 정지된 듯한 아름다운 꽃잎과 나뭇가지 모양이 새겨져 있었다. 이 무렵에는 화장의 풍습이 널리 퍼져 있었다. 아이들을 위해 양육 연금 혜택을 받고, 마리나의 우체국 일자리를 다치지 않으려고 교회에서의 장례식을 포기한 채, 일반인과 똑같은 화장을 하기로 결정했다. 이 결정을 당국에 통보했기 때문에 그들은 찾아올 관리를 기다렸다.

관리를 기다리는 동안, 방 안은 마치 하숙했던 사람이 이사가고 새로운 하숙인이 이사오는 사이의 공백처럼 텅 빈 것 같았다. 이러한 정적은 고인이 된 이에 대한 의식을 치르려는 사람들의 조심스런 발자국 소리에 의해 깨졌다. 조문객은 생각보다 훨씬 더 많았다. 무명 인사로 갑자기 세상을 떠난 고인의 사망 소식은 급속도로 사방에 알려졌다. 꽤 많은 사람이 찾아왔는데, 그들은 고인이 고뇌와 고난을 겪었던 시절에 알았으나 한때 잊혀졌던 사람들이었다. 그의 시와 과학적인 사상은, 저자는 몰랐지만 그에게 끌렸던 사람이 처음이자 마지막으로 찾아온 이름도 신분도 알 수 없는 친구들을 많이 모여들게 했다.

아무 예식도 뒤따르지 않는 상태에서 숨막힐 듯한 적막이 휩쌌고, 오직 꽃들만이 노래와 의식을 대신하는 듯했다.

꽃들은 향기를 뿜기 위해서만 핀 것이 아니라, 마치 성가대가 성가로서 흙으로 돌아가라고 재촉하듯, 또한 모든 것에 향기를 불어 넣어 무슨 일을 달성하려는 듯이, 그렇게 꽃들은 향기를 흘려 보냈다.

식물의 왕국이 죽음의 왕국과 가장 밀접하다는 생각을 쉽게 할 수 있는 일이다. 우리에게 그토록 큰 의혹을 주는 생성 발전의 신비와 생명의 수수께끼가 대지의 푸른 식물 속에, 무덤가의 나무 사이에, 그리고 화단의 싹이 튼 꽃의 세싹 기운데 들어 있는지도 모른다. 마리아는 무덤에서 사흘만에 부활하신 예수를 첫눈에 알아보지 못하고 묘지를 걷는 정원사라고 생각했다.

14

고인의 시체가 카메르게르에 있는 그의 최후의 거주지로 운구되어 왔을 때 부음을 듣고 충격을 받은 친구들은 갑작스런 유리 안드레예비치의 사망 소식에 초죽음이 된 마리나를 데리고 활짝 열린 현관으로 뛰어들어왔는데, 그녀는 이미 제정신이 아니었다. 그녀는 마룻바닥에 엎어지더니 긴 의자에 머리를 찧었다. 시신은 바로 그 위에 놓여져 관이 도착하기를 기다렸다. 관이 배달되기 전까지 시체는 그곳에 놓여 있었다. 마리나는 눈물을 펑펑 흘리면서 중얼거리거나 울음을 터뜨리다가, 또 커다란 소리로 한탄을 하다가 다시 흐느껴 울었다. 그녀는 농부들이 하듯, 시체를 껴안고 주위에는 전혀 신경쓰지 않고 큰소리를 질렀다. 마리나는 방을 정리한 다음 고인의 시신을 방으로 옮겨서 깨끗이 염을 하여 관에다 입관할 때까지 떨어지지 않으려고 했다. 이 일이 모두 어제 갑자기 일어난 일이었다. 하루 동안 격한 감정이 안정된 마리나는 진정되긴 했지만 지칠 대로 지친 나머지 멍하니 넋을 잃고 있었다. 그녀는 자신도 의식하지 못하는 듯했다.

이 방에서 그녀는 어제 온종일 있었고 한 번도 방에서 나가지 않았다. 아기에게 젖을 먹이려고 유모가 아기를 안고 방으로 들어왔다.

그녀는 역시 슬픔에 젖어 있는 고르돈과 두도로프 옆에 있었다. 그녀의 아버지 마르켈은 손수건에 코를 풀면서 딸 옆에 앉아서 울었다. 그녀의 어머니와 자매들도 울면서 방을 드나들었다.

그 사람 중에서 다른 사람과 완전히 구별되는 남자와 여자, 두 명이 있었다. 그 사람들은 마리나와 딸아이들, 그리고 절친한 친구들보다 슬프다는 것을 경쟁하려고 하지 않았다. 그러나 그들이 내색을 하지 않아도 그들은 고인에 대해 유별난 권리를 가지고 있었다. 묘하게 그들이 갖고 있는 권한에 대해 반박하거나 문제삼는 사람은 없었다. 맨 처음부터 침착하게 장례식을 지휘해 분명히 일을 처리한 것도 바로 이 사람들이었다. 그들은 그 일이 마치 자신들의 일인양 만족한 얼굴이었다. 이 두 사람의 태도가 유난해서 모든 사람이 주목했고, 야릇한 인상을 주기도 했다. 그들은 장례식만이 아니라 죽음과도 관련이 있는 듯했다. 그것은 지바고를 죽였다거나 간접적인 원인이라는 뜻이 아니다. 장례식 후 이 사건을 받아들이고 인내할 인물처럼 보였다는 말이다. 그들을 아는 사람은 없었고, 다만 몇 명이 그들이 누구일 거라고 추측만 했을 뿐 대개가 그들이 누구인지 짐작할 수도 없었다.

호기심을 나타내기도 하고 자극하기도 하는 키르키즈 종족의 가는 눈을 가진 이 남자와 아름다운 여인이 함께 방에 들어오면 모든 사람이, 마리나까지 약속이나 한 듯 불평 한 마디 없이 일어나 한쪽으로 비켜서 벽에 기대 놓은 걸상에 앉았다. 그리고는 모두 복도나 현관으로 나갔다. 그러면 방안에는 이 남자와 여자만 남았다. 그들은 장례식에 관한 중요한 일을 처리하도록 어느 것에도 방해받지 않아야 할 전문가들처럼 조용히 방안에 있게 되었다. 그래서 방안에는 두 사람만 남겨졌다. 그들은 벽에 기댄 두 개의 걸상에 앉아서 이야기를 나누었다.

「무엇 좀 알아보셨나요, 예브그라프 안드레예비치?」

「오늘 저녁에 화장을 하게 됩니다. 삼십 분 후에 의료 노동 조합에서 사람이 와서 시체를 가지고 조합 사무실로 가져갈 겁니다. 네 시에 시민장이 열리게 됩니다. 형은 서류가 하나도 제대로 되어 있지 않았읍니다. 노동 수첩은 옛날 것이고, 조합원증도 옛날 것을 바꾸지 않았고, 몇 년 동안 조합비도 내지 않아 밀렸더군요. 그래서 시간이 좀 걸렸답니다. 이제 집에서 시신을 옮기려면 얼마 남지 않았으니 준비를 해야겠군요. 당신 부탁대로 혼자 있도록 해드리죠. 저는 전화가 와서 실례하겠읍니다.」

예브그라프 지바고는 의사의 미지의 동료, 동창생, 병원의 하급 근무원, 출판계 종사자 등으로 붐비는 복도로 나왔다. 마리나는 긴 외투로 아이들을 감싸 주고 나무 끝에 앉아서 방문이 열리기를 기다렸다. 그 모습은 마치 구속된 죄수를 면회하러 간 사람이 형무관의 허락을 기다리는 것 같았다. 복도는 사람들로 복잡했다. 모여 선 사람들은 그에게 자리를 비켜 주지 않았다. 계단 입구의 문은 열려 있었고, 현관과 계단참에는 수많은 사람들이 서성거리며 담배를 피우고 있었다. 계단에 내려가자 사람들은 큰 소리로 자유롭게 이야기를 나누고 있었는데, 거기에는 더 많은 사람이 있었다. 예브그라프는 떠드는 소리 때문에 귀를 곤두세워야만 했다. 그는 수화기를 들고 예의상 낮은 목소리로, 그러나 분명하고 또렷이 장례 절차와 의사가 사망한 경위를 말했다. 그가 다시 방으로 돌아오자 두 사람의 대화는 다시 이어졌다.

「화장이 끝난 뒤에 제발 그냥 떠나지 마십시오, 라리사 표도로브나. 중내한 부탁이 있읍니다. 나는 당신이 어디에 계신지도 모릅니다. 당신 연락처를 좀 알려 주십시오. 가까운 시일 안에, 아니 내일이나 모레라도 형님이 남긴 공책을 검토해 보았으면 합니다. 형님에 대해서 당신이 가장 많은 것을 알고 계시다고 생각합니다. 이틀 전에 이르쿠스크에서 오셨다고요. 모스크바에 오래 머무를 것은 아니며 이 방에도 그야말로 우연히 오셨다고요. 제 형님이 이 방에서 마지막 몇 달 동안 사셨다는 것이나 형님이 죽었다는 것도 모르고 오셨다고 하셨죠. 당신의 말씀 중에는 이해되지 않는 부분도 있지만 그걸 설명해 달라는 것은 아닙니다. 그러나 제가 당신의 연락처를 알지 못한다는 것을 잊지 마십시오.

원고를 정리하는 며칠 동안만이라도 함께 계시거나 가까운 곳에 계신다면 좋겠읍니다. 이 집에도 다른 방이 두 개가 있으니 방은 걱정하지 않으셔도 됩니다. 제가 이 집 관리인을 압니다.」

「제가 드린 말씀을 이해하시지 못하신다고요? 글쎄, 어느 부분이 이해가 안 된다는 건지 모르겠군요. 나는 모스크바 거리를 산책하려고 했어요. 그러나 절반 가량은 생소했읍니다. 너무 오래간만이라 잊기도 했죠. 계속 걷다가 쿠즈네스키 다리를 내려가면서 쿠즈네스키 골목길을 올라갔읍니다. 그때 갑자기 나는 어떤 것을 보고는 전율할 듯 놀랐읍니다. 낯익은 카메르게르 골목길이었읍니다. 이곳은 사살된 남편 안티포프가 학창 시절에 방을 얻어 살던 곳입니다. 바로 이 방이 그의 방이었어요. 그래서 나는 운이 좋으면 옛날에 함께 살던 사람을 만날 수 있을까 기대하고 들어왔던 겁니다. 그러나 전혀 딴판이었읍니다.

저는 그런 사실을 물어 보고 알았죠. 다음 날에야 저는 지바고의 죽음을 알게 되었지요. 아, 그런데 왜 이런 말을 내가 하죠? 나는 그저 방문이 열려 있고 방 안에 사람이 가득해서, 그리고 관이 있어서 누가 죽었나 궁금했어요. 그래서 들어와 들여다보고 기절할 뻔했답니다. 당신은 그때 없으셔서 못보았지만요. 그런데 왜 내가 이런 말을 하고 있는지 모르겠군요.」

「잠깐만요, 라리사 표도로브나. 말을 중지시켜서 미안한 일이지만, 먼저 내 말을 들어 보세요. 나나 형님은 이 방에 안티포프가 예전에 살았었다는 것은 상상도 하지 못했읍니다. 당신의 말에는 놀라운 사실이 있읍니다. 그건 군사 혁명 활동을 하던 안티포프, 즉 스트렐리니코프 말입니다. 나는 시민 전쟁 초기에는 그의 이야기를 자주 많이 들었지요. 한두 번은 그를 만난 적도 있지요. 그때는 그의 이름이 가족 문제에도 중요한 의미가 되리라고 생각하지는 않았읍니다. 아까 당신은 안티포프가 총살당했다고 하신 것 같던데 그가 자살했다는 사실을 모르고 계셨나요?」

「네, 그런 말을 듣기는 했어요. 그러나 저는 믿을 수 없어요. 그 사람은 절대로 자살할 사람이 아니예요.」

「그러나 자살한 건 사실이예요. 형님 말을 들으니 당신이 블라디보스톡으로 가기 전에 유리아틴에서 형님과 함께 지냈던 그 집에서 자살했다더군요. 당신이 딸과 떠난 지 얼마 안 되어 일어난 일이라더군요. 형님이 자살한 시체를 찾아 매장했다더군요. 그런데 당신은 그 말을 못 들었읍니까?」

「저는 다르게 들었어요. 그러니까 그 분이 자살했다는 말이죠? 많은 사람이 그렇게 말했지만 나는 믿지 않았어요. 그리고 바로 그곳에서 자살했다고요? 당신이 말씀하시는 것은 사소한 문제일지라도 제게는 아주 중요하답니다. 그럼 안티포프와 지바고가 만났단 말인가요? 그리고 이야기도 나누었나요?」

「형님의 말을 들자니, 장시간 이야기했다더군요.」

「하나님, 정말 감사합니다. 그러면 좋지요. 어쩌면 일이 이렇게 일치할 수 있을까? 나중에 제가 다시 와서 자세히 물어 보겠어요. 제게는 사소한 것도 중요한 역할을 해줍니다. 우리가 친구들을 너무 밖에 오랫 동안 세워 놓은 것 같아요. 장의 조합에서 사람이 왔나 봅니다. 저는 여기 앉아서 생각을 할 테니 그들을 들어오라고 하세요. 이제 시간이 다 되었어요. 잠깐요, 발 밑에 발판을 놓아야 유로츠카에게 닿을 수 있어요. 발을 들고 섰는데 무척 어렵더 군요. 그래야 마리나 마르켈로브나와 아이들도 닿을 수 있고요. 의례서에서 는『내게 마지막 키스를 해주시오』라고 규정지어 있답니다. 그러나 나는 못 해요. 정말 그런 말을 할 수 없어요」

「이제 사람들을 들어오라고 하겠읍니다. 그보다 먼저 당신은 당신을 괴롭 히는 몇 가지 질문을 던졌읍니다. 저도 그건 대답하기 힘든 겁니다. 그러나 당신이 알도록 돕겠읍니다. 당신이 걱정하는 일 모두를 제가 힘 닿는 데까지 돕겠읍니다.」

그러나 안티포바는 그의 이야기를 듣지 않았다. 그녀는 예브그라프 지바고 가 복도에 있는 사람들을 들어오라고 하는 소리도 듣지 못했고, 그가 장의의 주최자와 화장자에게 말하는 소리도 듣지 못했으며 고별자들의 걸음 소리도, 마리나의 통곡 소리도, 그리고 남자들의 기침 소리도 여인들의 통곡 소리도 전혀 듣지 못했다.

단조로운 소리가 반복되자 그녀는 현기증이 나서 숨이 답답해졌다. 그녀 는 기질하지 않으려고 이를 꽉 다물고 있었다. 가슴이 답답하고 머리가 지 끈지끈 해왔다. 그녀는 고개를 숙이고 추측과 상상, 그리고 깊은 회상 속에 잠겼다. 흡사 어떤 먼 미래로, 다가오지 않는 미래로 건너가려는 늣이 한 동 안 생각에 골똘했다. 거기에서는 그녀는 이미 수십 살은 더 산 늙은 노파가 되어 살고 있었다. 그녀는 사색 속에 깊이 침전되어 그 심연 속으로, 자기 불 행 바닥으로 떨어져 버리는 듯했다.

『이제 모두 떠났어. 한 명은 죽었고, 한 명은 자살했다. 뒤따라 죽어야 할 사람만 살아 있다. 내가 죽이려고 했지만 성공하지 못한 사람만 남아 있는 것이다. 그는 나도 모르는 사이에 나를 범죄자로 만든 불필요한 인간이었다. 그 속된 인간은 우표 수집가나 알 수 있는 아시아의 신화적인 변경에서 바삐 움직였다. 내게 필요한 사람은 모두 떠났다. 그렇지, 그때는 크리스마스였어. 그 속물의 가증스런 얼굴에 한 방 쏘려고 작정하고 바로 이 방에서 파샤와 내가 어렸을 때 어둠 속에서 이야기를 했지. 그때는 고인이 된 유리는 내 인 생에 들어와 있지 않았어.』

그녀는 그 크리스마스 때 파샤와 나눈 대화의 내용을 기억하려 했지만 도무지 떠오르지 않았다. 단지 창문틀 옆에서 타오르며 유리창에 낀 성에를 둥글게 녹여 주던 촛불만이 생각날 뿐이었다.

지금은 고인이 된 유리가 차를 타고 거리를 지나가다 그 불빛을 보고 관심을 가진 것을 그녀는 상상도 하지 못하리라. 밖에서 불빛을 본 순간부터『촛불이 책상 위에서 타오른다. 촛불이 타오른다.』그 후 그의 인생에 숙명적인 일이 일어났다는 것을 상상할 수 있었을까?

그녀의 생각은 이리저리 분산되었다. 그녀는 또『아, 그 분의 장례식을 교회에서 치르지 못한다는 건 안 된 일이야. 성대하고 장엄한 장례식이지만, 대개의 사람들에게는 그럴 가치가 없어. 그러나 유로츠카는 충분한 자격이 있어. 그럼 자격이 충분하고 말고,〈관 위에 흘리는 눈물은 할렐루야의 노래가 되도다〉를 받기에 충분해.』

그녀는 유리 안드레예비치를 생각할 때, 비록 그의 인생은 짧았지만 그와 늘 함께 있었다는 사실에 크게 만족했다. 그리고 늘 유리 안드레예비치에게서 풍기던 자유와 무심함이 그녀를 감쌌다. 그녀는 자리에서 벌떡 일어났다. 무엇인지 알 수 없는 것이 그녀에게서 일어났다. 그녀는 유리에게서 도움을 받아 자기를 감싼 고통의 깊은 바닷속에서 신선한 대기가 있는 곳으로 뛰어나와 예전처럼 해방의 기쁨을 누리고 싶었다. 그런 행복은 그녀에겐 그와 이별하는 행복, 그에게 엎드려 맘껏 울어 볼 수 있는 기회와 권리처럼 느껴졌다. 격정에 파묻힌 채 그녀는 고통으로 허약해지고 눈물 때문에 제대로 보이지 않는 시선으로 모여 있는 사람들을 훑어보았다. 그녀의 눈길은 안과 의사가 강력한 안약을 몇 방울 눈에 넣어 둔 듯했다. 사람들은 모두 무겁게 발을 끌며 밖으로 나갔다. 마침내 문이 닫히고 그녀 혼자만 방에 남게 되었다.

그녀는 예브그라프가 준비해 놓은 발판 위에 올라가 천천히 시체 위에 성호를 그었다. 차갑게 식은 그의 이마와 손에 입을 맞추었다. 그녀는 차가운 이마가 꼭 쥔 주먹만하다는 느낌을 받았다. 그녀는 관과 주위의 꽃, 그리고 시체를 온몸으로, 머리, 가슴, 영혼으로, 마치 유령처럼 감싸듯이, 침묵 속에서 울지도 못하고 서 있었다.

15

그녀는 오열을 억제하기 위해 어깨를 들먹거렸다. 울음을 참으려고 애썼지만 갑자기 자제의 둑을 넘어 눈물이 펑펑 쏟아졌다. 그녀가 흘리는 눈물은 뺨을 적시고 옷과 손, 그리고 그녀가 바싹 붙어 있는 관 위로 흘러 내렸다.

그녀는 무엇을 말하지도, 생각하지도 않았다. 사상, 개념, 통찰, 진리의 토막난 장면이, 전에 한밤중에 이야기를 나누던 때에 자주 그랬던 것처럼, 하늘의 구름처럼 그녀의 마음속에서 자유롭게 흘러갔다. 그 시절에 그녀는 그러한 것에서 행복을 느끼고 해방감을 만끽했었다. 그것은 자연스럽고 따스하며 서로를 이해하는 인식인 동시에 본능적이고 직접적인 것이었다.

그런 인식으로 그녀는 가득 차 있었다. 그렇지만 지금은 죽음에 대한 암담하고 해명하기 어려운 인식, 즉 죽음에 대한 준비, 죽음 앞에 직면하여 당혹감을 없애는 것으로 가득 차 있었다.

그녀는 스무 번의 인생을 살면서 수없이 유리 지바고를 잃고 이런 일에 익숙해져서 심적 체험을 수없이 되풀이한 것 같았다. 그같이 그녀는 유리의 관 옆에 여러 번 있었다고 생각했다.

아, 그것은 얼마나 자유롭고, 이 세상의 무엇과도 비교할 수 없는 유일한 사랑이었나! 그들은 다른 사람이 노래하는 것같이 생각했었다.

그들은 서로 사랑했다. 그들의 사랑은 흔히 거짓되게 사람들이 연결짓듯 『정열의 불꽃』에 의해 사랑한 것이 아니다. 그들은 주변의 모든 것, 머리 위의 하늘과 구름과 나무, 그리고 발밑의 땅이 원했기 때문에 서로 사랑한 것이었다. 그들 자신보다 그들 주변에 있는 모든 것이 더욱 그들의 사랑을 축복해 주었다. 거리에서 만난 낯선 행인, 산책 길에 본 드넓은 광야, 그들이 살았던 방, 이런 것들이 더욱 그들의 사랑을 축복했을 것이다.

그들을 함께 묶고 그토록 가깝게 만든 것이 바로 그것들이었다. 그들이 가장 행복하고 열광적이었던 순간에도 그들의 가장 숭고한 마음을 빼앗겼던 것, 즉 세계의 보편적 표상이라는 환희와 그들 자신이 모든 상황을 구성한다는 감정, 그리고 모든 자연과 우주의 아름다움의 한 요소라는 느낌을 갖지 않은 적이 한 번도 없었다.

그들은 오직 이런 일치감으로 살았다. 이것 때문에 인간을 자연계의 다른 것 위에 입상시키려는 것, 즉 현대의 인간 숭배 같은 것은 그들의 마음을 끌지 못했다. 그런 거짓된 전제에 기초를 둔 사회 체제는 그 정치적 활용과 함께 그들에게는 가련할 정도로 미숙하다는 인상이었고, 또한 아무 의미도 전달하지 못했다.

16

이제 그녀는 습관적인 평범한 말로 그에게 이별을 고했다. 그녀의 말은 담담하면서도 격식 없는 대화 같았다. 그래서 고대 그리스식의 비극의 합창이나 독백처럼, 시나 음악의 언어처럼, 그리고 다른 일반적인 표현처럼 일관된 논리가 있는 것이 아니라 감정에 좌우되었다. 담담하고 평범한 말투에는 그녀의 눈물이 깃들어 있었다. 격식을 차리지 않은 그녀의 말은 눈물에 젖어 떨렸다.

그녀의 눈물은 바람이 부는 따뜻한 빗 속에 흔들리는 부드러운 나뭇잎처럼 그녀의 말을 부드럽고 빠른 속삭임으로 이어주는 듯했다.

「유로츠카, 우리 함께 있어요. 하나님께서 우리를 재결합시키신 거예요. 하나님, 저주를 내리셨군요. 우리가 재회하는 일은 얼마나 적절한 일인가요. 당신이 떠난 후 나의 인생에는 종말이 왔어요. 그리고 알 수 없는 많은 일이 닥쳤답니다. 돌이킬 수 없는 일이에요. 인생의 수수께끼, 죽음의 의혹, 천재의 매력, 꾸밈없는 아름다움의 매력, 그래요. 맞아요, 그런 것이 우리에게는 더 잘 어울려요. 그러나 세상의 사소한 일, 지구를 변화시킨다는 일 등은 우리 일이 아니에요. 안녕, 위대한 이여. 당신은 내 사랑, 내 보람이었어요. 빠르고 깊은 내 시내여! 나는 얼마나 많이 당신의 흐르는 물소리를 사랑했는지 몰라요. 우리가 그날 눈 속에서 어떻게 헤어졌죠? 당신은 저를 끔찍하게도 속이셨어요. 제가 당신을 두고 떠나다니! 그렇지만 나는 알아요. 당신은 일부러 그러신 거죠. 그게 저를 행복하게 만드는 거라고 판단했겠죠. 그 후 모든 것이 파멸되었어요. 당신이 제게 준 고통, 그리고 내가 당신께 준 고통. 하나님, 당신은 몰라요. 유라, 제가 무슨 짓을 저지른 거죠? 저는 당신의 생각보다 더 죄가 많은 인간이에요. 그러나 그건 제 잘못이 아니에요. 저는 석 달간 병원에 있었죠. 그중에서도 한 달 동안은 의식도 없었답니다. 그때부터 저는 살아 있는 사람이라고 할 수 없었어요. 저는 고통과 회개로 마음이 편안치 않아요.

그러나 저는 더 이상 말하지 않으렵니다. 말할 수 없어요, 그럴 힘이 없어요. 이런 자리에 서면 두렵고 소름이 끼치고 머리카락이 곤두섭니다. 제정신이 아닐지도 모르죠. 다른 사람처럼 술을 마시지도 못하죠. 그러지는 않을 거예요. 술주정뱅이 여자는 정말 끝이에요. 상상하기도 싫어요.」

그녀는 무슨 이야기를 더 하고 눈물을 흘리며 괴로와했다. 갑자기 그녀는 머리를 들고 주위를 살폈다. 방에서는 벌써부터 사람들이 일을 시작했다. 그녀는 발판에서 내려와 관에서 물러섰다. 그리고는 손수건으로 두 눈을 누르자 바닥에 눈물이 떨어졌다.

남자들이 관으로 가서 세 폭의 헝겊 위에 관을 올려 놓았다. 장례 행렬이 시작되었다.

17

라리사 표도로브나는 카메르게르 거리에서 며칠간 묵었다. 예브그라프의 말처럼 그녀의 도움으로 원고 정리가 시작되었으나 끝까지 정리하지는 못했다. 그녀는 또한 예브그라프 안드레예비치와도 이야기를 해서, 그에게 중요한 사실을 알게 해주었다.

어느 날, 라리사 표도로브나는 밖으로 나간 후 다시는 돌아오지 않았다. 그녀는 길에서 체포당했을 것이다. 그녀는 거리에서 체포되어 어딘가, 어쩌면 북부 지방의 수없이 많은 남녀 공동이거나 여자만 수용하는 수용소 중의 하나로 끌려가서 후일에는 찾을 수조차 없게 된 명단의 이름없는 한 번호로 자취도 없이 사라졌을 것이다.

제16장   에필로그

1

1943년 여름, 쿨스크 돌출부의 돌파 작전과 오렐의 점령 후에, 최근에 소위로 진급된 고르돈과 두도로프 소령은 각기 부대로 돌아가는 길이었다. 고르돈은 모스크바에서의 파견 근무를 마치고, 두도로프는 사흘 동안의 휴가를 마치고 귀대하는 중이었다.

두 사람은 귀대하면서 체르니에서 하룻밤 함께 묵기로 했다. 소도시인 체르니는 파괴되긴 했지만, 퇴각하는 적군이 짓밟아 완전히 파괴된 다른 곳처럼 완전히 폐허가 되지는 않았다.

벽돌 더미가 드러난 도시의 폐허 가운데 기왓장의 부드러운 먼지가 덮인, 파손되지 않은 헛간에다 두 사람은 저녁부터 잠자리를 잡았다.

그들은 잠이 오지 않아 밤새도록 이야기를 했다. 새벽 세 시쯤 잠깐 눈을 붙인 두도로프는 고르돈이 부스럭거리는 소리에 눈을 떴다. 그는 건초 속에 뛰어들어 마치 물 속에서 헤엄치듯 허위적대며 옷가지를 꾸려서 건초 꼭대기에서 문으로 내려왔다.

「아직 새벽인데, 어딜 가려는 건가?」

「강가로 내려가려고 그래. 세탁을 하려고.」

「그건 정신 나간 짓이야. 저녁에 부대에 당도할 텐데, 그러면 세탁부 타니카가 갈아 입을 옷을 줄 거 아냐. 왜 그리 서두르는 거야.」

「그때까지는 견딜 수 없어. 옷이 땀으로 젖었어. 아침에도 무더우니까 물에 헹궈 꼭 짜서 널면 빨리 마를 거야. 몸을 깨끗이 하고 옷을 갈아 입어야겠어.」

「그건 점잖지 않은 짓이야. 자네는 사병이 아니라 장교란 말야.」

「아직은 새벽이라 모두 잠들었어. 내가 늪 뒤에 있으면 누구도 보지 않을 거야. 자네는 어서 잠이나 자게.」

「나도 더 잠을 못 잘 것 같으니 자네와 동행하지.」

두 사람은 헛간에서 나와 방금 떠오른 태양 볕에 뜨거워진 파괴된 석조 건물을 지나 강가로 나갔다. 햇볕을 받아 따뜻해진 예전에는 한길이었던 땅 위에서 사람들이 얼굴이 상기된 채 코를 골며 자고 있었다. 그들은 거의 이 지역 사람들로 집이 파괴된 노인과 여인과 아이들이었다. 그중에는 아주 드물게 부대에서 이탈되어 소속 부대를 찾아다니는 적병도 포함되어 있었다. 고르돈과 두도로프는 그들의 잠을 깨우지 않으려고 조심스럽게 그 사이를 헤쳐 나갔다.

「조용히 해. 그렇지 않으면 마을 사람들이 깨어 난단 말야. 그럼 내가 세탁을 할 수 없어.」

그들은 어젯밤에 하던 이야기를 나지막이 계속했다.

2

「이 강은 무슨 강이지?」

「글쎄, 주시아 강이 아닐까?」

「아냐, 주시아 강은 아닐 거야.」

「그럼 모르지 뭐.」

「그 에크리스티나 사건이 일어난 게 바로 주시아 강이었어.」

「그래, 그러나 하류 어디에서였지. 교회에서는 그녀를 성인으로 추앙했다고 하더군.」

「그곳엔 『카뉴시냐』라는 석조 건물이 있었어. 실제로 그것은 종마장의 국영 농장 마굿간이었지. 이제는 역사적인 장소지만, 벽이 두꺼운 오래된 마굿간이지. 독일군이 견고히 담을 더 쳐서 튼튼한 요새로 만들었어. 그곳은 사방으로 훌륭한 사격 지대로 이용할 수 있기 때문에 우리는 진격할 수 없었어. 우리는 카뉴시냐를 점령해야 했는데, 그때 에크리스티나가 용기와 지혜로 독일군 진지에 잠입하여 카뉴시냐를 폭파시키고 생포되어 그만 처형당했지.」

「왜 두도로바라고 하지 않고 에크리스티나 오를 레초바라고 하지?」

「자네도 알겠지만, 우린 약혼만 한 상태야. 1941년 여름, 전쟁이 끝난 뒤 결혼을 하자고 했지. 군인은 모두 그랬듯이 그 동안 나는 여러 곳을 옮겨 다녔어. 끝없이 이동을 하기 때문에 그녀와의 연락도 두절되었어. 나는 그녀를 만나지 못했고, 다른 사람처럼 신문과 연대 통신문을 보고 그녀의 기적적인 용기와 영웅적인 죽음을 알았다네. 얘기를 들으니 이 근처에다 그녀를 위한 기념탑을 세울 계획이래. 내가 듣기론 지바고 장군, 유리 안드레예비치의 동생이 그녀에 대한 자료를 수집하러 이 지역을 두루 다닌다고 하더군.」

「미안해. 그녀에 관한 이야기를 자네에게 시키는 게 아닌데. 자네에겐 고통스러운 일일 테지.」

「괜찮아, 우린 시간 가는 것도 잊고 있군. 자네를 방해하지 않을 테니 옷을 벗고 물에 들어가게. 나는 강둑에 누워 풀잎이나 씹으며 생각에나 잠길 테야. 잠을 잘지도 모르지.」

잠시 후 그들의 이야기는 이어졌다.

「자네는 빨래하는 걸 어디서 배웠지?」

「필요해서, 우리는 운이 없어서 유형장 가운데에도 가장 지독한 곳에 떨어졌었어. 극소수만 살아 남았어. 도착할 때부터 말하지. 우리 조는 열차에서 내렸어. 눈 덮인 광야 뒤로 숲이 보였어. 경비병은 우리에게 총을 겨누었고, 늑대 사냥에 쓰이는 사냥개가 우릴 감시했어. 약간의 시차만 두고 다른 그룹이 또 실려 왔지. 우리는 서로 쳐다보지 못하게 등을 맞대고 앉았다네. 무릎을 꿇고 앉아야 했고 옆을 보면 총살시키겠다고 위협하더군. 우리는 몇 시간 동안 계속되는 굴욕적인 점호를 받았어. 내내 무릎 꿇고 앉아서. 그 후 우리는 일어섰지. 다른 집단이 차례대로 배치되고 우리 조에게는 『여기가 너희들의 수용소다. 깨끗이 정돈해』라고 명령하더군. 드높은 하늘 아래에는 눈 덮인 대지가 있고, 말뚝 중 하나에 『92 수용소 YN 90』이라는 글이 씌어 있을 뿐 아무것도 없었어.」

「우리는 그렇게 나쁘지는 않았어. 운이 좋았지. 그 이유는 첫번째 형기를 마치고 두 번째 형기를 채우는 기간이기 때문이었어. 그리고 나는 다른 조항에 따라 형을 받아서 조건이 아주 달랐어. 자유의 몸이 되자, 난 처음에 그랬듯이 복직되어 강의를 하도록 허락도 받았지. 그리고 동원되었을 때 나는 자네같이 훈련 대대에 배치되지 않고 소령으로 임관되었어.」

「그래, 『92 수용소 YN 90』이라는 글씨 외에는 아무것도 없었어. 처음에는 그 추운 날씨임에도 불구하고 막사를 짓기 위해 손으로 잔가지를 꺾었어. 믿기지 않겠지만 그렇게 해서 우리가 막사를 지었지. 그리고 계속 옥사와 울타리를 지었지. 또한 영창과 경비탑도 만들었어. 이 모두를 우리 힘으로 완성시켰지. 벌목을 해서 숲은 알몸을 드러냈고, 우리는 여덟 명이 한조가 되어 썰매에 매달려 가슴까지 눈 속에 빠지며 재목도 운반했어. 우리는 전쟁이 시작된 것도 몰랐어. 그들이 숨긴 거지. 그런데 갑자기 이런 제의를 하더군. 전선의 징계대에 자원해서 전투에서 살아 남으면, 생존자에게는 자유의 몸이 되게 해준다고. 그 후에 그치지 않는 전투와 전기가 통하는 수킬로미터의 철조망과, 지뢰, 박격포, 몇 달 동안에 걸친 맹렬한 총격전이 벌어졌어. 그래서 중대 본부는 우리를 결사대라고 불렀지. 중대에는 생존자가 없었어. 나도 내가 어떻게 죽지 않고 살았는지 모를 정도야. 그러나 생각해 보게. 전장의 피의 지옥도 수용소의 공포보다는 행복한 것이라네.」

「무척 고생을 했군.」

「실로 놀라운 일이야. 죄수로서 보낸 자네의 삶과 비교해서 뿐만이 아니라 삼십 년대의 모든 것 심지어는 책과 돈, 안락함에 둘러싸인 대학교에서의 편안한 내 처지를 비교해 보면, 전쟁은 한 줄기 신선한 공기요, 순화시키는 폭풍이고 구원이지. 나는 농업 집단화가 거짓이었고 성공하지 못한 조치라고 생각해. 과오를 인성할 수가 없었지. 실패를 은폐시키려고 무력으로 교육을 금지시키고, 존재하지 않는 것을 보게 하고 눈에 나타난 것을 보지 못하도록 강요했지. 이 때문에 예조프시치나까지 전례 없는 잔인성, 헌법의 원칙에 따르지 않는 선포, 선거 원칙에 어긋나는 선거의 도입이 이루어졌어. 그리하여 전쟁이 발발했을 때, 전쟁의 실제적인 공포와 위험, 그리고 죽음의 위협까지 그들의 비인간적인 억압과 거짓과 공포의 통치에 비교하면 축복이었지. 그런 것들은 막다른 골목에서 출구를 찾은 것 같은 안도감까지 주었지. 감옥에 있던 자네만이 아니라 전방과 후방의 모든 사람이 하나같이 안도의 숨을 쉬었고, 자유를 찾으려고 전투라는 용광로 속으로 용감히 뛰어들었어. 전쟁은 혁명의 수십 년의 쇠사슬에서 하나의 고리 같은 특수한 성격을 띠고 있어. 혁명이 부여한 직접적인 힘은 더 이상 기능을 발휘하지 않지. 혁명의 간접적인 영향과 그 결실의 결실과, 결과의 결과를 스스로 드러내기 시작했지. 불행으로 인한 성격의 단련과 시련, 영웅주의의 우매하고 모험적이고 일상적이지 않은 것에 뛰어들려는 풍토가 생겼어. 이런 광대 같은 놀랄 만한 특질은 세대의 도덕적인 정화를 특징 지은 거야. 난 자네가 끝없는 고통을 치를 때에 풀려났지. 그 후 에크리스티나는 대학에 들어와 역사공부를 시작했어. 내 지도하에 그녀는 학문에 열심이었지. 나는 그보다 훨씬 전에, 이 소녀가 어렸을 때부터 그녀에게 지대한 관심을 갖고 있었어. 자네도 기억할지 모르지 유리가 살아 있을 때 내가 그런 말을 한 적이 있어. 그런데 그녀가 내가 가르치는 학생이 된 거네. 그 무렵에는 학생들이 선생을 혹평하는 관습이 유행하기 시작한 때지. 오를레초바는 열렬히 이 일에 앞장섰어. 지금도 그녀가 왜 그렇게 매섭고, 도전적으로 나를 비난했는지 이해할 수 없어. 그녀가 너무 부당히 나를 매도하자 과의 다른 학생들이 나를 옹호해 줄 정도였지. 그녀는 뛰어난 유머감각이 있어. 나를 가리킨다는 것을 모두가 알게 성을 고안해서 벽보에 붙여 나를 골렸어. 그런데 어느 날 우연한 기회에 이 끈질긴 냉혹성이 그녀의 사랑, 오랫 동안 그녀가 느꼈고, 내가 되돌려 주었던 사랑의 위장이라는 것을 깨닫게 되었어. 1941년 여름, 전쟁 전야와 선전포고 직후 우리는 멋진 여름을 보냈어. 모스크바 근교 하계 숙소에 남녀 대학생이 여럿 머물렀는데 그녀도 포함되어 있었지. 그때 우리 부대가 그곳에 주둔했었지. 그들은 군사 훈련을 받고 의용군 부대로 편성되었지. 에크리스티나가 낙하산 훈련을 받고 모스크바 상공에서 최초의 독일군의 급습을 야간에 격퇴하는 상황 속에서 우리의 사랑은 무르익었어. 우리는 거기서 약혼을 했어. 그러나 부대가 이동되었기 때문에 그 후로 단 한 번도 그녀를 만날 수가 없었지. 전세가 호전되어 하루에도 독일군이 수천 명씩 항복할 때 나는 두 번씩이나 부상을 당해 병원에 입원했고, 고사포 부대에서 제7 참모부로 배속됐네. 참모부에는 외국어를 아는 사람이 필요했어. 그래서 나는 자네를 발견하고, 자네가 우리 부대에 배속되도록 청한 거야.」

「세탁부인 타냐는 오를레초바를 알고 있어. 그들은 전선에서 만나 친구가 되었지. 타니카는 에크리스티나의 이야기를 많이 하더군. 타니카가 유리 안드레예비치처럼 활짝 미소 짓는 버릇이 있는 걸 알고 있나? 들창코에 광대뼈만 아니라면 상당히 예쁘고 매력적이라고 할 수 있지. 러시아 어디에서나 눈에 띄는 얼굴이야.」

「알았어, 무슨 얘긴지.」

「타니아 베조체레데바(주워 온 자식)라니 그런 흉하고 야만적인 이름이 어디 있어. 성이 그런 성일 리는 없을 거야. 왜 그런 이름이 붙여졌을까?」

「그녀가 말해 주었잖아. 기억나지 않나? 그녀는 부모가 누군지 모르는 베즈프리조르나야였어. 러시아의 어느 곳에 가면 사투리로 그것은 베조츠체야(아비 없는 자식)라고 부르지. 이 별명을 이해하지 못하고 모든 것을 소문으로 받아들이는 도시 사람들이 자기들이 쓰는 조야한 언어에 더 가깝게 고쳤을 거야.」

3

고르돈과 두도로프가 체르니에서 함께 밤을 보내고 며칠 안 되어 그들은 완전히 파괴된 카라체프에 이르렀다. 이곳에서 그들은 소속 부대를 앞지르고, 본대를 뒤따르는 소속 부대의 한 후위대와 어울렀다.

한 달 이상 무덥고 화창한 가을 날씨가 계속되었다. 오렐과 브리안스크 중간의 비옥한 땅인 축복받은 브린슈치나의 검은 흙이 태양빛을 받아 커피색으로 빛났다.

국도의 일부인 중앙 도로가 시내를 가로지르고 있었다. 거리 한편에는 지뢰로 폭파되어 자갈 더미가 된 집들이 서 있었고, 과수원에는 뿌리째 뽑힌 채 쪼개지고 까맣게 탄 나무가 줄지어 있었다. 국도 건너편 쪽에는 빈터가 있었다. 도시가 폭파되기 전에 집이 많이 들어서지 않아 방화나 폭탄의 피해가 훨씬 적은 것 같았다. 이런 이유로 이곳에는 파괴된 것이 없었다.

전에 집이 있던 곳에서는 집이 파괴된 주민들이 잿더미 속에서 무엇인가를 찾아 골목골목에서 한 군데로 모았다. 다른 사람들은 움집을 짓고, 지붕에 떼를 입히려고 분주히 움직였다.

건너편 빈터에는 천막이 잔뜩 덮여 있고, 지원 업무를 맡은 트럭과, 사단 본부와 연락이 두절된 야전 병원, 길을 잃고 뒤엉켜 서로를 찾는 중인 각종 보급창, 경리단, 식량 창고대의 예하 부대로 빽빽이 늘어서 있었다. 또한 이질 설사로 초췌해지고 핏기가 없는 검은 얼굴에 회색 모자를 쓰고, 무거운 회색 외투를 걸친 보충 중대 출신의 비쩍 마른 어린 병사가 짐을 풀고 휴식을 취하고 나서, 서쪽으로 가려고 무거운 발걸음을 옮겼다.

절반은 잿더미로 변한 도시는 아직도 계속 불타고 있었다. 잿더미 속에서 그 무엇을 찾던 사람들이 일손을 멈추고, 땅을 파던 사람들도 허리를 편 채 곡괭이에 기대어 요란하게 폭발음이 나는 쪽을 오랫 동안 쳐다보았다.

그쪽에서는 회색, 검정색, 붉은색 기와와 공중에 솟아오른 자갈이 연기와 불꽃에 섞여 구름이 된, 처음에는 기둥과 분수가 되어 하늘로 오르다가 다시 흩어져서 땅에 내려앉았다. 그러면 일손을 멈추었던 사람들은 다시 일을 시작했다.

폐허에서 길을 건너면 덤불로 경계지어져 있고, 고목은 넓게 그늘을 만들고 있었다. 그곳은 그늘져 마치 개인의 정원처럼, 나무와 덤불로 인해 외부

세계와 분리되었다.

　이 빈터에서 세탁부인 타냐는 같은 부대원 몇 명과, 두도로프와 고르돈을 포함해서 그들과 합세한 다른 사람과 함께 그녀를 데리러 올 트럭을 기다리고 있었다. 세탁물은 공터 위에 여러 개의 산더미 같은 상자 속에 깨끗이 정돈되어 있었다. 타냐는 세탁물 옆에 서서 그것을 바라보며 세탁물에서 잠시도 눈을 떼지 않았다. 그러나 다른 사람들은 트럭을 타지 못할까봐 걱정이 되어 상자 가까이에 서 있었다.

　그들은 다섯 시간 이상을 기다렸다. 그들에게는 할 일이 없었다. 그들은 온갖 풍파를 다 겪은 수다쟁이 여인의 잡담을 듣고 있었다. 그녀는 방금 자기가 만난 지바고 소장에 대해 이야기를 꺼냈다.

　「어제, 나를 장군에게 데려갔어요. 장군은 이 주변을 돌아다니며 에크리스티나에 대해 탐문했대요. 그래서 그녀와 개인적으로 친분이 있는 사람을 찾고 있었나봐요. 사람들이 그래서 나를 추천한 거죠. 우리가 친구였다는 말을 듣고 지바고 장군은 나를 데려 오라고 한 거죠. 그는 무섭지도 않았고 전혀 특별한 곳도 없었어요. 머리는 검고 눈은 옆으로 째졌더군요. 나는 내가 알고 있는 것에 대해 말했어요. 장군은 내 말을 다 듣고 고맙다고 하더군요. 그러고 나서 장군은 너는 고향이 어디고 어떻게 사느냐고 물었어요. 나는 자랑할 게 없어서 부끄러웠어요. 나는 버려진 아이거든요. 형무소 생활도 했고 유랑생활도 했죠. 그는 어려워하지 말고 말하라는 것이었어요. 나는 그가 내 말에 고개를 끄덕였으므로 용기가 났어요. 그래서 하고 싶은 말을 모두 했지요. 당신들은 아마 믿지 않을 거예요. 아니 꾸며 댄 거라고 할지도 몰라요. 장군은 내가 말을 끝내자 일어서서 왔다갔다 하더군요. 그는 『놀랍군, 정말 기적같은 일이야.』하고 말했어요. 그리고 또 『내가 지금은 시간이 없어서 돌아가지만, 꼭 데리러 오지. 그러니 걱정 말고 있어요.』라고 하는 거예요. 나는 뜻밖이어서 내 귀를 의심했죠. 『나는 너를 이렇게 두지는 않을 거야. 지금은 일이 많으니까, 나중에 내가 너의 아저씨가 되어 줄지 아냐. 그러면 너는 장군의 조카딸이 되는 거야.』라고 말했어요. 그는 정말 그렇게 말했어요. 나를 기쁘게 해주려고 농담하는 것인지는 모르지만요.」

　그때 폴란드와 서러시아에서 건초를 나르는 데 쓰는, 옆면이 높직하고 길이가 긴 하마차 한 대가 빈 채로 공지로 들어왔다. 옛날에는 마부라고 불렸던 전시 근무중인 마차 수송단의 군인이 멍에에 물린 말 두 필을 몰고 있었다. 그들은 공지에 도착하자 자리에서 뛰어내리더니, 말을 풀었다. 타티야나와 군인 몇 명을 제외한 모든 사람이 마부에게 모여들어서 서운하게 해주지 않을 테니 가는 데까지 태워 달라고 부탁했다. 그러나 그 군인은 말과 하마차를 자기는 달리 이용할 권리가 없으며, 자기는 자기의 특별 임무만 수행해야 한다고 말하며 거절했다. 그는 마차에서 말을 풀어 어디론가 사라져 다시는 모습을 나타내지 않았다. 땅 위에 앉아 있던 모든 사람이 일어나서, 빈 마차에 올라탔다. 마차가 나타나 중단되었던 타티야나의 이야기가 계속되었다.

「그럼 당신은 지바고 장군에게 무슨 말을 했는지 우리에게 이야기해 줄 수 있소?」

고르돈이 그녀에게 말했다.

「비밀이 아니니 못할 것도 없어요.」

이리하여 타티야나는 그 무서운 자기가 살아온 이야기를 하기 시작했다.

4

「나는 정말 할 얘기가 많아요. 사람들은 내가 천한 집 출신이 아니라고 말했어요. 그건 낯선 사람이 이야기한 것인지 아니면 내가 이것을 어떻게 기억했는지 그건 모르겠어요. 단지 나는 어머니가 라리사 코마로바이고, 어머니가 백몽고에 은둔했던 러시아의 장관인 코마로프 동무의 부위이었다고 들었어요. 그러나 이 코마로프는 나의 친아버지는 아닐 거예요. 나는 물론 공부는 하지 못했어요. 아버지도 어머니도 없이 고아로 자랐으니까요. 당신들은 내 말을 우습다고 생각할지 모르지만, 난 내가 알고 있는 사실을 사실대로 말했을 뿐이예요. 자, 이제 더 자세히 말해 볼께요. 사건은 크뤼쉬츠키 너머, 시베리아의 저쪽 끝인, 코사크 지방 너머, 중국과의 국경 근처에서 일어났어요.. 우리가, 즉 우리의 적군이 백계 주민이 사는 주요 도시까지 왔을 때, 바로 코마로프 장관은 어머니를 비롯해 우리 가족 모두를 특별 열차에 태워 가라고 명령했답니다. 어머니는 크게 놀라며 그 사람이 없이는 단 한발짝도 움직이지 않겠다고 했어요. 코마로프도 나에 대해서는 알지 못했어요. 그건 내가 출생했다는 것을 몰랐다는 말이에요. 어머니는 코마로프와 오랫 동안 헤어져 있을 때 나를 낳았는데, 누가 그에게 나에 대해 이야기할까봐 항상 떨었어요. 코마로프는 아이를 지독히 싫어해서, 언제나 어린 아이는 집안을 더럽히는 오물에 지나지 않으며 두통거리일 뿐이라고 발을 동동 구르면서 큰 소리로 고함을 치곤 했답니다. 적군이 도시로 가까이 오자 어머니는 나고르나야 대피역의 여자 전철수인 마르파를 부르러 보냈어요. 그곳은 우리가 사는 도시에서 세 역이나 떨어진 곳이랍니다. 제일 처음이 니조바야 정거장, 그 다음이 나고르나야 대피역, 세 번째에 삼소노프 역이 있었어요. 어머니가 어떻게 마르파라는 전철수를 알게 되었는지는 나도 몰라요. 이 전철수는 도시에서 채소를 팔고 우유를 팔러 온 거 같아요. 그런데 나도 모를 일이 있어요. 나는 그들이 어머니에게 사실을 말하지 않고 속였다고 생각해요. 그들이 어머니에게 어떤 말을 했는지는 알 수 없어요. 그들은 이틀 후면 사태가 해결될 거라고 말한 거 같아요. 어머니는 나를 낯선 사람에게 맡기려고 하지는 않았어요. 모르는 사람들 손에 영원히 자랄 수는 없는 일이죠. 나의 어머니는 나를 모르는 사람에게 주어 버릴 사람은 아닐 거예요. 모두가 어린 아이에게는 그렇게 하지요. 아주머니에게 가거라, 아주머니가 당밀 과자를 줄 거야. 좋은 아주머니란다. 아주머니를 두려워하지 마라. 그 후 나는 얼마나 많이 울고, 얼마나 어머니를 보고 싶어했는지 몰라요. 나는 어머니가 보고 싶어서 미치겠더군요. 그때 나는 아주 어린애였어요. 어머니는 내 양육비로 아마 마르파에게 큰돈을 주었을 거예요. 전철수 일을 맡으면 훌륭한 농장을 주나 봐요. 소, 말, 그리고 여러 종류의 새와 땅을 원하는 만큼 소유해서 그곳에 채소밭을 만들었답니다. 철로 주변에는 정부 소유의 집이 있어서 집세를 내지 않아도 된답니다. 고향 쪽에서 기차가 올 때는 경사가 심해서 아주 힘들게 밑에서 위로 올라오는데, 당신들이 사는 라세야 쪽에서 올 때는 내리받이가 심해서 제동기를 걸어야만 했지요. 울창한 숲이 그 잎을 모두 떨어 버리는 가을에는 아래를 내려다보면 나고르나야 역이 작은 쟁반 위에 놓인 거 같아요. 나는 농민들의 풍습처럼 마르파의 남편인 바실리 아저씨를 그냥 아빠라고 불렀답니다. 그는 친절하고 재미있는 사람이었어요. 그런데 남을 너무 잘 믿었어요. 술에 취하면 더욱 그랬답니다. 어디를 가나 모든 사람이 그 아저씨에 대해서는 마음속까지 알 정도였답니다. 그는 만나는 사람 누구에게나 자기 속마음을 모두 털어 놓는답니다. 그러나 마르파에게는 절대로 어머니라고 부를 수가 없었어요. 나는 친어머니를 잊을 수가 없었기 때문에 그녀를 어머니라고 부를 수 없었던 거죠. 그리고 또 하나는 그녀가 너무 무서웠기 때문이에요. 그래서 나는 그녀를 마르파 아주머니라고 불렀죠. 그러는 동안 세월이 흘러 몇 년이 지났어요. 정확한 햇수는 기억할 수 없어요. 그때 나는 벌써 기차가 오면 달려나가서 깃발을 마구 흔들었어요. 말을 풀고 소를 데리러 가는 것은 힘든 일이 아니었어요. 마르파 아주머니는 실을 잣는 법도 가르쳐 주었어요.

나는 마루를 청소하고 집안 일이라면 무슨 일이든 다 했어요. 빵을 반죽하는
것은 아무 일도 아니었어요. 나 혼자 모든 일을 했어요. 참 빠진 것이 있군요.
나는 페테니카를 돌보는 일도 했어요. 페테니카는 세 살짜리인데 다리가 마
비되어 걷지를 못했답니다. 그래서 언제나 누워 있어야만 했죠. 이렇게 세월
이 몇 해 지났어요. 마르파는 나를 쳐다볼 때마다 내가 마치 페테니카의 다
리를 그렇게 만든 것처럼, 왜 내 다리가 마비되지 않고 자기 딸의 다리가 마
비되었는가 하고 언제나 내 건강한 다리를 노려보았어요. 나는 그녀의 시선
을 느낄 때마다 등골이 오싹해졌어요. 세상 사람이 얼마나 미신적이고 얼마
나 악의에 가득 찼는지 아마 당신들은 믿어지지 않을 거예요. 이제 내가 하
려는 말을 잘 들어 보세요. 지금까지 한 이야기는 앞으로에 비하면 아무것도
아니랍니다. 그 말을 들으면 당신들도 크게 놀랄 거예요. 신 경제 계획 시절
의 일이랍니다. 그때는 일천 루블이 일 카페이카로 통용되고 있었어요. 마르
파 아주머니의 남편 바실리 아파나시예비치는 아랫 마을에 가서 소를 한 마
리 팔아서 돈을 두 자루나 가지고 왔답니다. 사람들은 그 돈을 커레카, 아니
그건 틀렸어요. 리몬이라고 불렀어요. 그는 만취하여 자기는 지금 부자라고
떠들었답니다. 그 날은 아마 바람이 부는 가을날이었을 거예요. 바람이 지붕
을 두드리고, 바람이 거세게 불어 사람들은 서 있을 수 없었어요. 기관차는
세찬 맞바람을 받아 올라오지 못했어요. 나는 언덕 위에서 내려오는 낯선 노
파를 보았어요. 노파의 목도리와 치마가 바람에 휘날렸어요. 그 노파는 배를
움켜잡고 신음을 하며 집 안으로 들여보내 달라고 간청했어요. 벤치에 그 노
파를 앉혔어요. 그랬더니 노파는 아파요, 배가 아파요, 아 사람 살려 줘요. 나
죽어요, 하고 소리를 지더군요. 그리고 병원에 자기를 데려다 주면 돈을 많이
주겠다고 부탁하더군요. 그래서 아빠는 노파를 마차에 태우고, 십일 마일이
나 떨어진 마을 병원으로 데려 갔어요. 나와 마르파 아주머니가 잠자려고 누
웠는데, 바깥에서 마차가 뜰로 들어오는 소리가 나더군요. 그러나 아빠가 돌
아오기에는 아직 시간이 일렀어요. 마르파 아주머니는 불을 켜고 나서 외투
를 걸치고 노크를 하기도 전에 기다리지도 않고 문을 열었지요. 문을 따자
아빠가 아닌 무섭게 생긴 낯선 농군이 서 있었어요. 그는 『어서 소 판 돈이
어디 있나 말해 봐. 나는 숲에서 네 남편을 죽였다. 그러나 너는 여자니까 돈
만 어디 있나 말해 주면 목숨은 살려 주겠다. 시간이 없으니 어서 말해. 말하
지 않으면 가만 두지 않겠다.』라고 말했어요. 오, 맙소사. 우리의 기분이 어땠
겠어요. 입장을 바꿔 놓고 생각해 보세요. 공포 때문에 입이 벌어지지 않았어
요. 그는 바실리 아파나시예비치를 도끼로 살해했다고 하더군요. 이제는 집

안에 살인자와 우리만 있었는데, 그는 분명히 살인자였어요. 그때 마르파 아주머니는 제정신이 아니더군요. 남편의 사망 소식에 그만 정신을 잃고만 거죠. 마르파 아주머니는 그 도둑의 다리 밑에 몸을 던졌어요. 그러더니 살려달라고 애원했어요. 그러나 돈은 어디 있는지 모른다고 애걸했답니다. 그러나 도둑은 그 말만으로 단념할 바보는 아니었어요. 그는 악마 같았어요. 그때 아주머니는 그 도둑을 속일 방법이 떠올랐어요. 『좋아요, 당신이 그런다면 알려 주죠. 돈은 지하실 아래 있어요. 내가 문짝을 들어 올릴 께요. 그러면 당신이 지하실 아래로 기어들어 가세요.』 그러나 그 악마 같은 도둑은 그걸 눈치채고 말았죠. 『그건 안 돼. 이 여편네야, 꾀만 부리지 말고 네가 직접 기어들어가 봐. 나는 오직 돈만이 필요해. 나를 속이려고 하지 마. 나는 바보가 아니야.』 그 도둑은 이렇게 말했어요. 그러자 마르파가 말했어요. 『아니, 왜 그렇게 의심이 많죠. 나도 내려가서 돈을 가지고 왔으면 좋겠지만 나는 저기까지 내려갈 수 없어요. 나는 맨 윗계단에서 불을 비춰 볼께요. 당신이 의심하지 않도록 내 딸을 함께 아래로 내려 보내지요.』 그녀가 말한 딸이란 나를 가리키는 말이었어요. 나는 그 말을 듣고 눈앞이 캄캄했어요. 이제 죽었다고 생각했죠. 다리가 떨려서 서 있을 수가 없었어요. 그러나 악마는 내가 마르파에게 아무 가치도 없는, 친척도 아니고 친딸도 아니라는 사실을 알아차린 것 같았어요. 그래서 그는 한 손으로 페테니카를 잡아채고 지하실 문을 열었어요. 그는 불을 비추라면서 페테니카를 데리고 지하실로 내려갔어요. 그때 마르파 아주머니는 미쳐 버린 거예요. 악한이 지하실로 내려가자마자 마르파 아주머니는 지하실의 입구를 닫고 열쇠를 닫고, 그 위에 무거운 트렁크를 올려 놓으려고 했어요. 트렁크가 무거워 움직이지 않자 아주머니는 나를 보고 고개짓을 하며 와서 도우라고 했어요. 아주머니는 트렁크를 거기에 옮겨 놓고는 아주 기뻐했답니다. 마르파 아주머니가 트렁크 위에 앉자 도둑이 바닥을 두드리면서 문을 여는 게 좋을 거라고 말했어요. 만일 문을 열지 않으면 페테니카를 죽여 버리겠다는 거였어요. 말이 잘 들리지는 않았지만, 그 뜻은 알아들을 수 있었어요. 그는 큰소리로 소리소리 지르며 문을 열라고 난리를 피웠어요. 이제 네 딸 페테니카를 죽이겠다고 했답니다. 그런데도 그녀는 앉은 내게 윙크를 하더군요. 그녀는 네 놈이 뭐라고 해도 나는 트렁크에서 꼼짝도 하지 않을 것이다. 열쇠는 내가 가지고 있으니까 내 맘대로야라고 말하는 듯했어요. 나는 아주머니에게 별의별 짓을 다했지만 아주머니는 꼼짝 하지 않았어요. 나는 그녀의 귀에 대고 『어서 트렁크를 치우고 지하실 문을 열어야 해요. 페테니카를 죽이면 안 돼요』라고 소리쳤지만 그건 모두 소용없는 일이었어요. 아주머니 기운이 세서 내가 이길 수 없었어요. 악한은 쉬지 않고 계속 바닥을 두드렸어요. 시간은 흐르고 있는데 그녀는 눈만 말똥말똥 굴렸어요. 그 후로 오랜 세월이 흘렀지만 나는 그때 같은 공포는 생전 잊지 못할 거예요. 아직도 어린 페테니카의 가여운 목소리가 귀에 쟁쟁해요. 천사와 같은 어린 페테니카는 지하실에서 울면서 신음했어요. 그 악마 같은 도둑이 어린 페테니카를 목 졸라 죽인 거죠. 나는 이제 어떻게 해야 하나. 저 미치광이 노파와 살인을 한 도둑을 어떻게 하나? 그때 나는 밖에서 말 우는 소리를 들었답니다. 말은 마치 내게 어서 타고 시내로 나가 도움을 청해야 한다고 말하는 것 같았어요. 창 밖을 보니 막 동이 트려고 하더군요. 그래 너는 가야 한다. 어서 가야 해. 이런 말을 누군가가 숲속에서 말하는 것 같았지요. 『기다려, 서두르지 마, 우리에겐 방법이 있단다.』그래서 나는, 숲속에는 나 혼자 있는 게 아님을 알았어요. 그것은 마치 우리 집 수탉이 우는 것 같았어요. 밑에서 기관차의 기적 소리가 들렸어요. 나는 기적 소리만 들어도 기관차를 알 수 있어요. 나고르나야에 있는 이 기관차는 증기 기관찬데, 보조 기관차라고 했어요. 그 기차는 화차를 언덕 위로 끌어올리는 기차랍니다. 그 기차는 매일 밤 그 시간이면 지나갔어요. 그때 나는 밑에서 기관차가 나를 부르는 소리를 들었어요. 그 소리만 들으면 나는 가슴이 마구 뛰었어요. 그때 나는 내가 아무래도 아주머니처럼 제정신이 아니라는 생각이 들었어요. 기차는 가까와오고, 그러나 생각할 틈이 없었어요. 나는 손전등을 들고 철로에 뛰어들어, 손전등을 크게 원을 그리며 아래 위로 흔들었어요. 나는 기차를 세웠어요. 기차는 바람 때문에 기어오듯 처처히 움직였어요. 낯익은 기관사가 창에서 몸을 내밀고 무슨 말인가를 했어요. 그러나 바람 때문에 알아들을 수 없었답니다. 나는 기관사에게 철로 초사가 습격을 당하여 사람이 살해되었고, 도둑을 당했으며, 강도가 지하실에 있으니 빨리 도와 달라고 소리쳤지요. 그때 적군 병사가 철로에 뛰어내렸지요. 그 기차는 군용 열차였어요. 그들은 뛰어내리면서 무슨 일이냐고 물었어요. 밤중에 그것도 숲속의 험한 언덕 위에 정차했으니 물론 놀랐겠죠. 그들은 지하실에서 그 강도를 끌어냈어요. 그는 아주 가느다란 목소리로 제발 목숨만 살려 달라고 애걸복걸했어요. 그들은 강도를 기차 길 위로 끌고 와서 손발을 레일에 묶고는 그냥 기차를 몰았답니다. 그렇게 악한은 형을 받은 거죠. 나는 너무 놀라서 옷을 가지러 집에 가지도 못했답니다. 나는 그들에게 기차를 태워 달라고 간청했어요. 그들이 기차에 태워 줘서 나는 그곳을 떠나올 수 있었읍니다. 그 후 나는 우리 나라의 절반 가량은 떠돌아다녔어요. 내가 가지 않은 곳이 거의 없을 정도지요. 나는 어렸을 때 이런 고통을 겪었기 때문에 지금은 너무나 자유롭고 행복하답니다. 그러고도 많은 고난과 불행을 겪었어요. 그런 일은 모두 그 사건 이후에 일어난 거랍니다. 그 이야기는 다음에 할께요. 그 날 밤에 철도 관리인이 정부 재산을 접수하고 마르파 아주머니를 처리했지요. 어떤 사람은 아주머니가 정신병원에서 죽었다고도 하고, 또 어떤 사람은 아주머니가 회복되어 정신병원에서 나왔다고도 하더군요.」

타냐의 이야기를 모두 들은 고르돈과 두도로프는 잠자코 숲속을 산책했다. 얼마 후 트럭이 도착했다. 트럭은 길에서 무서운 움직임으로 빈터를 향해 방향을 돌렸다. 트럭 위에 상자를 실었다. 고르돈이 두도로프에게 물었다.

「여보게, 저 세탁부가 누군지 알겠나?」

「그럼, 알고말고.」

「예브그라프가 그녀를 돌봐 주겠지.」

잠시 말없이 있다가 다시 말을 이었다.

「역사적으로 숭고한 이상이 물질주의로 조야해지는 일은 흔히 있어. 그래서 그리스는 로마에 패망했고, 러시아의 계몽주의는 러시아의 혁명으로 바뀌었지. 어디에선가 블로크가 이런 말을 했어.『러시아의 무서운 시절에 사는 아이들인 우리들』이라고 블로크는 비유적이고 상징적인 의미로 그런 말을 했지. 아이들은 아이들이 아니었고, 아들들, 후손들, 인텔리겐차들이었어. 그리고 공포란 무서운 것이 아니라 섭리에 따른 계시란 말야. 지금은 모두가 글자 그대로의 뜻이 되어 버렸어. 아이들은 아이들이고 공포는 무시무시한 것이야.」

5

오 년인가 십 년이 지난 어느 조용한 여름날 저녁, 고르돈과 두도로프는 모스크바가 한눈에 내려다보이는 열린 창문가에 앉아 있었다. 두 사람은 예브그라프가 펴낸 유리의 시집을 읽고 있었다. 얼마나 많이 반복해서 읽었는지 거의 암기하다시피한 책이었다. 그들은 글을 읽고 서로 의견을 말했다. 그들이 책을 반쯤 읽었을 때는 날이 어두워져서 글씨가 보이지 않았으므로 램프를 켰다.

이 작가의 고향이며 그가 반생 동안 산 곳, 그와 관련된 온갖 사건이 일어났던 모스크바가 눈 아래 펼쳐졌다. 그들은 모스크바가 사건의 무대가 아니라 그들 손에 들려 끝까지 읽어 내려 간 긴 중편 소설의 주인공 같았다.

비록 전쟁이 끝난 후에 기대했던 광명과 자유가 생각처럼 승리와 함께 나타나지는 않았지만 그와 관계없이 자유의 조짐은 전후시대의 대기에 충만했다. 그리고 이러한 자유만이 전쟁 후의 유일한 역사적인 의미를 상징했다.

창가에 앉아 작가의 옛 친구들에게는 이 영혼의 자유가 도래했고, 바로 그날 저녁, 창문을 통해 보이는 거리 위에 미래가 빤히 잡힐 듯 내려앉아, 그들이 이 미래 속으로 들어가, 이후부터는 그 안에 있을 것이라는 생각이 들었다. 이 성스러운 도시와 온 세상과 아직도 살아 있는 이 이야기의 주인공과 그들의 아이들을 생각하며 그들은 행복하고 감동스런 평원에 빠져들고, 주위와 더 멀리까지 퍼지는, 생전 처음 듣는 행복의 음악에 감싸였다. 또한 그들이 들고 있는 책은 그들의 그런 감정을 확인하고 긍정하는 듯했다.

제3부
유리 지바고의 시

햄   릿

소란이 사라졌다. 나는 무대로 나선다.
문설주에 기대어
나는 메아리 속에서
앞으로 일어날 일의 암시를 듣고자 한다.

밤과 어둠은 나를 한 곳에 잡아두고
무수히 많은 쌍안경으로 쳐다본다.
하나님, 나의 아버지시여. 할 수만 있다면
이 잔을 제게서 거두소서.

당신의 준엄한 의지를 저는 사랑합니다.
이 역할을 맡으마고 머리를 숙이나
이 순간에도 나른 연극이 진행되고 있으니
지금이라도 나의 배역을 덜어주소서.

극의 순서는 벌써 짜여지고
길 끝은 피할 수 없다.
나는 홀로 있거늘, 다른 모든 것은 거짓에 빠져 허위적대고
명대로 산다는 것은 평탄한 평원을 건너는 게 아닐지니.

삼　월

태양은 땅에 흠씬 젖게 할 정도로 뜨겁고
골짜기는 미친 듯이 날뛴다.
봄은 마치 젖짜는 처녀와도 같이
쉴 틈 없이 일이 한창이다.

눈은 녹고
감각 없는 푸른 저 길다란 엽맥이 보이는가.
외양간에는 생명이 끓어오르고
쇠스랑 갈퀴는 건강의 화신.

이러한 낮, 이러한 밤이여!
대낮에 눈 녹아 떨어지는 소리
추녀 끝 고드름이 쇠잔하니
잠자지 않고 흐르는 실개천이여!

마굿간과 외양간의 문을 활짝 열어젖히고
비둘기는 눈 속에 떨어진 귀리를 쪼고
이 모든 것과 생명을 잉태하는 죄인인
거름더미는 신선한 공기를 물씬 풍긴다.

성주간(聖週間)

사방에 밤의 어둠이 넘친다.
아직 너무 이른 이 세상.
저마다 대낮같이 찬란한 별들이
하늘에선 지금도 뽐낸다.
마음대로 할 수만 있다면 대지는
〈시편〉 읽는 소리 자장가 삼아
부활절 내내 잠에 빠지리라.

사방에 밤의 어둠이 넘친다.
창조의 시간은 너무 빨라
이 모퉁이에서 저 모퉁이까지
광장은 영원처럼
농이 트고 따뜻해지려면
천년은 지나야 하리라.

대지는 아직 벌거벗은 채
찬송을 부르는데
성당의 종을 박자 맞춰 치려면,
밤에 입을 실오라기 하나 없네.

성 목요일에서
부활절 전야에 이르기까지
물은 강둑을 찰싹 때리고,
소용돌이를 치며 흘러간다.

숲도 벌거벗고 몸을 내보이니
수난 주간이 지나도록
나란히 서서 기도드리는 신도처럼
소나무가 줄지어 서 있네.

시내에서 그리 멀지 않은 곳에서도
성당에 들어가려는 듯이
교회 창살을 기웃거리며
나무도 태어날 때처럼 발가벗은 채 서 있구나.

그들의 시선은 공포로 가득하고
그들의 두려움 헤아릴 수 있으니
마당의 울타리가 사라지고
땅의 구조는 진자마냥 진동하여
신은 땅에 묻혔도다.

성문가에 불빛이 보인다.
검은 휘장과, 한 줄로 늘어선
초와 제단의 간막이와
눈물에 젖은 얼굴, 얼굴
갑자기 성당내에서 십자가 행렬이
성의를 들고 그들에게로 온다.
정문을 지키는 자작나무 두 그루는
옆으로 길을 비켜 주어야겠지.

행렬은 성당을 한 바퀴 돌면서
보도의 가장자리를 따라
봄과 봄의 모든 얘기와,
성찬의 독특한 맛과
봄의 향기를 길에서 끌어들이누나.

삼월은 교회 뜰에
절름발이 무리에게 적선하듯 눈을 흩뿌린다.
어떤 사람이 등장해서
범궤를 꺼내 열어젖히고
안에 든 모든 것 나눠 주는 듯 싶더라.

노래가 새벽까지 들려온다.
한껏 흐느껴 목메인 목소리
더욱 나직하네.
〈시편〉과 〈복음서〉의 찬양은
외로운 가로등 밑 황무지에 이른다.

그러나 한밤이 되면
곧 날씨가 개이리라.
봄의 소문을 듣기만 하면
부활의 능력으로
모든 피조물과 육체는 침묵을 지킨다.

백　　야

나는 먼 옛날의 환상을 꿈꾸니
페테르스부르크에 집이 하나 있고
대초원 지대의 별로 잘 살지 않는
여지주의 딸인 그대는
쿨스크에서 태어나 학교를 다녔지.

당신은 사랑스런 사람, 따르는 사람이 있다.
이 하얀 밤에 그대와 나는
당신 집 창턱에서 아늑한 기분으로
이 마천루에서 아래를 내려다본다.

가로등은 기체로 이루어진 나비.
싸늘함에 아침이 깜박이고
내가 당신에게 은밀히 하는 얘기는
잠이 든 먼 풍경 같구나.

한눈에 볼 수 없는 네바 강 너머
파노라마처럼 펼쳐진 페테르스부르크같이,
신비함에 대한 수줍은 헌신에
우리는 완전히 사로잡혀 있다.

저기 멀리 울창한 숲 사이에
봄이 짙은 이 하얀 밤
지빠귀는 기쁨의 노래를 찬미하고

울창한 숲 주위를 가득 채운다.

그들의 미친 듯한 울음 소리 들리고,
작은 가냘픈 새들이 지저귀는 소리는
황홀한 덤불 속 깊이에서
환희와 불안을 불러일으킨다.

맨발로 순례하는 여인처럼
밤은 길을 찾아 울타리를 따라 기어나오고
밤이 엿듣던 우리의 속삭임은
창가를 따라 밤의 뒤를 따라간다.

우연히 들은 두런두런 울리는 산울음 속에서
울타리를 친 정원마다
사과나무와 벚나무 가지는
하얀 꽃으로 몸을 치장한다.

유령 같은 파리한 나무는
너무도 많은 것을 보았던 백야에게
작별 인사라도 하듯
무리지어 길로 밀려 나온다.

봄의 험한 길

저녁놀의 불꽃이 타오르고 있었지.
우랄 지방 기슭의 외진 농장으로
말을 타고 가는 사람 한 명
봄의 질퍽한 오솔길 따라 발을 끌며 걷는다.

말은 숨을 헐떡이고
부딪치는 편자 소리 짤랑거리고
샘물 속의 물은
길 뒤에 남아 메아리친다.

말탄 사람 고삐를 늦추고
천천히 가고 있을 때
봄의 물바닥이 근처에서 철벅거리고
모든 노가 요란하다.

어떤 이는 웃고, 어떤 이는 울고
바위는 부딪쳐 부싯돌에 가루가 되고
뿌리째 뽑힌 나무 그루터기는
물구덩이 속으로 떨어진다.

우렁찬 교회 종소리처럼
지빠귀 한 마리 슬피 울며
저녁놀 타오르는 불탄 자리에
무성한 나뭇가지 사이에서 지저귄다.

과부의 화관인 듯
웅덩이 위로 버드나무 한 그루 구부린 곳
옛날 〈강도—지빠귀〉처럼
새는 일곱 그루 참나무 위에서 지저귄다.

이 숙명적인 정열은 무슨 불행,
어떤 버림받은 사랑을 뜻하려는가?
숲에서 이 작은 총알을
새는 누구에게 쏘았겠는가?

걸어서나 말을 타거나
이곳 빨치산 선발대를 마중하니
탈옥수의 수용소에서
숲속의 요정처럼 그는 나타나려나.

하늘과 땅, 숲과 들
열광과 고뇌와 행복의
미쳐 버린 비탄의
각각의 독특한 소리에 귀를 기울인다.

변　명

삶은 늘 이상하게 단절되었듯이
별 이유도 없이 그렇게 되돌아왔다.
그 해 여름, 그 날 그 시간에 내가 있던
바로 그 거리에 나는 있다.

같은 사람, 같은 걱정거리
그 당시 죽음 같은 저녁이
흰 벽에다 못을 박던 그때같이
석양의 불꽃은 아직 식지 않았다.

낡은 값싼 옷을 걸친 여인들은 밤이면
그때처럼 물을 소리나게 치고
그때처럼 밤은 그들을
함석 지붕 다락방에, 예수인 양 못 박는다.

저기 그들 중 한 여자 지친 걸음걸이로
느리게 문턱에 나와서
반 지하실에서 기어올라
안마당을 가로지른다.

나는 다시 변명을 해본다.
그리고 또다시 아무것도 내게는 상관이 없네.
아름다운 내 이웃 여자는 뒷마당을 돌아
우리만 홀로 남겨 놓는다.

눈물을 거두고, 부어 오른 입술을 오므리지 마라.
입술에 주름을 짓지 마라.
봄날의 열기로
엉켜붙은 딱지가 염증이 일어날지도 모른다.

내 가슴에서 손을 떼라.
우리는 서로 전류가 통하는 전선.
언젠가 다시 한번
우리는 서로 엉킬 것이니 이는 결코 우연이 아니리라.

세월이 흐르면, 당신은 결혼을 하겠지.
그리하여 당신은 고통을 잊으리라.
아내가 된다는 것은 위대한 모험.
남자를 사로잡는 것은 영웅적인 행위.

나는 평생토록 여인의 손과 등허리,
어깨와 조각품 같은 목덜미의
기적 앞에 경건함과 두려움을 가진
충성스런 노예이리라.

그리움의 가락지로
밤이 제아무리 나를 묶어 두어도
이별의 힘은 더욱 강하니
결별에의 욕망이 나를 손짓하누나.

도시의 여름

나지막이 대화를 나누고
짜증스런 몸짓으로
목덜미부터 머리카락을
올려 묶는다.

묵직한 빗살 사이로
그녀는 모자 쓴 여인,
땋아 내린 머리와 함께
머리를 뒤로 젖힌다.

거리의 후덥지근한 밤이
악천후를 예고하고
길거리의 사람들은 지척거리며
집으로 향한다.

돌연한 천둥 소리
날카롭게 되울리면
유리창의 커튼은
세찬 바람에 흔들린다.

침묵이 시작되었으나
전처럼 대기는 끈적거리고
전처럼 하늘에는
온통 번개가 더듬고 돌아다닌다.

그리고 다시 화창한
아침이 되면
지난 밤 쏟아진 비 뒤에
물웅덩이가 다시 말라붙는다.

아직 꽃이 지지 않은
향기로운 늙은 보리수는
수면을 취하지 못해서
음울한 표정을 보인다.

바   람

나는 죽었으나 그대는 여전히 살아 남아 있다.
바람은 하소연하며 통곡하며
숲과 시골집을 흔들어 놓는데
소나무 한 그루 한 그루가 아니라
모든 나무가 한꺼번에
배 닿는 포구의 거울 같은 잔잔한 수면 위에 떠 있는
선체처럼 흔들린다.

그리고 이 바람은 허세나
무의미한 분노로 그러는 것이 아니고
그대 위한 자장가의 노랫말을
슬픔 속에서 찾으려 함이다.

화창한 가을

까치밥나무 잎사귀는 거칠고 솜털로 쌓여 있다.
집안 가득 웃음이 요란하고 유리창이 소리를 낸다.
집 안에선 칼질을 하고 술 익은 냄새, 후추를 양념하는
냄새 가득하고
소금물에 맛돋구러 징항을 친다.

숲은 광대처럼 소란스럽고
가파른 언덕까지 멀리 내던진다.
불길의 열기에 그을린 듯
햇빛에 탄 개암나무 한 그루 서 있다.

여기서 깊은 골짜기로 내려가고,
여기 말라 비틀어진 고목 나뭇가지 사이에서
골짜기에 모든 것 휩쓸어 내린
넝마주이 노파의 가을도 처량하누나.

또한 어느 능란한 철학자가 생각한 것보다
우주는 더 단순한 것,
숲이 물 아래 잠긴 것 같이
만물은 숙명적인 종말이 닥쳐 오리라.

눈앞에 있는 모든 것이 햇빛에 타오를 때,
가을의 하얀 아지랭이는 거미줄처럼
유리창 가에 줄을 그을 때
공허히 쳐다보는 것이 무의미하기에.

울타리엔 정원으로부터 통로 하나 뚫려 있어
자작나무 숲으로 사라진다.
집 안은 웃음과 아낙네의 부지런함으로 소란하니
바로 그 소란과 웃음 또한 아득히 들려온다.

결 혼 식

안마당을 가로질러
잔치에 온 손님은
축하를 하러 신부 집으로
저마다 손풍금을 켜며 건너왔다.

새벽 한 시부터 일곱 시까지
펠트로 모서리를 두른
주인의 방에서는
말소리가 잠잠해졌다.

영원히 잠늘 수 있는
가장 졸린 새벽에
결혼 잔치에서 떠나가며
또다시 손풍금을 켠다.

손풍금을 켜는
사람의 박자에 맞추어
또다시 손뼉치는 소리, 목걸이의 반짝임
흥을 한층 돋운다.

또다시 또다시.
흥겹게 노래 부르는 소리가
술자리에서 침실까지
곧바로 들려왔다.

백설처럼 흰 처녀가
고함과 휘파람 소리에 맞춰
미끄러지듯 엉덩이를 흔들며
또다시 공작처럼 춤춘다.

머리를 높이 들고
오른손을 흔들며
마차길 위에서 춤추는
암공작, 암공작.

갑자기 소음과 열정,
그리고 원무도
모두 지옥의 입 속으로 떨어진 듯
흔적없이 사라진다.

시끄러운 헛간 앞마당이 잠을 깨고
매일 하는 잡일의 소음은
소란한 이야기 소리와
웃음 소리 속에 섞여 버렸다.

하늘은 끝없는 속으로, 높이높이
잿빛 얼굴이 소용돌이 이루어 솟고
한떼의 비둘기들
비둘기 둥지에서 서둘러 도망쳤다.

결혼식을 맞아
꿈이나 생시나 언뜻 생각나듯
오래 살기를 바라는 마음으로
비둘기를 풀어 놓았다.

삶은 순간에 불과한 것,
선물을 주듯이
다른 사람 가운데서
우리 스스로 소멸시키는 것에 불과할 뿐.

결혼은 단지 창문을 통해
아래서부터 들려 오는 소음에 지나지 않는 것,
한 곳의 노래만이, 한 번의 꿈만이,
한 마리 잿빛 비둘기에 불과한 것.

가 을

가족을 모두 떠나 보내고
사랑하는 이 모두 흩어졌으니,
자연과 내 가슴의 모든 것은
떠나지 않는 고독으로 가득 차 있다.

그리고 이 오막집에 당신과 나
인적이 없는 숲에는 사막 같고
옛 노래에 있듯 오솔길과 산길은
잡초만 무성하다.

수목으로 쌓인 벽이
서글픈 우리를 쳐다본다.
뛰어넘지 못할 운명의 벽,
우리는 공공연히 파멸로 치닫으리라.

우리는 한 시에 자리에 앉고, 세 시면 자리에서 일어난다.
나는 책을 읽고, 당신은 뜨개질을 하고,
동이 트면 우리는 언제
키스를 마쳤는지 알지 못하리라.

더욱 멋지게, 더욱 분방하게
펄럭이는 나뭇잎이여, 흩날려라, 소란피워라.
그리고 어제의 고배의 잔에
오늘의 아픔을 넘치게 하리라.

애착, 집, 매력이여!
9월의 바람결에 연기처럼 흩어지도록 하자!
가을의 속삭임 속에 모두 묻고
죽든지, 실성하려무나!

아담한 숲의 나무가 옷을 벗듯이
당신도 옷을 벗는다.
그때, 은빛 수술을 단 잠옷을 입고
그대, 내 품에 안기네.

삶이 우환보다 더 괴로울 때
그대는 파멸로 가는 길의 선물.
그리고 교만함이 미의 근원이니,
이것이 우리를 서로 밀착시켜 주누나.

옛날 이야기

옛날, 그 옛날
전설의 나라로
가시나무 울창한 들판을 따라
기사는 말을 몰았다.

기사는 서둘러 전쟁터로 향했고
초원의 먼지 속에서
앞에 나타난 숲이
저 멀리 보였다.

그의 끈질긴 예감이
계속 괴롭히고
늪을 피하고
안장을 죄었다.

기사는 듣지 않고
전속력으로 질주하여
울창한 숲으로
달려갔다.

그는 묘지를 돌아
물 마른 골짜기를 향해
습지를 돌아
산을 넘었다.

계곡으로 방향을 돌려
숲속 오솔길을 따라
짐승의 발자국을 좇아
수음장을 찾아봤다.

어떤 경고에도 귀 기울이지 않고
눈치도 못채고
개울물을 마시게 하려고
말을 언덕에서 데리고 내려갔다.

개울가에는 동굴이 있고,
동굴 옆에는 얕은 여울이 있어
마치 불타는 유황이
동굴 입구를 환히 비추는 듯하다.

진홍색 연기 피어올라
눈앞을 가리고
까마득한 외침 소리
치솟은 소나무 숲 가득 채웠다.

그때 기사는 놀라
곧장 골짜기로
도와 달라는 외침에
한 발씩 한 발씩 접근했다.

그리고 기사는
용의 머리와 꼬리를
그리고 비늘을 보고
창을 움켜 쥐었다.

목 깊숙이 나온 불꽃처럼
빛을 뿌렸다.
용의 몸은 세 겹으로 꼬아
처녀를 칭칭 감았다.

큰 용의 몸은
채찍의 끝처럼
아름다운 포로의
흰 어깨 주위를 붙들었다.

그 고장의 풍속은
아름다운 여인을
숲속의 괴물에게
먹이로 주는 것이었다.

그곳 사람들은
자기의 초라한 오두막집을
거대한 뱀에게 상납품으로써 바쳐
보상받았다.

거대한 뱀은 그녀의 팔을 휘감고
목을 칭칭 감고
희생물을 고통을 위한

제물로 받았다.

하늘을 우러러보며
말 탄 기사는 도움을 청하고는
싸우려고 창을
잔뜩 움켜잡았다.

꼭 감은 눈,
아스라히 높은 구름
물, 여울, 그리고 강
세월, 그리고 기나긴 세월.

흠집난 투구 쓴 기사는
싸움 도중 말에서 떨어졌다.
충직한 군마는 발굽으로
뱀을 죽이려고 짓밟았다.

군마와 용의 시체는
모래 위에 나란히 쓰러졌고
의식을 잃은 기사,
처녀는 기절을 했다.

한낮의 하늘은
찬란히 푸르렀다.
이 처녀는 누구인가?
대지의 딸인가? 공주인가?

행복에 겨워

눈물이 하염없이 뺨을 적시고,
처녀의 영혼은
잠과 망각 속에 사로잡혔다.

정신을 차렸지만
몸을 움직일 수 없으니
너무 출혈이 심해
기운을 차릴 수 없네.

그래도 그들의 심장은 두근거린다.
처녀와 기사는
의식을 되찾으려 애쓰지만
또다시 꿈 속에 빠져 버린다.

꼭 감은 눈,
아스라히 높은 구름
물, 여울, 그리고 강
세월, 그리고 기나긴 세월.

팔 월

약속했던 대로 태양은
이른 아침 어김없이 찾아와
노란 줄무늬 끈으로
커튼에서 의자까지 스며든다.

똑같은 태양이
근처의 숲, 마을의 집, 나의 침대, 나의 베개
그리고 책장 곁의 벽에
뜨거운 황토빛으로 적신다.

나는 왜
베개가 젖었는지 생각했다.
나를 선송하려고
당신들이 숲을 지나 따라오는 꿈을 꾸었네.

그대들 떼지어 모였어도, 한 쌍씩 갈라져 왔다.
갑자기 누군가
구력으로 팔월 육일
주님의 현성용(顯聖容) 축일임을 기억했다.

이 날에는 보통 타보르 산에서
불꽃 없는 빛이 분출하고
깃발처럼 상큼한 가을은
만인의 시선을 집중시킨다.

당신들은 자라다 말고 보잘 것 없는
헐벗고 흔들리는 오리나무 잡목 숲을 지나
판에 박은 과자처럼, 바싹 그을은
묘지의 숲으로 들어갔다.

아득히 닭 울음 소리
전쟁 나팔처럼 울려오면,
하늘은 고요한 나무 꼭대기에
웅장하게 앉아 있다.

숲에선 국가 검사관처럼
죽음이 무덤 중앙에 서서
내 키에 맞춰 구멍을 파려는 듯
파멸해 가는 내 얼굴을 쳐다보았다.

당신들은 모두 내 가까이서
조용한 누군가의 목소리를 들었다.
그것은 예전의 내 목소리.
이제 죽음의 부패에 다치지 않는 목소리로 말한다.

잘 있게, 현성용 축일의 담청색이여,
재림의 황금빛이여,
여인의 마지막 손길로
내 숙명의 시간을 덮어 주오.

안녕, 무한한 세월이여
우리 이별을 하자.
결투를 청하는 그대여!
나는 그대 시련의 싸움터니.

안녕, 날개 펼친 시계여,
안녕, 자유로운 비상,
계시적인 언어로 표현된 세계의 형상,
창조나 기적의 힘이여!

겨 울 밤

온 대지 위에 눈보라가 날려, 또 날려
세상 구석구석까지 덮었다.
탁자 위에선 촛불이 타오른다.
촛불이 타오른다.

여름에 모기떼가
불꽃을 향해 극성스레 달려들듯이
마당에는 눈송이가
창문을 두드린다.

눈보라는 유리창에
찻잔과 화살 모양을 그린다.
탁자 위에선 촛불이 타오른다.
탁자 위에선 촛불이 타오른다.

불빛 비친 천장 위엔
뒤틀린 그림자가 진다.
엇갈린 팔과 엇갈린 다리,
엇갈린 운명의 그림자.

털썩 소리를 내며 떨어진
자그마한 신발 두 개.
침실 스탠드의 촛대가
밀납을 눈물처럼 흘린다.

모든 것이 눈 내리는 어둠 속으로
회색과 흰색으로 사라진다.
탁자 위에선 촛불이 타오른다.
촛불이 타오른다.

구석에서 바람이 불어 촛불이 펄럭이고
유혹의 열기는
십자가 형상으로
천사의 양쪽 날개를 들어올린다.

이월 한 달 동안 그침없이
눈보라가 쏟아진다.
탁자 위에선 촛불이 타오른다.
촛불이 타오른다.

이　별

자기 집이라는 것도 깨닫지 못하며
그는 문지방에서 바라본다.
그녀의 떠남은 도주와 같았다.
곳곳엔 황폐의 흔적.

방마다 카오스
눈물이 앞을 가려
심한 두통 때문에
그는 황폐의 정도를 느끼지 못한다.

아침부터 귓전이 얼얼했다.
그는 꿈을 꾸는가? 추억에 잠겨 있는가?
그리고 바다에 대한 생각이
왜 끈질기게 그의 마음속에 떠오르는가?

창문에 낀 성에 때문에
낯이 보이지 않으면,
슬픔의 절망은
황량한 바다의 사막이랄까.

그녀는 매사에
그에게는 소중한 존재.
파도가 밀려들어오면
해안선이 바다로 가까이 간다.

폭풍이 지난 후
갈대가 파도에 넘어져
그녀의 모든 것은
그의 영혼 밑바닥에 깔렸다.

시련의 시절,
생각할 수 없는 삶의 시간 속에서
운명의 파도를 타고
그녀는 심연으로부터 떠올랐다.

수많은 위기의 와중에서
셀 수 없는 장애물 중에서
파도는 그녀를 싣고, 또 싣고
바로 가까이 데려 왔었다.

그러나 지금 그녀는 떠나고
어쩌면 피치 못할 사연이 있으리.
이별은 두 사람 다 침식시킬 것이고,
슬픔은 그들의 뼛속까지 갉아 먹으리라.

그는 주의를 살펴본다.
떠날 때 그녀는
옷장 서랍에 들어 있는 물건을
모두 뒤집어 헝클어 놓았다.

그는 어두워질 때까지
이리저리 배회하며 흩어진 옷과
구겨진 옷본을
서랍 속에 다시 넣는다.

꿰매다 만 바늘이 꽂혀 있는
바느질 감에 몸을 숙여
돌연 그녀의 모습을 보고
조용히 눈물 흘린다.

만   남

눈이 길을 덮고
지붕에 가득 덮이면
나는 산책을 나갈 것이고
그대는 방문 뒤에 서 있다.

모자도 장화도 없이
홀로 가을 옷을 입고서,
그대는 눈이 내리는 가운데서
촉촉한 입술을 깨문다.

멀리 있는 나무와 울타리
어둠 속으로 떠나고
그대는 눈 내리는 가운데
구석에 혼자 서 있다.

그대의 목도리에서
소매와 옷깃 속으로 물이 흘러내리고,
머리카락에서는 이슬처럼
눈이 녹아 반짝인다.

그리고 담황색 머리카락은
얼굴과 삼각 목도리를,
용감하고 굳센 육체를,
그 초라한 외투를 밝힌다.

그대의 모습 속에는 늘
이런 모습의 겸허가 배어 있다.
세상이 제아무리 몰인정해도
무엇이 문제가 되는가?

이 모든 밤은
눈 내려 쌓여
그대와 나 사이에
경계선을 그을 수 없다.

그러한 세월이 흐른 후에
우리가 세상에 있지 않고
뜻없는 소문만 남았을 때
우리 두 사람은 어디서 온 누구일까?

성탄의 별

겨울이었다.
광야에서 바람이 불어 왔고
골짜기의 비탈 위 굴 속에서
아기는 추웠다.

오직 황소의 입김이 아기를 감싸 주었다.
가축은 동굴 속에 서 있었고
구유 위에는
따스함이 안개처럼 퍼졌다.

목자들은 절벽 위에서 양가죽을 깔고
초라한 잠자리의 밀짚과
흩어진 수수 낟알 사이에서 몸을 떨며
졸린 듯이 한밤중에 허공을 쳐다본다.

저 멀리 들판은 눈 속에 묻히고
묘지와 비석과 울타리와,
비명과 수레의 끌채까지 눈이 덮여 있고,
묘지 위에는 별이 총총하다.

파수의 오두막 창문에 매달린
작은 램프보다 더 부끄러워하면서
가까워 보여도 보이지 않는 별 하나가
베들레헴으로 가는 길을 비춰 주었다.

그 별은 하늘과 하나님 곁에서
건초 더미처럼 타올랐다.
마치 방화 불의 반사처럼
등불 켠 농가나 타작 마당 같았다.

더욱 강렬하게 붉은 빛이
그 별 위에서 빛났고,
무엇인가를 의미했다.
세 명의 점성가는 그것을 보고
그 희미한 빛의 부름에 길을 재촉했다.

선물을 가득 실은 낙타가 그들을 쫓고
마구를 채운 당나귀보다 더 작은
당나귀가 한 마리씩
조심스런 걸음으로 산을 내려갔다.

나중에 닥쳐 올 모든 일이
다가오는 시간의 낯선 예지처럼,
멀리서 떠올랐다.
오랜 세월 모든 사고, 모든 꿈, 모든 세계,
미래의 모든 미술관과 박물관과,
요정의 모든 장난과 모든 기적과,
이 땅의 모든 성탄절 나무와 어린 아이의 모든 꿈.

떨리는 촛불의 따사로운 광채와 모든 쇠사슬과,
빛깔이 요란한 장식품의 모든 찬란함과……
더 잔인하고, 더 거센 바람이 평원에 몰아쳤다.
붉은 사과와 모든 황금 그릇,

연못의 일부는 오리나무가 가렸지만
나무 꼭대기 떼까마귀 둥지 사이로
절벽 언저리에서는 다른 쪽이 훤히 보였다.
물방아 둑을 따라
당나귀와 낙타가 걸어가는 것을
목자들은 잘 볼 수 있었다.
──우리 모두 함께 가서 기적을 예배하자.
그들은 양가죽을 몸에 두르며 말했다.

눈을 따라 가려니 그들은 몸이 달아올랐다.
맨발이 남긴 돌비늘처럼 빛나는 흔적은
밝은 들판을 지나 선술집 너머 뻗어나갔고
개들은 별빛을 받아
촉광을 향해 으르렁거렸다.

옛날 이야기에 나올 듯한 혹한의 밤,
눈 덮인 산비탈이
모습도 보이지 않은 채 그들과 어울렸다.
개들은 뒤돌아보며 두려워 주춤거렸고
음산한 예감에 젖어 젊은 목자에게 가까이 갔다.

바로 같은 고장, 같은 길로
천사들이 인간과 함께 걸었다.
형태가 없어 보이지는 않지만
그들이 걸을 때마다 발자국이 남았다.

동이 트자 삼나무가 보였다.
동굴 입구 바위에 사람들이 무리지어 왔다.
'누구세요?'라고 마리아가 물었다.
'우리는 하늘의 사자이며, 목자들이랍니다. 두 분을 찬양하는
노래를 부르려고 왔습니다.'
'모두 들어올 자리가 없으니 잠시 기다려 주세요'
불꺼진 재처럼 동트기 전 음산함 속에서
목자들은 추위를 잊으려고 발을 동동 굴렀다.
걸어온 사람이 말을 타고 온 사람과 언쟁을 했다.
물통으로 쓰이는 속 파낸 통나무 주위에서
낙타는 소리를 질렀고 나귀는 발길질을 했다.

동이 텄다.
마지막 별을 잿가루처럼 창공에서 휩쓸어 버렸다.
마리아는 수많은 군중 가운데
오직 동방박사만이 바위 틈으로 들어오게 허용했다.
아기 예수는 텅 빈 나무 속의 달빛처럼
떡갈나무 구유에서 잠들었다.
당나귀의 입술과 황소의 콧구멍이
양털 외투 대신 아기의 몸을 감싸 주었다.

동방박사는 외양간의 석양 같은
그늘에 서서, 겨우 나직이 속삭였다.
갑자기 좀더 어두운 곳에서 한 사람이
구유에서 다른 사람을 좀 왼쪽으로 밀어젖혔다.
얼굴을 돌려보니, 곧 들어서려는 손님처럼
성탄의 별이 방문자인 양 성모를 물끄러미 쳐다보았다.

새   벽

그대는 내 운명의 전부
그 후 전쟁과 황폐가 닥치고
참으로 오랜, 오랜 세월
그대의 소식이 없었다.

길고 긴 세월이 지나
나를 흥분 시키는 그대 목소리.
밤새 그대의 유언을 읽고
내 정신이 되돌아왔다.

나는 사람들 속에 휩쓸려 군중과 하나기 되이
그들의 아침 생기 속에 살고 싶다.
나는 모든 것을 산산이 부수고
모든 사람을 무릎꿇게 할 채비를 한다.

오랜 세월 사라졌던
눈 쌓인 길거리로
처음 외출을 하듯
나는 계단을 성급히 달려간다.

어느 곳에 시선을 두어도 나는 의식과 빛과 안락을 본다.
사람들은 차를 마시고, 서둘러 전차를 타러 간다.
얼마 후에
도시의 모습은 낯설어진다.

문 앞에서 눈보라는 펑펑 쏟아지는
눈송이로 그물을 짜고
그리고 모두 제 시간에 대려고
아침도 먹지 못하고 미친 듯 달려간다.

마치 내가 그들의 살갗 속에 있었듯이
나는 그 모두를 느낀다.
눈이 녹듯 내 자신이 녹고
아침이 빛나듯 나도 빛난다.

나와 함께 사는 이름 모를 사람,
아이들, 나무들, 집에서 꼼짝 않는 사람들.
나는 모든 이에게 정복당하고
그들은 오직 하나뿐인 나의 승리자.

기   적

전부터 불길한 예감에 대한 우울로
주님은 베다니에서 예루살렘으로 향했다.

비탈길 가시투성이 관목 숲은 시들어 있었고,
부근 오두막에서는 연기가 피어오르지 않았다.
바람이 불지 않아 후덥지근했고 갈대는 잠잠했다.
사해(死海)의 평화는 동요되지 않았다.

바다의 비양거림과 언쟁의 슬픔 속에서도
누구의 집에 닿으려고 먼지투성이 길을 따라
구름 몇 조각을 벗삼아
주님은 제자의 모임에 참석하러 가고 있었다.

그는 너무 생각에 골똘해 있었고
우울한 들판에서는 씁쓸한 쑥 냄새가 풍겨 왔다.
모두가 고요했다. 그 가운데
주님은 홀로 섰다. 모든 대지는
망각 속에 누워 있었다.
무더운 날씨와 황무지.
도마뱀, 우물, 개울의 혼돈뿐이었다.

열매는 없고 잎사귀와 가지뿐.
무화과나무가 멀리 앞에 솟았다.
주님은 그 나무에게 말씀하셨다. '너는 무슨 덕을 가졌느냐.
맥없이 선 나에게서 너는 무슨 기쁨을 원하는가?

나는 배고프고 갈증나는데, 너는 헐벗었고
그대와의 상면은 쑥돌보다 더 씁쓸하다.
선물이 하나도 없다니, 너는 정말로 불쾌하게 만드는구나.
그러면 시간이 끝날 때까지 그 모습 그대로이기를…….'

번개 불꽃이 피뢰침을 타고 내리듯
나무는 저주에 온몸을 떨었다.
무화과나무는 불에 타 재가 되었다.

만일 나뭇잎과 나뭇가지와 줄기와 뿌리에
그때 만일 선택을 자유로 했더라면
자연의 법칙은 어떻게 손을 썼을 것이리라.
그러나 기적은 기적, 기적은 하나님,
우리가 혼란에 빠져 갈팡질팡하는 동안에
그것은 일시에 우리를 덮치고 우리를 당황케 한다.

대 지

봄은 거드름을 피우며
모스크바의 저택으로 들이닥친다.
나방은 옷장 뒤에서 밖으로 날아와서
여름 모자 위로 기어다닌다.
털옷은 트렁크에 넣어 치운다.

높은 이층의 방을 따라
비단향 꽃나무와 계란풀이 심어진
화분이 있었다.
방은 넓은 공간처럼 상쾌하고
다락방에는 먼지 냄새가 난다.

거리는 작은 창분과 가깝고
강변의 백야와 황혼은
무슨 일인지 강가에서
서로 지나쳐 버리지 못한다.

그리고 너는 회랑에서도
밖에서 무슨 일이 일어났는지 들을 수 있고
해빙기와 함께 우연한 이야기 속에서
사월은 그 무엇에 대해 언급한다.
사월은 인간의 고뇌에 얽힌 수천의 역사를 안다.
울타리를 따라 저녁 빛은 차가와지고
이 금실을 잡아다닌다.

등불과 공포의 뒤섞임은
자유와 거주의 안락함 속에 포함된다.
어디에서든 대기는 본래의 모습을 상실한다.
창에서, 사거리에서,
그리고 거리와 일터에서
똑같은 땅버들의 뻗은 가지도
똑같은 흰 봉오리도 부풀어 오른다.

어찌하여 먼 길은 아지랭이 속에서 울고
썩은 흙 냄새는 고약한 냄새를 풍기는가?
바로 공간이 지루하지 않게
도시 변두리에
대지가 홀로 외로움에 떨지 않도록
그렇게 하는 것이 나의 천직이리니.

이 이른 봄을 위해 친구는
나를 찾아오고
우리의 저녁은 작별 인사가 되고
우리의 향연은 유언이 되어
존재의 냉담함을 덥히기 위한 것이다.

불운한 나날

최후의 주간에
주님이 예루살렘에 입성하니
사람들은 굉장한 호산나를 부르며 환영하고
종려나무 가지를 흔들며 주님의 뒤를 좇는다.

그러나 나날이 더욱 험악해지고 가혹해져서
사랑으로 사람을 달랠 수가 없어서
그들은 경멸하며 눈살을 찌푸리니
여기에 에필로그와 종말이 있다.

모든 납의 무게로
하늘은 앞마당을 뒤덮고
바리새인들은 증거를 찾으면서도
여우처럼 주님 앞에서 아양을 부렸다.

신전의 어두운 세력은
인간 쓰레기에게 재판을 받는다.
이전에는 그를 찬양했던,
바로 그 열성으로 사람들은 주님을 모욕했다.

이웃 마을에 있던 무리는
문간에서 엿보았고
그들은 결과를 기다리며
서로 떠밀고 여기저기 돌아다녔다.

인근 주민들은 은밀히 귓속말을 나누고
소문이 사방에서 날아들어 온다.
주님은 이집트로의 도주와 어린 시절을 회상했지만
꿈 속에서처럼 희미하였다.

그는 황무지의 비탈과
그 가파름을, 그 절벽 속에서
세상의 모든 왕국을 주겠다며
악마가 그를 유혹한 것을 상기했다.

그리고 가나에서의 혼인 잔치를,
기적을 경탄하던 하객들을,
그리고 그가 안개 속에서 마른 땅 밟듯이
배를 향해 바다 위를 걸어가던 그날을.

헛간에서 가난한 사람들의 만남을,
그리고 촛불을 들고 동굴로 내려가
시체가 살아서 일어났을 때
갑자기 촛불이 깜짝 놀라 꺼져 버린 일을.

막달라 마리아 1

밤이 오면, 내 악마는 그곳에 있다.
그것은 과거에 대한 나의 속죄.
방탕한 추억이 밀려와
내 가슴을 핥아 낸다.
그때 나는 사내들의 욕망의 노예였고
나는 턱없이 날뛰는 백치,
길거리만이 나의 안식처였다.

아직도 남은 몇몇 순간이
무덤 같은 침묵으로 내리리라.
그러나 그 순간이 지나기 전에
삶의 종점에 도착한 나는,
설화 석고상처럼
당신의 발 앞에서 내 생을 산산이 조각낸다.

주여, 오 주여, 이제 나는 어디에 있어야 합니까.
제 직업의 그물 안에
자기에게 이끌려 온 새 손님처럼
매일 밤 침대 곁에서
영원히 절 기다려 주지 않는다면.

죄악과 죽음의 지옥과 그리고 유황불이
무엇을 의미하는지 설명을 들어야 합니다.

나무에 접목를 시키듯
모든 사람이 보는 앞에서
저는 당신과 끝없는 열망 속에서
한몸이 되겠읍니다.

오, 주여, 제 무릎에 기대어
당신의 다리를 감싸 안을 때
저는 정사각형 십자가 기둥을 안는 것을
배우는지도 모릅니다.
넋을 놓고 당신의 몸을 감싸 안는 것은
당신의 매장을 준비하는 일일지도 모릅니다.

막달라 마리아 2

사람들이 축일을 맞아 단장을 하고 있다.
이런 소란스러움 속에서 벗어나
작은 그릇에 담은 몰약으로
당신의 순결한 발을 씻는다.

더듬고 너듬어도 찾을 수 없는 당신의 신발.
눈물이 앞을 가려 아무것도 볼 수 없다.
헝클어진 머리 타래가
수의처럼 눈앞에서 떨어졌다.

나는 당신의 다리를 감싸 안고,
눈물을 흘렸다. 예수여,
내 목에 걸린 실로 꿴 염주로 두 다리를 휘감고
마치 아랍 사람의 코트에 발을 묻듯이 머리카락 속에 파묻었다.

당신이 잠깐 정지시킨 듯한
미래를 자세히 살펴본다.
나는 무당의 예지력을 가지고
이제 예언할 능력이 있다.

내일 신전의 성소 휘장이 그 속에 떨어질 것이다.
한 동아리 속으로 우리는 쓰러질 것이고,
발 아래서 땅이 흔들릴지니
나도 피하지는 못할 것이다.

호위대의 행렬이 다시 편성되고
말 탄 병사는 출발하기 시작했다.
폭풍이 일어 위로 치솟듯이
이 십자가도 하늘에 닿으려 한다.

십자가에 못 박힌 예수의 발에 몸을 던지리라.
심장이 고동을 멈추고 입술을 깨물리라.
당신은 아주 많은 것을 안으려고
십자가 양 끝을 향해 두 손을 벌리리라.

이 세상 누구를 위하여 저토록 광활한 공간,
그렇게 극심한 고통, 그러한 권력이 있는가?
이 세계엔? 그 많은 인간과 삶이 있을까?
저 많은 마을, 강, 숲은 또 무엇인가?

그러나 이런 사흘이 지나고 나면
공허함 속으로 떠밀려 갈 것이니,
이 짧은 시간을 위해
나는 부활에 이를 것이리라.

■ 감상과 해설

1958년, 보리스 파스테르나크에 대한 노벨 문학상 수상을 둘러싸고 전세계의 관심이 하나로 집중되어 벌집을 쑤신 듯한 소란을 일으킨 이래로 벌써 30여 년의 세월이 흘렀다. 시간의 흐름과 함께 세계 또한 사회·경제·문화적으로 많이 변하였다. 그 결과 《닥터 지바고》를 단순히 반혁명인가 아닌가 라는 차원에서 읽으려는 사람은 어디에도 없을 것이다.

이제 《닥터 지바고》는 20세기가 낳은 최고의 고전 작품의 하나로서 세계 문학사상 이미 움직일 수 없는 지위를 차지하고 있으며, 이러한 평가는 시간이 흐름에 따라 더욱더 확고한 것으로 되어갈 것이다.

물론 다른 한편에서 보면 파스테르나크가 자신의 작품을 가장 많이 읽어주기를 바랬던 독자들, 아니 그보다는 이 기막힌 산문과 시가 다름아닌 러시아어라는 마티에르[村料]를 사용하여 씌어졌기 때문에 유일하게 그것을 언어의 예술 그 자체로서 이해할 수 있는 가능성을 부여받은 러시아의 독자들이 다른 세계의 독자들보다 그의 작품을 쉽게 접할 수 없는 현실이 있다. 그러나 최근 들어 파스테르나크에 대해 깊은 애정을 지닌 여러 사람들의 끈질긴 노력에 의해 서서히 그의 작품의 국내 출간이 가능해지고 있다. 이러한 그의 작품의 국내 개방은 소련의 문학계에 새로운 충격과 함께 「르네상스」와도 같은 큰 영향을 주리라 생각한다.

보리스 레오니도비치 파스테르나크는 1890년 2월 10일 모스크바에서 태어났다. 아버지 레오니도는 톨스토이 《부활》의 삽화 등으로 알려진 저명한 화가이며 어머니 로자리아 카우프만은 뛰어난 피아니스트였다. 아버지는 순수한 유태인, 어머니는 유태계 독일인이었으나 이 가정에는 유태교도적인 분위기는 전혀 없었으며 대신 예술적 향기만이 감돌고 있었다. 작곡가인 스크리아빈, 라흐마니노프, 화가인 레비탄, 브루베리, 작가 톨스토이, 나아가서는 독일의 시인 릴케까지가 일가의 절친한 벗이었다.

파스테르나크가 맨처음 열중한 대상은 음악이었다. 1903년부터의 6년간 스크리아빈에게 사사하여 작곡법을 공부했으나 절대음감(絶對音感)이 부족

552

하다는 것을 알고 좌절, 1909년에는 모스크바 대학의 역사 · 철학과에 들어갔다. 물론 이 음악공부가 헛되게 끝난 것은 아니었다. 「도스토예프스키가 단지 소설가일 뿐이 아니고 브로크가 단지 시인만이 아닌 것처럼 스크리아빈도 단순한 작곡가가 아니라 러시아문화의 영원한 축제의 산 체현(體現)」(《자전적 에세이》)이었기 때문이다.

1912년 파스테르나크는 독일에 유학하여 마르부르그 대학에서 철학을 공부했다. 여기에서 그가 사사한 신칸트 학파의 헤르만 코엔 교수는 문화철학으로 파스테르나크에게 심각한 영향을 미쳤다고 할 수 있다. 「마르부르그 학파가 관심을 가진 것은 과학이 2천5백년의 그 부단한 저작행위 속에서 자신을 어떻게 생각하는가 하는 것이었다.」———20년대의 자전적 저작 《안전통행증》에서 이렇게 적은 파스테르나크의 생각은 거의 그대로 닥터 지바고의 사상 속에 잘 나타나 있다.

파스테르나크가 시작(詩作)에 관심을 가지게 된 것은 1908~1909년경부터이며 처음에 열중의 대상이 되었던 시인은 브로크와 릴케였던 것 같다. 두 사람에 대한 애정은 평생 변함없이 계속되어 《닥터 지바고》에도 분명히 그 그림자를 드리우고 있다. 「브로크에 있어서 산문은 거기에서 시가 생겨나는 원천으로서 머물러 있다. 릴케에 있어서는 현대의 소설가들(톨스토이, 플로베르, 프루스트) 등의 묘사법, 심리수법이 그의 시의 언어, 문체와 분리시킬 수 없는 것이 되어 있다.」———역시 《자전적 에세이》에 적혀 있는 이 말은 파스테르나크가 이 작품에서 산문과 시를 융합시키는 독자적인 장르를 개척한 비밀의 연원을 보여주고 있는 것이다.

파스테르나크의 시인으로서의 출발은 상징파와 미래파가 교차하는 지점에서 시작되었으며 소속은 프레브니코프, 마야코프스키 등보다는 훨씬 온건한 미래파계 그룹인 「원심력(遠心力)」이었다. 제1시집 《구름 속의 쌍둥이》, 제2시집 《보루를 넘어서》는 각기 1914년, 1917년에 간행되었는데 독자적인 시인으로서의 파스테르나크의 참된 출발을 점친 것은 《1917년 여름》이라는 부제를 가진 제3시집 《나의 여동생 인생(1922)》이었다. 부제로 미루어 혁명시를 연상해서는 당치도 않다. 물론 시인은 시대 속에 살고 있었다. 그와 친했던 동시대의 시인들———마야코프스키도, 브로크도, 베루이도, 브류소프도 시대의 격동을 직접 자기의 작품에 반영시키려 하고 있었다. 그러나 파스테르나크는 이 시대에 굳이 자연을 노래했다. 보다 정확하게 말하면 외적인 자연, 현실과 인간의 내면적인 교감을 노래하였다. 1956년에 쓰여진 자전적 메모에서 파스테르나크는 이 시집의 창작 시기를 다음과 같이 회상하고 있다.

「……민중 출신의 사람들은 가장 중요한 것을, 즉 어떻게, 또 무엇을 위해서 살 것인가, 어떤 방법에 의해 유일하게 생각할 수 있는 가치있는 생존을 만들어 갈 것인가를 이야기하면서 마음을 풀고 있었다.

이렇게 고양된 기분은 만물에 대한 감염력을 발휘하여 인간과 자연 사이의 경계를 소멸시켜 갔다. 1917년의 뜻깊은 여름, 두 개의 혁명일 중간기에 있어서는 사람들과 함께 길·나무·별들이 집회를 열고 연설을 하고 있는 것처럼 생각되었다.」

여기에는 《지바고》의 세계와 거의 동질의 감각이 이야기되고 있다. 즉 파스테르나크의 시적 출발점은 여기에 있었던 것이며 그 뒤 40년간 여기에서 인식된 진실을 시인은 배반하려고 하지 않았던 것이다.

1920년대의 파스테르나크는 마야코프스키가 주재하는 문학그룹 「레프」 (예술좌익전선)와 꽤 가까운 위치에 서 있었다. 1924년 이 파의 기관지에 발표한 《고상한 병》 이후 《1905년(1926)》, 《시미트 대위(1926)》 등은 혁명에서 제재를 취한 서사적 작품들이다. 특히 1928년에 개작된 《고상한 병》에는 뜻밖에도 소비에트대회에서 연설하는 레닌의 모습이 꽤 리얼하게 묘사되고 있다. 유고 속에서 발견되어 시집과 마찬가지로 《나의 여동생 인생》이라는 제목이 붙여져 있던 미발표의 자전적 메모(집필 연대는 불명, 소비에트 작가 출판소 간행 《파스테르나크 시집(1965)》의 주에 의함)에는 레닌에 대해서 다음과 같이 쓰여 있었다고 한다.

「레닌은 저토록 드물게 보는 경관(혁명)의 영혼이며 양심이며 유일하고도 이상했던 러시아 대격동의 얼굴이며 목소리였다. 그는 천재의 열렬함을 가지고, 주저함이 없이, 일찌기 세계가 구경조차 한 일이 없는 유혈과 파괴의 책임을 스스로 가로맡았다. 그는 민중을 소리쳐 부르고 그들의 내부에 깊이 감추어진 소망에 호소하기를 두려워하지 않았다. 그는 바다가 미쳐 날뛰는 것을 허용했고 그의 축복을 받아 태풍은 스쳐 지나갔다.」

혁명에 대한 파스테르나크의 생각이 결코 직선적이지는 않다는 것, 거기에는 러시아의 운명에 대한 시인의 관심이 미묘하게 얽혀 있다는 것을 알아야만 할 것이다. 이 사실은 20년대 말부터 30년대 초에 걸쳐 그가 발표한 운문체의 로망 《스페크토르스키》와 산문체의 《이야기》에서도 확인할 수가 있다. 제1차 대전 전부터 혁명 직후에 이르는 시기의 지식인의 발자취를 그린 이 두 작품은 《닥터 지바고》의 이를테면 원형이라고 볼 수도 있을 것이다.

1932년에 간행된 시집은 《제2의 탄생》이라는 제목이었다. 이 제목이 내포한 뜻은 흑해의 바다, 카프카즈의 산들, 그루지아와 시인의 만남을 상징하는

554

것이었다. 시집 《나의 여동생 인생》에 자주 나오곤 하던 「뜰」 「동산」 등의
이미지 대신 넓고 넓은 공간이 그의 시에 도입된다. 이윽고 시인은 그루지아
를 「제2의 고향」이라고 부르게 되고 치치안 타비제, 파오로 야시빌리, 시몬
치코바니 등 그루지아의 시인들을 정력적으로 번역하기 시작한다. 이 일이
스탈린의 환심을 사서 30년대 중기의 숙청시대를 무사히 살아남았다는 견해
도 있지만 그루지아에 대한 사랑은 그 자신의 인생 자체에 좀더 밀접하게 관
계되어 있었던 것 같다. 물론 아이러니컬하게도 시집 《제2의 탄생》은 그 뒤
10여 년에 걸친 시인의 침묵을 가져오는 계기를 만든 책이 되고 말았다.

그가 사랑한 그루지아의 시인 타비제와 야시빌리가 숙청으로 목숨을 잃은
1930년대에 파스테르나크는 거의 번역업에 전념하고 있었다. 이렇게 해서 셰
익스피어의 명작들(4대 비극과 《로미오와 줄리엣》《헨리 4세》《안토니오와
클레오파트라》), 괴테의 《파우스트》, 릴케의 서정시 등이 그에 의해 번역되
었고 셰익스피어의 연극은 지금까지도 그의 번역이 소련에서 상연되고 있다.
이것은 단순한 명역이 아니라 세계의 고전에 대한 깊고 독자적인 이해가 뒷
받침 되었다는 사실로서 특히 「지바고의 시」의 햄릿에서 엿볼 수 있을 것
이다.

파스테르나크가 소련을 뒤덮고 있던 어두운 시대와 그런 상황 속에서의
자신의 내면적 위기를 극복하고 또다시 시작(詩作)에 손을 댄 것은 제2차 세
계대전 발발 전야의 일이다. 그리고 1944년 전국이 호전되어 소련의 승리가
거의 확정되자 파스테르나크는 여느 때의 난해한 시와는 전혀 다른 알기 쉬
운 말투로 그 기쁨을 다음과 같이 노래했다.

　　이 봄은 모든 것이 특별하다.
　　새들의 지저귐도 생동감에 넘쳐 있다.
　　내 마음이 얼마나 밝고 조용한지
　　나는 말로 표현하려고조차 하지 않는다.

　　생각도 다르다. 쓰는 손놀림도 다르다.
　　모든 사람의 합창 속에 웅대한 저음이,
　　해방된 나라들의
　　힘찬 대지의 목소리가 들린다.

이러한 시들은 1943년과 45년 《새벽의 열차에서》와 《넓어지는 대지》의 두

시집에 수록되었다. 그러나 곧 거기에 이어서 스탈린과 쥬다노프에 의한 전후 소련의 사상통제의 시대가 시작되어 파스테르나크는 작품 발표의 기회조차도 빼앗기고 만다. 그의 시가 발표되는 것은 스탈린이 죽은 뒤인 1954년, 〈즈나먀(깃발)〉지에 「산문체의 로망 《닥터 지바고》에서의 시편」이라는 제목으로 10편의 시가 발표되었고 다시 56년에 와서 같은 시리즈에서 《겨울 밤》과 《새벽》이 발표되었을 때이다. 그리고 여기에 덧붙인다면 햄릿을 비롯하여 종교적 색채가 짙은 아홉 편은 아직도 소련에서는 출판되지 않고 있다.

가까스로 작품 발표라는 최저한의 권리를 회복받은 파스테르나크에게 있어서 1958년 말에 돌발한 노벨상 사건은 역시 큰 정신적 상처였던 것 같다. 원래 이 장편은 처음에는 1956년 소련의 문예잡지 〈노브이 미르〉에 가지고 갔으나 동년 9월 동 편집부로부터 게재를 거부당했다. 한편 국립 문예출판소에서는 단행본으로라면 약간의 정정을 가한 뒤 출판해도 좋다는 이야기가 있었던 것 같다. 그것을 계기로 파스테르나크는 이탈리아의 공산당계 출판사 페르토리넬리 사와 출판계약을 맺었다. 그 뒤 소련의 국내정세가 달라져 정치직 압력이 가해지면서 작가동맹 간부인 수르코프로부터 페르토리넬리 사에도 출판 취소요구가 가해졌다. 파스테르나크 자신도 원고를 수정하고 싶으니까 반환해 주었으면 좋겠다는 요구를 하였다. 그러나 그때는 이미 출판 실무가 진행되고 있어서 페르토리넬리는 이 요구를 거부했다. 「우리는 《닥터 지바고》의 출판이 저자에 대해서도 또 그가 현실적으로 속하고 있는 사회에 대해서도 좋은 결과를 가져다 줄 것을 믿고 있다.」라는 말을 페르토리넬리 자신이 이탈리아어판의 표지에 싣고 있다. 이리하여 《지바고》는 1957년 11월 우선 이탈리아어판이 밀리노에서 간행되고 이어서 러시아어판도 동 출판 사에서 간행되었다.

이 단계까지는 소련측으로부터 표면적인 움직임은 아무것도 보이지 않았다. 이 출판이 정치문제화한 것은 다음해인 1958년 10월 23일 파스테르나크에 대한 노벨 문학상 수상이 발표되었을 때부터이다. 파스테르나크가 상을 받을 의향이 있음을 발표하자 그 다음날부터 소련 매스컴의 집중공격이 시작되었고 28일에는 작가동맹이 긴급회의를 열어 그의 제명을 결정했다. 다음날인 29일, 파스테르나크는 노벨상 사퇴를 스웨덴 아카데미에 타전하였다. 그러나 소련 국내의 비난공격은 여전히 계속되어 끝내는 파스테르나크의 시민권 박탈, 국외 추방까지에 이르렀다. 마침내 10월 31일 파스테르나크는 당시의 흐루시초프 수상 앞으로 서한을 보냈고 이것은 그날밤 모스크바 방송에서 보도되었다.

「나는 나의 출생, 생활, 일에 의해 러시아와 결부되어 있다. 나는 러시아를 떠나서 내 운명을 생각할 수 없다. ……조국을 떠난다는 것은 나에게 있어서 죽음과도 같다. 나에 대해서 이토록 가혹한 조치를 취하지 말도록 부탁한다.」

파스테르나크는 어쨌든 국외추방은 모면했다. 그러나 조국에 머물게 되었지만 그가 이때 마음에 받은 상처는 치유되지 않았다.

모스크바 교외의 작가촌 페레데르키노에서 그가 조용히 눈을 감은 것은 일년 반 뒤인 1960년 5월 30일이었다. 소련에서는 작가동맹 기관지 〈문학신문〉이 제4면 맨 아랫단에 「문학기금에서」라고 하여 「본 기금의 가입자 파스테르나크 사망」이라고 겨우 3행으로 보도했을 뿐이었다. 소련작가동맹에 있어서 그는 이미 「시인」도 「작가」도 아니었던 것이다.

그가 죽은 뒤에 1956년부터 59년에 걸쳐서 쓴 시를 모은 시집 《마음이 밝아질 때》가 간행되었다. 「지바고 시편」의 어두움과는 대조적으로 여기에는 만년의 파스테르나크로서는 이상하리만큼 밝음이 넘쳐 있었다. 수난의 나날에 대해서는 《지바고》에서 이미 말을 다했다. 다음에는 「에필로그」의 마지막에서 이야기되고 있듯이 파스테르나크는 「영혼의 자유」가 이미 찾아와 러시아를 상징하는 모스크바라고 하는 「거룩한 도시」가 「미래 속으로 발을 들여놓은 행복감」을 지그시 맛보면서 세상을 떠났다고 믿고 싶다.

《닥터 지바고》는 19세기 러시아 문학의 위대한 고전들과 비견될 수 있는 불후의 명작으로서 여기서는 이 작품의 이해를 돕기 위해 몇 가지만 언급하고자 한다.

첫째는 이 작품의 장르에 관해서이다. 얼핏 보기에 이것은 소설의 형식을 취하고 있고 파스테르나크 자신도 이것을 「로망」이라고 부르고 있다. 그러나 톨스토이나 도스토예프스키의 로망에 익숙해진 눈으로 본다면 이 작품의 비로망성은 아마 너무나 자명할 것이다. 리얼리스틱한 심리묘사가 행해지고 있는가 하면 그것은 어느새 시적 또는 철학적 명상으로 바뀌어 버리고 심리적인 갈등 그 자체는 결국 결말이 지어지지 않은 채 끝나고 있다. 소설로서의 작품을 뒷받침하는 기저가 될 시간적·공간적 구조도 환상적이라기 보다는 오히려 자의적(恣意的)이다. 제4장의 종말에서 기마제트진, 갈리울린, 라라, 고르돈, 지바고 등 주요 작중인물이 전선의 야전병원 옆에서 그야말로 우연히 얼굴을 마주치는 장면이 있다. 작자는 어떤 종류의 감회를 담고서 다음과 같이 말하고 있다.

「……그러나 그들은 모두 함께 한 곳에 있었지만 서로 상대방을 알아보지 못했고, 영원히 알지 못하고 만 사람도 있었다. 몇 가지 일은 다음 기회에, 다시 만날 때까지 밝혀지기를 기다리는 것이다.」

작중인물을 한 자리에 모아놓기를 좋아한 도스토예프스키조차도 아마도 이렇게까지 철면피하게 우연성을 이용하지는 않았을 것이다. 만일 이것이 삼류작가의 작품이라면 이 대목은 그야말로 우습기 짝이 없는 억지 드라마가 될 것이었다. 그러나 파스테르나크는 굳이 이 우연성을 고집하였다. 이유는 말할 것도 없이 시인으로서의 작자가 소설 기법을 몰랐기 때문이 아니다. 작자는 멜로드라마적인 소설의 구도가 독자에게 속이 드러나 보일 것을 충분히 알고 있으면서도 그 수법을 여전히 옹호하는 것이다.

여기에서는 오히려 현대에 있어서 로망이 해체현상을 일으키고 있고 조이스, 프루스트로부터 누보 로망에의 과정이 세계적으로 진행되고 있다는 것을 인식한 토대 위에서 파스테르나크의 의식적인 조작을 읽는 것이 좋을 것이다.

그것은 비단 이 장면에만 한하지 않고 지바고와 안티포프의 만남, 배다른 동생 예브그라프가 나타나는 극적 시간 능 작품의 도처에서 비슷한 장치가 준비되어 있는 것으로서 뒷받침된다. 이것은 멜로드라마적인 줄거리의 진전에 가슴 설레는 독자를 대상으로 한 서푼짜리 소설은 전혀 아니며 이미 로망이라는 것의 모든 기교를 충분히 알고도 남는 현대의 성숙한 독자를 상대로 한 로망, 굳이 장르를 규정짓는다면 「로망에 관한 로망」, 즉 「메타 로망」인 것이다.

이렇게 볼 때 이 작품이 얼마나 영화화에 적합하며, 동시에 얼마나 영화화에 까다로운 작품인가도 스스로 분명해질 것이다. 데이비드 린이 감독한 주지의 작품은 영화로서 훌륭한 것이었다고 생각한다. 첫머리의 장례식 장면은 압권이었으며 러시아의 들꽃을 배경으로 연주되는 라라의 멜로디도 매우 감동적인 것이었다. 데모대를 해산시키는 코사크 기병(실제로는 용기병)으로 상징되는 혁명은 지바고와 라라의 비련까지도 무참히 짓밟고 만다. 그러한, 이를테면 영화적 로망으로 읽더라도 이 작품은 충분히 감상할 만한 명작이라는 것이 그 영화에 의해 입증되었다고 해도 좋을 것이다. 그러나 그와 동시에 이 작품이 그것뿐이 아니라는 것은 너무나도 명백한 것이다.

파스테르나크는 그러한 사실을 너무나도 잘 알고 있었다. 작중에 니콜라이 숙부가 복음서에 대해 다음과 같이 말하는 장면이 있다.

「일반적으로 복음서에서 제일 중요한 것은 그리스도가 생활에서 얻은 비유를 들어 이야기한 것이며 하나님은 평범한 현실 속에서 진리를 밝힌다는 점입니다. 그 밑바탕에 내포된 이념은, 인간의 영적 교류는 불멸하며, 인생은 의미를 내포하기 때문에 상징적이라는 사상이 깔려 있다는 것입니다.」

이 말의 전단은 도스토예프스키가 《카라마조프가의 형제》에서 조시마 장로의 입을 통해 말하고 있는 것과 거의 다름이 없다. 후단의 약간 논리적 비약을 느끼게 하는 곳이 파스테르나크의 고찰인데 여기에는 예기치 않게 이 작품의 방법이라고 할 것이 밝혀져 있는 것처럼 생각된다. 만년의 톨스토이가 숱한 민화를 쓴 것과 마찬가지로 파스테르나크는 로망이라는 형식을 하나의 그릇으로서 받아들여 거기에 삶의 상징성을 담아 보인 것이다.

그것은 그리스도가 말한 많은 비유와 마찬가지로 반드시 필연적인 리얼리티를 가지고 다가오지 않을지도 모른다. 그러나 그러한 리얼리티를 초월한 곳에서 파스테르나크의 로망은 인간끼리의 사귐이 단지 한 시대라는 테두리 안에서 뿐만 아니라 역사라는 시간 속에서 불멸한다는 것을 나타내 보인 것이다.

또하나, 이 작품의 언어와 문체에 대해서 한 마디 한다면, 이 작품의 문체는 무릇 소설이라는 장르의 약속을 무시하고 있다. 작중인물의 성격에 맞추어 말씨와 말투를 특정화하는 것이 19세기 이래 러시아 문학의 전통이었다. 톨스토이와 체호프는 말할 것도 없고 도스토예프스키만 하더라도 세밀하게 분석해 보면 작중인물의 말씨, 문체에 의한 성격 조형에는 강한 집념을 가지고 달라붙고 있음을 알 수가 있다. 파스테르나크도 얼핏 보기에 그러한 관심을 표방하고 있으며 주인공 아닌 인물의 조형에는 그러한 수법을 이용하고 있다. 그러나 주요한 인물들에 대해서 파스테르나크는 오히려 의도적으로 그런 수법을 쓰지 않는다. 마치 그가 지향하고 있는 것은 이른바 성격 충돌의 드라마가 아니라 보다 보편적인 사상, 감성, 나아가서는 운명 충돌의 드라마이며 그러기 위해서는 성격 조형 따위는 필요가 없다고 선언하고 있는 것 같다.

이 사실과 관련하여 주목되는 것은 작중인물 하나하나의 내면을 묘사하는 데 있어서의 작자 지문의 과단성 있는 전조(轉調)이다. 일상적인 관심사에만 신경을 쓰고 있는 것처럼 보이던 조연들까지, 문득 인간과 자연의 교감에 대해 파스테르나크 정도의 시인이 아니고서는 생각조차 할 수 없을 인상을 받고 있음을 작자의 입을 통해 듣게 된다. 그때 작자의 지문은 시인의 언어로 바뀌어 여기에서 명백히 리얼리즘으로부터의 일탈을 볼 수 있다. 아마 여기에서 작자의 고의적인 의도를 느껴도 상관이 없을 것이다. 그 의도가 승화할 때 「지바고 시편」의 일상성과 상징성이 훌륭히 용해된 주옥 같은 작품이 만들어지는 것이라고 생각된다.

닥터 지바고

■ 저 자 / 보리스 파스테르니크
■ 역 자 / 구   자   윤
■ 발행자 / 남   용
■ 발행소 / 一信書籍出版社

주소 : 121-110 서울 마포구 신수동 177-3
등록 : 1969. 9. 12. NO. 10-70
전화 : 영업부 703-3001~6
　　　편집부 703-3007~8
　　　FAX 703-3009
대체구좌 / 012245-31-2133577

ⓒ ILSIN PUBLISHING Co. 990.　　　값 15,000원